馬宗霍 著

說文解字引經攷

上冊

臺灣學生書局印行

說文解字引經攷

宗霍

說文解字引經考總目

說文解字引經考自序

治國故者必治史史者國故之藪也治古史者必治經經者古之史也治經者必治小學小學者通經之郵也說文解字小學之書也許君自敍曰蓋文字者經藝之本王政之始前人所以垂後後人所以識古則經史小學之相為一貫許君固明以諭人矣至其書中偁引經文之處經義字義互相證發以經證字亦即因字存經尤為許君經學之所寓後漢書儒林本傳載時人為之語曰五經無雙許叔重又謂初慎以五經傳說臧否不同譔為五經異義又作說文解字十四篇皆傳於世是異義先作說文晚成異義兼採古今文家之經說說文兼錄古今文本之經文兩書又自為表裏惜異義已佚僅散見於羣書所引清儒加以攈拾略存梗槩弗能備也然則欲窺許君經學之全說文引經斯其匯矣後人見劉略班志次小學家於六藝之末以為說文乃經學之附庸雖或援之以釋經頗疑許君於經學非顓門故亦無經學顓箸朱彝尊經義攷入許君於廣譽類其承師篇但於治孟氏易中一見許名尚書詩禮春秋傳皆無之畢沅傳經通經二表許雖竝錄亦不詳其學之所

出。葢均未悟許君經學卽在說文引經之中。且敘篇明言各經所主。是其授受𣶒原。又自可溯也。若夫所偁引者。文有異同。義有正叚。或一經之語。而數字分見。或一字之下。而數經遞出。意旣存乎博綜。例復取於剏通。循其例而求之。條流似別。指歸如會。卽字以審義。依義以詁經。庶幾詁訓明而經明。經明而先民制作之籍。經以傳者。亦往往可由是而討其沿革。則經明而史亦明矣。請言其略。說文𣏟部云。檾枲屬。从𣏟熒省聲。詩曰。衣錦檾衣。衣部云。褧檾也。詩曰。衣錦褧衣。示反古。从衣。耿聲。此一經而分見兩部也。許訓褧爲檾。訓檾爲枲屬。枲者麻也。葢謂績檾麻爲衣。謂之褧也。褧爲衣名。故字从衣。檾爲衣材。故字从𣏟。在衣曰褧。在物曰檾。兩義互足。故兩字互通。許又云示反古者。桓寬鹽鐵論散不足篇云。古者男女之際尚矣。嫁娶之服。未之以記。及虞夏之後。葢表布內絲。檾旣爲麻屬。則檾衣卽是布衣。以檾衣加於錦衣之上。正桓氏所謂表布內絲也。世質俗湻。惡其文著。故許云示反古耳。今毛詩字作褧。鄭箋云。褧禪也。葢以禪縠爲之。案縠者細絹。其材爲絲而非麻。鄭說似失其本。使說文不出檾字。則婚嫁服制。于古無徵矣。此一事也。說文於部云旝建大木置石其上發以機以追敵也从㫃會聲春秋傳曰旝動而鼓詩曰其旝如林此一字而遞引兩經也據韵會所引說文則旝篆下有旌旗也三字蓋旝从㫃㫃者旌旗之游㫃蹇之皃是旌旗卽旝之本義許引詩所以證本義也今毛詩字作會鄭箋云盛合其兵眾以會爲會合則字異而義亦異其實古者行軍設陳必以旌旗爲表禮有明文旌載於竿竿建於車故曰如林本詩上文云殷商之旅旌旗如林師旅之盛可知則下文作旝而訓曰旌旗正以見古軍陳之制此又一事也太平御覽載魏武帝令引說文云旝發石車也是以機發石乃旝之別義許引春秋傳所以證別義也今左傳杜注云旝旃也通帛爲之蓋今大將之麾也執以爲號令此乃用旝之本義與許說異孔疏謂賈逵以旝爲發石一曰飛石引范蠡兵法作飛石之事以證之說文與賈同余考周禮職金凡國有大故而用金石則掌其令鄭注云用金石者作槍雷椎椁之屬則飛石蓋上世以石爲兵器之遺制春秋時多用以攻守故許君本其師說以爲別義其制後世猶行故魏武又本許說以造礔礰車此又一事也說文金部云錢銚也古田器从金戔聲詩曰庤乃

錢鎛一曰貨也又云鎛鎛鱗也鐘上橫木上金華也一曰田器从金尃聲詩曰庤乃錢鎛此兩字同引一經而各證一義也詩之錢鎛本皆田器之名許訓錢爲銚與毛傳同而又申之曰古田器者蓋自秦漢而後以錢爲貨布之名錢之借義行而本義荒許君不欲以後起之名奪最初之義故以古田器別之貨而曰錢者嚴可均謂古布形如鏟象田器之形是貨也余謂古者龜貝以爲寶麗皮以爲幣龜貝水產麋鹿山產是漁獵時代交易所用之物也由漁獵進於耕種則田器尚焉田器爲生產工具勞動人民身手所不離者其時有無相貿大抵以耕種所得爲主物重其事因重其器重其器因取以爲通貨之象既取其象遂以錢爲通貨之名矣鎛者毛傳訓鎒鎒搙田之器也許云一曰田器亦與毛同然以錢字例之亦當以田器爲本義考工記云粵無鎛鄭注云鎛田器亦引此詩爲證彼經賈疏申注曰知鎛田器者越地多泥用此鎛者多故下云夫人而能爲鎛引詩者證鎛爲田器非鐘鎛者也余考鐘鎛之字說文作鑮云大鐘淳于之屬所以應鐘磬也儀禮大射儀亦作鑮惟周禮鎛師字作鎛余疑鑮蓋孳益字古但作鎛實即田器之鎛鐘

鎛本樂器。而叚用田器之字者。葢古者樸略。蕢桴土鼓。田家作苦。勞者思宣。我稼既同之餘。朋酒斯饗之會。述田事而作歌。即擊田器以爲樂理勢之適然者也。因之初製樂器者。亦或取象於田器。鎛葢其中之一其後樂器之式雖迻變。名猶不改其朔。故鐘鎛與鎒鎛同字。亦猶錢貨之與錢銚同字矣。既而別造鑮字以爲鐘鎛之專字。乃又以鎛爲鎛鏻字。鎛鏻者。縣鐘橫木之飾。亦樂器之類也。是此二事者。又許書之微恉。有待於尋繹。昔之論幣制與樂制者所未及也。玉部瑁下云。諸侯執圭朝天子。天子執玉以冒之。似犂冠。周禮曰。天子執瑁四寸。案御覽引白虎通。東方爲圭之制。上小下大。狀如犂錞。圭狀既如犂錞。瑁以覆圭。故許云似犂冠矣。其語當亦有所本。犂即𦔳之省借字。圭與瑁皆禮器。說文𦔳耕二字互相訓。段玉裁謂皆田器也。是又禮器取象於田器之一事。它若沇篆下引禹貢浮于淮泗達于菏。今尚書菏作河。史記夏本紀漢書地理志竝同。衛以古之貢道。則河誤而菏是。潧篆下引詩曰。潧與洧方渙渙兮。今毛詩潧作溱。國語孟子史漢諸書亦同。徵之水經酈注。則潧正而溱非。玏玭璗三篆下引禮佩刀。士玏琫而玏珌。天子玉琫而玭珌。諸侯璗琫而璆珌。與詩毛傳合。刷篆下引禮有刷巾。與左傳服注合。今兩經孔疏皆以爲不知所出。證以許引。則知前者當出逸禮。後者葢爲禮經異文旰篆下引春秋傳曰日旰君勞唐石經君字下缺今左傳勞作勤證以許引則知勤字蓋校者擅補凡斯之類遽數之不能悉然則說文引經其於經學演贊扶翼之功豈章句之儒所能儗又豈目爲許君一家之學所能盡哉輓近以來吉金樂石龜甲獸骨地不愛寶出土日多稽古考文之彥咸所資取相其銘款頌繇奇瑰樸至信有足以訂經匡史者然而器襍眞膺文多漫缺鉤斠稍疏易滋疑眩不有說文則點畫之不辨將何以釋其辭辭之不達更何由通其誼韓非有言無參驗而必之者愚也弗能必而據之者誣也善治國故者欲不鄰於愚誣余知其不徒參驗之於器物而當兼參驗之於經史欲參驗之於經史當自治說文始矣宗霍學謝通方識虧知遠曩從餘杭章先生游猶聞音訓尸教南雝頗用講說倭難戰起避地息肩於資沅之閒行篋惟有經小學書諸生相從問字竊師休寧戴氏以字攷經以經攷字之意剌取說文引經之文爲之疏析文從其經經歸其家微異前修之爲冀抽許經之緒中更轉徙作輟靡恆程之積年稿凡數易及今寫布猶多未安爰就許君說文自敘之言略申經史小學一貫之恉陳之卷端楷作弁語不敢

以當達者、敬以奉教邦人歲次乙未八月既望馬宗霍書於岳麓山齋

說文解字引經考序

余耳宗霍名久矣未得相見也去歲十月君來長沙任教於湖南大學先施見訪一見如舊相識自是商榷文藝過從無虛日至相得也頃者君出其所著說文解字引經考示余以余嗜治說文又頗喜說經屬引為同好命為之序余發卷讀之則勝義紛起纍纍如貫珠皆自吐心得不肯作一依傍他人語信乎其為有功洨長之書非前此吳玉搢陳瑑高翔麟承培元柳榮宗雷浚輩所能企及者也蓋君識地卓越又奉手於餘杭章先生者久故於經學小學皆能深造自得世儒頗疑杜林桼書不本孔安國因謂馬鄭所傳非孔氏之學君謂林傳古文尚書為一事得桼書又為一事尚書古文經四十六卷而桼書止一卷非古文之全向令不爾則竹簡緐重林焉能握持不離身也蓋林偶得殘經足以證其平生之所學故視同拱璧猶今人偶得唐人寫書珍貴逾恆耳此君之妙悟足解世儒之惑者也梅賾偽傳多與說文契合君謂此緣作偽傳者以許君自偁書孔氏故盡襲取許君之說以飾其偽欲以此售其欺片言折獄有如老吏又先儒辨偽者所未及也許君自敘學禮周

官、段懋堂桂未谷王西莊皆謂禮指儀禮、君謂許引周禮者九十五字、泛偁禮者二十八字、二十八字之中、十字仍屬周禮、引儀禮者七字而已、然則許云禮周官者、禮舉大名、周官其屬名、猶其偁易書詩春秋爲大名、孟氏孔氏毛氏左氏爲屬名也、詩偁舉三家、春秋閒引公穀二傳、禮亦偶引儀禮、其專主者在毛詩左氏周官、故自敘於偁舉者皆不記也、此又君獨到之見、清儒所不及知者也、君既深通漢儒家法、故凡足以數佐許引經文者、必博采廣證、以明許君引經之意、此尤非前此諸家、或僅考異字而於字同說異者未之及、或但舉各經篇名而不能言其義、或言其義而繁偁泛引、漫無經界、往往失許恉者、所能幾矣、許君自敘舉易孟氏爲古文、前儒皆以孟氏易不出壁中、頗以爲疑、段君惝恍其辭、殊無碻見、近日王靜安乃謂牽率書之、君則謂孟喜別學說陰陽災異者爲古文、以余考之、五經中書詩禮春秋皆兼有今古文、而易則止有古文無今文也、何以言之、蓋所謂古文者、經文之以古文字書之者也、今文、則隸定之本、猶宋以來治鐘鼎欵識者之有釋文也、秦人焚書、至漢文景閒、老師宿儒、凋零殆盡、諸經乍出、文字訓故皆失其傳、故其時儒者必以識其字通其讀爲先務孔氏有古文尚書孔安國以今文字讀之是其一例也以今文字讀之者以隸字釋而寫之也此今文經之所由起也至如易者不在秦焚之列蓺文志云秦燔書易爲卜筮之書傳者不絕是其證也其時易本經具在文字訓故諸師皆能言之不必待如孔安國之於尚書者爲之隸定故易無今文既無今文則皆古文也此據當時情事推論知其當爾者也閒者疑吾言乎請以漢書證之蓺文志於書家記尚書古文經四十六卷又記大小夏侯二家經二十九卷於詩家記齊魯韓三家詩經二十八卷又記毛詩二十九卷於禮家記禮古經五十六卷又記后氏戴氏經七十篇於春秋家記春秋十二篇又記公羊穀梁二家經十一卷此四經者皆古文經今文經竝載而易家止記施孟梁丘三家易經十二篇別無對立之今文經其標目第云易經不復如書禮之明箸古經者古經之名緣今文經而起易既無今文經自不必特記爲古也此一說也志又云劉向以中古文易經校施孟梁丘經或脫去无咎悔亾唯費氏經與古文同然則施孟梁丘經同是古文故劉向得取中古文以相讎校向令一爲古文一爲

今文向何從得而校之哉此又一說也尋施孟梁丘之易向來皆認為今文不以為古文者蓋有三因不出壁中一也號偁古文易者止費直二也西漢時立於學官三也今請一一辨之夫秦人所以藏書屋壁者以其書當燒也若書書為法令所不燒而亦藏之秦人不若是之愚也壁中所藏者固是古文未經壁藏者不得謂非古文也必壁藏者乃得為古文而周秦以來師師相傳完好之本則以為非古文天下豈有是理乎漢書儒林傳敘費直治易長於卦筮亡章句徒以彖象系辭十篇文言解說上下經於其為古文易未嘗有一字及之也何以不記以傳易者皆古文不止費氏一家也至後漢書儒林傳始記費直傳易本以古字號古文易此范蔚宗之辭非班書所有推范氏之意似謂惟費氏易為古文其他則否不悟費氏易固是古文古文實不止費氏也然自蔚宗為此說後世儒者乃皆以古文專屬之費氏實大謬也西漢自平帝以前書詩禮春秋四經今文學者皆列於學官而古文學則不得立藝文志云說于宣元有施孟梁丘京氏列於學官而民閒有費高二家之說後書儒林傳亦云施孟梁丘京氏四家皆立博士費高二家未得立

費氏既誤認爲古文專學、乃不列於學官、然則得立學官之施孟梁丘易、必與他經之立於學官者同屬今文、此又人意識中至易發生之聯想也、而其實不然者、諸經焚而易則否、故有異也、三因相結、頓成誤解、然三因者、皆起於名學家之所謂默證、乃錯眩之見、非核實之談也、然則施孟梁丘三家易之爲古文、考之於事理、證之於傳記、豪無可疑、許君偁易孟氏爲古文、信而有徵、決非妄語也、余因序君書而申證許君之說如此、質之吾宗霍、或者不以余說爲無稽乎、民國三十七年二月九日即丁亥大除日長沙愚弟楊樹達書

說文解字引經考總例

一說文引經有異文有同文有證形者有證聲者有證義者而要以證義爲主凡字之義有正義有別義有引申叚借之義又有所從之形之義則所謂會意也有所從之聲之義則所謂形聲兼意也皆在所證而要以證本義爲主於文之異同可徵經本傳授之殊於義之正叚可通經訓岐出之滙昔之考說文引經者如吳玉搢高翔麟柳榮宗陳瑑承培元雷浚諸家多於此未之察或但舉異字而於字同訓異者則弗及或僅標所引見某經某篇而不言其義或例具而失之略或說緐而傷於曼均之於許意未能盡當也今則凡有偁經者異同之文正叚之義兼辯並輯而於許君以經證字以字證經交明互發之恉尤詳加闡析然擇言惟慎期於經義字義得所會歸足以敷暢許說而止

一漢儒傳經最重家法諸經師承旣殊立說自各有主許君於其說文自序蓋特鄭重言之故今一依許序各經分別爲考每經之前冠以敘例備述許學所出以明其所宗者何在其有一字兼引數

經者。如七篇㫃部旝下引春秋傳又引詩。六篇木部櫝下引詩又引周禮。十四篇金部鉉下引易又引禮。十三篇土部堋下引春秋傳又引禮周官及虞書。凡此等字。則亦各經分見。使歸其家。

一說文流傳有大小徐本之異。或大徐本以引經爲正文。而小徐本爲鍇之案語。或小徐本以引經爲正文。而大徐本無之。清儒校說文者。擇善而從。頗有取舍。然竊謂大徐奉敕校定。意在求復許書之眞。小徐以繫傳通釋爲名。實欲自成一家之說。兩本雖可互參。不可棄鉉從鍇。故今一以大徐本爲據。惟別有的證。确知當從小徐者。如十二篇手部捊下之引詩。大徐本奪則補之。一篇示部禜下之引禮記。大徐本誤則訂之。又如十二篇戈部戭下大徐本偁周禮。小徐本作周制。集韻六脂則云說文引禮。無周字。類篇戈部又云說文引書。今尋其文。實出周書顧命。類篇蓋得其本。但語與顧命亦不全同。未敢質定。謹從蓋闕。

一大小徐本自宋訖今。幾經傳寫。不能無譌。如三篇言部語下引傳曰告之話言。實出於詩。四篇角部衡下引詩曰設其楅衡。實出周禮十篇心部懘下引詩曰相時懘民實出商書凡若此類兩本竝同無可是正今雖仍從舊系然於本條下則各辨明其誤又如十一篇魚部䱴下引周禮謂之䱴兩本亦同今周禮無其文復不見於他經集韻十七登類篇魚部䱴下引說文亦俱無其語今則屏而不錄

一說文古本不可見二徐本外戴侗六書故所引有唐本有蜀本校說文者頗依之然戴書駁襍未必盡可據（鄭珍曰案唐本者宋晁說之據所得諸舊本作參記許氏文字書其中所載者也凡戴氏所偁唐本皆出此書）清季獨山莫氏得唐人寫本說文木部殘帙箋刻以行雖存字無多而引經之文適有在其內者足訂二徐本之誤今得取證又日本汲古留真所收說文口部殘葉其字更少偶有涉及經義不同二徐本而與經典釋文所引說文相合者亦足珍也

一踵說文而出之書聲類字林已佚其存而著者曰玉篇廣韻廣韻又承於切韻次則有集韻類篇凡此諸書雖主形主音體例各別然其訓注大抵多本說文尤治說文者之所資也惟今通行之玉

篇廣韻皆出宋陳彭年等重修中經唐人遞相增損已非其舊學者頗引為缺恨自日本所藏舊鈔卷子玉篇零卷景本出而後顧氏原書乃得睹彼翔實自巴黎所藏敦煌唐寫本切韻殘卷景本出而後陸氏原注長孫氏增注乃得窺其仿佛兩書於考說文引經並有所助卷子玉篇野王案語所采古籍更博凡許偁經文異同之故往往得之而定

一說文自序其偁易孟氏書孔氏詩毛氏禮周官春秋左氏論語孝經皆古文也然觀全書所引則實古今文兼備後人頗以此為疑愚謂許自序蓋言其學之所主引經當不以彼為限則知凡在所主之外者固多今文矣各經今古文本復自有異同許君引經證字亦即因字存經欲校許引今文莫若漢熹平一字石經欲校許引古文莫若魏正始三體石經兩石經皆稍後於說文今雖並佚然見於宋洪适隸釋隸續之所載及晚近出土殘石拓片與夫諸家之所集錄考釋猶可得其一二今並參稽以與許印

一諸經今古文之辨以尚書為最煩古文尚書出於東晉梅頤所奏

上老。清儒已證定其僞。然除增多之二十五篇外其餘二十九篇（析盤庚爲三則爲三十一篇梅本又從堯典分出舜典從皋陶謨分出益稷故爲三十三篇）馬鄭所注。說文所引。皆莫能外。此則梅本傳雖僞。經固不僞也。乃自唐天寶三載詔集賢學士衛包改尚書古文從今文。於是梅本之經文亂。自宋開寶五年。詔李昉陳鄂刪定尚書釋文改從唐之今文。於是陸本之釋文又亂。經文亂。既失梅本之舊。釋文亂。則梅本經文之所失者何若。亦無以考知矣。今觀說文所偁尚書。多不與注疏本經文同。此其故。一則因許君所據古文。或爲壁中本。或爲別本。一則因注疏本經文依唐開成石經。開成石經又用衛包所改。有以致之耳。邇年上虞羅氏先後景印日本所藏古寫本敦煌唐寫本隸古定尚書殘卷及敦煌唐寫本尚書釋文殘卷以行。斯並天寶開寶以前未經改竄者。爲清儒所未及見。檢其經文。視說文所引。則合者多而不合者少。故今並取以相校。使知梅本不僞之經。蓋亦有取於許書也。

一。說文之業。以清儒爲最盛。其專治本書者。如嚴氏校議之類。桂氏義證之博。段氏注之精深。固無以尚之矣。其他治經而以漢學名家者。或述古義。或撰新疏。或輯遺文。或著通說。或散爲札記叢錄荅問之屬。莫不洽孰說文。資以立訓。茲編之作。旣分經爲考。故凡諸家經說有與許說相會者。咸加甄采。惟善是從。其有管窺則下愚案。非無出入之詞。冀獲折衷之解。

一。說文一書。六藝羣書之詁。皆訓其意。故不偁經名而實用經語。或不偁經名而實係經字者。所在多有。今所考者。則但以偁經者爲畫。蓋其所不偁。莫知許意所主。未敢肊定也。至若所引羣書。其說亦閒有足證經義者。當於引羣書考中論之。又有引某家說。卽係經說者。當於引通人說考中論之。讀若引經。主於證音。不主證義者。當於說文讀若考中論之。此竝不入。

說文解字引易考

說文解字引易考敍例

許君引易。主於孟氏。案漢書儒林傳。孟喜易學有兩種。其與施讎梁丘賀同受之於田王孫。後得立於學官者。博士之易也。其得易家候陰陽災變書。詐言師田生且死時枕喜厀獨傳喜者。易之別學也。京房之易。託之孟氏。趙賓之易。喜爲名之。並別學之一派。後人以許君偁經皆曰古文。疑孟易今文爲不類。段玉裁則謂許所偁六藝皆以發揮古文。非皆壁中古文本。易孟氏之非壁中明矣。此論函胡。近人王國維又謂說文敘末古文二字。乃以學派言之。而不以文字言之。謂說解中所偁皆古文學家而非今文學家也。易孟氏非古文學家。特牽率書之。此則似欲補正段說。而實不然。易孟書孔詩毛春秋左擧氏而言。尚可曰家。禮周官論語孝經。但主經名者。家何所主耶。且說文引經之字。多不同於今本。亦不得謂古文不以文字言也。陶方琦漢孳室文鈔有許氏說文用孟氏古文易說。列擧說文所引與今易不同之字。以爲此出於孟氏古文之易者不少。又謂釋文所引孟氏易異文甚尟。其云說文作某者。皆說文用孟氏古文之易也。惟孟氏之易何以知爲古文。則陶說未之及宋翔鳳過庭錄亦有易孟氏爲古文一則。舉證頗富。然語無絜矩。且亦未能揆孟易古文之原。愚案秦時燔書。易爲筮卜之事。傳者不絕。無須壁藏。其初本無今古文之異。自漢立學官。博士傳習。章句大誼。率爲隸書。而今文之說乃起。章句之學既爲今文。則筮卜之術不用章句者。自仍保持原本。當爲古文。據漢書藝文志。劉向校書所見有中古文易經。蓋卽原本經文之藏於祕府者。而民間有費高二家之說。費直之易與中古文同。又據儒林傳。偁費直治易。長於卦筮。亡章句。徒以彖象繫辭十篇文言解說上下經。高相治易。與費公同時。其學亦亡章句。專說陰陽災異。自言出於丁將軍。案丁寬傳。寬嘗從田何受易。復從雒陽周王孫受古義。此所謂古義。蓋別於章句今義而言。疑卽陰陽災異之義。藝文志以費高二家並舉。費氏經既爲古文。則高自言出於丁者。當得丁古義之傳。所執之本。亦必爲古文。故與費俱亡章句也。夫費氏以卦筮見長。高氏以陰陽災異爲說。正與孟氏候陰陽災變之書合。二家皆古文。則孟所得書。要亦爲古文無疑。且孟之本師由王孫。學本受之丁寬。自亦得見古義。是孟書淵源又自可溯。其言雖詐。其書固不誣也。宋翔鳳、謂孟氏易學最傳、得陰陽災變以授焦延壽、得古文以授費直、是謂孟於陰陽災變書外、別有古文之得也、其語無據、又費直之易、史不言其所出、來謂受之孟氏、亦聽說也、然則許君偁孟易爲古文、蓋指其別學而言、持之有據、絕非牽率矣、

孟氏之易、今已不傳、散見於陸德明經典釋文孔穎達周易正義李鼎祚周易集解者、皆零文碎字、其大義絕不可見、說文之例、雖引經證字、取足明字義而止、不詳引經說、然其字義即是經義、故凡偁易曰者、固亦或博攬眾家、不必盡出於孟、而孟氏之義、則往往而在、京房之易亦佚、據漢書儒林傳、房受易梁人焦延壽、延壽云、嘗從孟喜問易、會喜死、房以爲延壽易即孟氏學、房明災異、本與孟易別學爲一家、則釋文正義集解所錄京氏遺說、亦孟義之旁證、漢末陸績治京氏易、又可由陸推京而轉以證孟、三國志吳志虞翻傳注引翻別傳、翻初立易注、上奏自言、高祖父光、少治孟氏易、曾祖父成、纘述其業、祖父鳳、爲之最密、考歆、受本於鳳、最有舊書、世傳其業、至翻五世、是虞氏易注、尤孟義之大宗也、陸虞遺說、亦見釋文正義集解中、故今兼采以佐成許說、庶許君孟易之學、由是益明、集解存虞注最多、故所采亦特詳、

後漢書儒林傳、稱馬融鄭玄荀爽並傳費氏易、融爲其傳、授玄、玄作易注、爽又作易傳、費本既爲古文、而其學之所長、又與孟易別學爲近、今費之訓說不傳、或謂本無訓說、諸儒斟酌各家以通之、則是由釋文正義集解中所存馬鄭荀三家注以觀費易、猶可得其彷彿、而亦孟易之輔也、故今亦間采之、以爲許說之助、惟王弼之易、雖所宗同爲費本、而自標新義、一掃漢學、斯無取焉、

說文解字引易考字目

卷一

禔 祀 屯 萏 蘢 葬 牝 犕
告 啞 各 遄 遴 迒 鞶 鞏
䢅 䟽 庸 眈 相 脢 坴 利
封 剆 鬍 顛 虩 荆 皀 㮰
梆 榰 欜 鮚

卷二

旳 晉 𦘥 㬉 㒼 鼎 鼏 宇
豐 窞 㒳 皤 㫐 般 裕 斐
卮 駒 驅 狩 黔 黷 契 壺
𩫖 忼 懥 洌 㳅 需 闃 抍
扐 媾 綮 畬 鉉 輹 隕 隍
壬 去

說文解字引易考卷一

衡陽馬宗霍

禔 示部 安福也。从示，是聲。易曰：禔既平。市支切

禔既平者，坎九五爻辭文。今易作祇。陸德明釋文云：「祇，京作禔。說文同。安也。」愚案京房之易出於孟喜，知孟易亦作禔也。許訓禔為安福也者，以釋文所引校之，則今本安下多福字。文選司馬相如難蜀父老李善注引「說文，禔，安也。」亦無福字。玉篇示部云：「禔，福也，安也。」或據此謂安福當為二義。福所以申安也。然易辭此禔則但取安義，蓋坎之為卦，坎下坎上☵☵，與離旁通。離者，離下離上☲☲。乾二五之坤成坎，坤二五之乾成離。坎三至五又互艮，李鼎祚周易集解引虞翻曰：「艮為止。坎為平。禔，安也。艮止坤安，故禔既平。得位正中，故无咎。」虞氏就爻體之互立說，以禔為安，正與許合。惠棟周易述此主虞義，兼採京許之訓，而曰：「既安且平。水之德也。」移既字於安上，又增且字，似未必當經恉。愚謂坎之言科，盈科而後進，水之性也。盈則出坎，出坎則吉矣。九五位雖得正，但能平而不能盈，

禔既平者。既，已也。猶言安於已平也。安於已平，故无咎。未能出坎，故象曰：坎不盈，中未光大也。循繹經文，如此釋之自暢。禔通作祇者，禔從是聲，祇從氏聲，古音同在支部。說文糸部，緹或從氏作紙，禔之通祇，猶緹或作紙矣。本經復之初九『无祇悔』，彼釋文云『王肅作禔』，陸績：『禔，安也。』亦其證也。然許訓祇爲地祇，去安義甚遠。則作祇爲叚借字，作禔正字也。本卦釋文又引鄭玄云：『祇當爲坻，小丘也。』此則主於破字，字異義亦異。王引之經義述聞謂『祇當讀爲疧』，俞樾羣經平議謂『祇當作氏』，斯又竝異於鄭，說皆迂回，未可從。

祝 示部 之六切

祭主贊詞者。从示，从人口。一曰从兌省。易曰：兌爲口爲巫。

兌爲口爲巫者，見說卦。吳玉搢云：『今易說卦作兌爲巫爲口舌。說文兌注亦引此文，作兌爲巫爲口，較今本少舌字，疑此誤。』陳瑑曰：『今易作爲巫爲口舌，其作兌爲口者，在前一章。』愚案兌下引易出徐鉉等，非許書原文，不足據。許君此蓋隱栝說卦前後之詞，不必泥某一句，亦非有誤也。因祝字一曰從兌省，故偁易以證字形之別說。兌爲口，則與祝之從口相同，是別說與本說不違。兌爲巫，且證祝與巫於古無二，分別之，則祝以言交神，巫以舞降神，故周官巫祝異職。上古有巫無祝，巫即兼祝之事，故說文又訓巫爲祝也。

屯 屮部　難也。象屮木之初生。屯然而難。从屮貫一。一，地也。尾曲。易曰：屯，剛柔始交而難生。陟倫切

屯，剛柔始交而難生者，屯彖傳文。許君訓屯爲難，故引之以證本義。義由形見，證義即兼以證形也。蓋屯之爲卦，震下坎上☳☵，震坎皆一陽二陰之卦，震之陽在初，坎之陽在二，上下皆陰，陽陷于中，故曰難生也。屯之爲字，屮在一下，屮者，屮木初生，象丨出形，有枝莖也。一既爲地，則貫地而出，其勢自難，故曲其尾。曲其尾即所以象難之形也。集解引虞翻曰：『乾剛坤柔，坎二交初，故始交，確乎難拔，故難生也。』張惠言周易虞氏義釋之曰：『拔，拔出地也。』即用說文貫地之義，知虞許說相匯。

菑 艸部　不耕田也。从艸甾。易曰：不菑畬。側詞切　○甾，菑或省艸。

不菑畬者，无妄六二爻辭文。釋文引馬融云『菑，田一歲也。』集解引虞翻曰『田在初一歲曰菑。』詩小雅采芑孔疏引鄭玄易注『田一歲曰菑。』竝與爾雅釋地合。許訓不耕田也者，陳鱣謂『不當爲才。才耕田謂始耕田也。』段玉裁以韓詩及董遇易章句皆曰『菑，反草也。』謂『不當爲反，字之誤也。』郝懿行爾雅義疏引說文從段說，承培元又謂『不耕之上蓋奪田字，謂耕不耕之田謂之菑也。』愚案作才無據，作反雖有據，然反草成詞，反耕田似不成詞，承增田字，其意則是，其增字亦贅，皆非也。尋詩采芑孔疏又引孫炎爾雅注云『菑，始災殺其草木也。』是知菑與災通，菑爲殺草之名，草必先災殺而後反，與反草之說亦相成。許於菑下雖不出災訓，而菑之重文作甾，甾從巛，形中自見災義，其訓爲不耕田者，猶云不耕之田，卽田之未墾治者，俗所謂生田也。生田草萊蕪塞，必以利耜熾菑發之。詩小雅大田云『俶載南畝。』鄭箋讀俶載爲熾菑，正是其義。菑惟施於不耕之田，故不耕之田卽謂之菑。若已耕之田，則爾雅之新田，孫炎云『柔田。』俗所謂孰田，不煩熾菑矣。許語簡質，與爾雅訓雖異而意實不違。既非字誤，亦非有奪。讀之偶疏，遂失其恉，而疑有誤有奪耳。敦煌唐寫本切韵殘卷七之甾下引亦作不耕田。廣韵引同。又舊本作不之證。

蘼（艸部）艸木相附蘼土而生。从艸麗聲。易曰：百穀艸木蘼於地。呂支切

百穀艸木蘼於地者，離彖傳文。今易作麗。小徐本及類篇引並與今易同。釋文云：「麗，說文作蘼。」則合於大徐。張惠言易義別錄謂：「此引易以明蘼之從艸。易文不宜爲蘼字，傳寫譌耳。」段玉裁亦謂「此引易說從艸麗之意，證字形耳。」其說文注本改從小徐，而譏陸氏釋文所引爲謬。愚案集解引虞注亦作麗，知孟易未必是蘼字。許君當同。說文引經說字形，其例甚多。張段之說是也。或謂「易言百穀艸木，則正字宜從艸作蘼。」然本經上文「日月麗乎天。」下文「重明以麗乎正，柔麗乎中正。」三麗字將何以說。嚴可均說文校議雖泥於釋文所引，疑六朝舊本已如此。但亦證以本經上下文，定從段說爲是。宋翔鳳周易考異不信段說，蓋於說文引經之例有未達也。嚴章福說文校議議曰：「釋文麗引說文作蘼，蓋言說文附麗字作蘼，古文借麗爲之，故云說文作蘼。蓋釋文所云說文

作某者，謂說文正字作某，經典則通用某，非謂說文引經有異同也。』案此亦可備一說。

葬 茻部 藏也。从死在茻中，一其中所以薦之。易曰：古之葬者厚衣之以薪。則浪切

古之葬者厚衣之以薪者，繫辭下文。段玉裁云：『此引易繫辭說從死在茻中之意也。上古厚衣以薪，故其字上下皆艸。』愚案：即形求義，從死之死謂屍也，薦以艸，上下覆藉之，無使土親膚耳。許訓藏也者，禮記檀弓云：『葬也者，藏也；藏也者，欲人之弗見也。』此即許說所本。然孟子言『上古之世，嘗有不葬其親者』，是則葬非上古之事。孔穎達周易正義亦云：『若極遠者則云上古，其次遠者則直云古。厚衣之以薪，葬之中野，猶在穴居結繩之後，故直云古也。』據此，知許君偁易，蓋亦兼明葬始於古而非上古。段氏上古之云，微失許意。檀弓又云：『有虞氏瓦棺。』鄭玄注云：『始不用薪也。』彼孔疏亦引易繫此文以申注。然則有虞氏以前固皆用薪葬矣。

牝 牛部 畜母也。从牛，匕聲。易曰：畜牝牛，吉。毗忍切

畜牝牛吉者，離卦辭文。許訓牝爲畜母也者，段玉裁云：『牝爲凡畜母

之偁。而牝牛最吉。故其字從牛也。』愚案牛爲畜之最大者。故牝字從之而以爲畜母之通偁。與牡之從牛而爲畜父之通偁同。猶萬物之物亦從牛也。就造字言。與吉義無涉。吉乃易義。非字義之所取也。又案離之爲卦。本自坤來。說卦云：『坤爲子母牛。』子母牛卽牝牛也。故許君引之以爲畜母之證。李道平周易集解纂疏云：『昭五年左傳「純離爲牛。」離坤之子也。坤離皆牛。故爲子母牛。』此亦可備一解。然說卦離無牛象。集解引虞翻注。則謂『俗說皆以離爲牝牛。失之。』是虞氏蓋從說卦。以牝牛專屬之坤矣。坤又爲母。許意或與虞同。

犕 牛部　易曰。犕牛乘馬。从牛。𤰈聲。平祕切

犕牛乘馬者。繫辭下文。今易作服。案說文服在舟部。訓『用也。一曰車右騑。所以舟旋。』義不涉於牛事。又案本經下文云：『引重致遠。蓋取諸隨。』隨之爲卦。震下兌上☱☳。否上之初成隨。否者。坤下乾上☰☷。隨否之中皆互艮巽。集解引虞翻曰：『否乾爲馬爲遠。坤爲牛爲重。坤初之上爲引重。乾上之初爲致遠。艮爲背。巽爲股。在馬上。

故乘馬，異爲繩，繩束縛物，在牛背上，故服牛。出否之隨，引重致遠，以利天下，故取諸隨。』是虞氏就卦象立說，以縛物於牛背謂之服牛。服牛者，謂牛能引重也。然則今易辭之服，蓋爲叚借字，服之弟二義爲車右騑，說文馬部云：『騑，驂旁馬。』驂旁之馬，所以夾轅而助引車，引車引重，義亦相近。物在牛背，猶鞍之在馬背也。許偁作犕，犕從牛，當爲服牛正字，犕通作服者，服從𠬝聲，犕從葡聲，古音同在之部也。惟許君犕下但偁易，別無義訓，諸家以爲有脫文。尋玉篇牛部云：『犕，服也，以鞍裝馬也。』兼收兩義，玉篇多本說文，愚疑今本說文易曰上或脫『服也』二字，許君以服釋犕，明服犕爲古今字，字異而義固不殊也。嚴可均據初學記卷二十九引字林云：『犕，牛具齒也。』謂『或舊說文亦同。』今案廣韻六至亦云：『犕，牛具齒。』如嚴說，則許偁易爲廣一義矣。

告　部首　牛觸人，角箸橫木，所以告人也。从口，从牛。易曰：僮牛之告。古奧切

僮牛之告者，大畜六四爻辭文，今易作童牛之牿，釋文云：『牿，九家

作告。說文同。」愚案許訓告『牛觸人角箸橫木所以告人也。』訓牿『牛馬牢也。』兩字義別。大畜之卦。乾下艮上☶☰與萃旁通。萃者。巽下坤上☷☴集解引虞翻曰『萃坤爲牛。告謂以木楅其角。大畜。畜物之家。惡其觸害。艮爲手爲小木。巽爲繩。繩縛小木橫箸牛角。故曰童牛之告。』據此則易辭此告。即周禮地官封人職所謂『楅衡。』虞注正與許合。知許引易亦證角箸橫木之義。非證告人之義也。由楅衡之義引申之。與牿義亦通。然告已從牛。牿又加牛旁。當爲後起之專字。正字當作告。告義既主於告牛。而兼以告人爲義者。錢坫曰『設木於角。所以告牛。亦所以告人使知之。故告通於告語之告。』此說近之。惟其義兼告人。故又從口。此古人造字之微恉也。段玉裁謂『牛口爲文。未見告義。且字形中無木。則告意未顯。且如許所云。是未嘗用口。是告可不用口也。何以爲一切告字見義哉。此許因童牛之告而曲爲之說。非字意。故木部楅下不與此爲轉注。此字當入口部。從口。牛聲。牛可入聲讀玉也。』案如段說。則告字當以告人爲本義。然告人何必從牛。恐許意不如此。愚謂告字兩義。以從牛為主義。從口爲兼義。兼義由主義而生。是故從其主義。當入牛部。從牛。口聲。口與告雙聲相轉也。後世告人義行。主義已爲兼義所奪。從告之字有嚳。又與牛義無涉。若入之牛部。則嚳字無所屬。若入之口部。則所以從牛之意不著。故許君特立告部。廁於牛口兩部之間。此又許君分部之微恉也。然猶恐人祇知兼義不知主義也。則又引易僮牛之告以爲證。以易辭此告正用其主義也。其他從告之字。言部有誥。訓曰告也。此雖以告爲聲。實則兼取告人之義者也。木部有梏。訓曰手械。此亦以告爲聲。實則兼取角箸橫木之義而廣之者也。於此亦知告本兩義。故從其聲者亦各行一義。然則段疑角箸橫木爲許曲說非字意者。殆不然矣。又案周禮秋官大司寇職賈公彥疏引鄭玄易注此文作『梏』。雖鄭依手械之義立說。謂『牛無手。以足言之。持木以就足。是施梏』。與許虞橫木於角之解不同。惠棟九經古義云。『釋名曰。牛羊之無角者曰童。大玄云。童牛角馬。明童牛者無角之稱。童牛無角。是梏施於前足。許鄭二說近之。今作牿者非也。』愚案釋文引劉云。『牿之言角也。』陸云。『牿當作角。』惠氏說以訂劉陸則可。其謂許鄭二說近之。許鄭固有別也。而梏之從告由告牛之義衍出。又得一確證。且段氏疑告字形中無木。梏則形中

有木矣。正告之孳乳字也。又粊書費誓云『今惟淫舍牿牛馬。』彼
孔疏云『鄭玄以牿為桎梏之梏。施梏於牛馬之脚，使不得走失。』
是鄭書注與易注同，知告梏牿三字古蓋通用，而要以告為其本。朱駿
聲說文通訓定聲謂告當從口從之會意，訓謁白。牿當訓牛角木，其說甚謬。

啞 口部 笑也。从口，亞聲。易曰：笑言啞啞。於革切

笑言啞啞者，震彖傳文。許訓笑也。釋文引『馬融云「啞啞，笑聲。」
鄭玄云「樂也。」』馬與許說合。樂然後笑。鄭義與馬許亦互足。集
解引虞翻曰『啞啞，笑且言。』以啞啞為狀笑，亦同於許也。徐鍇說
文繫傳呝下自引易曰『笑言呝呝。』案許訓呝，喔也。喔，雞聲也。則
呝非本字。陸氏釋文亦無作呝之本。未知小徐何據。

吝 口部 恨惜也。从口，文聲。易曰：以往吝。良刃切 ○ 𠵩 古文吝从彣。

以往吝者，蒙初六爻辭文。許訓吝，恨惜也。惠棟讀說文札記曰『方
言云「凡貪而不敢，或謂之吝。吝，恨也。」以往吝，亦作遴。古易必有
辨。今王弼俱作吝。此條後人所加。』嚴可均曰『吝。文選琴賦注引
說文作貪惜也。貪義為長。辵部引易作以往遴。此當疑。』愚案恨惜

貪惜雖微不同，貪恨二解既皆見方言，是吝實兼兩義。許訓蓋即自方言出。但易辭此吝與以往連文，似於二義皆無當，則作吝爲叚借字。集解引虞翻曰：『吝，小疵也。』亦與本義不相應。宋翔鳳曰：『說文又引以往吝者，乃博士所傳之易。今傳荀虞注文皆作吝無遴者，經字雖用古文，傳注自爲今字，如毛詩周禮之類並同。蓋唐時諸家易微，其古文輒以今字改之。』愚謂虞氏小疵之注，蓋從本經繫辭『悔吝言乎小疵』而來，是虞所據經文當亦作吝。又屯六三爻辭『往吝』，彼釋文引馬融云：『吝，恨也。』正用吝之本義，以彼例此，則此文馬本亦是吝字。然則作吝疑亦古文，宋說似未確。段玉裁謂『許易偁孟氏，或兼偁他家，或孟易有或本，皆未可知。』是也。

遄 辵部 往來數也。从辵，耑聲。易曰：㠯事遄往。市緣切

㠯事遄往者，損初九爻辭文。今易㠯作已，㠯本從反巳，二字古亦通用。釋文云：『已本亦作以。』以即㠯之隸變也。遄者，集解引虞翻曰：『遄，速也。』案遄速爾雅釋詁文。許訓往來數也者，數兼所角桑谷二切，桑谷之音與速同，字亦通作速。周禮考工記弓人鄭玄注云：『

故書速或作數。』是其證。知虞注與許說合。許又以徃來二字申之者。遄從辵。辵者乍行乍止。即且前且卻之意。然此自是字義。經義則但取數速耳。

遴 辵部 行難也。从辵。粦聲。易曰。以徃遴。良刃切 ○僯。或从人。

以徃遴者。蒙初六文辭文。已見口部吝下。彼引作吝。與今易同。此引作遴。蓋兼存異本也。惠棟云。『漢書吝字皆作遴。今蒙之初六云。以徃吝。或遴即吝字。或古文重所傳師讀異也。』愚案遴從粦聲。吝從文聲。古音同在真部。故通用。然許訓遴為行難。實與易合。蒙之為卦。坎下艮上☶☵。艮為山。坎為險。其象為山下有險。徃者行也。徃而遇險。其行自難。故曰以徃遴。集解引虞翻曰。『之應歷險。故以徃吝。吝。小疵也。』此由虞所據本作吝。而吝之本義又與歷險不貫。故但用繫辭『悔吝言乎小疵』之語以釋此吝。許君引證遴之本義。疑孟易亦作遴不作吝也。又案說卦『坤為吝嗇。』彼釋文云『吝。京作遴』京出於孟。以彼例此。則此文孟作遴。又得一旁證。特吝嗇當以吝為本字。遴為借字。徃遴當以遴為本字。吝為借字。此則所當辨耳。

𨒅 辵部 踰也。从辵，戉聲。易曰：「雜而不𨒅。」王伐切

雜而不𨒅者，繫辭下文。今易作越，案說文走部云：『越，度也。』足部云：『踰，越也。』𨒅既訓踰，是𨒅越音義皆同。李富孫易經異文釋據說文此條，謂『凡踰𨒅字當從此。』蓋又未悟𨒅踰越之遞相訓也。集解引九家易曰：『陰陽雖錯，而卦象各有次序，不相踰越。』與許說合。

鞶 革部 大帶也。易曰：「或錫之鞶帶。」男子帶鞶，婦人帶絲。从革，般聲。薄官切

或錫之鞶帶者，訟上九爻辭文。許訓鞶大帶也，釋文引馬融云：『鞶大也。』集解引虞翻曰：『鞶帶，大帶，男子鞶革。』愚案鞶從般聲，說文舟部般雖訓辟，方言一、廣雅釋詁一並云：『般，大也。』聲中兼意，故許以大帶爲鞶之本義。馬以經文鞶與帶連，故但訓鞶爲大，非與許異。虞云鞶帶大帶，是亦解鞶爲大，即用馬說。許引經之下又云男子帶鞶，婦人帶絲者，案禮記內則云：『男鞶革，女鞶絲。』許語蓋本彼文。惟許意鞶本帶名，故易鞶爲帶，鞶從革，其物帶也，其質革也，故

又以鞶代革。然則許言男子帶鞶者。即內則之男鞶革也。虞云男子鞶革。亦用內則文。與許正合。又案左傳桓二年云『鞶厲游纓。』杜預注云。『鞶紳帶也。一名大帶。』孔穎達疏引內則而申之曰。『鞶是帶之別稱。遂以鞶爲帶名。言其帶革帶絲耳。』蓋即襲許此說。孔疏又云。『賈服等說鞶皆與杜同。惟鄭玄獨異。禮記內則注以鞶爲小囊。』據此。又知許大帶之訓。實受之賈侍中。至鄭之獨異。不惟禮記注。周禮春官巾車職賈公彥疏引易訟卦此文注云。『鞶帶。佩鞶之帶。』彼亦鄭注也。故賈疏又云。『易之鞶謂鞶囊。即內則云男鞶革是也。』是賈疏意謂鄭易注與禮注同也。於此可知鞶之爲物。在漢賈許馬服虞諸儒皆以爲帶。惟鄭以爲小囊耳。

鞏 革部 以韋束也。易曰。鞏用黃牛之革。从革。巩聲。居竦切

鞏用黃牛之革者。革初九爻辭文。釋文引馬融注。『鞏。固也。』集解引干寶注同。案鞏固爾雅釋詁文。許訓以韋束也者。束之使固。義亦相成。其字從革。韋猶革也。說文韋部云。『韋。獸皮之韋。可以束。枉戾相韋背。故借以爲皮韋。』是韋之借義本與革同。故許君引黃牛之

革爲證。又案爾雅釋詁邢昺疏引說文云『鞏，以革有所束也。』正作革不作韋。更與易辭合。或今本說文韋束之韋爲革字之誤，亦未可知。

䵻 丮部 食飪也。从丮𦎫聲。易曰：䵻飪。殊六切

䵻飪者，見鼎卦彖傳。彼云『鼎，象也。以木巽火，亨飪也。』釋文云『亨，本又作亯，同普庚反，煑也。』案說文亯部云『亯，獻也。从高省，曰象進孰物形。』篆文作亯，許兩切，由孰物之義引申爲飪煑之偁，則讀普庚切。由獻進之義引申爲亨通之偁，又讀許庚切。今隸書則本義作享，亦作亨，飪煑作亨，亦作烹，亨通則但作亨，蓋享亨皆小篆亯之變，烹又後起之俗字也。本爲一字，義變而音形隨變，後人遂妄生分別。釋文既以亨煑爲音義而云又作亯，所以存古文也。許引作䵻，訓曰食飪也者，案䵻从𦎫，𦎫从亯，義亦相因。然䵻讀殊六切，則音與亯異，非亯之借。疑許所據爲孟本。今隸書凡從𦎫者皆作享，與亯之隸無別，故䵻亦作孰矣。俗以孰爲誰孰字，乃又加火作熟爲生熟字，亦猶亨之作烹也。鼎之象爲器，用以煑物，䵻飪者，猶言煑之使䵻。正與鼎象相應。鼎之爲卦，巽下離

上☲☴巽為木離為火集解引九家易曰『鼎言象者卦也木火互有乾兌（二至四互乾三至五互兌）乾金兌澤澤者水也爨以木火是鼎鑊亨飪之象』又曰『鼎能孰物養人故云象也』又引鄭玄曰『鼎亨孰物之象亨孰以養人』是九家本及鄭本字雖作亨飪而益以孰釋亨與許說相合錢坫謂『今易作亨飪者應為𦎫飪字之譌也』嚴可均又謂『說文所引蓋出易說』似皆未悟易有異本許所偁固不必盡與今同也

弒（殺部） 臣殺君也易曰臣弒其君从殺省式聲（式吏切）

臣弒其君者坤文言文釋文云『弒本或作殺音同』段玉裁曰『述其實則曰殺君正其名則曰弒君春秋正名之書也故言弒不言殺三傳述實以釋經之書也故或言殺或言弒不必傳無殺君字也許釋弒曰臣殺君此可以證矣』愚案殺為通名弒則分別之詞許以殺訓弒明弒之本義為殺引易文言又明弒之所施有專指也公羊隱四年傳云『與弒公也』何休注云『弒者殺也臣殺君之辭』與許說同今經典弒殺二字多相亂廣韻七志云『弒亦作殺』

漢書五行志下之下顏師古注云『殺亦讀曰弒』其實殺從杀聲，古音在脂部，弒從式聲，古音在之部，義同而音固不同部也。又案新出漢熹平石經殘碑周易文言傳此文作『臣試其君』，彼所據未知以何一家本爲主，但後記有易梁施氏字，則固以今文入石也。白虎通義誅伐篇云『弒者試也，欲言臣子殺其君父不敢卒，候閒司事，可稍稍試之』此又今文家之經說，洪适隸釋所載熹平石經公羊殘碑隱公十一年傳兩弒字皆作試，公羊亦今文，故石經與易文言傳同。今公羊傳作弒，疑非其舊，幸新出石經易傳有此文，得與隸釋互證，而弒與試爲古今文之分以定。

庸 用部 用也，从用从庚，庚，更事也。易曰：先庚三日。余封切

先庚三日者，巽九五爻辭文，段玉裁云『先庚三日者，先事而圖更也，引以證用庚爲庸，與䕻寷引易同意』愚案此引證本篆所從庚字之義也，與䕻之引麗，寷之引豐微別，彼引以說本篆之形，明䕻之從麗，即取聲義於麗，寷之從豐，即取聲義於豐，此則雖合用庚爲庸，而許訓庸爲用，是以用爲義，不以庚爲義也，故先以更事釋庚，而後

引易辭證之。又案說文庚下云『位西方，象秋時萬物庚庚有實也。庚承己，象人齎。』是庚之爲更，許君不以爲本義，故庚部不引易。然史記律書云『庚者，言陰气更萬物。』漢書律歷志云『斂更于庚。』則庚之爲更，又爲古義，故許於庸下存之，是亦引經說字之又一例，讀說文者所當知也。

眈 目部 視近而志遠。从目，冘聲。易曰：虎視眈眈。丁含切

虎視眈眈者，頤六四爻辭文。釋文引馬融云『眈眈，虎下視貌。』集解引虞翻注同。許訓視近而志遠，視近與視下義亦合。朱駿聲曰『紞爲組下垂，耽爲耳下垂，故眈爲目下視也。』又云志遠者，案本經下文云『其欲逐逐。』則虎之下視，蓄養威而有所欲也。釋文逐逐下引『子夏傳作攸攸，荀爽作悠悠，劉作跾，云「遠也。」』又許說志遠之旁證。焦循易通釋云『逐逐猶悠悠，言其遠也。溯其所以遠，則由虎視眈眈而來，風從虎也。』此即用荀劉之義，足以申成許說。又案漢竹邑侯相張壽碑云『覘覘虎視』，洪适隸釋謂『以覘爲眈』，顧靄吉隸辨謂『或古易眈作覘，未可知耳。』愚謂作覘蓋爲今文。說文見部云『覘，內視

也。』內視猶近視。錢大昕潛研堂文集答問亦云：『覞部虎視眈眈之眈。』眈從冘聲，古音在談部。覞從甚聲，古音在侵部。侵談旁轉。故眈通作覞矣。

相 目部 省視也。从目，从木。易曰：地可觀者莫可觀於木。詩曰：相鼠有皮。息良切

地可觀者莫可觀於木者。今易無此文。王應麟困學紀聞疑此易傳及易緯之文。段玉裁云：『此引易說從目木之意也。目所視多矣，而從木者，地上可觀者莫如木也。五行志曰：「說曰：木，東方也。於易地上之木為觀。」顏云：「坤下巽上，觀。巽為木，故云地上之木。」許蓋引易觀卦說也。此引經說字形之例。』錢大昕十駕齋養新錄云：『此殆是釋觀卦名義。巽上坤下，木在地上之象。其卦爲觀。於文木旁目爲相。相亦觀也。』嚴可均亦云：『此蓋易說也。齊書符瑞志引尚書大傳云：「東方易經地上之木為觀」，與此畧同。』愚案諸家之說皆是也。說文日部旻下引書說，偁虞書曰。仌部⿱罒無下引詩傳，偁詩曰。皆非書詩兩經正文，與此條引易正是一例。

脢 肉部 背肉也。从肉，每聲。易曰：咸其脢。莫桮切

咸其脢者，咸九五爻辭文。正義引『子夏易傳曰：「在脊曰脢。」馬融云：「脢，背也。」鄭玄云：「脢，脊肉也。」王肅云：「脢，在背而夾脊。」說文云：「脢，背肉也。」』集解引虞翻曰：「脢，夾脊肉也。」案諸家說並大同小異，而孔穎達所據說文與今本合。然說文肉部胂下云：「夾脊肉也。」則許意夾脊者謂之胂，不謂之脢，與虞說殊。馬言背不言脊，獨合於許。廣雅釋親云：「胂謂之脢。」亦渾言之，故段玉裁云：「諸家之言，不若許分析憭然。胂爲迫呂之肉，脢爲全背之肉也。」惟釋文又云：「鄭玄云：『脢，背脊肉也。』說文同。」是陸德明所據鄭注多一背字，所據說文多一脊字，與孔氏異，未知其審。

䏁 肉部 食所遺也。从肉，仕聲。易曰：噬乾䏁。阻史切 ○胏，揚雄說䏁从𠂔。

噬乾䏁者，噬嗑九四爻辭文。今易作胏，即䏁之重文。䏁從仕聲，古音在之部。胏從𠂔聲，古音在脂部。䏁一作胏者，合韻之理也。釋文引『馬融云：「有骨謂之胏。」鄭玄云：「胏，簀也。」』集解引陸績曰：『

肉有骨謂之胏。』許訓食所遺也者，桂馥謂『食脯吐其骨也。』則與馬陸之說亦相成，惟鄭爲異。段玉裁曰『鄭義謂胏爲笫之叚借。其說未聞。許義孟本孟說與。』愚案釋文又云『胏，子夏作脯，荀董同。』初學記卷二十六太平御覽八百六十二引王肅說亦作脯。云『骨在乾肉脯之象。』愚疑許引作𦙶者爲古文，今易作胏者從揚雄說，別體也。子夏作脯者，義以詁訓字易經。廣雅釋器云『胏，脯也。』是其證。宋翔鳳謂『揚雄所說乃古文也。』未必是。又謂『胏脯字相近。』一若以脯爲胏之譌者，更非也。

利　刀部　銛也。从刀。和然後利，从和省。易曰：利者義之和也。力至切　○

𥝢古文利。

利者義之和也者，乾文言文。段玉裁曰『引易說從和省之意。上云刀和然後利者，本義也。引易者，引伸之義也。毛傳曰「鸞刀，刀有鸞者，言割中節也。」郊特牲曰「割刀之用而鸞刀之貴，貴其義也。聲和而後斷也。」』許據此說會意。王筠曰『此字會意而意不可會，故分兩體說之。先解從刀，乃字之正義。又解從禾，以與利字相黏合。

引文言以爲和然後利證也。然此所云利，豈是銛義？蓋古義失傳，故不免支詘耳。』愚案引郊特牲說和利，見於陸佃埤雅，段蓋本之。楊愼亦云：『鸞刀貴割而聲尚和，利刀貴斷而字從和。易曰：利者義之和也。先王制器尚象，因文立政如此。』語尤簡切。惟並以鸞刀釋和，似和之義由鸞聲始顯，專以經義爲字義，恐亦未然。莊子養生主云『砉然嚮然，奏刀騞然，莫不中音，合於桑林之舞，乃中經首之會。』斯則善操刀者，自然有聲，不假於鸞，而刀之和利，亦於是可見，然要不可援之以說字也。又案許以銛訓利，銛與恬甛古音同在侵部。說文恬从甛省聲，銛从舌聲，韻會十四鹽銛下引說文亦作甛省聲。說文恬訓安，甛訓美，故銛亦得有和義。王筠疑和利與銛利異趣者，亦未達也。

刲 刀部 刺也。从刀，圭聲。易曰：士刲羊。苦圭切

士刲羊者，歸妹上六爻辭。文釋文引馬融云：『刲，刺也。』許亦訓刺，是馬與許同。集解引虞翻曰：『刲，刾也。』說文無刾字。李道平周易集解纂疏云：『史記封禪書「使博士諸生刾六經中作王制」。』注刾作刺，故云刲刾也。』愚案新出魏正始三體石經春秋殘碑僖公

經『刺之。』古文刺作㓨。是刾蓋㓨之隸寫省畧者。隸釋所載漢熹平石經魯詩殘碑刺字作刾。則又刺之變也。廣韻五寘以刾爲刺之俗體。

𠜾刀部 刑鼻也。从刀。臬聲。易曰。天且𠜾。魚器切 ○劓。𠜾或从鼻。

天且𠜾者。睽六三爻辭文。今易作劓。即𠜾之重文。𠜾從臬聲。劓從鼻聲。古音同在脂部。故𠜾或作劓矣。許訓刑鼻也者。小徐本作刖𠜾。𠜾當爲鼻之譌。可以大徐本訂之。集韻六至類篇刀部引說文皆作刖鼻。刖刑相近。則大徐作刑鼻者。刑又刖字傳寫之失也。說文刖下云『絕也。』集解引虞翻曰。『割鼻爲劓。』案廣雅釋詁云。『割斷也。截也。』斷截與絕義近。是虞許說合。釋文云。『劓截鼻也。』正義云。『截鼻爲劓。』蓋王弼於劓字無釋。故陸孔各自爲解。並與廣義同也。一切經音義卷十五卷十九卷二十一引說文俱作『決鼻也。』或謂刖決聲相近。決鼻猶言缺鼻。愚謂玄應所據。或是舊本。或以字林爲說文。亦未可知。釋文又引王肅劓作臲。云。臲。魚一反。說文無臲字。

觢（角部）　一角仰也。从角㓞聲。易曰。其牛觢。尺制切

其牛觢者。睽六三爻辭文。今易作掣。釋文云『掣。鄭玄作挈。云「牛角皆踊曰挈。」說文作觢。云「一角一俯一仰。」子夏作契。傳云「一角仰也。」荀爽作觭。劉本從說文解依鄭。』據此是陸氏所見說文與今本異。集解引虞翻曰『牛角一低一仰故稱觢。』則虞注與釋文引說文同。然許觭下云『角一俛一仰也。』若如釋文所引。是觢觭無別矣。而一角仰之訓同於子夏傳。字又復異。鄭氏皆踊之說與爾雅釋畜合。而爾雅作觢。鄭作挈。字亦有殊。（爾雅釋文云。觢本或作挈。則或作本與鄭同字。）諸本錯互。莫衷一是。桂馥謂『說文本書為人所亂。已非原文。故前賢所引不同。其與周易爾雅乖刺之故。未能究知。』嚴可均則疑釋文所引為是。謂『一角仰也當在觭下。今觢及觭篆下說解互易。蓋後人校改。』段玉裁曰。『釋畜皆踊觢。皆踊謂二角皆豎也。說文一角仰之一當作二。易音義引說文以角一俯一仰係之觢。當時筆誤耳。』愚案釋畜又云『角一俯一仰觭。』則今說文觭下之訓正本爾雅。而易釋文引此為觢下之訓。其為筆誤無疑。段氏之言是也。段

又謂許觢下一角仰之一當作二如其說則許鄭字異而義實同釋文謂劉本從說文解依鄭（劉本蓋指劉表之本表有易章句或疑爲劉瓛者據七錄瓛但作繫辭義疏未必兼及卦文辭也）亦段說之左證也至觢挈契掣異文以聲求之亦皆可通觢挈契同從㓞也爾雅釋訓釋文云『掣本作⿸广挈』⿸广挈從挈挈亦從㓞也惟說文牛部無挈字手部無掣字大部契訓大約亦與角義無涉則正字當作觢王弼以爲其牛掣者滯隔所在不獲進是讀爲牽掣之掣望文生義宜見譏於惠棟矣

顨　丌部　巽也从丌从頭此易顨卦爲長女爲風者　蘇困切

顨爲長女爲風者見說卦今易作巽案說文巽下云『具也』顨既訓巽音義皆同明爲一字然許不云巽卦名則知卦名當作顨此蓋引易以證古字江聲謂『存周易卦名之古文』是也許復引說卦爲長女爲風者段玉裁所云『許所見易惟此爲木爲風爲長女之字作顨猶今易惟雜卦傳之姤作遘也』（段又本江氏說謂伏羲文王作顨孔子則作巽巺而小篆乃作巺隸以顨巽爲古今字之異可也以爲羲文與孔子之異此則近於臆說矣）惠棟以爲顨改作巽乃王弼之妄愚謂許君於顨字特以卦名系之疑作巽之本已舊不必改自王

彌，鼎部首云：『易卦巽木於下者為鼎。』其字亦作巽不作顨，是其證。

虩（虎部）

易履虎尾虩虩，恐懼。一曰蠅虎也。从虎，㡿聲。許隙切

履虎尾虩虩者，履九四爻辭文。今易作愬愬，釋文云：『愬愬，子夏傳云「恐懼皃」，馬本作虩虩，云「恐懼也」，說文同。』集解引虞翻曰：『體與下絕，四多懼，故愬愬。』據此，是馬與許同字，虞與子夏傳同字，而義皆為恐懼。虩從㡿聲，愬從朔聲，古音同在魚部，故通用。本經震之初九『震來虩虩』，彼釋文引『荀爽作愬愬』，亦其證也。吳玉搢以今易愬為虩之譌，非是。惟說文言部愬為訴之重文，其義告也，則作愬為叚借字。虩從虎，履虎尾而恐懼，自以作虩為正字。許君引易，所以說字之從虎也。又此字先引易，後出訓義，文意又似未足。集韻二十陌虩下云：『恐懼也。說文引易履虎尾虩虩。』類篇同。蓋丁度司光馬亦於原文有未安，故移訓義於上耳。

㓝（井部）

罰辠也。从井，从刀。易曰：井，法也。井亦聲。户經切

井法也者，今易無此文。釋文井卦下引鄭玄云：『井，法也。』王筠謂『蓋易家古說，故許鄭皆稱之。』嚴可均段玉裁並謂此出易說。今

案司馬彪續漢書五行志一引易曰，『井者法也』，一切經音義卷二十引易曰『刑，法也，井爲刑法也』，皆不見於今易，而並稱易曰，正與此同，其爲易說無疑，三家之言是也，又案初學記卷二十政理部刑罰類引說文曰，『刑，刀守井也，飲之人入井陷於川，刀守之，割其情也』，韵會九青引說文同，視今本說文爲詳，一切經音義卷二十又引春秋元命包曰，『刑字从刀从井，井以飲人，人入井爭水，陷于泉，以刀守之，割其情欲人畏慎以全命也，故字从刀从井也』，若初學記所引爲說文舊本，則許君說解又與春秋緯合，顧其說頗穿鑿，徐堅之書恐未必可據，韵會蓋又轉本徐書耳。

鬯 部首 以秬釀鬱艸芬芳攸服以降神也，从凵，凵，器也，中象米，匕所以扱之，易曰，不喪匕鬯，丑諒切

不喪匕鬯者，震卦辭文，許訓鬯以秬釀鬱艸芬芳攸服以降神也，集解引鄭玄曰，『鬯，秬酒，芬芳條鬯，因名焉』，正義曰，『鬯者，鄭玄之義則爲秬黍之酒，其氣調暢，故謂之鬯』，案李引鄭語，孔約鄭義，並與許說合，段玉裁云，『經言鬯者多矣，獨偁此文者，說鬯從匕之意也，

』愚謂皀字所從之匕，與易辭匕皀之匕，其字同，其物同，其義不同。許解皀所從之匕云匕所以扱之，就造字之形言之也。皀必合匕而後成文，易辭之匕，就宗廟之禮言之也。匕乃離皀而別爲用。正義引陸績云：『匕者棘匕，撓鼎之器。』集解引虞翻曰：『坎爲棘匕。上震爲皀。』又引鄭玄曰：『人君於祭之禮，匕牲體薦皀而已。』皆分析匕皀二事甚明。然則許引此文，但證皀字耳，未必兼及所從之匕也。

隺 冂部 高至也。从隹上欲出冂。易曰：夫乾隺然。 胡沃切

夫乾隺然者，繫辭下文。今易作確，釋文確然下引馬韓云：『剛皃。』又引說文云：『高至。』段玉裁云：『陸不云說文作隺，蓋釋文固作隺然，淺人改爲從石耳。許書有确無確。』愚案段說是也。本經乾文言傳云：『確乎其不可拔。』彼釋文云：『確，鄭玄云「堅高之皃。」一說文云「高至。」』以此例彼，知確乎之確亦當作隺。堅與剛義近。鄭訓堅高者，蓋兼馬許之義也。又案本文下句云：『夫坤隤然。』釋文隤然下引馬韓云：『柔皃也。』又引『孟隤作退。』隤與隺對文，隤爲退，則隺當有進義。隺從隹上出冂，上翔遠到之意。引申之斯爲

進矣。乾剛坤柔。乾進坤退。義亦相因。

㯷 木部 判也。从木。㡿聲。易曰。重門擊㯷。他各切

重門擊㯷者。繫辭下文。今易作柝。卽㯷之隸變。釋文云『柝。說文作欜。』蓋欜下亦引此文也。惠棟疑此引易爲後人所增。嚴可均亦曰。『釋文引作欜。則六朝舊本㯷下未必引易。玉篇㯷下引爾雅木謂之㯷。亦不引易。疑此後人輒加。』王筠則謂『或者本作讀若易曰重門擊欜。所以區別二字之不同。後人沿今易誤寫爲㯷。又有校者刪讀若。』段玉裁曰。『欜下引易重門擊欜。欜之本義也。引經言轉注也。此引易擊㯷者。欜之借字也。引經說假借也。易有異文。兼引之而六書明矣。』愚案段說是也。宋翔鳳謂『欜是正字。㯷是叚藉。故說文兩存之。』卽本段說。許訓㯷爲判也者。其字從木。則本義爲判木。釋文引馬融云『㯷。兩木相擊以行夜。』集解引九家易說同。周禮天官宮正職『夕擊柝而比之。』賈公彥疏引鄭玄易繫此文注云。『手持二木以相敲。是爲擊柝。擊柝爲守備警戒也。』馬言兩木。鄭言二木。與判木義正合。知許偁此。不惟明叚借。義亦互證也。王筠

說非。

榗 木部 柱砥。古用木。今以石。从木晉聲。易榗恆凶。章移切

榗恆凶者。恆上六爻辭文。今易作振。釋文云「振。馬融云「動也。」」鄭玄云「搖落也。」張璠作震。」搖落與動義相近。馬鄭說合。集解引虞翻曰『在震上。故震恆。五動乘陽。故凶。』則虞本字亦作震。與張本同。案恆之爲卦。巽下震上☳☴。作震即上卦本字。上六之爻在上卦之上。故虞曰在震上。說卦云『震。動也。』是馬鄭之本作振以動爲義者。振猶震矣。許引作榗。訓曰柱砥。一切經音義卷十六引作柱下也。文義與馬鄭虞皆異。惠棟周易述謂『古文震振祇三字同物同音。祇有晉音。故說文引易作榗恆也。』愚謂同物同音語近函胡。震振皆從辰聲。古音在諄部。榗從晉聲。古音在脂部。諄脂對轉。故三字得通。段玉裁謂『許偁蓋孟易。』是也。陳瑑遂謂『許所偁今易逸其文。』殊誤。惟柱砥之訓。似於易義無當。榗與震振既以音相通借。則是引之說段借耳。或謂『柱砥本在下之物。以承柱爲其用。榗當在下而反在上。故象曰。榗恆在上。大无功也。』此則從榗之本義立說。亦可以備

一解。

櫜 木部 夜行所擊者。从木，橐聲。易曰：重門擊櫜。他各切

重門擊櫜者，繫辭下文。已見同部梆下。彼引作梆，與今易同。此引作櫜，所以存異本也。集解本亦作櫜。許訓櫜爲夜行所擊者，唐寫本說文木部殘帙作「夜行所擊木也」。擊蓋擊字轉寫之譌。莫友芝木部箋異曰：「手部擊訓暫，段玉裁依廣雅、廣韻改爲斫取，皆於櫜無當。唯集韻敢部擊在敢切，擊也，若與相證，存以備考。」太平御覽三百三十八引說文作「行夜所擊木也」。閻若璩云：「行夜夜行，何曾霄壤，恐說文亦本是行夜。」愚案周禮秋官脩閭氏掌「比國中宿互櫜者」，鄭司農注云：「櫜謂行夜擊櫜」，以彼證此，則作行夜爲長，嚴可均、段玉裁皆依御覽引是也。櫜之制須判木爲之，判木爲梆，故字亦通作梆。許君兩引之，以梆明其制，以櫜著其名。櫜從橐聲，說文橐部云「橐，囊也」。凡櫜囊橐皆中空，櫜亦中空，空其中則易響。今之敲梆，其遺制也。

𣦸 出部 槷𣦸，不安也。从出，臬聲。易曰：槷𣦸。五結切

槷𣦸 今大徐本說解及引易兩槷字皆從執作槷，惟類篇出部𣦸下引說文作槷，廣韻十六屑有槷無槷，訓槷曰危。槷則作槷爲是。

今從類篇引。者。困九五爻辭有『劓刖』之文。上六爻辭有『于臲卼』之文。上六釋文云『臲。說文作㓷。卼。說文作𡴑。云「𡴑不安也。」』𡴑字與今本說文同。㓷字則異。小徐本作『易曰劓𡴑困于赤芾。』劓卽㓷之或體。與釋文所引同。而多『困于赤芾』四字。乃九五爻辭文。又不與陸合。王筠因謂『許所引者爲九五爻辭。釋文引於上六非也。』段玉裁則謂『錯注仍引上六爻辭。恐小徐本四字淺人所增。』愚案九五之劓刖。集解引虞翻曰『割鼻曰劓。斷足曰刖。』釋文云『荀爽王肅本劓刖作臲軏。云「不安皃。」陸續同。鄭玄云「劓刖當爲倪仉。」京房作劓劊。案說文「劊斷也。」』據此則九五爻辭。鄭虞兩本與今易同字。荀陸王肅三本同字。京本一字作劊與虞異。但與虞皆主以割斷爲義者也。鄭雖與荀陸王異字。然旣破讀爲倪仉。則亦與三家同爲主不安之義者也。上六之臲卼。集解引虞注。字亦與今易同。而義爲刑斷。則仍同於九五。新出漢熹平石經周易殘碑困上六爻辭字作『㓷劊。』又與京本九五字同。恐義亦當同。釋文於引說文作『㓷𡴑』之下。又引薛作『㓷杌。』說文義爲不安、恐辭亦無異義、然則此兩爻辭各家字雖錯出、義蓋不越二端、一則兩辭皆主刑斷、一則兩辭皆主不安、（王弼於九五之劓刖以威刑釋之、於上六之臲卼以不獲安釋之、兩辭義別、與諸家異、意蓋兼採也、）許既訓槷𡴫爲不安、則其所引、謂出上六可、謂出九五亦無不可、惟臲卼鼿杌仉諸字皆說文所無、正字自當從許引、嚴可均據釋文及小徐謂「槷當作劓、」考說文刀部云「劓、刖鼻也、」木部云「㮞、木相摩也、」槷即㮞字、（集韵十三祭類篇木部皆云㮞亦書作槷、宋翔鳳周易考異、據大徐本作槷、而謂說文無槷字、蓋在逸篇中、非也、）由相摩之義引申之則有危迫之意、周禮考工記輪人云「轂大而短則摯、」鄭司農注云「摯讀爲槷、謂輻危槷也、」呂飛鵬周禮古今文義證引說文此條以證先鄭注、孫詒讓周禮正義亦取之、則就不安之義言、作槷亦較長、

又案漢熹平石經皆用博士傳習今文之本、其時易有施孟梁丘京氏四家、今新出石經周易殘碑困卦爻辭字與京本同、而後記又有易梁施氏字、或刻石以京爲主、而兼存梁施異同、亦未可知、京出於孟、孟易本有兩種、其與梁施同立於學官者爲今文、其獨得之師別相傳授者爲古文、（詳本書敘例）說文此條所偁、字與諸家皆異、又不同於

石經.其爲孟易古文審矣.

說文解字引易考卷一終

說文解字引易考卷二

衡陽馬宗霍

的 日部 明也。从日，勺聲。易曰：為的顙。都歷切

為的顙者，說卦文。其卦為震。今易作的，即的之俗體。集解引虞翻「的，白顙額也。震體頭在口上，白，故的顙。詩云『有馬白顛』是也。」愚案：白之色明，的者白之明也。故許君引之以為證。虞義與許說亦互足。釋文云「的，說文作馰。」蓋馬部馰下亦引此文也。嚴可均因謂「的下易曰五字疑後人所加，六朝舊本的下未必引易。」鈕樹玉亦曰「廣韵韵會引無易曰以下。馬部馰引易為馰顙，火部煌注云讀若馰顙之馰，易釋文云的說文作馰，則的下引易乃後人增。」愚謂虞氏及諸家本皆作的，則的當為古文。孟本或亦如是，作馬部所引，存異文耳。

晉 日部 進也。日出萬物進。从日，从臸。易曰：明出地上晉。即刃切

明出地上晉者，晉彖傳文。張參五經文字引石經作晉，今易同。蓋隸省也。段玉裁云「此引易以證從日之意。」王筠云「明以證從日。

出地上以證從踁』愚案許訓晉進也，即本本卦象傳文。正義所謂『以今釋古，古之晉字即以進長為義，恐後世不曉，故以進字釋之』是也。晉之為卦，坤下離上☲☷，坤為地，離為日，故其象為日出地上，日既出地則明，故離又為明，然則晉之訓進，蓋自明出而來，故許君又引象傳以證之也。又案釋文云『晉孟作齊，齊子西反，義同。』陸氏音齊為子西，則讀與隮同，隮晉雙聲，義亦相近，許君此不從孟者，蓋齊為叚借字，晉為本字也。

昃 日部

日在西方，時側也，从日，仄聲。易曰：日昃之離。阻力切

日昃之離者，離九三爻辭文，今易作昃，釋文本作昗，唐石經同，皆隸變也。大徐以昗為俗字，小徐本矢部又收昗云『日西也』，似為複出。段玉裁曰『夫製字各有意義，日在上而于聲則為不雨，日在旁而干聲則為晚，然則昃訓日在西方，豈容移日在上，形聲之內，非無象形也』。據此知作昃昗者非是。集解引荀爽注『初為日出，二為日中，三為日昃』。案離為日，九三居下卦之終，明在將沒，故荀云三為日昃，過中則傾於西，與許日在西方之訓正合。又案豐卦彖傳曰。

『日中則昃。』彼釋文云『昃孟作稷。』以彼例此，則孟易此文亦當作稷。昃稷古通。春秋左氏定公十五年經『日下昃。』公羊同穀梁作『日下稷。』是其證。稷蓋古文叚借字。故許君不從孟也。

新出魏三體石經尚書殘碑無逸篇『日中昃。』古文昃作□。餘杭章先生曰『案說文繫傳夨部有昊。日部有厄。大徐本有厄無昊。反以昊為俗字。誤也。字本從夨。古文變從大者。猶昊字古文作□。亦變夨為大也。』悬案集韻二十四職類篇日部皆云『厄或作昊昃。』韻會十三職云『昃本作厄或作昊。』是厄昃昊實一字之異。而要以厄為正體。玉篇日部昊昃相蒙。云昃同上。但夨部不收昊字。則亦知從夨為非其本。然則小徐本夨部之昊。疑出校者所加。使許書原有。大徐必不以為俗也。又案三體石經古文之□。日亦在西。蓋即厄篆筆勢之小變。不必定從大。石經君奭篇大字古文作□篆文作□。從大之字。天字古文作□篆文作□。皆與□異。亦其旁證。且說文大象人形。若□從夨。則是日在人左臂之下也。即形求義。亦似未合。嘗以此質之先生。先生以為說可兩存。又謂所舉玉篇夨部不收昊字。確是說文夰部無昦有力之證，因坿識之於此。

暵 日部 乾也。耕暴田曰暵。从日，𦰩聲。易曰：燥萬物者莫暵于離。呼旰切

燥萬物者莫暵于離者，說卦文。今易暵作熯，于作乎，離作火。小徐本離亦作火，下有火離也三字。段玉裁嚴可均並從小徐，雷浚說文引經例辨云：「許所據作莫暵于離，與終萬物始萬物者莫盛乎艮一例，蓋別本也。」陳瑑則謂「許作離，用孟喜本，成言乎艮，言艮不言山，故孟氏作離。」此則並從大徐，愚案本經下文云「水火不相逮，」則上文作火爲是，小徐本可據也。詩王風中谷有蓷，孔疏引說文此條作暵，燥也，易曰燥萬物者莫熯乎火，此雖與今本有異同，然本作火不作離。集解引崔憬曰：「言火能乾燥萬物，不至潤溼，于陽物之中，莫過乎火，熯亦燥也。」崔解亦其旁證。至艮不言山，獨擧卦名者，正義已爲申之。余疑大徐本作離，或校者以小徐有火離也之釋，因而竄改耳。許熯作暵者，二字同從𦰩聲，又同訓乾，故通用。釋文引徐邈本亦作暵，音漢，云「熱暵也。」正與說文同。耕暴田曰暵，乃暵引申之義，偁易當在乾也下。

夤 夕部 敬惕也。从夕，寅聲。易曰：夕惕若夤。翼真切 ○ 𡖿，籀文夤。

夕惕若夤者，乾九三爻辭文，今易作厲。說文骨部髑下讀若引易亦作厲，與今易同。段玉裁云：『凡漢人引周易夕惕若厲，不暇枚舉。此引者，說夤從夕之意也。學者不憭，往往誤會，於是改厲爲夤。』嚴可均亦曰：『若夤當作若厲，漢人若班固張衡皆讀厲字上屬。許引此者，說夤之所以從夕，非謂夤字出象傳。校者誤會許意輒改耳。』惠士奇易說則謂：『古者夤讀如延，夤緣莊子作延緣。夤與乾協。說文兩引乾九三爻辭，一作夤一作厲者，後人亂之也。厲乃占辭，與悔吝等，安得屬上句乎。』惠棟周易述遂增夤字於厲字之上，而以厲字自爲一句。且曰：『虞翻傳其家五世孟氏之學，以乾有夤敬之義，故其注易以乾爲敬。』鈕樹玉又據韵會云：『徐引易夕惕若。』疑此之引易出於楚金，謂『後人因楚金而增，又妄加夤字。』王筠說同。方以智曰：『此應誤記艮卦艮其限列其夤厲薰心，以夤厲互用也。據王輔嗣易解列其夤當中脊之肉也，從肉爲是，從夕者譌耳。說文有胂，夤胂應是重文，許氏以夤附夕部已誤，引夕惕若之易又安可據乎。』愚案許君引經解字，不容誤記若此。方氏之言非是。惟集解引荀鄭虞注亦皆無贅字，則惠氏周易述亦為臆增。段氏誣之是也。段嚴改贅為厲，以之校易則可，以之校說文，恐亦未然。此當是易有別本，如杏遾梓櫄之例耳。王弼訓厲為危，許訓贅為敬惕，危懼與敬惕之義亦近。故厲贅之字得通用。鈕氏單據韵會以為此出小徐，別無旁證，亦不可從。宋翔鳳謂『贅下所引，蓋據孟氏古文易，鬄下所引，是施孟梁丘博士所傳之易。凡漢人言讀若者，必據通行之書，使人易曉。故鬄下引博士易也。』此說可備一解。

鼎 部首 三足兩耳，和五味之寶器也。昔禹收九牧之金，鑄鼎荊山之下，入山林川澤，螭魅蝄蜽，莫能逢之，以協承天休。易卦巽木於下者為鼎，象析木以炊也。籀文以鼎為貞字。都挺切

巽木於下者為鼎者，約舉鼎彖傳文，故不偁易曰。彼云『鼎象也。以木巽火，亨飪也。』象傳又云『木上有火，鼎。』蓋鼎之為卦，巽下離上☲☴，巽為木，離為火，鼎之為字，下從爿片者，判木也，反片為爿，爿者，一木析為二之形也。此蓋引易以說字形。三足兩耳，則器形非字

形也。和五味，又與易亨飪之義合。集解引荀爽曰：『木火相因，金在其間，調和五味，所以養人，鼎之象也。』與許說同。李道平集解纂疏亦引說文此條以申荀注。析木以炊，則不言火而火之義自見，王筠說文句讀增火字於引易句中者，贅。王氏又云：『鼎字全體象形，目其腹也；鼎之上出者爲耳，下註者爲足。不當以下半別象一事。豈以知此則四足與說解三足不符邪？然方鼎固四足也。』愚案：張參五經文字卷上鼎字注云象足耳形，此蓋以器形爲字形，唐玄度九經字樣已辨其誤。王氏又沿張說，頗近望文生義。桂馥曰：『兩象三足，鼎象析木，各有意義。』斯說得之。

鼏 鼎部 以木橫貫鼎耳而擧之。从鼎，冂聲。周禮廟門容大鼏七箇，卽易玉鉉大吉也。古熒切

玉鉉大吉者，鼎上九爻辭文。此篆大小徐本皆作鼏，从冂聲，莫狄切。諸家咸以爲誤。嚴可均曰：『篆體當作鼏，說解當作冂聲，鼏讀與扃同。』惠棟曰：『以木貫耳，不從冂，冂，覆也。此注定係後人所增，非許氏之說也。』據嚴說，則訓注是而篆體非，應改篆以從注；據惠說，則篆體是而訓注非，應更注以存篆。所執雖殊，要皆以篆與注不相切，其認爲誤則一也。王念孫因謂『鼎部當別有鼏字，從鼎冂聲，今徐本

鼏下所解。即鼏字義也。鼏鼏二字篆文相近。誤去其一耳。然鼏字之解遂亡。』錢大昕答問八亦曰。『鼏即扃之異文。鼏從冖。所以覆鼎此別是一字。叔重於鼎部蓋兼收之。學者多聞鼏少聞鼏。疑爲重出而刪其一。又以覓狄切注於鼏字之下。此二徐輩之誤。非叔重元本如是也。』段玉裁說文注。遂增一鼏篆。移原說解系之。而別補九字以解鼏。愚案易釋文曰。『鉉。玄典反。徐邈又古玄反。又古冥反。一音古螢反。馬融云。「鉉。扛鼎而舉之也。」』許君解鼏以木橫貫鼎耳而舉之。與馬解鉉同。則其兼引禮易。蓋證經之異文。以明鉉之即鼏。義同而音亦必相近也。鉉有古玄古冥古螢之音。則鼏自以從冂得聲讀古熒切爲是。今周禮大鼏作大扃。（詳見禮考）引說文扃從同聲。同即冂之古文。亦音古熒切。又其證也。段氏增篆。雖異二徐。實得許指。足訂今本說文之誤。

宇（宀部）

屋邊也。从宀。于聲。易曰。上棟下宇。（王榘切）○寓籀文宇从禹。

上棟下宇者。繫辭下文。許訓宇屋邊也。集解引虞翻曰。『宇謂屋邊也。』與許說同。桂馥云。『鄭注鄉射記說五架屋云。「正中曰棟。次曰楣。前曰庪。」疏云「中脊爲棟。棟前一架爲楣。楣前接檐爲庪。」此卽上棟下宇之說。」慧案一切經音義卷七引說文「宇。屋邊檐也。」卷二十五引又作「屋邊簷也。」簷卽檐之俗。莊炘因謂「今說文少一簷字。脫文也。」沈濤說文古本考亦據此謂「古本有檐字。今奪。」王筠說文句讀且依增檐字。謂「先以屋邊指其處。再以檐廣其名。」然考說文木部云「櫋。屋櫋聯也。從邊省聲。」則屋邊之邊。蓋卽櫋之叚借字。木部又云「檐。㮰也。㮰。梠也。」釋名釋宮室云「梠或謂之櫋。」是檐㮰梠櫋實異名而同物。故許訓宇曰屋邊。而士喪禮鄭玄注則曰「宇。梠也。」許旣以邊釋宇。未必又贅一檐字。疑檐字或玄應所沾。非許書本文。又案淮南覽冥篇高誘注云「宇。屋檐也。易曰上棟下宇。」高言檐不言邊。亦知許言邊必不言檐矣。

寷 宀部 大屋也。从宀豐聲。易曰寷其屋。敷戎切

寷其屋者。豐上六爻辭文。今易作豐。小徐本與今易同。釋文云「豐。說文作寷。云大屋也。」則陸氏所見說文已同大徐。段玉裁曰「此偁易說寷從宀豐會意之恉。宀。屋也。豐。大也。故寷之訓曰大屋。此與

偁百穀艸木麗於地說麓從艸麗同意』張惠言易義別錄亦云『此引豐其屋解大屋之義耳繫傳是』愚案集解引虞翻曰『豐大也』下卽引孟喜解本文之象知孟易亦是豐字則許所引作豐無疑且豐爲卦名豐其蔀豐其沛皆作豐獨豐其屋之豐字從宀無是理也

窞 穴部 坎中小坎也从穴从臽臽亦聲易曰入于坎窞一曰旁入也 徒感切

入于坎窞者坎初六爻辭文許訓坎中小坎也集解引虞翻曰『坎中小坎稱窞』與許說合惟釋文窞下引說文云『坎中更有坎』別引字林云『坎中小坎一曰旁入』嚴可均段玉裁竝依釋文謂『今本說文爲後人以呂改許』桂馥則謂『釋文所引坎中更有坎當是字林下引字林云云乃說文之文叠互誤』鈕樹玉說同且謂『呂氏申許說故云坎中更有坎也字義先後可知』愚案許虞同宗孟易以虞注證許說則今本說文當不誤桂鈕之說是也文選馬融長笛賦『嵒窞巖窴』李善注引說文亦與今本同又其證也

集解又引干寶曰『窞坎之深者也江河淮濟百川之流行乎地中水之正也及其為災則泛濫平地而入于坎窞是水失其道也』案此則又與許旁入之義合知許偁一曰亦易家古義之別說矣

㒳 冂部 再也从冂闕易曰參天㒳地 良獎切

參天㒳地者說卦文今易作兩段玉裁謂『㒳蓋孟氏易如此』愚案釋文不云兩有別作集解引虞翻崔憬本並作兩未知孟本果如何然洪适隸續所錄魏三體石經尚書殘碑呂刑篇『有并兩刑』古文兩作㒳則此作㒳為易之古文無疑虞注曰『參三也謂分天象為三才以地兩之立六畫之數』虞謂兩三為六是兩之義亦同於再也與許說合又案許兩下云『从一㒳㒳平分也』平分為二又與訓再之義相足再者一舉而二也然則許於㒳之本篆訓再偏旁訓平分蓋互注以見例知說卦本字自以作㒳為正兩雖從㒳然許云『二十四銖為一兩』則兩為斤兩之名究與參㒳之㒳有別玉篇云『㒳今作兩』廣韵三十六養云『㒳今通作兩』蓋兩行而㒳廢久矣

皤 白部 老人白也从白番聲易曰賁如皤如 薄波切 ○額皤或从頁

賁如皤如者賁六四文辭文段玉裁曰『老人之色白與少壯之白皙不同

故說文以皤次于皙。引申爲凡白素之偁也。』王筠曰『此皤與賁對。祇是白耳。故王弼以或飾或素說之。不指人也。』愚案段王兩說可相成。而段說尤諦。說文皤是分別之詞。易辭皤是引申之義。許君引易。蓋證白非證老也。釋文皤下引『說文云。老人皃。』（文選兩都賦末辟雍詩注後漢書班固傳注引說文竝作老人皃也。太平御覽三百八十八引作老人色也。）恐皃字爲白之誤。若作皃。則許偁易與本訓不切。敦煌唐寫本切韵殘卷七歌云『皤。老人色白皃。』皃上有白字。廣韵八戈玉篇白部皆云『皤。老人白也。』全與今說文同。亦其證。釋文又云『鄭玄陸績作蹯。音煩。荀爽作波。』此蓋三家所據本與許異。字異義亦異。說文足部無蹯字。釆部有番。或作蹞。其義則獸足也。蹯蓋番之隸增。禮記檀弓上孔穎達疏引鄭玄易賁卦此文注云『六四巽爻也。有應於初九。欲自飾以適初。既進退未定。故蹯如也。』此正從番足之義立說。宋翔鳳乃謂『說文無蹯字。或鄭段燔爲之。』疏矣。（釋文舊本蹯譌燔字。宋氏蓋似彼爲言。）顧炎武易音謂『此句與下翰如爲韵。當從鄭陸爲是。今皤字入八戈韵。』又云『漢蔡邕述行賦「乘馬蹯而不進兮。心鬱悒而憤思」即此字。』愚謂皤番聲。古音亦讀煩。則許鄭文義雖異。音固無殊。釋文又引『董遇皤音槃。云馬作足橫行曰皤。』此則字同許而義從鄭、如董說、作蟠乃叚借字矣。

艮 匕部

很也。从匕目。匕目猶目相匕不相下也。易曰、艮其限。匕目為艮、匕目為眞也。古恨切

艮其限者、艮九三爻辭文。今易作艮。五經文字所謂經典相承隸省也。許訓艮很也者、釋文艮卦名下引鄭玄云『艮之言很也』與許說正合。鈕樹玉曰『廣韻艮下引說文作限也、與下文引易合、亦與正義合。又與釋名合。』嚴可均亦據廣韻、疑很字誤。沈濤亦云『傳曰艮止也、止即限義。許引易艮其限、正釋訓限之義。今本乃字形相近之誤。』愚案此引易但證本篆。故說形云從匕目、引易復申之曰匕目為艮、不重在證義。即以義言、很限皆從艮。說文彳部很有三訓、一曰行難也。𨸏部云『限阻也。』行難與阻、亦自相通。則作很非誤、亦不必疑也。集韵二十七恨類篇匕部艮下引說文皆云很也。玉篇艮下雖不引說文、亦訓很也。又其證。

𣪘 身部

作樂之盛稱𣪘。从身从殳。易曰、𣪘薦之上帝。於身切

𣪘薦之上帝者、豫象傳文。許云作樂之盛稱𣪘者、案本經上文云『

先王以作樂崇德。』是殷薦爲薦樂也。故許君即以經義爲字義。引申則爲凡盛之偁。釋文引馬融集解引鄭玄並云。『殷。盛也。』與許說合。釋文又云。『殷。京作隱。』殷隱亦一聲之轉。詩邶風柏舟『如有隱憂』。文選陸士衡歎逝賦李善注引韓詩作『殷憂』。又北門『憂心殷殷。』王逸楚辭章句十六引作『隱隱。』皆殷隱相通之證。京出於孟。許不從者。案說文㐆部云。『㐆。蔽也。』則作隱爲叚借字。許以殷爲本字也。

裕 衣部 衣服饒也。从衣。谷聲。易曰。有孚裕無咎。羊孺切

有孚裕無咎者。晉初六爻辭文。今易有作罔。無作无。桂馥以有字爲誤。段玉裁曰。『作罔虞翻王弼同。則未知許所據孟易獨異與。抑字譌與。』嚴可均曰。『據象傳似有孚義短。』陳瑑曰。『案此經義當爲罔。其曰有孚者。涉隨卦有孚在道以明何咎而誤。』愚案此本引證裕字。但偁裕無咎已足。又連引有孚者。疑有孚與裕義相成。許訓裕爲衣服饒也。引申爲凡饒裕之偁。有孚則裕。裕則饒也。正義引何氏云。『裕。寬也。』寬猶饒矣。此自易有別本。爲許所據。李富孫云。『

因與有，或以字形相雜，然從許書義較長。』王筠謂『不可以今本易駮說文。』其言是也。陳瑑謂涉隨卦而誤者非。或謂『許書有，不宜有也，則與因訓無同意。』此亦可備一解。至无無之異，或校說文者亂之。今易凡無字皆作无。

斐 文部 分別文也。从文，非聲。易曰：君子豹變，其文斐也。敷尾切

君子豹變，其文斐也者，革上六象傳文。今易作蔚。集解引虞翻曰：『蔚，蔇也。』段玉裁謂『許所據孟易。』錢大昕云：『斐卽蔚之異文。斐與分聲相近，故亦可與君協韵。』惠士奇云：『君協蔚，其音若威，是斐亦與君協。』而說皆就韵言。雖一主斐讀若分，以斐協君；一主君讀若威，以君協斐，其謂斐通作蔚則一也。愚案說文艸部云：『蔚，牡蒿也。』與易辭其文之義不切。虞訓爲蔇。說文『蔇，艸多皃。』亦非蔚之本義。尋文選班固西都賦云：『茂樹蔭蔚。』李善注引蒼頡篇曰：『蔚，草木盛皃。』易釋文引廣雅云：『蔚，茂也，數一本作數也。』是蔚之別義。與蔇相近，故虞以蔇釋之矣。雷浚曰：『虞意蔚爲鬱之段借字。說文林部：鬱，木叢生者。與蔇艸多皃義相近。惟不云蔚鬱也，則非以正字釋段字之例。』案此亦可備一解。然蒼頡篇漢世通行，疑虞自依彼爲訓也。然

取草木茂盛之義以狀君子之文。則作蔇究為叚借字。正字自當作斐耳。

又案新出漢熹平石經周易殘碑革九五爻辭「大人虎變」變作「辯」以彼例之。則石經豹變之變亦必作辯。石經所據者今文。則變古文也。辯變雙聲字。

卮 部首

圜器也。一名觛。所以節飲食。象人卪在其下也。易曰。君子節飲食。章移切

君子節飲食者。頤象傳文。段玉裁謂「許偁此說從卪之意」愚案說文卪部云「卪。瑞信也。」引申之義為約。竹部云「節。竹約也。從竹。即聲」皀部云「即。即食也。從皀。卪聲」然則即食蓋節食之正字。節即二字皆自卪孳乳。故三字古通用。今則節行卪廢。即惟從詩鄭風毛傳訓為就。尟知其本義矣。王筠曰「卮字說形既曰節飲食矣。復引易以證者。凡器皿字或象形或形聲。此獨會意。而人卪二字皆非本物。故重明之。」段氏則以為「卮從人卪。與后從人口同意。」章先生曰。「卮象人者。與豐侯象人同意。」愚案說文豐部首云。

『鄉飲酒有豐侯者』豐侯蓋古之諸侯，坐酒亡國，後人乃圖象其形，爲禮戒，式扈之從尸，亦取戒義，故章先生之言云然。吾鄉酒觶之制，圜器而長，其上微斂，口奢底平，象人立形，口以下斜削至腰若束然，正所謂尸也，下復以漸而修，殆古扈之遺制耳。

馰 馬部 馬白額也。从馬，的省聲。一曰駿也。易曰：爲馰顙。都歷切

爲馰顙者，說卦文。已見日部的下。彼引作的，與今易同。此引作馰，兼存異本也。嚴可均以馰爲易之正文，疑的下引易爲後人所加。王筠又謂『作的爲是，馰下引易亦當作的，以證的省聲，兼以見的爲馰之古文也。毛本作馰，非。』愚案小徐繫傳本亦作馰，則不徒毛本也。此蓋與春逵檘檍同例。爾雅釋畜云『馰顙白顛』，彼釋文本作『的』云『字林作馰』。玉篇馬部云『馰顙或作的』。字林玉篇多本說文，亦其旁證也。嚴王說各有所偏。馰從馬，蓋爲後起馬白額之專字，古則叚的爲之。的之本義爲明，不爲白也。宋翔鳳謂『作馰者爲博士易』，惜焉乎石經殘碑，此文不見，末由證知矣。

驙 馬部 駗驙也。从馬，亶聲。易曰：乘馬驙如。張連切

乘馬驙如者，屯亦二文辭文，今易作屯如邅如乘馬班如。吳玉搢曰：『此當是引屯如邅如作駗如驙如而誤引下句也。』段玉裁亦曰：『許所據易蓋上句作駗如驙如，乘馬二字當爲誤文。』惠棟周易述上句作『屯如亶如』，下句從說文作『乘馬驙如』，云『驙者馬重難行，震爲馬馵足，故驙如也。』愚案：釋文邅如下引馬融云『難行不進之皃。』宋本釋文邅作亶，惠氏以邅爲俗字，故改從宋本。許駗下云『馬載重難也』，驙下云『駗驙也』，二字連文，即是一義。敦煌唐寫本切韵殘卷二仙云『驙馬載重行難』，廣韵同。惠氏移說文駗下之訓以解驙字，蓋即本之廣韵。然考說文㐭部云『亶多穀也』，則作亶亦非其正。臧琳經義雜記云：『說文辵部無邅字，走部趁𧼒也，𧼒趁也。邅如字當作𧼒，說文載重難行之義與馬融難行不進之貌正合，則馬氏亦當作驙。今作邅者，蓋古或借作𧼒字，走與辵偏傍相近，遂誤作邅也。』據此，是惠改邅作亶，亦當是驙之省借。上文亶如既是驙省，下文又云乘馬驙如，於詞義爲複。惠氏雖依說文，於此無以自解。且釋文引子夏傳、集解引虞翻注下文俱作乘馬班如，子夏傳訓班如爲『相牽不進皃』，虞注訓『

班。躓也。』釋文又云『班。鄭玄本作般。』正義引馬季長云『班。班旋不進也。』宋翔鳳謂『馬亦以爲般旋。與鄭本同。』然則下文漢人所據止有作班作般之本。無作驙如者。許之所偁。其爲誤合上下文爲一句審矣。使非許君偶疏。要是轉寫之失。未可據此以爲孟易也。

狩 犬部 犬田也。从犬。守聲。易曰。明夷于南狩。書究切

明夷于南狩者。明夷九三爻辭文。案爾雅釋天云『火田爲狩。』韵會二十六宥引說文亦作火田。與爾雅合。今本作犬田。火與犬形近易亂。故段嚴王諸家並訂正作火田。明夷之卦。離下坤上☲☷。九三之爻在離之終。離於方位爲南。於象爲火。故許君引此以證火田之義。火田者。春秋左氏桓公七年經孔疏引李巡孫炎爾雅說皆云『放火燒草。守其下風也。』釋天又云『冬獵爲狩。』集解引九家易曰『歲終田獵名曰狩也。』此正用爾雅冬獵之義。許不偁冬獵而偁火田者。段玉裁謂『火田必於冬。王制曰。「昆蟲未蟄不以火田。」』故言火以該冬也。』是也。朱駿聲謂『田必有犬。故從犬。疑犬田

不誤。」然如朱說，則引易非所證。

黔 黑部 黎也。从黑，今聲。秦謂民為黔首，謂黑色也。周謂之黎民。易曰：「為黔喙。」巨淹切

為黔喙者，說卦文。其卦屬艮。集解引馬融曰：「黔喙，肉食之獸，謂豺狼之屬。黔，黑也。陽玄在前也。」許訓黎也者，小徐本黎作黧，說文無黧字。蕭該漢書音義引字林：黔，黧黑也。疑小徐本校者依字林改。史記秦始皇本紀集解引應劭曰：黔亦黎黑也。字亦作黎。案說文黍部云：「黎，履黏也。」不訓黑。段玉裁因謂「黎與驪黐字同音，故借為黑義。」愚謂許以黎民釋黎，以黔首釋黔，又以黑色釋黔首，以明黎民黔首之同為黑色，而後引易以證之，則黎亦當兼有黑義，非借也。漢書鮑宣傳云：「蒼頭廬兒。」孟康注曰：「黎民黔首，黎黔皆黑也。」與許說正合。又書禹貢云：「厥土青黎。」孔傳云：「色青黑而沃壤。」彼孔疏申傳云：「孔以黎為黑，故云色青黑。」亦黎兼有黑義之證也。晉後謂「黔從黑，當以黑色為本義。引易者，證本義也。」其說是，而於黎以一曰別之，則非。又釋文云：「黔，鄭玄作黚，謂虎豹之屬，貪冒之類。」豺狼虎豹皆山獸，鄭與馬義亦不異，而字作黚者，案黔從今

聲。黚從甘聲。古音同在侵部。說文黚訓淺黃黑也。徐鍇繫傳黔下云。『黎黑淺黑帶黃。』則小徐以黔與黚義亦同。故二字相通矣。疑鄭所據爲古文別本。

黷黑部　握持垢也。从黑賣聲。易曰。再三黷。徒谷切

再三黷者。蒙卦辭文。隸省作黷。今易作瀆。釋文引鄭玄云。『瀆褻也。』集解引崔憬曰。『瀆古黷字。』段玉裁謂『瀆褻許女部作嬻媟。若依鄭義。則黷爲叚借字。嬻爲正字也。』愚案說文水部云。『瀆溝也。』蒙之爲卦。坎下艮上☶☵。說卦『坎爲溝瀆。』則就卦體言。作瀆爲正字。許引作黷。訓曰握持垢也者。說文土部云。『垢濁也。』溝瀆所以納垢流濁。故瀆通作黷。白虎通義巡狩篇云。『瀆者濁也。』風俗通義山澤篇云。『瀆者通也。所以通中國垢濁。』是其證。本卦彖傳云。『再三瀆。瀆則不告。瀆蒙也。』則就卦義言。作黷爲正字。鄭訓瀆爲褻。亦垢濁引申之義。段氏謂瀆褻當作嬻媟。案文選石崇思歸引序李善注引賈逵國語注云。『黷媟也。』則黷又通作嬻。瀆嬻黷皆從賣聲。古蓋叚借通用。而蒙卦此文。惟作黷則義可包。故許君

據讀爲本矣。

契大部 大約也。从大从㓞。易曰。後世聖人易之以書契。苦計切

後世聖人易之以書契者。繫辭下文。案本經上文云『上古結繩而治。』是則書契之作。所以代結繩之用。許訓契爲大約也者。說文糸部云『約。纏束也。』則約亦繩之類。正義引鄭康成結繩注云『事大大結其繩。事小小結其繩。』集解引九家易曰『古者无文字。其有約誓之事。事大大其繩。事小小其繩。結之多少。隨物眾寡。各執以相考。亦足以相治也。』尋周禮秋官司約云『大約劑書於宗彝。小約劑書於丹圖。』大結小結。大約小約。其事正同。故許君引易書契以爲證。明書契亦所以爲約也。特古之約以繩。而後世之約以契。契者。書序孔疏引鄭玄云『書之於木。刻其側爲契。各持其一。後以相考合。』是也。書序釋文引鄭云『以書書木邊。言其事。刻其木。謂之書契也。』此與孔疏引畧異。可以互參。又案書契之作。蓋取諸夬。夬之爲卦。乾下兌上☱☰。夬變大壯。大壯者乾下震上☳☰。說卦『乾爲金。震爲竹。兌爲坿決。』九家易曰『契。刻也。大壯進而成夬。金決竹木。爲書契象。故法夬而作書契矣。』然則自

其義言則契爲刻自其用言則契爲約說文㓞部云『栔刻也』此契刻之本字也契亦從㓞故亦兼有刻義或謂書契之契亦當作栔則非（列子說符曰『宋人有遊於道得人遺契者歸而藏之密數其齒告鄰人曰吾富可得矣』張湛注云『刻處似齒』惠棟汪中皆引之以作書契之證案列子書本僞託不足信據以解經過矣）

𡔲（壹部）

壹𡔲也从凶从壺不得泄凶也易曰天地壹𡔲（於云切）

天地壹𡔲者繫辭下文今易作絪縕釋文云『絪本又作氤縕本又作氳』惠棟云『當從說文作壹𡔲別作氤氳又作絪縕並非』段玉裁云『許據孟易作壹𡔲乃其本字他皆俗字也許釋之曰不得泄也者謂元氣渾然吉凶未分故其字從吉凶在壺中會意』愚案張有復古編曰『壹從壺吉𡔲從壺凶吉凶在壺中不得泄也』段說與張畧同又集解引虞翻解此文云『謂泰上也先說否否反成泰故不說泰』據此是虞以否象當壹𡔲也否之爲卦坤下乾上☰☷其象曰『天地不交』夫天地不交則爲閉塞之象與許君不得泄之說正合然則就字形言之則爲吉凶在壺中就易義言之則吉凶猶陰陽天陽主吉地陰主凶也文選班固典引云『烟烟熅熅』

蔡邕注云、『烟烟熅熅、陰陽和一相扶貌也、』烟熅亦壹壺之段借、張衡思玄賦、『天地烟熅、』潘岳爲賈謐贈陸機詩、『二儀烟熅、』李善兩注引易繫此文正作『烟熅』吉凶未分、卽摹氏所謂陰陽和一矣、

說文气部無氤氳字、糸部有緼無絪、云『緼、紼也、』火部云、『煙、火气也、或從因作烟、熅、鬱煙也、』知諸異文惟烟熅二字雖段借、義猶相近、張弨曰『以篆法當作壹壺、而隸法無壺字、故借而爲烟熅、又借熅而爲緼、若氤氳乃俗字、而絪亦俗字也、』此分別正借俗甚明、雷浚乃謂『壹壺當爲烟熅之段借字、』昧其本矣、

⿰允夲 夲部 進也、从夲从屮、允聲、易曰、⿰允夲升大吉、余準切

⿰允夲升大吉者、升初六文辭、文今易作允、惠棟曰『⿰允夲升、進升也、俗訓爲信、不通、從夲從屮、上進之象、』其周易述因改從說文、卽用許義作注、段玉裁曰、『荀爽云、「謂一體相隨、允然俱升、」九家易曰、「謂初失正、乃與二陽允然合志俱升、」允然者升之皃、不訓信、蓋古本作⿰允夲升也、』愚案新出漢熹平石經周易殘碑升初六文辭亦作

允。石經爲今文。則䊮爲古文。信而有徵。惟段引荀注與九家易皆據集解。是集解本與今易同。允之本義雖爲信。然信之爲言伸也。本經繫辭下云。『往者屈也。來者信也。』彼釋文云。『信本又作伸。韋昭漢書音義云。古伸字。』伸亦有上進之義。又說文㫃部旞下云。『導車所載全羽以爲允。允。進也。』此允卽䊮之省。又允䊮相通之一證也。然則䊮雖正字。愚疑爲古文別本。允則叚借字。愚疑古今文家所同。䊮從允聲。就造字先後言。䊮蓋後起。古則但叚允爲之耳。惟王弼訓允爲當。失之。

忼 心部 慨也。从心。亢聲。一曰易忼龍有悔。苦浪切又口朗切

忼龍有悔者。乾上九爻辭文。今易作亢。九經字樣以爲經典相承隸省也。段玉裁曰。『一曰易三字。乃易曰二字之誤。忼之本義爲忼慨。而周易則叚忼爲亢。亢之引申之義爲高。子夏傳曰。「亢。極也。」廣雅曰。「亢。高也。」是今易作亢爲正字。許所據孟氏易作忼。叚借字也。淺人以忼龍與忼慨義殊。乃妄改爲一曰矣。』陳瑑疑是讀若易亢龍有悔之誤。王筠則謂『一曰承亢聲而言。謂亢聲讀爲平聲。亢

龍讀爲去聲也。忼當依今本作亢』愚案陳王二說誤。段引子夏傳及廣雅。皆見易釋文。說固有據。然疑一日爲淺人妄改。亦未盡然。愚謂忼從亢聲。義亦有取於亢。說文亢下云『人頸也。』人頸在上。故得引申爲高極。疑忼以忼慨爲本義。而別義亦爲高極。許君引易以存別義。故加一日二字。明易之忼龍不作忼慨解。此亦引經之變例也。集解引王肅曰『窮高曰亢。』干寶曰『亢過也。』窮高猶極高。過與窮極之義亦相成。惠棟周易述。字從說文。義從王肅。

㦁 心部 泣下也。从心連聲。易曰泣涕㦁如。力延切

泣涕㦁如者。屯上六爻辭文。今易作泣血漣如。案說文水部漣者瀾之重文。大波爲瀾。與泣涕義不切。許君所據作㦁爲正字。漣則段借字也。㦁漣同從連聲。故通用。釋文引說文云『漣。泣下也。』是移㦁下之訓以釋漣。使非陸氏偶疏。即釋文本亦作㦁。傳寫有誤耳。惠棟曰『說文引作㦁。或古從立心。篆書水心相近。故誤爲漣。』其說近是。今㦁字不行。經典皆段漣爲之矣。至泣涕與泣血之異。案屯之爲卦。震下坎上䷂。三至五互艮。六三失位。變復體離。離象不見。集解

引九家易曰「體坎爲血伏離爲目互艮爲手掩目流血泣之象也」本爻象傳集解又引虞翻曰「謂三變時離爲目坎爲血震爲出血流出目故泣血漣如」皆就泣血爲解許作泣涕疑所據有別本漢陳球後碑云「泣涕漣如」正用易此文許與碑合後漢書寇榮傳章懷太子注引易此文作「泣涕連如」連蓋漣之省泣涕亦與許同

洌 水部 水清也从水列聲易曰井洌寒泉食 良辥切

井洌寒泉食者井九五爻辭文井之爲卦巽下坎上☵☴集解引虞翻曰「泉自下出稱井周七月夏之五月陰氣在下二已變坎十一月爲寒泉」案此雖釋爻象可以證洌寒之義許訓水清也者清而冷者泉水之本性也本爻象傳集解又引崔憬曰「洌清絜也居中得正而比于上則是井渫水清既寒且絜汲上可食于人者也」此兼食字釋之而以清絜釋洌正與許説合李道平集解纂疏亦引説文以申崔義惠棟周易述遂用許説入注

巟 川部 水廣也从川亾聲易曰包巟用馮河 呼光切

包巟用馮河者。泰九二爻辭文。今易作荒。釋文云『荒本亦作巟。』是陸氏所據亦作本正與許同。許訓水廣也者。案泰之爲卦。乾下坤上䷊九二失位。變正則爲六。與四體坎。本爻象傳集解引虞翻曰。『在中稱包。巟大川也。失位變得正體坎。坎爲大川爲河。』大川與許水廣之義亦合。惠棟曰。『包巟用馮河。水廣曰巟。水之廣者莫如河也。詩云「誰謂河廣。」』此則就許義而申之。解尤明切。巟一作荒者。荒從巟聲。亦兼巟義。詩周頌『大王荒之。』毛傳訓荒爲大。大猶廣也。故與巟通。然說文艸部荒之本義蕪也。易言馮河。自以巟爲正字。作荒叚借字也。王弼逕以荒穢釋之。知作荒蓋王本。今則荒行而巟廢矣。釋文又云。『荒鄭玄讀爲康。云「虛也。」』或謂此鄭破字。故義與許異。愚案爾雅釋詁云。『漮虛也。』鄭蓋本之爾雅。說文水部云。『漮。水虛也。』水虛與水廣義亦近。集解引翟元云。『巟。虛也。二五相應。五虛无陽。二上包之。』此則不破字。而義從鄭。古荒與康通。爾雅釋文云。『漮。郭璞云。本或作荒。』淮南天文篇『十二歲一康。』太平御覽卷十七時序部引作『十二歲而一荒。』是其證。翟氏之易。張惠言易義別錄，以其解此文「五虛無君，二上包五，合於虞氏」，因謂『「子玄之易，蓋孟氏，非費氏。」』愚案觀翟氏諸文，多與荀爽近，而此文釋虎爲虛，又用鄭讀，鄭荀皆治費易者，則孟費同原，（說見敘例）斯亦其徵。知翟易之有合於虞，亦知其有應於許矣。惠棟周易述字從說文義，主翟。

需（雨部）　𩓣也。遇雨不進，止𩓣也。从雨，而聲。易曰：雲上於天，需。（相俞切）

雲上於天，需者，需象傳文。段玉裁曰：『此偁易以證从雨之意。雲上于天者，雨之兆也。』愚案此亦兼證本義。許訓需𩓣也者，說文立部云『𩓣，待也。』則需之爲𩓣，義取於待。本卦彖傳云『需，須也』，須卽𩓣之省借字。正義解卦名云『需者待也』，以待易須，正是𩓣之本義。今經典𩓣待字多作須，或作需，而𩓣廢矣。集解引宋衷曰『雲上于天，須時而降』，又序卦傳集解引干寶曰『雲溴在天而雨未降，翱翔東西，須之象也』（從張惠言輯本）亦竝以須待釋需，與許說合。

闡（門部）　開也。从門，單聲。易曰：闡幽。（昌善切）

闡幽者，繫辭下文。彼云『微顯闡幽』，此節偁之也。許訓闡開也者，案文選馬融長笛賦『從容闡緩』李善注引蒼頡篇曰『闡開也』蓋即許之所本。韓康伯繫辭注云『微以之顯幽以之闡闡明也』明又開之引申義也。集解引虞翻曰『微者顯之闡者幽之』此解闡幽與韓殊然幽者明之反疑亦以闡爲明惠棟周易述義從虞氏而引蒼頡篇闡開之訓以申虞義則與許合。

拼 手部 上舉也。从手。升聲。易曰拼馬壯吉。蒸上聲 ○ 撜 拼或从登。

拼馬壯吉者明夷六二文辭渙初六文辭文今易皆作拯拯上有用字。明夷釋文云『拯音拯救之拯。說文云「舉也」。鄭玄云「承也」子夏作拼。字林云「拼上舉音承」』渙釋文云『拯馬融云「舉也」子夏作拼。拼取也』段玉裁據此謂『說文作拯字林作拼。在呂時爲古今字』其說文注本因改拼篆爲拯王筠不改篆又謂『上舉之上非許說本文』愚案說文無拯字拼之或體作撜徐鉉等曰『今俗別作拯非是』是拯乃俗體爲許所不錄。玉篇手部拼爲正字云『音蒸又上聲』撜拯爲重文丞下引『聲類云拼字』則丞亦拼之重文也。廣韻十六蒸云『拼上舉易曰拼馬壯吉說文音蒸上聲。』全與今本說文合。四十二拯拯下重文作抍撜，云『見說文』。此乃用拯爲韵目，故移抍撜於下，亦非以拯爲抍之正也。其云抍撜見說文，則拯之不見說文又可知也。然則說文正篆作抍，訓爲上舉，固當不誤。其所據易作抍，與子夏傳同，蓋爲古本。說文車部『輂讀若易抍馬之抍』，可以互照。漢博陵太守孔彪碑云『抍馬蠲害』，洪适隸釋云『抍即拯字』。顧炎武金石文字記云『碑云抍馬者，易明夷六二渙初六皆曰拯馬壯，拯字子夏傳說文字林並作抍，上舉也。漢時所傳如此，而今作拯者，唐開成以後所定也』。竊疑陸氏所引說文云舉也，當在子夏作抍之下，而轉寫者亂之。舉上無上字，或陸氏以意刪，亦引書常例。字林多本說文，故訓上舉與許同。陸既引說文而又連引字林者，蓋字林抍音承，與說文抍讀蒸上聲異，欲別出其音也。段之改篆，殊不可從。又案明夷之卦離下坤上☲☷，集解引九家易曰『二應與五，三與五同功，二以中和應天，合眾欲升，上三以壯于五，故曰用拯馬壯吉』。此言三升五，則二得其應，故欲升三以壯于五。抍之言升，疑九家易亦當是抍字。惠棟周易述義從九家，字從說文，是也。段氏又謂『從丞從登皆有上進之意，抍從升，升之本義實於上舉無涉』。今案升卦釋文引馬融云『升，高也。』彼正義云『升者登上之義。』又本經序卦云『聚而上者謂之升。』是升亦得訓上。從升與從登同，拼又從手，則舉義亦在其中。故許君合升手而訓為上舉矣。

扐 手部 易筮再扐而後卦。从手，力聲。盧則切

再扐而後卦者，繫辭上文。今易卦作掛。釋文云『掛，京作卦，云再扐而後布卦。』許與京同，蓋本於孟也。惟扐字無說解，與攡下引易同。釋文又引馬融云『扐，指間也。』字既從手，疑許義當亦如是，而引易之上或有脫文。集解引虞翻曰『掛左手之小指為一扐，并掛左手次小指間為再扐。』是虞義亦以指間為扐也。玉篇云『凡數之餘謂之扐。』則又取繫辭『歸奇於扐』以為義。虞注亦云『扐，所揲之餘。』然則此字蓋專為卦筮而造，故以布策指間為本義，引申之義則為數餘。

媾 女部 重婚也。从女，冓聲。易曰：匪寇婚媾。古候切

匪寇婚媾者，屯六二爻辭文。正義引馬季長云『重婚曰媾。』許亦訓重婚也，是馬許義同。一切經音義卷四引賈逵國語注云『重婚

曰媾。』知許說。又受之侍中也。釋文云『媾本作冓。鄭玄云「猶會。」』今案說文冓部云『冓。交積材也。』會與交義近。故鄭以會釋之。媾從冓聲。其義亦自冓來。故通用。然合二姓爲婚姻。自以從女作媾爲正字。冓雖古。於媾則叚借字也。

絮 糸部

絮。緼也。一曰敝絮。从糸奴聲。易曰需有衣絮。女余切

需有衣絮者。既濟六四爻辭文。今易需作繻。絮作袽。說文繻下讀若引易亦作繻。段玉裁以此證彼。謂『繻下所偁易繻當作需。』然釋文云『繻。子夏作䘩。薛云「古文作繻。」』則讀若所偁似不誤。而此條引作需者。或爲古文別本矣。袽字說文所無。釋文云『袽。說文作絮。云緼也。京作絮。』阮元周易釋文校勘記說文作絮下云『宋本、盧本絮作絮。』愚案說文緼本絮下之訓。是今本釋文引說文作絮者。蓋絮之誤。盧本卽依說文校改。許與京同出孟氏。疑京本亦當作絮。周禮考工記弓人鄭司農注云『帤讀爲襦有衣絮之絮。』彼卽用易此文。段氏周禮漢讀考亦校正作絮。桂馥說同。蓋絮絮形近。故經注傳寫多亂也。惟說文絮有兩訓。本義爲絮緼。別義爲敝絮。許

緼下云『紼也』紼下云『亂枲也』（今說文各本作亂系此從段本玉篇紼注亂麻也）絜下云『㪍緐也』枲爲麻緐爲絲是許君以絜與緼爲絲麻之分而絜則兼有絲麻兩義。衣絜之絜以絲緐爲之故許引易在一曰之下蓋證第二義也既證第二義則易辭作絜亦通。又案既濟之卦離下坎上☵☲。乾二五之坤成坎坤二五之乾成離離成則乾毀集解引虞翻曰『乾爲衣故稱繻袽敗衣也乾二之五衣象裂壞故繻有衣袽』敗衣與許㪍絜之訓合。

畬（田部）三歲治田也易曰不菑畬田。从田。余聲（以諸切）

不菑畬田者。无妄六二爻辭文已見艸部菑下。彼引證菑字。此引證畬字也。今易畬下無田字。小徐本同。汲古閣重刻大徐本以田爲衍字。因空一格。宋本及五音韵譜集韵類篇引皆有田字。惠棟云『田當作凶。禮記坊記所引易有凶字。蓋七十子所傳。當得其實也』段玉裁桂馥說畧同。（嚴可均云『田字自誤但既四字爲句知許所引易必不與今本同。无妄釋文云「不耕穫。或依注作不耕而穫下句亦然」是陸所見或本作不菑而畬。說文當同』案此亦可備一說呂氏春秋貴因篇云『適令武王不耕而穫』知釋文所傳或說者蓋亦有據也）許訓三歲治田也者。釋文畬下引說文作二歲與今本異。案无妄之卦，震下乾上☳☰。集解引虞翻曰『田在初一歲曰菑。在二二歲曰畬。初爻非坤，故不菑而畬也。』以虞注證許說，則釋文所引當不誤。小徐篆韵譜九魚畬下注亦云『二歲治田』。又其旁證也。惟釋文又引馬融云『畬田三歲也。』詩小雅釆芑毛傳云『三歲曰畬。』彼詩孔疏謂『鄭玄易注與毛傳同。』是鄭於易蓋用馬義，則馬鄭解畬竝與許虞異。此蓋師承各別，故爾互出。至坊記鄭注又云『二歲曰畬』者，孔疏謂『坊記引易之文，其注理不異，當是轉寫誤也。』嚴可均李道平乃猶竝據鄭坊記注，嚴謂『鄭與許合』，李謂『虞從鄭注』，蓋皆於釆芑孔疏未之察耳。（爾雅釋地曰『田一歲曰菑，二歲曰新田，三歲曰畬』，詩毛傳與爾雅合。嚴氏因疑今說文作三歲者，校者據爾雅毛傳改。此說近是。其實許君此條引易則不必與爾雅詩傳同。段氏謂『許全書多宗毛公，而意有未安者則不從，此其一也』是也。）

鉉（金部）　舉鼎也。易謂之鉉，禮謂之鼏。从金玄聲。（胡犬切）

易謂之鉉者，鼎六五爻辭有『鼎黃耳金鉉』之文，上九爻辭有『鼎玉鉉』之文。許此所偁非原文，故不云『易曰』而云『易謂之』也。說互見鼎部鼏下。許訓鉉舉鼎也者，小徐本作『舉鼎具也』，韵會十亣銑引同。汲古閣重刻大徐本因刓補具字。嚴可均云『具從貝省。鼎彝器銘不省。又作𣇚從鼎。則訓鉉為具。乃本訓也』。段玉裁說文注不從小徐。而增所以二字於舉鼎之上。恩案鼎之為卦。巽下離上☲☰。二至四互乾。集解引虞翻曰『離為黃。三變坎為耳。故鼎黃耳。鉉謂三。貫鼎兩耳。乾為金。故金鉉』。又引干寶曰『凡舉鼎者鉉也』。釋文引馬融云『鉉扛鼎而舉之也』。據此則鉉實舉鼎之具。所以貫鼎耳者也。宜依嚴校從小徐本為是。江藩周易述補引說文此條亦作舉鼎具。

輹 車部 車軸縛也。从車复聲。易曰輿脫輹。芳六切

輿脫輹者。小畜九三爻辭。大畜九二爻辭。今易小畜作輿說輻。釋文云『輻音福。本亦作輹。音服。馬融云「車下縛也」。鄭玄云「伏菟」』。大畜作輿說輹。釋文云『輹或作輻。一云「車旁作复。音服。車下縛也。作畐者音福。老子所云三十輻共一轂是也」』。據此是兩爻辭皆有作輹作輻之本。輹輻蓋通用字。然許輹訓車軸縛也。輻訓輪轑也。則二字義別。陸氏所傳一云。亦分析二字音義甚明。輻在

轂與牙之間。所以貫牙轂者。非可脫之物。是易辭本文自以作輹爲正字。集解引虞翻小畜注字作『輹』。大畜注字作『腹』云『萃坤爲車爲腹。坤消乾成。故車說腹。腹或作輹也。』亦輻當作輹之證。段玉裁謂『作腹者叚借字。作輻者譌字。』但陸氏既輻輹並錄。則作輻之本。亦六朝相承之舊失。至輹之爲物。釋文所引馬君說與許合。鄭云伏菟者。案左傳僖公十五年『車說其輹。』彼孔疏引子夏易傳云。『輹。車下伏兔也。』是鄭又本之子夏傳。說文云。『轐。車伏兔也。』則許意伏兔名轐不名輹。戴震以劉熙釋名合輹於伏兔。遂謂『轐輹實一字。』非也。惟就車制而言。則車下所縛與軸相連者。卽是伏兔。其縛以革。說文謂之『𨏶』。輹轐𨏶析之雖有三名。合之實爲一事。說文爲字書。故字必有別。諸家解經。故統偁不分耳。

隕 𨸏部 從高下也。从𨸏。員聲。易曰。有隕自天。于敏切

有隕自天者。姤九五爻辭文。許訓隕從高下也者。案爾雅釋詁云。『隕下落也。』是隕與下同義。許說蓋本爾雅。下而又云從高者。爲其字之從𨸏也。姤之爲卦。巽下乾上☰☴。集解引虞翻曰。『隕。落也。乾

爲天謂四隕之初初上承五故有隕自天象』虞釋隕爲落亦與爾雅合許以自天與從高之義更切故引之以相證

隍 𨸏部 城池也有水曰池無水曰隍从𨸏皇聲易曰城復于隍 乎光切

城復于隍者泰上六爻辭文釋文云『隍子夏作堭姚信作湟』說文土部無堭字水部有湟爲水名皆非其正隍從𨸏𨸏者大陸也義爲積土則從𨸏猶從土矣許訓城池也又云有水曰池無水曰隍者蓋隍即是池但以水之有無異其名非於池外別有隍也案泰之爲卦乾下坤上☷☰反泰爲否否者坤下乾上☰☷否二至四互艮集解引虞翻曰『否艮爲城故稱城坤爲積土隍城下溝無水稱隍有水稱池』是虞注與許說全同當是易義古說李道平集解纂疏亦引說文以證虞注惠棟周易述義從虞而字作堭未必古文本字也

壬 部首 位北方也陰極陽生故易曰龍戰于野戰者接也象人褢妊之形承亥壬以子生之敘也與巫同意壬承辛象人脛脛任體也 如林切

龍戰于野者坤上六爻辭文。壬爲十干之一凡干支之字。許君皆以五行方位亦气剛柔說之。當自有所本此即引易證壬之方位。兼證陰極陽生之義也。與壬字本形本義皆不相涉故加「亦」「故」字於易曰之上。蓋引經之變例也坤之爲卦。坤下坤上☷☷六爻皆陰上六爲坤之盡。陰極生陽。故其象兼乾乾爲龍德故文言曰「爲其兼于陽也(王弼本作嫌于无陽集解引九家易作兼于陽云陰陽合居故曰兼陽)故稱龍焉」。鄭外曰野乾位西北。故爲野易緯乾鑿度曰。「陽始于亥」。又曰「乾坤气合戌亥」。是野者戌亥之間正乾坤之交也。陰陽于是相薄。故曰戰許訓戰爲接者。集解引荀爽曰「消息之位。坤在於亥下有伏乾」。伏乾猶伏龍。蓋謂上六坤行至亥與乾相接也。接即交接之接。說文亥下云「十月微陽起接盛陰」。彼接字與此接字義正相應。惠棟云「訓戰爲接。真古訓也。王弼謂與陽戰而傷。朱子謂兩敗俱傷。陰陽消息何傷之有」此說足以申許。許君蓋以亥壬同位而又合德。(壬位北方)(亥西北方壬亥相毗以五行言又同爲水德水位)故引易此文以爲證。

去 (部首) 不順忽出也从到子。易曰。突如其來如。不孝子突出不容於内也。他骨切 ○㐬或从到古文子。即易突字。

突如其來如者。離九四爻辭文。小徐本𠫓下有『𠫓即易突字也』六字。大徐本無。大徐本㐬下有『即易突字』四字。小徐本無。兩本錯出。段玉裁從小徐。謂『周易之突即倉頡之𠫓。此爻辭之用段借也。大徐本刪之。由其不知許意也。』嚴可均則謂『小徐本六字。蓋㐬字之說解。誤跳在𠫓下。鼂說之古易音訓引京鄭皆作㐬。見周易會通。京受孟氏易。許君偁易孟氏。故此云即易突字也。』愚案易釋文突下不言有別作。集解此文所引亦無京鄭說。許引經又不在㐬下。則鼂氏書所引京鄭之本。殊未敢信。嚴說非也。許訓𠫓爲不順忽出。穴部突訓犬從穴中暫出。兩字義別。易辭之突。論義當作𠫓。作突不可通。故許君於𠫓下引之。又釋之曰『不孝子突出不容於內。』以與𠫓字之義相應。明周易段突爲𠫓。段說是已。然許既明偁易作突。且釋其義矣。乃又曰𠫓即易突字也。恐許君無此贅語。則段謂大徐刪之亦非也。尋玉篇𠫓下云『此亦作突。』㐬下云『古文。今作突。』愚頗疑顧野王因說文引易之突證𠫓。故云𠫓亦作突。又因㐬爲古之古文或體。故以突爲𠫓之今文。然則小徐古下六字。大徐𠫓下四字。葢皆校者用玉篇所沾坿。非許書原文。廣韵十一沒古𠫓兩字兮引說文。皆無其語。類篇古下亦無之。又其證也。至易辭本文。許以不孝子突出不容於內釋之者。案離之爲卦。離下離上☲☲。二至四互巽。三至五互兌。九四爲震爻。周禮秋官掌戮職賈公彥疏引鄭玄易注云。『震爲長子。爻失正。又互體兌。兌爲附決。子居明法之家而無正。何以自斷其君父。不志（一本作忍）也。突如。震之失正不知其所如。又爲巽。巽爲進退。不知所從。不孝之罪。五刑莫大。』是鄭說正與許合。知許之所釋。葢易之古義。或亦出於孟氏也。惠棟周易述。義從許鄭。而字作𠫓。以爲𠫓即古文易突字。此則牽於大徐本沾附之語。其校李鼎祚周易集解。亦改突如作𠫓如。宜見譏於段氏矣。

說文解字引易考卷二終

說文解字引書考

說文解字引書考敘例

許君引書。主於孔氏。案漢書藝文志偁。古文尚書者。出孔子壁中。孔安國悉得其書獻之。遭巫蠱事。未列于學官。儒林傳偁。安國授都尉朝。朝授膠東庸生。庸生授清河胡常。常授虢徐敖。敖授平陵塗惲。後漢書賈逵傳偁。逵父徽。受古文尚書于塗惲。逵傳父業。數為章帝言古文尚書與經傳爾雅詁訓相應。詔令纂歐陽大小夏侯尚書古文同異。逵集為三卷。據此是賈逵古文尚書之學。於安國為七傳。一脈相承。歷歷可溯。所受之本。卽孔氏壁中本也。許君從逵受古學。見於其子沖上安帝書。故許君於書宗孔氏矣。今孔壁真本不傳。幸賴說文所引。猶得窺其一二。

後漢書儒林傳又偁。扶風杜林傳古文尚書。林同郡賈逵為之作訓。馬融作傳。鄭玄注解。由是古文尚書遂顯於世。案杜林本傳。林於西州得桼書古文尚書一卷。常寶愛之。雖遭艱困。握持不離身。以示衛宏徐巡。宏巡益重之。後人或謂桼書不本於安國。而疑馬鄭非孔本。且疑許君受之於賈亦為桼書者。或謂桼書卽科斗。科斗卽壁書者。愚以為杜林傳古文尚書是一事、其得泰書又是一事、漢書藝文志錄尚書古文經四十六卷、泰書僅一卷、必非古文之全、竹簡繁重、使為全書、何能握持、蓋林本治古文、偶然得此古寫殘經、足以印證所學、故視同球璧、亦猶今人之得唐人寫本說文玉篇切韻殘卷耳、然則賈氏世傳孔學、其所作訓、固依孔本、即馬傳鄭注、亦孔本也、今三家之作皆佚、許君引書證字、所解字義、當必多本賈訓、馬鄭傳注、散見經典釋文諸經義疏及羣籍中者尚富、故亦采之、以與許說互參焉、

漢書儒林傳又稱、孔氏有古文尚書、孔安國以今文字讀之、而司馬遷亦從安國問故、遷書載堯典禹貢洪範微子金縢諸篇多古文說、案古文說與古文字不同、說者說其義也、今史記述尚書之文、多以詁訓字易之、疑即史之安國、安國以今文字讀之者、蓋以今字釋古字、即所謂說也、然其所說之字、本為古文、故謂之古文說、或者誤解、以為安國用當時隸書、對讀古文、此惑於偽孔傳序隸古定之言、非也、又有疑太史公為今文說者、更非也、許君所引經文為古本、而所說字義多與太史公所易之詁訓字相合、故今凡說文引書有為史記所載者、則采史記

證之。以見子長叔重尚書之學。異流而同源也。

晚出古文尚書及孔傳。唐人依之以作正義。宋儒疑之。至清儒而偽讞乃定。然作偽者。其於二十五篇經文。固撦拾傳記。比綴彌縫。若故有之。即傳文亦莫不怡然理順。有符倉雅。蓋不如是則其偽不售也。今考許君所引經文。偽傳訓義十之八九與許說同。此由作偽者知許宗孔氏。故即襲用許說。使後人讀其書。以為許用傳說。則益信其傳之真出於孔也。清儒攻偽傳者。殊尠及此。故今凡偽傳之合於許說者。並摭出之。以為偽傳之反證。

漢書藝文志六藝畧書家有周書七十一篇。班氏自注。周史記。顏師古注曰。劉向云。周時誥誓號令也。蓋孔子所論百篇之餘也。說文引之。偁逸周書。亦或單偁周書。無逸字。朱右曾謂周書偁逸。昉說文。不逸而逸。無以別於逸尚書。故宜復漢志之舊題。愚案尚書百篇中本有周書。而此在彼中周書之外。故許君冠逸字以別之耳。其無逸字者。段玉裁以為或詳或畧錯見。愚疑傳寫者或偶奪之。同為一書。許偁不應或逸或否也。今逸周書已殘。就其存者以觀許君所引。有不得其篇次者。後人彊傳之，究莫能通其義也。汪逸周書者，舊止晉五經博士孔鼂一家，然則許君引之以證字義，文雖無多，其說彌足珍矣。清人校釋是書者，以朱右曾為較善，遇有異同，亦從許引為正，故今附引逸周書考於引書考之後。

說文解字引書考字目

卷一

祟 珣 玠 璪 琨 璸 玗 蓏

䢵 牿 嚌 哢 逾 返 迪 述

退 蹢 䶜 謨 論 試 誠 詷

譎 譸 諞 謩 誚 訧 詔 异

褻 攺 敱 孜 攽 敳 敹 敿

敚 敉 敍 斁 斆 敼 敃 卟

𣍺 敻 眊 睊 罍 莧 幻 殂

殛 殬 劓 籚 簜 甹 豑 盡

䐶 餯 僉 牄 柚 杶 楈 桼

枯 欜 櫢 䍘 圛 賚 邑 旻

暘 朏 霸 㝵 稘 㯿 寀 宂

罷

卷二

傍 仡 假 跢 臬 琟 龥 叩

辥 嬖 嶧 龕 砉 罯 緜 貌

狟 炪 焯 㬎 罷 愻 寋 忝

懋 悆 懱 鏧 憝 㥆 洊 雄

浩 涘 澨 湎 川 睿 壑 鬭

搯 抲 逹 玫 娟 摯 伐 戋

緢 桼 繪 絑 截 堨 坶 堲

圯 亶 堋 劼 勱 勖 鏤 鍰

鈗 凭 郘 陧 陶、育

附引逸周書考字目

祘 莒 翰 蠹 蹼 侊 豲 廖

蚼 匪

說文解字引書考卷一

衡陽馬宗霍

祡（示部）燒柴樊燎以祭天神。从示。此聲。虞書曰。至于岱宗祡。（仕皆切）

◎禬古文祡从隋省。

至于岱宗祡者。堯典文。（今在舜典而書正義謂孔於伏生所傳二十九篇內分出舜典則是切本不分也）今書作柴。史記五帝本紀述此文同。許引作祡。訓曰燒柴樊燎以祭天神者。柴說文木部云。「柴小木散材」是柴乃祭天所燔之物。非祭名也。爾雅釋天云。「祭天曰燔柴。」禮記祭法云。「燔柴於泰壇祭天也。」皆謂其事。亦即許說之所出。陸德明尚書釋文引馬融曰。「祭時積柴加牲其上而燔之。」史記裴駰集解引鄭玄云。「柴祭東嶽者。考績柴燎也。」（公羊隱八年傳徐彥疏引鄭注作「岱宗者東嶽名也柴者考績燎也」）禹就告天之禮言。故曰加牲。鄭就巡狩之制言。故曰考績。二義又與許說相足也。僞孔傳云。「燔柴祭天告至。」即用許義。因燔柴祭天。遂命此祭曰祡。故燔柴之字當從木。（今大徐本說解燒柴之柴作祡蓋涉本篆而誤小徐本及爾雅釋文殷敬順列子音義集韵類篇韵會引皆作柴可證）祭名之字當從示。本經此文主巡狩祭天而言。自以許引作紫爲正字。敦煌唐寫本尚書釋文殘卷舜典篇柴下云「說文作柴，從此木。云燎天祭也。」案正文既是柴字，則下引說文必是作紫從此示，若亦作柴，與正文無別，何爲引之，此乃寫本筆誤。作紫，叚借字也。漢世諸引尚書者率作柴，惟漢書楊雄傳甘泉賦「欽紫宗祈」，樊毅修華嶽碑「紫燎禋埋」，猶用本字。紫下又錄古文禟者，紫從此聲，古音在脂部，禟從隋省聲，古音在歌部，兩部通轉最近，故紫古作禟。段玉裁古文尚書撰異謂禟字爲壁中尚書，孫星衍尚書今古文注疏亦謂孔壁古文有作禟者。愚謂此或古文尚書有別本，故許君竝存之耳，不必定出孔壁。

珣　玉部　醫無閭珣玗琪，周書所謂夷玉也。从玉，旬聲。一曰器。讀若宣。相倫切

夷玉者，顧命文。釋文引馬融云：「夷玉，東夷之美玉。」孔穎達正義引王肅說同。又引鄭玄云：「夷玉，東北之珣玗琪也。」許於珣下偁之，而訓珣爲醫無閭珣玗琪者，說文無琪字，集韻十八諄類篇玉部引竝作璂。所以證畀名也。考爾雅釋地云：「東方之美者，有醫無閭之珣玗琪焉。」蓋卽許說所出。故邢昺爾雅疏亦引說文此條以爲證。鄭注正與許合，馬注亦本

爾雅，單云美玉者，舉其質略其名也。爾雅言東方，鄭言東北者，周禮職方氏『東北曰幽州，其山鎮曰醫無閭』。蓋舉正曰東，舉隅則曰東北。鄭又兼取周禮也。段玉裁謂『珣玗琪合三字為玉名，蓋醫無閭珣玗琪皆東夷語』。其說近是。知東夷玉之夷，乃舉地而言。偽孔傳訓夷為常，然不解常玉之義，未知何據。孔疏亦謂未審孔意如何也。

玠 玉部 大圭也。从玉，介聲。周書曰：稱奉介圭。古拜切

稱奉介圭者，今周書無此文，案顧命曰『大保承介圭』，康王之誥曰『賓稱奉圭兼幣』，當篇序文正義謂『馬鄭王本此篇自高祖寡命已上內於顧命之篇』，是兩語古本並在顧命之中。許或隱栝而舉之也。王鳴盛尚書後案以為所引即下句。今書圭上無介字，此偽孔所刪去。段玉裁則謂許君偶誤合二句為一。似皆未然。介本訓畫，圭以玉為之，正字當作玠。爾雅釋器云『珪大尺二寸謂之玠』，即許大圭之說所從出。經文作介，叚借字也。詩大雅崧高錫爾介圭，字亦作介。郭氏爾雅注引詩作玠，就雅改詩也。鄭君箋詩引爾雅作介，就詩改雅也。先儒以經釋經，多此例。非爾雅別有作介之本，毛詩別有作玠之本也。偽孔傳釋為『大圭尺二寸』，蓋兼採說文爾雅之義。江聲尚書集注音疏云『介讀為玠』，自謂本爾雅郭注，實亦本之說文也。然許偁周

書仍作介者，案爾雅釋詁云『介，大也』，蓋介之本義雖爲畫，但其字從八，八，別也，能分別者必大，故引申之介亦有大義，玠以介爲聲，訓曰大圭，故許君引之以證聲中之義，非證本篆也，類篇玉部玠下云『說文引周書稱奉玠圭』，韵會十卦云『說文引周書稱奉玠王』，王字固非玠字，亦校者依本篆改，不足據，集韵十六怪引說文全與今本同，可證也，陳喬樅今文尚書經說考，乃謂『作玠圭爲今文尚書，近刻說文玠下引書，但作介字，非是』，不悟作介字宋刻大小徐本皆然，且有集韵足資旁證，非近刻也

璪 玉部 玉飾如水藻之文，从玉喿聲，虞書曰「璪火黺米」 子皓切

璪火黺米者，皋陶謨文（今在益稷篇，正義謂孔於伏生所傳二十九篇內分出益稷，又言馬鄭王合此篇於皋陶謨，則如古本不分也）今書作藻火粉米，釋文云『粉米，說文作黺黺，徐米作綵』，案說文黹部無黺字，糸部有綵云『繡文如聚細米』，陸氏以作綵者爲徐邈本，則所見說文與今異、（嚴可均撰釋文所引謂六朝舊本作黺黺，今糸部綵下脫重文耳，）璪者許訓爲玉飾如水藻之文，本經下文言『以五采彰施于五色作服』，乃爲衣飾，段玉裁說文注因謂『虞書璪字，衣之文也，當

從衣而從玉者，叚借也。衣文玉文皆如水藻，聲義皆同，故相叚借。非衣上爲玉文也」。其古文尚書撰異又曰「今本作藻者蓋孔安國以今之文字讀之也。尚書大傳虞傳璪火字五見，然則今文尚書與壁中古文同作璪也」。江聲則謂「璪是玉文，刻爲水藻以爲飾，故字從玉。此繡文名璪，字亦從玉，明與玉飾水藻之文同」。愚案說文無襙字，玉篇有之，蓋爲後起之別體。段氏謂衣文當從衣者非也。大傳出自伏生，史記儒林傳言「秦時焚書，伏生壁藏之，其後兵大起流亡。漢定，伏生求其書，亡數十篇，獨得二十九篇，卽以敎於齊魯之閒」。漢書藝文志儒林傳說同。是伏生雖以今文爲敎，其所藏者亦是古文。然則大傳可謂今文之說，至本經之字，未必盡易爲今文。許引作璪，旣與大傳合，正可證孔壁與伏壁同字，不必謂今文與古文同字也。古文多叚借，衣飾取象於水藻則作藻，實爲正字。江氏因尊古文，必謂繡文與玉飾同，似以璪爲正字者，亦泥也。隋書禮儀志七虞世基引大傳作藻，蓋依孔本改大傳。陳祥道禮書引大傳「璪火，赤也」，隋志引作「藻純白，火純赤」，斯又伏生沒後歐陽張生輩各記所聞。見鄭玄大傳敘容有出入。流傳不同。可視為今文說之自異。而要皆非許君之所取。孫星衍謂「許云璪玉飾如水藻之文者。言璪火象藻玉之藻文。謂之璪火。亦當如大傳云璪火赤也。」此則從禮書。陳喬樅謂「大傳明言藻純白。說文玉部引虞書。據古文也。古文作璪。從玉旁。玉以白為貴。故璪純白也。」皮錫瑞說畧同。以為「大傳藻純白者。即玉藻之藻。」王先謙尚書孔傳參正用其說。謂「飾衣以玉藻之文。故色純白。字從璪為正。」此則竝從隋志。而皆牽說文以合大傳。是謂許字從古文說從今文矣。恐不其然。且鄭君大傳注云。「玄或疑焉。璪水草蒼色。」則知以色為別者。或赤或白。皆與璪義不相應。鄭君亦所不取。愚謂許以玉飾為璪之本義。而以如水藻之文釋之。是其偁書亦但取義於文。無取於色。偽孔傳云。「藻。水草有文者。」正義申傳。引「顧氏名彪隋人取先儒等說。以為藻取有文。」實皆本之許說耳。又案儀禮聘禮鄭注。「今文繅作璪。」禮記玉藻釋文。「藻本又作璪。」可見璪字在尚書為古文。在儀禮為今文。在禮記則與藻通作。斯又各經傳本之異。未可執禮經以例尚書。而疑許偁書亦爲今文也。

琨 玉部 石之美者。从玉，昆聲。虞書曰：楊州貢瑤琨。（古渾切）○瓃，琨或从貫。

楊州貢瑤琨者，禹貢文。（說文引禹貢多偁夏書，此云虞書者，桂馥謂本偁虞夏書，後人亂之也。）史記夏本紀述此文同，釋文引馬融本作瓃，即琨之重文。漢書地理志引亦作瓃。段玉裁謂『今文尚書作瓃，古文尚書作琨，故說文竝列之。馬本則同今文者也。』愚案馬許同治古文尚書，琨瓃之異，蓋古文有別本耳。琨從昆聲，古音在諄部，瓃從貫聲，古音在寒部，合韵最近而又雙聲，故琨或作瓃矣。許訓琨爲石之美者，僞孔傳云『瑤琨皆美玉』，與許異。釋文云『琨，美石也。』從許不從傳。正義曰：『美石似玉者也。玉石其質相類，美惡別名也。』此亦用許說訂傳，而又欲通之，故云似玉相類。其引王肅注『瑤琨，美石次玉者也。』則王氏解琨亦與許合。

玭 玉部 珠也。从玉，比聲。宋弘曰：淮水中出玭珠。玭，珠之有聲。（步因切）○蠙，夏書玭从虫賓。

蠙珠者。禹貢文。史記夏本紀漢書地理志述此文同。許以蠙爲玭之重文。云『夏書玭從虫賓。』糸部又云『紕讀若禹貢玭珠。』是許所見禹貢兼有作玭之本。蠙爲古文。故以夏書系之玭爲今文。故以讀若存之。此引經互照之例也。史紀司馬貞索隱云『蠙一作玭。』漢志顏師古注云『蠙字或作玭。』蓋即因尚書此文有兩作本。而史漢傳本復各異。故亦蠙玭錯出也。禹貢釋文云『蠙字又作蚍。韋昭薄迷反。蚌也。』此所引即韋氏漢書音義中語。然考說文蟲部蚍爲蠭之重文。云『大蠡也。』非蚌之謂。則蚍當爲玭之誤。疑後人以韋注訓蚌。妄改從玉爲從虫。而不悟失其義也。許訓玭珠也。僞孔傳云『蠙珠。珠名。』蓋即本之許說。珠出於蚌。蚌實生珠。從其成珠而言。則字作玭從珠所自生而言。則字作蠙（廣韻十七眞云蠙珠母。）從玉從虫之分。蓋在於此。正義申傳曰『蠙是蚌之別名。此蠙出珠。遂以蠙爲珠名。』然則作蠙爲叚借字。故許以玭爲正篆也。蠙從賓聲。古音在眞部。玭從比聲。古音在脂部。二部本不同類。段玉裁謂其得爲古今字者。雙聲語轉也。

玕（玉部）　琅玕也。从玉，干聲。禹貢：「雝州球琳琅玕。」古寒切　○　𤥚，古文玕。

雝州球琳琅玕者，禹貢文。小徐本球作璆。史記夏本紀述此文同。璆即球之或體，然許引經不在璆下，則大徐本作球為是。又案琨下偁揚州貢瑤琨，以彼例此，則此條雝州下亦當有貢字，今無者，蓋轉寫奪之也。許訓玕曰琅玕者，琅玕兩字一名。許琅下云：『琅玕，似珠者。』義具彼篆，故此但云琅玕矣。王充論衡率性篇曰：『魚蚌之珠與禹貢琅玕，皆真珠也。』（此從段氏校定，今本譌亂不可讀。）許訓玭為珠，訓琅玕為似珠者，似珠則非真珠，是許意以出於水者與出於土者有別，與王充說畧異。陳喬樅以論衡為今文尚書說，知許說古文說也。詩大雅韓奕孔疏引鄭玄書注云：『琅玕，珠也。』蓋鄭君於書雖宗古文，亦兼用今文說。偽孔傳云：『琅玕，石而似珠。』（史記夏本紀集解引作石名而似珠者。）正義申傳謂『說者皆云琅玕石而似珠者，必相傳驗實有此言。』不悟偽傳即襲用許說耳。玕下又出古文𤥚者，段玉裁謂『蓋壁中尚書如此，干聲旱聲一也。』愚謂此或古文尚書有別本，故許君並存之。與紫稽並存同例，不必定出孔壁。

蘇 艸部

艸盛皃。从艸。繇聲。夏書曰。厥艸惟蘇。余招切

厥艸惟蘇者。禹貢文。今書作繇。史記夏本紀漢書地理志述此文作『草繇木條』（漢志草作屮。）蓋合下文厥木惟條爲一句。說文無繇字。繇即繇之俗。小徐本引書作繇。段玉裁從之。謂『此引禹貢明從艸繇會意之指。引經說字形之例』。嚴可均亦曰『禹貢釋文不云說文作蘇。知繇無異文。許引此者。說蘇之所以從艸繇』。愚案段嚴說固有據。然許訓蘇爲艸盛皃。系部繇訓隨從。與艸義無涉。本經以之狀草。則蘇爲正字。作繇段借字也。集韻四宵類篇艸部蘇下傳說文列夏書並與大徐本同。江聲亦從大徐。則作蘇未必誤。小徐作繇。或校者依今書改。亦未可知。蘇通作繇者。蘇本從繇聲。爾雅釋詁云『繇（亦當作繇）喜也』。則繇又與嗂同。艸盛皃即欣欣向榮之意。亦喜義之引申也。釋文又引馬融云『繇抽也』。孫星衍謂『繇聲近粤。說文粤木生條也。玉篇作草木生條也。生條即抽也』。是抽亦與盛義近。繇之古音本讀如由。抽從由聲。知馬蓋以聲訓耳。僞孔傳釋繇爲茂。說文茂亦訓艸豐盛也。

蔪 艸部 艸相蔪苞也。从艸。斬聲。書曰。艸木蔪苞。慈冉切 ◯ 蘩。蔪或从槧。

艸木蔪苞者。禹貢文。今書作漸包。史記夏本紀漢書地理志述此亦同。僞孔傳云。『漸。進長。包。叢生。』正義引易漸卦以釋進長。引釋言苞稹以釋叢生。則正義所據本作漸苞。釋文云。『漸。本又作蔪。字林才冉反。草之相包裹也。包字或作苞。非。叢生也。馬融云。相包裹也。』盧文弨釋文考證曰。『包或作苞非叢生也。經文包本作苞。開寶乃互易之。苞正是叢生。安得云非。其妄改之迹宛然。』案以正義證之。乃則盧氏之言是也。則陸氏所見又作本正與許合。而作包乃馬本也。然考說文水部。漸本爲水名。又包部云。『包。象人褱妊。已在中。象子未成形也。』是僞傳以進長叢生爲說者。作漸包皆叚借字。漸進字當作趣。叢生字當作苞。且經文本言草木。要當以从艸之蔪苞爲正字。惟苞從包。引申之亦有包裹之義。許君以艸相蔪苞釋蔪。蓋卽以苞字申蔪。又著一相字。當亦作包裹解。不作叢生解。馬季長雖不釋蔪字。而云相包裹。實與許符。字林多本說文。故逕訓蔪爲草之相包裹矣。玉篇艸部云。『蔪。草相蔪苞裹也。』蓋兼說文字林爲注。孫星衍疑玉篇專用說文，謂『今說文蘄苞也，苞下當脫裏字。』似未然。僞孔傳兮漸包爲二義，旣異許馬之說，恐亦非經恉。

牿 牛部 牛馬牢也，从牛，告聲。周書曰，今惟牿牛馬。古屋切

今惟牿牛馬者，費誓文。今書惟下有淫舍二字，許但引證牿字，故約偁之，非所據尚書少二字，亦非偶遺也。然就經義言，則二字不可省。江聲乃依說文以改周書，宜段玉裁譏爲顚倒見矣。許訓牿爲牛馬牢也，書正義云，『鄭玄以牿爲桎梏之梏，施梏於牛馬之腳，使不得走失。』是鄭讀牿爲梏而易其字也，與許異。陳喬樅謂『許從古文說，鄭從今文說。牿字蓋惟古文尚書有此字，今文當皆作梏，故鄭從今文讀牿爲桎梏之梏耳。』其說得之。僞孔傳云，『今軍人惟大放舍牿牢之牛馬。』釋牿爲牢，卽用許說，正義申傳，不知引說文以證牢卽牿之本義，乃引鄭君周禮地官充人注，『牢，閑也。』說文牢亦訓閑 而繹之曰，『然則養牛馬之處謂之牢閑，牢閑是周衛之名也。此言大放舍牿牛馬，則是出之牢閑，牧於野澤，故謂此牢閑之牛馬爲牿牛馬，而知牿是閑牢之謂也。』反迂緩矣。

嚌 口部 嘗也。从口。齊聲。周書曰。大保受同祭嚌。在詣切

大保受同祭嚌者。顧命文。偽孔傳云「既祭受福嚌至齒」正義申傳曰「禮之通例啐入口。是嚌至於齒示飲而實不飲也」今案禮記雜記下云「小祥之祭主人之酢也嚌之。眾賓兄弟則皆啐之。大祥主人啐之。眾賓兄弟皆飲之可也」鄭玄彼注云「嚌啐皆嘗也。嚌至齒。啐入口」據此是嚌啐有深淺之分。而穎達之說。即本之鄭君禮記注。顧命所述。亦祭後飲福之禮。其時成王崩未踰旬。故大保但嚌之。不忍啐也。許亦訓嚌為嘗。然說文旨部云「嘗口味之也」口味之則與啐無別。蓋禮經之啐。即啐之借字。啐小飲也。小飲固非不飲。不飲亦不得謂之嘗。故鄭雖以至齒入口為嚌啐之異。而訓嘗則同。可見嚌啐對言有分。散則可通矣。

咈 口部 違也。从口。弗聲。周書曰。咈其耇長。符弗切

咈其耇長者。微子文。今在商書。說文引微子或偁商書。或偁周書。疑校者亂之。日本古寫本隸古定商書殘卷此文同。見羅振玉雲窗叢刻 許訓咈為違也者。案說文辵部違從韋。韋相背也。偽孔傳云「違戾耇老之長」即用許義。史記宋世家述

此文作「不用老長」不咈古音同不用亦與違背意近史公蓋以故訓字易經或謂史公從今文非也

逾 辵部

𨒪進也从辵俞聲周書曰無敢昏逾 羊朱切

無敢昏逾者顧命文許訓逾爲𨒪進也者集韵十虞類篇辵部並引作「越進也」五經文字逾下注同越𨒪雖異部音同義近故經典多通用段玉裁謂「𨒪進有所超越而進也」愚案韵會七虞引作「越也進也」分越進爲二義則非連訓玉篇辵部云「逾越也進也」與韵會所引正合廣韵十虞云「逾越也」亦不連進字是段之通釋似尚未塙僞孔傳釋逾爲越但取一義又其證也

返 辵部

還也从辵从反反亦聲商書曰祖甲返 扶版切 ○彶春秋傳返从彳

祖甲返者大小徐本同今商書無此文集韵二十五潸引作「祖伊返」則西伯戡黎文也段嚴孫王諸家皆從之惟今書作反爲異敦煌唐寫本隸古定尚書殘卷此文亦作反（見羅振玉鳴沙石室佚書）返從反反本訓覆與還義亦近故經典多通用江聲亦採說文返還之訓而謂「

豈所引商書伊誤為甲與。抑所引在孔氏逸書中與。不可知矣』蓋江氏未檢集韵。故猶存疑也。

辿 辵部

衺行也。从辵。山聲。夏書曰。東辿北會于匯。移介切

東辿北會于匯者。禹貢文。釋文引馬融云。『辿。靡也。』許訓衺行也。與馬異。僞孔傳云。『辿。溢也。』正義曰。『辿言靡辿邪出之言。故為溢也。』此即兼採許馬之說。以申傳也。然以水道脈之。要不若許義之顯塙。故阮元謂『當以說文一正諸家之誤。』江聲亦從說文。而謂馬注誼不明曉。

逑 辵部

斂聚也。从辵。求聲。虞書曰。旁逑孱功。又曰。怨匹曰逑。巨鳩切

旁逑孱功者。堯典文。今書作方鳩僝功。段玉裁曰『凡儀禮古文作旁。今文作方。凡尚書古文作方。今文作旁。然則此所偁者。今文尚書也。』陳喬樅則引鄭玄士喪禮注。『今文旁為方。』而證許此所偁為古文尚書。與段說適相反。愚案書禮今古文本各不相同。陳執儀禮以證尚書。說殊未諦。然尚書本經方旁孰為今古。亦無定論。則段氏必謂此偁今文尚書。亦固也。許君於本句辵部人部分別引之。愚疑

古文有別本。故互見以存異文。而此條則引證逑字耳。逑鳩之異說文。鳩本鳥名。僞孔傳釋鳩爲聚。正義申傳曰『鳩聚釋詁文』。尋說文勹部云『勼聚也讀若鳩』。是鳩有聚義。蓋從勼來。以鳩爲勼聲借字也。許引作逑。訓斂聚也。當爲正字。人部俅下引作救。攴部云『救止也』。彼亦借字也。敦煌唐寫本尚書釋文殘卷亦作救。云『音鳩聚也』（見羅振玉吉石盦叢書）愚疑僞孔傳此字或有兩本。陸氏釋文所據作救。與說文人部所引同。孔氏正義所據作鳩。與爾雅釋詁同。其爲借字則一耳。今本釋文不出鳩字。蓋知唐寫本之可信。亦不出救字者。則宋開寶重修釋文時陳鄂之所刪也。集韵十八尤云『勼聚也。古作救。通作鳩』。此語當必有所受之。則救之爲古文。既借。又得一證。史記五帝本紀述此文作『旁聚布功』。旁與許同字。聚與許同義。或史公所據經文亦作逑。史公問故安國。因以故訓字易之。而許亦本之以爲訓耳。惠棟九經古義疑古文鳩字作逑。殆是也。

退（辵部） 數也。从辵貝聲。周書曰。我興受其退。（薄邁切）

我興受其退者。微子文。今書作敗。日本古寫本隸古定商書殘卷此文與今書同、許引作退、訓曰敗也者、案說文土部壞下云「敗也」𣀔為壞之籀文、是退與敗音義並同、敗一作退者、蓋古文有異本耳、陳喬樅謂「僞孔本尚書作敗、非是」、又未悟彼亦有所自也、

躋 足部 登也、以足齊聲、商書曰、予顛躋、祖雞切

予顛躋者、微子文、今書作隮、說文𨸏部無隮字、玉篇隮在後收字中、蓋俗體也、史記宋世家述此文作躋、許與之合、日本古寫本隸古定商書殘卷亦作躋、正與許同、許訓躋為登也者、案爾雅釋詁云「躋登陞也」方言一云「躋、登也」此許說所本、史記集解引馬融曰「躋猶墜也、恐顛墜於非義」書正義引王肅云「隮、隮溝壑」僞孔傳亦釋隮為墜、而以為殷邦隕墜、皆與許異、玉篇廣韻躋均不訓墜、故王筠曰「若以馬王之說為許說、則登是正義、引書是廣一義」段玉裁則謂「升降同謂之躋、猶治亂同謂之亂」孫星衍說與段畧同、愚謂許君此仍引證本義、躋訓登、登猶進也、禮記月令鄭玄注呂氏春秋高誘注並云「登、進也」顛通作趨、說文、走部云「趨、走頓也、讀若顛」引申之、則止而不進、亦謂之顛、是顛躋者、猶言進止

也。既釋經文，此爲微子與父師少師相謀之詞。上文云：「我其發出狂，吾家耄遜于荒。」史記狂作往。彼集解引鄭玄曰：「發，起也。紂禍敗如此，我其起作出往也。」知鄭本亦作往。又本經正義申傳曰：「鄭玄云：耄，昏亂也。在家不堪耄亂，故欲遯出於荒野。言愁悶之至。」然則合上下文之意，即微子當此際不知何以自處，故以去留問父師少師。吾家耄遜于荒，史記作吾家保于喪。皮錫瑞曰：「我其發出往者，將逃出以避難。言欲去也。吾家保于喪者，保，守也。喪，亡也。將居家以守死，不去。言欲死之也。二句正言欲死之及去未能自決之意。」案此亦可備一解。云：「今爾無指告。予顛隮，若之何其。」言女若無指意相告，則我進止不知當如之何也。父師答云：「詔王子出迪。王子弗出，我乃顛隮自靖。」靖，謀也。顛隮義與前同。即父師勸王子當去，言王子弗出，我進止當自謀也。末云：「我不顧行遯。」乃父師謀定引退之事。若如馬君說，予顛隮爲恐顛墜於非義，則父師答語我乃顛隮，不知當作何解。僞孔傳於微子之言，既釋之曰：「我殷邦顛隕隮墜，如之何其救之。」於父師之言，則釋之曰：「我殷家宗廟乃隕墜無主。」此亦甚爲迂曲。江聲於上文主馬注，下文襲僞孔，孫星衍上文亦從馬，下文則推馬意以爲大師言王子比干終不肯出。是使我亦顛墜也。於經文前後似皆未貫。

諧 龠部 樂和諧也。从龠，皆聲。虞書曰：八音克諧。戶皆切

八音克諧者，堯典文。今舜典 今書作諧。史記五帝本紀述此文與今書同。偽孔傳諧字無釋。正義曰：『八音皆能和諧。』案爾雅釋詁云：『諧，和也。』穎達以和字申諧，即本之爾雅。然考說文言部云：『諧，詥也。』本義不爲和。許引作諧，訓樂和諧也，則本經與八音共文，自以作諧爲正字，作諧，叚借字也。卷子玉篇諧下亦引說文，野王曰：『案此亦謂弦管之調和也。』弦管所以釋樂字也。諧諧同從皆聲，故通用。段玉裁謂『諧今字作諧，猶龢今字作和』是也。

謨 言部 議謀也。从言，莫聲。虞書曰：咎繇謨。莫胡切 〇 暮古文謨从口。

咎繇謨者，虞書篇名。段玉裁謂虞書曰之曰當作有。承培元謂書序曰咎繇矢厥謨，疑許引即此語，而後人刪矢厥二字。譽孝以邑部鄐下引商書西伯戡鄐例之，則曰字誤衍。 今書作皋陶謨。案偽孔尚書序釋文云：『皋，本又作咎。陶，本又作繇。』是二字有兩作。漢書敘傳云：『咎繇謨虞。』正與許引同。近人集拓魏正始三體石經尚書殘字篆體

有繇字，則咎字當同。彼所據則馬鄭王三家本也。段玉裁曰：「考自來古文尚書有作皋陶者，有作咎繇者。是以顏注漢書引尚書皆作咎繇，李注文選則皆作皋陶，要之衡以古音，則皋陶二字古在尤幽。說文引虞書作咎繇，則壁中元本也。」愚案史記作皋陶，尚書大傳作咎繇，史遷問故安國，大傳本之伏生，則皋陶為孔壁本，咎繇為伏壁本也。謨者，許訓議謀也。又曰：「議，語也。慮難曰謀。」史記夏本紀云：「禹伯夷皋陶相與語帝前，皋陶述其謀。」知本經此篇雖以皋陶主名，而實眾臣論難之語，故許偁之以證議謀之義。又云古文謨從口作暮者，從言從口字多相通。敦煌唐寫本隸古定尚書殘卷亂征篇「聖有謨訓」，謨正作暮。段氏亦以暮為壁中古文，孔安國以隸寫之作謨，知不然矣。

譣 言部　問也。从言，僉聲。周書曰：勿以譣人。息廉切

勿以譣人者，立政文。今書作憸。勿上有其字。釋文引馬融云：「憸利佞人也。」偽孔傳釋為憸利之人，即本於馬。案說文心部云：「憸，憸詖也。憸利於上，佞人也。」知馬注又與許義合。然許心部不偁書，此

引作諭訓曰問也蓋所據古文本如此諭憸同從僉聲故通用但本經下文云「其惟吉士」以憸人與吉士對則作憸爲正字作諭段借字也又案說文凡引經說段借者如莫圛悆枯等字皆於引經之下別出訓釋此當與同玉篇言部云「諭問也詖也」兼收二義廣韵二十四鹽云「諭諭詖」愚疑此條引書下或舊有諭詖也三字而今奪之矣

試言部 用也从言式聲虞書曰明試以功式吏切

明試以功者堯典文今舜典爾雅釋言云「試用也」許訓所本左氏僖公二十七年傳引夏書曰「賦納以言明試以功車服以庸」彼經正義曰「此古文虞書益稷之篇古本作敷納以言明庶以功敷作賦庶作試師受不同古字改易耳」愚案益稷舊本合於皋陶謨若如左傳所引是「明試以功」一語堯典皋陶兩篇同文今益稷試作庶故孔穎達謂古字改易然益稷篇正義云「庶謂在羣衆」則仍從庶字爲說且擧舜典作試辨二篇庶試相異之故不從左傳不悟左傳所引乃真古本也

諴 言部 和也。从言咸聲。周書曰。不能諴于小民。胡毚切

不能諴于小民者。召誥文。今書不作丕。丕上有其字。小徐本作丕。與今書同。丕下無能字。疑轉寫奪之。丕從不。故經典丕不多通用。諴者。許訓和也。僞孔傳云「大能和於小民」。釋丕爲大。則作不乃叚借字。釋諴爲和。亦用許義。

詷 言部 共也。一曰譀也。从言同聲。周書曰。在夏后之詷。徒紅切

在夏后之詷者。顧命文。小徐本無夏字。今書作在後之侗。江聲孫星衍並從大徐本。連夏字釋之。王鳴盛亦然。且謂此孔氏古文眞本也。然三家所釋俱甚紆回。亦未必得經指。段玉裁以爲大徐誤衍夏字。不可通。焦循尚書補疏亦謂「經文乃成王自稱之辭。不得雜出夏后。夏卽後字之譌。后則羡文耳」。愚案段焦說皆是也。此當從小徐本。后後古通用。焦以夏爲後譌。后爲羡文。微失之。侗者。僞孔傳釋爲稚。案說文人部云。「侗。大皃」。無稚義。則作侗爲叚借字。焦循引「論語侗而不愿。孔注。侗。未成器之人」。謂「侗蓋爲僮字之叚借」。此卽申僞傳稚字也。亦可備一說。許引作詷。訓曰共也者。釋文云。「

侗。馬融本作詷。云共也。』正。與許合。當爲古文別本。詷侗皆從同聲。故通用。焦氏謂『在後之共。於義爲不達。』莊述祖云。『說文詷下一曰譀也。玉篇。憨。愚也。癡也。譀訓誕。非詷義。說文蓋借譀爲憨而訓爲愚。此謙詞也。』此則字雖從許。而愚稚誼近。亦主申傳。且如莊說。是許與傳合矣。愚謂成王當大漸惟幾之時。末命垂教。以情理言。何所容其謙。竊謂詷共之共。當讀爲供。供卽共之後起字。共從廿廾。引申之義則爲拲。周書謚法篇曰。『敬事供上曰恭。』孔晁注以『拲承弗失』釋之。是其證。說文『拲。承也。承。受也。受。相付也。』義皆相承。在後之共者。之猶是也。猶言在後是承。成王自偁在文武之後。承其所付與之大業也。如是詁之。則於經文前後之義。自無不達矣。

譒 言部

敷也。从言。番聲。商書曰。王譒告之。補過切

王譒告之者。盤庚上文。今書作播。日本古寫本隸古定商書殘卷作𢾱。案說文釆部。𢾱古文番。隸寫成𢾱。集韵類篇皆以𢾱爲播之古文。𢾱又𢾱之筆增。楚辭九歌。『𢾱芳椒兮成堂。』是亦以𢾱爲播也。僞孔傳連下脩字爲句。釋播爲布。說文手部播有兩訓。一曰布也。卽僞

傳所本。許引作譒。訓曰敷也。蓋所據古文如此。播譒同從番聲。布與敷義又近。故通用。然敷布以言。當以從言者爲正字。江聲段玉裁孫星衍於此文並從許斷句。段以譒字爲壁中故書。江以爲漢經師讀如此也。

譸（言部） 詶也。从言。壽聲。讀若醻。周書曰。無或譸張爲幻。（張流切）

無或譸張爲幻者。無逸文。今書作民無或胥譸張爲幻。案爾雅釋訓云。『侜張。誑也。』郭璞注引書曰。『無或侜張爲幻。』無民胥二字。與說文合。（段氏曰。此句無胥字爲是。上文三胥字皆是君臣相與之詞。此胥字不倫。下文人乃或譸張爲幻。亦無胥字。）僞孔傳云。『譸張。誑也。』卽本爾雅。郭注引譸作侜者。書釋文云『譸馬融本作輈。爾雅及詩作侜。同。』據此則尚書別本又作輈侜。（文選劉越石詩注引楊雄國三老箴『姦宄侏張』。李善謂『輈與侏古字通。』則侏亦此經異文。）陳喬樅謂『爾雅及郭注引書爲今文。馬本亦讀從今文。』愚案說文人部云。『侜。有廱蔽也。』車部云。『輈。轅也。』則侜輈皆叚借字。正字當作譸。譸張連文。其義爲誑。單舉譸字。其義爲詶。誑與詶意亦不遠。故許君引之以爲證。段玉裁乃謂『本無正字。以雙聲爲形容語。此偁譸張。訓誑不訓詶。

是亦叚借之理也』然考說文詛亦訓詶則譸與詛同義周禮春官有詛祝鄭玄彼注云『小事曰詛謂祝之使沮敗也』釋名釋言語云『詛阻也使人行事阻限於言也』詛則言不由衷非誑而何本經下文云『否則厥口詛祝』正與上文譸張相應然則許君引此仍是證本義非說叚借也陳壽祺曰『誑者以術自掩而掩人故侜張又訓廱蔽』皮錫瑞曰『凡有廱蔽則多欺誑故侜張引申爲誑』兩說語互而意同皆就侜字爲言亦可備一解王先謙遂謂本經作侜爲正字則未必是

諞 言部 便巧言也从言扁聲周書曰諓諓善諞言論語曰友諞佞 部田切

諓諓善諞言者秦誓文今書句首有惟字許訓諞爲便巧言也釋文云『諞馬融本作偏云少也辭約指明大辨佞之人』僞孔傳云『惟察察便巧善爲辨佞之言』愚案僞傳便巧二字即襲許說辨佞二字即襲馬注也諞偏同從扁聲故通用然本經與言共文則作諞爲古文正字馬本作偏者叚借字諞與便偏與辨皆一聲之轉知許

馬又以聲訓也。馬既云辨佞之人，而又云偏少也者，蓋馬於上文截截以為「辭語截削省要」，故又以偏為少，辭約指明，即申少字之義也。此自別有所據，不與許同。孫星衍以為馬就偏字望文生義，王鳴盛以為馬破諞為偏，似皆未然。

諅 言部 忌也。从言，其聲。周書曰：上不諅于凶德。渠記切

上不諅于凶德者，多方文。今書作爾尚不忌于凶德。小徐本亦作爾尚，卷子玉篇言部諅下引無爾字，上亦作尚。然則小徐本爾字蓋校者依今書增，而顧野王所見說文舊本上本作尚。偽孔傳釋尚為庶幾。江聲曰：「上謂在上之人，君若官長皆是。」孫星衍亦以「上為長上」。蓋江孫皆未見卷子玉篇，故各就今本大徐說文上字生義也。今書諅作忌者，許以忌訓諅，是二字音義並同。偽孔傳忌字無釋，案說文心部云：「忌，憎惡也。」書正義曰：「怨惡為凶德，忌謂自怨忌。」穎達以怨申忌，以惡申怨，即用許義。此蓋古文有別本，故許所據與今本異。段玉裁謂「作忌恐是以訓詁同音字改其本字。」非也。

譙言部 嬈譊也。从言，焦聲。讀若嚼。才肖切 ○誚，古文譙，从肖。周書曰：

亦未敢誚公。

亦未敢誚公者，金縢文。今書句首有王字。小徐本與今書同。段玉裁謂『漢人作譙，壁中作誚，實一字也。』偽孔傳釋誚為讓，史記朝鮮傳索隱引說文云『譙，讓也。』與今說文異。王筠說文句讀遂據改，以合偽傳。然唐人往往以字林為說文，索隱所引，未必可據。尋方言七云『譙，讓也。齊楚宋衛荊陳之間曰譙。自關而西秦晉之間凡言相責讓曰譙讓。』則譙之為讓，自出方言。又考詩豳風鴟鴞孔疏引鄭玄金縢注云『成王非周公意未解，今又為罪人言，欲讓之，推其恩親故未敢。』是偽傳以讓釋誚，蓋襲鄭注也。許訓譙為嬈譊者，說文女部云『嬈，苛也。』言部云『譊，恚呼也。』苛與訶通，卷子玉篇譙下引蒼頡篇『訶，譙也，亦嬈也。』是其證。譊下又引蒼頡篇『訟聲也。』然則合嬈譊二字之義，亦有責讓之意。史記魯世家述此文作『王亦未敢訓周公。』索隱曰『尚書作誚，誚，讓也。此作訓，字誤耳，義無所通。』錢大昕史記考異因謂『誚從肖，古書或省作從小，轉寫譌為川尒。』段玉裁又謂『玉篇信古文作訓，集韵信古作訫，玉篇之訓，即集韵之訫，皆本說文

[illegible]字，玉篇從立心，非從大小字也。史記之訓，乃訓字之誤。蓋今文尚書作未敢信公，與古文尚書作謂公不同。」愚案說文訓之義為說教，引申之說教猶誚讓也，則作訓未必誤。孫星衍曰：『史公作訓者，廣雅釋詁云：訓，順也。蓋言王意亦不從周公之言也。』以訓為順，則又別為一解。章先生太史公古文尚書說與孫畧同，謂『史言未敢順周公者，非獨以流言致疑，其時邦君庶士御事惷右管叔以東征為不可，王其敢咈衆心而順一人邪。』亦通。

訧 言部 罪也。从言，尤聲。周書曰：報以庶訧。羽求切

報以庶訧者，呂刑文。今書作尤，偽孔傳釋尤為罪。案說文乙部云：『尤，異也。』無罪義，許引作訧，蓋為正字。訧從尤聲，故經典多借尤為之。偽傳正本許訧字之訓也。江聲尚書集注音疏改尤為訧，即從許引。王應麟漢書藝文志考證偁『漢世諸儒所引尚書異字報以庶訧』。段玉裁謂『今未檢得出何書。』陳喬樅則謂『伯厚所云，當即據說文所引周書。』愚案王氏所偁諸儒引異字，尚有『今汝懖懖』『庶艸繁橆』『彝倫攸殬』等句，皆見說文，不見他書，以彼例此，則陳說是也。

韶 音部

虞舜樂也。書曰。簫韶九成。鳳皇來儀。从音召聲。市招切

簫韶九成鳳皇來儀者。咎繇謨文。今在益稷篇。段氏曰。書上當有虞字。誤衍於上句。桂氏曰。本書引尚書無單偁書曰者。或轉寫脫漏。許訓韶為虞舜樂也者。案公羊哀公十四年傳徐彥疏引鄭玄書注云。「簫韶。舜所制樂。」與許說合。偽孔傳云。「韶。舜樂名。」即本之許鄭也。許又於竹部箾下云。「虞舜樂曰箾韶。」彼作箾者。案左氏襄公二十九年傳有「舜韶箾」之文。明箾為簫之異字。許以左傳亦古文。故並存之耳。杜預不解箾義。彼孔疏云。「箾即簫也。尚書曰。簫韶九成。此云韶箾。即彼簫韶是也。蓋韶樂兼簫為名。簫字或上或下耳。」穎達謂箾即簫。未言所出。或即本之說文。然又謂韶樂兼簫為名。則微欠諦。舜樂本但名韶。論語「子在齊聞韶。韶盡美矣。」是其證。簫者管樂之器。作樂必有簫。故與韶連文。偽孔傳謂「言簫見細器之備。」正義申傳曰。「簫是樂器之小者。謂作樂之時。小大之器皆備也。」此說近之。嚴可均謂「竹部作箾韶。疑此作簫依今書改。」似未達許君兼存異文之意。嚴章福謂「此注舜樂當作箾韶。書借簫為之。許稱叚借也。」則又不悟箾之本義為「以竿擊

人。」去樂義更遠。江聲乃必欲改尚書之簫從左傳之箾。固矣。又棨
史記吳太伯世家述左傳文作『舞招箾。』索隱曰。『韶簫二字體
變耳。』愚謂韶招同從召聲。蓋以聲借。非體變。周禮春官大司樂有
『大磬。』鄭玄彼注云。『大磬。舜樂也。』字又作磬。棨說文革部磬
爲鞀之籀文。『鞀。遼也。』本小鼓之名。以磬爲韶。亦聲借字也。

异 廾部

舉也。从廾。吕聲。虞書曰。岳曰异哉。羊吏切

岳曰异哉者。堯典文。僞孔傳云。『异。已也。退也。』正義申傳曰。『异
聲近已。故爲已也。已訓爲止。是停住之意。故爲退也。』愚案异本從
吕聲。隸變從已。僞傳孔疏皆就已爲釋。非其義也。許訓舉也者。异又
從廾。廾訓竦手。吕訓用也。故合之而義爲舉耳。釋文异下引徐邈云。
『鄭音異。』段玉裁謂『鄭讀异哉爲異哉。可於音求義。爲驚愕之
辭。許訓异爲舉。就從廾釋之。其於虞書不必訓舉。』據此。是許偶書
說叚借也。然本經下文云。『試可乃已。』史記五帝本紀述其文作
『試不可用而已。』錢大昕云。『古人語急。以不可爲可也。古經簡
質。得史公而義益明。』然則上文异哉。正謂姑舉而用之。故下文言

試不可而後止。疑許此仍引證本義，不必與鄭同。段說未可從。

⿰𤿺弁 𤿺部 羽獵韋絝。从𤿺弁聲。而隴切 ○⿱朕衣 或从衣从朕。虞書曰：鳥獸⿱朕衣毛。

鳥獸⿱朕衣毛者，堯典文。今書作氄毛。史記五帝本紀述此文與今書同。釋文云：「氄，馬融云溫柔貌。」偽孔傳釋爲「耎毳細毛」。說文無氄字。毛部引作⿰隼毛髦，此引作⿱朕衣毛。⿱朕衣爲⿰𤿺弁之重文，許訓⿰𤿺弁爲羽獵韋絝，去毛義遠。桂馥疑「此當云讀若虞書曰鳥獸⿰隼毛毛。」段玉裁疑爲今文尚書。劉逢祿尚書今古文集解從之。陳喬樅說同。孫星衍則以爲孔壁古文異字。愚謂許於此文兩引者，蓋所見古文有別本，故竝存之。亦不必定出孔壁。此但證字不證義，蓋說叚借也。徐鍇謂「⿱朕衣亦⿰𤿺弁字。鳥以柔毳爲衣，故從衣。」此則近於穿鑿。或又謂「⿰𤿺弁從𤿺，𤿺訓柔韋，柔韋柔毛，義尚相近。引書當在⿰𤿺弁下。」今案敦煌唐寫本尚書釋文殘卷堯典篇出⿰𤿺業字，云「本又作氄。」⿰𤿺業字無以下筆，疑即⿰𤿺弁字傳寫之譌，則或說亦有徵。惟柔韋之柔爲動字，謂治韋使之韖也。𤿺從北。徐鉉曰：「北者，反覆柔治之也。」是其義，非謂柔耎之章，則不得與柔毛相傳並論。

敀 攴部 迫也。从攴，白聲。周書曰：常敀常任。博陌切

常敀常任者，立政文。今書作伯。洪适隸釋所載漢熹平石經尚書殘碑與今書同。案常伯常任皆官名。說文人部云：『伯，長也。』許引作敀，訓迮也，文義並異。段玉裁謂『漢人所用皆作常伯，許所據絕異者，壁中古文多叚借字也。』孫星衍亦謂『敀為孔壁古文，迮之訓蓋字詁，非經義也。』承培元則謂『迮訓起也，亦有長義，故可通借。』愚案承說非是。起訓能立，不與長通。錢大昕曰：『立政篇先偁王左右，而後言常伯常任準人，又與綴衣虎賁同列，則是左右親近之臣，位不甚尊。說文引書作常敀，敀訓迮，亦有近義。』王鳴盛說略同。且謂『據楊雄侍中箴、應劭漢官儀、胡廣侍中箴，常伯常任如漢侍中之職』。據此則敀之訓迮，不作起解。又尋說文篆韻譜二十陌云：『敀，笮也。』疑小徐所見迮本作笮。說文竹部云：『笮，迫也。』辵部云：『迫，近也。』廣韻二十陌云：『敀同迫。』集韻二十陌云：『迫通作敀。』則敀之為近，更有徵矣。是知許之偁書，雖明叚借，而亦兼證引申

之義。

敷（攴部）𢻫也。从攴尃聲。周書曰。用敷遺後人。（芳無切）

用敷遺後人者。顧命文。（今在康王之誥）今書人下有休字。敷作數。五經文字謂經典相承隸省也。（段氏曰。此非隸省。乃隸變耳。變寸爲方。筆勢相同。非從方也。今俗從方則誤矣）僞孔傳云。『用布遺後人之美。言施及子孫無窮。』蓋連休字爲句釋之。江聲謂許不聯引休字。則休字別爲一句。王先謙則謂許書無休字。疑傳寫奪之。愚案集韵十虞類篇攴部倂說文引書竝與今本同。則非有奪。本經上文云。『惟新陟王。畢協賞罰。戡定厥功。』則所謂敷遺後人者。蓋謂以其成功相遺耳。卽無休字。文義自足。許訓敷爲𢻫。僞孔傳釋敷爲布。兼釋爲施者。案說文㫃部施旗皃。非本字。許𢻫下云敷也。敷𢻫轉注。則正字當作𢻫。然經傳多叚施爲𢻫。故許又云𢻫讀與施同。知僞傳亦用借字也。

孜（攴部）汲汲也。从攴子聲。周書曰。孜孜無怠。（子之切）

孜孜無怠者。泰誓文。見詩大雅大明正義引。今書泰誓篇無之。蓋眞古文泰誓也。史記周本紀云。『師畢渡盟津。諸侯咸會。曰孳孳無怠。

』孳孳卽孜孜之異文。許訓孜爲汲汲也者，說文子部孳下云：『汲汲生也。』則孳與孜義同，故通用。段玉裁以爲蓋亦古文今文之異。是也。

攽攴部　分也。从攴，分聲。周書曰：乃惟孺子攽。讀與彬同。布還切

乃惟孺子攽者，洛誥文。今書作頒。釋文云：『頒音班。馬融云猶也。』正義引鄭玄云：『成王之才，周公倍之，猶未而言分者，誘掖之言也。』又引說文云：『頒，分也。』今案說文頁部云：『頒，大頭也。』無分義，則作頒爲段借字，正義所引蓋穎達順經改字，未必所見說文與今異。許偁作攽，古文正字也。又案頒更無猶義，釋文引馬注猶下疑有奪文。鄭承馬學，鄭既以分釋頒，則馬注當云猶分也。蓋頒本義爲大頭，引申爲凡大之偁。段玉裁謂『大則必分，非可徑訓分也，故云猶』是也。僞孔傳云：『汝爲小子，當分取我之不暇而行之。』亦解頒爲分，卽襲馬鄭之義。惟以頒字下屬，朕不暇爲句，與許句讀不同。細繹鄭注，則頒字義雖下及，句似上斷，亦與許合。江聲孫星衍王先謙並從許讀，而以『朕不暇聽』爲下句。

攼 攴部　止也。从攴旱聲。周書曰：攼我于艱。侯旰切

攼我于艱者，文侯之命文。今書作扞，偽孔傳無釋。正義以扞蔽解之。案說文手部云：「扞，忮也。」無蔽義。許引作攼而訓爲止，蔽與止義近，是扞乃攼之借字。陳瑑謂「止忮同聲，則攼扞同字矣。」說誤。段玉裁曰：「案攼扞古今字。眾經音義引說文：捍，止也。又引說文：扞，止也。蓋謂捍扞皆即攼之別體。」今尋一切經音義卷九又云：「古文攼戰捍仟四形，今作扞，同。」此段氏攼扞古今字之說所從出。但今說文無捍字，扞又不訓止，未知玄應所引何據。惟借扞爲攼，則經典皆然。俞樾曰：「莊子大宗師篇：我則悍矣。陸釋文本亦作捍，引說文捍，抵也。許書無捍字，蓋即扞字。陸所見訓抵，引申之得有止義。此攼扞同字之說也。」案此亦可備一解。然經文正字，自當作攼。

敹 攴部　擇也。从攴寮聲。周書曰：敹乃甲冑。洛蕭切

敹乃甲冑者，費誓文。今書句首有善字。偽孔傳訓敹爲簡，許云擇也，簡擇義相近，是偽孔亦從許說。史記魯世家述此文作「陳爾甲冑。」陳之者所以備擇也，意可互足。正義引鄭玄云：「敹謂穿徹之。」

則與許異。穎達申之曰：「謂甲繩有斷絕，當使敹理穿治之。」以理釋敹，理敹雙聲相轉字。段玉裁謂「說文网部云：罬，从网，叕聲，或从卣作宷。然則敹字古音不讀如了彫切，當讀如彌綸之彌。鄭注謂穿徹之，音義略相協。」案此亦可備一解。（桂馥、鈕樹玉並疑敹從𡨦聲，當作從宷。宷、審同字。說文：宷，悉也。知宷諦也。知宷諦，故能擇也。）

敿（攴部） 擊連也。从攴，喬聲。周書曰：敿乃干。讀若矯。（居夭切）

敿乃干者，費誓文。正義引鄭玄云：「敿猶繫也。」又引王肅云：「敿楯當有紛繫持之。」許訓擊連也者，擊與連共文，不詞。小徐本擊作繫，與鄭王解正合。然則大徐本擊當爲繫之誤。僞孔傳云：「施汝楯紛，」不釋敿字。然楯紛二字實襲子雍之注。故正義申傳曰：「干是楯也。敿乃干，必施功於楯。但楯無施功之處，惟繫紛於楯，故以爲施汝楯紛。紛如綬而小，繫於楯以持之，且以爲飾。」案此即用鄭王之說而稍加詳。然以鄭言「猶」，王言「當有」，皆似假定之詞，故又曰：「是相傳爲此說。」蓋不悟鄭王之又本於許也。（朱駿聲曰：「器有鐍，拍而合之曰敿。鄭注繫字擊之誤。」案如朱說，是當從大徐作擊連也。然敿讀若矯，止有矯拂之意，亦無拍合之義。朱說非。）

敓 攴部 彊取也。周書曰：敓攘矯虔。从攴，兑聲。徒活切

敓攘矯虔者，呂刑文。今書作奪，僞孔傳無訓，正義以劫奪釋之。案說文奞部云：「奪，手持隹失之也。」隸變作奪，無劫義。許引作敓，訓爲彊取也。劫與彊取義尚近，是奪乃敓之借字。廣韻十三末敓下注云：「古周書曰：敓攘矯虔。」云古周書者，卽本之說文，非別見周書古本也。段玉裁謂「尚書大傳周傳曰：『降畔寇賊劫略敓攘矯虔者其刑死。』漢書武帝紀孟康注引尚書『敓攘矯虔』。大傳及孟康爲今文尚書，許引爲古文尚書，然則古文今文本皆作敓，今尚書作奪，唐天寶衛包所改。」愚考周禮秋官司刑鄭玄注引書傳作奪，不作敓，則以奪爲敓自漢已然，不始於衛包矣。

敉 攴部 撫也。从攴，米聲。周書曰：亦未克敉公功。讀若弭。緜婢切 ○ 侎

敉或从人。

亦未克敉公功者，洛誥文。爾雅釋言云：「敉，撫也。」許訓所本。僞孔傳云：「是亦未能撫順公之大功。」正義申傳云：「天下之民亦未能撫安順行公之大功。」案說文手部云：「撫，安也。一曰循也。」彳

部云『循行順也』是敉之義為撫，撫之義兼安與順，僞傳以順足撫，孔疏釋撫爲安，皆用許說也。又案阮元尚書校勘記曰『古本敉作撫』此所謂古本，即日本足利學所藏寫本，然陸氏釋文不言敉有異作，疑不足據。

敜 攴部 塞也。从攴念聲。周書曰：敜乃穽。奴叶切

敜乃穽者，費誓文，許訓敜爲塞，正義引王肅云『敜塞也』與許合。僞孔傳云『穽穿地陷獸，當以土窒敜之』此又以窒釋敜者，案說文穴部云『窒𡫸也』㠭部云『𡫸窒也』𡫸即填塞之正字，土部云『塞隔也』與𡫸音同義別，敜之訓塞，義取填塞，本爲𡫸之叚借，窒與𡫸既爲轉注，是僞傳亦同於許矣。錢坫曰：敜古與塞字同用，雍氏塞阱杜擭，塞阱即敜阱也。

斀 攴部 去陰之刑也。从攴蜀聲。周書曰：刖劓斀黥。竹角切

刖劓斀黥者，呂刑文，今書作『劓刵椓黥』正義引鄭玄注字同今書，而先刵後劓。虞書篇題下正義引賈馬鄭古文尚書又作『劓刵劅剠』愚案劅剠即斀黥之省變，刵劓先後，或傳本有殊，至刖刵二字之異，則義亦相遠。說文刀部云『刖絕也，刵斷耳也』是刖乃用刑之稱，刵則刑名，許宗賈侍中，賈既作刵，疑說文刖字乃刵之譌也。椓者，僞孔傳訓爲椓陰，正義引鄭玄云『椓謂

椓破陰』，則僞傳卽襲鄭注。然說文木部云『椓，擊也。』刑名不可言椓。許所偁作斀，訓曰去陰之刑，當爲正字。正義釋經曰『劅椓人陰』，據此知穎達所據經文本亦作劅，而椓者僞傳訓劅之文也。今本經文劅作椓者，段玉裁古文尚書撰異曰『此唐天寶三載衞包所改也。孔訓劅爲椓陰，衞包謂劅古字椓今字，以椓改劅，而宋開寶五年又改釋文，大書劅字爲椓矣。集韵云：斀或作椓，古作劅。此合說文及尚書新定釋文未改釋文爲此語』。愚案段說是也。幸正義原文改之未盡，猶得推見本經，且由是可知正義所引鄭注椓謂椓破陰者，上椓字當亦是劅字之改，而鄭則以椓釋劅耳。惟詩大雅召旻云『昏椓靡共』，彼椓字亦斀之借，是二字經典通用，其來已久。

敯 攴部　冒也。从攴，昏聲。周書曰：敯不畏死。眉殞切

敯不畏死者，康誥文。爾雅釋詁云『敯，彊也。』僞孔傳本之，云『自强爲惡而不畏死』。說文彊之訓在敃下，訓敯爲冒也，是許所見爾雅或與今殊。桂馥謂『敯下說解之冒當爲勖，本書勖，勉也，勉，彊也』。愚案許君引書自證冒義，說文冃部云『冒，冢而前也』，引申之有所干犯而不顧亦曰冒，則與彊義亦近。王鳴盛謂『冒昧爲惡，自强爲惡，義亦同』。江聲則採許說而申之曰，

『冒冒然不畏死。』皆得之。不必如桂氏之展轉破字求與爾雅合也。承培元乃謂『引書當在敃下。今引書在敃篆下。敃後人所增。冒也與爾雅訓不合。』斯更臆說矣。又案孟子引書作『閔不畏死。』皮錫瑞以為『趙岐治今文學。所據孟子本當與今文尚書同。故與說文引周書異。』愚謂說文門部云。『閔。弔者在門也。』則作閔。葢同聲叚借字。非其義也。

𢾅 攴部 棄也。从攴𠷎聲。周書以為討。詩云。無我𢾅兮。市流切

周書以為討者。段玉裁云。『今尚書周書中無討字。惟虞書咎繇謨云。天討有罪。疑周當作虞。』嚴可均說畧同。洪頤煊則謂『討即譸字之訛。無逸無或胥譸張為幻。引之以證𢾅譸同義。』陳壽祺左海經辨云。『或曰討乃譸之壞字。𢾅即古譸字。無逸譸張為幻是也。然說文言部予部兩引周書毋或譸張為幻。不言古文作𢾅。則或說非也。此謂虞書臯陶謨天討有辠之討。古文以𢾅代之。聲近假借也。古文刑人於市。與眾棄之。討之訓棄。其義亦合。毛詩小弁惄焉如擣。釋文擣本或作𤺄。韓詩作疛。此聲轉通借之證。』愚案此葢就段說而申之。其駮或說與洪正同。就音義言。陳說近是。洪謂以證𢾅譸同義。不悟無逸之譸。固不可作棄解也。龔自珍又謂『此周書或逸七十一

篇』亦影響之談，非灼見也。

畋 攴部 平田也。从攴田。周書曰：畋尒田。待年切

畋尒田者，多方文。今書尒作爾，案以爾尒爲偁謂詞，皆叚借字，故經典相承通用。畋者，許訓平田也。僞孔傳無釋，正義曰：『治田謂之畋，猶捕魚謂之漁。今人以營田求食謂之畋食，即此畋尒田之義也。』此與許訓相合。畋從攴，攴猶治也，攴之使平，故義爲平田。畋又從田，故經典亦多借田爲之。詩齊風『無田甫田』，上田字即畋字之義，彼詩孔疏亦引多方田爾田以爲證，斯又依詩改字，非尚書別有作田之本也。陳喬樅今文尚書經說考，乃據詩疏所引，謂『尚書畋字一本有作田者，當是馬鄭古文本省借字，說文引作畋，蓋據今文尚書』，愚案書釋文不言畋字有異作，恐陳說未允。

卟 卜部 卜以問疑也。从口卜。讀與稽同。書云：卟疑。古兮切

書云卟疑四字，小徐本無，大徐本有。徐鍇繫傳通釋云：『尚書曰：明用卟疑。今文借稽字。』段玉裁謂『徐語肊說耳，尚書無作卟疑者，即有之，亦陸氏所謂穿鑿之徒務欲立異者也。大徐乃於同下沾書

云卟疑四字，疑惑後生，其亦妄矣。」愚案集韵十二齊卟下云：「説文引書卟疑。」類篇引説文同。今曹刻類篇作「説文引書稽疑。」案類篇此條全本集韵，則稽字蓋校者依今書改。卷子玉篇卟下云：「説文卜以疑問也。野王案鴻範明用卟疑。」此顧氏案語，又在小徐之先，則非小徐肊説。王應麟漢書藝文志考證載漢世諸儒所引尚書異字，亦有卟疑二字，蓋又本之大徐。又案日本古寫隸古定周書殘卷洪範篇作「乩疑」，夏竦古文四聲韵謂古尚書作乩，正與之合。敦煌唐寫本尚書釋文殘卷舜典篇曰：若稽古之稽，亦作乩，彼所據則姚方興所上孔傳十二字中之一也。卷子玉篇云：「卟或為乩字。」集韵類篇皆云：「卟或作乩。」乩雖不見於説文，既為卟之或體，則孔傳舊本當亦是卟字，今書作稽，説文稽訓留止，書正義引鄭玄注云：「言將考疑事。」漢書五行志上引本經此文，應劭注云：「疑事明考之於蓍龜。」鄭應並訓稽為考，亦留止引申之義，是作稽蓋古文別本，僞孔傳云：「考正疑事。」即用鄭説。今以古寫隸古定本證之，僞孔實字從許而義從鄭，正其彌縫之巧也。許以卜筮之事當以作卟為正字，而經典皆假稽為之，作稽之本，或亦許君所及見，故又云卟讀與稽同矣。又桼卟疑卽九疇分類之弟七目二字本自成句顧野王或以其意不顯乃改引上文明用卟疑一語以易之故不偁說文而系以己名小徐亦然遂啟後人之疑耳

𠁥卜部 易卦之上體也商書曰貞曰𠁥从卜每聲 荒內切

曰貞曰𠁥者洪範文今書作悔 日本古寫本隸古定周書殘卷洪範篇經文作𢙊移心於下俗體也注文作悔 史記宋世家述此文同集解引鄭玄云「內卦曰貞貞正也外卦曰悔悔之言晦晦猶終也」是鄭本亦作悔也僞孔傳云「內卦曰貞外卦曰悔」卽用鄭義然考說文心部云「悔恨也」則作悔爲叚借字許引作𠁥𠁥從卜古文正字也訓曰易卦之上體者桼卦本三畫因而重之則六畫成卦故有上體下體之分左傳論筮以下體爲貞上體爲悔蓋卽許說所出筮法爻從下起故又以下體爲內上體爲外許鄭兩說蓋互相明也

夐𡕥部 營求也从𡕥从人在穴上商書曰高宗夢得說使百工夐求得之傅巖巖穴也 朽正切

高宗夢得說使百工夐求得之傅巖者說命序文非經文也小徐本

敻求作營求，今書序敻亦作營，之作諸，求下又有諸野二字。段玉裁曰：「此引書序，釋之以說從穴之意。營求而得諸穴，此字之所以從夐人在穴也。鉉本改營求爲敻求，誤甚。」嚴可均亦曰：「許引說命敍者，釋敻之所以從夐從人在穴上。夐，使也。百工，人也。巖，穴也。使百工營求得之傳巖，是敻也。非謂敻字出說命。」王筠則因繫傳案語有「尚書作營」四字，謂「今小徐本作營求，乃校者誤改。所據說文固作敻也。」苗夔說同。江聲亦從大徐本。愚案韵會二十四敬敻下引小徐案語四字，乃是「今書作敻」。意謂今書隸寫從省，敻下作夐不作夐，則支字不成，所以指畫之義不顯也。疑今繫傳尚書作營四字非小徐原文。王苗說未塙。又案敦煌唐寫本隸古定商書殘卷說命篇作「𢍉百工營求諸埜导諸傳巖」。日本古寫本作「𢍉百工營求敉埜导㟨傳巖」。兩本雖諸敉字異，而作營求並同。知唐以前書序此文與今本合。且史記殷本紀述此事作營求，國語楚語韋昭注引書序亦作營求。然則許引此蓋證義非證字也。當從段嚴之說。陳喬樅謂「許引作敻求，是據古文尚書。史記韋注，是據今文尚書。陸氏釋文所見馬鄭王本尚書皆作營字。故無同異之文。蓋由魏晉以來轉寫者改從今文耳。」案此亦一偏之見。使說文果作敻求。其字特異。經典少見。釋文亦不容不偁之也。

寫本隸古定商書此文使作岑。諸作⿰⿱山𧘇久。野作埜。得作㝵。皆與今書異。案敦煌唐寫本尚書釋文殘卷舜典篇亦有岑字。云『古使字。』又有⿰山𧘇字。云『本又作⿰⿱山𧘇久。古諸字。』是寫本釋文與寫本經文正相應。考說文白部云『者從𣥒聲。𣥒古文旅。』㫃部云『⿱止火古文旅。古文以爲魯衛之魯。』是𣥒蓋⿱止火之古文異體。⿰⿱山𧘇久之左旁作⿱山𧘇。與⿱止火相似。右旁作久。與白相似而省。疑⿰⿱山𧘇久即者之古文。亦即諸之借字。說文里部野之古文作壄。從里省。從林。埜蓋壄之省體。說文彳部得之古文作㝵。此三字皆可說。惟岑字無以下筆。尋新出魏三體石經尚書殘碑君奭篇『故一人事於四方。』古文事作叓。春秋殘碑僖公經『天王使宰周公。』使亦作叓。說文史部事之古文作叓。與石經合。以叓爲使。叚借字也。然則岑者。蓋即叓之隸寫而小譌者也。

眊 目部 目少精也。从目。毛聲。虞書耄字从此。亡報切虞書耄字從此者。嚴可均謂『六字當是校語。許無此詞例。眊非偏旁而云從此。亦爲難通。』段玉裁曰。『虞書無耄字。僞大禹謨有之。非許所知也。惟商書微子周書呂刑皆有耄。呂刑耄荒。周禮注引作秏荒。（今周禮注作旄。賈昌朝羣經音辨引書作秏。與今本異。葢舊本。）漢刑法志作眊荒。漢書多以眊爲耄。豈許所據書作眊。與當云尚書⿱艹耄字如此。此爲假借。』愚棨許所引如在微子。彼釋文云『耄字又作旄。』敦煌唐寫本隸古定尚書殘卷微子篇字正作旄。日本古寫本同。如在呂刑。彼釋文云『耄本亦作⿱艹耄。』皆無作眊者。說文無⿱艹耄字。葢卽⿱艹耄之譌。㫃部云『旄幢也。』是作旄爲叚借字。耄則經典相承之隸變。亦說文所無也。老部⿱艹耄下云。『年九十曰⿱艹耄。』呂刑之耄。本以年老爲義。則正字當作⿱艹耄。段以作眊爲假借。是也。惟微子正義引鄭玄云『耄昏亂也。』彼經『耄遯于荒。』葢不取年老之義。許訓眊爲目少精。目少精正昏亂之象。則商書之耄。本字又當作眊矣。

䀎（目部）　低目視也。从目冒聲。周書曰。武王惟䀎。（亡保切）

武王惟䀎者。君奭文。今書作冒。棨說文同部云『冒冡而前也。』引申之則為覆冒。詩邶風日月篇「下土是冒」，毛傳云「冒，覆也」，是其證。偽孔傳釋為「布冒天下」，故正義以布德覆冒足成其意。許引作䀎，訓曰低目視也者，孫星衍謂「此字詁，非經義」，段玉裁謂「壁中古文以䀎為冒」，是皆謂許引書說叚借也。王鳴盛則以「低目視為禮視不上于袷不下于帶之義，見武王之尊禮賢臣，不敢高視」，案如王說，仍是引證本義，而於經指亦自通，可備一解。江聲亦用許義，而曰「武王君臨于上，下視諸臣，故曰惟䀎」，此則泥於低字，且下視諸臣，不足以言德，亦與下文「丕單稱德」不貫，宜為孫氏所譏矣。

𠷎 白部 詞也，从白𠃬聲。𠃬與疇同。虞書帝曰𠷎咨。直由切

帝曰𠷎咨者，堯典文，今書作疇。偽孔傳云「疇，誰也」，正義申傳曰「疇誰釋詁文」，史記五帝本紀述此文，逕以誰字易之，亦本於爾雅。愚案說文田部云「疇，耕治之田也」，口部云「𠷎，誰也」，是作疇而釋為誰，乃𠷎之叚借，許引作𠷎。𠷎從白，白者自之省，自鼻也，詞言之气從鼻出，與口相助，故訓曰詞。孫星衍謂「許據孔壁古文說。

與史公異。」然考堯典疇字凡五見，以經義求之，皆以訓誰爲安。⿱𠷎白之本義既爲語詞，疑許意亦當以⿱𠷎白爲⿱𠷎口之叚借，未必從其本義也。敦煌唐寫本尚書釋文殘卷作𠷎，云「古疇字，誰也。」𠷎即⿱𠷎口之省。廣韻十八尤云「𠷎，說文誰也。又作⿱𠷎口。」則說文口部或以𠷎爲正篆，⿱𠷎口爲重文，亦未可知。然則此字僞孔傳蓋有兩本，陸氏釋文所據作𠷎，義與說文合。孔氏正義所據作疇，義與爾雅合。今本釋文亦作疇，云「直由反。」當是宋開寶時陳鄂所改。或謂從白從口義可相資，⿱𠷎白⿱𠷎口蓋即一字者，此又未然。許於二字既別部別訓，引書復不在⿱𠷎口下而在⿱𠷎白下，則許所據古文固作⿱𠷎白，自漢以還，既假疇爲誰之⿱𠷎口，而語詞之⿱𠷎白亦以疇爲之，（禮記檀弓鄭注云「疇發聲也。」是其證。）於是⿱𠷎白⿱𠷎口之本形本義俱晦矣。惟⿱𠷎白⿱𠷎口並從𠷎聲，𠷎古文疇，則其相通之理，在聲而不在義。從其本言，初但有𠷎字，疇⿱𠷎白⿱𠷎口皆後起之專字耳。

𦣻（首部） 火不明也。从首从火，首亦聲。周書曰：布重𦣻席。織蒻席也。讀與蔑同。（莫結切）

布重𦣻席者，顧命文。今書作敷重篾席。敷布二字古通用。（聘禮注：今文布作敷。）

是禮經布數有古今之異。篾者，僞孔傳以爲「桃枝竹。」愚案周禮春官司几筵「次席，」鄭玄注云：「次席，桃枝席，有次列成文。」僞孔以此篾席與周禮次席同，故襲鄭彼注以釋此篾。然正義引鄭書注此下則云：「篾，析竹之次青者。」是鄭於書與周禮之席，雖同以爲竹席，而一取成文，一取次青，固各自爲說也。許引作蒖，當爲古文別本。然蒖之本義爲火不明，去經義甚遠，故許偶書之下。又以織蒻席釋之而曰讀與篾同，以見蒖爲篾之同音叚借也。說文艸部云：「蒻，蒲子，可以爲平席。」蒲子卽蒲艸之幼稚者，織蒻爲席，蓋取其細。首部云：「篾，勞目無精也。」引申之，亦有細義，故因以爲席名。然則許以爲艸席，與鄭注竹席異。今書作篾，當亦篾之俗變字。說文竹部無篾，此或校者因鄭與僞孔皆以篾席爲竹席，故改從竹耳。王鳴盛曰：不可執析竹之說而誣鄭君爲作篾席也。段玉裁謂出衛包所改。釋文引馬融云：「篾，織蒻。」正義引王肅云：「篾席，織蒻苹席。」俱與許說合。惟織作纖爲異，段氏說文注乃依馬王改織爲纖，其實亦不必改。蒻爲蒲子，纖義自見。許云織者，謂織此蒻艸以爲席也。作纖未必誤，織纖形近，或纖爲織誤，亦未可知。至正義文謂「王肅注不知其所據」。斯又不悟許馬皆在王前，卽子雍之所據也。

幻 予部 相詐惑也。从反予。周書曰：無或譸張爲幻。胡辦切

無或譸張爲幻者，無逸文。已見言部譸下。彼引證譸字，此引證幻字也。許訓相詐惑也，僞孔傳釋幻爲惑，卽用許說。正義申傳引孫炎爾雅注有眩惑字，而曰「幻卽眩也，惑亂之名。漢書稱西域有幻人，是也。」今案漢書張騫傳「犛靬眩人」，卽借眩爲幻，眩幻雙聲字。

殂 歺部 往死也。从歺，且聲。虞書曰：勛乃殂。昨胡切 ○𣦸，古文殂，从歺从作。

勛乃殂者，堯典文。今舜典 今書作帝乃殂落，孟子引作放勳乃徂落，皆有落字。惟漢書王莽傳顏師古注引作「放勲乃徂」，無落字，與許同。然有放字。集韻十一模類篇歺部引說文亦有放字。李燾五音韻譜又增落字。段玉裁曰：「今本古文帝乃殂落，恐姚方興本，未可爲據。陸氏用王本作音義，恐不爾。師古注所引無落字，此當是馬鄭王之本。」愚案敦煌唐寫本尚書釋文殘卷舜典篇作「放勛殂」。云「馬鄭本同，方興本作帝乃徂

落』段說正與闇合，可謂卓識。其時釋文寫本未出，故段氏又云「帝乃殂落竄意必方興肌改，釋文皆不言者，釋文祇載馬鄭之異於王，若方興本之有異，不肎載也。」今得寫本，知釋文已言之矣。至勛勳之異，案說文力部勛爲勳之古文，若作勲亦爲古本，則勲又古文之別也。以放勲爲堯名者，堯典篇首釋文引馬融皇甫謐說皆然，惟僞孔傳釋勲爲功，而云『堯放上世之功化』，不作堯名解，既不以爲堯名，則放勲乃殂不可通，然則姚方興易放勲爲帝字者，蓋傅會僞孔，爲之圓其說也。殂徂之異，說文徂從彳，爲退之重文，訓曰『往也』，無死義，是作徂爲借字。殂從歺，凡疾病死亡字皆從歺，則正字當作殂，殂則長往而不返，故許訓往而又以死字足之也。或謂殂兼往與死兩義，後則分別訓往者作徂，訓死者作殂，故玉篇歺部廣韵十一模殂下皆云死也，無往字。僞孔傳云『殂落，死也』，正義申傳曰『殂落死也，釋詁文，謂之殂落者，蓋殂爲往也，言人命盡而往，落者，若草木葉落也。』今案爾雅殂本作徂，據唐寫本釋文言姚作『帝乃徂落』，正義所依者爲姚本，與陸氏用王肅本不同，則經與傳文亦當作徂落，故孔穎達引爾雅證之，而以說文徂爲往之義申之，今注疏本經傳正義皆作殂，得寫本釋文可訂其誤。寫本釋文又云『

殂。本又作𣧚。古文作𣧚。皆古殂字。』亦與說文云古文殂從歺從作合。疑作𣧚或爲古文奇字耳。

殛　歺部　殊也。从歺。亟聲。虞書曰。殛鯀于羽山。己力切

殛鯀于羽山者。堯典文。今舜典史記五帝本紀述此文同。史記集解引馬融云。『殛。誅也。』與爾雅釋言合。僞孔傳亦釋殛爲誅。即本之馬注。誅者討治之名。無殺義。許訓爲殊。殊。死也。則與季長異。段玉裁以左傳屈原劉向鄭志荅趙商說鯀事。皆曰流放。不曰殊殺。而洪範多方釋文殛本又作極。因謂『許此引經言叚借也。』江聲孫星衍並從馬注。孫且謂『說文誅作殊。蓋誤字。誅者責遣之。非殺也。舜之殛鯀。方將使之變和東夷。必非置之死地。』惟桂馥主說文。謂『凡訓殛爲誅者。皆當爲殊。自殊爲殊異字。遂以誅代之。洪範左傳皆明言鯀死。非誅討之謂也。』愚案左氏昭公二十三年傳釋文殊下引說文云。『死也。一曰斷也。』是殊有二義。而今本說文奪其一。斷從𢇍。𢇍。古文絕。㡭絕之不與同中國。是之謂殛。正與流放之說符。疑許以殊釋殛。蓋取殊絕之義。不取殊死之義。故引書以爲證。既非誅之誤

字。亦非說叚借也。

殬 歺部　敗也。从歺。睪聲。商書曰。彝倫攸殬。當故切

彝倫攸殬者。洪範文。今書作攸斁。日本古寫本隸古定周書殘卷作逌斁。漢書五行志上引同。史記宋世家述此文作「常倫所斁。」是作斁諸本皆然。史記集解引鄭玄云。「天乃震動其威怒。不與天道大法九類言王所問所由敗也。」此連本經上文解之。而訓斁爲敗。僞孔傳亦以敗釋之。即用鄭說。今案說文攴部云。「斁。解也。」與敗義異。則作斁爲叚借字。故正義申傳。但曰「斁敗相傳訓。」葢知斁之本義不如是也。許引作殬。訓敗也。當爲古文正字。殬斁同從睪聲。故通用。段玉裁謂「作殬者葢壁中本。」江聲尚書集注音疏改斁爲殬。從說文也。

劓 刀部　絕也。从刀。喿聲。周書曰。天用劓絕其命。子小切

天用劓絕其命者。甘誓文。在夏書。今作周書。許。今書作勦。史記夏本紀述此文同。僞孔傳云。「勦。截也。」釋文云。「勦。子六反。玉篇子小反。馬本作巢。與玉篇切韵同。」愚案說文力部云。「勦。勞也。」義不爲截。玉篇

刀部𠞰剿二文相蒙。云「𠞰。子小切。絕也。剿同上。」廣韻三十小云。「𠞰。絕也。子小切。剿上同。出說文。」廣韻本於切韻。則陸氏所云馬本作巢與玉篇切韻同者。巢當爲剿字傳寫之譌。說文刀部雖無剿字。以艸部薻或作藻例之。則喿卽巢之或體。許作𠞰。馬作剿。實一字也。正義申傳曰。「勦是斬斷之義。故爲截也。」言斬斷。則字應從刀不從力。疑穎達所據經文本作剿。敦煌唐寫本隸古定尚書殘卷甘誓篇字正作勦。又其證也。惟釋文既標馬作剿爲異本。則作勦蓋陸氏所據。後人或以陸本改正義本。故今遂皆作勦。矣。又尋說文水部云。「灑。讀若夏書天用勦絕。」是作勦之本亦舊。爲許君所嘗見。許以𠞰爲古文正字。勦爲同音叚借字。故引經在刀部。力部不引經。但於水部讀若存其字耳。（或據刀部所引改水部讀若之勦亦從刀。未必是。）漢書王莽傳。詔曰。「遣大司空將百萬之師征伐剿絕之矣。」剿絕二字亦用甘誓語。正與許引合。

簬（竹部） 箘簬也。从竹。路聲。夏書曰。惟箘簬楛。（洛故切）○簵。古文簬从輅。

惟箘簬楛者。禹貢文。說文木部枯下引作輅。今書作簵。卽簬之重文。史記夏本紀漢書地理志述此文同。段玉裁古文尚書撰異謂『說文有於小篆見古文者。如簬下引夏書。而下云古文作簵。則壁中本作簵可知也。枯下輅亦當作簵。各本作輅者。或傳寫脫竹。』陳喬樅王先謙並從此說。而以許引作簬爲今文尚書。但段氏說文注於竹部簵古文簬從輅下云『當作簬或從輅。轉寫之誤也。』於木部引書輅枯下云『輅當依竹部引書作簬。』此則又以簬爲古文。簵爲或體。說文注之成在撰異後。是段氏蓋欲以後說易前說也。愚案許雖以簵爲簬之古文。但引書不在簵下。蓋謂古文之體有如此者。然當以簬爲正字。故引書仍作簬。木部引作輅者。卽簵之省借。簵省爲輅。猶楛省爲枯也。故輅枯連文同條。蓋尚書古文流傳多異本。故許君互存之。不得以作簬爲今文。亦不得疑輅爲簵誤也。僞孔傳以箘簬楛爲三物。許於箘下簬下皆云『箘簬也。』則合二字爲一竹名。正義引鄭玄注云。『箘簵。簵風也。』史記集解引作聆風。亦以爲一物。釋文箘下引韋昭『一名聆風。』段氏曰。此當作『韋昭云箘簵一名聆風』脫去三字。又曰。古者衆呼曰箘簵。單呼曰箘。與鄭同。然穎達雖引鄭說，復欲曲申傳意，故又曰「竹有二名，或大小異也。箘簬是兩種竹也」此則非是。胡渭以「竹有」以下九字系之鄭注，孫星衍以三語全屬鄭注。並誤。

簜 竹部

大竹也。从竹，湯聲。夏書曰：瑤琨筱簜。簜可為幹，筱可為矢。徒朗切

瑤琨筱簜者，禹貢文。今書筱作篠，隸變也，亦猶筱之為篠矣。偽孔傳於此文無訓，上文「篠簜既敷」傳云「簜，大竹」正義申傳引爾雅釋草「簜，竹」又引李巡曰「竹節相去一丈曰簜」孫炎曰「竹闊節者曰簜」今案爾雅不言大竹，儀禮大射儀「簜在建鼓之間」賈公彥疏引鄭玄禹貢此注云「簜，竹」亦與爾雅同，無大字。許訓簜為大竹，是偽孔傳實本於許也。許又云簜可為幹者，蓋簜為大竹之通名，其用甚廣，而禹貢之簜，則中弓幹之材也。

粵 亏部

亏也。審慎之詞者。从亏，从宷。周書曰：粵三日丁亥。王伐切

粵三日丁亥者，今周書無此文，江聲錄入尚書逸文內，嚴可均亦謂「或在亡篇」案召誥有「越三日丁巳」語，諸家疑許卽引此，則

亥當作已。爾雅釋詁云「粵于也。」許訓所本。趙宧光曰「粵某日。言審定某日。猶卜吉某日之意。」段玉裁曰「粵亐皆訓於。而粵尤爲寀度愼重之詞。故從寀。」然則召誥作越。葢叚借字。

豑 豊部

爵之次弟也。从豊。从弟。虞書曰平豑東作。（直質切）

平豑東作者。堯典文。今書作平秩。尚書大傳作辯秩。（此從史記索隱引周禮馮相氏鄭注作辨秩。賈疏謂鄭據書傳。辯與辨古通用。）亦他書所引。或同今書。或同大傳。無作豑者。許所偁葢古文正字也。豑從豊。豊者行禮之器也。爵亦行禮之器。許以會意說之。故曰爵之次弟。引申爲凡次弟之偁。故又引書以明之。孫星衍曰「月令。天子迎春東郊。還反。賞公卿諸侯大夫於朝。命相布德和令。行慶施惠。下及兆民。疑卽謂此事。葢依其爵秩次序而賞之也。」（爵次弟如玉爵瑤爵散爵有尊卑之等。因之官爵之次弟亦偁豑。）孫氏此說。足以證成許義。今書作秩者。說文禾部云「秩積也。」僞孔傳訓秩爲序。正義申傳曰「釋詁以秩爲常。常卽次第有序。故秩爲序也。」愚案秩常秩序皆非本義。則作秩乃叚借字。惟秩從禾。積禾必有序。引申之與豑義亦近。又秩從失聲。在質部。與眞爲平入。豑亦從弟聲。在術部。與脂爲

手入。古音真脂爲次對轉。故斁通作秩。然僞傳又曰。『平均次序東
作之事以務農也。』則非爵秩之謂。今則次序字經典皆用秩。微說
文。鮮知有斁字矣。史記五帝本紀述此文作便程。平便秩程皆雙聲
字。史記索隱以爲『訓秩爲程。言便課其作程。』恐未是。陳喬樅謂『
作便程葢歐陽家之異文。』皮錫瑞說同。然則非訓秩爲程也。

衋 血部　傷痛也。从血聿。皕聲。周書曰。民罔不衋傷心。讀若憘。許力切

民罔不衋傷心者。酒誥文。許訓傷痛也者。案傷字經文已見。則衋者傷之痛
者也。僞孔傳云。『民無不衋然痛傷其心。』即用許義。陳喬樅曰『案郭忠恕汗
簡云。畫古文尚書。作衋出義雲章。然則說文引周書作衋據今文也。』愚案
汗簡據拾字書以成。所偁古文本不盡可信。今汗簡畫下云『衋出義雲章。』
是郭意葢謂畫即衋之異體。而其字則出義雲章也。鄭珍汗簡箋正云。篆从肅血皕。此當元作肅省血也。下从及。非。初無古文尚書之說。陳氏偶誤記耳。以汗簡而疑說文。亦爲非是。

雘 丹部　善丹也。从丹蒦聲。周書曰。惟其斁丹雘。讀若隺。烏郭切

惟其斁丹雘者。梓材文。今書斁作塗。正義連上文『塗墍茨』而曰。
『二文皆言斁。即古塗字。』則穎達所據經文本作斁。僞孔傳以塗

釋之。而後人又依傳改經也。（段氏以為出衛包。）然考說文攴部云：『斁，解也。厭也。終也。』非本字。盧文弨趙佑據說文所引。謂『斁乃㪲之譌』。但說文㪲訓閉。亦非本字也。就經義言。本當為塗。㪲斁皆以音近叚借。惟說文無塗字。古塗墍字皆叚涂為之。則塗又涂之俗也。雘者。許訓善丹也。書釋文引馬融說同。偽孔傳云『惟其當塗以漆丹以朱而後成』。似以塗丹皆為動字。漆所以申塗。朱所以申丹。而雘字則無釋。若曰朱字即釋雘。則丹雘連文為丹以朱。塗下漆字又無著。與經文不相應。正義曰『惟其當塗而丹漆以朱雘乃後成』。又曰『器言塗丹雘。塗丹皆飾物之名。謂塗雘以朱雘』。此本疏傳而為傳訓所囿。語亦繳繞支離。愚謂以許說詁之。則丹雘皆為名字。丹是赤色之飾。雘是丹之善者。涂丹雘者。謂涂飾之以丹與雘也。文從義順。本甚直捷。惟正義又偁『鄭玄引山海經云。青丘之山。多有青雘』。則鄭或以丹為朱色。雘為青色。與許馬異耳。他如劉逢祿謂『斁當讀如字。斁。終也。言墍茨丹雘所以終垣墉樸斲之事也』。俞樾謂『斁通作度。度。謀也。既勤樸斲。則惟謀丹雘之事也』。二說雖新。實近好奇。王先謙又兼主殼閉之義。謂「土木在內。塈茨丹臒居外。與閉義亦合。」斯更牽彊矣。

餱 食部 乾食也。从食。矦聲。周書曰。峙乃餱粻。乎溝切

峙乃餱粻者。費誓文。今書作糗糧。史記魯世家述此文同。許訓餱爲乾食。僞孔傳釋糗爲「糗糒之糧。」案說文米部云「糗。熬米麥也。糒。乾也。」則糗糒與餱義亦不遠。餱從矦聲。古音在矦部。糗從臭聲。古音在幽部。二部音復相近。故餱通作糗。正義引鄭玄云「糗。擣熬穀也。」知鄭所據本亦同今書。許鄭同治古文。許糗下不引書而引於此者。蓋古文有別本耳。段玉裁疑「許或兼偁歐陽夏矦書。」陳喬樅謂「据史記所錄是今文作糗糧。」皆未必然。王筠又以此引餱粻爲糗糧傳寫之誤。謂「本引以證義。非關證字。」說亦未塙。惟米部無粻字。卷子玉篇餱下引說文偁周書「庤乃餱糧。」是顧氏所見說文舊本正作糧不作粻。詩禮二經則皆有之。爾雅釋言云「粻。糧也。」且以糧釋粻。蓋經典用字。許書不必皆具也。

僉 亼部 皆也。从亼。从吅。从从。虞書曰。僉曰伯夷。七廉切

僉曰伯夷者，堯典文，（今舜典）爾雅釋詁云：『僉，皆也。』許訓所本。僞孔傳本文典訓上文『僉曰：於，鯀哉。』傳云：『僉，皆也。』與許同。今案說文亼部云：『皆，俱詞也。』僉從亼從吅從从者，亼讀若集，吅從二口，从訓相聽，僉合三字會意，即眾口俱同無異詞。桂馥謂『眾口從之』是也。堯典此文本述爲官擇人，廷臣共舉，故許引之以證義。史記五帝本紀凡堯典僉字並以皆字易之，蓋以故訓字代經也。

牄（倉部） 鳥獸來食聲也。从倉，爿聲。虞書曰：鳥獸牄牄。（七羊切）

鳥獸牄牄者，咎繇謨文，（今益稷篇）今書作蹌蹌。案說文蹌入足部，從足得義，訓曰動也。牄入倉部，從倉得義，倉從食省，故訓曰鳥獸來食聲。二字雖並從倉，而一以倉爲形，一以倉爲聲，故本義各別。本經此文爲重言形況詞，固不必有定字，然僞孔傳云：『鳥獸化德，相率而舞蹌蹌然。』則與動義正合。許蹌下不引經，而引作牄，當是所據古文如此。其於經義，當亦必取於狀聲而非以狀舞，且來食之上而云鳥獸，疑其說解蓋亦專依本經而發。周禮春官大司樂鄭玄注引虞書作『鳥獸鎗鎗。』（據阮刻宋本）彼釋文云：『牄本又作蹌。』賈公彥疏引鄭書注以申彼注云。『鳥獸牄牄者，謂飛鳥走獸牄牄然而舞也。』則陸賈二氏所見鄭君周官注實是牄字，作鎗者或轉寫之亂。知鄭所據虞書正與許合。惟鄭字雖同許，而訓義乃與偽孔為近，是以牄為蹌之叚借矣。史記夏本紀述此文作『鳥獸翔舞』，愚疑史遷所據本亦作蹌蹌，故以翔舞釋之，殆鄭注之所出。而偽傳又因於鄭與。若說苑禮含文嘉引作鶬鶬，則今文也。

柚 木部 條也。似橙而酢。从木，由聲。夏書曰：厥包橘柚。 余救切

厥包橘柚者，禹貢文。爾雅釋木云：『柚，條。』許訓條也，即本於爾雅。此與條枚條梅之條義殊，蓋柚之別名也。偽孔傳云：『小曰橘，大曰柚。』似以橘柚為一物，但有大小之異。說文橘下云：『果出江南。』橙下云：『橘屬。』而柚云似橙，則兩物也。故正義申傳曰：『橘柚二果，其種本別，以實相比，則柚大橘小。』蓋穎達亦知二果之不同質矣。

杶 木部 木也。从木，屯聲。夏書曰：杶榦栝柏。 敕倫切 ○櫄，或从熏。○杻古文杶。

杶榦栝柏者。禹貢文。史記夏本紀述此文同。書釋文云『杶。又作櫄』。案周禮考工記鄭玄注引禹貢正作櫄。蓋古文尚書有異本。故許君亦錄櫄為或體也。僞孔傳杶字無釋。考工記賈疏引鄭禹貢注云『櫄榦栝柏四木名』。許亦但云木名。與鄭合。書正義曰『陸機毛詩義疏云「杶樗栲漆相似如一」。則杶似樗漆也』。今案陸疏二語。爾雅釋木釋文引作方志。詩唐風山有樞篇孔疏引郭璞注又作俗語。蓋方俗有此言耳。

榗 木部　木也。从木晉聲。書曰。竹箭如榗。子賤切

竹箭如榗者。今書無此文。小徐本亦無此句。而有詩曰榛楛濟濟六字。徐鍇案語謂『說文無榛字。此即榛字也』。大徐本明有榛字。而小徐云無。苗夔繫傳校勘記曰。案此鍇說及引詩。則鍇本當無榛字。今有榛。張次立依鉉補也。小徐本所引詩語。大徐本明在楛下。則大徐榗下之引書自當別有所據矣。段玉裁謂『書曰六字未詳。當作周禮曰竹榗讀如晉八字』。嚴可均謂『竹箭蓋古文說。許君往往以經說為經也。夏本紀竹箭既布。又言瑤琨竹箭。即此。古者箭榗同聲。議改作讀若書曰竹箭』。江聲朱右曾則以為逸文。說皆無定。愚案段據周禮職方氏注『故書箭為晉』為說。雖持之有故。然考玉篇榗下引說文亦有書曰六字。則大徐本似不譌。

詳竹箭二字既見史記夏本紀，史記乃述禹貢文，禹貢本作『篠簜既敷，瑤琨篠簜』，鄭玄彼注云：『篠箭，簜竹也。』見儀禮大射賈疏及戴凱之竹譜注引。是竹箭乃篠簜之詁訓字，蓋史公以詁訓字代經文，而康成轉取之，嚴氏謂竹箭為古文說，其言近是。孫星衍曰：『說文榗引書曰竹箭如榗，言夏書竹箭讀箭如榗也。』此與嚴說畧同，惟仍從大徐原文，不須改作。又以竹箭為今文尚書異字，非詁訓字，斯則不同於嚴耳。陳壽祺謂說文當作讀若書曰竹箭六字，與嚴合；謂今文尚書篠簜作竹箭，與孫合。

栞 木部 槎識也。从木𢇛，闕。夏書曰：隨山栞木。讀若刊。苦寒切 ○ 栞，篆文从幵。

隨山栞木者，咎繇謨今益稷篇禹貢文，今書皆作刊。史記夏本紀述咎繇謨作『行山栞木』，述禹貢作『行山表木』，漢書地理志亦作栞。栞為篆文，知許所偁古文也。史記作表，是以故訓字代經文。許訓槎識者，槎衺斫也，識常也。周禮春官司常掌九旗之物名，日月為常，謂畫日月於端，建之以為徽識，則槎識即斫木為號，如孫臏斫樹白書之類，與表之義亦合。表木者，史記索隱謂『刊木立為表記』，是也。今書作刊者，案說文刀部云：『刊，剟也。』與槎識義遠，禹貢正義引鄭玄云：「必隨州中之山而登之，除木爲道，以望觀所當治者。」則鄭本似亦作刊，故訓除也。僞孔傳於咎繇謨之刊，釋爲「刊槎其木，」兼用許說；於禹貢之刊，釋爲「斬木通道。」則用鄭說。段玉裁謂「唐石經以下作刊，後人所改。」恐未必然。許又云讀若刊，疑許所見已有作刊之本矣。

枯 木部 槀也。从木，古聲。夏書曰：唯箘輅枯。木名也。苦孤切

唯箘輅枯者，禹貢文，已見竹部簬下。彼引證簬字，此引證枯字也。彼作簬枯，此作輅枯，葢許所見古文有別本，故互出以存異文。輅即簬之省借，竹部已詳。枯者，今書作楛，史記夏本紀、漢書地理志述此文同。書釋文楛下引馬融云：「木名，可以爲箭。」周禮考工記「荆之幹」，鄭玄彼注引禹貢「荆州貢箘簬楛」，賈公彥疏又引鄭禹貢注云：「楛，木類。周之始，肅愼氏貢楛矢石砮。」僞孔傳云：「楛中矢幹。」即本馬、鄭之注。許引作枯，枯本訓槀，禹貢之枯既爲木名，則作枯爲段借字，正字當作楛，故許引書而又釋之，明與本義有殊。且竹部引亦作楛，又與此可相照也。又案考工記釋文云：「枯音户，尚書作

梏。音同。」是陸氏所據鄭考工記注本是梏字。知鄭所據禹貢亦有作梏之本。正與許合。故陸氏舉今尚書作梏以別之。今周禮注疏本多譌。當以阮元校勘本為定。

欙木部 山行所乘者。从木。纍聲。虞書曰。予乘四載。水行乘舟。陸行乘車。山行乘欙。澤行乘䡑。力追切

予乘四載者。咎繇謨文。今益稷篇 水行乘舟。陸行乘車。山行乘欙。澤行乘䡑。蓋自古相傳書說。所以釋四載者。故許君備引之。非尚書本經之文。閻若璩謂「許所據古文尚書多十六字。」非也。諸書說四載。水陸舟車無異詞。餘二載各殊。史記夏本紀作「泥行乘橇。山行乘檋。」河渠書作「泥行蹈毳。山行即橋。」漢書溝洫志作「泥行乘毳。山行則梮。」服虔孟康如淳應劭韋昭各執一解。書正義所謂「古篆變形。字體改易。說者不同。未知孰是。」大抵異字同義。物一而名別也。許君所釋。當本古文說。偽孔傳亦依許為訓。惟䡑作輴欙作樏為異。案玉篇車部云「輴同䡑」則輴即䡑字也。唐寫本說文木部殘帙欙篆下說解亦作樏。玉篇木部且有樏無欙。此則隸省耳。江聲曰。徐

廣史記音義引尸子曰。山行乘欙。又引曰。行涂以楯。涂即泥也。行涂即泥行。亦即澤行。楯則輴之叚借字。則說文與尸子合矣。論諸書時代。尸子最先。則其誼爲最古。○案敦煌唐寫本切韵殘卷六脂欙下云。山行乘欙。皆從說文。不從隸省。廣韵六脂云。欙亦作樏。

欁 木部 伐木餘也。从木。獻聲。商書曰。若顛木之有甹欁。五葛切 ○櫱。欁或从木。辥聲。○𣎵古文欁。从木無頭。○桙。亦古文欁。

若顛木之有甹欁者。盤庚上文。今書作由蘖。唐寫本說文木部殘帙作由蘖。案由見丂部甹下。蘖爲櫱之隸變。櫱則欁之或體也。大徐本與唐寫本之異。孰爲許書原文。別無旁證。小徐本作餘欁。欁字亦同大徐。故莫友芝木部箋異謂『唐寫本與大徐當兩存』。書釋文云。『櫱本又作枿。馬融云。顛木而肄生曰枿』。說文無枿。篆甹下引枿爲古文。爾雅釋詁云『枿。餘也』。彼釋文云『枿本或作桙』。日本古寫本隸古定商書殘卷亦作桙。桂馥郝懿行謂『枿爲桙之變體』是也。馬許同治古文。許此引作欁。與馬殊。甹下作枿。與馬同。蓋亦所據古文有别本。故互見以存異文耳。許訓欁爲伐木餘也者。即本爾雅枿餘之義。伐木謂已斬伐之木。馬君訓爲肄生者。案詩周南汝墳『伐其條肄』。毛傳云。『肄。餘也。斬而復生曰肄』。知馬注蓋本毛傳，與許義正相合。僞孔傳云「如顛仆之木，有用生櫱哉」，不解何者爲櫱。正義申傳，亦引爾雅枿餘，又引李巡曰「枿，槁木之餘也」。今桒斬伐之木，必槁，則李與許說亦互足。槁木猶顛木矣。

𣡡 林部

豐也。从林奭。或說規模字。从大、卌，數之積也。林者，木之多也。卌與庶同意。商書曰：「庶草繁𣡡。」文甫切

庶草繁𣡡者，洪範文。今書作蕃廡。日本古寫本隸古定周書殘卷作番庑。蕃從番聲，蕃借番作蕃，廡作庑，不見字書。疑隸書無與亡通，故省從亡耳。史記宋世家述此文作繁廡。繁與許引同，廡與今書同。今桒繁即緐之隸增。說文糸部云「緐，馬髦飾也。」是緐者蕃之叚借。廡即𢊁之隸變。說文广部云「𢊁，堂下周屋。」是𢊁者𣡡之叚借也。許所偁作緐𣡡，一用本字，一用借字，蓋所據古文尚書如此。訓𣡡爲豐也者，桒爾雅釋詁云「蕪，豐也。」彼釋文云「蕪，古本作無。」今爾雅釋文云「蕪音無，古本作𣞤。」盧文弨曰「𣞤字可疑，當依說文作𣡡。」郝懿行以爲「𣞤隸變作無，故曰作𣞤」，今從之。無又𣡡之隸變。是許𣡡字之訓實本諸爾雅。今本爾雅作蕪者，緣隸變𣡡爲無，以爲有𣞤字，而𣡡之本形本義皆晦，故遂從艸以別之。說文艸

部云「𣞤，蕃也。」正與豐義反。洪範本文自以作𣞤為正，偽孔傳釋廡為豐。正義申傳引釋詁廡豐茂也。此廡字乃順經所改，非爾雅本文。仍用許𣞤字義也。又案𣞤從卌從林。許云卌數之積也，林者木之多也。又云卌與庶同意。經文句中有庶草，草木同類，則引經不徒證本義，兼證本篆所從之形矣。

圛 口部 回行也。从口，睪聲。尚書：曰圛。圛，升雲半有半無。讀若驛。羊益切

曰圛者，洪範文。圛升雲半有半無者，所以釋洪範圛字之義也。廣韻二十二昔圛下引說文作「商書曰圛。圛者，升雲半有半無。」此以曰圛二字為經文，圛者以下為釋經之語，分別甚明，當為說文古本。今大小徐本商並作尚，圛下無者字。集韻二十二昔類篇口部引說文皆同今本，而尚書之下又刪去曰字，於是容齋隨筆文獻通考以為語本不見於今書，遂謂許引為逸書矣。段注說文從廣韻所引，且於商書之下再補一曰字，則文義自明。圛之本義為回行，經義與本義殊，故許引書而又釋之，亦說叚借之例也。今書作曰驛者，段玉裁據書詩正義詩箋周禮注史記集解索隱及說文凡得八證，知唐天寶以前洪範經文尚作圛，今作驛者，衛包所改。愚案日本古寫本隸古定周書殘卷作「曰圛」，圛蓋圛之筆誤，段說正與闇合。然許又曰讀若驛，疑作驛亦舊本，為許君所嘗見，不必始自衛包也。

圛驛同從睪聲，故二字通用。偽孔傳釋驛爲「氣落驛不連屬。」史記（索隱引作「氣駱驛下連續」，落作駱，屬作續，義猶相同。不作下，則義適相反。不下二字形近，疑下爲不之誤。）正義引王肅云：「圛，霍驛消滅如雲陰。」又引「鄭玄以圛爲明，言色澤光明也。」（史記集解引鄭注作「圛者色澤而光明也。」）段氏謂「許云升雲半有半無，即不連屬霍驛消滅之意。謂龜兆如是也。此三家爲一說。鄭注又爲一說。」江聲孫星衍則並以許言升雲即雲氣在上，亦開明之象，與鄭色澤光明誼合。恩謂江孫說曲，段說是也。考偽孔訓義多襲馬鄭，而亦多本說文王肅之注，則先儒以爲偽傳之所從出，但子雍好與康成立異，故凡偽孔同於王說者，多不同於鄭。此經之圛，王釋曰霍驛，偽孔釋曰落驛。落驛猶霍也，落一作駱。許言升雲半有半無者，猶言雲氣在有無之間，似斷非斷，似連非連也。則與駱驛之解最切。正義申傳，謂「王意如孔，言鄭異於孔也。」今王孔既與許合，知鄭異於孔，則自知許異於鄭矣。史記宋世家述此文作「曰涕。」則又與許引異字。據詩齊風載驅「齊子豈弟。」箋言「古文尚書以弟爲圛。」弟一作悌。涕悌皆弟傳寫之異，然則作弟者，蓋爲今文。彼詩正義昧於鄭箋文義。

乃謂『古文作悌，今文作圛，賈逵以今文校之，定以爲圛。故鄭依賈氏所奏從定爲圛，於古文則爲悌』，愚案賈逵雖嘗奉詔撰今古文尚書同異，然後漢書本傳偁『逵數爲帝言古文尚書與經傳爾雅詁訓相應』，即使作圛出於賈定，亦是舍今從古，必非易古爲今，而許之所偁，正用其師說耳，段氏古文尚書撰異於此辨之甚詳，惠棟江聲並主孔穎達說，江之尚書集注音疏且易之曰『古文圛爲悌』，誤矣。

賚 貝部 賜也。从貝，來聲。周書曰：賚尒秬鬯。洛帶切

賚尒秬鬯者，文侯之命文，今書尒作爾，賚上有用字，鬯下有一卣二字，此蓋約引之也，爾雅釋詁云『賚，賜也』，許訓所本，僞孔傳云『當以錫命告其始祖，故賜鬯』，是亦以賜釋賚也。

𨞾 邑部 殷諸侯國，在上黨東北。从邑，𥝩聲。𥝩，古文利。商書西伯戡𨞾。郎奚切

西伯戡𨞾者，商書篇名，今書作黎，尚書大傳作耆，史記周本紀作耆，集解引徐廣曰『一作阢』，殷本紀作飢，徐廣曰『飢一作阢，又作

者。』宋世家作阢。（今譌作阢。）今案黎耆飢皆音近叚借字。阢則不成字。又飢之俗譌也。國名自以從邑作𨛫爲古文正字。宋世家索隱引鄒誕生本𨛫音黎。鄒南齊人。是六朝史記猶有作𨛫者。爾雅釋詁郭璞注引書『西伯堪黎。』彼釋文本作𨛫。云『國名。』亦與許同。許云殷諸侯國在上黨東北者。僞孔傳云『近王圻之諸侯。在上黨東北。』是僞傳卽本於許。正義引鄭玄云『入紂圻內。』而又駁之曰『文王猶尚事紂。不可言伐其圻內所言圻內亦無文也。』此蓋主僞孔之說。故不從鄭。愚案皆不若許但言殷諸侯國之爲當。上黨郡名。許不言何縣者。蓋其國所在之地未能塙知也。

旻（日部） 秋天也。从日。文聲。虞書曰。仁閔覆下。則稱旻天。（武巾切）

仁閔覆下則稱旻天者。今虞書無此文。詩王風黍離毛傳有之。惟閔覆作覆閔爲異。玉篇日部廣韵十七眞旻下注並云『仁覆愍下。謂之旻天。』愍卽閔也。疑卽本之說文。則正與毛傳合。是今說文閔覆二字蓋轉寫誤倒。本經多士篇『旻天大降喪于殷。』彼釋文云『仁覆愍下謂之旻。』又其旁證也。黍離正義謂『毛傳當有成文。不知出何書。』又引五經異義言天號古尚書說與毛同。案五經異義亦許君所作。是此之所偁。卽古尚書說也。考堯典有『欽若昊天』之文。疑因說昊天而兼及旻天。故許以虞書系之。徐鍇謂『當言虞書說』。然許君引易說偁易曰。引詩傳偁詩曰。則此引書說偁書曰。正是一例。不必改曰字爲說也。困學紀聞亦謂蓋虞書說。卽本之小徐。

暘 日部 日出也。从日。昜聲。虞書曰暘谷。與章切

曰暘谷者。堯典文。史記五帝本紀述此文同。許訓日出也者。乃其字義。經文暘谷。則爲谷名。因爲日之所出。故以暘名之。書釋文引馬融云。『暘谷。海嵎夷之地名。』此連上文嵎夷言之。僞孔傳云。『日出於谷而天下明。故稱暘谷。暘谷嵎夷一也。』蓋兼採許馬之義。又案說文山部嵎下云。『一曰。嵎鐵嵎谷也。』土部堣下云。『堣夷在冀州陽谷。』暘陽皆暘之異文。且各有本義。蓋爲今文叚借字。此引作暘。則爲古文正字。敦煌唐寫本尚書釋文殘卷云暘古陽字故許山部不引書。土部則坿見堣夷下。知許於書雖亦兼存今文。然其引書之例。固不亂也。又案史記索隱曰。『史記舊本作湯谷。今並依尚書字。』案淮南子曰。日出

湯谷、浴於咸池。則湯谷亦有他證明矣。」史記正義曰。「陽或作暘。日所出處名曰陽明之谷。」據此。則司馬貞所見史記有作湯之本。而張守節本則作陽。說文叒部叒下云。「日初出東方湯谷。」是暘谷亦見說文。湯本訓熱水。則作湯亦叚借字也。暘崵陽湯皆從昜聲。故通用。

朏 月部 月未盛之明。从月出。周書曰。丙午朏。普乃切 又芳尾切

丙午朏者。召誥文。許訓朏爲月未盛之明者。以其字從月出會意也。漢書律歷志引召誥此文。孟康注云。「朏。月出也。」卽用許說。僞孔傳云。「朏。明也。月三日明生之名。」案月之始生。其明未盛。是僞傳與說文亦合。故正義亦引說文以申傳。

霸 月部 月始生霸然也。承大月二日。承小月三日。从月䨣聲。周書曰。哉生霸。普伯切 ○䨣古文霸。

哉生霸者。康誥顧命文。今書皆作魄。康誥釋文引馬融云。「魄。朏也。謂月三日始生兆朏名曰魄。」是馬本字與許異。而月始生之說則與許同。江聲謂「許隸二日三日言之。馬專言三日者。以二日則月

有時未見。三日則必見故也。』愚案馬君以朏釋魄，漢書律歷志引古文月采篇曰：『三日曰朏。』召誥正義引周書月令云：『三日粤朏。』段玉裁疑即取諸漢志，因謂漢志采字當作令。困學紀聞已先有是說。是馬三日之說，蓋本之漢志。許以承月有大小，則合朔有早晚，故二三兩日分言之耳。又馬合魄朏為一義，許則朏言月明未盛，霸言始生霸然，雖未盛始生，義亦相互。但霸然連文，似是狀月始生之皃。韵會十一陌引說文作『月始生霸霸然也。』重一霸字，其為狀詞益顯。本經武成篇釋文魄下引『說文作霸，云月始生魄然貌。』又其證也。然則朏為名字，霸為狀字。此文之霸，蓋以狀字作名字用。說文為字書，固當各主本義也。至魄霸之異，說文鬼部云：『魄，侌神也。』月為太侌之精，故得借魄以言月。但馬君訓義既與許合，則古文正字當作霸。陳喬樅謂『說文霸下別出古文䨣，則作霸為今文尚書。』非也。偽孔傳於康誥之魄，釋曰『月十六日明消而魄生。』於顧命之魄，亦釋曰『始生魄月十六日。』此則與許馬之說大殊。康誥正義曰：『魄與明反，故云明消而魄生。』顧命正義曰：『漢書律歷志云：死魄朔也，生魄望也。明死魄生，從望為始。

故始生魄爲月十六日。卽是望之日也。』今案漢志乃述劉歆三統歷說。其引周書文。本皆作霸。死霸生霸字同。孔穎達引漢志作魄。蓋順孔傳改字以就之。則知僞孔蓋用劉歆說也。孟康漢志注云。『魄。月質也。』武成正義曰。『魄者形也。謂月之輪郭無光之處名魄也。』然則如許馬說。則生霸爲明之始。如劉與僞孔說。則生霸爲暗之始。旣以爲暗始。則作魄蓋用会神引申之義矣。

𢎘部

木生條也。从𢎘由聲。商書曰。若顛木之有𢎘枿。古文言由枿。以州切

若顛木之有𢎘枿者。盤庚上文。已見木部𣝣下。彼引證𣝣字。此引證𢎘字也。彼作𢎘𣝣。此作𢎘枿者。枿卽㭲之變體。𣝣下已詳。此引書而又云古文言由枿者。言猶作也。謂古文作由枿也。作由爲古文。則作𢎘當爲別本。莫友芝謂𢎘則伏生歐陽夏侯書今書亦作由。正與古文合。徐鍇繫傳通釋謂『說文無由字。今尚書只作由枿。蓋古文省𢎘。而後人因省之。通用爲因由等字。』但其疑義篇又疑古有由字。今無者爲誤脫。不悟由卽𢎘之古文也。此許書重文之坿見於說解中者。不得以其

不出由篆而疑之。甹字後起，蓋取古文以爲聲，亦非由爲甹之省也。毛詩小序云：「由儀，萬物之生各得其宜也。」惠棟九經古義謂「是由訓爲生，儀訓爲宜。」段玉裁取其說，以明由儀之由當作甹。今案以生釋由，不徒古義，正是由之本義，不必說爲甹之叚借。爾雅釋詁云：「由，自也。」自訓爲鼻，一訓爲始，人生自鼻始，木始生爲由，義亦相近。知由之訓自，亦生義之引申。至訓由爲用，鄭玄詩禮箋注皆然。廣雅釋詁云：「庸、資、由、以，用也。」王念孫廣雅疏證曰：「庸、由、以，一聲之轉。」蓋知用非由字義訓之正，故但取聲轉耳。本經由枿連文，自應從其本義。僞孔傳釋由蘖爲「用生蘖哉」，徐鉉譏孔直訓由作用，用枿之語不通。愚謂用生兩字皆訓由，用則未諸常訓，生則襲之說文。僞孔合本叚兩義爲一詞，遂尒似通非通矣。

稘 禾部 復其時也。从禾，其聲。虞書曰：稘三百有六旬。居之切

稘三百有六旬者，堯典文。今書作朞。敦煌唐寫本尚書釋文殘卷堯典篇出𣅀字，云「本又作朞」。說文無𣅀字，亦無朞字。唐石經作期。朞卽期之隸變。案說文月部云：「期，會也。」義不爲年，則作期爲叚借

字、許引作稘、訓曰復其時也、（唐寫本釋文引說文作復其時期也、）蓋爲古文正字、江聲謂『稘則禾一熟、故字從禾、與年同意、復其時者、謂二十四氣復其始之時、』是也、僞孔傳云、『帀四時曰朞、』正義引王肅云、『朞、四時也、』是僞傳卽本王注、而以帀字足之、帀猶復也、亦與許訓合、今經典多假期爲稘、期行而稘荒矣、惟大戴禮記小辨篇云、『十稘之變、』猶用本字、史記五帝本紀漢書律歷志述堯典文作歲、則又以故訓字代經也、

粊 米部

惡米也、从米、北聲、周書有粊誓、（兵媚切）

粊誓者、周書篇名、今書作費、鄭玄周禮注禮記注引皆作粊誓、史記魯世家作肹誓、裴駰史記集解云、『徐廣曰、一作鮮、一作獮、』駰案尚書作粊、』司馬貞史記索隱曰、『尚書作粊誓、今尚書大傳作鮮誓、鮮誓卽肹誓、古今字異、義亦變也、粊地名、卽魯卿季氏之費邑、』據此、則此字不徒古今文有異、而肹鮮獮又爲今文之自相異、粊費又爲古文之自相異、許所據作粊、粊與棐形近易溷、段玉裁謂『唐初尚書本作棐、衛包用司馬貞粊卽費邑之云、改爲費字、粊之音與肹

鮮獮正相近，不當從北聲，蓋許鄭從古文尚書作粊，史記用今文尚書也。」愚案五經文字云：「粊，周書篇名，今文作費。」此所云今文，指天寶改本而言，則段氏謂作費爲衛包改是也。至謂說文粊爲⿱比米誤，然以字義論，粊從北聲，訓爲惡米，北者乖也，聲中兼意，則與惡義合，從比但取聲而已，惡義不見。玉篇粊下注，「說文曰：惡米也。又地名。」⿱比米下注云：「同粊。」廣韵六至云：「⿱比米，惡米。又魯東郊地名。說文作粊。」集韵六至亦引說文作粊，而以⿱比米爲粊之或體，是⿱比米粊孰誤，未敢遽定，段氏乃又謂篇韵所引皆誤，固矣。至顧炎武日知錄謂「費誓之費改爲粊，訓爲惡米，此何理也。」斯更不足爲許難。許所偁但證字，非證義也。

玉篇又有⿱非米字，云「惡米也。」王引之曰：「⿱非米字乃粊字之譌，篆文非作非，因譌而爲北矣。蓋初作北，寫篆文者又依北字篆文作⿰八八耳。」桂馥曰：「輩本從非，俗省作北，粊亦類是。」案桂王二說畧同，亦可備一解。

宲 宀部 藏也。从宀，呆聲。呆，古文保。周書曰：陳宲赤刀。博裒切陳宲亦刀者。顧命文今書作寶，僞孔傳云：「陳先王所寶之器物。」正義引鄭玄云：「陳寶者，方有大事，以華國也。」是鄭本亦作寶，今桼說文「寶，珍也」，許引作宲，訓曰藏也。文義並異，所據當為古文别本。蓋自其藏言則曰宲，自其器言則曰寶，本經陳宲是總目語，亦刀以下則所藏之器也。許解經主藏為義，陳宲即謂陳其所藏，故引之以相證。周禮春官天府職曰：「凡國之玉鎮大寶器藏焉，若有大祭大喪，則出而陳之。」與本經此文正相應。鄭司農天府注亦引本經釋之，但字亦作寶。然既引以證天府之藏，則知許與先鄭字雖異，而解經之意固相會矣。柳榮宗雷浚以為許說叚借，非是。

宊 宀部

㝌也。从宀，人在屋下，無田事。周書曰：宮中之宊食。（而隴切）

宮中之宊食者，今周書無此文。段嚴桂諸家皆謂周禮槀人掌共內外朝宊食者之食，許或稱此，又涉校人宮中之稍食而誤，書當作禮，轉寫亂之也。江聲則錄入尚書逸文內，朱右曾亦謂「周禮亦實無此文，安知不在周書亾篇乎。」然則此當存疑。（陳壽祺說同段，孫星衍說同江）

託 冖部

奠爵酒也。从冖，託聲。周書曰：王三宿三祭三託。（當故切）

王三宿三祭三⿱冖託者。顧命文。今書作咤。僞孔傳釋咤爲奠爵。正義引王肅亦以咤爲奠爵。許引作⿱冖託。訓奠爵酒也。是王孔字與許異。而訓說並與許合。愚案說文無咤字。玉篇冖部⿱冖託下引周書及孔傳。又云「本或作吒。」口部吒下出咤字。注云「同上。」廣韻四十禡亦然。是六朝舊本周書經傳猶作⿱冖託。或作吒者。蓋今本之所出。而咤則吒之俗也。釋文云「咤。陟嫁反。字亦作宅。說文作⿱冖託。丁故反。奠爵也。馬本作詫。與說文音義同。」此獨不出吒。然陟嫁反正吒字之音。疑陸氏所據本作吒。釋文大書亦是吒字。校者依俗本書改。遂亦作咤矣。詫字亦說文所無。音義既同⿱冖託。當即⿱冖託之隸變。說文口部云「吒。噴也。叱怒也。」則作吒亦爲叚借字。古文正字自當作⿱冖託。惟作咤之本要亦在唐以前。正義云「經典無此咤字。咤爲奠爵。傳記無文。」則孔穎達亦心知其非。而仍就咤以爲說者。必相承有自。江聲謂衛包所改。非也。正義又引鄭玄云「卻行曰咤。三卻復本位。」說固與許馬王殊。即卻行本字。恐亦不作咤。疑穎達順經易字。未必鄭注原文。尋爾雅釋言云「宅。居也。」卻行復本位。與居義尚近。然則釋文所引『宅亦作宅』者，或爲鄭本與，段玉裁以作宅爲别本，謂『旣釋爲奠爵，則有居義，故其字無妨作宅，蓋說書家有讀𡧥爲宅者，鄭訓爲卻行，亦於古音同部求之』，此亦可備一說，陳喬樅以『宅爲古文，𡧥爲今文』，未必是。

說文解字引書考卷一終

說文解字引書考卷二

衡陽馬宗霍

㑅（人部）具也。从人。孨聲。讀若汝南潺水。虞書曰。旁救㑅功。（士戀切）

旁救㑅功者。堯典文。已見辵部逑下。彼引證逑字。此引證㑅字也。彼作逑孱。此作救㑅。當是所據古文有異本。故許君並存之。逑救同從求聲。孱㑅同從孨聲。（說文孱從孨在尸下。然音士連切。則亦兼取孨聲也。）故通用。小徐本旁救作方鳩。㑅作僝。疑校者依今書改。段玉裁定作方救。以為此偁古文尚書。陳喬樅全從小徐。以為此引今文尚書。皆非塙論。然推許君之意。辵部引逑。則以逑為正字。而此作救。叚借字也。（支部云。救。止也。）人部引㑅。則以㑅為正字。而彼作孱。叚借字也。（孨部云。孱。迮也。一曰呻吟也。）今書作僝。說文所無。敦煌唐寫本尚書釋文殘卷本亦作救㑅。與許引正合。許訓㑅為具也者。釋文引馬融注同。史記五帝本紀述此文作「旁聚布功」。又以布字易之。案布字引申之義為布置。為貨布。（毛詩衛風氓篇。抱布貿絲。傳曰。布。幣也。）具者。許訓共置也。從廾貝省。古以貝為貨。布置共置義又近。故布與具亦通。知許說與史公相應。偽孔傳釋僝為見。既乖舊訓。亦非經指。焦循尚書補疏疑見字是具字之誤。謂『正義言僕然見之狀。非是』。如焦說。則僞孔亦用許馬義。但穎達既依見字爲說。則亦六朝相承之本也。

仡 人部

勇壯也。从人。气聲。周書曰。仡仡勇夫。魚訖切

仡仡勇夫者。秦誓文。今書作仡。隸省也。許訓勇壯也。僞孔傳云。『仡仡壯勇之夫。』即用許義。釋文引『馬本作訖訖。無所省錄之貌。』與許異。蓋別本別說也。仡訖同從气聲。故通用。孫星衍曰。『無所省錄者。漢書董仲舒傳集注云。「錄謂存視也。」蓋言其恃勇無知。不能有所省察存視也。』愚案孫說是也。正義謂『壯勇之夫。智慮淺近。』與馬義亦合。釋文於馬本下又引『徐云。强狀。』疑徐邈之訓亦爲訖訖而發。强狀亦勇壯之皃。然則許馬字雖異。而義實相成。王鳴盛以馬訓爲非。江聲亦所不取。疏矣。

假 人部

非眞也。从人。叚聲。一曰至也。虞書曰。假于上下。古疋切 又古頟切

假于上下者。堯典文。今書作格。僞孔傳云。『格。至也。』案格至爾雅

釋詁文。詩周頌噫嘻鄭箋引本經此文亦作格。彼詩正義又引鄭玄書注釋格于上下為「至於天地」。是亦僞孔之所本也。然考說文木部云「格、木長皃」。則作格為叚借字。戴震說堯典仍從木長之義。以與横被相對。似非塙論。許所據作假。當為古文別本。假從叚聲說文叉部云「叚、借也」。從聲生義。故許以非真為假之本訓。惠棟以真假之說始於王莽。劉歆說書。以古文嘉禾假王涖政為假僞字。莽從其說。遂有假皇帝之名。許氏訓假為非真。亦劉氏之說。不可從也。江聲則引史記淮陰侯傳漢王罵韓信之語。以明假為非真。其來已久。査江說是。而以至也為別訓。引書既證別義。則亦叚借字也。段玉裁謂「彳部徦。至也。此引經卽借假為徦。」其言甚諦。惟又疑一曰四字淺人所加。則亦未然。以假為至。詩毛傳鄭箋皆同。說文一字有兩義者頗多。不得於此獨疑也。漢人引書多作格。惟楚辭招魂云「蘭芳假些」。王逸注引書曰「假于上下」。」與許合。

又案新出魏三體石經尚書殘碑多士君奭篇格皆作㣝。三體悉同。章先生曰。「說文作假。漢費鳳碑有恥且㣝。已作㣝字。蓋古文論語如此。然據莫高窟所得經典釋文字亦作格。是僞孔已不知用㣝字。

」莫高窟所得釋文。卽唐寫本尚書殘卷也。竟與此文格字猶存。愚謂說文彳部亦無徦字。疑徦爲假之古文。許君失收。徦格形近易溷。故今訓至之字皆作格矣。

毖 比卯

慎也。从比。必聲。周書曰。無毖于卹。兵媚切

「無毖于卹」者。大誥文。今書卹作恤。蓋通用字。毖者。爾雅釋詁云。「毖。慎也。」許訓所本。僞孔傳釋毖爲勞。與許異。案本經下文云。「天閟毖我成功所。」傳解作慎勞。是以閟爲慎。亦以毖爲勞也。「天亦惟用勤毖我民。」傳解作勞慎。是又以勤爲勞。以毖爲慎也。正義曰。「閟慎釋詁文。」今案釋詁訓慎者既是毖字。而說文門部云。「閟。閉門也。」又無慎義。然則以說文證爾雅。以爾雅證書傳。疑僞孔所據經文閟毖當作毖勤。轉寫致誤。遂不可通。漢書翟方進傳。王莽仿大誥作「天毖勞我成功所。」蓋卽訓勤爲勞而易其字。實爲僞傳之所本。或謂勞古文作𢡚。與毖形近。疑莽誥勞爲毖之譌。若然。則毖毖二字重出矣。循此句例以推上文。則無毖于恤之毖。疑僞孔所據亦作勤。故亦以勞釋之。而許所據則作毖。故從爾雅訓爲慎。此自古文有別本。字異義隨之異。不得執僞傳而謂許引經說叚借。亦不得執說文以律今本僞傳。而謂釋毖爲勞

之失其義也。惟釋文於此語依𢤱字作音。而曰「𢤱音秘。」正義於此語依𢤱字申傳。而曰「𢤱、勞也。」則作𢤱之本。亦六朝相承而已然矣。段玉裁謂「廣雅秘勞也。即無𢤱于卹之訓也。尚書在魏時𢤱作秘，未可知。偽孔傳𢤱訓勞。又必有所本。慎者必勞。故𢤱得兼二訓。」其說此亦可備一解。

臮 部从

眾詞與也。从㐺。自聲。虞書曰。臮咎繇。其冀切 ○眔古文臮

臮咎繇者。堯典文。今舜典 今書作暨皋陶。本文暨字偽孔傳無訓。上文「汝義暨和。」傳云。「暨、與也。」段玉裁曰。「蕭該漢書音義云。一臮、尚書音巨泣反。」可證六朝時尚書作臮。今本作暨、蓋衛包本。」愚案敦煌唐寫本尚書釋文殘卷堯典篇女義暨和。暨作臮。舜典篇皋陶作咎繇。本寫作錸即繇之草誤 三字皆與許引合。說文旦部云。「暨、日頗見也。」非與義。當為借字。臮從㐺。㐺者眾立也。從自聲。自者鼻也。詞言之气從鼻出。與口相助。故合二字而訓眾詞與。廣韻六至引說文作「眾與詞也」段注說文從之。引申為凡與之偁。則作臮古文正字也。近人集拓新出魏三體石經殘字咎繇謨篇中古文有臮字。亦其證。史記五帝本紀述此文作與皋陶。蓋史遷所據經文亦作臮。故遷以故訓字易之耳。然考

爾雅釋詁云「暨與也」公羊隱元年傳云「會及暨皆與也」是借暨爲臮經典皆然書正義引釋詁之文以申傳則孔穎達本自作暨與陸德明本不同又一切經音義卷七引聲類云「暨古文作臮」疑聲類亦據尚書爲言似作暨亦魏晉閒有是本又在僞孔之前李登以暨爲今文故云古文作臮不必始於衛包也王鳴盛以爲晉人改作暨李登魏人則尚在晉前

𣯛 毛部

毛盛也从毛隼聲虞書曰鳥獸𣯛髦 而尹切又人勇切

鳥獸𣯛髦者堯典文已見受部氄之重文襲下彼引證襲字此引證𣯛字也一字兩引蓋存異文而此則古文正字也今書作氄毛髦毛古同用其在本經則當以毛爲正氄字說文所無玉篇𣯛氄二字相蒙云「氄上同」是以氄爲𣯛之重文也敦煌唐寫本尚書釋文殘卷堯典篇出𣰏字云「本又作氄馬云溫柔皃說文作毴人尹反」云毛盛皃也」𣰏疑氄之譌字毴蓋𣯛之隸省𣯛通作氄者𣯛從隼聲古音在諄部氄從[illegible]聲古音在脂部諄脂對轉故𣯛又作氄矣僞孔傳釋氄爲「耎毳細毛」蓋襲季長溫柔之義而馬注與許毛盛皃

之訓亦互足。嚴章福謂『此引書疑作褎毛。𣯫部引書蓋由此移彼』妄說也。惟𣯍字經典少見。周禮天官司裘『仲秋獻良裘。』鄭玄彼注云『中秋鳥獸毴毨。』賈公彥疏謂『此是尚書堯典文。』彼釋文云『毴音毛。毨先典反。』黃生義府據此以為『毴即𣯍字之誤。陸直音毛。非也。書文。仲秋毛毨。仲冬𣯍毛。鄭雖引釋仲秋。此兼詞耳。經言仲秋。未必以秋為限也。』愚案毴與毴同。以唐寫本堯典釋文𣯍作毴例之。則陸氏於周禮鄭注之毴。不應音毛。或陸氏所據鄭注毴本作髦。故音毛耳。惜不得古寫本周禮釋文為一證之。若如黃生之說。是周禮鄭注雖出尚書。非引原文。毴毨既兼秋冬之詞。而毴又為𣯍之誤字。則鄭君所據堯典仲冬氄毛亦作𣯍毛。正與許合。亦可以備一說。臧琳亦據周禮鄭注。又謂說文此引𣯍毛當作毛𣯍。即仲秋毛毨之異文。今周禮注有錯亂。陸賈不能辨之。詳見經義雜記。

龥 頁部　呼也。从頁。籥聲。讀與籥同。商書曰。率龥眾戚。羊戌切

率龥眾戚者。盤庚上文。今書戚作慼。日本古寫本隸古定商書殘卷與今書同。偽孔傳云。『龥。和也。率和眾憂之人。』正義申傳曰。『龥

卽裕也。寬裕故爲和也。憂則不和。慼訓憂也。故率和眾憂之人』。愚案說文心部云『慽，恴也』。慼卽慽之隸變。古恴戚、親戚字皆假戚爲之。龥從籥，籥從龠，龠以和眾聲也。釋龥爲和，必展轉始得其義。孔穎達知古無是訓，故以裕易之，不悟釋龥爲裕，音雖同而義更遠。古亦無是訓也。許訓龥爲呼，乃其本義。桃𪚁謂『此經下文自我王來至底綏四方，皆民不欲徙之言，則率龥眾慼出矢言，乃不欲徙之民相率呼眾慼迫出誓言也』。此則龥從說文之訓，固合本義，而以眾爲民眾，慼爲慼迫，亦視僞傳之解爲長，故段玉裁有取焉。惟許君讀從眾慼絕句，則許意慼字似不訓慼迫。考史記殷本紀述此事，以爲盤庚告諭諸侯大臣，周禮春官大祝注，鄭司農亦云『盤庚將遷于殷，誥其世臣卿大夫，道其先祖之善功』。王鳴盛因謂『慼蓋謂貴戚，曉諭臣民必由近臣始，故呼召之』。江聲、孫星衍說略同，斯或有當於許。與莊述祖又以慼字連下文出字爲解，謂『慼出猶咄嗟，不憂事貌』。此則立異而未必衷於理矣。

𠨍 卪部

輔信也。从卪，比聲。虞書曰：𠨍成五服。毗必切𠨲成五服者，咎繇謨文。今益稷篇今書作弼。詩商頌殷武鄭箋云：「禹平水土，弼成五服。」即用本經語，則鄭本亦作弼也。書正義引鄭注云：「輔五服而成之。」商頌正義引輔上有廣字僞孔傳釋弼爲輔，蓋本於鄭。史記夏本紀述此文作「輔成五服」，則又以故訓字易經也。說文弜部弼亦訓輔，然許弼下不引經，而引作𠨲，所據當爲古文別本。𠨲从卪，卪，瑞信也，故訓輔信，與弼之單訓輔者微殊。五服既同，必班瑞于羣后。魏受禪表有頒瑞節之文，節即卪之後起字，是經文正字亦似以作𠨲爲勝。知許此所偁，不惟證本字，兼證所從之卪也。

𨐨辟部　治也。从辟，从井。周書曰：我之不𨐨。必益切

我之不𨐨者，金縢文，今書作弗辟，不弗古通用。史記魯世家述此事云：「我之所以弗辟而攝行政者，恐天下畔周，無以告先王。」是史遷讀辟爲避，弗辟即不避位之意。書釋文云：「辟，馬鄭音避，謂避居東都。」又詩豳風七月小序疏引鄭玄金縢注云：「我今不辟孺子而去，我先王以謙讓爲德，我反有欲位之謗。」則馬鄭音讀雖合於史遷，而意爲不得不避，適與史遷相反。陳瑑說文引經考證謂「史公從鄭義」，不惟時代先序，亦且誤解史記矣。許引作不𨐨，當爲古

文別本訓辟為治也者，書釋文引說文治作法。案辟從井，徐鍇繫傳通釋曰，「井，法也，與刑同意。」據此則說解正文當為法字。偽孔傳釋辟為法，即用許義也。傳又云「言我不以法法三叔。」孫星衍謂「許言我之不法，謂我不以法治管蔡。」此即以傳意為許意。正義謂「鄭解與孔異。」如孫說，偽孔既同許，則許亦與鄭異矣。字異解異，蓋由所依據者不同，孰有當於經恉，殊無以定之。章先生古文尚書拾遺則謂「流言之來，未可判為管蔡，乃若殷人縱間，自可推度知之。辟謂行法于商之造言者，非定行法于管蔡也。」此視孫說尤合當時情事。江聲又從大徐說文辥治立說，言「我之所以不治流言之事者，以疑謗未明，無以告我先王也。」亦可以備一解。

𨐨、辟部　治也。从辟，乂聲。虞書曰，有能俾𨐨。魚廢切

有能俾𨐨者，堯典文。今書作乂，偽孔傳云「乂，治也。」案乂治爾雅釋詁文。彼釋文云「乂字又作𨐨。」是爾雅又作本正與許同。𨐨以乂為聲，故二字通用。然說文丿部云「乂，芟艸也。」本義不為治。𨐨從辟，辟，法也，治之必以法，則古文正字當作𨐨，作乂者段借字也。新出魏三體石經尚書殘碑君奭篇「巫咸乂王家」，古文乂作[illegible]，即

𨐨之小變，以彼例此，亦其旁證。今經典通用乂，而𨐨荒矣。

嶧 山部 葛嶧山在東海下邳。从山，睪聲。夏書曰：嶧陽孤桐。羊益切

嶧陽孤桐者，禹貢文，史記夏本紀述此文同。許云葛嶧山在東海下邳者，案漢書地理志「東海郡下邳，葛嶧山在西。」即許說之所本。漢志又言「古文以爲嶧陽。」此古文蓋指禹貢，謂漢之葛嶧山於古則名嶧陽山也。水經禹貢山水澤地篇「嶧陽山在下邳縣之西」正與漢志合。錢大昕謂「水經相傳出於桑欽，欽正傳古文尚書者，則孟堅之言信而有徵矣。」然則許訓解用漢志，而又偁夏書以證之，當亦以嶧陽爲山名。史記集解引鄭玄云「地理志嶧山在下邳。」鄭單言嶧山，上不連葛字，下不連陽字，疑從當時之簡偁，故於地理志但節取，僞孔傳遂以嶧山之陽釋之，是襲鄭注而昧其意，近於望文生義矣。孫星衍乃云「班氏與鄭異，鄭義本說文，說文不以嶧陽爲山名。」亦其疏也。

嵞 屾部 會稽山，一曰九江當嵞也，民以辛壬癸甲之日嫁娶。从屾，余聲。虞書曰：予娶嵞山。同都切

予娶嵞山者。咎繇謨文。今益稷篇 今書作予創若時。娶于塗山。許蓋隱括偁之。閻若璩謂『說文所引書重在字。多約其成文。』此條亦閻學之一例也。嵞本山名。在會稽。故許以會稽山爲本訓。九江之當嵞。在漢爲縣。於古則爲嵞山氏之國。名與會稽之山相涉。而所在異地。故加一曰以別之。偁書所以證後說。故引於一曰下。今字作塗。說文所無。許之所偁。則古文也。漢書地理志『九江郡當塗。』應劭注曰。『禹所娶塗山侯國也。』史記外戚世家云。『夏之興也以塗山。』索隱引韋昭云。『塗、國名。禹所娶。在今九江。』並與許說合。僞孔傳但云『塗山國名。』不言何地。正義申傳引『哀七年左傳云。禹會諸侯於塗山。杜預云。塗山在壽春縣東北。』不悟禹會諸侯乃會稽之塗山。杜注亦未確。段氏謂杜預據刺史治而言。則與九江郡之塗山混而不分。 而孔穎達以當禹之所娶。疏矣。江聲乃謂『許君亦備存兩說。不能定其孰是。』恐未然。許又云民以辛壬癸甲之日嫁娶者。案經文辛壬癸甲四字承娶于塗山之下。本不甚可解。酈道元水經注引呂氏春秋曰。『禹娶塗山氏女。不以私害公。自辛至甲四日。復往治水。』史記夏本紀述此事云。『禹曰。予辛壬娶塗山。癸甲生啟。』兩說不同。而詞皆欠詳明。僞孔傳云。『辛日娶妻。至于甲日。復往治水。不以私害公。』卽襲呂覽者也。史記索隱則以辛壬娶妻。經二日生子爲不經之甚。或謂史記文有錯亂。當作予娶塗山。而下移辛壬二字與癸甲爲句。或謂廣雅釋詁。腹生也。則生啟猶言振啟。此亦可通。要之年代綿邈。傳聞異詞。後人蓋因禹爲大聖。而又有天下。經史相承旣有辛壬癸甲娶妻生子之說。遂以此四日爲嫁娶之良辰。積久成俗。固不遑究其本始。許君所言。當亦得之俗傳。水經注於引呂覽之下又曰。『故江淮之俗。以辛壬癸甲爲嫁娶日也。』酈氏此言。可與許說相印。諸家以二語亦爲呂覽文。斯昧於酈注文義矣。（水經注所引。今呂覽無其文。洪興祖楚詞天問補注。亦連二語引之。誤以爲呂覽。）

砮（石部） 石可以爲矢鏃。从石。奴聲。夏書曰。梁州貢砮丹。春秋國語曰。肅愼氏貢楛矢石砮。（乃都切）

梁州貢砮丹者。今書無此文。集韵十一模類篇石部砮下引說文亦無夏書以下八字。王筠謂『恐此係後增。』段玉裁曰。『禹貢荊州貢砮丹。梁州貢砮磬。此乃許君筆誤。』愚案段說是也。非梁爲荊誤。

卽丹爲磬誤。二者必居其一。許訓砮曰石可以爲矢鏃者。書正義引賈逵魯語注云：「砮，矢鏃之石也。」知許卽本其師說。僞孔傳云：「砮石中矢鏃。」又用許義也。

碞 石部

磛嵒也。从石品。周書曰：畏于民嵒。讀與巖同。五銜切

畏于民嵒者，召誥文。今書作碞。小徐本及集韵二十七銜類篇石部引說文並與今書同。書釋文云：「碞，五咸反。徐又音吟。」王應麟困學紀聞漢書藝文志考證二書皆云：「說文顧畏于民喦，多言也。尼輒切。」愚案如釋文所引徐邈音，是東晉尚書本作嵒。說文山部嵒讀若吟，可證也。如王氏說，是宋本說文引書亦作嵒。嵒與喦形近易溷，故王氏誤以品部喦之音義系之耳。俞樾疑王氏所見說文嵒篆下引周書畏于民嵒，而云讀與巖同。喦爲多言，則尚書之畏于民喦，卽詩所謂畏人之多言也。案此亦可備一說。使經文作喦，則許當於品部引之，不引於碞下矣。碞訓磛嵒，故許引書民嵒以爲證。民嵒猶言民情難恃，其險如嵒。此證義，非證字也。今書作民碞，未知何時所改。僞孔傳云：「碞，僭也。」正義申傳曰：「碞卽巖也，參差不齊之意，故爲僭也。」考山巖正嵒字之訓，疑孔穎達所據本亦作嵒。改碞或在

永徽以後。經文既改。遂並改傳疏以就之耳。至小徐本說文及集韵類篇引說文亦作民碞者。疑校者又依今書改。今孫刻宋本說文亦然。未必是徐鉉碞下案語曰。『從品與嵒同意。』此正大徐本引書原作民嵒之證。段玉裁說文注據集韵類篇。於說解之碞嵒。引書之民嵒。兩嵒字皆改作碞。且譏王伯厚踳駮。而謂徐仙民碞音吟。正謂碞同嵒。斯亦固執之見也。小徐繫傳曰。『錯案尚書傳。碞嵒不齊也。』是小徐所見孔傳尚作嵒。今韵會引徐語亦作碞。疑亦經校改。

𢑚 㣇部

𢑚 㣇屬。从二㣇。息利切 ○ 𦏲。古文𢑚。虞書曰。𢑚類于上帝。

𢑚類于上帝者。堯典文。今舜典 今書作肆。案引書既在古文下。則許所據經文當作𦏲。洪适隸續所錄魏三體石經尚書殘碑大誥篇『肆予大化。』古文肆作𦏲。新出三體石經尚書殘碑多士篇『肆不正。』肆之古文同。以彼例此。亦其旁證。今作𢑚者。蓋轉寫涉本篆而誤耳。然𢑚訓㣇屬。去經義甚遠。引書之下又無別訓。與莫圛等字之說叚借者亦微殊。愚疑𢑚從二㣇。或於字形見意。㣇者。一曰河內名豕也。兩豕並列。有陳牲之象。則𢑚引申之義當爲陳。崇祭燔柴。類祭陳牲，正是一例。今作肆者，說文長部肆下云：『極陳也。』義亦相同。故二字通用。周禮地官大司徒『祀五帝奉牛牲羞其肆。』鄭司農注云：『肆，陳骨體也。』即謂此事。史記五帝本紀封禪書述此文肆皆作遂，則以肆爲語詞，猶爾雅之訓肆爲故。僞孔傳以遂釋肆，蓋本之史記也。正義申傳曰：『肆是縱緩之言，此因前事而行後事，故以肆爲遂也。』許解經恐不如此。

貔 豸部 豹屬，出貉國。从豸，㮚聲。詩曰：獻其貔皮。周書曰：如虎如貔。貔，猛獸。房脂切 ○豼，或从比。

如虎如貔者，牧誓文。許訓貔爲豹屬，虎豹之爲猛獸，人所共知。引書之下而又云貔猛獸者，案爾雅釋獸云：『貔，白狐。』方言八云：『貔，關西謂之貍。』狐貍非猛獸，而亦蒙貔名。許君恐人以周書之貔與狐貍混而爲一，故引書而又釋之，以示有分也。禮記曲禮上云：『則載貔貅。』鄭玄彼注引本經此文爲證。彼正義又引鄭尚書注云：『貔一名曰豹，虎類也。』與許說正合。郭璞爾雅圖贊云：『書稱猛士，如虎如貔。貔蓋豹屬，亦曰執夷。白狐之云，似是而非。』此豹屬二字亦本之說文也。

狟 犬部 犬行也。从犬。亘聲。周書曰。尚狟狟。胡官切

尚狟狟者。牧誓文。今書作桓。史記周本紀述此文同。史記集解引鄭玄曰。「桓桓。威武貌。」是鄭本亦作桓。僞孔傳釋爲武貌。即本之鄭注。許引作狟。當爲古文別本。洪适隸續所載魏三體石經春秋左氏殘碑桓公十七年經「葬蔡桓侯」。古文桓作狟。左旁從犬。右旁則亘之筆勢小異者。以彼例此。亦其旁證也。段玉裁云。「釋訓曰。桓桓威也。魯頌傳曰。桓桓威武皃。然則狟狟者。桓桓之段借字。」王鳴盛亦曰。「古人借狟爲桓。此段借。非通字也。」愚案重言形況詞。大抵初無正字。說文木部云。「桓亭郵表也。」則威武亦非桓之本義。柳榮宗謂「古者郵亭立木爲表。交木於其端。謂之華表。表雙立爲桓。則桓有巍然建樹之義。故疊言之爲威武貌。」此殊近於穿鑿。必如其說。則狟訓犬行。犬性好鬥。引申之義亦得爲威武。且本經下文虎貔熊羆皆以猛獸爲喻。是經文正字固當作狟狟也。錢坫爾雅古義云。「釋訓之桓桓。字應作狟。與周書尚狟狟同。」此從說文。可謂探本

矣。桓狟同從亘聲，故古相通作。

炪 火部 火光也。从火，出聲。商書曰：予亦炪謀。讀若巧拙之拙。 職悅切

予亦炪謀者，盤庚上文。今書作拙。僞孔傳拙字無釋。案本經上文云，「予若觀火」，則下文當以作炪為古文正字。日本古寫本隸古定商書殘卷此文作炪，左旁從矢，與火形近，是炪即炪之筆誤，知僞孔本初亦不作拙也。今作拙者，叚借字。惠棟謂「作拙得聲失義」，是也。段玉裁謂「古文叚炪為拙」，恐未然。許訓炪為火光也者，蓋言火光有如此者，非謂火之光明也。火光有盛有微，炪以出為聲，出雖訓進，其象為漸進，故凡從出之字，多有由微而盛之義。炪從火出，蓋為火未盛之光，猶朏從月出，為月未盛之明也。類篇火部炪下引說文作「火不光也」，較今本多一不字，此由淺人不達許書詞例，疑光與炪義不貫，乃妄增入不字，必非司馬溫公之舊。考廣韵集韵十七薛炪下引說文，並與今本同，又其證也。王鳴盛江聲孫星衍諸家皆從類篇，謂今本說文挩去不字，誤矣。玉篇云，「炪，火光也，鬱也。」前義即本之說文，後義乃顧氏自出，所以申前義者。鬱謂火光之鬱也。盤庚

此文。本告其羣臣之不欲遷居而匿情者。然則就此義爲詁。則予亦炪謀者。承上文觀火而來。炪爲光微。謀猶察也。（文選思玄賦。時克謀而從諸。舊注。謀察也。）言予亦止能微察。微察者。卽察之有未明也。於詞理似覺安順。王江孫皆讀觀爲燿。言我譬如熱火。炪謀言無赫赫之威。斯則燿雖有據。謀乃失詮。誼固强通。語亦横塞。宜見譏於段氏矣。莊述祖以謀字下屬「作乃逸」爲句。而劉逢祿從之。則又別自爲解。（孫星衍亦從莊讀。解又異於劉。）與許君異讀。許又云炪讀若巧拙之拙者。或作拙亦舊本。爲許君所嘗見。抑或後人用許讀若字以改經。未可知耳。

焯（火部）　明也。从火。卓聲。周書曰。焯見三有俊心。（之若切）

焯見三有俊心者。立政文。今書作灼。僞孔傳但云。「灼然見有三賢俊之心」。不釋灼字。正義曰。「特言灼然。言其知之審也」。似訓灼爲審。今案說文灼下云。「炙也」。去經義遠。則作灼爲叚借字。許引作焯。訓明也。明與審義近。則古文正字當作焯。焯從卓聲。灼從勺聲。古音同在宵部。故經典多通用。儀禮覲禮「匹馬卓上」。鄭玄彼注云「卓猶的也」。說文的亦訓明。卓之爲的。猶焯之爲灼矣。然本義旣别。正借當辨。漢書楊雄傳校獵賦「焯爍其陂」顏師古注云。「焯古灼字。」其實子雲正用本字。文選嵇康琴賦「華容灼爚」李善注引說文曰。「灼。明也。」此又誤以焯字之義爲灼。更非也。

奡夰部 嫚也。从百。从夰。夰亦聲。虞書曰。若丹朱奡。讀若傲。論語奡湯舟。五到切

若丹朱奡者。咎繇謨文。今益稷篇今書作傲。若上有無字。史記夏本紀述此文與今書同。惟無作毋爲異書釋文云。「傲字又作奡。」是陸氏所見又作本正與許引合。新出魏三體石經春秋殘碑文公經「公孫敖如齊」古文敖作⿱頁大。⿱頁大卽奡字。以彼例此。知此經之奡亦古文也。許訓奡爲嫚也者。說文人部傲訓倨。倨訓不遜。與嫚義亦不甚遠。奡從夰聲。傲從敖聲。古音又同在宵部。故奡傲通用。漢書楚元王傳劉向上奏引本經此文作敖。顏師古注云。「敖讀曰傲。」王充論衡問孔篇引與劉同。段玉裁據管子宙合篇房玄齡注引書亦作敖。謂「天寶以前本尚不作傲。」如段說。是作敖古今文所同。奡則古文别本。傲或史遷以故訓字易經。而後人又用以改本經耳。然許君又云讀若

傲疑作傲亦舊本爲許君所及見不必始自天寶段氏謂「讀若傲之傲當作敖」則亦偏見也

吳仁傑兩漢刊誤補遺又以丹朱奡爲兩人名孫志祖讀書脞錄李惇羣經識小趙翼陔餘叢考並從吳說孔廣森經學卮言亦謂「丹朱與敖是二人敖卽象也象爲人敖很因以爲號古文作奡論語奡盪舟卽所謂罔水行舟也舊以爲夏時澆非是」案吳孔二解頗新孔以敖卽是象更爲創論然皆似無當於許恉

臩 夰部 驚走也一曰往來也从夰臦周書曰伯臩古文臦古文冏字 俱往切

伯臩者見周書冏命序今書作冏釋文云「冏字亦作臩」案說文無㬰字㬰臩形近疑卽臩之譌史記周本紀述此文亦作臩與許同史記正義引尚書序云「穆王令伯臩爲太僕正」是張守節所見書序猶不作冏知臩蓋古文本字也王應麟漢書藝文志考證云「尚書大傳以冏命爲臩命」則今文古文此字無二作漢書古今人表作「伯㬰」㬰亦臩之譌也今作冏者未知何時所改惟釋文所

據既是冏字。史記集解又引孔安國曰。『伯冏臣名。』所引雖是僞傳。要之作冏亦六朝舊本矣。

此篆說解古文以下七字。諸家說法各殊。王鳴盛謂『臦古文冏字。俗人不識臩。因其從臦。而臦是古文冏。遂有改作冏。』段玉裁古文尚書撰異謂『當作古文言伯冏五字。』其說文注又謂『當作古文以爲冏六字。轉寫譌舛也。』嚴可均則謂『古文七字校語也。舊當是古文。句 臩古文冏字。言今書伯冏古本作伯臩。轉寫臩又誤臦耳。』愚案如王說。是臦爲冏之古文。非臩爲冏之古文。如段前說。則冏爲古文。臩爲今文。後說又以冏爲今文。臩爲古文。如嚴說則七字非許書正文。比校三說。嚴說似允。然考集韻三十八梗云『臦。人名。周有伯臦。通作冏。』是王說又與集韻合。

愻 心部 順也。从心。孫聲。唐書曰。五品不愻。蘇困切

五品不愻者。堯典文。今舜典。佗引堯典皆稱虞書。惟此作唐書。或校者所改。今書作遜。僞孔傳云。『遜順也。』案說文辵部云。『遜。遁也。』義不爲順。則作遜爲叚借字。許引作愻。古文正字也。史記五帝本紀述此文作馴。殷本紀作

訓。順從川。馴訓竝以川爲聲。義得相注。然說文順。理也。馴。爲馬順。訓爲說教。各有本義。五帝本紀集解引鄭玄書注云。「五品。父母兄弟子也。」書正義曰。「品謂品秩。一家之內。尊卑之差。卽父母兄弟子是也。」此卽用鄭注以申傳。然則不愻卽謂一家尊卑不得其理。亦卽失其倫序之意。倫亦理也。疑鄭解或與許同。則鄭本亦當作愻。史記馴訓錯出者。索隱曰。「史記馴字。徐廣皆讀曰訓。訓。順也。」是馴與訓同。陳喬樅謂「五帝紀作馴。是以故訓字代經文。」非也。尚書大傳亦作訓。知史遷葢從今文本。字既作訓。訓順固可通。但用訓之說教本義爲詁。則不訓猶言失教。與下文「敬敷五教」正相應。段玉裁必謂今文尚書作訓非教訓之謂。亦泥也。今書作遜者。惠棟以爲衛包所改。愚案敦煌唐寫本尚書釋文殘卷舜典篇不遜下云。「音遜。順也。」疑陸氏所據經文葢作不愻。與許同。故云音遜。若經文亦是遜字。則無煩作音矣。此寫本偶誤。可參稽而知者。然正義曰。「遜順常訓也。」則孔穎達所據本實是遜字。與陸德明本異。穎達知遜本不訓順。故曰常訓。常訓葢卽通常之訓。與洪範「彝倫攸斁」下云「戰敗相傳訓」同例。惠氏以爲衛包所改，恐未然。今經典通用遝而悉徵矣。

𢜳 心部 實也。从心，塞省聲。虞書曰：剛而𢜳。先則切

剛而𢜳者，咎繇謨文，今書作塞。史記夏本紀述此文作實。偽孔傳云：「剛斷而實塞。」訓塞爲實，即本於史記。然案說文土部云：「塞，隔也。」義不爲實。玨部云：「𡨄，窒也。」與實義尚近。疑本叚𡨄爲之，後人以見𡨄多見塞，轉寫遂作塞。許引作𢜳，自爲古文正字，而史遷則以故訓字易之耳。今𡨄廢不用，塞既據𡨄，又奪𢜳，經典相承，塞一字而三義兼矣。

忞 心部 彊也。从心，文聲。周書曰：在受德忞。讀若旻。武巾切

在受德忞者，立政文。今書作暋。在上有其字。偽孔傳釋暋爲强。案說文攴部云：「暋，冒也。」義不爲彊，則作暋爲叚借字。許引作忞，訓彊也，古文正字也。忞從文聲，古音在諄部。暋從昏聲，昏從民聲。說文日部昏下云：「从日，氐省。一曰民聲。」段氏謂「一曰民聲」四字，淺人所增，非許本書。凡全書內昏聲之字，皆不从民，有从民者譌也。」鈕樹玉曰：「篇韵昏引說文並有重文昏，說文昏亦屢見於偏旁，疑昏下本有重文，唐人避諱刪去，尚存其說于昏下耳。」案鈕說是。古音

在真部，真諄相近，故通用。正義申傳曰：「釋詁云：『暋，強也。』暋即昬也，故訓為強。」段玉裁謂「當云昬即暋也，故訓為強，乃合。」疑正義所據經文本同般庚作昬，鄭注般庚亦讀昬為暋。」愚案爾雅昬暋皆訓強，皆非本義，同為叚借字，如立政經文作昬，則正義當逕引釋詁昬強也，不必如此迂回。考說文「敃，彊也。」愚疑正義當云暋即敃也，故訓為強。孔穎達解釋字義，爾雅外多本說文，蓋知暋之本義不為強，故以為敃之借字。後人少見敃字，因爾雅昬暋同條共訓，乃改敃為昬，致有此差池耳。

懋心部　勉也。从心，楙聲。虞書曰：時惟懋哉。莫候切　〇悉，或省。

時惟懋哉者，堯典文。今舜典今書時惟二字互易。玉篇心部引書同說文。類篇心部引說文同今書。疑類篇所引，校者依今書改，不足據。集韻五十候引說文此條全與今本同，其證也。懋者，許訓勉也。偽孔傳與許說合。案爾雅釋詁云：「茂，勉也。」彼釋文云：「茂字又作懋。」書正義亦引釋詁以申傳，知許義又出於爾雅也。史記五帝本紀述此文作「維是勉哉」，則以故訓字易經。敦煌唐寫本尚書釋文殘卷懋哉作楙才。二字皆從省借。上文緜哉之哉亦作才。云「古哉字作才。」是陸氏所據本蓋又與孔氏正義本異。敦煌本及日本古寫本隸古定商書殘卷盤庚篇懋皆作楙。哉亦作才。以此例之。知彼兩寫本與陸本同出一原也。集韻五十候云「懋或省。通作楙。」十六咍云「哉古作才。」得寫本尚書及寫本釋文。乃知集韻之有據。段玉裁曰「集韻兼綜條貫。凡經史子集小學方言音釋之存者。采擷殆備。」非溢美也。釋文又云「楙古茂字。」與爾雅釋文復可互照。下又引王肅云「勉也。」馬融云「美也。」王與許同馬與許異者。王鳴盛曰「此經舜求宅百揆者。衆舉禹。其時禹水功告成已久。而舜重舉往日司空之前功。以申今日百揆之新命。故懋哉者。謂美其前功可。謂勉其繼前功亦可。故馬王異訓。其實一也。」案此欲溝會馬王之訓。卽所以通馬許之義也。江聲孫星衍並取馬注。江云「上文熙帝之載。史記作美堯之事。馬訓懋爲美。正與美堯之事相應。」此說亦通。然訓美則與茂義近。茂旣通作懋。茂可、訓勉。故懋亦可訓美矣。懋勉茂美皆雙聲字。

悆 心部

悆忘也。嘽也。从心、余聲。周書曰、有疾不悆。悆、喜也。羊茹切有疾不悆者，金縢文。今書作弗豫，有上有王字。史記魯世家述此文作不豫，金縢序釋文引馬融本與史記合，論衡死偽篇敘此事亦作不豫，是豫字今古文所同。許引作悆，當為古文別本。引書而又釋之曰悆喜也者，明經義與本義殊，所以說叚借也。偽孔傳訓豫為悅，與喜義亦近。然考說文象部云「豫，象之大者。」無喜悅義，故正義申傳轉引顧命之懌悅以證豫悅，則作豫亦叚借字也。釋文又云「豫本又作忬。」一切經音義卷二十四以忬為豫之古文。今案禮記鄭玄注「予余古今字。」則予余本通。疑悆變為悇，悇又變為忬，故阮元尚書校勘記以為「釋文別本作忬，蓋即悆字。」敦煌唐寫本隸古定尚書殘卷夏書五子之歌「大康尸位已逸豫」，商書說命中篇「弗惟逸豫」，兩豫字皆作悆，以彼例此，則偽孔本此文當亦作悆，與許同。今經典悆悅字皆用豫，而悆微矣。

懱（心部）　輕易也。从心，蔑聲。商書曰，以相陵懱。（莫結切）

以相陵懱者，今商書無此文，嚴可均說文校議附此條於末，以為未詳。江聲曰「此逸文也，許書當有本。」許訓懱為輕易也者，段玉裁曰，

『易當作傷。人部曰：傷，輕也。懱者，輕易人蔑視之也。』愚案一切經音義卷六、卷二十一、卷二十四並引說文『懱，相輕傷也。』段說正與之合。然則偁書陵懱，蓋證輕傷之義。陵懱連文，猶言輕侮耳。

懖 心部 善自用之意也。从心銛聲。商書曰：今汝懖懖。古活切 ○ 𦗧 古文从耳。

今汝懖懖者，盤庚上文。今書作聒，即聒之隸變。釋文云：『聒聒，馬及說文皆云拒善自用之意。』案說文耳部云：『聒，讙語也。』釋文所引說文，非聒字之義，乃懖字之義也。惟較今本說文善上多一拒字耳。然則陸氏所據本是懖字。正義引王肅注與說文同，是王本亦當作懖。又引鄭玄云：『聒讀如聒耳之聒，聒聒，難告之貌。』以本字讀本字。漢儒雖有其例，但聒之義不為難告。疑鄭本亦為懖，而以聒擬其音。惟偽孔傳云：『聒聒，無知之貌。』正義申傳云：『此傳以聒聒為無知之貌，以聒聒是多言亂人之意也。』案多言與聒訓讙語合，則作聒蓋孔穎達所據之本也。其實偽傳釋為無知，亦是懖字引申之義。自用者愚，即無知也。玉篇心部云：『懖，愚人無知也。』廣韵十三末云：『懖，愚懖無知。』篇韵無知二字，皆當本之偽傳。疑偽傳初亦不作聒。日本古寫本隸古定商書殘卷經文作『今女⿰飠京⿰飠京』注文作『⿰飠京⿰飠京』。蓋即懖字傳寫之譌。⿰飠京不成字。⿰飠京字右旁從舌猶可辨。其下作心。則心字之連寫。全之古文作金。隸變作金。左旁之金即金之筆誤。又偽孔本作懖之證也。尋懖之所以改聒。蓋懖之重文作⿱金耳。聒即⿱金耳之省。非借耳部之聒為懖。而穎達以多言申傳。失之矣。段玉裁謂『衛包因鄭讀如聒耳之聒。竟改經文作聒聒。開成石經從之。學者又取以改孔氏正義陸氏釋文。至宋人乃有訓聒聒為譊譊多言者。』今考正義作聒。既是所據如此。則改經當在唐永徽以前。不始於衛包。蔡沈多言之解。亦本於正義。非奮其私見也。然則懖字許馬鄭王皆同。當為古文正字。別出古文⿱金耳。蓋為異體。鄭君訓為難告之貌者。拒善自用。不受人言。故難告。與許馬之訓似異而亦相成也。孫星衍曰『孟子云「苟不好善。則將曰訑訑予既已知之矣。訑訑之聲音顏色。距人于千里之外。」是拒善之意。』此引孟子釋拒善甚允。但難告之意亦在其中。

憝　心部　怨也。从心。敦聲。周書曰凡民罔不憝。徒對切

凡民罔不憝者。康誥文。此與孟子所引合。惟孟子憝作譈爲異。今書

作周弗憝，無凡民二字，棐本經上文云『凡民自得罪，寇攘姦宄，殺越人于貨，暋不畏死。』或謂許君隱括上下文而偁之也。不弗二字古通用。憝作憝者，則由隸變耳。僞孔傳釋憝爲惡，許訓怨也者，怨惡義亦相近。趙岐孟子注訓譈爲殺，說文無譈字。孫星衍謂『譈非古字，云殺未詳』。陳喬樅則謂『孟子書所引康誥蓋與今文同，邠卿注以譈爲殺，誼亦與古尚書說異，當是用今文家之訓也』。愚案今古文之分，始於秦火以後，秦以前初無今文之名。謂趙注用今文家說可也，謂孟子引書同今文，未見其可。譈蓋古文異體，亦不得以其不見於說文而疑之也。

惎 心部 毒也。从心，其聲。周書曰：來就惎惎。渠記切

來就惎惎者，今周書無此文。江聲、王鳴盛、孫星衍、段玉裁、桂馥、嚴可均、王引之諸家皆以爲卽秦誓『未就予忌』之異文。段氏且云『來是未之誤，惎惎之上當脫予字，下惎字之下當有脫文。說文蓋作未就予惎，惎，教也』。孫氏則謂『衍一惎字，或脫予字，未來形相近，忌惎聲相近，惎，毒也，詳其義，或謂來就予而反毒之』。王氏經義述聞

云「廣雅惎意志也，廣韻惎志也，諅與惎同，未就予惎者，未就我之志也」愚謂此雖言各有據，仍當存疑，朱右曾錄入周書逸文，頗有斟酌，江氏乃遂從說文以改本經，則過矣。

渮（水部）

渮澤水在山陽胡陵，禹貢浮于淮泗達于渮，从水，苛聲，古俄切

浮于淮泗，達于渮者，禹貢徐州文，今書作河，史記夏本紀、漢書地理志敘所載與今書同，書釋文達于河下云「河如字，說文作渮，云水出山陽湖陵南」據此，則今本說文訓義渮下衍澤字（或謂渮澤在定陶，在湖陵者其流，故曰渮澤水）陵下奪南字，胡當作湖，尋漢書地理志山陽郡湖陵下云「禹貢浮于泗淮，通于河，水在南」是許說蓋本漢志，而釋文所引為不誤，至漢志泗淮字倒，通于渮誤作通于河者，前者漢志敘文既作淮泗，則此當由轉寫偶亂，後者疑校者依今禹貢所改，又可援說文以訂之，水經禹貢山水澤地篇「渮水在山陽湖陸縣南」湖陸王莽改名，即湖陵也，此亦可為漢志作渮不作河之證，胡渭禹貢錐指曰「漢時湖陵縣安得有黃河，此河字明係渮字之誤」閻若璩

尚書古文疏證曰：「豫之東北即徐之西北，舟則自淮而泗，自泗而渮，然後由渮入泲以達于河。此徐之貢道也。」得此二說，知漢志河為誤字，益信而有徵。水經泲水注又引尚書「浮于淮泗達于渮」，與說文同。似後魏時尚書猶未亂，其時偽孔傳已盛行，知偽孔本初亦是渮字也。今書作河，以釋文「河如字」證之，疑當起於陳隋之間，而後人復依以改史記漢書，微許君存此古文，則禹貢水道遂不可詳矣。

濰 水部 水出琅邪箕屋山，東入海。徐州浸。夏書曰：濰淄其道。从水，維聲。以追切

濰淄其道者，禹貢青州文。史記夏本紀述此文同。（其作既）漢書地理志敘濰淄作惟甾。說文無淄字，則此引或本作甾。甾為菑之重文，其字從巛，巛從川，故借為水名耳。濰字漢志又或省水作維（見琅邪郡朱虛下），或省糸作淮（見琅邪郡靈門下橫下）。書釋文亦曰：「濰本亦作惟，又作維。」與漢志可互印。維淮惟皆以同聲叚借，許引作濰，古文正字也。詩齊譜孔疏引鄭玄禹貢注云：「地理志云：濰水出今琅邪箕屋山。」（書正義引地理

志同，不稱鄭注。史記集解引鄭玄曰：「地理志濰水出琅邪。」武英殿本史記考證謂「琅邪下脫箕屋山三字。」蓋即據詩譜孔疏也。

與許說合。是許蓋即本之漢志。今漢志琅邪郡箕下云：「禹貢濰水北至都昌入海。」無出屋山三字，當有奪文。可據許說鄭注訂之。惟漢志以濰爲兗州寖，而許以爲徐州浸。此則當從漢志。蓋禹貢徐州不言浸。周禮夏官職方氏言其浸盧維，亦在兗州也。

浩 水部 澆也。从水，告聲。虞書曰：洪水浩浩。胡老切

洪水浩浩者，今虞書無此文。堯典曰：「湯湯洪水方割，蕩蕩懷山襄陵，浩浩滔天。」諸家謂許蓋隱栝舉之。愚案史記五帝本紀述堯典作「湯湯洪水滔天，浩浩懷山襄陵」，以浩浩連山陵，與今書異。谷繇謨亦云：「洪水滔天，浩浩懷山襄陵。」浩浩既與山陵共文，蓋以形容懷襄之勢。懷，俠也，自其內言；襄，駕也，自其外言。許訓浩爲澆也者，澆，泆也；泆，溉灌也。則浩浩即山陵內外皆被浸灌之意。湯湯言水之稽天，浩浩言水之灌地，義正對舉。僞孔傳釋浩浩爲盛大，此則常訓。段玉裁謂「說文澆泆非浩義，澆當作沆，字之誤也。浩沆同義而又雙聲。」是亦主盛大之說也。然考禮記王制云：「喪祭有餘曰浩。」

」鄭玄彼注云：「浩猶饒也。」饒與澆同從堯聲，故澆通作饒。類篇浩下引說文饒也，當爲澆之誤字。則鄭訓浩字與許意亦畧同。說文食部云：「饒，飽也。」引申之義爲益爲多。然則澆之引申亦得爲盛爲大。段氏以澆爲沆之誤字，恐未是。一切經音義卷七引字林：「浩，澆也。亦水大也。」當即本之說文而增水大一義也。江聲曰：「孔氏逸書二十四篇中有汨作篇，汨之言治水也。汨作蓋記治洪水之事。許引此文，或是汨作之文與。」案此亦可備一說。

涘（水部） 水厓也。从水矣聲。周書曰：王出涘。（牀史切）

王出涘者，今周書無此文。詩周頌思文孔疏引大誓曰：「惟四月，太子發上祭于畢，下至于孟津之上。太子發升舟，中流，白魚入于王舟，王跪取，出涘以燎之。」此蓋大誓佚文，許君約引之也。惠棟以爲今文大誓。案大誓今文古文皆有，史記及尚書大傳並詳引之。許所據當爲古文。爾雅釋丘「涘爲厓」。許訓涘水厓也，即本於爾雅。鄭玄大傳注云：「涘，涯也。」亦與許合。

澨（水部） 埤增水邊土，人所止者。从水筮聲。夏書曰：過三澨。（時制切）

過三澨者，禹貢文。史記夏本紀、漢書地理志述此文同。水經禹貢山水澤地篇云。「三澨地在南郡邔縣北沱。」酈道元注云。「馬融鄭玄王肅孔安國等咸以爲三澨水名也。許慎言澨者埤增水邊土人所止也。」案酈注所引與今本說文不殊。其時僞孔傳已盛行。所稱孔安國。即僞傳也。段玉裁謂「水經釋三澨爲地。與許合。水經者。或謂桑欽所作。然則許正用孔氏古文尚書說也。」陳喬樅又以馬鄭王爲古文說。說文爲今文說。愚謂馬鄭王與許同治古文。字同說異者。此葢古文家說自相異。然經文言過。則以地釋澨。其義爲長。酈氏又引服虔於左傳澨字。或謂之邑。又謂之地。引京相璠杜預亦云「水際及邊地名也。」服杜解澨並同許義。亦其旁證也。

湎 水部 沈於酒也。从水。面聲。周書曰。罔敢湎于酒。彌兗切

罔敢湎于酒者。酒誥文。許訓沈於酒也者。沈與酖聲相近。說文酉部云。「酖。樂酒也。」是其義。段玉裁說文注改沈爲湛。未必允。僞孔傳以沈釋湎。即本於許也。詩大雅蕩云。「天不湎爾以酒。」鄭箋云。「天不同女顏色以酒。有沈湎於酒者。是乃過也。」彼詩孔疏引鄭酒誥注云。「飲酒齊色曰湎。」則鄭解與許異。段氏謂「鄭意此字從

面會意。故釋云齊色。謂同飲者至於同色也。許則謂形聲。」愚案聲中亦兼意。齊色非君臣沈酣於酒者不至是。鄭與許解雖異。而誼亦相成。

川 部首

貫穿通流水也。虞書曰。濬く巜距川。言深く巜之水會為川也。昌緣切

濬く巜距川者。咎繇謨文。今益稷篇今書く巜作畎澮。餘同。案說文く巜皆部首。不言古文。然以谷部𧮫下古文作濬例之。則濬く巜三字皆古文也。く下出篆文畎。則く自為古文。許訓川為貫穿通流水。引書而又別為之釋者。明經義與本義有殊。蓋貫穿通流水之川。即爾雅釋水「湀闢流川」之川。乃川之小者。郭璞爾雅注所謂「通流」。爾雅釋文引李巡所謂「水流而分。交錯相穿」者也。濬く巜距川。乃本經上文「予決九川」之川。川之大者。即爾雅瀆澮溝谷谿轉相注入之川。詩疏引爾雅舊注所謂「皆以小注大。大小異名」者也。許以深く巜之水會為川釋之。疑為當作于。會于川即距川也。段玉裁謂「川本小水之名。因以為大水之名。許偁尚書釋之。以見尚書之川與川字有

間」其言甚确。此猶瀆本溝瀆。而四瀆無嫌同名矣。

睿 谷部 深通川也。从谷。从𣦵。𣦵殘地阬坎意也。虞書曰。睿畎澮距川。私閏切 ○濬睿或从水。○濬古文睿。

睿畎澮距川者。谷部録虞書文。已見川部首下。彼引證川字。此引證睿字也。彼作濬く巜。此作睿畎澮。濬固古文。睿省於濬。亦爲古文無疑。段玉裁謂「濬者倉頡古文。睿者小篆也」愚案段說似誤。玉篇谷部云。「容古文濬」水部云。「濬同浚。濬古文」集韵二十二稕云。「睿或作濬濬」類篇水部亦云。「睿或作濬濬」則睿古於濬。又其證也。據集韵類篇則濬亦睿之或體。今說文云濬古文睿。疑當是睿或作濬之誤。畎者。く之篆文。澮者。巜之借字。此蓋許君所見有兩本。故互存之。史記夏本紀述此文作浚畎澮。史記集解引鄭玄曰。「畎澮田間溝也」是鄭本亦作畎澮也。至浚睿之異。案說文水部云。「浚抒也」則作浚爲段借字。許訓睿爲深通川也者。言深之使通也。爾雅釋言云。「濬深也」書正義引舍人爾雅注云。「濬下之深也」知許訓卽本爾雅。則作睿正字也。僞孔傳於本文之濬解云。「澮畎深之至川」於堯典濬川下解云。

「有流川則深之使通利」皆與許說合。

𦤶（至部） 忿戾也。从至。至而復遜。遜，遁也。周書曰：有夏氏之民叨𦤶。𦤶讀若摯。（丑利切）

有夏氏之民叨𦤶者，多方文。今書作懫。無氏字。釋文云：「懫，勑二反。」說文之二反。」案說文心部無懫字。釋文所出說文之音，當不為懫發。段玉裁謂「釋文不云說文作𦤶，知其大字本不作懫，與說文所引同。今尚書作懫者，天寶閒衛包改也。」桂馥則謂「釋文當云懫說文作𦤶，之二反。」愚案桂說是也。禮記大學云：「心有所忿懥。」鄭玄彼注云：「懥，怒貌也，或作懫。」則懫字說文雖無，經典自有。許訓𦤶為忿戾也，與鄭訓懫亦畧同。江聲從說文以改尚書，且謂懫為俗字，過矣。但說文為字書，許引經證字義，則古文正字自當作𦤶。僞孔傳釋懫為忿，亦與許合。

闢（門部） 開也。从門，辟聲。（房益切）○𨳌，虞書曰：闢四門。从門，从𠬞。

闢四門者，堯典文。（今舜典）許引書在𨳌下，而字仍作闢，復不言𨳌為何體，殊為可疑。段玉裁謂「引書六字當在从門辟聲之下。」愚案玉篇闢下有闢云「古文」闢卽闢之譌顏師古匡謬正俗卷二闢字條云「許氏說文解字闢古闢字」則知今本說文闢下奪古文闢三字闢既爲闢之古文則引書亦當作闢敦煌唐寫本尚書釋文殘卷舜典篇出辟字云「本又作闢說文作闢」是陸氏所據本作辟與孔氏正義本異其引說文正足訂今本說文偁書作闢之失許訓闢開也僞孔傳亦釋爲開卽用許義史記五帝本紀述此文作辟則爲叚借字又陸本之所出也江聲曰闢从丱在門中象推門之形故其證爲開此于六書爲指事也

搯 手部 搯也从手舀聲周書曰師乃搯搯者拔兵刃以習擊刺詩曰左旋右搯 土刀切

師乃搯者今周書無此文桂馥以爲在太誓逸篇嚴可均謂見詩大明疏今案大明疏引太誓無此句段玉裁以爲卽尚書大傳太誓之師乃慆尋鄭玄大傳注云「慆喜也」文義並與許異許於心部亦不引書蓋大傳今文許偁古文也引書而又釋之曰搯者拔兵刃以習擊刺者明經義與本義殊所以說叚借也

抲 手部 抲撝也从手可聲周書曰盡執抲 虎何切

盡執抲者，今周書無此文，小徐本抲下有獻字，類篇手部引作周書執抲，無盡字，諸家以爲即酒誥「盡執拘」之異文，漢時俗書苛之字止句也，見說文敘正以可爲句，故抲亦爲拘矣。王鳴盛謂「抲通作苛，秋官萍氏掌幾酒，鄭注云：「苛察沽買過多及非時者。」彼注苛察正此經所謂抲羣飲也。」段玉裁謂「撝有二義，裂也，一曰手指撝也。周書之抲，自當訓手指撝，而獻字不可通，蓋誤衍，當盡執爲逗，下云抲以歸于周，謂指撝以歸于周也。」孫星衍則依許斷句，謂「盡執而指撝之。」江聲又從小徐本，謂「獻當爲𤅊壞字，𤅊議罪也，從水，獻聲，水取其平也，言有告女以羣聚飲酒者，女勿縱佚，盡執抲而平議其罪，以歸于周。」愚案各說皆可通，而以王說爲勝。

撻 手部 鄉飲酒罰不敬，撻其背，从手，達聲。他達切 ○ 𨔨古文撻。周書曰：𨔨以記之。

𨔨以記之者，今周書無此文，案咎繇謨云：撻以記之。𨔨既爲撻之古文，則許所偁者虞書文也，周蓋虞字之譌。段玉裁云：「古文撻從虍，未詳，唐貞觀時釋玄應眾經音義引古文最多，而有邀軙無𨔨，疑虍卽攴之誤。字本作諱。譌為[illegible]』。案從攴則與從手同意。段說是也。本經上文云。『侯以明之』。僞孔傳曰。『當行射侯之禮。以明善惡之敎。笞撻不是者。使記識其過』。許訓曰鄉飲酒罰不敬。撻其背者。古者鄉飲鄉射。相次擧行。周禮地官鄉大夫職云。『三年大比。而興賢者能者。以禮禮賓之』。上禮字謂鄉飲酒之禮也。又云。『退而以鄉射之禮五物詢衆庶』。謂飲酒禮訖。卽行射禮也。僞孔就經文侯字爲說。故但言射禮耳。射者有過則撻之。見儀禮鄉射記。鄭玄釋撻曰扑撻。引書『扑作敎刑』為證。賈公彥疏則引『侯以明之。撻以記之』二語以申之。僞孔釋撻為笞。笞扑義略同。知孔傳蓋用鄭義也。飲酒而亦有撻者。案周禮地官閭胥『凡事掌其比。觵撻罰之事』。鄭玄注云。『觵撻者。失禮之罰。撻。扑也』。賈疏云。『言凡非一。則是鄉飲酒及鄉射飲酒有失禮者須罰之。故言凡事』。此卽飲酒有撻之證。惟射者之過。謂失揚中人。其事重。故曰過。飲酒不敬。其事輕。故但曰失禮。而其爲撻則同。許必系之鄉飲酒者。以鄉飲先於鄉射。禮莫大於此也。

妞(女部) 人姓也。从女。丑聲。商書曰。無有作妞。呼到切

無有作妞者。洪範文。今書作好。史記宋世家述此文與今書同。史記集解引馬融云『好。私好也。』是馬本亦作好。與許所偁古文異。日本古寫本隸古定周書殘卷洪範篇中凡好字皆作𡥆。說文無𡥆篆。蓋即妞之隸變。許訓妞為人姓也。去好惡義絕遠。段玉裁謂『此亦引經說叚借。為同聲通用之肇端。』愚案佗字引經說同聲通用者。例有申釋。此獨無釋。尋本篆下文娸下云『人姓也。杜林說。娸醜也。』娸妞相蒙。疑妞亦有兩訓。人姓為本義。而好為別義。引書上當有一曰好也四字。引書即以證別義也。兩篆同有別義。好與醜適相對。故次於諸姓氏字之末耳。(說文女部自姜至娸凡十一字皆為人姓。)玉篇女部云『妞。姓也。亦作𡥆。』子部云『𡥆。古文好字。』廣韻三十七号云『好。愛好。又姓。出纂文。妞姓也。或作𡥆。』案玉篇以𡥆為古文好。廣韻以𡥆為妞之或體。纂文又以好為姓。是妞𡥆好一字也。諸書參差。蓋緣說文妞有人姓與好兩義。展轉分載。致繆葛難理。一加推尋。其疑自祛矣。王鳴盛尚書後案以說文人姓之姓當作性。謂『妞為好惡正字。』說

頗牽强，不可從。王氏後作蜮術篇，已悟其非。

㛮 女部 婦人妊身也。从女，芻聲。周書曰：至于㛮婦。側鳩切

至於㛮婦者，梓材文。今書作屬，偽孔傳釋屬婦為「存恤妾婦」，則屬是存恤之義，與上文「至於敬寡」，釋為「敬養寡弱」相對。釋文云：「屬婦，妾之事妻也。」正義云：「經言屬婦，傳言妾婦者，以妾屬於人，故名屬婦。」今案小爾雅廣義曰：「妾婦之賤者謂之屬婦。屬，逮也，逮婦之名，言其微也。」陸釋孔疏皆以屬婦為一名詞，正與小爾雅合。葢或採自六朝舊義，似非偽傳之意。臧庸謂「小爾雅此條正與偽孔傳如出一手，相輔而行，以證其偽。王肅之技倆也。」愚謂細繹偽傳文義，則屬婦二字實各為解。許引作㛮婦，訓㛮為婦人妊身也。廣韻引作姙娠。文義並異，當為古文別本。上文敬寡，尚書大傳梓材傳曰：「老而無妻謂之鰥，老而無夫謂之寡。」則敬字伏本作鰥。段玉裁曰：「屬婦與敬寡儷句，則為存恤聯屬之誼，若今文尚書與鰥寡儷句，則小爾雅所說是也。」愚謂大傳雖為今文說，但其所釋之鰥寡二字，當為本經原文，未必今字也。作鰥寡正與㛮婦儷句，有妊之婦謂之㛮，義亦與鰥寡互舉。廣韻十虞㛮下引崔子玉清河王

誄『惠於婣嬬』，嬬猶寡也。蓋即櫽括本經此二語用之。婣字與許偁亦合。易寡曰嬬，或取以協韵耳。陳喬樅以作婣為今文，且云『婣嬬當即指婣嬬言之，謂寡婦之有遺腹子者。遺腹未產則為婣嬬，遺腹既產則為孤寡，故皆在存恤之列也。』說亦可通。但以婣為今文，則未必是。

婺 女部 至也。从女，執聲。周書曰：大命不婺。讀若摯同。一曰：虞書雉婺。

脂利切

大命不婺者，西伯戡黎文。本在商書，作周書誤。雉婺者，即堯典之『一死贄』也。今西伯戡黎作摯，釋文云『摯本又作婺』。堯典作贄，釋文云『贄本又作摯』。許所據古文並作婺，而以讀若摯同介於商書與虞書之間，疑兩篇作摯之本，許君亦見之。然許訓婺曰至也，引商書在本義之下，則大命不婺之婺為正字。敦煌唐寫本日本古寫本隸古定商書殘卷西伯戡黎篇皆作『大命弗婺』，婺字與許引同，即陸氏所謂又作本也。作摯者乃叚借字。史記殷本紀述此文作『大命胡不至』，蓋以故訓字代經，而許訓正與之合。偽孔傳釋婺為至，亦用許義。正義申傳，乃曰『摯至同音，故摯爲至也。』不知引說文以證摯爲墊借，疏矣。許引虞書在一曰之下，則雉墊之墊爲借字，蓋雉者士所執，墊無執義。說文手部云『摯，握持也。』正字當作摯。史記五帝本紀述此文亦作摯，史記集解引馬融以執釋之，是其證。今書作贄者，說文所無。書正義引鄭玄云『贄之言至，所執以自致也。』史記正義引作所以自致也，無執字。鄭兼至與執以爲訓，知鄭本當同於馬，亦必作摯。正義因經文作贄，遂並改鄭注以就之耳。今經典總墊字皆用摯，執摯字兼用贄，而墊晦矣。

𢦔戈部 殺也。从戈，今聲。商書曰：西伯既𢦔黎。口含切

西伯既𢦔黎者，西伯戡黎文，今書作戡。說文邑部𨛖下引此經篇題亦作戡，與今書同，黎作𨛖，蓋古文有別本，故許君互存之。爾雅釋詁云『堪，勝也。』郭璞注引書又作『西伯堪黎』。同此一文，而𢦔戡堪互異者，𢦔從今聲，戡堪皆從甚聲，古音同在侵部，故通用。然說文爲字書，義各有本，故𢦔訓殺，戡訓刺，堪訓地突，較然有別。爾雅爲訓詁書，義皆可通，故堪訓勝，戡與殺同訓克。彼釋文云『堪字又作戡。

』則戡亦可訓勝也。許以殺爲𢦟之義，則𢦟亦可訓克也。江聲孫星衍並從說文𢦟殺立說。江謂『文王伐黎，特誅其無道之君，非欲有其國也。故訓𢦟爲殺也。』孫意畧同。愚謂經文曰𢦟黎，黎以表國，非以表君。若曰殺黎，於文爲不詞。禮記文王世子孔疏引尚書大傳言『文王克耆。』史記周本紀則曰『敗耆國。』耆即黎也。然則𢦟黎之𢦟，當作勝與克解爲允。僞孔傳云『戡亦勝也。』蓋本爾雅。就字之本義言，則作堪爲叚借字。段玉裁謂『訓勝則堪爲正字。』非也。就字之通義言，𢦟戡既並有勝克之義，則作𢦟作戡皆可。惠棟謂『戡訓刺，非勝義，當作𢦟。』亦非也。左氏昭公二十一年傳云『王心弗堪。』漢書五行志作『王心弗𢦟。』孟康漢書注云『𢦟古堪字。』爾雅則有堪戡無𢦟。說文邑部雖引作戡，而引以證本字者則在𢦟下。許蓋以𢦟爲古文之正耳。（段氏以許引作𢦟爲壁中本。案王應麟漢書藝文志考證謂『大傳以西伯戡黎爲𢦟耆。』是又伏壁與孔壁同文之證。）

日本古寫本隸古定商書殘卷篇題作『西伯堪犂。』經文作『西伯先戡𨚵。』敦煌唐寫本篇題與經文皆作戡𨚵，作先亦同。（兩寫本各篇凡既皆作旡。今案戡鄨二字與說文邑部所偁合，堪字與郭璞爾雅注所引合。犂蓋譌字。旡則既之省也。說文旡部云：「歆食气屰不得息曰旡。𣄞，古文旡。」皀部云：「既，小食也。」旡即𣄞之隸寫，既從旡聲，故二字通用。然由屰气之義引申之，則為已也、盡也。本經此文之旡，其義為已，則當以作旡為是。敦煌唐寫本尚書釋文殘卷堯典篇「九族既睦」之既亦作旡，云「古既字」。蓋彼文之旡，義亦為已也。今經傳凡訓已者字皆作既，無作旡者，故段玉裁謂「旡之字經傳無徵」。今得此古寫本則有徵矣。

戔 戈部 賊也。从二戈。周書曰：「戔戔巧言。」昨干切

戔戔巧言者，今周書無此文。秦誓云：「惟截截善諞言。」公羊文十二年傳引作「惟諓諓善竫言」。楚辭劉向九歎王逸注引作「諓諓靖言」。諸家謂許此偁戔戔即諓諓，當為今文。愚案說文言部諓下不引書，諞下引作截截，又與今書同，則戔戔蓋為古文別本，非今文也。巧言二字，或以為巧即諞之異文，或以巧乃竫之駁文，或以巧為諞字。段玉裁則謂「戔戔句絕。公羊音義引賈逵外傳注曰：「諓

諓，巧言也」。許正用侍中說釋戔戔，與圛、塗等字一例」。嚴可均亦曰：「戔戔即戩戩，巧言，益古文說」。案如嚴段說，則戔戔二字為引經，巧言二字為釋經，明經義與本義殊，所以說叚借也。惟言部已訓論為便巧言，此又以巧言釋戔戔，於義為複，則戔戔與論言共文，當是形容巧言之皃。

緢 糸部 旄絲也。从糸，苗聲。周書曰：惟緢有稽。武儦切

惟緢有稽者，呂刑文，今書作貌，史記周本紀述此文作訊，案作貌則本經正義引周禮五聽所謂「辭聽色聽气聽耳聽目聽」也，故偽孔傳以「惟察其貌以相考合」釋之，周禮秋官小司寇賈公彥疏亦引本經此文以證五聽，字亦作貌，是孔賈所見初唐本經文同，江聲乃謂「偽孔經文本作緢，唐開元時改緢為貌」非也，作訊則孫星衍引周禮三刺所謂「一訊羣臣二訊羣吏三訊萬民」也，此與貌字異義亦異，史記集解乃引偽孔傳文以解訊字，索隱又曰「訊，依尚書音貌」，合貌訊音義為一，誤矣，許引作緢，緢貌雙聲字，當為古文別本，訓為旄絲也者，旄者氂之借，氂為犛牛尾，氂絲極言其細，

王鳴盛謂『說文編字。義類相從。緢次細下。細次纖下。而纖訓細。細訓微。則緢訓旄絲。亦細微之義。』是也。然則惟緢有稽者。蓋取無微不察之意。段玉裁云『蓋謂惟豪釐是審也。』得之。卷子玉篇糸部引尚書亦作『惟緢』。彼即本之說文。非顧氏別見尚書古本。

紊 糸部 亂也。从糸。文聲。商書曰。有條而不紊。亡運切

有條而不紊者。盤庚上文。日本古寫本隸古定商書殘卷作弗紊。不弗古通用。偽孔傳云『紊。亂也。』即本許訓。正義申傳曰『紊是絲亂。故為亂也。』案紊從糸。絲亂是其本義。引申為凡亂之稱。孔疏雖未引說文。實用其意。

繪 糸部 會五采繡也。虞書曰。山龍華蟲作繪。論語曰。繪事後素。从糸。會聲。黃外切

山龍華蟲作繪者。咎繇謨文。今益稷篇 今書作會。釋文云『馬鄭作繪。』案正義引鄭玄云『會讀為繪。』則鄭所據本作會。讀為主於易字。故陸氏以為鄭亦作繪也。會本訓合。本經此文不取合義。則作會為段借字。古文正字當作繪。故馬鄭皆與許同。然許訓繪為會五采繡。

鄭注云「凡畫者爲繪、刺者爲繡」分繪與繡爲二事、則與許異、僞孔傳云「會五采也、以五采成此畫焉」似兼用許鄭之義、其實周禮考工記「畫繢之事、五采備謂之繡」繡本系之畫繢、同爲設色之工、許繡下云「五采備也」即本之考工記、初無刺義、則其以繡釋繪、亦謂畫耳、鄭繡主刺而言、疑以周制上推虞夏、古制樸略、雖章服攸分、未必既畫而又刺也、且即以刺論、亦必先畫而後刺、則繡之不能離畫可知、知繡之必先畫、則無疑於許訓繪爲繡、且引虞書以證繪矣、段玉裁謂「繢畫字當作繢、繪繡字當作繪、二字俗既通用不分、因之鄭讀繪爲繢、繢字皆譌繪字而不可通、則去繪之半以通之、此孔本尚書作繪而誤會、釋文正義引鄭讀繪爲繢而誤云讀會爲繪也」愚案如段說、則今本經文傳疏皆誤、且左氏昭公二十五年傳正義引「尚書作會、鄭讀會爲繪」宋刻本如是、與本經正義引鄭注正同、段氏亦從汲古閣刻作繢而以宋刻繪字爲誤、又文選何平叔景福殿賦李善注引「尚書作會、鄭玄曰繢讀曰繪」此引鄭讀之繢字、以本經及左傳正義證之、乃會字之誤、而段氏又謂今轉寫倒亂之。段以何賦「命共工使作繢」李引鄭注當作繪讀曰繢，以為何賦之證。愚謂安知何賦不是繪字，轉寫作繢，校者因改李注耶。蓋段氏之所依據者，實因韵會繢下引說文有「一曰畫也」四字，而鄭君云凡畫者為繪，故遂以為繪當作繢。然考說文繢下云「織餘也」，大徐本如是，小徐本闕，無可考。惟廣韵十八隊云「繢，畫也」，但不系說文。集韵繢引說文之下有一曰畫也四字，當即從廣韵而增。韵會十一隊繢下注同，則又本集韵，未必本小徐。且卷子玉篇繢下引說文亦但作織餘也，無一曰畫也四字，則畫也一義，非許書原有可知。愚意畫繢本無正字，就繪繢兩字本義而論，繪之引申與畫義尚近，作繢則更遠。繪從會聲，繢從貴聲，古音同在脂部，故經典多通用。鄭云畫者為繪，乃用其義近者。考工記作畫繢，實繪之叚借也。惟是繪繢古既通叚，故鄭於尚書本經雖主作繪，而其注尚書大傳洪範五行傳及注周禮司服，引書此文亦作繢，斯又鄭君注經互見之例。然固不得執此而遂謂本經鄭注之繪為繢之譌也。段氏篤信韵會，以之補說文，為繢字廣一義，猶可也，並據以推改經傳，過矣。劉逢祿陳喬樅輩皆從段說，故為辨之。

絑 糸部

純赤也。虞書丹朱如此。从糸，朱聲。章俱切

虞書丹朱如此者，謂咎繇謨中丹朱之朱作絑也。案今部彔下引作丹朱，與今書同。此又云作絑者，段玉裁謂「朱為今字，今部引亦當依糸部作絑」，嚴可均亦曰「彔下引或舊作絑，此虞書六字為校語」。愚謂此蓋存古文異本，六經絑字惟見本篇，故許特著之曰虞書如此耳。然江聲遂依此改經，並堯典之胤子朱亦改之，似又好古之蔽。

蠢 蚰部

蟲動也。从蚰，春聲。尺尹切 ○𢧵古文蠢从𢦏。周書曰我有𢧵于西。

我有𢧵于西者，今周書無此文。大誥曰「有大艱于西土，西土人亦不靜，越茲蠢」，閻若璩謂說文引書多約其成文，此其一也。段玉裁桂馥、嚴可均、孫星衍說皆同。江聲以為逸文，故其尚書集注大誥篇不取𢧵字。書正義引鄭玄云「周民亦不定，其心騷動，言欲應之」。偽孔傳釋蠢為動，即用鄭注。惟正義又謂「當時京師無與應者，鄭言妄耳」，則穎達以為傳意但取於動，不取於應。許據古文作𢧵，即蠢之重文。蠢从蚰，故訓

曰蟲動。𢧵從戈，戈從才聲，才之言始也。疑古文義或當爲始動。經云越茲𢧵者，言于是始動也。洪适隸續載魏三體石經尚書殘碑有𢧵字，但存隸體，蓋卽依古文而以隸法書之。段氏謂「不知何以魏時隸不作蠢而作𢧵」。愚案新出三體石經尚書殘碑古篆隸同文者，亦頗有之。如無逸篇「酗于酒德哉」，酗，三體皆作酗；哉，三體皆作才。「允若時」之允，三體皆作夋；君奭篇「大弗克共上下」之共，三體皆作龔，是其例。則𢧵之古隸同文，亦不足異。王鳴盛謂「許所偁疑卽有大艱于西土句，以𢧵字代大艱二字，言四國蠢動以誘西人，而西人亦以蠢應之。文義似通」。案此亦本鄭君之說。然謂𢧵代大艱二字，則究爲傳會。

堣　土部

堣夷在冀州陽谷，立春日，日値之而出。从土，禺聲。尚書曰：宅堣夷。嵎俱切

宅堣夷者，堯典文。今尚書作嵎夷。史記五帝本紀述此文作郁夷。案虞書篇題正義曰：「夏侯等書爲宅嵎鐵」。今作鐵，卽鐵之譌。宋本作峓，又銕之譌。鐵銕一字也。其在此經，讀與夷同。禮記月令鄭注云：「今尚書曰分命羲仲宅嵎夷」。彼正義云：「夏侯歐陽所傳者謂之今文尚書，鄭據而引之，故云今尚

書。』此與虞書篇題正義所引夏侯等書不同。疑鄭注所引夷字本作銕。校者依今書改。據此。則嵎乃今文。許引作堣。古文也。史記作郁。非故訓字。當為古文別本。書釋文嵎夷之下。引尚書考靈燿及史記作禺銕。史記夏本紀嵎夷既略下索隱又引今文尚書及帝命驗並作禺銕。案考靈燿帝命驗皆緯書。出於漢人之手。所用者亦為今文。禺者嵎之省。銕者鐵之重文。是禺銕即嵎鐵。又今文本之自相異也。至釋文所云史記作禺銕者。段玉裁謂「或陸氏所見史記有別本。與張守節司馬貞本不同耳。」臧庸拜經日記謂「釋文所引史記。指夏本紀言之。今夏本紀作嵎夷。俗人以尚書改耳。」案夏本紀集解索隱皆就嵎字作注。則非俗改。且釋文引在堯典下。夏本紀所述乃禹貢文。不得混而為一也。 又案說文山部崵下云。「崵山在遼西。一曰嵎鐵崵谷也。」此許亦兼用今文。然嵎下云。「封嵎之山。在吳楚之閒汪芒之國。」則嵎本山名。今文作嵎。蓋叚借字。經文正字亦當從古文作堣也。禹貢嵎夷既略。與堯典之宅堣夷。同名而異地。彼在青州。此在冀州。許於崵下云在遼西。亦冀州地。此許書互見之例。以明冀州之堣夷即遼西之崵谷也。說文日部作暘谷。山部作崵谷。土部作陽谷。暘為古文。故暘下引書。崵陽為今文之異。故但於說解中存之。 書釋文引馬融釋堯典之嵎夷云。「嵎。海隅也。夷。萊夷也。」夏本紀集解引馬釋禹貢之嵎夷曰『地名。』是馬君似合兩嵎夷爲一。雖未明指所在。然以夷爲萊夷。則地屬青州矣。與許說異。僞孔傳於禹貢全用馬注。於堯典則云『東表之地稱嵎夷。』亦本馬說而稍變其詞耳。王鳴盛主馬說。以爲『寅賓出日。自當於正東之青州。』江聲字從說文作堣夷。地亦主青州。且云『說文冀州當爲青州。蓋轉寫者之誤。』是又欲合許於馬。恐於許未必當也。

坶土部 朝歌南七十里地。周書。武王與紂戰于坶野。从土。母聲。莫六切

武王與紂戰于坶野者。牧誓序文。今書紂作受。坶作牧。史記周本紀齊魯世家述此事亦作牧。詩大雅大明『矢于牧野。』彼孔疏引鄭玄書序注云『牧野。紂南郊地名。禮記及詩作⿰土每野。古字耳。』則鄭所見書序亦作牧。而詩禮作⿰土每。鄭以爲古字。然考說文無⿰土每。⿰土每蓋坶之增變。疑非鄭見詩禮原本。古文正字當從許引作坶也。玉篇土部云『坶。古文尚書作⿰土每。』段玉裁謂『此則宋陳彭年輩重修之語。所謂古文尚書者。謂郭忠恕爲之釋文。傳至宋次道王仲至晁公武

者耳。」愚案段說是也。廣韻一屋堥下云「古文尚書作此堥。說文作坶。」廣韻亦陳彭年丘雍等就切韻重修者。故與玉篇同。集韻一屋以坶為正文。云「或從每。通作牧。」類篇土部收坶不收堥。是丁度司馬光之識高於陳彭年輩處。至牧野所在地。鄭以為紂南郊。亦與許合。而不如許之詳。書正義引皇甫謐云「在朝歌南七十里。」正用許說。正義乃謂「不知出何書。」疏矣。偽孔傳云「紂近郊三十里地名牧。」此則不知何據。釋文不從而引說文。知其非也。正義以為「或當有所據。」蓋例不背傳。曲護之詞耳。

垐土部　以土增大道上。从土。次聲。疾資切　〇堲古文垐。从土即。虞書曰。龍朕堲讒說殄行。堲。疾惡也。

龍朕堲讒說殄行者。堯典文。今舜典許引書而又釋之曰疾惡也者。明經義與本義殊。所以說叚借也。偽孔傳釋堲為疾。即用許說。正義曰。「堲聲近疾。故為疾也。」今案堲為垐之古文。垐從次聲。堲從土即。非會意字。當作從土即聲。次聲即聲與疾聲古音同在真部。故堲訓曰疾。孔疏聲近之言。得之。史記五帝本紀述此文作「畏忌讒說殄偽」蓋即以畏忌釋𡊅字。忌疾亦音近義通也。敦煌唐寫本尚書釋文殘卷舜典篇𡊅字下注云：「說文才尸反。」此音疑出說文音隱，今本釋文刪去。

圮土部

毀也。虞書曰：方命圮族。从土，己聲。符鄙切

方命圮族者，堯典文。爾雅釋詁云：「圮，毀也。」許說所本。偽孔傳訓圮為毀，亦與許同。史記五帝本紀述此文作「負命毀族」，則以故訓字代經也。

垔土部

塞也。尚書曰：鯀垔洪水。从土，㢴聲。於眞切　○陻，垔或从𨸏。○

垔，古文垔如此。

鯀垔洪水者，洪範文。隸變作垔，今書作陻。史記宋世家、漢書五行志述此文與今書同，皆與許所偁異。案說文無陻字，垔已從土，而又增𨸏，非正體也。小徐本垔下有重文陻，云「垔或從𨸏」，疑作陻即或體陻之譌。許訓垔塞也，偽孔傳釋陻為塞，即用許義。正義申傳不引說文，而引襄二十五年左傳「井陻木刊」，謂「塞其井，斬其木，是陻為塞也」，殊為迂遠。今垔塞字皆作陻，陻行而垔廢，又或作堙，更俗矣。

玉篇土部垔下引本經此文及孔傳，𨸏部雖有陻字，然不引書。段玉裁據此，謂「尚書孔傳本作垔，與說文合，衛包乃改爲陻，開寶中又改釋文。」愚案顧野王所引，𨸏部本之說文，重刊玉篇時，校者刪去說文二字，（卷子玉篇有引說文者，今本玉篇多無說文二字。）非顧氏別見尚書古本，孔疏既引左傳并陻以爲釋，則作陻初唐本已然，日本古寫本隸古定周書殘卷亦作陻，又其證，似非衛包所改也。

堋土部 喪葬下土也，从土，朋聲。春秋傳曰：朝而堋。禮謂之封，周官謂之窆。虞書曰：堋淫于家。（方鄧切）

堋淫于家者，咎繇謨文，（今益稷篇）今書作朋。史記夏本紀述此文與今書同。僞孔傳云：「朋，羣也。羣淫於家，妻妾亂。」正義申傳曰：「言羣聚妻妾，恣意淫之，無男女之別，故言妻妾亂也。」閻若璩謂「丹朱之惡尚未至此，蓋古文本作堋，堋淫爲居喪犯淫，如楚王戊爲薄太后服，私姦服舍。」段玉裁從小徐本，家下有「亦如是」三字，云「此段堋爲朋，朋淫即羣居終日，言不及義，恆舞于宮，酣歌于室，徇于貨色也，于家，對上行舟于外言之。」因譏閻說爲乖剌。愚案堋爲下棺之名。下棺之地。非持服之舍。閻說自不中理。段氏糾之是也。然亦如是三字。大徐本無之。集韻四十八嶝引說文與大徐同。則三字是否許書原有。尚不敢定。尋史記集解引鄭玄曰。「朋淫。淫門內。」則鄭意不以爲朋羣。內當與周禮夏官大司馬「外內亂鳥獸行」之內同。疑鄭所據本亦作堋。許訓堋爲喪葬下土。葬者藏也。引申之。凡閉藏皆謂之堋。堋淫于家者。即閉門而淫於家人。若上烝下納之等。所謂內亂也。本經多方篇言桀「甲于內亂」。彼正義引鄭王皆以甲爲狎。又引鄭注云。「習爲鳥獸之行。於內爲淫亂。」鄭解彼文內字亦用周禮之義。可與此注相照。甲狎疊韻。堋閉雙聲。甲之爲狎。猶堋之爲閉也。然則許君偁此。不惟字爲古文。其義亦爲古義。非但同聲通叚之比也。鄭與許合。而陳喬樅乃謂「鄭讀堋爲朋。訓從今文。」誤矣。後漢書樂成靖王黨傳安帝詔曰。「風淫于家。」以朋爲風。此蓋今文家說。而孫星衍取之。以爲「朋讀爲風。放也。」亦備一解。然孫又引白虎通三綱篇「同門曰朋。」作鄭注以朋爲門內之證。則大謬。承培元謂「堋義爲葬。引申有陷義。淫。佚也。堋淫猶言陷佚。言丹朱。陷溺於慢游。終日在家。惟沉淫于無水行舟等事耳。此書之古義也」案此說似新而實誤。陷休於家。詞理亦欠。無水行舟等事。亦當在外爲之。豈在家所爲邪。

劼 力部 慎也。从力。吉聲。周書曰。汝劼毖殷獻臣。巨乙切

汝劼毖殷獻臣者。酒誥文。爾雅釋詁云。「劼。固也。」許訓慎也者。與爾雅異。僞孔傳釋劼爲固。亦本爾雅。今案說文比部云。「毖。慎也。」劼亦訓慎。則劼毖連文。重慎之詞也。王念孫謂「毖與祕古字通。廣韵。祕。告也。則毖亦告也。漢車騎將軍馮緄碑。刊石立表。以毖來世。酒誥。厥誥毖庶邦庶士。言誥告庶邦庶士也。」案如王說。是劼毖當訓慎告。

勱 力部 勉力也。周書曰。用勱相我邦家。讀若萬。从力。萬聲。莫話切

用勱相我邦家者。立政文。今書邦作國。或謂作國爲漢高祖諱者。段玉裁曰。「漢人詩書不諱。不改經字。」又曰。「凡古文尚書多作邦。凡今文尚書多作國。」愚案洪适隸釋漢熹平石經殘碑跋曰。「漢人作文不避國諱。威宗諱志。順帝諱保。石經皆臨文不易。樊毅碑「命守斯邦」劉熊碑「來臻我邦」之類。未嘗爲高帝諱也。論語殘碑「邦君爲兩君之好。何必去父母之邦。」尚書「安定厥邦。」皆

書邦作國。疑漢儒所傳如此。非獨遠避此諱也』據此。則立政本文邦國之異。蓋亦由傳授之本不同。與諱無涉。熹平石經皆依今文。今文既作國。則作邦自爲古文。段說是也。僞孔本用古文。此字有說文可遵。乃舍邦從國。偶失之疏耳。玉篇亦引書勸相我邦家。即本之說文也。勸者。許訓勉力也。僞孔傳亦釋勸爲勉。正義又以勉力申之。皆與許合。

勖 力部 勉也。周書曰。勖哉夫子。从力。冒聲。許玉切

勖哉夫子者。牧誓文。爾雅釋詁云『勖。勉也』許說所本。史記周本紀述此文作『勉哉夫子』蓋以故訓字易經本經上文『夫子勖哉』僞孔傳云『勖勵之』義兼下文也。說文無勵字。即勸之俗作耳。

鏤 金部 剛鐵。可以刻鏤。从金。婁聲。夏書曰。梁州貢鏤。一曰。鏤。釜也。盧候切

梁州貢鏤者。禹貢文。史記夏本紀述此文同。許訓剛鐵可以刻鏤者。鏤本剛鐵之名。因其質剛。可以鐫刻。故刻亦謂之鏤。上句本義。下句

引申之義也。史記集解引鄭玄曰：「鏤，剛鐵，可以刻鏤也。」與許說全同。僞孔傳釋鏤爲剛鐵，亦從許鄭也。正義申傳曰：「鏤者可以刻鏤，故爲剛鐵也。」是以引申之義爲本義矣。

鍰　金部　鋝也。从金，爰聲。書曰：罰百鍰。戶關切

罰百鍰者，呂刑文。史記周本紀述此文，作率。僞孔傳云：「六兩曰鍰。鍰，黃鐵也。」釋文曰：「鍰，六兩也。鄭及爾雅同。此謂小爾雅也。小爾雅廣衡云：二十四銖曰兩。兩有半曰捷。倍捷曰舉。倍舉曰鋝。鋝謂之鍰。說文云：『六鋝也。鋝十一銖二十五分銖之十三也。』馬同。又云：『賈逵說俗儒以鋝重六兩。周官劍重九鋝。俗儒近是。』」今案說文云：「鍰，鋝也。鋝，十銖二十五分之十三也。」依陸氏所引，則鍰下之訓，較今本多一六字，而今本鋝下之訓脫去一銖兩字。又案周禮考工記冶氏「戈重三鋝」，鄭玄彼注曰：「許叔重說文解字云：鋝，鍰也。」今鋝下亦無鍰也二字，然疑鄭君所引，即鍰鋝也一條，因考工記經文言鋝，故到轉以就之耳。鄭見說文既與今本同，則陸氏所引鍰爲六鋝者，鋝上六字當爲衍文。段氏以爲六是亦字之誤。又案周禮秋官職金賈公彥疏曰：「夏侯歐陽說云：墨罰疑赦，其

罰百率。古以六兩爲率。古尚書說百鍰。鍰者率也。一率十一銖二十五分銖之十三也。百鍰爲三斤。」賈疏所引。蓋出五經異義。異義亦許君所作。彼言古尚書說一鍰之數。與釋文所引說文一鋝之數正同。許以鋝訓鍰。鍰之重自與鋝等。則今說文鋝下奪字。又當從釋文以補之也。至於罰鍰輕重。今古文家所主各殊。許主古文者也。釋文言馬融與許同。又載馬述賈逵以鋝重六兩段氏曰此鋝當是鍰之誤。賈說古文尚書語也。爲俗儒之說。釋文引又云在馬同之下。則馬所云也。沈濤乃謂賈逵說亦元朗引說文語是實誤讀釋文。且許書引賈說皆偁侍中。亦不偁名也。證以五經異義。則俗儒即斥夏侯歐陽。乃今文家之說也。宋翔鳳小爾雅訓纂謂賈逵所偁俗儒指小爾雅而言。大誤。釋文雖未言賈說如何。但許宗賈氏。則許說即是賈說。陳壽祺五經異義疏證謂「賈解古尚書用今尚書說。以鍰爲六兩。」蓋亦誤讀釋文。以馬氏俗儒近是之語爲賈語也。賈馬同治古文。賈既斥今文家爲俗。則馬亦必不見採也。戴震謂僞孔傳及馬融王肅皆云鍰重六兩。不悟馬既同於許。則六兩之說。馬但述之耳。雖馬又有劒重九鋝俗儒近是之言。其意若曰。六兩之說。以釋周官劒重。差爲近之。然不謂可施於呂刑之罰鍰也。段氏於此亦未能辨。疑馬注兼用古今二說。又書正義引馬氏考工記注云。「鋝。量名。當與呂刑鍰同。俗儒云鋝六兩爲一川。不知所出耳。」此又馬氏不用今文家六兩說之一證。故正義亦但以六兩爲孔王所說。不以爲馬說。東原偶未照耳。鄭君本師馬氏。於此獨同於今文說者。蓋鄭於尚書固古今兼採也。鄭注考工記冶氏。旣引說文鋝鍰也。又云「今東萊稱或以大半兩爲鈞。十鈞爲鐶。鐶重六兩大半兩。鍰鋝似同矣。」案鄭此引當時方俗之稱以爲釋經之旁證。故一則曰或以。再則曰似同。似云或云。卽不以爲定論。更非以爲正訓也。王鳴盛乃謂「鄭意以鍰卽是鋝。其數當爲六兩大半兩。必與馬合。」且因以推許意、鍰鋝亦但是六兩大半兩。可謂厚誣古人矣。戴震則謂「鄭云鍰重六兩大半兩。鋝卽鍰。賈逵云俗儒以鋝重六兩。此俗儒相傳譌失。不能覈實。脫去大半兩之」是又過尊鄭君。因以鄭君或似之言而亦見爲科律也。鄭注大傳。「死罪出金鐵三百七十五斤。此正呂刑大辟疑。赦其罰千鍰之數。一鍰六兩。千鍰適與此數合。是卽鄭用今文六兩說之明據。未嘗有大半兩之餘數也。至舜典正義引鄭駮五經異義言「贖死罪千鍰。鍰六兩大半兩。爲四百一十六斤十兩大半兩銅。」則又用六兩天半兩之說。且彼以爲出金鐵。此以爲出銅。可見鄭君亦隨文爲訓。初無成見。僞孔傳六兩曰鍰。旣用今文家說。釋鍰爲黃鐵。則今文說之所無。古者金作贖刑。未知金屬何種。僞孔於舜典則曰黃金。於呂刑又曰黃鐵。亦前後自異。正義申傳。謂「古人贖罪悉皆用銅。而傳或稱黃金。或言黃鐵。謂銅爲金爲鐵爾。」愚案說文金爲五色金之總名。銅爲赤金。鐵爲黑金。五金黃爲之長。故惟黃金得稱金。銅不可與鐵混。黃鐵之稱。

尤不雅馴。此緣鄭注大傳有出金鐵之說，偽孔襲之，而又疑不能定。故易金字爲黄，而不知其不詞也。何等金既不能确知，故罰鍰之數遂亦難準。然卽以銅論，一鍰六兩，百鍰凡三十七斤有半，墨本輕刑，其罰當不至是。且書序以呂刑一篇爲訓夏贖刑，大傳言夏后氏不殺不刑，罰有罪而民不輕犯，則其罰金之制，必不過重，可想而知。然則古文家百鍰三斤之說，似校今文家說爲近理。

王鳴盛曰：「古文說百鍰僅爲銅三斤，可贖黥面之罪，推之大辟千鍰亦只用銅三十斤，可贖死罪，有是理乎？」愚謂古者山澤有禁，五金非人所得私採，三斤之銅，亦非易具，況於三十，後世俗薄，犯罪者多。漢贖死刑，出金三斤，此則眞金非銅。鄭君駁異義，以漢時銅價與金價相依附，遂用一鍰六兩大半兩之說，較今文家六兩之數又稍多。其實以漢制釋夏罰，未必有當。孔廣森經學卮言謂「銅賤則罰宜多，銅貴則罰宜少，固不得百王一致也。」此論最通。而徐灝乃又以漢之五銖錢計之，謂「百鍰三斤，僅得錢三百二十，似爲過少。」如此說經，固矣。

鈗　金部

侍臣所執兵也、从金、允聲、周書曰、一人冕執鈗、讀若允、余準切

一人冕執鈗者、顧命文、今書作銳、僞孔傳云、「銳、矛屬也」正義引鄭玄云、「銳、矛屬」是僞孔即本鄭說、許所據古文作鈗、訓爲侍臣所執兵也、銳下云、芒也、不以爲兵器、兩字義別、段玉裁證以廣雅玉篇廣韵集韵本經釋文岳珂九經三傳沿革例及宋刻漢書楊雄傳末所附張佖說、發疑五事、謂「顧命本作銳、說文亦本有銳無鈗、讀若允本作讀若兑、其下或當有一曰芒也四字、後人以銳譌爲鈗、遂移徙分置耳」陳喬樅從段說、江聲孫星衍王鳴盛諸家則皆據說文、以爲顧命之銳當作鈗、王謂改鈗自僞孔、江謂改鈗自衞包、愚案段說固持之有故、然玉篇廣韵並在僞孔傳之後、其訓銳爲矛、不言出說文、疑即本之僞孔、許不訓銳爲矛、則廣雅釋器說矛無鈗、亦不足爲魏時說文無鈗之證、張佖南唐人、與二徐同時、所見說文既與二徐同、又可證說文舊有鈗字、宋本沿革例云、「顧命一人冕執鈗、鈗實銳字也、案說文以爲兵器、今注中釋爲矛屬」玩岳氏語、明謂

說文兵器爲鈗字之訓。今書作鋭而注釋爲矛屬耳。段氏所據沿革例作「顧命一人冕執脫。脫實鋭字也云云。」任大椿刻本知不足齋刻本同。焦循已嘗辨之。因謂「南宋時許書古本尚有釋鋭爲兵器者。」初未知其所據岳例之爲誤本也。又案書正義謂「此經所陳七種之兵，王肅惟云皆兵器之名也。」鋭在七種之內，則王亦但以爲兵器。與鄭注矛屬異，而與許訓鈗爲所執兵合。子雍好難康成，然則鄭王之本疑皆作鈗。故王以許義易鄭注。其實許列鈗篆於鋋鉈鏦鉟之間，諸字皆訓矛。鈗不言何兵，宜當爲矛之類。鄭許似異而非大殊。僞孔傳又用鄭義。知僞孔本初亦必是鈗字。則改鈗非僞孔也。自釋文音以稅反，始爲鋭字之音。是作鋭蓋起於梁陳之間。故玉篇廣韻鋭並訓矛。又弋稅切與釋文同。則謂改鋭自衛包者亦非也。

凭　几部　依几也。从几从任。周書曰：凭玉几。讀若馮。皮冰切

凭玉几者，顧命文。今書作憑。周禮春官司几筵鄭司農注引本經此文作馮。今周禮注亦作憑。以釋文及賈疏證之，則本作馮。說文無憑字。馬部云「馮，馬行疾也。」則作馮亦爲叚借。許偁作凭，訓爲依几，是古文正字當作凭。今

作憑者、蓋馮之俗也、段玉裁謂「憑字衞包所改、」但考五經文字馮下云、「經典步冰反、義與憑同、」則大歷以前似猶作馮、其時憑字已行、故張氏之言云然、改馮爲憑、又在其後、非衞包也、僞孔傳憑下無解、釋文引說文以補其義、兼以存本字、視正義之隨文敷衍者爲勝矣、

斷 斤部 截也、从斤、从𢇍、𢇍、古文絕、徒玩切 ○㫁、古文斷从㠯、㠯、古文叀字、周書曰、㫁㫁猗無他技、○𠟍、亦古文斷、

㫁㫁猗無他技者、秦誓文、今書作斷、禮記大學引此文與今書同、鄭玄大學注云、「斷斷誠一之貌也、」僞孔傳釋斷斷爲專一、卽本鄭注、正義申傳引王肅云、「斷斷守善之貌、」與鄭義亦互足、許偁作㫁、卽斷之古文、然訓斷爲截也、案本經上文云「惟截截善諞言、」以截截斥辨佞之人、若此句亦用本義爲說、則與上文無別矣、㫁從㠯、㠯古文叀字、說文叀下云「專小謹也、」愚謂㫁蓋義取諸㠯、與篆文從斤𢇍者義別、㫁㫁連文、蓋小心謹慎之意、以㫁㫁偁耿介之臣、正與上文相對、許書重文之例、凡形與本篆異而義與本篆不殊

者其常也。然或所從不同，亦往往各自爲義。許雖不一一拈出，而有引經以證之者，其義自見。如此字之引書，與二部恆之古文亟下之引詩，皆是其例，是在善讀者之自得耳。鄭王所主字雖作斷，而鄭訓誠一，王訓守善，亦與叀義爲近。又日本古寫本隸古定商書殘卷盤庚上篇「罔知天之斷命」，盤庚中篇「乃斷棄女」，斷皆作韶。敦煌唐寫本同。以彼例此，愚疑鄭王與僞孔本初亦是韶字，今作斷者，斷蓋今文，而校者從爲之改耳。惟盤庚之韶，以經指求之，當仍用斷絕之義，是又當分別觀之也。

隉 𠂤部 危也。从𠂤，从毀省。徐巡吕爲隉，凶也。賈侍中說，隉，法度也。班固說，不安也。周書曰：邦之阢隉。讀若虹蜺之蜺。五結切

邦之阢隉者，秦誓文。今書阢作杌，說文無杌字，蓋俗體也。許連引三家說而後偁經，所以明經說之異同，而許之所訓，則本義也。徐巡賈逵並傳古文尚書，徐訓隉爲凶，賈訓隉爲法度，各執一義。許訓危也，則與凶義近。許本受學於賈，此不從賈者，衆賈雖傳古文，又嘗撰歐陽大小夏侯尚書與古文同異，則法度之訓，或用今文家說，亦未可

知，且訓法度則陧爲臬之叚借字。許引證本義，故不從耳。班固以陧爲不安，亦危義之引申。恐亦說尚書語。僞孔傳云「杌陧不安，言危也。」葢兼用班許之義。

陶 𨸏部 再成丘也。在濟陰。从𨸏，匋聲。夏書曰：東至于陶丘。陶丘有堯城，堯嘗所居，故堯號陶唐氏。徒刀切

東至于陶丘者，禹貢文。今書作東出于陶丘北。史記夏本紀漢書地理志述此文與今書同。史記無于字 段玉裁謂「禹貢導水罕言出者，此經出字當依說文作至。」胡渭曰：「出者自下而涌，源在地中，流在地上。濟水自此不更伏矣。」案如胡說，則出字亦不可易，至出二字互存可也。地理志濟陰郡定陶下云「禹貢陶丘在西南陶丘亭。」史記集解偁鄭玄引漢志「陶丘在濟陰定陶西北。」與今本漢志南北異字。王鳴盛江聲並以南字爲誤。江氏謂「經言出于陶丘北，則陶丘頻於濟者，定陶在濟南，則陶丘必不在其南，故鄭云西北，意鄭所據之地理志必言西北也。」此亦可備一說。然考水經禹貢山水澤地篇云「陶丘在濟陰定陶縣之西南。」亦作南字。許但云在

濟陰。擧郡不擧縣。且引經又無北字。則未知許意孰主也。許訓陶丘爲再成丘也者。案爾雅釋丘云。『再成爲陶丘。』卽許之所本。僞孔傳云。『陶丘。丘再成。』又用許說也。

育（𠫓部）　養子使作善也。从𠫓。肉聲。虞書曰。教育子。（余六切）○毓。育或从每。

教育子者。堯典文。（今舜典）今書作冑。史記五帝本紀述此文作稺。敦煌唐寫本尚書釋文殘卷舜典篇冑字下云。『王云。冑子。國子也。馬云。冑。長也。教長天子之子弟。』（今本釋文天子作天下。）案禮記王制鄭玄注引虞書亦作教冑子。史記集解引鄭書注曰。『國子也。』是馬鄭王本皆作冑。與今書同。而王肅之注卽襲之鄭。許偁作育。訓爲養子使作善也。字與三家皆異。段玉裁因謂冑爲古文。育爲今文。然考周禮春官大司樂鄭注引此文又作育。（今周禮注誤作冑。釋文大字作育可證。）則鄭所據非一本。賈昌朝羣經音辨且以冑爲今文。與段說適相反。說文肉部云。『冑。胤也。』亦無長義。馬融以教長爲訓。長卽長養之長。與許養子使作善之解正合。故惠棟江聲桂馥阮元諸家皆謂馬本亦必作育。然則育亦古文也。育從肉聲，冑從由聲，古音同在幽部，故得通用。僞孔傳釋冑爲長，云「教長國子。」教長二字取諸馬，國子二字取諸鄭王，似兼用三家之義。但如馬說，則教冑二字連讀，子字單出，謂教長此子也。如鄭王說，則教字單出，冑子二字連讀，謂教此國子也。僞孔國子二字雖從鄭王，然繹其語意，於義則實從馬，似國子專以釋子，而冑字仍與教連，此則與鄭王不同耳。正義申傳，乃以長爲長子，因分傳文教長國子四字教爲一義，長國子爲一義，謂「教此適長國子。」恐未必當於傳意也。

正義本孔傳云「冑，長也，謂元子以下至卿大夫子弟。」山井鼎尚書考文曰「古本謂上有子字。」案如古本，則傳文冑與子兩字分訓甚明。正義本謂上脫去子字，故穎達遂誤以冑長之長爲下文爲訓，但下文子弟兼言，則穎達專指長子亦非。

史記作教穉子者，案爾雅釋言云「鞠，穉也。」詩豳風鴟鴞篇孔疏引郭璞曰「鞠一作毓。」

郝懿行謂此所引蓋郭氏爾雅音義之文。

許以毓爲育之或體，則穉乃育之故訓字，疑史公所據本亦與許同，而以故訓字易之也。惟訓育爲穉，則非長養之謂，不爲許之所取。王引之曰「西漢經師如夏侯歐陽，必有訓育子爲穉子者，故史公以穉代育，蓋有所受之也。」如王說，是謂史公從今文矣。

◎坿引逸周書考

祘 示部 明視以筭之。从二示。逸周書曰。士分民之祘。均分以祘之也。讀若筭。蘇貫切

士分民之祘者今逸周書無此文。惠棟錢坫謂見墨子。士當作言。段玉裁嚴可均謂當在亡篇內。均分以祘之也六字。段謂此釋逸周書語。或又謂逸周書本典篇『均分以利之則民安。』即此句。利字乃祘之誤。朱右曾周書集訓校釋。亦於本典篇從說文改利為祘。而錄士分民之祘一語於逸文。愚案兩語相連。翫其語勢。下句似是承上句而釋之。段說較允。朱氏割裂分見。未知其可。無以證定。仍當存疑耳。

苢 艸部 芣苢。一名馬舄。其實如李。令人宜子。从艸。㠯聲。周書所說。羊止切

其實如李令人宜子者。見逸周書王會篇。示部言逸。此但言周書者。段玉裁所謂或詳或略錯見也。王會篇云。『康民以桴苡。桴苡者。其實如李。食之宜子。』許葢檃栝偁之。桴芣同聲通用字。苡則苢之隸

變也。爾雅釋草云。『芣苢。馬舄。』許云一名馬舄者。爾雅釋文引說文無一名二字。釋草又云。『馬舄。車前。』案車前子又不似李。亦爲可疑。尋詩周南芣苢釋文云。『山海經及周書王會皆云芣苢木也。實似李。食之宜子。出於西戎。衛氏傳（謂衛宏詩傳。）及許慎並同此。』今案山海經無芣苢之文。王會與說文亦不言芣苢爲木。則陸氏所見三書皆與今異。疑許君說解舊作『芣苢。馬舄也。一曰木名。』以艸爲本義。以木爲別義。故引逸周書以證別義。郭璞爾雅圖贊曰。『車前之草。別名芣苢。王會之云。其實如李。名之相亂。在乎疑似。』是亦以爾雅芣苢與王會所言爲二物。太平御覽九百九十八引郭璞爾雅注又云。『周書所載同名耳。非此芣苢。』又其證也。（段氏謂芣苢無二。不必致疑。恐未諦。）今本說文有奪亂。遂不可通。於是徐鍇乃謂『芣苢子之苞亦似李。但微而小。』韵會四紙又引李字作麥。皆緣今本說文草木不分。故望文生訓矣。

翰（羽部）天雞赤羽也。从羽。倝聲。逸周書曰。大翰若翬雉。一名鷐風。周成王時。蜀人獻之。（侯幹切）

大翰若翬雉者，見逸周書王會篇，彼云『蜀人以文翰，文翰若皋雞。』則大翰之大當作文，小徐本亦作文翰，可證也。爾雅釋鳥云『鶾天雞』，彼釋文云『鶾本又作翰』。案說文鶾翰二字有別，一在鳥部，一在羽部，陸氏所見爾雅又作本既與許合，知許訓卽出爾雅，而今本爾雅作鶾者誤。郭璞爾雅注云『鶾雞赤羽』，此赤羽之說，蓋又用說文，是郭本爾雅當亦作翰不作鶾也，此可據說文以訂爾雅。至翬雉與皋雞之異，案皋字無義，爾雅郭注引逸周書作『彩雞』，孔晁周書注亦云『鳥有文彩者』，說文翬有兩訓，一曰伊雒而南雉五采皆備曰翬，則彩雞與翬雉同物，邢昺爾雅疏引王會篇亦作翬雉，與許引同，是今本王會作皋雞者亦誤也。桂馥謂皋當爲翬，翬俗作罩，誤爲皋，罩卽澤，錢坫亦謂莊子澤雉十步一啄，百步一飲，澤雉卽皋雞，皆似傅會。太平御覽九百十八引又作皇雞，嚴可均謂翬皋皇皆形近，愚謂皋卽翬之譌，皇又皋之譌耳。此又可據說文以訂王會。惟許又云一名鷐風者，案爾雅釋鳥云『晨風鸇』，郭注云『鷂屬』，則與文翰不類。段玉裁謂『四字當在蜀人獻之之下，一名當作一曰，一曰者別一義。』斯說得之。

⿱驫木 木部

衆盛也。从木。驫聲。逸周書曰。疑沮事闕。所臻切

疑沮事闕者。大小徐本同。玉篇木部引作⿱驫木疑沮事。集韵十九臻類篇木部竝引作疑沮。錢大昕謂「許氏所見本云⿱驫木疑沮事。後人轉寫脫⿱驫木字。妄於句尾添一闕字。而二徐不能是正也。」桂氏謂闕字當在⿱驫木聲下。嚴可均亦議依玉篇。今案⿱驫木疑沮事者。見逸周書文酌篇。今逸周書⿱驫木作聚。惠棟以為誤。朱右曾周書集訓校釋亦從說文。改聚為⿱驫木。段玉裁曰「聚古讀如驟。與⿱驫木音近。⿱驫木疑沮事。猶云蓄疑敗謀也。」雷浚以為「⿱驫木者聚之叚借。」愚案許訓⿱驫木為衆盛。則⿱驫木疑卽多疑之意。沮猶阻也。事以斷成。多疑寡斷則事阻無成矣。許引此仍證本義。段說近之。雷說非也。

⿱罒巽 网部

网也。从网。巽聲。思沇切 ○⿰足巽。逸周書曰。不卵不⿰足巽。以成鳥獸。

⿱罒巽者。羉獸足也。故或从足。

不卵不⿰足巽以成鳥獸者。見逸周書文傳篇。彼云「不麛不卵以成鳥獸之長。」許所據與今本異。朱右曾周書集訓校釋從說文。改上句不麛不卵為不卵不⿰足巽。下句如故。蓋本經此節。草木之長魚鼈之長

與鳥獸之長句例相若。則許於下句蓋以意省之長二字耳。蹶本巽之或體。小徐本蹶篆下有巽或從足巽五字。案從足則義亦較本篆從网者微陜。蓋网爲通訓。從足則專主网足。故許引經而又以䍝獸足釋之也。

俒人部　完也。逸周書曰。朕實不明。以俒伯父。从人。从完。胡困切

朕實不明以俒伯父者。上句見逸周書大戒篇。但無下句。段玉裁曰。『本典解云「今朕不知明德所則。政教所行。字民之道。禮樂所生。非不念而知。故問伯父。」許所據未知即此。以不也。以俒伯父。俒當爲圂字之叚借。』張文虎亦云『圂與故問伯父之閒聲亦相近。疑亦本圂字也。』是段張並疑此爲本典之異文。朱右曾周書集訓校釋則於大戒篇補以俒伯父四字於朕實不明之下。謂『俒完也。言伯父之訓非不明顯。朕愚不知所以完守之者。』此則文從許引。義從許說。不涉及本典篇。玩繹經恉。亦自可通。孫詒讓周書斠補。初謂『本典有朕不知明德所則之語。與說文亦約畧相應。無由決其必爲大戒挩文。』旣又曰。『大戒篇後亦有非不念念不知之語。疑以

侻伯父四字節在大戒篇，亦當在念不知之下，下接周公答語，正相承貫。許君約引，不必兩句定相次也。」蓋又爲兩可之詞，未能決定。書缺有間，确證難求，與不得已，朱說較近。王應麟漢書藝文志考證謂說文此條所引「今周書無其語，豈在逸篇乎。」蓋亦存疑也。

豲 豕部

逸也。从豕，原聲。周書曰：豲有爪而不敢以撅。讀若桓。胡官切

豲有爪而不敢以撅者，見逸周書周祝篇，今本爪作蚤，朱右曾周書集訓校釋從說文訂正作爪。愚案說文䖵部云「蚤，齧人跳蟲也。」與經文義不相應。爪部云「爪，丮也，覆手曰爪。」雖曰叚借，義可引申。儀禮士喪禮「蚤揃如他日。」鄭注云「蚤讀爲爪。」周禮考工記輪人「欲其蚤之正也。」鄭注云「蚤當爲爪。」儀禮士虞禮記「沐浴櫛搔翦。」鄭注云「搔當爲爪，今文或爲蚤揃。」是經典多叚蚤爲爪，鄭以蚤爲今文，則爪蓋爲古文矣。又案本經上文云「狐有牙而不敢以噬。」狐豲對文，則豲當爲獸類。許訓逸也者，韵會十四寒引作「豕之逸也。」戴侗六書故引唐本說文作「豕屬也。」知今本說文蓋有奪誤。尋玉篇豕部、廣韵二十六桓並云「豲，豕屬。」

集韻二十六桓引博雅同。疑皆本之說文。嚴可均議依唐本，是也。今本逸也之逸，段玉裁謂「乃以下文逸周書割一字爲之」，桂馥亦曰：「本稱逸周書，傳寫升逸字於注首，故周書上脫逸字。」或當然也。

熮　火部　火皃。从火，翏聲。逸周書曰：味辛而不熮。洛蕭切

味辛而不熮者，今逸周書無此文。朱右曾錄入逸文內，當在亡篇。九經字樣火部云：「熮音劉，火皃，見周書。」蓋即本之說文，非別見周書古本也。呂氏春秋本味篇有「辛而不烈」之語。烈熮雙聲字，或疑彼文當出周書，而說文所引爲烈之異文。然熮烈皆從火，以之言味，並叚借字。嚴可均說文校議附此條於末，以爲未詳，蓋其慎也。

竘　立部　健也。一曰匠也。从立，句聲。讀若齲。逸周書有竘匠。丘羽切

竘匠者，今逸周書無此文。段玉裁云：「俟考。」朱右曾錄入逸文內。嚴可均曰：「文酌篇九柯十匠。柯即竘之誤。淮南人間訓云：『間匠人。』又云：『其始成竘然善也。』」亦本周書爲說。愚案漢時俗書可句相掍。說文敘云，苛之字止句也，是其例。故竘亦爲柯。嚴說是也。竘之本義爲健，

而別義爲匠。周書竘與匠皆匠也。故引之以證別義。方言七云。『竘。貌治也。吳越飾貌爲竘。或謂之巧。』郭璞方言注云。『謂治作也。』然則竘者飾皃之匠也。皃之所施者廣。淮南竘然善也。葢謂飾室之皃。高誘淮南注云。『竘。高壯皃。』此則與訓健又合。

匪　匚部

器似竹篋。从匚。非聲。逸周書曰。實玄黃于匪。非尾切

實玄黃于匪者。今逸周書無此文。孟子滕文公篇有之。其上文云。『綏厥士女。篚厥玄黃。紹我周王見休。惟臣附于大邑周。』所言者周事。其爲周書無疑。趙岐孟子注云。『從有攸以下。道武王伐紂時也。』皆尚書逸篇之文也。』則知許所偁當在亡篇。匪今孟子作篚。孫奭孟子音義出匪厥而說之曰。『丁公著云。匪厥義當作篚。篚以盛贄幣。此作匪。古字借用。』案公著唐人。唐書有傳。是唐本孟子亦作匪。與許引正同。孫所見本尚未改。今孟子作篚。葢後人用丁說易之耳。王夫之說文廣義曰。『匪本筐匪之匪。筐可加竹。匪不可加。加竹作篚者車笭也。與匪義殊。』段玉裁亦曰。『案依許。匡匪之匪不从竹。在匚部。从竹者專謂車笭。』二說足訂丁說之誤。愚謂匡匪皆從匚。義

本爲器。皆不必加竹。筐篚竝後起字。篚爲車笭。義有專系。故說文入

之竹部。筐無別義。故但以爲匡之或體。匡之引申段借爲匡正。後人

遂亦分匡筐爲二義矣。

說文解字引書考卷二終

說文解字引詩考

說文解字引詩考敍例

許君引詩主於毛氏。案漢書藝文志偁毛公之學。自謂子夏所傳。而河間獻王好之。未得立。儒林傳偁毛公趙人也。治詩。為河間獻王博士。授同國貫長卿。長卿授解延年。延年授徐敖。敖授九江陳俠。後漢書儒林傳偁九江謝曼卿善毛詩。乃為其訓。衛宏從曼卿受學。因作毛詩序。賈逵傳偁父徽學毛詩於謝曼卿。逵傳父業。章帝令撰齊魯韓詩與毛氏異同。此東西京毛詩授受源流也。惟謝曼卿史未言其學之所出。陸德明經典釋文序錄曰。或云陳俠傳謝曼卿。此當有所據。朱彝尊經義考。乃依陸說定曼卿為陳俠弟子。陳謝同為九江人。時又相接。從而問業。理亦可信。是則賈逵詩學。於毛公為七傳。許君從逵受古學。故於詩宗毛氏矣。

漢書藝文志詩家篇目。錄毛詩二十九卷。毛詩故訓傳三十卷。然但偁毛公。不箸其名。據鄭玄詩譜與陸機毛詩草木蟲魚疏。則作詁訓傳者為魯人毛亨。時偁大毛公。治詩為河間獻王博士者。乃趙人毛萇。時偁小毛公。其學則受之於大毛公。孔穎達詩正義。謂大毛公為其傳。由小毛公而題毛。其說蓋本之鄭譜與陸疏也。傳而謂之詁訓者。孔氏謂毛以爾雅之作。多為釋詩而篇有釋詁釋訓。故依爾雅訓而為詩立傳。陳啟源毛詩稽古篇謂爾雅始於周公。而子夏之徒述而成之。詁訓傳作於大毛公。而淵源實出於子夏。故此二書之釋詩。往往相合。愚案漢書藝文志曰。書者古之號令。號令於眾。其言不立具。則聽受施行者弗曉。古文讀應爾雅。故解古今語。而可知也。此說為古文尚書而發。則知爾雅之作。不偏主釋詩。然詩者古之聲歌。得諸諷誦。轉寫偶異。師讀遂殊。緣文生義。歧說滋起。毛公所傳為古文。是其詁訓與爾雅相應。亦猶古文尚書之讀應爾雅。不徒因淵源同出子夏也。今考許君引詩。其所說字義。大抵本於毛傳。既本毛傳。自多合於爾雅。故凡許說之同於毛傳與爾雅者。必舉傳義雅義為許證。以明其家法。其或爾雅與毛傳相反。孔氏正義依違兩可。得許說而後定者。亦為之拈出。以見說文之有裨於雅傳。

後漢書儒林傳稱。中興後。馬融作毛詩傳。鄭玄作毛詩箋。今馬傳佚而鄭箋獨行。案鄭氏六藝論云。注詩宗毛為主。毛義若隱畧。則更表明。如有不同，卽下己意，使可識別，是鄭箋於毛傳有申有易，據康成自序，箋詩在注禮之後，其注禮嘗采許君說文，於時許書蓋已大行，故其箋詩，自下己意處不論，凡遵暢毛指處，往往兼用許說，雖未名引，槩義可知，亦有許所引詩毛公無傳而鄭有箋者，箋說亦時與許說相發明，今並表而出之，可考兩家同異。

毛傳簡括，陸氏釋文孔氏正義多引說文申之，惟陸氏引而不發，但若廣一義，然孔氏則頗能推闡比傳，使毛傳之義因而益顯，故今凡許所引詩，其訓說與傳似異而實足以翼成毛義者，皆爲之溝貫，以會毛許之指，至正義實用許說而不明言者，更所在而有，今亦爲標舉，以張許學。

許君詩雖宗毛，然其引詩則不廢三家，蓋說文爲字書，訓義必求其本所偁諸經，固亦有說叚借引申之義者，要之以證本義爲主，毛詩古文多叚借，以本義詁之，時則不遂，則不得不兼采三家矣，今考其例，凡字異義同而毛爲借字三家爲正字者，則義多從毛，而字從三家，若毛與三家字雖異，而音義皆同，古本互用，無正借之分者，則字亦從毛，亦有字與義並從三家者，則以毛本字異義亦異，與三家各自爲說，故亦各取所證也。又有一詩兩引，一從三家一從毛者，則意取兼存，使後之治詩者，可於是而觀古今詩說異同之故也。此例不明，或則疑許引皆毛詩古本，有議依說文而改今詩者矣；或則疑引三家詩爲校者沾附，有議依今詩而削說文者矣。其實賈侍中嘗撰三家詩與毛氏異同，許之兼引，正用其師法耳。尚有明著魯詩說韓詩傳者二字，並附於末。

說文解字引詩考字目

卷一

鬃 禂 瑱 玭 璱 瑲 琚 璓
玖 瑤 壻 墫 藼 芃 蓷 藟
蒿 蓱 芩 蔦 葽 蕣 茁 蒚
萋 薿 艽 薇 蓄 芼 擭 蓁
芄 藿 藻 莍 藚 芾 茷 幃
牣 呱 喤 嶷 嘽 呬 唪 噳
咥 呭 噂 咠 嘒 嗔 嘌 嗿
啜 嘵 嗷 唸 嘅 吪 唁 嘆
趚 遲 達 踧 踽 蹙 蹻 蹟
蹐 詵 諶 詁 謞 誐 謍 詍
訿 謔 訌 譏 譌 業 鞃 鸞
埶 鬩 叏 肄 祋 斁 鼔 牧
楙 盼 睘 矉 相 睍 眷 瞿

翽翯翳奮翟鷖鸄鴥

鶯鷕

卷二

膧髓膻臠賸刨斛觧

衡鸌替智鬐鬚鬡虞

饍饁餯飶飫餞罄疊

來猴憂韄畟韘韔刅

梀椽桔糜梗枝枖槮

梴枤柌棨楅槙牲犗

櫜畵部郚晤晛曀昌

檐稾植稑穎穟秹積

秩臽蘛昳向宍寑窒

瘣痡瘏瘇㾃罧罛罨

憚憒皎髗俅佖儦儺

倭侯侗佶俁僩任偲

倬傰俶傻偕佽伷偺
倪倌价俯佪佻僻佼
俄傞僘催仳傳

卷三

吱卬襋襮褧襘襛褻
袾袢鏋歗吹頒顯頰
頯醜㐱鬈鬏魋猑岵
岜岨庋唇豝豣貇犴
駽駰驕驖驕騋駜駣
騯騤騣駾駉尨猲獜
焜烰熯熇夭烘煒熠
㷀烕赬喬奕顯愃忱
慉怞慼憗慁怓怵慖
懆悬悕怲怢惙忡悄
憬

潧洍涾涜瀏瀸洸淪
濫湜漼瀆潪沚澴氾
潟汕砯淒瀑涌漫濃
汽浼滑湑州永羕滕
需䨮閨耽攕搯捫控
捋挙掌攬捄拮摡挃
掤捜娍㚨嫺妟娄姕
媛娱嬒嫸戬戢甓弨
絿絇縷綼䋦紑縵縐
蠻虵蟦蜀蠕蜩鼉恆
坎圪堀坻垝埣壇垤
嗟曈勸錢鎛鍠鏜鍏
鉞鐊鋂斨所斯輶軝
軜軑陝醹醺

坿引三家詩說考字目

鼒　魁

說文解字引詩考卷一

衡陽馬宗霍

𥛱 示部 門內祭先祖所以徬徨。从示，彭聲。詩曰：祝祭于𥛱。補盲切 ○

祊，𥛱或从方。

祝祭于𥛱者，小雅楚茨文。谷風之什 今詩作祊，即𥛱之重文。𥛱從彭聲，祊從方聲，古音同在陽部。易大有九四「匪其彭」，彼釋文云「彭，步郎反，子夏作旁。」彭可通旁，故𥛱或作祊。許用本篆，蓋從三家也。毛傳云：「祊，門內也。」許訓門內祭先祖所以徬徨者，案孔穎達詩正義申傳引爾雅釋宮「閍謂之門」，又引「李巡曰：『閍，廟門名。』孫炎曰：『詩云：祝祭于祊。祊謂廟門也。』」然則本詩之祊，即爾雅之閍。陳喬樅魯詩遺說考謂「爾雅經文作閍，是用魯詩之文。」今新出漢熹平石經殘字魯詩此文正作閍，見羅振玉漢熹平石經殘字集錄續編 陳說闇合。說文門部無閍字，閍為廟門，而所祭即在門內，義重在祭，故許以從示者為正字，而訓之曰門內祭。毛以祭字經文已見，故但曰門內也。祭而又云徬徨者，詩爾雅釋文引說文作彷徨。案說文彳部有徨，無彷徨，從其本言，當作旁皇。案禮記郊特牲云『索祭祝於祊。不知神之所在於彼乎。於此乎。或諸遠人乎。祭於祊。尚曰求諸遠者與。』許以徬徨狀求索之皃。即用禮說。鬃徬雙聲。徨鬃疊韵。兼以聲訓也。鄭箋云『孝子不知神之所在。故使祝博求之平生門內之旁待賓客之處。』案鄭以旁釋祊。亦從聲訓。蓋本其求神之處則曰旁。命爲祭名則曰祊也。許以徬徨狀其皃。鄭以門內之旁明其處。義互相足。並以申成傳意。而詩禮二經之合。亦於是焉見矣。

禂 示部 禱牲馬祭也。从示。周聲。詩曰。既禡既禂。都皓切 ○䮞或从馬。壽省聲。

既禡既禂者。今詩無此文。王應麟詩考引在小雅吉日篇。南有嘉魚之什 說文繫傳則引詩爲徐鍇案語。段玉裁因謂徐鉉誤入正文。桂馥說同。陳喬樅以爲王氏失考。愚案小徐說文出宋蘇頌所傳。元本斷爛。又經張次立更定。已非其舊。且王氏詩考。於小徐引詩。皆標擧書名以爲別。如引載馳『言采其蝱』注。出說文繫傳。引烈祖『亦有和羹』』注。出說文通釋。此條不爲別出。當有所據。案吉日詩曰『既伯既禱』釋文云『禱說文作禂』爾雅釋天曰『既伯既禱馬祭也』彼釋文云『禱說文亦作禂同』然則許所偁之既禡既禂即吉日詩既伯既禱之異文陸氏所見說文當爲六朝舊本以此知大徐非誤入王氏亦非先考矣集韵三十二晧禂下云『說文引詩既禡既禂』又其證也禱通作禂者禱從壽聲禂從周聲重文䮞從壽省聲古音同在幽部伯通作禡者惠棟九經古義謂『周禮大司馬表貉先鄭『貉讀爲禡』又甸祝表貉杜子春『讀貉爲百爾所思之百』書亦或爲禡後鄭肆師注『貉讀爲十百之百』蓋貉讀爲禡又讀爲百百即伯也』伯禡禱禂字可通作而毛許不同者許蓋從三家耳毛傳云『伯馬祖也重物愼微將用馬力必先爲之禱其祖禱獲也』此以伯爲禱馬祖禱爲禱獲獲謂獲禽也二字分訓許訓禂爲禱牲馬祭也者以禱釋禂與毛合而禂兼牲馬之祭則與毛微異案甸祝云『禂牲禂馬』杜子春注『禂禱也爲馬禱無疾爲田禱多獲禽牲詩曰既伯既禱』杜注似本於毛其訓禂爲禱又引吉日詩爲證正與許同而周禮牲馬皆曰禂實許說之所出於此又知毛

詩之旣伯旣禱。伯固叚借字。許引作禡。禡者師祭之名。亦非本字。論其本字皆當作禂。蓋禱馬祖者。求馬肥健。馬肥健然後能馳逐而多獲。是禱馬者卽所以禱牲。其禱雖分。其事則一。爾雅合伯與禱而釋之曰馬祭。納於一義也。周禮兼牲與馬而命之曰禂。統於一名也。兩經互照。似異實同。然而詩以四字爲句。許引禱已作禂矣。若伯亦用本字作禂。則旣禂旣禂。於文爲複。變上文爲旣伯以協句。蓋詩人行文之例則然。毛公順經爲詁。因以伯爲馬祖。而禱馬祖亦謂之伯。伯本借字。故三家又以音同之禡字爲之。其實皆變文以代禂字耳。明乎此。而後毛詩周禮爾雅說文皆可一以貫之。段玉裁疑爾雅馬祭爲專釋詩旣伯之伯。馬瑞辰毛詩傳箋通釋承惠氏說。謂毛詩伯字卽禡之叚借。當從師祭之義。而以爾雅馬祭爲專釋詩旣禱之禱。似皆未能匯觀周禮杜注與說文。故於爾雅之義有未達。馬氏且謂毛公誤讀爾雅。更謬矣。

瑱 玉部 以玉充耳也。从玉。眞聲。詩曰。玉之瑱兮。他甸切 ○⿰耳眞。瑱或从耳。

玉之瑱兮者。鄘風君子偕老文。今詩兮作也。或謂作兮為三家異文。愚案齊風著正義引孫毓詩評擧本詩此文。亦作兮。與說文同。孫所主為毛詩。知毛古本作兮也。瑱者毛傳於本詩訓「塞耳也。」衞風淇奧傳又云「充耳謂之瑱。」充猶塞也。許訓以玉充耳也。即本於毛。瑱之制。天子以玉。諸侯玉石雜。（周禮考工玉人注。公侯四玉一石。伯子男三玉二石。）許但云以玉者。爲其字之從玉也。

玼（玉部）　玉色鮮也。从玉。此聲。詩曰。新臺有玼。（千礼切）

新臺有玼者。邶風新臺文。今詩作泚。毛傳云「泚。鮮明貌。」釋文云。「泚。說文作玼。云新色鮮也。」今說文作玉色鮮。與陸氏所引異。韵會四紙引作「玉色鮮絜也。」又多一絜字。段玉裁說文注本。依釋文補新字於玉色上。謂「玼本新玉色。引伸爲凡新色。」王筠說文句讀則依韵會補絜字於鮮字下。愚案玉之新者。其色自鮮。但云鮮而新之義已見。釋文所據。即使出舊本。然新鮮意複。似不必從。又案集韵四紙云「玼。玉色鮮潔。」不系說文。類篇玉部玼字兩收。一且礼切。云「玉色鮮絜。」一此礼切。引「說文玉色鮮也。」廣韵四紙玼下注亦與今本說文同。是韵會蓋襲集韵，非說文原本。則王氏補絜字亦非也。愚謂玼從玉，故以玉色鮮為本義，引申為凡鮮色。許說與毛義正合。泚玼同從此聲，故二字通用。然說文水部泚訓水清，本詩以狀臺色之鮮明，則正字當作玼。作泚為段借字。許蓋義從毛而字從三家也。

璱 玉部 玉英華相帶如瑟弦。从玉瑟聲。詩曰：璱彼玉瓚。所櫛切

璱彼玉瓚者，大雅旱麓文。文王之什 今詩作瑟。釋文云：『瑟字亦作璱。』是陸氏所見亦作本正與許引合。嚴可均說文校議曰：『宋本及韵會四質引作瑟彼玉瓚。旱麓釋文不云說文作璱，知舊本無異文。』段氏玉裁說文訂云：「此引詩以證从玉瑟之意。」得之矣。愚案集韵七櫛類篇玉部璱下引說文偁詩皆作璱彼，兩書所據亦宋之舊本。小徐影宋鈔本同，則璱字未必誤。段氏說文注本引詩下仍作璱字，蓋其慎也。又案新出漢熹平石經殘字魯詩下文作瑟。見羅氏熹平石經殘字集錄三編 瑟字既是魯詩，則許所偁作璱者，其爲毛詩無疑。毛傳於本文璱字無訓，鄭箋云：『瑟，絜鮮貌。』正義云：『箋以瑟為玉之狀，故

云絜鮮貌。說文云「瑟者玉英華相帶如瑟弦」，或當然。」案孔氏引說文瑟下之語，以申箋，知孔所依傳箋本亦必作瑟。玉篇云『瑟，清淨鮮絜也。』敦煌唐寫本切韻殘卷七櫛云『瑟，玉鮮絜皃。』廣韻七櫛同。篇韻鮮絜之義，蓋即本之鄭箋。又箋本作瑟之旁證。然則今經傳箋皆作瑟者，愚疑為陸氏釋文本，校者又據釋文本以改正義本，於是幷正義所引之說文亦改作瑟字矣。幸熹平石經魯詩殘字有此文，得以證定許引作瑟之為毛詩古本。陸氏舍瑟從瑟，疑六朝舊本或有以魯亂毛者。然說文玨部云『瑟，庖犧所作弦樂也。』則本詩以狀玉瓚，正字自當作瑟。魯詩作瑟，省借字也。（下文瑟彼柞棫，毛傳云，瑟衆貌，鄭箋訓茂盛，毛蓋以上文狀玉用本字，不必訓，下文狀木爲借字，故訓之也。）

瑲（玉部）

玉聲也。从玉，倉聲。詩曰，鞗革有瑲。（七羊切）

鞗革有瑲者，周頌載見文。（臣工之什）今詩作鶬。毛傳云『鞗革有鶬，言有法度也。』鄭箋云『鞗革，轡首也。鶬，金飾貌。』正義申傳曰『鞗革有鶬，鶬爲革之貌，言有法度，雖在有鶬之下，主爲鞗革而言，其意亦兼言旂鈴皆有法也。』又申箋曰『轡用皮革，而云有鶬，故知鶬爲金飾貌。』據此，則孔本作鶬，不作鶬。釋文云『鶬，本亦作鎗。』孔本正與陸氏所出亦作本合。而作鶬者爲陸本。鶬從鳥。本義爲鳥名。鎗從金本義爲鐘聲。孔云毛意兼言旂鈴者。案左氏桓公二年傳云『鍚鸞和鈴。昭其聲也』。鈴在旂上。聲音中節。亦有法度之謂。和鈴又以金爲之。是作鎗蓋爲正字。作鶬叚借字也。許引作瑲。瑲從玉。故訓玉聲。引申爲凡聲之偁。故與鎗通。小雅釆芑『八鸞瑲瑲』。彼釋文云『瑲本亦作鎗』。是其例。或謂鎗既從金。鄭又解爲金飾貌。則鄭意鎗主貌言。不主聲言。愚謂鑾首固有飾。然鑾動則聲生。僅主貌言。於義爲未備。合聲與貌而後法度見。知許鄭二說皆所以足成毛義耳。

陳喬樅韓詩遺說考據大戴禮盧辯注引韓詩內傳。廣韵十三末及史記司馬相如傳正義引韓詩。皆有鶬鴰之文。以作鶬爲韓詩。云『韓詩以鶬爲鶬鴰。謂鑾首飾爲鶬形。爾雅。鶬。麋鴰。即釋此詩鶬字。則魯詩文當與韓同』。如陳說。是毛作鎗。韓魯作鶬。許偁作瑲。蓋齊詩矣。今毛詩注疏本經傳箋皆作鶬。惟正義作鎗。此由正義初本單行。宋始合刻。而傳箋之本。依唐開成石經。石經多依張參五經壁書。張氏又取正於陸氏釋文。於是經傳箋與正義遂不相應。幸合刻時正義鎗字未改。猶得推見本文。

琚（玉部）瓊琚也。从玉居聲。詩曰。報之以瓊琚。（九魚切）

報之以瓊琚者。衞風木瓜文。毛傳云。『琚。佩玉名。』許訓瓊琚者。大小徐本及集韵九魚類篇玉部琚下引竝同。愚案瓊琚非兩字一名。瓊訓赤王。（當作赤玉。）別自爲義。則琚不得訓瓊琚。鄭風女曰雞鳴篇『雜佩以贈之。』彼詩正義引說文云。『琚。佩玉名也。』與此詩毛傳正合。孔氏所引當爲六朝舊本。則今本說文琚下注蓋有誤。玉篇玉部廣韵九魚竝云。『琚。玉名。』五音集韵云。『琚。佩玉名。』說文篆韵譜九魚云。『琚。玉也。』（篆韵譜亦出小徐。今繫傳琚下亦云瓊琚者。桂馥謂蓋後人改之。以同鉉本也。）皆無瓊琚之訓。亦其旁證也。段玉裁說文注訂正作佩玉石。以爲『琚乃佩玉之一物。不得爲佩玉名。佩玉石者。謂佩玉納閒之石也。』案此雖持之有故。然諸書亦未有以琚爲石者。胡承珙毛詩後箋曰。『佩玉名者。雜佩非一。其中有名琚者耳。』斯說近之。

璓（玉部）石之次玉者。从玉莠聲。詩曰。充耳璓瑩。（息救切）

充耳璓瑩者。衞風淇奧文。今詩作琇。說文無琇字。琇即璓之隸省。毛傳云『琇瑩美石也』琇瑩本二物其名異其質同經文連文故毛合訓之許訓石之次玉者案石之美者故次玉許説與毛義亦近玉篇玉部琇下瑩下並引此詩琇下引傳曰『琇瑩美石也』與今毛傳同瑩下引傳曰『石之次玉』則名偁傳而實與説文同玉篇説文句讀據以爲疑愚案許訓瑩爲玉色一曰石之次玉者玉篇瑩下亦先出玉色之訓則下文傳曰之傳蓋一之譌也不足爲毛傳有異之證

玖玉部 石之次玉黑色者从玉久聲詩曰貽我佩玖讀若芑或曰若人句脊之句舉友切

貽我佩玖者王風丘中有麻文毛傳云『玖石次玉者』許訓石之次玉黑色者案玖從久聲與黝音近由質定名由聲見義故知其爲黑色也集韵四十四有類篇玉部引並作『石之次玉黑者』無色字蓋轉寫奪之鄭風女曰雞鳴篇正義引作『石次玉也』無黑色二字則孔氏所節删非原文本詩釋文引説文全與今本同可證也又案衛風木瓜傳云『瓊玖玉名』與此傳異訓彼詩正義曰『丘

中有麻傳云，「玖，石次玉，是玖非全玉也。」孔氏引此傳以證彼傳，則知彼傳本作「玖，玉石。」今木瓜正義瓊玖玉名，玖言玉名，兩名字亦皆石字之誤。名石形近，故譌作名，段玉裁毛詩小箋據此傳及說文以訂木瓜傳之誤，是也。

瑤 玉部 玉之美者。从玉，䍃聲。詩曰，報之以瓊瑤。余招切

報之以瓊瑤者，衛風木瓜文。毛傳云，「瓊瑤，美玉。」許訓玉之美者，與毛合。左氏昭公七年傳正義引此詩毛傳同，但本經上章正義引傳又作瓊瑤美石，則孔氏所據毛傳有作玉作石兩本。此詩釋文云，「瑤，說文云美石。」太平御覽八百九引說文亦作「石之美者。」今說文又作玉之美者，是說文亦有作玉作石兩本也。諸家多疑瑤非玉，謂「說文玉之美者當作石之美者。木瓜毛傳美玉當作美石。」愚案左傳正義曰，「瑤之爲物，在玉石之間，與玉小別，故或以爲石，或以爲玉。」是孔氏於玉石二字，原存兩可之辭，無所偏主，則毛傳不必改也。玉篇類篇玉部集韵四宵瑤下引說文皆作「玉之美者」，廣韵四宵瑤下注云「美玉。」當亦本之說文，則今說文亦不可改也。書禹貢「瑤琨篠簜」，僞孔傳云，「瑤琨皆美玉。」楚辭涉江招

魂王逸注云『瑤玉也』大司命注云『瑤華玉華也』周禮天官內宰鄭玄注云『瑤玉名』是又瑤得爲玉之旁證段玉裁乃曰『凡謂瑤爲玉者非是』泥矣

壻 士部 夫也从士胥聲詩曰女也不爽士貳其行士者夫也讀與細同 穌計切 ○婿壻或从女

女也不爽士貳其行者衞風氓文此引詩證壻從士之意所以說字形也士本訓事引申爲能任事者之偁此詩士字四見三章士猶泛指四章士與女對則斥夫言故許又釋之曰士者夫也周易大過九五云『老婦得其士夫』荀子非相篇云『處女莫不願得以爲士』士之爲夫義有據矣毛傳於士字無訓得許說可以補之爾雅釋親邢昺疏引說文云『壻女之夫也』與今本異嚴可均疑邢疏用李陽冰刊定本愚疑邢氏順爾雅之文以意增成非許書之舊集韻十二霽類篇士部壻下引說文並與今本同可證

壿 士部 舞也从士尊聲詩曰壿壿舞我 慈損切

壿壿舞我者小雅伐木文鹿鳴之什今詩作蹲釋文云『蹲本或作壿』

案說文酋部䢅或從寸作尊。則墫即壿字。是陸氏所見或作本正與許引合。蹲墫同從尊聲。故通用。然說文足部云「蹲。踞也。」是作蹲爲叚借字。許以墫爲正字。蓋從三家也。毛傳云「蹲蹲。舞貌。」許訓墫舞也。義亦相合。墫從士。釋文引說文作「士舞也。」爾雅釋訓釋文引同。較今本多士字。當爲六朝舊本。士舞則從士之意亦見。周禮春官大胥以學士合舞。小胥巡學士舞列。即士舞之證。曰合曰列。則士舞猶言衆舞矣。

藼艸部　令人忘憂艸也。从艸憲聲。詩曰。安得藼艸。況袁切　○蕿或从煖○萱或从宣

安得藼艸者。衛風伯兮文。今詩作焉得諼草。焉安古通用。艸草隸俗通作。釋文云「諼本又作萱。或作蘐。」愚案諼者蕿之譌。萱蘐皆藼之重文。許用本篆。蓋從三家也。毛傳云「諼草令人忘憂。」許訓藼爲令人忘憂艸也。義與毛合。惟既主艸言。則作諼爲叚借字。正字當作藼。爾雅釋訓云「萲諼。忘也。」彼釋文引此詩及毛傳作萲草。萲即蕿之省。然則今詩作諼者。疑緣爾雅萲諼連文同訓。故轉寫混而

爲一。非毛原本也。文選嵇康養生論李善注引毛詩及毛傳文作萱草。其實爾雅此文郭璞注云『義見伯兮考槃詩』是蕿字主伯兮『焉得蕿草』言。諼字主考槃『永矢弗諼』言。義固各有當也。自有作諼之本。釋文正義皆依之。陸氏猶存異文。孔氏遂專執一說。其申傳曰『諼訓爲忘。非草名。故傳本其意。言焉得諼草。謂欲得令人善忘憂之草。不謂諼爲草名。』阮元毛詩校勘記復據詩爾雅釋文以疑毛傳。詩釋文云『善忘。亡向反』爾雅釋文云『毛傳蕿草令人善忘』此兩引音義皆與今本傳文異。案山井鼎考文古本作『善忘憂』以正義證之。則傳文忘上或有善字。然不得謂忘下無憂字也。玉篇蕿下云『令人善忘憂草。』雖不偁詩傳。亦可作爲旁證。謂『傳文忘憂當作善忘。故箋云「憂以生疾。恐將危身。欲忘之」傳不言憂。箋以憂申之也。若傳已云忘憂則生疾危身。人所共曉。何煩更箋乎。』愚案箋言憂以生疾欲忘之。正承傳文忘憂而來。使傳無憂字。則箋於上文已言憂思生疾矣。何爲重出。且如阮說。傳文作『諼草令人善忘』所忘者何事。而經文諼草當訓爲善忘之草矣。愚謂此經與傳。皆當證以許說。經字得許而正。傳義得許而明。文選謝惠連西陵遇風詩李善注引韓詩焉得萱草。又薛君傳曰。諠草忘憂也。陸機贈從兄車騎詩李注又引韓詩作諼草。陳喬樅謂韓與毛同。愚謂薛作諠。即萱之變。易從艸爲從言。猶蕿之作諼也。

芄 艸部

芄蘭，莞也。从艸，丸聲。詩曰：芄蘭之枝。胡官切

芄蘭之枝者，衛風芄蘭文。今詩枝作支。說苑修文篇引詩與許同。呂氏讀詩記載董氏引石經亦作枝。陳喬樅謂支枝古今文之異。愚謂本詩下章云「芄蘭之葉」，則上章作枝爲正字。許蓋從三家也。毛傳云「芄蘭，草也。」不言何草。鄭箋云「芄蘭柔弱，恆蔓於地，有所依緣則起。」亦但言其質。正義申傳引爾雅釋草云「雚，芄蘭。」又引郭璞曰「蔓生，斷之有白汁，可啖。」又引陸機疏云「一名蘿摩，幽州人謂之雀瓢。」是孔意蓋以爾雅之雚當毛傳之草也。許訓莞也者，說文艸部無雚字，爾雅釋文云「雚，郭音灌。」則與萑部之雚音同。但雚訓小爵，其上從卝，又非艸也。愚以陸疏雀瓢之名推之，疑爾雅叚雀名之雚爲草名，恐非許之所取。故許以莞釋之。然許莞下云：「艸也，可以作席。」與鄭箋陸疏郭注異物。且莞篆與蘭蒲相次，芄篆與諸香艸相次。若以莞之本義釋芄蘭，亦似嫌於不類。余因疑芄蘭或別名莞，而非莞蘭之莞。艸木同名異實者，固多有之。釋草又云「莞，苻蘺。」說文云「睆，夫離。」苻蘺即夫離，是爾雅借莞爲睆也。

莞既可借爲夫離之名，自亦可借爲芄蘭之名。本草『白芷』，別錄『一名白茝，一名虈，一名莞，一名苻蘺。』說文虈茝正與芄蘭爲類，皆有莞名。然則莞爲芄蘭之別名，更有徵矣。毛傳之草，或與許說同物，亦未可知。段玉裁乃謂說文芄蘭之注『莞當爲雚。』程瑤田亦謂『證以爾雅雚芄蘭，則莞爲雚字之譌。』胡承珙毛詩後箋又謂『毛詩草字或雚字之誤，或草上脫雚字，當作芄蘭雚草也。』似皆囿於爾雅，未爲知類也。

蓷 艸部 萑也。从艸推聲。詩曰：中谷有蓷。他回切

中谷有蓷者，王風中谷有蓷文。爾雅釋草云：『萑，蓷。』許訓蓷萑也，卽本於爾雅。毛傳云：『蓷，鵻也。』釋文於此詩小序蓷字下引爾雅云『鵻也。』與毛傳合，但於傳文鵻字下又云：『音隹，爾雅又作萑，音同。』與說文合，是陸氏所據爾雅有作萑作鵻兩本。許訓之萑，卽毛傳之鵻也。段玉裁謂爾雅本作隹，與毛傳鵻字同，後人輒加卄頭耳。因改說文之萑爲隹，以與傳合。惟萑在艸部，云『艸多皃。』鵻在鳥部，云『祝鳩也。』則萑鵻異義，蓷而名之曰鵻者，蓋謂艸色與鳥色相似耳。然借從鳥之字以釋草，究非其正，故許不從毛作鵻，而以萑爲詁也。釋文又引韓詩云：『蓷，茺蔚也。』

正義引『李巡曰。「萑臭穢草也。」郭璞曰。「今茺蔚也。」』案茺蔚臭穢一聲之轉。蘇頌本草圖經言茺蔚園圃及田野極多。愚疑此草蕪生。故以蔚或穢名之。萑爲艸多皃。與蔚穢義亦近。皆借字以爲名。郝懿行謂『萑又茺蔚之合聲。』是也。

藟 艸部　艸也。从艸。畾聲。詩曰。莫莫葛藟。一曰秬鬯也。力軌切

莫莫葛藟者。大雅旱麓文。文王之什 毛傳無訓。鄭箋云『葛也藟也。』分爲二物。周南樛木箋同。許但訓艸也。不別爲何艸。然既引詩爲證葛藟連文。許不釋藟爲葛。當亦以爲二物。樛木釋文云『藟似葛之草。』正義云『藟與葛異。亦葛之類也。』足申許鄭之說。戴震詩補注曰『凡言葛藟。謂葛之藤蔓耳。古曰藟。今曰藤。古今語也。舊說分爲二物。非也。』愚案廣雅釋草云『藟藤也。』蓋即戴說所出。然段玉裁曰『葛與藟皆藤生。故詩多類舉之。左氏亦云「葛藟猶能庇其本根。」藤古祇作縢。謂可用緘縢也。』則不從戴說。

蔦 艸部　寄生也。从艸。鳥聲。詩曰。蔦與女蘿。都了切 ○樢蔦或从木。

蔦與女蘿者。小雅頍弁文。甫田之什 毛傳云『蔦寄生也。』許說所本。段

玉裁說文注本依詩釋文及韵會補艸字於寄生下云『蔦其字之從艸也』愚案釋文云『蔦音鳥說文音弔寄生草也』則陸氏本引說文之音其下蓋仍用傳文而以意增草字非必說文有艸字也若出說文則音弔之下當有云字陸氏引書之例多如此且蔦之重文從木作樢爾雅釋木云『寓木宛童』郭璞注云『寄生樹一名蔦』廣雅釋草云『寄屑寄生也』釋木云『宛童寄生樢也』則寄生可以分屬艸木二類矣字林玉篇廣韵二十九篠蔦下皆訓寄生無艸字當本說文集韵類篇蔦下引說文竝與今本同又其證也段氏補字非是

薺 艸部 蒺棃也从艸齊聲詩曰牆有薺 徂礼切

牆有薺者鄘風牆有茨文今詩作茨毛傳云『茨蒺蔾也』與爾雅釋草合許引作薺訓爲蒺棃義同毛而字異蓋本三家茨從次聲薺從齊聲古音同在脂部故二字通用然許訓茨云『以茅蓋屋也』則作茨爲叚借字正字當作薺禮記玉藻云『趨以采薺』鄭玄彼注云『薺當爲楚薺之薺』今詩小雅則作『楚茨』蓋鄭君注禮在

箋毛詩前，其時亦用三家文，故以湏爲薪，與許同也。

芩 艸部 艸也。从艸，今聲。詩曰：食野之芩。巨今切

食野之芩者，小雅鹿鳴文。鹿鳴之什 毛傳云：『芩，草也。』許亦訓艸，與毛合。然釋文芩下引說文云：『蒿也。』則陸據說文與今本異。段玉裁謂『訓蒿與弟二章不別，恐是一本作蒿，屬釋文也字或屬字之誤。』愚案許於菣下、蓬下皆訓蒿也。若陸引說文爲古本，則芩之訓蒿，正與菣蓬一例，疑蒿是大名，餘皆別名。別名不必言屬而爲屬可知。今本作艸者，嚴可均謂『蓋校者以毛傳改。』是也。惟集韵二十一侵類篇艸部芩下引說文，竝與今同，則其改已舊。玉篇云：『芩，黃芩也。』下亦引此詩，而以菳爲芩之重文。許訓菳爲黃菳，與芩爲二物。疑玉篇因說文菳芩二篆相鄰，偶混爲一耳。太平御覽九百九十二引說文云：『菳，黃芩也。』蓋又沿玉篇而誤。陳喬樅謂玉篇以芩爲黃芩，『蓋據韓詩之說。』別無旁證，未必是。

虉 艸部 綬也。从艸，鶂聲。詩曰：邛有旨虉是。五狄切

邛有旨虉者，陳風防有鵲巢文。今詩作鷊。毛傳云：『鷊，綬草也。』案

爾雅釋草云「虉綬」，彼釋文云「虉又作鷊」，是毛傳與爾雅又作本合。說文無虉字，虉即鷊之俗。許引作鷏，訓綬也，義同毛而字異，蓋本三家。鷏從鶪聲，鷊從鬲聲，古音同在支部，故二字通用。然說文鳥部鷊爲鶂之重文，本義爲鳥名，則作鷊亦叚借字。許以鷏爲正字也。詩正義引郭璞曰「鷊，小草，有雜色，似綬也」，又引陸機疏云「鷊，五色，作綬文，故曰綬草」。愚疑鳥文似綬，草文似鳥，故古叚從鳥之字爲之。鷏雖從艸，而以鶪爲聲，鶪亦鳥也。吳玉搢謂鶪自爲伯勞，與綬義無涉。王育曰「伯勞聲非一端，綬艸文非一色，故从鶪」。似皆未悟通借之理，王說尤爲傳會。

蔞 艸部

艸也。从艸，要聲。詩曰：四月秀蔞。劉向說此味苦，苦蔞也。於消切

四月秀蔞者，豳風七月文。毛傳云「不榮而實曰秀。蔞，蔞草也」，許說所本。傳兼釋秀字，許但引證蔞字，訓曰艸也。艸字與本篆連讀，亦以蔞艸爲名也。其引劉向說，蓋亦劉氏說詩之語。鄭箋云「夏小正四月王萯秀，蔞其是乎」，正義申箋云「蔞之爲草，書傳無文。四月已秀，物之鮮矣，故疑王萯正與蔞爲一，言蔞其是乎，爲疑之辭也」。

是則蔞草究爲何物。鄭亦未能證定。許引劉說。或許意以苦蔞當之。味苦則應夏令也。戴震毛鄭詩考正云「蔞者幽莠也。戰國策云「幽莠之幼也似禾。」夏小正「四月秀幽。」幽蔞語之轉耳。」戴意蓋在訂鄭。愚案似禾之莠。即說文所云禾粟下生者。程瑤田九穀考謂『莠秀於六月而非四月。且莠試嘗之而味甘。亦與苦蔞不合。』則戴以莠爲蔞。似亦未确。且夏小正之秀幽。與國策之幽莠。其爲一物二物。亦尚不敢知。段玉裁亦以小正秀幽之幽擬蔞。謂『鄭不當援王萯。』然不涉及國策之幽莠。較戴說爲有分別。蓋以此詩之蔞。與小正之幽。不惟聲近。其秀又同在四月。或是一物耳。

蕣（艸部）　木堇朝華暮落者。从艸。舜聲。詩曰。顏如蕣華。舒閏切

顏如蕣華者。鄭風有女同車文。隸變作蕣。今詩作舜。毛傳云「舜。木槿也。」爲許所本。許字作蕣。蓋從三家。蕣從舜聲。故通用。然說文云『舜。艸也。楚謂之葍。秦謂之藑。』與木堇異物。則作舜爲省借字。作蕣正字也。爾雅釋草木槿別二名。曰椵曰櫬。而無蕣。說文木部有櫬無椵。櫬又自有本義。則爾雅二名。亦借字也。高誘呂氏春秋仲夏紀

注。淮南時則篇注。趙岐孟子注。李善文選神女賦注。齊民要術十。太平御覽九百九十九百卉部引此詩並作蕣。與許同。（王夫之詩經稗疏云『郭璞爾雅注云「蕣華有赤爲蕣」。蕣花本白。間有赤者。則爲蕣。蕣舜音相近。舜即蕣也。此草本草名旋花。秋開粉紅花。如牽牛花。俗謂之鼓子花。其千葉者謂之纏枝牡丹。其花雖不雅而亦鮮媚。以比美女之顏。所謂施朱太赤。施粉太白。在紅白之間也。』案此主舜之本義與毛傳異。自可以備一解。）

茁 艸部

艸初生出地皃。从艸。出聲。詩曰。彼茁者葭。（鄒滑切）

彼茁者葭者。召南騶虞文。毛傳云『茁。出也。』許訓艸初生出地皃者。爲其字之從艸也。皃字足以補明傳義。正義申傳曰『謂草生茁茁然出。故云茁出也。非訓爲出。』則孔意亦以茁爲草生之皃也。段玉裁毛詩小箋亦謂傳文出也之也當作皃。蓋本於此。（陳奐謂正義本作皃字。今作也字者。是以已誤之傳改之也。此則不然。孔因傳作出也。恐人誤解。故特申之曰非訓爲出。若本作皃字。則不須申矣。）

薾 艸部

華盛。从艸。爾聲。詩曰。彼薾惟何。（兒氏切）

彼薾惟何者。小雅采薇文。（鹿鳴之什）今詩薾作爾。惟作維。惟維通用字。毛傳云『爾。華盛皃。』許引作薾。亦訓華盛。蓋義從毛而字從三家也。薾從爾聲。故通用。然說文㸚部爾下云『麗爾。猶靡麗也。』靡麗與華盛之義雖相近，但爾與爽同意，義主於明，詩以狀常棣之華，當以從艸之薾爲正字，作爾段借字也，五經文字艸部薾下亦云「今詩小雅借爾字爲之」是也。

萋 艸部 艸盛，从艸，妻聲，詩曰，菶菶萋萋。七稽切

菶菶萋萋者，大雅卷阿文，生民之什 毛傳云「梧桐盛也」正義申傳曰「言梧桐盛，解菶菶萋萋」鄭箋云「菶菶萋萋，喻君德盛也」正義申箋曰「菶菶萋萋，梧桐之貌也，箋於上經以梧桐喻明君，故以梧桐盛喻君德」愚案梧桐木類，許萋與菶竝訓艸盛者，以其字從艸，艸盛其本義也，艸木同類，引申之亦得施於木盛矣，小雅出車云「卉木萋萋」彼詩兼草木言之，是其證，又說文萋菶兩篆相蒙，萋下引詩而菶可互照，亦一例也。

薿 艸部 茂也，从艸，疑聲，詩曰，黍稷薿薿。魚已切

黍稷薿薿者，小雅甫田文，甫田之什 毛傳無訓，許訓茂也，可補傳義，鄭箋云「薿薿然而茂盛」與許說合，正義亦以箋意爲傳意，廣雅釋訓云「薿薿，茂也」本說文也，玉篇艸部云「薿薿，茂盛皃」廣韻六止

云『薿草盛皃』則竝取於鄭

芃 艸部

艸盛也从艸凡聲詩曰芃芃黍苗（房戎切）

芃芃黍苗者曹風下泉小雅黍苗（魚藻之什）文下泉毛傳云『芃芃美貌』黍苗傳云『芃芃長大貌』兩傳畧同許訓艸盛者爲其字之從艸也盛與美長大義亦近又鄘風載馳云『芃芃其麥』彼傳云『芃芃然方盛長』許說葢本於彼下泉正義曰『言芃芃然盛者黍之苗也』卽用許義玉篇艸部云『芃草茂盛皃』廣韻一東云『芃草盛也』竝與許合

蔽 艸部

艸旱盡也从艸俶聲詩曰蔽蔽山川（徒歷切）

蔽蔽山川者大雅雲漢文（蕩之什）今詩作滌滌毛傳云『滌滌旱氣也山無木川無水』許引作蔽訓爲艸旱盡以其字從艸也山枯川竭卽是盡義是毛許字異而義實同許蔽字從三家也蔽通作滌者案蔽從俶聲俶從叔聲（馬瑞辰曰叔與少長之少多少之少音雙聲而義同說文宋無人聲鵠羌鵠凡從叔聲者皆有無義與蔽之訓艸旱盡者義正相近）滌從條聲條從攸聲叔聲攸聲古音同在幽部故蔽讀如滌集韻俶或作倜蔽之爲滌猶俶之爲倜也玉篇艸部引此詩作

蔋蔋云『旱氣也』本亦作滌』淑蓋蔋之譌廣韻二十三錫云『蔋草木旱死也』又沿玉篇集韻因又以蔋爲蔋之或體段玉裁謂『叔聲淑聲字多不轉爲徒歷切疑字當作蓧』可謂偶失之疏矣陳喬樅詩經四家異文考又疑玉篇蔋爲蓧之譌字蓋亦承段說也惟說文水部云『滌洒也』則作滌爲叚借字正字當作蔋詩正義申傳曰『此皆爲旱而言故知滌滌是旱氣也旱氣之害於山川者故爲山無木川無水』是孔氏亦不以旱氣爲滌滌之正訓也若如段氏作盪滌解意亦可通但其字亦不必從草

薈　艸部　艸多皃从艸會聲詩曰薈兮蔚兮　烏外切

薈兮蔚兮者曹風候人文毛傳云『薈蔚雲興貌』鄭箋云『薈蔚之小雲』是毛鄭皆連薈蔚合訓之以爲狀雲之詞許訓薈爲艸多皃者以其字從艸也蓋艸多皃爲薈之本義引申爲凡會萃之偁蔚者說文本訓牡蒿文選班固西都賦李善注引蒼頡篇云『蔚草木盛貌』則蔚之別義亦與薈同然則詩之薈蔚蓋言雲氣渟滀如草木之蒙茸猶淮南覽冥篇所謂『山雲草莽』耳許說與毛鄭亦互

相足。徐鍇以爲『言草如雲之盛』，非也。後儒解此詩，亦或謂薈蔚專言草木，朝隮爲雲，與失之。

芼 艸部

艸覆蔓。从艸，毛聲。詩曰：左右芼之。莫抱切

左右芼之者，周南關雎文。毛傳云『芼，擇也』，正義引爾雅釋言云『芼，搴也』。又引孫炎曰『皆擇菜也』。愚案孫用毛說以解爾雅，知搴擇義相近，謂搴之而擇之也。然說文見部云『覒，擇也』，如傳義，則正字當作覒，作芼叚借字也。許訓艸覆蔓者，乃芼之本義，與爾雅毛傳竝異。戴震曰『芼從艸毛聲，菜之亨於肉湆者也。芼之言用爲鉶芼，昏義牲用魚，芼之以蘋藻，內則雉兔皆有芼是也』。陳壽祺亦曰『昏義言婦人將嫁，教於宗室，教成祭之，牲用魚，芼之以蘋藻，即覆之義也』。據此，則許說蓋本昏義，偁詩所以證芼之引申義也。疑許字同毛，而義從三家，嚴可均因擇爲覒字之義，謂『此引詩若非後人所加，即有脫文』，非也。玉篇見部引詩作『左右覒之』，云『本亦作芼』。此則或字本三家，而義從毛，陳喬樅以『覒爲今文正字』，得之。胡承珙曰『芼本艸覆蔓之名，菜亦艸類，惟其覆地蔓延，故須拔之而擇之，義相成也』。案此欲通毛許之訓，亦可

以備一解。

蘀 艸部 艸木凡皮葉落陊地爲蘀。从艸，擇聲。詩曰：十月隕蘀。它各切

十月隕蘀者，豳風七月文。毛傳云：『隕，墜；蘀，落也。』許訓艸木凡皮葉落陊地爲蘀者，集韵類篇引無落字。案經文隕與蘀連，毛既訓隕爲墜，則蘀之爲落，葢謂欲落之葉，非零落之落。蘀本落葉之名，隕蘀者，猶云墜此落葉。毛語簡質，故但云蘀落，得許說而毛義乃顯。正義曰：『十月木葉皆隕落也。』雖以木葉二字申傳，而下言隕落，似於毛訓蘀爲落，猶以爲零落。黄震日鈔曰：『說文乾葉爲蘀，當從之。傳云蘀落也，與隕字何別？』案黄氏約說文之義，雖非本訓，而深得許恉，惟亦未能體悟毛傳之意，故疑毛而主從許耳。又案鄭風蘀兮傳云：『蘀，槁也。』箋云：『槁謂木葉也。』與此傳互證，其義益明。荀子王霸篇議兵篇皆有『振槁』之文，漢書汲黯傳有『振落』之文，振槁、振落，猶隕蘀矣。

蘔 艸部 艸旋皃也。从艸，榮聲。詩曰：葛藟蘔之。於營切

葛藟蘔之者，周南樛木文。今詩作縈。毛傳云：『縈，旋也。』說文衣部

縈下讀若引詩亦作縈，與毛同。此引作縈，訓艸旋皃，則義與毛合。而字異。蕠本三家。蕠从縈聲，縈與蕠同从熒省聲，故二字通用。然說文糸部云『縈，收韏也。』葛藟緣木，言收韏則不詞。毛訓縈爲旋，乃縈之引申義，是作縈爲叚借字，許以蕠爲正字也。

艽 艸部

遠荒也。从艸，九聲。詩曰：至于艽野。巨鳩切

至于艽野者，小雅小明文。谷風之什 毛傳云『艽野，遠荒之地。』許訓艽遠荒也，與毛合。艽从九聲，九之言究，究者窮也，故義爲遠荒。正義申傳曰：『野是遠偁，艽蓋地名，言其歷日長久，明當至于遠處，故言遠荒之地。』恐非傳恉。宋翔鳳過庭錄謂『艽野在西方三千里之外，迺古西戎之地。鬼方卽是西羌，鬼與艽聲相近，故鬼方亦謂之艽野。』此又牽於孔氏地名之說，而以鬼方實之，益爲傅會，不悟鬼艽聲雖可通，然考大雅蕩篇云『覃及鬼方。』彼傳云『鬼方，遠方也。』亦不以鬼方爲地名也。又文選班固典引云『感靈行乎鬼區。』蔡邕注云『鬼區，絕遠之區也。』知鬼區亦卽鬼方，以鬼爲遠，明鬼爲艽之叚借，不得以此詩之艽爲鬼之叚借也。

蒮 艸部 艸也。从艸，隺聲。詩曰：食鬱及蒮。余六切

食鬱及蒮者，豳風七月文。今詩作薁。毛傳云：『薁，蘡薁也。』許引作蒮，訓曰艸也。文義皆與毛異。案爾雅釋草云：『蒮，山韭。』邢昺疏曰：『韭生山中者名蒮。韓詩云：「六月食鬱及蒮。」』又掌禹錫等本草蘇頌本草圖經羅願爾雅翼引韓詩竝與邢疏同，亦以山韭訓之。是許之所偁，蓋從三家也。惟說文韭部韱訓山韭，蒮但訓艸，疑許意蒮與山韭別物，郝懿行以為『蒮一名韱』，未必是。

薻 艸部 水艸也。从艸从水，巢聲。詩曰：于以采薻。子晧切 ○藻，薻或从澡。

于以采薻者，召南采蘋文。今詩作藻，即薻之重文。毛傳云：『藻，聚藻也。』聚言其叢生之狀。鄭箋云：『藻之言澡也。』就聲以為訓。許訓水艸者，以其字從艸從水，蓋於字形見義也。詩正義引陸機云：『藻，水草也。』與說文合。玉篇訓為『水中菜』。菜即艸之可食者也。

菉 艸部 王芻也。从艸，彔聲。詩曰：菉竹猗猗。力玉切

菉竹猗猗者，衛風淇奧文。今詩作綠。毛傳云：『綠，王芻也。』許引作

菉亦訓王芻，義同毛而字異。陳喬樅以作菉爲三家文，愚案爾雅釋草云：『菉，王芻。』即許說所本。禮記大學引此詩亦作菉，與許同。陳氏以爾雅爲魯詩，故其言云然。但酈道元水經注淇水篇引此詩及毛傳字皆作菉，明偁毛云，則所據當爲毛本，是魯與毛同字，許之所引，自從毛，非從三家矣。綠與菉皆從彔聲，故二字通用。然說文糸部云：『綠，帛青黃色也。』則作綠爲叚借字，正字當作菉。尋藝文類聚二十八引班彪游居賦云：『瞻淇奧之園林，善綠竹之猗猗。』正用此詩，翫其詞意，是以綠竹爲竹，班氏世治齊詩，疑作綠爲齊詩文。後人以之亂毛，毛以菉與竹爲二物，字殊而義亦別矣。陳氏堅執毛詩作綠，遂謂『齊魯同文，班賦用綠竹，綠亦當作菉，此後人順毛改字。』非確論也。又案釋文云：『綠竹並如字，韓詩竹作藩，云「藩，萹筑也。」』據此，則今詩作綠，六朝已然。陸氏又出韓詩竹之異文，不言韓綠有異，明作綠亦韓所同，然則是齊韓同文，非齊魯同文也。

藚 艸部 水舄也。从艸，賣聲。詩曰：言采其藚。 似足切

言采其藚者，魏風汾沮洳文。隸省作藚。毛傳云：『藚，水舄也。』許說

所本爾雅釋草云「蕢牛脣」郭璞注引毛傳水舃以釋之說文無舃字阮元謂郭氏引之加艸頭耳詩正義又引陸機疏云「今澤舃也」案本草澤瀉一名水瀉蘇頌本草圖經云「春生苗多在淺水中葉似牛舌草」然則爾雅牛脣之名蓋取其形似耳舃又作瀉者亦轉寫之異玉篇艸部蕢下兼存爾雅詩傳之義其引傳亦作水蕮疑加艸頭或相承有此本又案釋草別有「蕍蕮」郭注云「今澤蕮」則郭意水蕮又與澤蕮異物草類形似名雜非多識者無以辨之矣王夫之曰「爾雅蕢牛脣郭璞曰「如續斷寸寸有節拔之可復」則蕢乃牛膝非澤瀉矣廣雅謂之牛莖牛莖牛脣之轉也蕢之為言續也牛膝有續筋接骨之功故謂之蕢牛膝葉似莧菜一名山莧菜苗嫩時可食故采之以茹與莫同若澤瀉苗不可食何為采之哉」案此說中爾雅以釋詩雖異毛許自成一說

茆 艸部

鳧葵也从艸丣聲詩曰言采其茆 力久切

言采其茆者魯頌泮水文今詩言作薄陳瑑曰「案泮水薄采其芹薄采其藻薄采其茆汾沮茹言采其莫言采其藚以類屬詞一則三言薄采一則三言言采本自不誤許書于蕢下引言采其蕢于茆下引言采其茆校書者涉彼注而誤薄為言采也」案陳氏此說是言茆作茆釋文云「茆音卯徐音柳韋昭萌藻反」愚案說文柳本從丣作桺音力九切今作柳者隸變也如徐

邈音，則字當作蕕，與許同。茆從卯聲，蕕從丣聲，古音雖同在幽部，皆可與酒老道醜韵。然說文無茆字，固當以蕕為正。惠棟曰：「丣為古文酉，是蕕即莤也。說文酉部有莤字，而艸部又有茆字，以為鳧葵，此必茆字之誤。」桂馥從其說，愚案此雖持之有故，然考玉篇艸部茆蕕二字相次，茆下云：「閭酉切，鳧葵也。詩云：言采其茆。或亡絞切。」蕕下云：「同上，出說文。」是顧野王所見說文舊本亦作蕕，惟茆蕕經典轉寫相亂已久，故顧氏以茆蕕為一，而云茆有兩音，其閭酉切即徐邈之音栁也。其亡絞切即陸氏之音卯也。然猶賴存蕕字，得以證定許書。廣韵四十四有僅收茆字，類篇同，皆作力久莫飽兩切，集韵且引說文作茆，而音則力九切，音是形非，尤不可以不辨也。余謂此字在詩無妨兩作，而許之所引，或字本三家，不可改說文之蕕為茆以同今詩，亦不必改今詩之茆為蕕以同說文。音既相通，各存其形可也。至其為義，毛傳云：「茆，鳧葵也。」許說與合。釋文引鄭小同云：「江南人名之蓴菜，生陂澤中。」正義引陸璣疏云：「茆與荇菜相似，葉可以生食，又可鬻，滑美。江南人謂之蓴菜，或謂之水葵，諸陂澤水中皆有。』小鄭陸疏皆以爲鳧葵即是蓴茆。王夫之詩經稗疏曰。『後漢書馬融廣成頌唐太子賢注曰。「茆。鳧葵。葉圓似蓴。生水中。今俗名水葵。」言如蓴。則非、即蓴可知。蓴唯江南有之。所謂千里蓴羹也。使魯泮漢苑而皆有。張翰無勞遠憶矣。茆與蓴皆有水葵之名。然二種相似而有辨。陸機所未審也。』案王氏審物辨方。其說甚是。釋文所引。尚有干寶何承天諸家之說。而曰『解者不同。未詳其正』則陸德明亦不以蓴茆爲定論矣。

薅（蓐部）　拔去田艸也。从蓐。好省聲。呼毛切　○蔙。籀文薅省。○茠。薅或从休。詩曰。既茠荼蓼。

既茠荼蓼者。周頌良耜文。（閔予小子之什）今詩既作以。茠作薅。案爾雅釋草云、『荼。委葉。』郭璞注引詩『以茠荼蓼。』本詩釋文引說文亦作『以茠。』則今本說文既字疑以字之誤。作茠許郭所同。茠本薅之重文。許偁詩不在薅下。蓋所據三家文也。毛傳於薅字無訓。鄭箋釋薅爲去。與許說拔去田艸合。詩釋文引作拔田草。無去字。疑奪之。小徐本作『拔田艸也。』段玉裁從之。謂『拔者迫地削去之也。』然集韵六豪類篇蓐部引竝與大徐本同，韵會多依小徐，而四豪所引亦同於大徐，則小徐挀字殊未可據。玉篇亦作『挀田草也』，又其旁證也。一切經音義卷十一引說文『除田草曰茠』，此葢玄應以意約之，非許書原文。廣韵六豪『薅，除田草也』，五經文字艸部云：『薅，拔草也』，皆不系說文。

犉（牛部） 黄牛黑脣也。从牛，𦎫聲。詩曰：九十其犉。（如勻切）

九十其犉者，小雅無羊文。（鴻雁之什）隸省作犉。毛傳云『黄牛黑脣曰犉』，許訓與合。爾雅釋畜云『黑脣犉』，不言黄牛。詩正義列而申之曰：『釋畜云黑脣曰犉，傳言黄牛者，以言黑脣，明不與身色同，而牛之黄者衆，故知是黄牛也』。段玉裁謂『牛以黄爲正色，凡不言何色，皆謂黄牛也』，又與孔說互足。

牣（牛部） 牣滿也。从牛，刃聲。詩曰：於牣魚躍。（而震切）

於牣魚躍者，大雅靈臺文。（文王之什）毛傳云：『牣，滿也』，許說所本。其字從牛，徐鍇曰：『牛，大物也，故爲滿』。正篆下又重出牣字者，大小徐本及集韵類篇引皆同。段玉裁謂『此複字刪之未盡者』。愚案：韵會十二震引不重牣字，廣韵二十一震牣下注同，當亦本之說文，則段說是也。玉篇牛部云『牣，滿也，益也。』雖不系說文，而滿上亦無牣字，又其旁證也。

㘈口部　小兒嗁聲。从口，瓜聲。詩曰：后稷呱矣。古乎切

后稷呱矣者，大雅生民文。生民之什毛傳云『后稷呱呱然而泣。』蓋依經為訓，以呱矣為狀泣之皃，故重言以明之。許云小兒嗁聲者，以其字從口，就形為訓也。詩釋文云『呱，泣聲也。』正義云『呱矣，謂其泣之聲。』皆以聲字足傳，竝用許義。

喤口部　小兒聲。从口，皇聲。詩曰：其泣喤喤。乎光切

其泣喤喤者，小雅斯干文。鴻雁之什毛傳鄭箋無訓。許云小兒聲者，以其字從口也。玉篇云『喤，小兒啼聲。』詩釋文云『喤，聲也。』皆本許說。喤又從皇，皇有大義，段玉裁云『喤謂小兒大聲也』，得之。

㘈口部　小兒有知也。从口，疑聲。詩曰：克岐克㘈。魚力切

克岐克㘈者，大雅生民文。生民之什今詩作嶷，毛傳云『岐，知意也。嶷，識也。』許引作㘈，訓小兒有知也，字與毛異，而有知之訓，則與毛岐下

義合。張弨謂『說文作㘈。則詩之嶷字。後人因岐所改也。』段玉裁亦曰。『此由俗人不識㘈字。蒙上岐字改從山旁耳。』愚案鄭箋云。『能匍匐則岐岐然意有所知也。其貌嶷嶷然有所識別也。』岐主意言。嶷主貌言。似鄭所據本已作嶷。故釋文正義皆承之。未必俗人所改。漢陳留太守胡公碑云。『克岐克嶷。』童子逢盛碑云。『蚤克岐𡾋。』郎中馬江碑云。『岐嶷有度。』郎中鄭固碑云。『蓍性情於岐嶷。』郙閣碑云。『岐嶷而超等。』凡漢石中用此詩岐嶷字者。皆從山不從口。又舊本作嶷之證也。惟說文山部嶷爲山名。詩以知識爲義。則作嶷爲叚借字。正字當作㘈。許蓋從三家也。淮南本經篇『菱杼紾抱。』高誘注云。『抱讀岐㘈之㘈。』此引詩證音。而字亦作㘈。正與許同。

嘽 口部 嘽息也。一曰喜也。从口。單聲。詩曰。嘽嘽駱馬。他干切

嘽嘽駱馬者。小雅四牡文。鹿鳴之什 毛傳云。『嘽嘽。喘息之貌。馬勞則喘息。』許亦訓喘息也。與毛合。惟毛主詁經。詩與駱馬共文。故又系之馬勞。許主解字。其字從口。則許意當爲通訓。不專言馬。玉篇口部云。

『嘽馬喘息皃』。廣韵二十五寒云『嘽馬喘』。皆用毛義。非本說文也。又嘽有兩義。此偁詩證前義。當在一曰之上。

呬 口部 東夷謂息爲呬。从口。四聲。詩曰。犬夷呬矣。虛器切

犬夷呬矣者。今詩無此文。王應麟詩考引在大雅緜篇。文王之什 案緜之詩曰『混夷駾矣。維其喙矣』。王夫之詩經考異以爲此是『混夷駾矣』之異文。戴震方言考證桂馥說文義證說同。胡承珙謂馬部引詩『昆夷駾矣』。則此引詩當作『維其呬矣』。卽『維其喙矣』之異文。呬喙字異。或出三家。段玉裁謂許合二句爲一句。與日部引『東方昌矣』相似。馬瑞辰從其說。愚案駾與呬音義皆遠。似不得相通借。王戴桂之說未必確。集韵六至類篇口部呬下引說文此條全與今本同。胡謂引詩當作維其呬矣者亦非。許君引經隱栝兩句。旣有先例。則段說是也。毛作混夷。許作犬夷者。案大雅皇矣云『串夷載路』。鄭箋云『串夷卽混夷』。彼正義曰『書傳作畎夷。畎混聲相近。或作犬夷。犬卽畎字之省也』。此犬混相通之證也。毛作喙矣。許作呬矣者。案方言二云『⿰飠息。喙。呬。息也。自關而西秦晉之間或

曰喙，或曰𩞁。東齊曰呬。』此呬喙相通之證也。惟據方言東齊曰呬，則許云東夷謂息爲呬，東夷當作東齊。疑校者因下文引詩犬夷，故改齊爲夷，非許書之舊。至犬呬二字，與混喙之異，許蓋本三家文耳。又案廣韵二十廢云：『𤸊，困極也。詩曰：昆夷𤸊矣。本亦作喙。』此亦合本詩兩句而擧之，以喙爲𤸊，或亦三家異文，可與許引相參。

啍 口部 口气也。从口，𦎧聲。詩曰：大車啍啍。他昆切

大車啍啍者，王風大車文。隸省作啍。毛傳云：『啍啍，重遲之貌。』許訓口气也者，段玉裁曰：『啍言口气之緩，故引申以爲重遲之皃。』據此，是許引詩說叚借也。王筠亦以此引經爲別一義。陳奐詩毛氏傳疏曰：『說文：諄，告曉之孰也。讀若庉。謘，語諄謘也。讀若行道遲遲。諄謘連篆，是諄有重遲意。啍與諄同。』此說亦通。馬瑞辰以說文啍爲口气，因謂『詩之啍啍，亦當爲車行之聲，猶檻檻也。』其意蓋在援許說以易毛義。愚案正義申傳曰：『啍啍，行之貌，故爲重遲。上言行之聲，此言行之貌，互相見也。』則馬說未可從。

嚏 口部 悟解气也。从口，疐聲。詩曰：願言則嚏。都計切

願言則嚏者，邶風終風文，毛傳云「嚏，跲也。」鄭箋云「嚏讀當為不敢嚏咳之嚏，今俗人嚏云人道我，此古之遺語也。」許訓悟解气也，字同而所解各異者，案釋文曰「疐本又作嚏，又作疐，舊竹利反，劫也，鄭作嚏，音都麗反。」又曰「劫本又作跲，孫毓同，崔云「毛訓疐為㰦，今俗人云欠欠㰦㰦是也，不作劫字。」」據此則陸氏釋文本經文作疐，傳文作劫，反復推尋經文傳文，皆有數本，經文蓋原有作疐作嚏二本，疐即疐之省，嚏即嚏之省。（廣韻十二霽以嚏為嚏之俗。）以疐非說文止部訓疾之疐。（段氏曰：若作止部之疐，鄭不得讀為嚏，釋文亦不當作竹利反。）而鄭君所據本作疐，故箋以讀為破其字。爾雅釋言云「疐，跲也。」則今本傳文跲也之訓亦正為疐字發，正義申傳曰「王肅云「願以母道往加之，則嚏劫而不行。」跲與劫音義同也。」（下又云「定本集注並同。」案集注為崔氏作，則孔氏所見崔本亦作劫，與陸氏所云崔作㰦者又異，然陸引崔有不作劫字之語，則當從陸。）此嚏字亦當作疐，崔靈恩本作疐，則陸本之所出也。疐既為疐之或體，而崔謂毛訓疐為㰦，引欠欠㰦㰦證之，（臧琳經義雜記曰「說文欠部無㰦字，有吹字，云出气也，從欠從口。徐鉉曰「口部已有吹噓，此重出。」案吹噓字當在口部，欠部吹為張口气悟，不當複有吹字，且本訓為出气，與口部吹噓義又微別，疑即㰦之譌字，云字篆作㰦，若偏旁誤從口，遂作吹矣。」）

案此說可證崔引毛傳作㰦之有本。案欠者張口气悟也。則與許君悟解气之訓合。而非疐之本義。鄭雖破疐爲嚔。然作嚔非始於鄭。故釋文先出。又作嚏。嚏即嚔也。可見經文原有作嚔之本。後出鄭作嚔者。蓋在陸時作嚏之本與嚔竝行。陸氏不辨嚏之即嚔。疑爲有異。且鄭讀爲嚔咳。陸音都麗反。出其字所以著其音也。嚔咳由於鼻塞。非由气悟。鼻塞則噴。气解則欠。是鄭於經文破字與許同。而解經實與許異。馬瑞辰曰。「倉頡篇嚔噴鼻也。通俗文。張口運氣謂之欠㰦。二者不同。說文嚔悟解气也。繫傳云。腦鼻中气壅塞。噴嚔則通。故云悟解气。是悟解气即噴鼻。廣韵亦曰嚔鼻气也。」案此說亦通。愚因疑經文作疐者爲毛本。作嚔者爲三家本。崔氏集注所據傳文作㰦者爲毛古本。陸氏釋文所據作劫者由王肅以㰦劫形近。擅改毛公以疐爲叚借字。故以㰦訓之。王肅不知毛恉。以疐之本義爲礙不行。乃遂就㰦改劫。而以不行二字申之。劫者。人欲去以力脅止也。雖與不行之義通。究爲借用。孫毓作毛詩異同評。主於申王。因又據爾雅以跲字易之。正義所依者爲孫本。欲曲爲通之。故曰跲與劫音義同。使毛傳原作跲。則王氏必不作劫。使毛傳原作劫。則崔氏必不得釋以欠㰦矣。自有疌嚏之省體。於是經亂。自有王。

肅之改本，於是傳亂，經本作疐，鄭雖讀爲嚏，破字而未易字也。後人從箋改傳，因並改經。段氏曰：唐石經以下經傳皆從口，是用鄭廢毛。而經乃作嚏矣，傳本作㰦，王雖改爲劫，未以爲跲也。孫毓又改同爾雅，孔從孫本，而傳乃作跲矣。此其遞變之跡，昭然可見者也。玉篇嚏下云：「噴鼻也。詩曰：願言則嚏。」引經同許，訓義同鄭。陳喬樅謂玉篇是據韓詩之文，然則鄭於此詩用韓義易毛，許則義仍宗毛，以嚏爲本字，故字從三家耳。微崔氏糾劫之誤，無以存毛傳之眞；微許君气解之訓，無以見崔說之确；而毛本疐爲借字，三家本嚏爲正字，更無以明之矣。段氏曰：「崔靈恩集注改劫爲㰦，是葢以附合許之嚏解，而不知許自解嚏，非解毛之疐也。改疐爲嚏，自鄭君始，許在鄭前，安得從鄭易毛，各本說文有詩曰願言則嚏六字，今刪。」案段於陸氏釋文、孔氏正義未能細加尋繹，故有是說，未可從。

咥 口部

大笑也。从口，至聲。詩曰：咥其笑矣。許旣切，又直結切

咥其笑矣者，衛風氓文。毛傳云：「咥咥然笑。」葢以咥爲笑之貌，故重言以明之。許訓大笑也者，案咥從至聲，高誘國策秦策注云：「至猶大也。」呂氏春秋愼行論求人注云：「至，大也。」爾雅釋詁云：「晊，大也。」彼釋文云：「晊本亦作至。」是至有大義之證。故許訓大

笑。大笑者。笑之至也。

呭 口部 多言也。从口。世聲。詩曰。無然呭呭。余制切

無然呭呭者。大雅板文。生民之什 今詩作泄。毛傳云。『泄泄猶沓沓也。』鄭箋合上文無然憲憲而釋之云『王方欲艱難天下之民。又方變更先王之道。臣乎。女無憲憲然無沓沓然為之制法度。達其意以成其惡。』正義申傳引釋訓云。『憲憲泄泄。制法則也。』又引李巡孫炎之說。而謂『此直解詩人言此之意。而不解其狀。故傳解其義。泄泄猶沓沓。競進之意也。謂見王將為惡政。競隨從而為之制法也。』愚案孟子離婁篇引此詩亦作泄泄。傳與箋解不同。傳訓即本孟子。箋義乃本爾雅。孔氏引爾雅申傳而不引孟子。是以箋意為傳意。失之矣。許引作呭。訓為多言。案說文曰部云。『沓。語多沓沓也。』則沓沓亦多言之皃。許與毛字雖異而義正合。泄呭同從世聲。故二字通用。錢大昕曰。『多言之人。恒好改制。以先王之道為不足法。而迎合時君之指。作法以病民。爾雅說文訓詁似異而理實相因。孔穎達正義以泄泄沓沓為競進之意。不若說文之可據。』案錢說是也。惟說

文水部泄爲水名，則作泄者段借字，正字當作呭。玉篇口部云：「呭呭猶沓沓也」，爾雅釋訓釋文云：「泄泄或作呭呭」，是玉篇與爾雅或作本合，知許此所偁蓋本三家也。

噂口部 聚語也，从口，尊聲，詩曰：噂沓背憎。子損切

噂沓背憎者，小雅十月之交文，節南山之什 毛傳云：「噂猶噂噂」，此以重言釋單字。許訓聚語者，其字從口，噂噂即聚語之皃也。鄭箋云：「噂噂沓沓，相對談語」，與許聚語之義正合。惟釋文云：「噂，說文作僔，云聚也」，不出噂字之解。五經文字亦云：「僔，小雅作噂」，是陸張二書皆不言說文有噂字。段玉裁謂人部僔下既引詩，則此所引爲淺人依詩增。僔下段注又與此異，蓋亦非定論 嚴可均亦謂六朝舊本噂下未必引詩。愚案：許引經以證字爲主，口部引證噂字，故從毛；人部引證僔字，則從三家，不必疑。集韻二十一混，噂在祖本切下，僔在粗本切下，分別引說文，皆偁詩。類篇口部噂、人部僔亦分別引之，竝與今本說文同，又其證也。

咠口部 聶語也，从口，耳聲，詩曰：咠咠幡幡。七入切

咠咠幡幡者。今詩無此文。王應麟詩考引在小雅巷伯篇。節南山之什今案巷伯之三章云『緝緝翩翩。』四章云『捷捷幡幡。』釋文云『緝。說文作咠。』則為三章之異字。王夫之詩經考異謂『說文捷作咠。』又以為在四章。陳喬樅疑許所據詩。三四章或同作咠咠。段玉裁謂『誤合二章為一。』愚案段說是也。毛傳云『緝緝。口舌聲。』許引作咠。訓為聶語也者。說文耳部云『聶。附耳私小語也。』則聶語正曲盡口舌聲之狀。許與毛義亦相成。緝從咠聲。故二字得通用。然說文糸部云。『緝。績也。』則作緝為叚借字。正字當作咠。陳奐曰。『玉篇咠咠口舌聲。廣韵咠咠譖言也。是毛本作咠。若緝則昊天有成命傳訓明。文王傳訓光明。行葦傳訓踧踖之容。緝與輯同。板傳訓和。抑傳訓和。以毛證毛。無訓緝為口舌聲者。故知毛亦作咠也。』據此。則今詩作緝。當為三家本。或後人以之亂毛耳。

嘒 口部　小聲也。从口。彗聲。詩曰。嘒彼小星。呼惠切　○　嚖。或从慧。

嘒彼小星者。召南小星文。毛傳云。『嘒。微貌。』許訓小聲也者。為其字之從口也。星本無聲。由小聲之義引申之。可通為小皃。則與毛意亦合。正義申傳曰：『此言小星，故爲微貌。』是孔氏亦以微貌之義承小而起，非嘒之正訓。知許引詩蓋說叚借也。馬瑞辰曰：『嘒之言慧也。方言：慧憭意精明也。嘒蓋狀星之明貌。』愚案此亦可備一解。但以嘒爲明，亦非正訓。尋廣韵十二霽云：『暳，小星。詩亦作嘒。』說文無暳字，疑三家詩或有作暳之本。故廣韵錄之。暳從日，如馬說，似字當作暳矣。又玉篇嘒下引詩『鳴蜩嘒嘒。』云：『嘒嘒，小聲也。』訓義與許同。引詩與許異，或因此疑說文有誤者。然集韵十二霽類篇口部嘒下引說文偁詩並與今本合。則玉篇所引，自出小弁，未必本說文也。

嗔 口部 盛气也。从口，眞聲。詩曰：振旅嗔嗔。待年切

振旅嗔嗔者，小雅采芑文。南有嘉魚之什 今詩作闐。上文『伐鼓淵淵』毛傳云：『淵淵，鼓聲也。』本文闐闐無傳。鄭箋云：『至戰止將歸，又振旅伐鼓闐闐然。』則以闐闐亦是鼓聲。正義因以鄭義爲毛義。許引作嗔，訓盛气也。字與毛異，義與鄭異。蓋本三家。然毛雖不解闐闐，其解振旅云：『入曰振旅，復長幼也。』則振旅卽整衆之謂。整衆而歸，

其气自盛。是許說與毛意亦相成。爾雅釋天郭璞注云『闐闐羣行聲』，亦不以為鼓聲，可與許說互足。玉篇云『嗔，盛聲也』，下引詩同，卽本說文，而易气為聲，又兼用郭注耳。王夫之詩經稗疏亦引許郭之說而申之曰『夫有功而入，宜奏愷樂，樂師典之，大司馬執律以齊之，安得鼓聲獨振邪。且鼓聲既曰淵淵，又曰闐闐，詞不贅乎。是知闐闐以形容羣行之盛，而非鼓聲也』，則王氏蓋欲以許郭之義易鄭義矣。嗔通作闐者，嗔闐同從眞聲。說文門部云『闐，盛皃』，與嗔義亦近。然許不從毛作闐者，蓋以闐從門為叚借字，嗔從口為形容聲气之正字也。

嘌 口部 疾也。从口，票聲。詩曰：匪車嘌兮。撫招切

匪車嘌兮者，檜風匪風文。毛傳云『嘌嘌，無節度也』。上文『匪車偈兮』，傳云『偈偈，疾驅，非有道之車』。案無節度卽疾驅之意。兩傳皆以重言釋單字，上下互見，則嘌嘌猶偈偈也。許訓嘌為疾，與傳義相足。正義申傳曰『由疾故無節』，正與許說合。

嗿 口部 聲也。从口，貪聲。詩曰：有嗿其饁。他感切

有嘖其饁者，周頌載芟文。（閔予小子之什）毛傳云：「嘖，衆貌。」正義申傳曰：「以耘者千耦，饁者必多，故知嘖爲衆貌。」許訓聲也者，以其字從口也。然人衆自有聲，與毛訓似異實相成。陳奐謂「說文當作衆聲也。嘖字從口，故云衆聲。」愚案廣韻四十八感云：「嘖，衆聲。」陳說與廣韻正合，足通毛許之義。王筠謂「野人不以禮食，其口作聲，乃備極形容之詞，非徒以字從口。」愚謂此文明言行饁之人，非食饟之人，王說誤。（敦煌唐寫本切韻殘卷卅三感、龍龕手鑑口部，嘖下注並與廣韻注同。）

呶（口部）讙聲也。从口，奴聲。詩曰：載號載呶。（女交切）

載號載呶者，小雅賓之初筵文。（甫田之什）毛傳云：「號呶，號呼讙呶也。」許訓呶讙聲也，與毛合。陳奐曰：「傳呶字當在讙字上。說文又云：嘮呶讙也，是呶讙連文之證。」愚案毛本以讙釋呶，今傳互易，或轉寫之誤。陳氏訂之是也。然謂呶讙連文則非。說文乃嘮呶連文，以讙訓之。嘮呶疊韻字，今俗猶有此語。玉篇呶下云：「喧呶也。」引詩同。喧呶猶讙呶矣。

陳喬樅魯詩遺說考引楊雄光祿勳箴「載號載呶」，以爲楊用魯

詩。今案新出漢熹平石經殘字魯詩此文㕦作譊，（見羅氏熹平石經殘字集錄續編）
則知子雲所本者實毛詩，非魯詩也。說文言部云『譊，恚呼也。』與㕦
義界然為狀聲之詞則同。㕦從叫聲，古音在魚部；譊從堯聲，古音在
宵部。魚宵又音近通轉，故㕦一作譊矣。（唐韵㕦譊二字皆女交切，則為同音。）

嘵（口部） 懼也。从口，堯聲。詩曰：唯予音之嘵嘵。許幺切

唯予音之嘵嘵者，豳風鴟鴞文。今詩作予維音嘵嘵。案玉篇口部廣
韵三蕭引此詩並作『予維音之嘵嘵』，當據說文，則今本說文唯予
二字疑誤倒。集韵類篇引說文與今同，疑從已誤之本也。較今詩音
下多之字，蓋出三家。毛傳云『嘵嘵，懼也』，與爾雅釋訓合。今爾雅作
『憢憢』，彼釋文云『憢本又作嘵。案詩云予維音嘵嘵是也。』陸
氏以詩證雅，則知其字當從詩。憢字說文所無，固當以嘵為正也。許
訓懼也，韵會二蕭引作『懼聲也』，廣韵嘵下注亦云『懼聲』。嘵
從口，以叫訓讙聲例之，則有聲字為是。作懼聲，與詩文音字相應，更
為切合。（爾雅釋文又引字林云：嘵，懼也。然則今說文或校者依字林刪聲字，亦未可知。）

嗷（口部） 衆口愁也。从口，敖聲。詩曰：哀鳴嗷嗷。五牢切

哀鳴嗷嗷者。小雅鴻鴈文。（鴻鴈之什）今詩作嗸。釋文云『嗸本又作嗷。』段玉裁曰『此字五經文字玉篇廣韻經典釋文皆下口上敖。本說文也。今說文作嗷。後人所妄改。』愚案釋文既云又作嗷。一切經音義卷十三引說文偁詩同。廣韻亦云『嗷同嗸。』集韻六豪類篇口部嗷下皆引說文而曰『亦書作嗸。』知二字不過偏旁易位。非有異也。毛傳云『未得所安集則嗸嗸然。』蓋依詩爲說。許訓衆口愁也者。依字爲說也。衆口愁則有聲嗷嗷。蓋形容哀鴻之聲耳。釋文云『嗸嗸聲也。』得之。

唸（口部）　吚也。从口。念聲。詩曰。民之方唸吚。都見切

民之方唸吚者。大雅板文。（生民之什）今詩作殿屎。毛傳云『殿屎呻吟也。』正義申傳以爲釋訓文。又引孫炎曰『人愁苦呻吟之聲也。』今爾雅釋訓作『殿屎呻也。』無吟字。郭璞注云『呻吟之聲。』合孫郭之注及孔氏所言。校之則今本爾雅呻下蓋奪吟字。可依毛傳訂補。許引作唸吚者。唸下云。吚也。（當與唸字本篆連讀。猶參商星也之例。唸吚連文同訓。故但於吚下見義。）吚下云。唸吚。呻也。呻下云。吟也。與毛字異而義亦合。然說文𠬝部殿

訓擊聲。本義為擊聲，引申為凡聲之偁，呻吟亦聲也。故古叚殿為之，用殿為聲之義，僅見於此。屎字說文所無。辵部有屎，云古文徙。桂馥以為屎即屎之省文，則毛作殿屎者，殿蓋用其引申之義，屎乃徙字同音之借，皆非呻吟正字。許作唸吚者，蓋以其為正字而從之。當本三家也。至唸吚之吚字，今詩爾雅釋文引說文並作『咿』。五經文字屎下引同。段玉裁說文注本因據以訂吚為咿，謂『今說文作吚者，俗人妄改也。』陳喬樅亦從段說，以吚為誤。愚案集韻六脂類篇口部韻會四支吚下引說文皆作『唸吚呻也。』玉篇口部吚下廣韻三十二霰唸下注並同。當亦本之說文，則段氏俗人妄改之說未必确。又案蔡邕和熹鄧后謚議云『人懷殿吚之聲。』正用此詩，作殿同毛，作吚同許，亦其旁證也。然則陸張二書所引作咿者，蓋吚字轉寫筆增，不可據。

嘅 口部 嘆也。从口，既聲。詩曰：嘅其嘆矣。苦蓋切

嘅其嘆矣者，王風中谷有蓷文。釋文云『嘆本亦作歎。』案說文口部云『嘆，吞嘆也。』欠部云『歎，吟也。』二字雖通用，然依本義，則歎近於喜，嘆近於哀，此詩與嘅共文，自以作嘆為正字。毛傳嘅字無

解。蓋以嘅歎同義。嘆字經文已見。故不作訓也。然已嘆而又曰嘅。則當爲狀嘆之詞。鄭箋云『嘅然而嘆。傷己見棄。』嘅然猶嘅其也。

吪口部　動也。从口。化聲。詩曰尚寐無吪。五禾切

尚寐無吪者。王風兔爰文。毛傳云『吪。動也。』與爾雅釋詁合。許說所本。釋文云『吪本亦作訛。』案說文言部無訛字。蓋吪之俗體。今經典多作訛。而又通作譌。吪動之義。惟見於詩矣。

唁口部　弔生也。从口。言聲。詩曰歸唁衛侯。魚變切

歸唁衛侯者。鄘風載馳文。毛傳云『弔失國曰唁。』許訓弔生也。與毛異。案春秋昭公二十五年『齊侯唁公于野井。』穀梁傳曰『弔失國曰唁。』此毛所本。一切經音義卷十三引韓詩『弔生曰唁。』疑許所本也。此詩小序云『許穆夫人閔衛之亡。傷許之小。力不能救。思歸唁其兄。又義不得。故賦是詩。』則是弔失國亦所以弔生。義得相兼。但在禮國君夫人無歸寧兄弟之文。毛依經爲訓。故曰弔失國耳。

噳口部　麇鹿羣口相聚皃。从口。虞聲。詩曰麀鹿噳噳。魚矩切

麀鹿噳噳者，大雅韓奕文（蕩之什）。毛傳云：「噳噳然眾也。」許以字從口，故訓羣口相聚皃，足補毛義。釋文云：「噳本亦作麌。」案小雅吉日云：「麀鹿麌麌。」彼傳云：「麌麌眾多也。」與噳同訓，彼詩釋文亦引「說文作噳」。說文鹿部無麌字，則當以作噳為正，疑小雅之麌亦本作噳也。

趚（走部）　側行也。从走，朿聲。詩曰：謂地蓋厚，不敢不趚。（資昔切）

謂地蓋厚，不敢不趚者，小雅正月文（節南山之什）。今詩作蹐，說文足部蹐下亦引此詩，彼與毛同，則此引作趚者，從三家也。陳喬樅曰：「蹐趚古通用，故詩兩作，說文肉部以瘠為古文膌字，其明證也。」愚案趚從朿聲，蹐從脊聲，古音同在支部。毛傳云：「蹐，累足也。」許訓趚為側行，義亦相近，故蹐一作趚矣。

遲（辵部）　徐行也。从辵，犀聲。詩曰：行道遲遲。（直尼切）〇迡，遲或从尼。〇遟，籀文遲从犀。

行道遲遲者，邶風谷風文，毛傳云：「遲遲，舒行貌。」許訓徐行也者，案舒徐疊韵同義，召南野有死麕傳、大雅常武傳竝云：「舒，徐也。」

是其證。毛言貌者，狀其容；許不言貌，釋其義也。

達 辵部 行不相遇也。从辵，羍聲。詩曰：挑兮達兮。徒葛切

挑兮達兮者，鄭風子衿文。毛傳云：『挑達，往來相見貌。』兼挑字合訓之。許訓達為行不相遇也，與傳異。案正義申傳曰：『城闕雖非居止之處，明其乍往乍來，故知挑達為往來貌。』是孔氏所據傳文無相見二字。釋文述傳曰：『挑達，往來見貌。』是陸氏所據傳文無相字。兩本錯出。胡承珙曰：『釋文當本作往來貌，古貌字作皃，或誤為見。淺人因於見下添貌字耳。』如胡說，是陸本與孔本同。然則今本傳文蓋有竄改，且此詩上文方云不來，則下傳亦不當言相見。若但作往來貌，則與許云行不相遇義可互足。蓋惟不遇而思相遇，故乍往乍來也。若如今傳，不僅毛許異義，即經傳與正義亦不相貫矣。鈕樹玉仍從今傳，疑說文行不二字為往來之譌，恐非。

踧 足部 行平易也。从足，叔聲。詩曰：踧踧周道。子六切

踧踧周道者，小雅小弁文。節南山之什 毛傳云：『踧踧，平易也。』許訓行平易也者，為其字之從足也。楚辭東方朔七諫云：『何周道之平易

兮』即用本詩傳義王逸注引大東詩『周道如砥』以釋之案彼傳云「如砥貢賦平均也」則非平易之義不如引此詩及傳之爲确切矣

踽 足部 疏行皃从足禹聲詩曰獨行踽踽區主切

獨行踽踽者唐風杕杜文毛傳云『踽踽無所親也』許訓疏行皃者案說文㐬部疏本訓通引申則爲親疏之疏無親卽疏疏行猶獨行也王筠曰『獨行則無相比者故云疏也』是許說與經傳義皆合

蹡 足部 行皃从足將聲詩曰管磬蹡蹡七羊切

管磬蹡蹡者今本說文作蹡蹡釋文引說文作蹡蹡與本篆合周頌執競文清廟之什今詩作磬筦將將釋文云『筦本亦作管』案說文竹部云『筦筟也管如篪六孔』則管爲正字筦借字也至磬管二字與今詩互易者集韵十陽類篇足部蹡下引說文竝同荀子富國篇引此詩亦作管磬當是三家本如此小徐本作磬管疑校者改同今詩耳毛傳云『將將集也』正義申之曰『將將聲也謂與諸樂合集也』許字作蹡訓爲

行皃與毛異。陳奐謂『將將當即𨄓𨄓之古文段借。傳云集者，謂諸工會集也。』愚案此二字荀子引作『瑲瑲』，漢書禮樂志引作『鏘鏘』，風俗通義六引作『鎗鎗』，皆三家異文。字或從金，或從玉，蓋由金聲玉聲之義引申為管磬之聲，則孔疏申毛以將將為聲，自亦有據。許作𨄓𨄓，當亦三家文。其字從足，故以行皃訓之。廣雅釋訓云『蹡蹡，走也。』蹡與𨄓同，作𨄓𨄓則主皃言，不主聲言。蓋所以狀行走之容止，謂執管磬者趨翔而至也。然則毛傳之集，當讀如論語『翔而後集』之集。許訓與毛似異而實相成。陳氏易孔疏諸樂合集為諸工會集，足通毛許之說。

蹻 足部 舉足行高也。从足，喬聲。詩曰：小子蹻蹻。居勺切

小子蹻蹻者，大雅板文。生民之什 毛傳云『蹻蹻，驕貌。』正義申傳引釋訓云『蹻蹻，驕也。』又引孫炎曰『謂驕慢之貌。』案今爾雅釋訓作『蹻蹻，憍也。』說文無憍字，憍即驕之別作也。許訓舉足行高者，玉篇類篇足部、集韵十八藥引說文並同。漢書高帝紀下晉灼注引『許慎云：蹻，舉足小高也。』何超晉書音義下引亦然。則舊本說文行高作小高，似小高為勝。敦煌唐寫本切韵殘

卷四宵云『蹻舉足高』，廣韵同，皆無行字。蓋蹻从足，故以舉足高為本義，訓驕則引申之義也。徐鍇通釋引春秋左傳『舉趾高心不固矣』為證，得之。

蹎（足部） 跆也。从足，質聲。詩曰：載蹎其尾。（陟利切）

載蹎其尾者，豳風狼跋文。今詩作疐，毛傳云：『疐，跆也。』與爾雅釋言合。許引作蹎，亦訓跆也，義同毛而字異，蓋據三家。蹎從質聲，與疐聲同在真部。說文叀部云：『疐，礙不行也。』則其義又與蹎近，故疐通作蹎矣。正義申傳曰：『說文云「跆蹎竹二反」一蹎即疐也』案此則因傳訓疐為跆，而說文跆蹎二字互相訓，故謂蹎即疐耳。

蹐（足部） 小步也。从足，脊聲。詩曰：不敢不蹐。（資昔切）

不敢不蹐者，小雅正月文。（節南山之什）已見走部趚下。彼引證趚字，從三家，此引證蹐字，從毛也。毛訓蹐為『累足』。累蹐疊韵。許訓小步也者，段玉裁曰：『累足者小步之至也。』則二義正相成。釋文正義並引說文以申傳義。

詵（言部） 致言也。从言，从先，先亦聲。詩曰：螽斯羽，詵詵兮。（所臻切）

螽斯羽，詵詵兮者，周南螽斯文。毛傳云：『詵詵，眾多也。』許訓致言也與眾多之義遠。釋文云『詵。說文作兟。音同。』今說文多部無兟字。嚴可均謂『蓋六朝舊本作讀若詩曰螽斯羽兟兟兮。今多部脫兟篆。』桂馥謂『說文無兟字傳寫脫漏。玉篇。兟多也。然則說文引詩當在兟下。此所引後人加之。』段玉裁謂『陸所據多部有兟字。引詩螽斯羽兟兟兮。蓋三家詩。此引毛詩。』陳喬樅說與段畧同。愚案兟字不僅見於玉篇。廣韵。集韵類篇皆有之。然皆不言出說文。則諸家必謂說文脫兟篆。非也。集韵類篇並引『博雅。兟兟多也。』博雅即廣雅。愚疑三家詩有作兟兟者。而廣雅錄之。釋文所引。蓋本廣雅。偶誤系之說文耳。至詵下偁詩。大小徐本同。集韵類篇引說文此條亦同。則嚴氏以為讀若。桂氏以為後人所加。亦非也。惟說字從言。許訓致言。蓋其本義。致言者。猶謂先之以言也。此詩詵詵重言。借為狀詞。則不必用本義。但取聲近。從先得聲之字。兟為鳥獸毛盛。駪為馬眾多皃。侁為往來行皃。皆有多義。則詵詵亦是多言之意。故詩人借以狀螽斯之羽矣。敦煌唐寫本切韵殘卷十八臻。廣韵十九臻並云『詵。眾人言。』當有所本。

諶 言部

誠諦也。从言。甚聲。詩曰天難諶斯。是吟切天難諶斯者。大雅大明文。（文王之什）今詩作忱。蕩篇『其命匪諶。』許引又作忱，與毛互易。案諶從甚聲，古音在侵部。忱從冘聲，古音在談部。侵談旁轉，故諶通作忱。春秋繁露天地陰陽篇、潛夫論卜列篇、漢書貢禹傳、後漢書胡廣傳引此詩皆作諶，與許同。知許蓋從三家也。毛傳云『忱，信也。』許訓諶為誠諦者，段玉裁謂『誠諦未詳，疑諦乃締之誤。』愚案諦，審也。謂誠之審實者為諶也。爾雅釋詁諶誠同訓信。（詩正義云『忱信釋詁文。』案今爾雅信字條無忱字。）是毛許義不殊。

詁（言部）訓故言也。从言，古聲。詩曰：詁訓。（公戶切）

詁訓者，今詩無此文。段玉裁曰『此句或謂即大雅「古訓是式」，或謂即毛公「詁訓傳」，皆非是。案釋文於抑「告之話言」下云：「戶快反，說文作詁。」則此四字當為「詩曰告之詁言」六字無疑。毛傳曰「詁言，古之善言也。」以古釋詁，正同許以故釋詁。陸氏所見說文未誤也。自有淺人見詩無「告之詁言」，因改為「詩曰詁訓」，不成語耳。』錢大昕曰『許氏引書往往不舉全文，詁訓即「古訓是式」。』善讀書者，融會全書，知其體例，不為孟浪之言，不以詩曰詁訓爲不成語也。』案錢段兩說相反。錢意似欲糾段。嚴可均桂馥與段說畧同。然考說文話下云『合會善言也。傳曰告之話言。』此傳曰卽詩曰之譌。毛訓話言爲『古之善言。』許正與合。是告之話言一語。許已引於話下。不當於話下再引。（詳見拙箸說文解字引羣書考傳曰條下。）段氏欲從釋文。旣疑說文話下引詩爲淺人所改。因又謂話下傳曰告之話言『當作春秋傳曰著之話言。』以成其說。雖持之有故。殊近專臆。錢說似較允。

譪（言部） 臣盡力之美。从言。葛聲。詩曰。譪譪王多吉士。（於害切）

譪譪王多吉士者。大雅卷阿文。（生民之什）毛傳云『譪譪猶濟濟也。』許訓臣盡力之美者。案爾雅釋訓云『譪譪濟濟。止也。』又云『譪譪萋萋。臣盡力也。』是譪譪有二義。毛許俱本於爾雅。鄭箋以『奉職盡力』釋之。亦取爾雅第二義爲說。與許合。正義兼引爾雅兩義而申之曰。『止爲容止。則此爲美容。又盡力矣。』葢欲通傳箋爲一也。愚謂容止言其形諸外者。盡力則必竭心言其有諸內者。美容由於美心。故許於盡力之下亦以美字申之。下章正義又引舍人爾雅注。

云『藹藹賢士之貌』葢內外交美惟賢者備之賢士即詩之吉士也

誐 言部 嘉善也从言我聲詩曰誐以溢我五何切

誐以溢我者周頌維天之命文清廟之什今詩作假毛傳云『假嘉也』與爾雅釋詁合許引作誐訓曰嘉善也卷子玉篇集韵類篇引皆作喜善也義同毛而字異葢本三家誐假二字雙聲相轉故得通用然說文人部假有兩訓皆無嘉善之義則作假爲叚借字誐者本字也又案卷子玉篇言部謐下引韓詩『賀以謐我』賀從加聲誐從我聲古音同在歌部廣雅釋言云『賀嘉也』儀禮覲禮『余一人嘉之』鄭玄彼注云『今文嘉作賀』是賀與誐音義竝同然則毛作假韓作賀知許作誐者葢齊魯詩矣廣韵七歌誐下引詩云『誐以謐我』誐與許同謐與韓同或謂廣韵多本說文疑說文溢當作謐今案小徐本亦作謐段玉裁謂『謐本作溢此用毛詩改竄』是也又左傳襄公二十七年引詩『何以恤我』杜預注云『逸詩』考何誐音亦同部則亦此詩異文非逸詩也至溢謐恤各本互殊者案爾雅釋詁溢謐皆

訓靜、尚書『惟刑之恤』、史記恤作靜、史記集解引徐廣曰『今文尚書作惟刑之謐』、是溢謐恤古亦通用也、

謍 言部 小聲也、从言熒省聲、詩曰、謍謍青蠅、余傾切

謍謍青蠅者、小雅青蠅文、甫田之什 今詩作營、毛傳云、『營營往來貌』、案說文爻部棥下引、黽部蠅下注、皆作營營、與毛同、此引作謍、訓小聲也、文義竝異、蓋據三家也、營營主兒言、謍謍主聲言、於經恉皆順、胡承珙曰『毛不言聲者、青蠅飛則有聲、但言往來、而其聲自見、足知毛義之簡而精也』、是毛許說亦相成、營謍二字皆從熒省聲、故通用、然說文宮部云『營帀居也』、往來有周帀之意、則言兒當以營為正字、謍從言、發言為聲、則言聲當以謍為正字、卷子玉篇言部謍下首引毛詩及傳、次引說文小聲之訓、而云『今並為營字』、疑顧氏所謂毛詩、卽本之說文、未必毛有作謍之本、顧蓋以許偁詩毛氏、不悟許亦兼採三家也、

詍 言部 多言也、从言世聲、詩曰、無然詍詍、余制切

無然詍詍者、大雅板文、生民之什 巳見口部呭下、彼引證呭字、此引證詍

字也。呭與詍音義竝同。作呭爲三家文。詍亦三家文也。嚴可均謂『字爲韵會八霽引呭或作詍。則呭詍當爲重文。』愚案許引經以證字爲主。故凡有異文者並存之。呭詍分隸兩部。則不以爲重文。韵會又引荀子注引詩曰無然詍詍。是楊倞所據詩亦作詍。與許合。今詩作泄泄。蓋古文叚借字。惠棟專從許。以今詩作泄泄爲誤。非也。卷子玉篇言部詍下首引說文多言之訓。次出野王案語曰。『毛詩無然詍詍是也。或爲呭字』。愚謂顧氏此亦以許引者爲毛詩。與謍下同。非別見毛詩古本也。

訾 言部 不思稱意也。从言。此聲。詩曰。翕翕訿訿。將此切

翕翕訿訿 不同本篆作訾。亦傳寫之異。 者。小雅小旻文。節南山之什 今詩翕作潝。爾雅釋訓云。『翕翕訿訿。莫供職也。』許偁與爾雅合。蓋從三家。毛傳云。『訿訿然思不稱其上。』愚案卷子玉篇言部訿下引毛傳作『訿訿然不思稱其上也。』思不二字互易。荀子修身篇楊倞注引作『不思稱乎上。』與顧氏同。正義申傳曰。『不思稱上者不思欲稱上之意。』是孔氏所據傳文亦作不思。今傳作思不。蓋轉寫倒之。許訓不思

稱意也。卽本於毛。毛就經爲釋。故云「其上」。許釋字。故但云「意。」正義增「之意」二字以足傳義。又承於許也。爾雅釋文引字林云「訛訛不思稱乎上之意」。亦兼採毛許之說。桂馥從今本毛傳。謂「說文字林不思並當爲思不」。非是。

謔 言部 戲也。从言。虐聲。詩曰。善戲謔兮。虛約切

善戲謔兮者。衛風淇奧文。毛傳釋此句。承上文寬綽而言。戲謔同義。經又連文。故不別作訓也。鄭箋云「君子之德有張有弛。故不常矜莊而時戲謔」。案矜莊亦承上文瑟僩來。不矜莊卽戲謔也。惟說文戈部云「戲。三軍之偏也。一曰兵也」。則以戲訓謔。亦叚借字。王夫之曰「戲又兵也。兵謂文兵相擊。如春秋傳『請與三軍之士戲』借爲戲謔者。謔者以言相擊。有交爭之義。與謔從虐意同」。案此說可備一解。段玉裁曰「戲一說謂兵械之名。以兵杖可玩弄也。可相鬥也。故相狎亦曰戲謔」。與王說畧同。太平御覽四百六十六引說文曰「嘲戲相弄也」。又曰「戲弄也」。今說文口部無嘲字。戲下亦無弄也之訓。使御覽所引爲舊本。則謔之訓戲。更有徵矣。

訌 言部 讀也。从言。工聲。詩曰。蟊賊内訌。戶工切

蟊賊内訌者。大雅召旻文。蕩之什毛傳云『訌。潰也。』與爾雅釋言合。今爾雅作虹。潰也。虹即訌之段借字。釋文云。虹亦作訌。鄭箋云『訌。爭訟相陷入之言也。』正義通傳箋而釋之曰『訌字從言。故知訌者是爭訟相陷入之言。由爭訟相陷。故至潰敗。故爾雅以訌爲潰。』許訓訌爲讀。訓讀中止也。段玉裁以爲『蟊賊内訌。謂禍由中出。與中止之義合。』又曰『中止者。自中而止。猶云内亂。』胡承珙曰『止不可爲亂。止者陷也。陷穽所以止物者。中止猶言内陷也。蟊賊在内爲陷害。則讀亦得有潰敗之義。』案胡氏以陷爲止。意在訂段。襲用鄭箋陷字。而以陷穽爲說。又與鄭殊。愚謂讀潰同從貴聲。故二字通用。郭璞爾雅注釋潰爲敗。至爲簡确。正義潰敗之云。即用郭注。不必執讀中止本義而迂回其詞也。

譿 言部 聲也。从言。歲聲。詩曰。有譿其聲。呼會切

有譿其聲者。今詩無此文。王應麟詩考引在大雅雲漢篇。蕩之什諸家以爲即有嘒其星之異文。嘒星作譿聲者。段玉裁詩經小學謂『如

史所云赤气亘天砰隱有聲之類也』其說文注又引或曰『聲當是星之誤有識其星如天官書「天鼓有音」「天狗有聲」之類也』愚案雲漢釋文不引說文亦未引別作本則王段或說似皆未確卷子玉篇言部識下引作『譢識其聲』嚴可均說文校議引或云『泮水傳噦噦言其聲也』疑此卽魯頌文而雜以傳』此與卷子玉篇闇合則今本說文有譢二字或是譢識之誤亦未可知

譌 言部

譌言也从言爲聲詩曰民之譌言 五禾切

民之譌言者小雅沔水鴻雁之什正月節南山之什文今詩皆作訛新出漢熹平石經殘字魯詩正月此文亦作訛見羅氏熹平石經殘字集錄與毛同說文有吪無訛訛卽吪之隸變而又通作譌吪從化聲譌從爲聲古音同在歌部也兩詩毛傳於訛皆無訓鄭箋並云『訛僞也人以僞言相陷入』許引作譌訓曰譌言者案卷子玉篇言部譌下引爾雅『譌言也』又引郭璞曰『世以妖言爲譌言也』又引韓詩曰『譌言諠言也』是知許於此詩字從韓而義從爾雅韓訓諠言說文無諠字蓋諼之別體許訓『諼詐也』則諠言猶譌言矣段玉裁以鄭君釋訛

爲僞疑許訓『當作僞言也』桂馥說同王筠曰『當作爲言也』如𣥠是少也之比爾雅作造爲也爲言猶云造言生事』二說亦通然集韵八戈類篇言部譌下引說文竝與今本同則不必易字卷子玉篇又引毛詩『民之譌言』此則葢從說文與詧下詛下引毛同例

業 丵部 大版也所以飾縣鍾鼓捷業如鋸齒以白畫之象其鉏鋙相承也从丵从巾巾象版詩曰巨業維樅 魚怯切 ○ 𤕌古文業

巨業維樅 嚴可均曰說文引詩皆用惟字嘵下別作唯此及驕下𩣡下作維葢轉寫涉今詩改 者大雅靈臺文 文王之什 今詩巨作虡 說文虡爲虡之重文今經典多譌作虡 巨者叚借字葢三家文毛傳云『業大版也』案爾雅釋器云『大版謂之業』毛與爾雅合又周頌有瞽云『設業設虡』彼傳云『業大版也所以飾栒爲縣也捷業如鋸齒或曰畫之植者爲虡橫者爲栒』視此傳爲詳許訓大版也所以飾縣鍾鼓捷業如鋸齒以白畫之象其鉏鋙相承也者葢偁詩從靈臺之文訓義本有瞽之傳也毛云飾栒爲縣許但言飾縣無栒字者據有瞽正義說『業卽加之栒上相配爲一禮言栒虡而不言業詩言虡業而無栒文栒業互見明一事也而業統名焉』則

知許之省枸、蓋以業可兼枸、桂馥疑『許飾下脫枸字』者、非也、毛云『或曰畫之』、許言『以白畫之』者、正義說『毛謂既刻又畫之、以無明文、故爲兩解』、而許所據虡字作巨、段玉裁謂『上林賦虡作鉅、巨與鉅同、墨子貴義曰、「鉅者白也」、鉅業者、蓋謂以白畫之與』、馬瑞辰說同、據此則或三家詩有此說、而許本之、正可作毛傳或曰之旁證、但段氏乃又謂『毛傳或曰二字乃以白二字之譌』、似亦未爲确論矣、

鞃 革部 車軾也、从革、弘聲、詩曰、鞹鞃淺幭、讀若穹、丘弘切

鞹鞃淺幭者、大雅韓奕文、（蕩之什）毛傳云『鞃、軾中也』、正義申傳曰、『說文云「鞹、革也」、獸皮治去其毛曰革、」是鞹者去毛之皮也、軾者兩較之間有橫木可憑者也、鞃爲軾中、蓋相傳爲然、言鞹鞃者、蓋以去毛之皮施于軾之中央、持車使牢固也、』愚案孔疏言相傳爲然、則知軾中非鞃之正訓、許云車軾也者、集韵十七登鞃字兩收、一苦弘切、下引說文同、一姑弘切、注云『車軾中靶』、玉篇革部注、廣韵十七登注、皆云『軾中靶』、韵會十蒸引作『車軾中靶也』、合

觀諸書。疑說文舊本作『軾中靶』，爲篇韵所本。靶即把持之把之借字。孔氏所謂持車使中固，是其義也。校者以靶之本義爲轡革，不得以名軾，乃删中靶二字，而沾車字於軾上。集韵所據，已是誤本。其又出車軾中靶一義，蓋即採之玉篇廣韵，以其不系說文，故存爲別義。韵會所引，或即用集韵，或則小徐本未經竄改之前如是。段玉裁說文注依韵會而又訂正作『車軾中把也』，謂『許本作把，而俗譌從革。軾中把者，人把持之處也』。此即用正義之說，而易孔氏持車爲人把持。軾本人之所凭，蓋以車輗軾中，人所凭處曰鞹鞃，其說亦通。

䰜部

鬻　五味盉羹也。从䰜从羔。詩曰：亦有和鬻。古行切　○鬻鬻或省。○𩱩或从美，䰜省。○羹小篆从羔从美。

亦有和鬻者，商頌烈祖文，今詩作羹。羹爲小篆，則許所偁作鬻者古文也。毛傳此詩羹字無訓，魯頌閟宮云『毛炰胾羹』，彼傳云『羹，大羹鉶羹也』。案周禮天官亨人鄭司農注云『大羹不致五味也，鉶羹加鹽菜矣』。賈公彥疏云『調以五味，盛之於鉶器，即謂之鉶羹』許訓五味盉羹。集韵十二庚類篇𩱧部韵會八庚引羹皆作鬻，與本篆同。太平御覽八百六十一引作和𩱧，疑有誤。盉鉶羹之義也。左氏昭公二十年傳晏子引此詩，杜預注云『和羹備五味，異於大羹。』是其證。鄭箋云『和羹者，五味調，腥孰得節，食之於人性安和。』可與許說相足。又案和羹本字當作盉，經傳皆叚和為之。許鬻下說解用本字，引詩亦作和，從所見通行之本也。

埶

丮部　種也。从坴丮，持亟種之。詩曰：我埶黍稷。魚祭切

我埶黍稷者，小雅楚茨文。谷風之什今詩作蓺。說文無蓺字，蓺蓋埶之隸增也。嚴可均曰：「埶篆下疑脫或體，木部重文槸，丈部㜸，皆從蓺聲，舊當有蓺或從艸。」案此亦可備一說。毛傳此詩蓺字無訓。齊風南山云『蓺麻如之何』，彼傳云『蓺，樹也。』則此詩之蓺，毛意當同。鄭箋云『我將樹黍稷焉』，以樹釋蓺，即本於毛。許訓種也，又云丮持亟種之。諸本亟作而，小徐本無而字，此從宋刻小字本。兩種字皆當作種。經典種種多相亂。廣韵十三祭埶下引說文作『種也』，不誤。種與樹義亦相近。樹者木生植之總名也，引申得為樹埶之偁。

鬩

鬥部　恆訟也。詩云：兄弟鬩于牆。从鬥从兒。兒，善訟者也。許激切

兄弟鬩于牆者，小雅常棣文。鹿鳴之什毛傳云『鬩，很也。』與爾雅釋言合。

今爾雅作鬩恨也。釋文引孫炎作很。云相很戾也。很音户墾反。是孫本作很。左傳正義引李巡本作恨。云相怨恨。今郭注同。是作恨爲李本而郭從之。許訓恆訟也者。集韵引作頓訟。桂馥謂恆當爲相。據爾雅孫郭之注皆言相也。恆常也。常訟與很義亦相近。說文彳部云『很。不聽從也。』不聽從斯相訟矣。正義申傳曰『很者忿爭之名。故曲禮曰「很毋求勝」是也。』案曲禮鄭玄注云『很。鬩也。謂爭訟也。』下引此詩爲證。又案左傳僖公二十四年引此詩。杜預注云『鬩。訟爭貌。』是鄭杜解詩之鬩。竝與許同。

叏 又部

滑也。詩云叏兮達兮。从又中。一曰取也。土刀切

叏兮達兮者。鄭風子衿文。已見辵部達下。彼引證達字。此引證叏字也。彼作挑。從毛。小徐本辵部達下引作挑。則此作叏者從三家也。陳奐曰『叏滑也。達行不相遇也。滑與行不相遇兩義。即詩正義所謂乍往乍來之意。』愚案毛傳挑達合訓往來貌。說文手部云『挑。撓也。一曰摷也。』無往來之義。則作挑爲叚借字。許訓叏爲滑。水部云『滑。利也。』如水流滑利之皃曰叏。引申可爲往來疾忽之意。則作叏正字也。又案初學記十八引作『佻兮。』蓋亦三家文。陳喬樅謂『小雅大東佻

佻公子傳云佻佻獨行貌與此挑達往來貌義近』然考說文人部云『佻愉也』則作佻亦非本字

隸 隶部 及也从隶柰聲詩曰隸天之未陰雨 徒耐切

隸天之未陰雨者豳風鴟鴞文今詩作迨毛傳云『迨及也』與爾雅釋言合許引作隸訓曰及也義同毛而字異蓋本三家陳奐曰『迨見爾雅而不見說文蓋迨即隸之異體迨從台聲隸從柰聲一也』愚案說文辵部無迨有逮釋言又曰『逮及也』逮以隶爲聲隸以隶爲形隶本訓及故二字同義徐鉉等曰『逮或作迨』是迨乃逮之異體余疑詩有作逮之本故爾雅存其義隸逮皆正字迨則俗本釋言一篇約取別行之字而以通義釋之正俗兼收故迨逮互出也

殺 殳部 殳也从殳示聲或說城郭市里高縣羊皮有不當入而欲入者暫下以驚牛馬曰殺故从示殳詩曰何戈與殺 丁外切

何戈與殺者曹風候人文毛傳云『殺殳也』許說與合正義亦引說文以申傳或謂許引詩證前一義當在或說之上今本說文或亂之也愚案禮記樂記云『行其綴兆』鄭玄彼注云『綴表也所以

表行列也。詩云「荷戈與綴」。所引即此詩。而字作綴。禮記孔疏以為「蓋鄭所見齊魯韓詩本不同也。」呂氏讀詩記載董氏引崔靈恩集注本亦作綴。胡承珙曰。「祋字從殳。祋之為殳。其本義也。許氏以其從示聲。故又有高縣羊皮一義。縣羊皮者。蓋即用殳縣之以為揭示。揭示即表也。祋有表綴之義。三家詩或有借綴為祋者。而鄭氏注禮即用以證綴之為表耳。實則其器為殳。其名為祋。其義為綴。非殳與綴有二物也。」據此。則許偁或說。蓋有合於三家詩義矣。然則引詩在或說之下。許欲兼證兩義。亦未可知。祋從示聲。綴從叕聲。古音同在脂部。故通用。

斁 攴部 解也。从攴睪聲。詩曰。服之無斁。斁猒也。一曰終也。羊益切

服之無斁者。周南葛覃文。毛傳云。「斁。厭也。」與爾雅釋詁合。今爾雅作射。厭也。郭注引詩服之無斁。則郭本作斁。釋文云。射字又作斁。同。鄭箋云。「服。整也。整治之無厭倦。」此即以倦字釋毛之厭。許引詩而又云斁猒也者。蓋以詩義別於本義之解也。厭從猒聲。故二字通用。然說文厂部云。「厭。笮也。一曰合也。」無倦義。甘部云。「猒。飽也。足也。」足也二字。從段注本依韻會增。飽足則人意

倦，是猒引申之義，與鄭正合。知毛訓厭者，猒之叚借字也。今小徐本猒亦作厭，疑依毛傳改，非許書之舊。集韻二十二昔、類篇攴部斁下引皆作猒也。玉篇、廣韵斁下注竝同，當亦本之說文。段玉裁說文注從小徐本作厭，非也。

𢾾 攴部 棄也。从攴𠷎聲。周書以爲討。詩云：無我𢾾兮。市流切

無我𢾾兮者，鄭風遵大路文。今詩作魗。釋文云：「魗本亦作𣀓，又作𣀓。」案𣀓即𢾾之隸變，𣀓乃𣀓之俗，說文無魗字。許以𢾾爲正字也。毛傳云：「魗，棄也。」許訓𢾾爲棄，義與毛同。鄭箋云：「魗亦惡也。」釋文引或云：「鄭音爲醜。」正義曰：「魗與醜古今字。」考說文鬼部云：「醜，可惡也。」與箋義正合。然則作魗者，蓋鄭本而非毛本。毛許同訓，知毛本當亦作𢾾矣。又案此詩上章云：「無我惡兮。」則毛於下章訓棄，蓋與上章別。鄭云亦惡，亦者亦上章也，實與毛異。愚疑鄭或用三家義改毛。正義乃謂「醜惡可棄之物，故傳以爲棄。」是欲强毛以合鄭。今經傳魗字亦從鄭作，要由孔氏不能審辨，以鄭爲毛，有以致之。幸賴說文，得以推見毛詩本字。而陸氏釋文之兼存異

文。可與許相印定。其功亦不可掩也。

牧 攴部 養牛人也。从攴，从牛。詩曰：牧人乃夢。莫卜切

牧人乃夢者。小雅無羊文。鴻雁之什 毛傳無訓。鄭箋亦不解牧字。此詩小序正義曰：『周官牧人注。牧人養牲於野田者。其職曰：「掌牧六牲而阜蕃其物。」』則六畜皆牧人主養。』愚案此詩羊牛兼舉。則牧自統羊牛言之。許訓養牛人也者。蓋就字形為說。其本義也。引詩所以廣本義也。牛為大物。故言牧可以晐餘畜矣。

㰃 爻部 藩也。从爻，从林。詩曰：營營青蠅，止于㰃。附袁切

營營青蠅止于㰃者。小雅青蠅文。甫田之什 今詩作樊。毛傳云：『樊。藩也。』與爾雅釋言合。許引作㰃。亦訓曰藩。義同毛而字異。蓋據三家。樊從㰃聲。故二字通用。然說文𠬞部云：『樊。鷙不行也。』非藩籬之義。則作樊為叚借字。㰃從爻從林。爻象交午之形。與編籬相似。則作㰃正字也。正義申傳曰：『孫炎曰：「樊圃之藩。」又藩以細木為之。下章棘榛即是為藩之物。』案細木為藩。此㰃之所以又從林也。

盼 目部 詩曰：美目盼兮。从目，分聲。匹莧切

美目盼兮者，衛風碩人文。毛傳云『盼，白黑分。』許但偁詩，無訓義，則詩曰上當有脫文。一切經音義卷八引說文『盼，目白黑分也。』與毛傳正合。玉篇目部盼下亦引此詩而釋之曰『謂黑白分也。』當亦本說文。嚴可均議依玄應引補，段玉裁據補，是也。詩釋文引字林云『盼，美目也。』或疑字林本說文者，愚案美目二字，詩文已見，則盼當是形容美目之詞。許既偁詩，必不又以美目爲訓也。廣韵三十一襇云『盼，美目。』不系說文。類篇目部云『盼，披班切。美目也。又普莧切。詩云美目盼兮。』此分兩音兩義，知美目之訓，廣韵蓋抹之字林。類篇又轉沿廣韵，至字林何據，則不可知矣。

睘 目部 目驚視也。从目，袁聲。詩曰：獨行睘睘。渠營切

獨行睘睘者，唐風杕杜文。毛傳云『睘睘，無所依也。』許訓目驚視也，與毛異。陳喬樅謂『許用三家詩說。』愚案睘字從目，驚視，蓋其本義。毛以睘睘文承獨行，則睘睘當爲獨行之貌，故以無所依釋之。然獨行者多所顧懼，由驚視之義，得相引申。知許說與毛義亦互相足。釋文云『睘本亦作㷀，又作煢。』案書洪範云『無虐㷀獨。』彼

孔疏引此詩作煢。楚辭九思王逸注、文選思玄賦李善注、引此詩皆作煢。正與釋文亦作又作本合。又說文繫傳走部赹下徐鍇曰「詩云獨行煢煢本作此赹字」錢大昕亦謂「赹即獨行睘睘之睘」然則此詩正字當作赹。睘煢皆叚借字。睘從袁聲在寒部。煢從營省聲在青部。古音青寒二部合音通用。焭字說文所無。則煢之或體也。

矉目部 恨張目也。从目賓聲。詩曰國步斯矉。符眞切

國步斯矉者。大雅桑柔文。蕩之什 今詩作頻。毛傳云「頻急也」許引作矉。訓恨張目也。文義竝與毛異。蓋本三家。然頻者顰之隸省。說文顰部云「顰水厓人所賓附頻蹙不前而止」頻蹙卽頻眉蹙頞之謂由此義引申之與恨張目之意亦近。蹙見於面。故頻字從頁。恨見於目。故矉字從目。矉之從目。猶頻之從頁矣。莊子天運篇釋文引通俗文「蹙頞曰矉」是又頻矉相通之證。惟此詩上承國步言。則矉頻義雖可通。當以作頻爲正字。毛訓頻爲急。急猶蹙也。又訓步爲行。行猶運行也。歲字從步。卽取運行之義。蓋人阻水而意蹙。國遇亂而運蹙。人附水厓不前而止曰頻。國亂生不夷而泯亦曰頻。義之相因者也。作矉爲叚

借字。鄭箋云「頻猶比也。哀哉國家之政行此禍害比比然」似非傳恉。正義知鄭以頻爲比與毛殊。但其申傳又謂「事有頻頻而爲者皆急數。故爲急也。」蓋仍依箋爲說。亦未得毛意也。

相 目部 省視也。从目。从木。易曰。地可觀者莫可觀於木。詩曰。相鼠有皮。息良切

相鼠有皮者。鄘風相鼠文。毛傳云。「相。視也。」與爾雅釋詁合。許訓省視也者。案釋詁又云「省。察也。」許意謂視之察者爲相也。蓋較凡視爲加密。說詩者或以爲相州之鼠。妄耳。

矈 目部 目相戲也。从目。晏聲。詩曰。矈婉之求。於殄切

矈婉之求者。邶風新臺文。今詩作燕。毛傳云「燕。安也。」許引作矈。訓目相戲也。文義竝異。蓋本三家。案燕者鳥名。非本字。矈亦非本字也。考說文宀部云「宴。安也。」女部云「㛪。宴㛪也。」古宛冤字通。宴㛪即宴婉。然則詩之本字當作宴。燕矈皆宴之叚借。毛於谷風「宴爾新昏。」亦訓宴爲安。又其證也。文選張衡西京賦李善注引「韓詩作嬿婉。云好貌。」好與安義亦近。毛作燕。韓作嬿。知許偁作矈

者當爲爾雅詩矣。又案文選曹子建送應氏詩注，劉越石荅盧諶詩注，蘇子卿詩注，並引毛詩作嬿婉，此則或因本文作嬿婉，引詩改字以就之，乃注家常例，非必毛詩有作嬿之本，不得據此以爲韓毛同字也。

眷 目部 顧也，从目，𢍏聲。詩曰：乃眷西顧。居倦切

乃眷西顧者，大雅皇矣文。文王之什 毛傳眷字無訓，許云顧也者，此詩眷顧並擧，當微有別，段玉裁曰：「大東『睠言顧之』，毛曰：『睠，反顧也』，睠同眷，小明云：『睠睠懷顧』，皇矣云『乃眷西顧』，凡顧眷並言者，顧者還視也，眷者顧之深也，顧止於側而已，眷則至於反，故毛云反顧，許渾言之，故云顧也」。愚案鄭箋云『乃眷然運視西顧，』正義云『眷然迴首西顧於岐周之地，』皆以然字足眷，蓋以眷爲形容詞，眷然者勤厚之意，所以增重顧視之情者，正段氏所謂顧之深也。書大禹謨皇天眷命，僞孔傳曰：眷，視也，彼正義曰：詩云，乃眷西顧，謂視而迴首，說文亦以眷爲視，是孔穎達所据說文眷訓視，不訓顧，故引詩證傳，而又以說文申之。

翬 羽部 大飛也，从羽，軍聲。一曰：伊雒而南雉五采皆備曰翬。詩曰：如翬斯飛。許歸切

如翬斯飛者。小徐本如作有。九經字樣同。小雅斯干文。鴻鴈之什毛傳無訓。鄭箋云。『伊洛而南素質五色皆備成章曰翬。此章四如者。皆謂廉隅之正形貌之顯也。翬者鳥之奇異者也。故以成之焉。』案鄭釋翬全本爾雅釋鳥文。與許一曰以下所說正合。許引詩亦所以證此義也。王筠謂『如翬斯飛。蓋指屋霤而言。』則又主從說文大飛之義。馬瑞辰亦謂『此詩應取翬爲大飛之義。蓋以狀檐阿之勢。猶今云飛檐也。』陳喬樅曰。『詩上言如跂如矢如鳥。此言如翬。四如字皆以物象取譬。當以翬雉之義爲長。』愚案陳說是也。詩正義云。『斯革斯飛。言檐阿之勢似鳥飛也。』馬說即襲此語。然正義又云。『矢鳥翬指形言之。』是孔氏不以翬爲飛也。且飛字句中已見。若從大飛之訓。則如大飛斯飛。於義爲複矣。

翽 羽部 飛聲也。从羽。歲聲。詩曰。鳳皇于飛。翽翽其羽。呼會切

鳳皇于飛翽翽其羽者。大雅卷阿文。生民之什毛傳云。『翽翽。眾多也。』釋文引說文云。『羽聲也。』又引字林云。『飛聲也。』則今本說文飛當爲羽之誤。許訓與毛異者。毛釋經義。許釋字義也。然詩之翽翽

旣與其羽共文、則傳所謂衆多、自亦斥羽而言。鳳飛則羣鳥從以萬數、故羽多、羽多則聲大、許與毛義亦相足。鄭箋云「翽翽、羽聲也、亦衆鳥也。」此兼下文「亦集爰止」爲解、而實足通毛許之說。玉篇羽部云「翽翽、羽聲衆皃。」卽合毛許爲一義也。正義申傳曰「言衆多者、以鳳鳥多、故羽聲大。」又引皋陶謨中候握河紀白虎通以證鳳必羣飛、來必衆多、謂「毛意不言衆鳥、則唯是鳳事。」愚案毛以鳳皇爲靈鳥仁瑞、則其數必不多、多則不足爲瑞。然則羽之衆多、自指從鳳之衆鳥言、不專言鳳也。孔失傳意、亦違箋恉。

翯 羽部 鳥白肥澤皃。从羽、高聲。詩云、白鳥翯翯。胡角切

白鳥翯翯者、大雅靈臺文。文王之什 毛傳云「翯翯、肥澤也。」許說與合。錢大昕謂「說文皠卽詩白鳥翯翯之翯。」案文選何晏景福殿賦「皠皠白鳥」、李善注云「翯與皠音義同。」則錢說自爲有據、然說文白部云「皠、鳥之白也。」是皠但形容鳥白、翯則兼形容肥澤、涵義較皠爲廣、許二字固有別也。詩釋文引字林云「鳥白肥澤曰翯。」卽本說文。

翳 羽部

翳也。所以舞也。从羽，殹聲。詩曰：左執翿。徒到切

左執翿者，王風君子陽陽文。案本篆作翳，引詩當同。集韵三十七号云：「翳，說文引詩左執翳。」是其證。今說文作翿，蓋校者依詩改，不知其與許書之例不合也。毛傳云：「翿，纛也。翳也。」釋文云纛俗作纛 阮元校勘記曰：纛從每，正字也。從毒，俗字也。今毛詩爾雅皆從俗作。爾雅釋言云：「翢，纛也。纛，翳也。」詩正義引釋言翢作翿，是毛傳與爾雅同。然爾雅翿纛翳三字遞相訓，郭璞注云：「纛，今之羽葆幢。翳，舞者所以自蔽翳。」據此，是爾雅以纛解翿，以翳申纛。纛言其物，翳言其用。毛傳中間省一纛字，鄭箋因謂「翳，舞者所持，謂羽舞也。」卽緣毛省纛字，而以翳為所持之物，似微失之。正義述傳，亦引爾雅而申之曰：「然則翿訓為纛也，纛所以為翳，故傳幷引之。」則孔氏固未誤。段玉裁毛詩小箋謂「傳文翳也之上，當有纛字，如熠燿粦也粦熒火也之例。」是也。許引作翳，訓曰翳也所以舞也，亦與爾雅毛傳合。爾雅釋文云：「纛字又作翳。」知翳纛翢翿實異字而同義，纛翢翿皆說文所無，要當以作翳為正。胡承珙曰：「詩本作翳，說文無翿字，翿乃儔之別體，人部儔，翳也。蓋儔

正字，或作翿，經典遂通用翿。」愚謂儔從人，義雖爲翳，是人相蔽翳，非以羽蔽翳也。翿從羽，疑翿乃翳之隸變，亦猶暍之爲疇，楬之爲檮耳。

奮 奞部 翬也。从奞在田上。詩曰：不能奮飛。方問切

不能奮飛者，邶風柏舟文。毛傳云「不能如鳥奮翼而飛去。」是以奮爲奮翼。許訓翬也者，案說文羽部云「翬，大飛也。」大飛與奮翼義亦相合。又奮從奞，許奞下云「鳥張毛羽自奮也。」張毛羽即奮翼之謂。桂馥謂「翬也之翬當爲揮，說文揮，奮也。翬非奮迅義。」此亦可備一解。

雚 萑部 小爵也。从萑，吅聲。詩曰：雚鳴于垤。工奐切

雚鳴于垤者，豳風東山文。今詩作鸛，釋文云：鸛本又作雚。是陸氏所見又作本正與許引合。許於土部垤下引此詩亦作鸛，從毛，則此作雚者從三家也。毛傳云「鸛好水。」鄭箋云「鸛，水鳥也。」案爾雅釋鳥云「鸛鷒，鶝鶔，如鵲短尾，射之，銜矢射人。」此即說文鳥部之鸔，與毛鄭之訓異物，然則作鸛者非本字，正字當作雚。許訓小爵也

者小水形近證以傳箋小疑水之譌耳玉篇雈部云『雈水鳥今作鸛』亦其證文選張茂先情詩李善注引薛君韓詩章句亦云『鸛水鳥』韓毛同義又其旁證也

嚴可均曰『小當作雈後漢書班固傳上注引鸛鸛雀也御覽卷九百二十五引作雈雀也據二書訂之知小爵必雈爵之誤陸機義疏以爲似鴻而大明非小爵』段玉裁說文注亦依太平御覽正謂『雈今字作鸛鸛雀乃大鳥各本作小爵誤』愚案廣韵二十九換云『雈雈雀鳥』則御覽所引自亦有徵段嚴從之可備一說然詩云雈鳴于垤垤者螘冢螘冢非大鳥所能容則陸疏亦未可據也愚謂雈本名雈雀以其性好水故又得水鳥之號鸛乃雈之借字執鸛字本義以解此詩之雈則窒矣且鸛亦非大鳥也

鷖 鳥部

鳧屬从鳥殹聲詩曰鳧鷖在梁 烏雞切

鳧鷖在梁者大雅鳧鷖文生民之什毛傳云『鷖鳧屬』許說所本案文選班固西都賦李善注引『毛萇詩傳鳧水鳥鄭玄詩箋鷖鳧屬也』陳奐據此謂今傳箋非舊本蓋疑鷖下之訓鄭而非毛然許詩宗

毛。以許證毛。則今傳未必誤也。又案此詩五章。在涇在沙在渚在潨在亹。無作梁者。段玉裁曰。『梁當作涇。』嚴可均曰。『此即在渚之異文。渚梁聲之轉。可與下文協韵。許書莽從茻聲。改讀與撫同。雙讀若郭。舞古作翌。撫古作辿。可以互證。』王筠則謂『古人引書不檢本。詩有維鵜在梁。鴛鴦在梁。相涉而誤。不得如嚴氏曲爲之解。』愚案古音梁在陽部。涇在青部。兩部亦交互合用。疑許據三家。梁即首章在涇之異文。自可與寧清馨成爲韵也。

鷻 鳥部 雕也。从鳥敦聲。詩曰。匪鷻匪鳶。度官切

匪鷻匪鳶者。小雅四月文。谷風之什 隸省作鷻。今詩作匪鶉匪鳶。釋文云。『鶉。或作鷻。』案鷻即鷻字。偏旁易位。非有二文。是陸氏所見或作本正與許引合。鶉亦鷻之省。非有異也。毛傳云。『鶉。鵰也。』許訓雕也。雕之籀文作鵰。知許說即本於毛。正義申傳。乃謂『說文云「鷻鵰也。」從敦而爲聲。字異於鶉也。』語殊欠審。此緣說文隹部有雜。訓『雜屬也』。從隹之字。籀文多從鳥。隸書從鳥從隹尤多相混。雜亦作鶉。見於玉篇。故孔氏遂疑鶉與鷻異字矣。其實許於隼下云。『一曰

鶉字。」彼鶉亦鷻之省。則雜雝之雜。許固不作鶉也。至蔦鳶之異。段玉裁以說文無鳶字。據詩正義以鳶爲鵰。說文亦無鵰字。蔦部鵰也。案正義云鵰之大者又名鷻。未嘗以鳶爲鵰。段意大鵰異於鵰。鷻既爲鵰。則孔氏大鵰非釋鷻。乃釋鳶。因謂正義鳶作鵰。因謂「經文字本爲蔦。」錢坫之說畧同。陳奐宗之。王引之經義述聞謂「鳶字見於大小雅周官射鳥氏曲禮中庸爾雅蒼頡篇。不應說文不載。蓋鳥部有此字。而傳寫者脫之也。其駿字注引詩當作鳶。蓋本作鳶字。因下與蔦字篆文相連。寫者遂誤爲蔦耳。」桂馥嚴可均之說畧同。馬瑞辰宗之。愚案兩說俱持之有故。蔦從屰聲。鳶從弋聲。王念孫廣雅疏證以諧聲之例求之。謂當從鳥戈聲。而書作鳶。說文閱從戈聲而讀若縣。𢦏從戈聲而讀若環爲證。引古音屰聲在魚鐸部。弋聲在眞質部。廣韻弋在職韻。然必從弋聲。則在質韻。作鳶則與下文天淵爲韻。作蔦則領句不韻。疑毛詩自作鳶。許引自作蔦。許或本三家也。段必欲據說文以改今詩。王必欲據今詩以改說文。皆失之固。嚴氏謂作鳶亦與下文匪鱣匪鮪隔句協韻。駿鱣韻。鳶鮪韻。案詩經用韻本有此一例。嚴說亦通。或謂作蔦與鮪本未嘗不可協。鮪從有聲。古音在之部。之職爲平入。魚鐸變聲則與之職亦隔越相轉也。

鴥（馬部）　鴥飛皃。从鳥穴聲。詩曰鴥彼鷐風。余律切駜彼鷐風者。詩釋文引說文作鴥，嚴可均段玉裁皆從之。案此但偏旁易位，似不必改。秦風晨風文。今詩鷐作晨，晨省借字，鷐本字。許從三家也。毛傳云『駜，疾飛貌。』許訓鸇飛兒，專系諸鸇者，毛於晨風已訓爲鸇，許說字義，故必言鸇飛以與詩相應也。

鶯 鳥部 鳥也。从鳥，熒省聲。詩曰：有鶯其羽。烏莖切

有鶯其羽者，小雅桑扈文。甫田之什 毛傳云『鶯然有文章。』許訓鳥也，與毛異。桂馥謂『鶯非鳥名，疑有闕誤。』段玉裁說文注乃改爲鳥有文章兒，以與傳合。謂『各本作鳥也，必淺人以鶯即鸎字所改。與下引詩不貫。』愚案說文有鶯無鸎，玉篇鳥部云『鶯鳥有文，鸎黃鳥也。』廣韵十三耕云『鶯鳥羽文也，鸎黃鸎。』是篇韵雖有鸎字，而與鶯義別，余疑鶯爲羽有文之鳥，許語簡，故但云鳥也，與本篆連讀，則爲鶯鳥也。或鳥上奪文字，鶯文鳥與鳳神鳥鶚鷙鳥一例。龍龕手鑑鳥部鶯下云『春鶯，羽文鳥也，毛有班文。』亦其旁證。此詩有鶯其羽，謂桑扈之羽有鶯鳥之文耳。傳云鶯然有文章，猶言有文章如鶯然，皆以名字爲狀字。許釋字，毛釋經，故屬詞不同也。許引詩不得謂不貫。

鷕 鳥部　雌雉鳴也。从鳥，唯聲。詩曰：有鷕雉鳴。以沼切

有鷕雉鳴者，邶風匏有苦葉文。毛傳云：『鷕，雌雉聲也』。許訓雌雉鳴也，與毛合。正義曰：『下言雉求其牡，則非雄雉，故知鷕雌雉聲也。又小弁云：「雉之朝雊，尚求其雌。」則雄雉之鳴曰雊也。』案孔氏以經證傳，分別雌雄雉鳴甚明。說文隹部云：『雊，雄雉鳴也。』亦本詩義。文選潘岳射雉賦云：『雉鷕鷕而朝雊。』即用詩語。而鷕雊竝出，雌雄不分，宜顏之推家訓文章篇譏潘爲混雜其雄雌矣。段玉裁以禮記月令鄭玄注『雊，雉鳴也』，是雊不必系雄，因謂毛公鷕系諸雌，亦望文立訓。馬瑞辰即襲段說，悉謂鷕雊散言可通，對言必別。解經可通，釋字必別，不得以鄭糾毛，更不得以鄭難許也。至鷕之音讀，詩釋文云：『鷕，以小反，說文以水反，字林于水反。』今大徐本作『以沼切』，顧炎武唐韵正曰：『說文鷕從鳥唯聲，正當如曾子曰唯之唯，後以舊音以水反譌爲以小，而徐鉉以唐韵切音改爲以沼，失之遠矣。』愚案玉篇云：『鷕，以沼切。』則唐韵亦承六朝之舊。

說文解字引詩考卷一終

說文解字引詩考卷二

衡陽馬宗霍

殣 歺部 道中死人，人所覆也。从歺，堇聲。詩曰：「行有死人，尚或殣之。」渠吝切

行有死人，尚或殣之者，小雅小弁文。節南山之什 今詩作墐。毛傳云：「墐，路冢也。」許引作殣，蓋從三家訓為道中死人人所覆也者，覆謂以土覆之義，猶冢也。鄭箋云：「道中有死人，尚有覆掩之成其墐者。」則兼毛許之義。國語楚語云：「道殣相望。」韋昭注云：「道冢曰殣。」下引此詩為證，字亦作殣，與許同，而注則同毛。然案說文土部云：「墐，涂也。」則作墐為叚借字，許以殣為正字也。惟由涂義引申之，亦與覆相近，二字又同從堇聲，故通用。陳奐遂謂「墐當為殣，形之誤也」，恐未是。

䯤 骨部 骨擿之可會髮者。从骨，會聲。詩曰：「䯤弁如星。」古外切

䯤弁如星者，衛風淇奧文。今詩作會。毛傳云：「弁，皮弁，所以會髮。」鄭箋云：「會謂弁之縫中，飾之以玉，皪皪而處，狀似星也。」許引作

髗訓爲骨擿之可會髮者，文義與毛鄭皆異，蓋本三家，案周禮夏官弁師云：「王之皮弁會五釆。」鄭玄彼注云：「故書會作髗。」是許作髗者，從禮之故書也。又周禮春官司服云：「眂朝則皮弁服。」是皮弁乃眂朝之服，非會髮之用，傳言皮弁所以會髮，似與禮不合，許說詩宗毛，許以髗爲骨擿，明髗與弁爲二物，以許證毛，段玉裁因疑此傳蓋淺人改竄，謂「毛詩本作髗弁，傳本云髗所以會髮，弁皮弁，正同周禮故書皮弁髗五釆，謂先束髮而後戴弁，其光耀如星也，自鄭箋毛詩乃易髗爲會，釋爲弁之縫中，後人據箋改傳，致有此不通耳。」陳奐疏毛傳卽從段說，惟不改會爲髗，但於傳文「所以會髮」之上補會字，謂會卽髗之叚借字，愚案詩正義於此處不言毛鄭有異，且申傳曰：「會髮之弁，文駮如星。」禮記云：周弁殷冔夏收，言收者所以收髮，則此言會者所以會髮可知。」據此則孔氏所依毛傳已與今同，段氏疑淺人改竄者，當亦出六朝經師矣。（段氏毛詩小箋又云：「毛詩正義引『禮注收者所以收髮』證傳會者所以會髮之文，孔氏所見傳未誤。』此蓋毛公謂經會爲髗之叚借，傳當云會者所以會髮，弁皮弁，後人刪去會者二字，併倒置其文耳。』案此說與其說文注又微異，彼以作會爲鄭箋易字，此以作會爲毛詩原文，陳奐但補會字，不改作髗。本與說也。至謂正義引儀禮注證傳。迹說孔氏所見傳有會者二字。則似誤讀正義。案孔云「此言會者所以會髮可知」。此言會者。指經文會弁之會也。所以會髮可知。迹傳文而申之也。意謂夏弁曰收。既取義於收髮。則周弁言會。取義於會髮可知也。不得以會者二字爲傳文。是故段氏以許證毛。疑傳文有改竄。是也。言孔氏所見傳未誤。非也。至骨擿之義。鄘風君子偕老篇云。「象之揥也。」彼傳云。「揥。所以摘髮也。」釋文云。摘本又作擿。則骨擿猶象揥。蓋髗之爲物。本以獸骨爲之。故其字從骨。髗之爲用。本以會髮。故又從會聲。形聲兼會意字也。

膻 肉部

肉膻也。从肉。亶聲。詩曰。膻裼暴虎。徒旱切

膻裼暴虎者。鄭風大叔于田文。今詩作襢。釋文云。「襢本又作袒。」文選西京賦李善注引毛詩。作袒裼。吳都賦劉淵林注引同。與釋文又作本合。賈昌朝羣經音辨襢裼袒裼兼錄之。毛傳云。「襢裼。肉袒也。」與爾雅釋訓合。許引作膻。訓曰肉膻。義同毛而字異者。案說文衣部有袒無襢。袒訓衣縫解也。是作襢爲膻之別體。作袒爲叚借字。作膻者正字。膻從亶聲。袒從旦聲。古音同在寒部。故二字通用。許蓋從三家也。禮記玉藻云。「錦衣以裼之。」鄭玄彼注云。「袒而有衣曰裼。」蓋膻裼散言。義本有別。有衣曰裼。故裼從衣。無衣曰膻。故膻

從肉，說文爲字書，各從其部，經傳連文，故通訓不分耳。（說文人部云：「但，裼也。」衣部云：「裼，但也。」互爲轉注。今說文裼下注作袒者誤。但裼既同義，則免衣而不見體者謂之但裼，脫衣見體者謂之膻裼。許書但與膻本義亦有別也。）

臠（肉部） 臞也。从肉，䜌聲。一曰切肉臠也。詩曰：棘人臠臠兮。（力沇切）

棘人臠臠兮者，檜風素冠文。今詩作欒。毛傳云：「欒欒，瘠貌。」鄭箋云：「形貌欒欒然臞瘠也。」正義曰：「定本毛無臞字。」據此則孔本毛有臞字，而鄭爲述毛。今本無臞字者，或校者依定本刪，非孔本之舊也。定本既無臞字，是鄭以臞字申毛瘠字矣。許引作臠而訓爲臞者，案說文肉部云：「臞，少肉也。䐟，瘦也。」疒部云：「瘦，臞也。」瘠即䐟之別體，臞即瘦之別體。臞䐟瘦三字互相訓，是許說與毛義亦合。義合而字異者，案說文木部欒爲木名，似欄，則作欒爲叚借字，正字當作臠。欒臠同從䜌聲，故通用。許蓋據三家也。臠有兩義，此引詩證前義，當在一曰之上。

膫（肉部） 牛腸脂也。从肉，尞聲。詩曰：取其血膫。（洛蕭切）○膋，膫或从勞省聲。

取其血膫者。小雅信南山文。（谷風之什）今詩作膋。即膫之重文。膫從尞聲。膋從勞省聲。古音同在宵部。故膫或作膋。許用本篆。從三家也。毛傳云『膋。脂膏也』（正義本以此注爲鄭箋。但又云定本及集注皆以此注爲毛傳。無箋云兩字。陳奐從之。）許訓牛腸脂者。則義有專系。案禮記郊特牲『膟膋』鄭玄注云『膟膋。腸間脂也』。以膟膋爲一名。祭義『膟膋』鄭注又云『血與腸間脂也』。則以血釋膟。以腸間脂釋膋。說文膟爲𦟝之或體。許訓𦟝爲血祭也。（今本說文作血祭肉也。肉是衍字。）是祭義之膟膋。即此詩之血膫。故鄭注祭義與許說合。祭義孔疏亦引說文以申注也。然祭牲牛爲大。許系之牛。又可補足毛義。

㓠（刀部）缺也。从刀。占聲。詩曰。白圭之㓠。（丁念切）

白圭之㓠者。大雅抑文。（蕩之什）今詩作玷。毛傳云『玷。缺也』。鄭箋云『玉之缺尚可磨鑢而平』。許引作㓠。亦訓曰缺。義同毛鄭。而字異者。案說文玉部無玷字。許以㓠爲正字也。錢坫曰『說文𦈢。缺也。玷不成字。應從𦈢而譌』。段玉裁曰『刀缺謂之㓠。瓦器缺謂之𦈢。詩云白圭之㓠。引伸通用也』。愚案左氏僖公九年傳。史記晉世家。仲尼弟子列傳。禮記緇衣。說苑說叢篇。引此詩皆作玷。無作鈷者。則錢說非也。許作刮。字與諸書亦殊。然義既合毛。愚疑毛詩本作刮。三家詩作玷。文選袁宏三國名臣贊云「如彼白珪。質無塵玷。」當卽用此詩語。玷字雖同今詩。而塵玷連文。則義爲玷汙。不爲玷缺。說文黑部云。「點。小黑也。」廣雅釋詁云。「點。汙也。」是玷汙本字當作點。玷與點同從占聲。故義得相通。玉有小黑謂之玷。猶玉有小赤謂之瑕。蓋三家字作玷。而義爲汙。故袁宏本之。後人以詩文玷承白圭言。字當從玉。遂以三家本易毛。不悟刮從刀。故有缺義。玷從玉。與缺義不相應矣。幸說文存此作刮之文。猶得窺見毛詩本字。左傳本古文。當與毛同字。今亦作玷者。或校者以今詩改之耳。

觓 角部

角皃。从角。丩聲。詩曰。兕觵其觓。渠幽切

兕觵其觓者。小雅桑扈（甫田之什）周頌絲衣（閔予小子之什）文。今詩觵作觥。觓作觩。案說文觥爲觵之俗體。觩者。桑扈釋文云。「觩本或作觓。」絲衣釋文本作觓。云「本一作觩。」是陸氏所見詩有兩本。桑扈以觓爲或作。絲衣以觓爲正文。皆與許引合。丩求雖聲同。然說文無觩字。正

字當作觓。許蓋從三家也。毛傳兩詩觩字皆無訓。桑扈鄭箋云「其罰爵徒觩然陳設而已。」觩然之云。蓋以觩爲形容兕觵之皃。絲衣正義曰「兕觥罰爵。其觩然徒設無所用之。」卽用桑扈箋義也。許以觓從角。故訓角皃。兕觵本角爵。故引申之觵皃亦謂之觓矣。

觲角部　用角低仰便也。从羊牛角。詩曰。觲觲角弓。息營切

觲觲角弓者。小雅角弓文。魚藻之什今詩作騂。毛傳云「騂騂調利也。」說文無騂字。正義申傳曰「騂騂文連角弓。卽是角弓之狀也。故云調利也。」是孔氏亦知騂非調利之義。以其爲狀詞。故毛以調利釋之耳。許引作觲。訓用角低仰便也者。言一低一仰用角便易也。便易則與調利之意尚近。調利亦謂角弓張弛得宜耳。然則正字當作觲。段玉裁謂「毛說正許說之引伸」是也。詩釋文云「騂說文作弲。音火全反。」盧文弨釋文考證曰「據釋文。知唐時說文弲下引詩弲弲角弓。」陳啟源段玉裁則疑此陸氏之誤。嚴可均又據小徐本詩曰上有讀若二字。謂「六朝舊本作讀若詩曰弲弲角弓。」馬瑞辰王筠說同。胡承珙曰「說文引詩數見而字不同者。如桃夭彼姝之

類。往往多有。蓋其時三家具存。文字互異。許博采而存之。古本弲下或亦引詩。陸氏擧弲遺觲。是其疏也。」愚案胡說近之。惟說文弓部云。「弲，角弓也。」角弓謂弓之傳角者。不謂弓調利。如弲下引此詩。則其注當作角弓皃。龍龕手鑑弓部云。弲。角弓皃也。或僧行均所見說文如此。亦未可知。敦煌唐寫本切韻殘卷一先云。弲。弓勢。廣韻一先同。弓勢猶弓皃耳。〇玉篇無觲有觪。云角弓調利也。用角便也。義兼毛許。字從角羊。各取觲騂之牛。蓋俗體也。

衡 角部 牛觸。橫大木其角。从大。行聲。詩曰。設其楅衡。戶庚切

設其楅衡者。今詩無此文。王應麟詩考異字異義條亦未錄。案魯頌閟宮云。「夏而楅衡。」說文木部楅下引之。或此設其二字爲夏而之誤。木部引證楅字。此引證衡字。亦未可知。嚴可均謂「此封人職文也。詩當作周禮。」段玉裁桂馥王筠說同。

觿 角部 佩角銳耑可以解結。从角。巂聲。詩曰。童子佩觿。戶圭切

童子佩觿者。衛風芄蘭文。毛傳云。「觿所以解結。成人之佩也。」許說所本。許又云佩角銳耑者。案詩正義引禮記內則鄭玄注云。「觿貌如錐。以象骨爲之。」如錐與許訓銳耑合。鄭言骨許言角者。骨角本同類。許以其字從角。故云佩角耳。又案內則釋文云。「觿本或作

鑴。」周禮春官眡祲「十煇，三曰鑴。」鄭彼注云：「鑴讀如童子佩鑴之鑴。」鄭注禮在箋詩前，段玉裁周禮漢讀考謂「葢三家詩有作童子佩鑴者，其義則同毛詩作觿也。」（段氏說文注又謂周禮注「當云讀為童子佩觿之觿，轉寫訛也」，與漢讀考說異。）然說文金部云：「鑴，瓽也。」則作鑴為叚借字。

朁（曰部）　曾也。从曰，兓聲。詩曰：「朁不畏明。」（七感切）

朁不畏明者，大雅民勞文（生民之什）。今詩作憯，毛傳云：「憯，曾也。」釋文云：「慘，本亦作憯。」正義申傳曰：「慘，曾，釋言文。爾雅本或作憯，曾，音義同。」是陸孔二氏所據經文原作慘。左氏昭公二十年傳引此詩同。今正義本所標起止亦作憯者，阮元毛詩校勘記謂「當是後改」是也。許引作朁，訓曾也，義與毛同而字異者，案說文心部云：「憯，痛也。慘，毒也。」則憯慘皆借字，許以朁為正字，葢從三家也。然憯從朁聲，朁通作憯，本以聲借；慘則音義皆遠，故阮氏又謂以憯作慘，猶以訊作誶之誤耳。

哿（可部）　可也。从可，加聲。詩曰：「哿矣富人。」（古我切）

哿矣富人者，小雅正月文（節南山之什）。毛傳云：「哿，可也。」許說所本。左氏昭公八年傳引小雅雨無正詩「哿矣能言」杜預注云「哿，嘉也」與毛許異。左傳孔疏亦引詩毛傳哿可也而申之曰「哿無正訓，以其字從加從可，故各以意訓耳」愚案義由形出，可即哿之正訓也。孔疏不引說文，而謂各以意訓，疏矣。至哿之又得爲嘉者，王引之經義述聞曰「哿嘉俱以加爲聲，而其義相近。嘉與樂同義，哿之爲言猶嘉耳。毛傳訓哿爲可，可亦快意愜心之稱」據此，知哿嘉之訓由聲生，乃可義之引申也。

鼛

鼓部　大鼓也。从鼓，咎聲。詩曰：鼛鼓不勝。古勞切

鼛鼓不勝者，大雅緜文。文王之什今詩不作弗，不弗古通用。鼛者，新出漢熹平石經殘字魯詩此文亦作鼛，見羅氏漢熹平石經殘字集錄續編與毛同。漢書蓺文志言三家魯最爲近之。近者，謂其義近於古也。今以此字毛魯同文證之，又知魯詩所傳之本亦近於古矣。毛傳云「鼛，大鼓也。長一丈二尺」許亦訓大鼓，即本於毛。毛知長丈二尺者，案周禮地官鼓人掌教六鼓，有鼛鼓。說文鼓下引周禮鼛作皐。考工記云「韗人爲皐鼓，長尋有四尺」八尺曰尋，正與毛傳鼛鼓之長同，是鼛即皐也。

許此引詩證鼛，所以明本字；鼓下引周禮作皐，所以存同聲通用字也。

鼘（鼓部）鼓聲也。从鼓，淵聲。詩曰：「鼗鼓鼘鼘。」烏玄切

鼗鼓鼘鼘者，商頌那文。今詩鼗作鞉，鼘作淵。案說文革部鞉鼗皆鞀之重文，鼗即鼗之異作，是鞉鼗一字也。水部云：「淵，回水也。」則作淵為叚借字，正字當作鼘。許所偁蓋從三家。毛傳此詩無訓。小雅采芑「伐鼓淵淵」，彼傳云：「淵淵，鼓聲也。」許說與合。又魯頌有駜云：「鼓咽咽」，彼釋文云：「咽本又作𪔵。」阮元謂𪔵即鼘字。然有駜傳云：「咽咽，鼓節也。」則與鼘鼘之為鼓聲義微別。戴侗云：「淵淵咽咽，其聲不同。淵淵狀鼓聲多而遠，咽咽聲近而疊。味其聲可以知其義，讀之當各如字。」此亦近於望文，不若鼓節之确當矣。

鼞（鼓部）鼓聲也。从鼓，堂聲。詩曰：「擊鼓其鼞。」土郎切

擊鼓其鼞者，邶風擊鼓文。今詩作鏜。毛傳云：「鏜然，擊鼓聲也。」以鏜為狀鼓聲之詞。說文金部引此詩亦作鏜，與毛同。則此作鼞，從三家也。訓鼞為鼓聲，與毛義亦不異。然既狀鼓聲，自以從鼓者為正字。

鏜從金。叚借字也。段玉裁曰。『周禮注曰。司馬法云。「鼓聲不過閶。」音義曰。「閶。吐剛反。」然則閶即鼞也。上林賦「金鼓迭起。鏗鎗闛鞈。」顏曰。「闛鞈。鼓音。」闛亦鼞也。』愚案說文門部云。「閶闔。天門也。闛闛。盛皃也。」是以閶闛狀鼓聲者。闛鼞同從堂聲。故通用。閶又闛之叚借也。闛通作鼞。亦猶闐通作嗔。皆以盛皃引申為盛聲矣。

虞 虍部 騶虞也。白虎黑文。尾長於身。仁獸。食自死之肉。从虍。吳聲。詩曰。于嗟乎騶虞。五俱切

于嗟乎騶虞者。召南騶虞文。毛傳云。「騶虞。義獸也。白虎黑文。不食生物。有至信之德則應之。」許說所本。周禮春官鍾師職賈公彥疏引五經異義述古毛詩說。正與今傳同。異義亦許君作也。惟毛言義獸。許訓仁獸者。案本詩小序云。「仁如騶虞。」許以仁得包義。故從序也。毛有應信之云。許不言者。此詩言文王有信德而騶虞應。毛依經為說。許但釋字。故從畧也。許云尾長於身。毛所未言。釋文引尚書大傳云。「尾倍於身。」又山海經海內北經言「騶吾尾長於身。」

騶吾即騶虞。知許於毛傳外亦兼採他書也
饎 食部 酒食也。从食，喜聲。詩曰：可以饋饎。昌志切 ○𩞄。饎或从巸。○
糦。饎或从米。
可以饋饎者。大雅泂酌文。生民之什 今詩作餴饎。案說文饋餴皆饙之重文。釋文云：「餴又作饋」。正與許引合。爾雅釋言亦作饋。蓋三家本也。饎者。毛傳云：「酒食也」。與爾雅釋訓同。爲許所出。饎或作糦。商頌玄鳥云：「大糦是承」。鄭箋云：「糦。黍稷也」。特牲饋食禮鄭注又云：「古文饎作糦。炊黍稷曰饎」。是鄭解饎與毛許畧異。馬瑞辰因謂「饋爲蒸米。則饎宜讀如饎人之饎。鄭訓爲炊黍稷是也。不得從爾雅訓爲酒食」。愚案黍稷爲酒食之本。由黍稷而炊之爲酒爲食。其義亦自相貫。豳風七月小雅大田兩詩箋並云「喜讀爲饎。饎。酒食也」。又與毛許合。知鄭亦隨文爲訓。非立異也。
饁 食部 餉田也。从食，盍聲。詩曰：饁彼南畝。筠輒切
饁彼南畝者。豳風七月小雅甫田大田甫田之什文。七月毛傳云：「饁。饋也」。與爾雅釋詁合。許訓餉田也者。案卷子玉篇食部饁下引韓詩

「餉田也。」則許訓蓋本於韓。卷子玉篇又引賈逵國語注「野饋曰饁。」七月正義引孫炎曰「饁，野之餉。」周頌載芟云「有嗿其饁」彼正義又引孫炎曰「饁，野之饋也。」許於饋下亦云餉也。然則饁饋餉三字蓋可互訓。惟饋餉義可通施，饁則系之田野耳。

饛 食部 盛器滿皃。从食，蒙聲。詩曰：有饛簋飧。莫紅切

有饛簋飧者，小雅大東文。谷風之什 毛傳云「饛，滿簋貌。」許訓盛器滿皃者，簋即器也。蓋詩之饛以狀簋，故毛以滿簋爲釋。許說字，故易簋爲器耳。然器爲凡器之大名，簋特食器之一。知許意饛之本義不專施於簋矣。

飶 食部 食之香也。从食，必聲。詩曰：有飶其香。毗必切

有飶其香者，周頌載芟文。閔予小子之什 毛傳云「飶，芬香也。」正義申傳曰「飶者香之氣，故爲芬香也。」許訓食之香也者，爲其字之從食也。王筠曰「之者分別之詞。艸部苾，馨香也。凡香皆統之，故「苾芬孝祀」「苾苾芬芬」無不言食，而無不作苾。惟周頌一見飶字耳。故言之以見其爲食之專字。」愚案王說執形求義，似失之拘。此詩上

承酒醴言。鄭箋云「芬香之酒醴」則酒食兼謂之飶矣。釋文既引說文以釋飶，而云「字又作苾，音同」是此詩亦有作苾之本矣。飶苾皆從必聲，故得通用。若沾就形言，則苾為草香之專字，施於凡香，亦引申之義也。

餱 食部 燕食也。从食芺聲。詩曰：歓酒之餱。依據切

歓酒之餱者，小雅常棣文。鹿鳴之什 今詩歓作飲，餱作飫，皆隸省也。毛傳云「飫，私也。不脫屨升堂謂之飫」案飫私之訓，與爾雅釋言合。小雅楚茨云「諸父兄弟，備言燕私」彼傳云「燕而盡其私恩」卽此傳私字之義。許訓餱為燕食者，以其字從食也。與毛義亦合。燕為宴之借字。說文酉部醧下云「私宴飲也」與餱之燕食可以互照。醧字從酉，從酉者酒之省，故訓宴飲。燕食宴飲，但有酒與食之異，其為宴則同。且言宴則酒食皆具。說文為字書，故餱醧二字必從本義為說。若在經典，則二字通用無別。文選左思魏都賦張載注引韓詩此文作「飲酒之醧」是其證也。許君引詩證字，凡毛為借字，三家為正字者，則義多宗毛，而字從三家。若毛與三家字雖異而音義同，

無正借之分者，則字亦從毛。此詩許不引於甌下而引於飫下，蓋以經義所重在燕。二字本無正借之分也。傳又云不脫屨升堂謂之飫者，此當別為一義，非飫私之飫。本詩小序云「常棣，燕兄弟也」。案燕禮皆脫屨乃升堂，若不脫屨則與序不相應。正義申傳引周語王公立飫之文，立則不脫屨，燕坐而飫立，明飫燕禮異。因謂「此詩飫燕雜陳，此章之中，兼燕禮矣」。其實就字義言，飫得兼燕，就禮言，燕得兼飫。立飫謂之飫，坐燕亦謂之飫，燕固為燕禮，飫亦燕禮之一也。禮經無飫禮之目，但於其間有立坐之分耳。毛以此詩之飫主坐燕言，故以私釋之，恐人與立飫之飫溷而為一，故又以不脫屨升堂別之。馬瑞辰亦以為毛廣異義，不云一曰者，乃省文。下句既非申上句之義，亦非謂經兼二飫之義也。則正義飫燕雜陳之說，亦未得毛恉也。或謂正義從鄭申毛者，案箋云「私者圖非常之事，若議大疑於堂，則有飫禮焉。聽朝為公。」細翫箋文，箸一若字，蓋為轉語。私者圖非常之事，所以釋傳之飫私也。議大疑於堂，則有飫禮，所以釋傳不脫屨升堂謂之飫也。非常之事，事之當閟者也，故與同姓之親於燕坐之私圖之。大疑，事之當平亭者也。故集王公於堂議之。聽朝爲公。卽指此飲而言。以別於坐燕爲私也。愚謂鄭意或當如是。正義以圖非常議大疑合爲一事。似竝鄭指亦失之矣。段玉裁亦疑毛傳二飫之異。謂不脫屨之不字爲衍文。此詩韓作醧爲正字。毛作飫爲叚借字。又謂說文飫下燕食之訓。乃無事安食之意。與飽飴饒餘義畧同。非周語房烝立成之飫。亦非毛傳脫屨升堂之飫。且牽於正義之言。詆鄭君爲彊解。陳奐則謂毛傳不字爲下字之誤。持證頗富。宜可以備一說。然詆鄭君亦與段同。皆所不敢從也。

餞 食部 送去也。从食戔聲。詩曰。顯父餞之。才線切

顯父餞之者。大雅韓奕文。蕩之什 毛傳本詩餞字無訓。邶風泉水篇云。「飲餞于禰」。彼傳云「祖而舍軷飲酒於其側曰餞。重始有事於道也。」則此詩之餞。當與彼同。許訓送去也者。文義似不完。案餞字從食。左傳成公八年釋文及太平御覽八百四十九飲食部引說文竝作「餞送去食也。」較今本多一食字。當據補。一切經音義卷十五引說文與今本同。集韻三十三綫兩收餞字。一在才線切下。引說文無食字。一在子賤切下。引字林有食字。類篇食部餞下注亦有食字。但不係說文。則食字

奪去久矣。鄭箋云「餞送之故有酒」正義曰「送行飲酒曰餞」此又不言食而專言酒。考卷子玉篇食部餞下引韓詩「送行飲酒曰餞」文選謝靈運送孔令詩注顏延之曲水詩序注竝引薛君韓詩章句同。是孔氏蓋用韓義申箋。愚謂餞送酒食皆有。鄭箋連下文「清酒百壺」而言。故但舉酒耳。必合許說而義乃備。廣韵二十八獮三十三線兩收餞字。皆注云「酒食送人」得之矣。（敦煌唐寫本切韵殘卷廿六獮餞下注與廣韵同）

罄（缶部）　器中空也。从缶。殸聲。殸古文磬字。詩云。缾之罄矣。（苦定切）

缾之罄矣者。小雅蓼莪文。（谷風之什）毛傳云「罄盡也」與爾雅釋詁合。許訓器中空也者。以其字從缶。缶為瓦器也。說文皿部盡亦訓器中空則罄盡同訓。許與毛義一也。引申為凡盡之偁。

覃（㫗部）　長味也。从㫗。鹹省聲。詩曰。實覃實吁。（徒含切）○𠧘古文覃。○𡮡篆文覃省。

實覃實吁者。大雅生民文。（生民之什）今詩覃作覃。篆文𡮡之隸變也。吁作訏。段玉裁疑吁為轉寫之誤。然說文言部云「訏詭譌也。一曰訏詹。」亦非詩意。亐部云「吁驚語也」（口部亦有吁。云驚也。）與訏之弟二義近。是訏吁皆叚借字也。毛傳云：「覃，長也。訏，大也。」釋文云：「長，張丈反，或如字。」愚謂毛訓訏為大，覃與訏對，則長讀當如字，與長短之長同。此詩上文云「后稷呱矣」，下文云「厥聲載路」，是覃與訏蓋狀其聲之長且大也。許以覃從鹹省聲，故訓曰長味也，引申之，凡長皆曰覃，與毛義正合。正義申傳，謂「此說其長養之事。」又引釋言云：「覃，延也。」謂「延引是漸長之義，故為長也。」則讀長為張丈反，且展轉以毛合爾雅，不如引說文證傳之為直捷矣。

來（部首）　周所受瑞麥來麰，一來二縫，象芒朿之形，天所來也，故以為行來之來。詩曰：詒我來麰。（洛哀切）

詒我來麰者，周頌思文文。（請廟之什）今詩作貽我來牟。說文貝部無貽字，作詒為正。（釋文云：貽字又作詒）牛部云：「牟，牛鳴也。」作麰為正。（麰從牟聲，作牟為古文叚借字。麰或作⿱艹牟，疑牟蓋⿱艹牟之省耳。釋文云：牟字書作麰，或作⿱牟麥）趙岐孟子注引此詩亦作麰。許蓋從三家也。毛傳云：「牟，麥也。」不訓來字。段玉裁謂「毛傳當是本作來牟麥也，為許麰下所本。後人刪來字耳。」陳奐則謂傳以來為語詞。（舉例甚多）愚案許雖以瑞麥為來之本義，又以來麰為一名，但偁詩在行來之下。義當同毛。毛不釋來字。本不以來爲麥名。然則詒我來麰者。猶云詒我麰來。許偁詩蓋證行來之義。亦所以說叚借也。鄭箋引書說「烏以穀俱來」以況來牟。亦以爲行來之來。特行來之義由天所來而出。故與瑞麥相因耳。三體石經凡來往字皆作逨。從辵。章先生謂當是行來本字。然說文辵部無逨。則其字蓋爲後起。古但叚來爲之耳。惟漢書楚元王傳劉向上封事。引此詩作貽我釐麰。文選班固典引。蔡邕注引韓詩外傳曰。「貽我嘉麰」釐麰嘉麰。則皆用瑞麥之義。以二字爲一名。此自三家詩說之異。王念孫曰。嘉當爲喜。字之誤也。來釐喜古聲相近。故毛詩作來。劉向傳作釐。韓詩作喜。猶僖公之爲釐公。祝禧之爲祝釐也。案此亦可備一說。

⿰來矣 來部

詩曰。不⿰來矣不來。从來。矣聲。牀史切 ○⿰彳矣。⿰來矣或从彳。

不⿰來矣不來者。今詩無此文。爾雅釋訓云。「不⿰來矣。不來也。」今爾雅作不俟。釋文本作不⿰來矣。云宜從來。本今作俟字。愚案⿰來矣之重文爲⿰彳矣。轉寫脫一筆。遂作人旁矣。邵晉涵爾雅正義謂「許蓋以釋訓多釋詩義。故以訓釋之文爲詩本文也。」段玉裁則謂「爾雅多釋詩書。蓋江有汜之詩「不我以」古作「不我⿰來矣」⿰來矣者來之也。不我⿰來矣者。不來我也。許蓋兼偁詩爾雅。當云「詩曰不我⿰來矣。不⿰來矣。不來也」一轉寫譌奪。不可讀耳。⿰來矣與以不同者。蓋許兼偁三家詩也。』陳壽祺左海經辨又謂「說文偁詩曰不𥞚不來，卽爾雅之文。爾雅此訓，卽釋詩我行不𥞚句。爾雅釋詩之字，多與三家合。三家詩或作『我行不𥞚』，爾雅以不來釋之。毛詩作來，用本字。三家作𥞚，用借字。」馬瑞辰從陳駁段。愚案王應麟詩考錄說文此條於補遺，不系何篇。許君本篆下又無訓義。考玉篇來部云「𥞚，竢也。」廣韵六止云「𥞚，不來也。說文引詩曰不𥞚不來。」集韵六止云「竢，說文待也。引詩不竢不來。或作𥞚」諸書復錯出，莫能質定。竊謂玉篇多本說文，疑許君𥞚篆下本云竢也。下偁「詩曰不𥞚」。不𥞚者，卽小雅采薇「我行不來」之異文，而許君節引之也。校說文者以爲爾雅不𥞚不來也卽釋此詩之文，因沾四字於不𥞚之下。轉寫旣脫訓義，又疑不𥞚二字重出，乃刪之。於是僅存爾雅之文，而詩曰字則如故，遂滋後人之議矣。

憂 夊部 和之行也。从夊，㥑聲。詩曰，布政憂憂。於求切

布政憂憂者，商頌長發文。今詩布作敷，憂作優。許蓋據三家也。敷布古通用。左氏成公二年傳，昭公二十年傳，引此詩作布，與許同，作優

則與毛同。漢溧陽長潘乾校官碑引此詩又同於左傳。毛傳云「優

優和也」與爾雅釋訓合。許引作憂訓和之行也者，以其字從夊也。

引申爲凡和之偁。則與毛義亦不異。然考說文人部云「優饒也。一

曰倡也」無和義。則作優爲叚借字。正字當作憂。廣雅釋訓云「憂

憂行也」今廣雅作夏夏，王念孫曰：諸書皆無夏夏之文，夏夏當作憂憂，字之誤也。陳奐謂當亦本三家義。

王筠曰「政亦行於四方者也」愚謂廣雅或卽本之說文。然不如

許說兼和爲長。段玉裁謂「行之狀多。而憂憂爲龢之行。和當作龢。

」是也。

竷 夊部 繇也。舞也。樂有章。从章，从夅，从夊。詩曰：竷竷舞我。苦感切

竷竷舞我者，小雅伐木文。鹿鳴之什 今詩作坎坎鼓我。案本詩下文云「

蹲蹲舞我」說文士部引作「墫墫舞我」鼓與舞相對。士部引下

句旣作舞，則此引上句舞字當爲鼓字之譌。韵會二十八感竷下引

正作鼓，可證也。陳奐謂竷竷舞我，許合下句而言，猶東方昌矣大東吅矣之例。韵會引繫傳本作竷竷鼓我，或鼓字據今本改之也。愚案以士部引詩證之，則舞爲鼓訛無疑。陳說非是。毛傳坎坎無訓。陳風宛丘篇「坎

其擊鼓」彼傳云「坎坎擊鼓聲」此詩坎坎亦與鼓連文，則毛意

當與彼傳同。鄭箋云：「為我擊鼓坎坎然。」亦以坎坎為狀鼓聲之詞也。惟爾雅釋訓云：「坎坎墫墫，喜也。」亦釋此詩之文。郭璞注云：「皆鼓舞歡喜。」則以鼓舞為鼓之舞之之意，與毛鄭義異。許引作竷，訓曰繇也舞也者，詩釋文引說文云：「竷，舞曲也。」與今本微殊。段玉裁謂「繇下也字衍。繇當作䍃，䍃，徒歌也。謠舞者，謠且舞也。」案如段說，謠且舞，是舞而兼歌，與舞曲義相近。鼓以節歌，或許意如此。亦未可知。然字與義既不同毛，復不同於爾雅。如爾雅為魯說，則許蓋本之齊韓矣。

畟 夂部　治稼畟畟進也。从田儿，从夂。詩曰：畟畟良耜。初力切

畟畟良耜者，周頌良耜文。閔予小子之什 毛傳云：「畟畟猶測測也。」正義申傳曰：「畟畟猶測測者，以畟畟文連良耜，則是刃利之狀，故猶測測以為利之意也。」又引「釋訓云：『畟畟，耜也。』舍人曰：『畟畟，耜入地之貌。』郭璞曰：『言嚴利也。』」是孔氏之意，蓋以畟畟為狀良耜之詞。愚案周禮秋官薙氏掌殺草，「冬日至而耜之。」鄭玄注云：「耜之者，以耜測凍土剗之。」耜本耒耑之名。說文作梠，經典相承作耜。用

以治稼亦曰耜。然則畟畟者。以耜治稼之狀。而非以狀耜也。爾雅語簡。故逕以耜釋之。舍人以爲耜入地之貌。入地正是剡土。郭云嚴利。失之。而孔疏則又襲郭注耳。毛云猶測測者。案說文水部云「測。深所至也」。釋詁云「深。測也」。治稼期於深耕。測測卽深耕之意。畟測又雙聲字。段玉裁謂「畟畟古語。測測今語。毛以今語釋古語。故曰猶」是也。許云治稼畟畟進也者。卽以進字詁畟。畟從夊。故以進爲本義。夊者。行遲曳夊夊也。農人秉耜徐徐而進。足進而耜亦進。以之狀耕。尤爲切矣。

韘 韋部 射決也。所以拘弦。以象骨。韋系。箸右巨指。从韋。枼聲。詩曰。童子佩韘。失涉切 ○弽。韘或从弓。

童子佩韘者。衛風芄蘭文。毛傳云「韘。玦也。能射御則帶韘」。釋文云「玦本又作決」。又小雅車攻云「決拾既佽」。彼傳云「決。鉤弦也」。許訓射決也。所以拘弦。韵會十六葉引說文作鉤弦。蓋合兩傳之義。又云以象骨。韋系。箸右巨指者。則詳其制也。鄭箋云「韘之言沓。所以彄沓手指」。正義曰「鄭以禮無以韘爲決者。故易之爲沓」。陳啟源毛詩稽古編曰。「韘之爲決爲沓。禮皆無明文。而毛説較古。又有許説相輔。當得其眞。」愚案禮皆言決。無言韘者。韘惟見於此詩。鄭玄大射儀注云。「決猶闓也。以象骨爲之。箸右巨指。所以鉤弦而闓之。」則與許「象骨」之説合。士喪禮注云。「決以韋爲之藉。」則與許「韋系」之説合。是知禮之決卽詩之韘。毛公以決訓韘。蓋卽本禮以釋詩。鄭君注禮既與許説字同。則其箋詩必不與毛立異也。惟韘字從韋。就本義言。當斥韋系。韋所以藉決。則必施於決內。韘又從枼聲。聲中兼意。説文木部云。「枼。薄也。」凡藉於內者物必薄。尸部有屧。云「履中薦也。」亦從枼聲。韘之爲決內藉。亦猶屧之爲履中薦矣。然則韘之與決。本爲二物。相配爲一。合決與韘而後乃得鉤弦之用。則二物猶一物。擧決可以晐韘。擧韘可以晐決。故散言韘決可通也。王夫之詩經稗疏曰。「象骨者決也。韋者韘也。決之內加韋以護右巨指。不使弦契指而痛。今初學射者。或施方寸熟皮於指決。北人謂之搬指。其遺制與。」此説足以申成毛許之義。至鄭云韘之言沓者。蓋知手指彄沓在決內之韋。而韘卽其物。因毛已擧其大名釋之

爲泲故以沓言其用實亦與毛義相足非易泲爲沓更非泲外别有
所謂沓也正義不知引說文以申傳其解箋之沓則以大射之「朱
極三」當之朱極三者以朱韋爲之韜於食指將指無名指非所以
沓右巨指不得爲詩之韘也穎達於是爲疏矣後儒又因正義分毛
鄭之說爲二義或則非毛許而是鄭或則非鄭而是毛許皆過也胡承
珙曰「韘即今之扳指而制微不同今之扳指如環無端古之玦則如環而缺其缺處當聯以韋系所以著指亦可以佩」案此說可與
船山王氏相參

韔 韋部 弓衣也从韋長聲詩曰交韔二弓 丑亮切

交韔二弓者秦風小戎文上文云「虎韔鏤膺」毛傳云「虎虎皮
也韔弓室也」本文傳云「交二弓於韔中也」許訓弓衣也者衣
猶室也韔所以藏弓因之藏弓亦謂之韔以虎皮爲之故其字從韋廣
雅釋器云「韔弓藏也」字從韋從革與從韋同詩釋文云「韔本
亦作鬯」彼蓋三家叚借字鄭風大叔于田又作「鬯」亦叚借字
也

夃 夊部 秦以市買多得爲夃从了从夊益至也从乃 嚴可均曰毛本刋去从乃二字

依小徐也。案从乃即从了。刪去是。詩曰。我夃酌彼金罍。古乎切

我夃酌彼金罍者。周南卷耳文。今詩作姑。毛傳云。「姑且也。」以姑爲語詞。許引作夃。本義爲益至。本義從形生。夃從了又。了及者。徐徐而益至也。引申之義爲市買多得。首引秦人語。乃方言也。故知爲引申。文義皆與毛異。蓋據三家也。鄭箋云。「言且者。君賞功臣或多於此。」陳奐謂鄭依夃作訓。愚案陳說非是。且者未定之詞。箋言或多者。正義謂「言或當更有賞賜。非徒饗燕而已。」明鄭意仍是申傳。非依夃爲訓也。夃既以益至爲本義。從益之字有溢。說文水部云。「溢器滿也。」從夃之字有盈。說文皿部云。「盈滿器也。」皿之義爲器。是夃又兼有滿義。然則夃酌猶滿酌矣。又案詩周禮正義並引五經異義言罍制。引韓詩說。「金罍大器也。」本詩正義引作大夫器。周禮司尊彝賈疏引作大器。無夫字。案韓說下文又云。諸侯大夫皆以金。則上文不得言大夫器。當從賈疏所引爲是。夃酌金罍。即滿酌大器。蓋所以勸酒慰勞有加之意。疑三家詩義或當如是。故許偁之以證字說耳。段玉裁以夃爲毛詩古本。乃姑之段借字。桂馥疑引詩上有闕文。當是讀若二字。王筠亦曰。「此借義也。抑或句首本有讀若兩字而夃作姑。」三說似皆未然。馬瑞辰

據玉篇「𠷎今作沽」謂「𠷎即沽買之本字」王先謙詩三家義集疏襲其說，又謂「詩字作姑，義仍爲沽，文王遠行求賢，酒或不給，取之於𠷎，情事宜然」斯尤倍詩恉矣。

桋 木部 赤楝也。从木，夷聲。詩曰：隰有杞桋。以脂切

隰有杞桋者，小雅四月文。谷風之什 毛傳云「桋，赤楝也」與爾雅釋木合，爲許所本。嚴可均曰「說文無楝字，當作楝」愚案木部雖有楝字，然許訓短椽也，非木名。詩爾雅釋文字亦從束作楝，但陸於詩音「所革反」於爾雅音「山厄反」又引郭音「霜狄反」則皆讀從朿聲之音。束聲古音在幽部，朿聲古音在支部，相去絕遠。是今本釋文作楝者，實楝之譌也。五經文字木部云「楝，所革反，從朿，朿音七賜反」張氏書多取正於釋文，緣篆書朿作朿，束作束，分析本明。隸書多相亂，故張氏於朿之隸書，特短其中之一橫作「冂」以別於束中所從之「口」此亦釋文舊本作楝之證也。又郭璞爾雅注云「赤楝樹葉細而岐銳，皮理錯戾，好叢生山中」則其木亦朿之類矣。段玉裁謂「許書無楝字，蓋古只作朿也」其說是，嚴氏說誤。

棣 木部

羅也。从木。㒸聲。詩曰。隰有樹棣。徐醉切

隰有樹棣者。秦風晨風文。今詩作檖。毛傳云。「檖赤羅也」。案爾雅釋木云。「檖羅」。無赤字。許引作棣。訓羅也。義與爾雅合而字異者。說文木部無檖字。許以棣爲正。檖從三家也。毛以赤色別之。正義申傳引釋木亦有赤字。以許說證之。疑孔氏就傳文而增。王筠謂今爾雅挩赤字。且據以補說文。非也。正義又引郭璞云。「今楊檖也。實似梨而小」。又引陸機疏云。「檖一名赤羅。一名山梨。實如梨。但小耳」。馬瑞辰據此謂「羅梨一聲之轉。赤羅猶言紅梨耳」。愚案羅非木名。以羅釋棣。蓋梨之借字。

楛 木部

木也。从木。苦聲。詩曰。榛楛濟濟。侯古切

榛楛濟濟者。大雅旱麓文。文王之什 毛傳榛楛無訓。許訓楛木也者。連本篆讀。即以楛爲名也。國語周語單穆公引此詩。韋昭注云。「楛。木名」。與許合。詩正義亦引韋注以補傳。又引陸機云。「楛其形似荆而赤。莖似蓍」。釋文引作莖似荆而赤。其葉如蓍。 則可以足許說。鄭箋以爲「林木茂盛」。彼蓋兼濟濟釋之。且見榛楛皆叢生之木也。

檿　木部　山桑也。从木，厭聲。詩曰：其檿其柘。於琰切

其檿其柘者，大雅皇矣文。文王之什　毛傳云：「檿，山桑也。」案爾雅釋木云：「檿桑，山桑。」毛訓與合，爲許所本。郭璞爾雅注云：「似桑，材中作弓及車轅。」言似桑則與桑有別。詩正義引郭璞曰：「檿桑，柘屬。」書禹貢正義引郭注亦有「柘屬也」三字，則今郭注本當有奪文。蓋檿柘同類，兩者皆似桑，而柘又爲大名，故檿爲柘屬，而古書多以桑柘竝偁矣。又案漢書五行志下之上顏師古注云：「檿，山桑之有點文者也。」則檿之得名，或亦有取於黶義耳。

楰　木部　鼠梓木。从木，臾聲。詩曰：北山有楰。羊朱切

北山有楰，小雅南山有臺文。南有嘉魚之什　毛傳云：「楰，鼠梓。」與爾雅釋木合，爲許所本。今說文云鼠梓木，集韵十虞、類篇木部引說文皆無木字。郭璞爾雅注以爲「楸屬」，詩正義引陸機疏以爲「山楸之異者，今人謂之苦楸。」疑山楸爲大名，楰其別屬，或以葉形似鼠而受鼠梓之偁矣。

枚　木部　榦也，可爲杖。从木，从攴。詩曰：施于條枚。莫桮切

施于條枚者，大雅旱麓文。文王之什　今詩作枚，隸變也。毛於此詩條枚無

傳。周南汝墳云。「伐其條枚。」彼傳云。「枝曰條。榦曰枚。」則此詩當同。許訓枚爲榦。卽本於毛也。鄭箋云。「延蔓於木之枝本而茂盛。」以本釋枚。義亦猶榦耳。汝墳正義申傳曰。「枝條榦枚無文也。以枚非木。則條亦非木。明是枝榦相對爲名耳。」愚謂許旣本毛傳以說字。則榦卽是枚之正訓。孔氏不知引說文以爲證。而云無文。亦其疏也。

枖 木部　木少盛皃。从木。夭聲。詩曰。桃之枖枖。於喬切

桃之枖枖者。周南桃夭文。今詩作夭。毛傳云。「桃有華之盛者。夭夭其少壯也。」許引作枖。訓曰木少盛皃。字與毛異。義則相合。九經字樣木部出枖夭二字。注云。「木盛皃。詩云桃之枖枖。上說文。下經典相承隸省。」據此。是正字當作枖。許蓋從三家也。夭之本義爲屈。象人首夭屈之形。引申之。凡物初長尚屈而未申者亦得謂之夭。則作夭叚借字也。

槮 木部　木長皃。从木。參聲。詩曰。槮差荇菜。所今切

槮差荇菜者。周南關雎文。今詩作參。毛傳參差無訓。正義釋爲不齊。

案說文晶部曑爲曑之重文，云「星也」，非不齊之義，則作參爲叚借字。許引作槮，蓋從三家，訓木長皃者，以其字從木也。引申之，凡長皆得曰槮。差者，說文左部訓差不相値。廣雅釋詁云「差，次也」，則差有短義，槮差連文，謂如木有長有短，次弟不相當耳。徐鍇繫傳謂「參差荇菜，不齊之皃。非此槮字之義。當言讀若詩曰無讀若字，寫失之」，殊誤。

梴 木部 長木也。从木，延聲。詩曰：松桷有梴。丑連切

松桷有梴者，商頌殷武文。毛傳云「梴，長貌」。許訓長木也者，爲其字之從木也。釋文云「梴，俗作埏」。案白氏六帖松柏類引此詩正作埏，即陸氏所云俗本也。段玉裁據老子釋文挻埴之挻，其音義與此詩有梴音義同，謂「陸氏毛詩本從手作挻，今本釋文作木旁延，非也」，因並疑「說文梴篆淺人以誤本毛詩羼入，毛詩本從手作挻，不從木也」。愚案詩正義云「有梴然而長」，五經文字木部云「梴，木長皃，見詩頌」，則毛詩作梴已舊，未必誤。且張參五經文字自序謂「經典音字多有假借，陸氏釋文自南徂北，徧通衆家之學，分

析音訓。特為詳覈。固當以此正之』則其所據作梃之本。必與陸氏本同無疑。是今之釋文亦未必誤也。至說文梃篆。大小徐本皆有。集韵二僊類篇木部韵會一先梃下引說文此條全與今同。玉篇木部梃下亦偁此詩。當亦從說文轉引。是說文之有梃篆。又未必淺人羼入矣。敦煌唐寫本切韵殘卷二仙云『梃木長』廣韵同。亦其旁證。

杕 木部

樹皃。从木。大聲。詩曰。有杕之杜。特計切

有杕之杜者。詩凡六見。唐風杕杜篇毛傳云『杕特貌』有杕之杜篇鄭箋云『今人不休息者。以其特生陰寡也』許訓樹皃。與毛鄭異。段玉裁謂『樹當作特。字之誤也』愚案顏之推家訓書證篇引毛傳『杕獨皃也』引說文亦作『杕樹皃也』與今本同。則其相承已舊。且杕字從木。似樹皃不誤。皃為形容之詞。又從大聲。聲中兼意。引申之有特獨之義。杕與特獨又雙聲。猶言樹皃之特然獨然者為杕耳。知毛許義相成。小徐本引詩為徐鍇案語。引詩傳又作『樹特生皃』疑楚金合毛鄭為一。以意增之。非所見毛傳與今異。詩釋文引傳但云特貌。無生字。亦其證也。或據小徐本疑此條引詩非許語者。愚案鍇先引詩傳後引詩。

且有故曰二字。似錯本原有詩曰云云。故引傳釋之。而以故曰申之。故者。故上文也。傳寫者不達其意。以爲重出而刪之耳。

栵 木部 栭也。从木。列聲。詩曰。其灌其栵。良薛切

其灌其栵者。大雅皇矣文。文王之什 毛傳云。「灌。叢生也。栵。栭也。」正義申傳引爾雅釋木之文。愚案此詩「其菑其翳。其灌其栵。其檉其椐。其檿其柘。」四句平列。菑翳灌栵皆汎言木之形狀。檉椐檿柘方及木名。然則灌栵共文。灌既狀木之叢生。栵從列聲。聲中兼義。則栵蓋狀木之列生。列生猶叢生也。列生之木而毛訓曰栭。疑非取於木名之栭。爾雅栭本有兩義。一在釋木。以爲「栵栭。」一在釋宮。「栭謂之楶。」許雖訓栵爲栭。但栭下云。「屋枅上標也。」即引釋宮之文爲證。是栭之本義乃屋枅上標而非木名。栭非木名。知許意亦不以栵爲木名矣。枅者。說文與槉同訓「欂櫨。」文選王文考魯靈光殿賦李善注引蒼頡篇以爲「柱上方木。」栭既爲枅上標。標之言杪。枅加於柱。栭又加於枅。以次而上。亦以次而小。則此詩毛傳之栭。疑取槉栭之義引申之。以爲小木之偁耳。說文栵栭兩篆相蒙。栭下引釋宮。以別栭之本義於釋木之栭。栵下訓栭引詩。以明詩之栵亦非

木名，而爲段以狀小木之列生，蓋許訓字用本義，偁詩說段借也，以許證毛而後傳明，傳明而後詩亦明矣。王引之經義述聞謂栵讀爲烈，烈，枿也，斬而復生者也。此亦可備一解。段玉裁說文栵字注曰「大雅其灌其栵，毛曰栵，栭也。栭與灌爲類，非木名，謂小木叢生者，如魚子名鯤鮞也」此說甚精，但其詩經小學又謂「栵當作㮖，㮖，木相摩也」此雖亦本爾雅，然改易經字，不若依經爲說之善。其注說文㮖字，亦謂「㮖即栵也，毛云栵，栭也，栭謂小木相迫切，與爾雅義無不合也」迫切之解，實爲迂曲，宜爲王氏所譏。然無當於毛許之說。

檠 木部 車歷錄束文也。从木，敄聲。詩曰：五檠梁輈。莫卜切

五檠梁輈者，秦風小戎文。毛傳云「五，五束也。檠，歷錄也。一輈五束，束有歷錄。」許訓車歷錄束文也者，歷錄之義，卽本於毛。束文二字，唐寫本說文木部殘帙作束交。小徐本及五音韻譜集韻一屋類篇木部引同。今案詩正義申傳云「五檠是轅上之飾，故以五爲五束，言以皮革五處束之。檠歷錄者，謂所束之處因以爲文章歷錄然。歷錄蓋文章之貌也。」孔氏雖不偁說文，然文章之云，實與說文束文之訓合。故江聲段玉裁嚴可均皆主此本。王夫之詩經稗疏曰「傳言束有歷錄，則歷錄自爲一物，古未聞以歷錄狀文章者。說文檠車

歷錄束交也。束交者，束之互相交，如畫卦交爻作乂也。廣雅曰：「維車謂之厤鹿」厤鹿即歷錄也。許慎說「箸絲於莩車爲維」，莩車者，紡車也。紡車相維之繩，上下轉相縈，則是歷錄者，紡車交縈之名，而借以言車之縈也。輈之束有五，一當軫，一當伏兔，一當伏兔上軓，一當前輅，一當輅上曲承軾處，輿之繫於輈者在此五束。輈體不可枘鑿，恐致脃折，故皆用束。其束之或金或革，未詳其制，而於束之上更以絲交縈，如紡車之左右互維，務爲纏固，此之謂歷錄，何文章之有耶。」是王氏又主束交之義。王意本在駁正朱子集傳，然集傳即本之孔氏正義也，就輈制言，似作束交爲勝。

楅　木部　以木有所逼束也。从木，畐聲。詩曰：夏而楅衡。彼即切

夏而楅衡者，魯頌閟宮文。毛傳云：「楅衡設牛角以楅之也。」鄭箋云：「楅衡其牛角，爲其觸觝人也。」正義申傳曰：「楅衡，謂設橫木於角以楅迫此牛，故云設牛角以楅之也。」許但云以木有所逼束，韻會十三職引作畐束，嚴可均曰：說文無逼字，作畐是。唐寫本說文木部殘秩作迫束，莫友芝曰：作迫是。不言牛角者，蓋許意楅之本義非專施於牛，引詩特證其一事耳。又說文告部告下

云「牛觸人角箸橫木所以告人也」則許以設於角者謂之告，不謂之楅衡。角部衡下云「牛觸，橫大木其角」韵會八庚引說文無其角二字。韵會所依者爲小徐本，今小徐本與大徐同，然下有鍇曰「謂牛好抵觸，以木闌制之也」亦不言闌制其角，則韵會所引似可據。段玉裁謂「牛觸橫大木，是闌閑之謂之衡。衡與告異義，大木斷不可施於角，此易明者」今案許於楅下亦不言角，則段說是也。周禮地官封人云「凡祭祀飾其牛牲，設其楅衡」鄭司農注曰「楅衡所以楅持牛也」杜子春注曰「楅衡所以持牛令不得抵觸人」亦不言設於角，疑許解詩之楅衡與先鄭杜注禮同，故不從毛也。

槱 木部 積火燎之也。从木从火，酉聲。詩曰：薪之槱之。周禮以槱燎祠司中司命。余救切 ○ 禉，柴祭天神。或从示。

薪之槱之者，大雅棫樸文。文王之什 毛傳云「槱，積也」正義申傳曰「伐木析之謂之薪，既以爲薪，則當積聚，槱在薪下，故知槱爲積也」許訓積火燎之也者，唐寫本說文木部殘帙積火作「積木」案火不可言積，則唐本是也。積木正與薪之之薪相應。段玉裁說文注依玉篇五經文字改火爲木，與唐本闇合。木火形近，今大小徐本皆作火者，蓋傳寫之譌。惟毛意但謂積薪，許兼云燎之者。燎與袞通，槱從火，重文作禉，云柴祭天神或從示，則許意槱蓋兼以柴袞爲義，故引詩之下又引周禮。引周禮者，即所以證此義也。鄭箋云：「至祭皇天上帝及三辰則積聚以燎之」，此解槱蓋與許同。又案詩釋文云：「楢音酉，積也。字亦作槱，弋九反，云積木燒也」，是陸氏所據本作楢，而以槱爲亦作。說文木部云：「楢，柔木也」，義不爲積，則作楢蓋叚借字。或出三家，而陸氏以毛義傳之，未必毛有作楢之本也。至槱下積木燒也一訓，陸不言何書所云，疑即本之說文燒或燎之筆誤耳。

甡 生部　眾生竝立之皃。从二生。詩曰：甡甡其鹿。所臻切

甡甡其鹿者，大雅桑柔文。蕩之什 毛傳云：「甡甡，眾多也」，許云眾生竝立之皃者，以形訓也。詩釋文引聲類云：「聚皃」，亦從形說。五經文字乢部「𤯓色巾反，見詩」。玉篇先部云：「兟兟，眾多皃」，疑三家本此詩有作兟者。𤯓又兟之隸增，從生從先之字多相通。詩正義申傳曰：「甡即詵字。詵詵，羣聚之貌，故爲眾多也」，是其證。然許固

以作姓爲本字。孔疏不引說文。而以同聲通用之字爲說。疏矣。

韡（𠌶部）盛也。从𠌶韋聲。詩曰。萼不韡韡。（于鬼切）

萼不韡韡者。小雅常棣文。（鹿鳴之什）今詩萼作鄂。韡作韡。說文艸部無萼字。段玉裁據許本作咢。萼爲俗字。愚案藝文類聚八十九引此詩作「萼不煒煒」。又蔡邕彈棊賦云。「萼不韡韡」。姜伯淮碑云。「有棠棣之華。萼韡之度」。皆用此詩。字皆作萼。是作萼者蓋三家本。說文邑部鄂爲地名。則毛詩作鄂。段借字也。（或云鄂從卩不從邑。然卩部無此字。）韡者。字本從𠌶不從華。今作韡從華。乃華之隸變。然說文𠌶訓艸木華。則𠌶華義同。故隸書多通作。毛傳云。「韡韡。光明也」。許訓盛也。義亦相扶。鄭箋云。「鄂足得華之光明。則韡韡然盛」。其解鄂不與毛殊。其解韡韡。蓋兼用許說。

櫜（櫜部）車上大櫜。从櫜省咎聲。詩曰。載櫜弓矢。（古勞切）

載櫜弓矢者。周頌時邁文。（清廟之什）毛傳云。「櫜。韜也」。案說文韋部云。「韜。劍衣也」。引申爲凡包藏之偁。正義申傳曰。「櫜者弓衣。一名韜。故內弓於衣謂之韜弓」。是毛意蓋取韜藏之義。許訓車上大櫜者。段玉裁曰：「謂可藏兵器載之於車也」，則與毛意亦相足。又案禮記樂記云：「倒載干戈，包之以虎皮，名之曰建櫜」。鄭注云：「兵甲之衣曰櫜，鍵櫜言閉藏兵甲也」。檀弓云：「赴車不載櫜韔」。鄭注云：「櫜，甲衣也」。據此則車上載櫜，蓋古之制。檀弓言赴車不載者，明非赴車皆得載之也。敦煌唐寫本切韻殘卷廿六豪云「櫜，弢，一曰車上大櫜」。廣韻六豪云「櫜，韜也，一曰車上囊」。案弢與韜同，櫜即櫜之省，以韜為正訓，本之毛傳，一曰以下本之說文，然不作車上櫜。

壼

宮中道，从口，象宮垣道上之形。詩曰：室家之壼。苦本切

室家之壼者，大雅既醉文（生民之什）。今詩作壼，經典相承隸變也。爾雅釋宮云：「宮中衖謂之壼」。衖即䢽之隸省。說文䢽部云：「䢽，里中道也」。引申凡夾而長之道皆曰衖。許訓壼為宮中道，即本於爾雅。毛傳云：「壼，廣也」。壼廣雙聲字，正義亦引釋宮以申傳曰：「以宮中巷路之廣，故以壼為廣」。是毛訓亦與爾雅合。正義又曰：「王肅云：『其善道施於室家而廣及天下。周語單靖公之老送叔向，叔向告其老而美單子，引此章乃云：壼也者，廣裕民人之謂也』。王肅據彼文以述毛傳。彼言壼者廣裕民人，故以壼為廣也」。據此則王肅述傳雖本之國語，實亦由爾雅之義推衍而致。戴震謂「借居室所容

衍之爲廣裕民人猶借周行二字衍之爲王及公侯伯子男甸釆衛大夫毛詩皆本其意』是也曾釗曰「正義非毛旨廣與桄通爾雅桄充也孫本作光光與廣亦通此傳廣當讀爲桄謂其善由室家桄充于天下國語廣裕卽充裕也』胡承珙曰「壼之爲廣猶宮之爲穹室之爲實古人文字有一定之訓毛性好簡故但擧其本訓然旣曰廣則由室家而廣及天下之意卽在其中』二說亦可備一解

鄭箋云「壼之言梱也室家先以相梱致已乃及於天下』此則與毛義異馬瑞辰謂「壼梱以同聲爲義大射儀鄭注「梱齊等之也」廣雅「梱束也」束亦所以齊之也室家之壼猶言室家之齊耳梱緻有相親之義但訓爲梱緻言其相親不若訓爲梱齊言其齊治爲善箋說卽大學所云家齊而后國治國治而后天下平也說文「壼宮中道從囗象宮垣道上之形」蓋言象宮中道之周帀而整齊也』愚案馬氏此說蓋欲通許鄭之說爲一以字義爲經義要其歸箋說亦與國語不違孔疏申箋已嘗言之惟孔未引說文耳

邰　邑部　炎帝之後姜姓所封周棄外家國从邑台聲右扶風斄縣是

也。詩曰。有郃家室。土來切

有郃家室者。大雅生民文。生民之什 今詩句首有郃字。小徐本錯引詩與今同。鈕樹玉謂楚金因今詩加郃字。遂以爲己引耳。 呂氏春秋辨土篇高誘注。史記周本紀司馬貞索隱。水經渭水注。引此詩皆無郃字。渭水注云。「渭水又東逕斄縣故城南。舊郃城也。后稷之封邑矣。郃詩所謂有郃家室也。」戴震水經注校本移郃字於有郃之上。與今詩合。謂「郃字原本譌在詩字上。」今以高誘所引詩證之。則酈注原本未必譌。 與說文同。毛傳云。「郃。姜嫄之國也。堯見天因郃而生后稷。故國后稷於郃。命使事天。以顯神順天命耳。」許卽本此。史記張守節正義引說文云。「郃。炎帝之後姜姓封郃。周棄外家。」蓋擧許說而畧有竄易。非所見說文與今異也。毛曰姜嫄之國。許言周棄外家者。姜嫄卽棄之母也。惟許不言堯封后稷。但箸其地在斄縣。蓋毛就經說。許就字說。故詳畧有殊。周人曰郃。漢人曰斄。郃斄疊韵字。史記索隱謂「郃卽斄。古今字異。」是也。

郃 邑部 左馮翊郃陽縣。从邑。合聲。詩曰。在郃之陽。侯閤切

在郃之陽者。大雅大明文。文王之什 今詩作洽。毛傳云。「洽。水也。」案說文水部云。「洽。霑也。」非水名。則作洽爲叚借字。許引作郃。字從邑。

故以地名爲本義。水在其地。因又以地命水。則作郃。郃正字也。春秋穀梁桓公八年經范甯注引鄭君曰。「大姒之家。在郃之陽。」據此。則鄭所據詩字亦作郃。水經注河水篇引此詩同。詩釋文云。「洽。戶夾反。一音庚合反。水名也。案馮翊有郃陽縣。應劭云。「在郃水之陽。郃音戶答反。」」是陸氏洽有兩讀。其引應說以郃水釋洽。亦卽以洽爲郃也。詩正義申傳曰。「洽與渭連文。又水北曰陽。渭是水名。則洽亦水也。」則孔氏亦知洽非水名本字。然不知引說文以證洽之卽郃。斯其疏矣。史記魏世家云。「文侯時西攻秦。築雒陰合陽。」字又作合。史記正義以爲卽郃陽。段玉裁因謂「合者水名。毛詩本作在合之陽。故許引以說會意。秦漢間乃製郃字耳。今詩作洽者。後人意加水旁。許引詩作郃者。後人所改。」愚案如段說。則是地以水得名。故加邑作郃。非水以地得名也。其說亦通。惟謂毛詩說文皆出後人加改。則未必然。地名水名古字雖多叚借。然專字不必皆起秦漢。此詩許與毛異字。許自偁三家耳。

晤 日部 明也。从日。吾聲。詩曰。晤辟有摽。五故切晤辟有摽者，邶風柏舟文，今詩作寤，毛傳本篇寤字無訓，周南關雎篇「寤寐求之」，彼傳云「寤，覺也」，則此詩當同，正義曰「寤覺之中拊心而摽然」，即用彼傳也，說文㝱部寤下云「寐覺而有言曰寤」，義與毛合，然許寤下不引詩而引作晤，訓曰明也，蓋據三家，寤晤同從吾聲，寐覺與明義亦相近，故二字通用，惟此詩上章云「耿耿不寐，如有隱憂」，下章云「心之憂矣，如匪澣衣」，皆謂憂痛在心，故不能安寢，則當以作寤為正字，晤其叚借之字也。

晛 日部 日見也，从日，从見，見亦聲，詩曰，見晛曰消。胡甸切

見晛曰消者，小雅角弓文，魚藻之什 毛傳云「晛，日氣也」，許云日見者，蓋就字形會意為訓，日見猶日出，日出則溫氣隨之，與毛義亦相匯，鄭箋云「雨雪之盛瀌瀌然，至日將出，其氣始見，人則皆稱曰雪今消釋矣」，似兼毛許之義，而始見之見，則解上見字也，正義亦引說文而申之曰「此詩之意，言雪見之而消，消雪者日也，字又從日，故知晛是日氣也」，繹其語意，若以許訓日見與經傳不相貫者，其實日見但詁晛字，不連上見字，合見晛而釋之，即見日見也，見日見猶

言見日出。見日出猶見日氣也。是許說與經傳皆順。上見字箋以爲日氣始見。正義以爲雩見日氣。又微不同。未知毛意何屬。尋繹經恉。正義爲得。許意或亦然。陳奐謂「見晛合二字成義。見謂日見。非謂雩見日。」欲駁正義。而亦不從箋說。愚案釋文云「見。韓詩作曣。云「曣晛日出也。」」今本釋文作曣見日出也。殊誤。既云韓見作曣。則下文自是晛字。王應麟詩考引作曣晛可證。荀子非相篇引此詩作「宴然聿消。」宴然卽曣晛之叚借。是荀韓皆合上二字爲一義。陳氏葢欲用荀韓義釋毛。然毛於上見字本無釋。陳因又謂「傳但釋晛。不解見字。疑有奪字。當云見晛日出氣也。則文義始備。」斯乃改傳以成其說。不知三家本與毛異字。字異而義未可强同也。

曀 日部 陰而風也。从日。壹聲。詩曰。終風且曀。於計切

終風且曀者。邶風終風文。毛傳云。「陰而風曰曀。」與爾雅釋天合。爲許所本。段玉裁謂「爾雅毛傳因詩句兼風言耳。開元占經引說文作「天地陰沈也。」太平御覽引作「天陰沈也。」」其說文注本因改從御覽。愚案集韻十二霽類篇日部曀下引說文竝與今同。王

篇曰部云、「曀、陰而風。」廣韵十二霽云、「曀、陰風。詩曰、終風且曀。」

」當亦本之說文、則段改未可從。或謂「說文土部云、『壇、天陰塵也。』

」占經御覽二書所引、蓋誤以壇爲曀、而又易塵爲沈耳。」其說近

之。

昌 日部 美言也。从日、从曰。一曰日光也。詩曰、東方昌矣。尺良切 ○昌、

籀文昌。

東方昌矣者、今詩無此文。王應麟詩考引在齊風雞鳴篇。彼云、「東

方明矣。朝既昌矣。」嚴可均謂「即此二語之約文。許引此者、以證

昌之爲日光。」段玉裁曰、「許并二句爲一句、當由轉寫筆誤。傳曰、

「東方明、則夫人纚笄而朝。朝已昌盛、則君聽朝。」云朝已昌盛、與

美言之義相應。」愚案許偁詩在一曰之下、疑當主證日光之義、嚴

說爲近之。桂馥謂「明古文作眀、與古文昌形近、故有異。」說亦未

确。

旝 㫃部 建大木置石其上、發以機、以追敵也。从㫃、會聲。春秋傳曰、旝

動而鼓。詩曰、其旝如林。古外切

其旝如林者。大雅大明文。（文王之什）今詩作會。毛傳云。「如林。言眾而不爲用也。」會字無訓。鄭箋云。「盛合其兵眾。」則以爲會合之會。許引作旝。葢本三家。旝從㫃。㫃者旌旗之游㫃蹇之皃。則旝當亦旌旗之類。馬融廣成頌云。「旃旝摎其如林。」疑即用此詩之義。旌旗如林。則師旅之盛可知。許以建大木發石訓之。似與引詩不貫。今大小徐本及集韵十四夳類篇㫃部引皆如是。惟韵會九泰旝下引說文「旌旗也。」下即引此詩。而以建木發石爲別義。彼所據者爲小徐舊本。是則今本說文容有奪亂。段玉裁依韵會訂補。是也。至引春秋傳旝動而鼓。則爲別義作證。桓五年左傳孔疏引賈逵說。以旝爲發石。葢許於春秋傳用其師說也。（詳見說文解字引春秋傳考）段氏以旌旗一義兼晐詩及左傳。恐非許意。鈕樹玉不信韵會。謂「說文旝字專本左傳。其引詩恐後人增。」亦未是也。

鼒（鼎部）鼎之圜掩上者。从鼎才聲。詩曰。鼐鼎及鼒。（子之切）○鎡。俗鼒从金从茲。

鼐鼎及鼒者。周頌絲衣文。（閔予小子之什）毛傳云。「小鼎謂之鼒。」葢以經文鼒鼐竝舉，鼒爲大鼎，故鼐爲小鼎也。許訓鼎之圜掩上者，案爾雅釋器云：「鼎圜弇上謂之鼐。」即許說之所本。鄭箋亦用爾雅以足傳。雅作弇上，許作掩上者，詩釋文云：「弇，古奄字。」奄與掩通，是掩上即弇上也。然說文手部云：「掩，斂也。小上曰掩。」𠬢部云：「弇，蓋也。」則掩爲正字。詩正義引孫炎爾雅注曰：「鼎斂上而小口者。」即用許掩字義以釋弇也。

又案詩釋文云：「鼐音茲。徐音災，郭音才。說文作鎡字，音茲。」嚴可均據此，謂「六朝舊本引詩當在重文鎡下，作鼒鼎及鎡。」沈濤從之。王筠又因爾雅釋器釋文鼐下引字林音載，而不及說文，且謂「說文但收鎡字，字林始收鼐。校者以呂書亂許書也。」愚案許以鎡爲俗體，則偁詩必不舍正從俗。疑釋文以鼐有茲音，故引說文從茲之鎡以證其同字，且以別於徐之音災、郭之音才耳。非必謂說文偁詩作鎡也。至王氏謂說文有鎡無鼐，別無佗證，尤爲臆推。

稙 禾部

早種也。从禾，直聲。詩曰：稙稚尗麥。常職切

稙稚尗麥者，魯頌閟宮文。今詩稚作穉，尗作菽。稚菽二字皆說文所

無小徐本及韵會十三職引說文竝作稺菽正與今詩合菽者尗之隸增也毛傳云「先種曰稙」許訓早種義與毛同詩正義以「稙稺為早晚之異稱非穀名」即用許早種之說也種種二字說文有別種埶也謂播穀於土讀之用切引申之名穀可種者曰種凡物可種者皆曰種別其音之隴切今隸書作種種先種後孰也謂凡穀有如此者讀直容切豳風七月釋文曰「說文云禾邊作重是重穋之字禾邊作童是種埶之字今人亂之已久」案說文無此語當是陸氏依說文而自為之說周官內宰釋文云「案如字書禾旁作重是種稑之字作童是種殖之字今俗則反之」此所引與豳風七月畧同則又以為字書不系之說文自隸書互易之而種種之本義俱荒周禮天官內宰「上春詔王后帥六宮之人生種稑之種」鄭司農注云「先種後孰謂之種後種先孰謂之稑」此經與注種種二字皆互易即隸書亂之也此詩毛傳先種之種亦當作種

稑禾部疾孰也从禾坴聲詩曰黍稷種稑力竹切○穋稑或从翏

黍稷種稑者豳風七月魯頌閟宮文今詩種皆作重稑皆作穋七月閟宮釋文竝云「重又作種同穋本又作稑音同」是陸氏所據又作本正與許引合重為種之叚借穋則稑之重文稑從坴聲穋從翏聲古音同在幽部故稑或作穋許所偁一用本字一用正篆並從三家

也。七月毛傳云：「先孰曰穋。」許訓疾孰者，桼說文止部云：「疌，疾也。」爾雅釋詁云：「疌，速也。」疾速同義，則疾孰猶速孰，速孰猶先孰也。七月釋文曰：「說文云：稑或從翏，後種先孰曰稑。」桼陸氏此引說文，止稑或從翏一語，其下句則陸氏依鄭司農周官注以為義也。桂馥乃亦以為引說文語，沈濤且據此謂舊古本說文如是，似皆誤。

穎 禾部

禾末也。从禾，頃聲。詩曰：禾穎穟穟。余頃切

禾穎穟穟者，大雅生民文。生民之什今詩作役。毛傳云：「役，列也。」桼說文殳部云：「役，戍邊也。」刀部云：「列，分解也。」兩字皆去禾義甚遠。正義申傳曰：「人供役者，在於行列，禾無在役之義，故知役為列也。言其行相當。因禾文單，故以役配之。」此亦近於望文立說，强為之詞。許引作穎，訓曰禾末，然則役者蓋穎之叚借字也。役得叚為穎者，就其音言之，役聲古音在支部，穎從頃聲，古音在青部，支青二部對轉，役即穎之入聲也。就其義言之，禮記少儀云：「刀卻刃授穎。」鄭玄注云：「穎，鐶也。」彼孔疏云：「穎是穎發之義，刀之在手謂之為穎，禾之秀穗亦謂之為穎，其事雖異，大意同也。」又史記平原君列傳云：「錐處囊中，穎脫而出，非特其末見而已。」史記索隱亦引

鄭玄曰「穎，環也」夫穎本禾末之名，古既可施於刀鋒，役雖訓戍，而字從殳，殳者五兵之一，故其名亦可施於末，且禾末猶未端，殳建於兵車，旅賁以先驅，禾之上端曰穎，兵之先驅者曰殳，役即何殳以行之人，義得相因，曹風候人云「何戈與祋」，毛訓祋爲殳，役之爲殳，猶祋之爲殳，故由先驅之義引申之，禾末亦謂之役矣，毛訓役爲列者，段玉裁以爲梨之叚借字，說文梨下云「黍穰也」，穰下云「黍梨已治者」，禾爲大名，黍梨猶禾梨，已治則曰穰，廣韵十陽云「穰，禾莖也」，莖者自本貫末，蓋通穎言之，是毛以列釋役，列之義亦即穎之義也，穎與役音義既得通叚，許不從毛作役者，蓋以穎爲正字，當本之三家耳。

又案書禹貢云「三百里納秸服」，僞孔傳云「秸，稾也，服稾役」，程瑤田九穀考曰「服稾役言服爲稾之役，蓋凡附於外者謂之服，如王城在中，五服皆附於外，戍邊謂之役，亦衛外之義，苗長生稾，則衛稾外而附於稾者遂謂之服，亦謂之役，蓋稾之衣也」程氏本此義，謂即毛詩禾役爲苗之一證，馬瑞辰從之，謂「穎必有皮，故又名役」陳奐亦曰「禾役者稾之皮也」愚案此說雖新然僞孔傳於此文以役字解經服字於上文「甸服」則釋曰「服治」下文「侯服」則釋曰「服事」以彼例此則知役者實與賦役同義謂納秸服卽納稾之役彼孔疏申傳以爲「於此言服明上下服皆並有所納之役」是也程解殊爲迂曲馬陳取以說詩亦近牽强

穟 禾部 禾采之皃从禾遂聲詩曰禾穎穟穟 徐醉切 ○蓫穟或从艸

禾穎穟穟者大雅生民文已見上篆穎下彼引證穎字此引證穟字也嚴可均曰「穎下已引詩此疑校者所加」愚案一句兩引分證兩字不足致疑毛傳云「穟穟苗好美也」正義申傳曰「其苗則穟穟然美好」釋文穟穟下云「苗美好也」阮元校勘記據此謂「傳文好美當誤倒」是也爾雅釋訓云「穟穟苗也」但以爲狀苗之詞而其狀若何不顯故毛以美好二字足之郭璞爾雅注云「言茂好也」卽本毛義也許訓禾采之皃者案小爾雅廣物云「禾穗謂之穎」穗卽采之重文此詩下章云「實穎實栗」彼傳云「穎垂穎也」是穎卽采之成而下垂者說文於穎采雖別訓散言則義亦可通許以穟穟文承穎來故釋之

曰采皃耳。程瑤田因毛許役穎異文，謂「役爲苗之名。許穟穟亦不指苗而以爲禾采之皃。此與毛氏異者也。」愚謂禾苗析言有分，公羊傳注：生曰苗，秀曰禾。渾言不別。禾與苗皆是大名。且苗之美好，以穎采爲主。毛義得許說而益備。明乎役爲穎之借，自不疑毛許訓穟之有異矣。

秠 禾部 一稃二米。从禾，丕聲。詩曰：誕降嘉穀，惟秬惟秠。天賜后稷之嘉穀也。敷悲切

誕降嘉穀，惟秬惟秠者，大雅生民文。生民之什 今詩穀作種。毛傳云：「天降嘉種。秬，黑黍也。秠，一稃二米也。」陳奐謂「經言嘉穀，傳云嘉種，後人乃因傳改經耳。」愚案鄭箋云：「天應堯之顯后稷，故爲之下嘉種。」正義曰：「后稷善能於稼穡，上天乃下善穀之種與之，使得種。」又申傳曰：「降者從上之辭，故知降嘉種者是天降嘉種也。」則鄭君孔氏所據經文已作種。孔云善穀之種者，明是以穀字足成經義耳。許引作穀，蓋從三家也。爾雅釋草云：「秬，黑黍。秠，一稃二米。」毛傳與合，爲許所本。詩正義引李巡曰：「黑黍一名秬。」又引郭璞曰：「秠亦黑黍，但中米異耳。」案郭所謂異，謂與秬異，蓋秬秠同

物，秬爲黑黍之大名，秠則黑黍之中有二米者也。惟說文鬯部云：「鬯，黑黍也，一稃二米以釀。」鬯卽秬之正篆，則許意又以一稃二米屬之秬，然則秬秠對言有別，散蓋可通矣。

又案周禮春官鬯人賈公彥疏引「鄭志張逸問云：『鬯人職注云：秬如黑黍，一秠二米。今鬯人注一秠作一稃，賈疏引鄭志同，此從詩正義所引改正。案爾雅，秠，一稃二米，未知二者同異。』鄭荅云：『秠卽其皮，稃亦皮，爾雅重言以曉人，更無異稱也。』」段玉裁據此謂「知秠卽稃，凡稃皆曰秠，非必二米一稃也。」又謂「說文秠下之解當云『稃也，从禾，丕聲。詩曰：誕降嘉穀，惟秬惟秠。黑黍一稃二米，天賜后稷之嘉穀也』，爲淺人改竄之耳。」愚案詩正義亦據鄭志而云：「然則秠稃古今語之異，故鄭引爾雅得以稃爲秠也。」段言知秠卽稃，蓋本之孔說，然謂凡稃皆曰秠，則殊未然。秠從丕聲，丕，大也，一稃中而含二米，則其形大，故得秠名。秠當兼實言之，非專指皮也。秬從巨聲，巨亦有大義，故生民之詩，秬秠竝擧，而說文於秬秠二字皆以一稃二米訓之也。程瑤田曰：「據孔氏疏，則是秬原包一稃二米者，而秠卽秬之皮耳，但一稃二米。不能不異其名。故義取諸皮之含米者異而名之爲秠也」。此較段說爲有辨。足通許鄭之訓。段改說文秠下之注。尤不可從。

⿰禾資 禾部

⿰禾資。積禾也。从禾。資聲。詩曰。⿰禾資之秩秩。即夷切

⿰禾資之秩秩者。今詩無此文。王應麟詩考引在周頌良耜篇。王夫之詩經考異以爲「積之栗栗」之異文。諸家說同。許與毛異者。蓋本三家也。⿰禾資積雙聲字。故通用。字又從禾。故以積禾爲本義。徐鍇通釋謂⿰禾資「堆積已刈之禾」是也。廣韵六脂云。「⿰禾資。積禾」。廣雅釋詁。玉篇禾部竝云「⿰禾資。積也」。皆本說文。桂馥又以爲此所引是「穫之挃挃」之異。王筠襲其說。謂當作穫之秩秩。此傳寫譌也。愚案穫之挃挃一語。引在手部挃下。則此引恐非彼文。

秩 禾部

積也。从禾。失聲。詩曰。⿰禾資之秩秩。直質切

⿰禾資之秩秩。秩秩者。已見上篆⿰禾資下。彼引證⿰禾資字。此引證秩字也。嚴可均謂「⿰禾資下已引詩。此疑校者所加」。未必然。今詩作栗。毛傳云。「栗栗。衆多也」。案爾雅釋訓云。「栗栗。衆也」。毛與之合。然說文栗爲木名。則作栗爲叚借字。許據三家作秩。訓積也。蓋爲正字。惟秩秩與⿰禾資

共文稽已爲積禾矣。則秩秩當爲積禾之皃。徐鍇通釋以秩秩爲「有敍之皃」是也。詩正義引李巡曰「栗栗，積聚之衆」。知毛許字異而義正同。栗通作秩者，秩從失聲，與栗聲同爲眞部之入。公羊哀公二年經「戰于栗」，彼釋文云「栗，一本作秩」。又其旁證也。

舀 臼部

抒臼也。从爪臼。詩曰：或簸或舀。以沼切 ○抭，舀或从手从宂。

○䑂，舀或从臼宂。

或簸或舀者，今詩無此文。王應麟詩考引在大雅生民篇，彼云「或舂或揄」。釋文云「揄，說文作舀」。毛傳云「揄，抒臼也」。案許訓舀亦爲抒臼，與毛訓揄同，又證以陸氏所引，則此所偁爲生民詩無疑。惟舀既揄之異文，則上文簸當爲舂，韵會十一尤抭下引說文偁詩正作「或舂或舀」，又申之曰「今詩作揄」，是其證。今作簸者，蓋傳寫者誤合下句「或簸或蹂」爲一耳。舀通作揄者，舀聲古音在幽部，揄從俞聲，古音在侯部，幽侯二部相近，故易轉。然說文手部云「揄，引也」，則就字義言，作揄爲叚借字，正字當作舀。許蓋本諸三家也。又案周禮地官序官舂人鄭玄注引詩云「或舂或抭」。儀禮有司徹篇「執挑匕柄」鄭注云「挑讀如或舂或抌之抌」呂氏讀詩記載董氏引韓詩同鄭君注禮多用韓詩此亦其證抌卽舀之重文然則毛作揄韓作抌許之所偁作舀者或出齊魯詩矣

檾 林部 枲屬从林熒省聲詩曰衣錦檾衣 去穎切

衣錦檾衣者衛風碩人鄭風丰文今詩皆作褧說文衣部褧下引此詩與毛同則此作檾者三家文也許訓檾爲枲屬而又引詩以爲證者案說文朩部云「枲麻也」則檾乃麻之屬明詩之檾衣蓋績檾所成耳但旣爲麻屬是類於麻而實非麻尋周禮天官典枲「掌布緦縷紵之麻草之物」鄭注云「草葛蕢之屬」地官掌葛「徵草貢之材于澤農」鄭注云「草貢出澤蕢紵之屬可緝績者」鄭所謂蕢卽檾也說文艸部無蕢字玉篇艸部云「苘草名亦作檾蕢同」廣韵四十靜云「檾枲草苘蕢竝同」說文亦無苘字是蕢苘皆檾之異文鄭以蕢與葛紵爲類說文云葛絺綌艸也紵檾屬以當周禮之草物而與麻別正與許訓檾枲屬合本草有苘一作蕢北人種以績布名曰苘麻亦卽檾之俗偁也又案禮記雜記云「如三年之喪則旣顈其練

祥皆行。」鄭注云：「纈草名，無葛之鄉，去麻則用纈。」說文糸部無纈字。此纈則蕢之變，亦蘔之異文也。又案劉向列女傳引碩人詩，禮記玉藻鄭注引半詩，又作絅，衣中庸亦言衣錦尚絅，說文糸部云：「絅，急引也。」廣雅釋詁云：「絅，急也。」皆無衣義，則作絅蓋又三家之叚借字。篇韵苘字，疑即絅之變，蕢去艸加糸，而爲纈，猶絅去糸加艸而爲苘矣。然要以作蘔爲正。

瓞 瓜部 㼐也。从瓜，失聲。詩曰：緜緜瓜瓞。徒結切 ○ 㼊，瓞或从弗。

緜緜瓜瓞者，大雅緜文。文王之什 毛傳云：「瓞，瓝也。」與爾雅釋草合。詩正義申傳引舍人曰：「瓞名瓝，小瓜也。」案說文無瓝字，許訓瓞爲㼐者，㼐下云：「小瓜也。」交聲勺聲古音同在宵部，蓋㼐即瓝矣。爾雅釋文云：「瓝，字林作㼐。」云小瓜也。」字林即本說文也。戴震曰：「爾雅「瓞瓝，其紹瓞」，蓋瓝者小瓜之種，瓞者繼本之瓜，其小如瓝，故以瓝釋瓞，而紹者爲瓞，非紹者爲瓝，故又言其紹瓞以別之。紹爲繼本也。」案如戴說，則瓝與瓞對言有別，詩正義又引孫炎曰：「瓞，小瓜，子如瓝，其本子小，紹先歲之瓜曰瓞。」戴說蓋又本於孫耳。

向 宀部　北出牖也。从宀，从口。詩曰：塞向墐户。許諒切

塞向墐户者，豳風七月文。毛傳云：「向，北出牖也。」爲許所本。案儀禮士虞禮云：「祝從啟牖鄉。」鄭注云：「鄉，牖一名也。」禮記明堂位云：「達鄉。」鄭注云：「鄉，牖屬。」鄉即向之叚借字。詩正義引士虞明堂經注皆作嚮，則俗字也。牖本窗之通名，向從口，象中有户牖之形，故義亦爲窗。釋文引韓詩云：北向窗也。是其證。玉篇向下引此詩而釋之曰：「向，窗也。」即用韓義。毛許以北出系之者，以詩言十月備寒，宜塞北窗，故定爲北出也。

宊 宀部　貧病也。从宀，久聲。詩曰：煢煢在宊。居又切

煢煢在宊者，周頌閔予小子文。閔予小子之什　今詩作嬛嬛在疚。釋文云：「嬛，崔本作煢，疚本又作宊。」是陸氏所見崔靈恩本與又一本正與許此所偁合。但說文女部嬛下引春秋傳「嬛嬛在疚」，文皆同於今詩，則此蓋從三家也。嬛從瞏聲，古音在寒部；煢從營省聲，古音在青部，二部合音同用，故嬛通作煢。漢書匡衡傳，衡上疏引此詩亦作煢。匡習齊詩，則許或本之齊，亦未可知。文選潘岳寡婦賦李善注引

韓詩云「悍悍余在疚」悍又煢之異文也疚者毛傳云「病也」與爾雅釋詁合說文疒部無疚字大雅雲漢云「疚哉冢宰」召旻云「維今之疚不如茲」彼釋文竝云「疚或作宄」段玉裁因謂此詩「毛蓋本作宄毛釋以病者謂宄爲疚之叚借也」愚案許訓宄貧病也則宄本兼有病義說文既不收疚許蓋以宄爲正字耳病而曰貧者段氏謂「貧之病也從宀室如縣磬之意」然考廣雅釋詁云「宄貧也」玉篇宀部云「宄疾宄也」余疑貧病或爲兩義因貧而病理亦相關陳奐以爲「宄謂之貧又謂之病合言之曰貧病」其說近之

𥨍 穴部 地室也从穴復聲詩曰陶𥨍陶穴 芳福切

陶𥨍陶穴者大雅緜文（文王之什）今詩作復毛傳云「陶其土而復之陶其壤而穴之」鄭箋云「復者復於土上鑿地曰穴皆如陶然」案毛讀陶如掏鄭讀陶如窯解陶既異因之解復與穴亦畧殊然於復皆取覆蓋之意則復當爲覆之叚借字說文襾部云「覆覂也一曰蓋也」是其義彳部云「復往來也」非其義也許引作𥨍蓋本三

家寢從穴。穴訓土室。寢訓地室。當微有別。淮南子氾論篇云。「古者民澤處復穴。」高誘注云。「復穴。重窟也。」案高以復穴為一名。穴為窟。復穴故為重窟也。復穴相合即為寢字。疑許意與高同。穴在土中。故曰土室。土室者。猶言以土為室。寢又在穴內。就穴內旁穿之。故變言地室。地室者。猶言地中之室。即高所謂重窟也。詩正義申傳云。「說文曰。穴。土屋也。寢。地室也。（閩本明監本毛本殿本地室二字作於地。段玉裁謂覆於地也四字。即古本說文寢下之訓。此從阮校本。）則覆之與穴。俱土室耳。故箋辨之。」此所引說文與今本殊。阮元校勘記謂土屋之屋為室之誤。兩覆字皆當作寢。是也。然則孔氏之意。似以許解寢穴與毛異。與鄭合。其云箋辨之者。謂辨傳也。其實許據三家。字異義亦異。鄭以復與穴為地上地下之分。許以復與穴為窟與重窟之分。復自為覆之借。不必強同於寢。許說既異毛。亦未必合於鄭也。

窒（穴部）　空也。从穴。巠聲。詩曰。瓶之窒矣。（去徑切）

瓶之窒矣者。小雅蓼莪文。（谷風之什）已見缶部罄下。彼引證罄字。作缾罄。與毛同。此引證窒字。作瓶窒。從三家也。瓶即缾之重文。至罄之與窒。

音義雖同，然窒從穴，本義為穴之空，詩言瓶空，當以作罄為正字。一切經音義卷九以窒為罄之古文，非是。

瘣 疒部

病也，从疒，鬼聲。詩曰：譬彼瘣木，一曰腫旁出也。胡罪切

譬彼瘣木者，小雅小弁文。節南山之什今詩作壞。毛傳云：「壞，瘣也，謂傷病也。」許引作瘣，正與毛之詁訓字同。爾雅釋木云：「瘣木，苻婁。」彼釋文引樊光注引此詩亦作瘣，與許合，是作瘣為三家文，正字也。毛作壞者，案說文土部云：「壞，敗也。」則壞為叚借字，壞從褱聲，瘣從鬼聲，古音同在脂部，故通用叚借。段玉裁疑「今毛傳壞瘣二字互譌，當從許及樊光所引為是。」王筠則謂「此毛公改字之例，許君從毛公改字也。」愚案毛經文用叚借字，而以本字訓之，又以傷病申之，三家經文用本字，而許從之，其訓瘣為病，亦本於毛，段疑傳譌固未當，王謂毛改經字，更非也。至「腫旁出也」一訓，雖是別義，亦與本義相關，蓋腫即其病矣。爾雅以苻婁釋瘣木，郭璞曰：「謂木病尩傴瘻腫無枝條。」正用說文弟二義為注也。

痡 疒部

病也，从疒，甫聲。詩曰：我僕痡矣。普胡切

我僕痡矣者，周南卷耳文。毛傳云：「痡，亦病也。」釋文云：「痡，病也。一本作『痡，亦病也』者非。」案正義本標起止有亦字，則陸氏所云一本者，卽孔氏所據之本也。考痡病見爾雅釋詁，許亦訓病也，以爾雅說文證毛傳，則釋文本爲長。正義申傳引孫炎曰：「痡，人疲不能行之病。」蓋以經文痡與僕連也。

瘏 疒部　病也。从疒，者聲。詩曰：我馬瘏矣。同都切

我馬瘏矣者，周南卷耳文。毛傳云：「瘏，病也。」與爾雅釋詁合。爲許所本。正義申傳引孫炎曰：「瘏，馬疲不能進之病。」蓋以經文瘏與馬連也。愚案痡瘏字從疒，當爲疲病之通偁。痡不專系人，瘏不專系馬，故許不以人病馬病爲本訓，知其義所施者廣，引詩特其一證耳。豳風鴟鴞云：「予口卒瘏。」彼傳云：「瘏，病也。手病口病。」是手口亦謂之瘏矣。

瘇 疒部　脛气足腫。从疒，童聲。詩曰：既微且瘇。時重切　○　尰，籀文从允。

既微且瘇者，小雅巧言文。節南山之什　今詩作尰，卽籀文尰之隸變。許以瘇爲正字也。毛傳云：「腫足爲尰。」與爾雅釋訓合。許訓脛气足腫者，

小徐本及韵會二腫引皆但作「脛气腫」，無足字。段玉裁謂「脛气腫卽足腫也。大徐本云脛气足腫，非」。愚案集韵、類篇皆從大徐，則小徐未必是。脛气足腫四字疑當分讀。脛气蓋俗所謂脚气病。許意脛气卽足腫也。若作脛气腫，則義不可通。玉篇疒部云「瘇，足腫也。」廣韵二腫云「尰，足腫病」，皆不連脛气，亦其證也。慧琳音義十二引韵英：瘇，足病腫也。

痑 疒部 馬病也。从疒，多聲。詩曰：痑痑駱馬。丁可切

痑痑駱馬者，小雅四牡文。鹿鳴之什 已見口部嘽下。彼引作嘽，訓曰喘息，與毛合。則此作痑訓曰馬病，從三家也。嘽從單聲，古音在寒部；痑從多聲，古音在歌部。歌寒對轉，故嘽通作痑矣。廣雅釋訓云「痑痑，疲也」。玉篇疒部云「痑，吐安切，力極也」。疑皆釋此詩之義。力極則疲，馬疲則病，與許說亦相貫。王念孫廣雅疏證亦謂廣雅之義或本於三家也。

冞 网部 周行也。从网，米聲。詩曰：冞入其阻。武移切 ○[illegible]，冞或从片。

冞入其阻者，商頌殷武文。今詩作冞。毛傳云「冞，深也」。鄭箋云「冞，冒也」。此從阮刻注疏本。阮氏校勘記云「唐石經『冞入其阻』，小字本、相臺本同。閩本、明監本、毛本冞誤罙」。今案清殿

（板注疏本罙亦作冞。）釋文云「冞，面規反。說文作冞，從冈米，云冒也。」（此從盧刻單行本。今阮刻注疏本所附釋文有誤。）愚案說文無罙字，穴部云「𥥍，深也。」𥥍之隸變作罙，則釋文冞字當爲罙字之譌。（段玉裁曰「自宋及今日毛詩刻本竟作冞，不罙不冞爲從古所無之字。陸賓召之。」馬瑞辰則謂「毛詩作冞者，卽說文冞字之省。冞與彌通。廣雅釋詁：彌，深也。此正與毛傳訓罙爲深同義。」案馬氏强合冞罙爲一，而又展轉以證其同義，未可從。乃反詆段氏爲妄說，過矣。）罙讀式針反，陸氏面規反，實乃冞字之音，而非罙字之音。冞又冞之隸變，從冈卽從网之俗也。至陸氏所列說文「冒也」之訓，亦與今本說文訓「周行也」不同。（嚴可均曰「殷武釋文引作冒也，韵會四支引作周也，蓋冒誤爲周。校者因於周下加行字。」案嚴亦過信釋文，小徐本亦作周也。徐鍇曰「冂部周布之意。」則周非誤字。）冒乃鄭箋罙下之訓，非許冞下之說。段玉裁說文注於𥥍字下擧發陸氏之弊凡七。愚謂毛本作𥥍，訓深，許引作冞，訓周行，字異義異，音復各別。許蓋從三家也。陸氏釋文誤以罙冞爲同音異字。段氏糾之甚是。廣韵五支罙冞兩字並在武移切下，其誤與釋文同。而冞下注云「冞，入也，冒也，周行也。」則兼毛許鄭三家之義。周行，既注於冞下，因於罙下注曰「罟也。」斯又與釋文異，蓋紛不可理矣。又案鄭箋雖訓罙爲冒，與毛異，然不云罙讀爲冞，則冒之義當仍主於罙。不主於冞。蓋罙既爲𥥍之隸變。說文𥥍有二義「一曰竈突。讀若禮三年導服之導。」引申可爲凡突之偁。廣韵二十一侵云。「𥥍、突也。」是其證。正義申箋曰。「以其遠入險阻。宜爲冒突之義。故易傳爲冒也。」是知鄭於字從毛。而訓則用說文𥥍之弟二義也。段氏謂「鄭改罙爲冞。冞亦网名。其用主自上冒下。故鄭云冒也。」恐未允。又改說文冞下「周行也」之注作「网也」。刪去詩曰以下六字。更近專輒矣。

罛 网部

魚罟也。从网。瓜聲。詩曰。施罛濊濊。古胡切

施罛濊濊者。衛風碩人文。毛傳云。「罛。魚罟。」案爾雅釋器云。「魚罟謂之罛。」毛傳與合。爲許所本。說文水部濊下大部奯下引此詩並作「施罟。」則從三家也。罟本訓网。易曰。「作結繩而爲网罟。以田以漁。」則罟爲网之大名。不專施於漁。罛乃魚网之主偁耳。對言有別。散則可通。故經典罟罛互作。淮南原道篇高誘注引此詩作罟。說山篇高注呂氏春秋上農篇高注引此詩又作罛。陳喬樅謂高治魯詩。是三家亦罟罛通用。陳氏必以原道篇注所引之罟爲罛之誤。宜

據說山注改正之，則泥矣。王念孫讀書雜志亦謂淮南原道篇正文注文內罟字皆當爲罯，且謂碩人詩與毛傳皆高注所本，則是高又用毛詩也。

䍖 网部 覆車也。从网，包聲。詩曰：雉離于䍖。縛牟切 ○罦，䍖或从孚。

雉離于䍖者，王風兔爰文，今詩作罦，卽䍖之重文，許以䍖爲正字也。毛傳云：「罦，覆車也。」案爾雅釋器云：「罬謂之罦，罦，覆車也。」毛傳與合，爲許所本。惟其字從网，當爲以网覆車。小徐本作「覆車网也」，較大徐本多一网字，當從之。玉篇网部云：「罦，覆車罔。」廣韵十八尤云：「罦，覆車網也。」罔網皆网之或體，二書蓋亦本之說文，則大徐本無网字者，或校者依毛傳刪之。詩正義引孫炎曰：「覆車網可以掩兔者也。」是孫解爾雅亦增網字以足其義。郭璞曰：「今之翻車也。有兩轅，中施罥以捕鳥。」說文無罥字，玉篇罥亦作羂，云「罔張獸」，則施罥猶施网矣。

幝 巾部 車弊皃。从巾，單聲。詩曰：檀車幝幝。昌善切

檀車幝幝者，小雅杕杜文，鹿鳴之什 毛傳云：「檀車，役車也。幝幝，敝皃。」釋文引說文云：「幝，車敝也。」今說文作車弊皃，皃字當從今本。皃

也二字形近，釋文作也，蓋轉寫亂之。㡀字當從釋文引說文無獘字，小徐本作獘，皆獘之俗。說文犬部獘訓頓仆，非㡀敗之義，則今作獘者誤字也。毛但云㡀皃，許系之車者，毛就經爲釋，車字句中已見，許引經證字，云車㡀則與經相應也。段玉裁以幝字從巾，謂「說文古本當是巾㡀皃，詩以爲車㡀字，則其引伸之義也」。愚案集韵二十八獮類篇巾部引說文並與今同，玉篇巾部亦云「幝，車㡀皃」，當亦本說文。廣韵二十八獮云「幝，車蔽」，蔽字雖異，然亦作車不作巾，則段說似非确論。徐鍇通釋曰「車獘則木連及韋革金鏄飾皆起，若敗巾然，故從巾」。此亦未得其義。考周禮春官巾車「掌公車之政令」，鄭玄注云「巾猶衣也，巾車，車官之長」，賈公彥疏云「謂玉金象革等以衣飾其車，故訓巾猶衣也」。然則車必待巾而飾之，故車官之長以巾名。車㡀則巾自敝，說文敝從㡀，㡀從巾，云「敗衣也」，與鄭注可互照。巾㡀猶車敝，故幝從巾而以車敝爲訓矣。許說蓋有所受之，且於字義可以推古之車制也。

幩 巾部　馬纏鑣扇汗也。从巾，賁聲。詩曰：朱幩鑣鑣。符分切朱幩鑣鑣者。衛風碩人文。毛傳云「幩飾也。人君以朱纏鑣扇汗。且以為飾。」正義曰。此纏鑣之鑣自解飾之所施。非經中之鑣也。許訓馬纏鑣扇汗也者。即本於毛。鑣與幩為二物。說文金部云「鑣馬銜也。」幩則纏馬銜之上而垂之。可以因風扇汗。故謂之扇汗。毛以經言朱幩兼朱釋之。故又訓幩為飾。幩從巾。纏鑣之物當為帛之類。徐鍇通釋曰「謂以帛纏馬口、旁鐵扇汗使不汗。」是也。朱葢以色言。續漢書輿服志云「乘輿象鑣赤扇汗。王公列侯朱鑣絳扇汗。卿以下有緋者緹扇汗。」彼雖漢制。亦必相承有自。則知古者纏鑣之幩。不徒為飾。兼以色辨等列矣。詩釋文曰。「鑣馬銜外鐵也。一名扇汗。又曰排沫。」馬瑞辰謂釋文葢云幩一名扇汗。今本脫一幩字。遂似誤以鑣為扇汗。」愚案陸以鑣為馬銜外鐵。是鑣在馬銜之外也。與許訓馬銜微別。疑陸意鑣以鐵為之。施於銜外。而以朱纏之。鑣即是扇汗。朱纏則幩也。

皎　白部　月之白也。从白。交聲。詩曰。月出皎兮。古了切

月出皎兮者。陳風月出文。毛傳云「皎月光也。」許訓月白者。以其字從白也。毛舉光言。許舉色言。義相足。鄭箋云「喻婦人有美色之白皙。」是鄭亦以白為義。正義曰「言月之初出。其光皎然而白兮。」葢兼會毛許之訓也。

⿰黹虘 黹部 合五采鮮色。从黹，虘聲。詩曰。衣裳⿰黹虘⿰黹虘。創擧切

衣裳⿰黹虘⿰黹虘者。曹風蜉蝣文。今詩作楚。毛傳云。「楚楚。鮮明貌。」許引作⿰黹虘。訓爲合五采鮮色。義與毛近。而字異者。案說文林部云。「楚。叢木也。」則楚爲叚借字。許以⿰黹虘爲正字。蓋據三家也。⿰黹虘从虘聲。楚从疋聲。古音同在魚部。故通用。玉篇⿰黹虘下引此詩同。即本說文。詩釋文引說文云。「⿰黹虘。會五綵鮮色也。」小徐本及廣韵八語韵會六語引竝作「會五色鮮皃」。皆與大徐本異。案會合義近。然下篆黺下云。「會五采繒色。」與此注詞例相若。則此亦以作會爲是。色皃二字形似。未知孰誤。但疊字形容。則不言皃而爲皃可知。

俅 人部 冠飾皃。从人，求聲。詩曰。弁服俅俅。巨鳩切

弁服俅俅者。周頌絲衣文。閔予小子之什 小徐本弁服作戴弁。今詩作載弁。鄭箋云。「載猶戴也。」案爾雅釋言云。「俅。戴也。」郭璞注引此詩亦作戴弁。則小徐本是也。載戴古通用。蓋毛作載。許從三家作戴也。大徐本作弁服。疑誤。毛傳云。「俅俅。恭順貌。」正義申之曰。「載弁謂人戴弁也。戴弁者俅俅。則俅俅人貌。故爲恭順貌也。」許訓冠飾

皃者。案爾雅釋訓云：「俅俅，服也。」郭注云：「謂戴弁服。」邵晉涵曰：「戴弁在首而謂之服者，士冠禮祝辭始加曰『始加元服』，再加曰『乃申爾服』，三加曰『咸加爾服』。鄭注謂緇布冠皮弁爵弁也。是弁得稱爲服也。」此詩俅俅爲狀弁之詞，許以弁字經文已見，故易之曰冠飾皃。此乃本爾雅爲說，且以此詩上文絲屬衣言之，則俅俅自當屬冠言之，故用雅訓改傳義，而於經指亦自順。胡承珙謂「釋訓服字當是屈服柔服之服，正傳所謂恭順貌也。」斯欲彊通毛雅之義，究爲未洽。

佖 人部 威儀也。从人，必聲。詩曰：威儀佖佖。毗必切

威儀佖佖者，小雅賓之初筵文。甫田之什 今詩作怭。毛傳云：「怭怭，媟嫚也。」許引作佖，訓威儀也，字與毛異，義與毛反。蓋本三家說。文心部無怭字，許以佖爲正字也。惟威儀二字經文已見，則佖佖連文，當爲威儀皃。韻會四質云：「佖，說文有威儀也。」敦煌唐寫本切韻殘卷五質云：「佖，有儀威。」廣韻五質佖字兩收，一在毗必切下，云：「有威儀也。」一在房密切下，云：「威儀備也。」是一有字或備字，而義乃顯然。則今本說文威儀之上當有奪文。惟王

篇佖下注集韵類篇佖下引竝與今說文同，則其傳寫相承已久。段玉裁謂「當作威儀襍褭也」，蓋欲合毛許之義爲一，恐非許指。

儦（人部） 行皃。从人，麃聲。詩曰：行人儦儦。甫嬌切

行人儦儦者，齊風載驅文。毛傳云：「儦儦，衆皃」。許訓行皃者，承經文行人而言也，與毛義互相足。又小雅吉日云：「儦儦俟俟」。彼傳又云：「趨則儦儦」。趨與行對言義別，散亦可通。廣雅釋訓云：「儦儦，行也」。王念孫引說文此條證之。愚疑行皃爲三家義，而字則與毛同耳。

儺（人部） 行有節也。从人，難聲。詩曰：佩玉之儺。諾何切

佩玉之儺者，衛風竹竿文。毛傳云：「儺，行有節度」。許訓行有節也，即本於毛。徐鍇繫傳通釋曰：「佩玉所以節步」，是也。自經典相承叚儺爲敺疫字，而儺之本義惟見於此詩。

倭（人部） 順皃。从人，委聲。詩曰：周道倭遲。於爲切

周道倭遲者，小雅四牡文（鹿鳴之什）。毛傳云：「倭遲，歷遠之貌」。倭遲疊韵，傳蓋合二字成義。許訓倭爲順皃者，段玉裁曰：「倭與委義略同。

委隨也。隨，從也。」此葢就聲爲說。倭從委聲，義由聲生也。愚案順從頁從川。說文辵部云「巡，從辵，川聲。」則順可通巡。說文又云「巡，延行皃。延，長行也。」是順兼有延長義。然則以順皃訓倭，與歷遠之義亦無不合。又說文逶下云「逶迆，袤去之皃。」袤曲則紆遠，知倭遲又通作逶迆矣。

俟 人部 大也。从人，矣聲。詩曰「伾伾俟俟。」牀史切

伾伾俟俟者，小雅吉日文。南有嘉魚之什 今詩伾作儦。毛傳云「趨則儦儦，行則俟俟。」許訓俟大也，是伾與毛異字，俟與毛異義。許葢從三家也。段玉裁據文選西京賦李善注引韓詩「駓駓騃騃」引薛君韓詩章句「趨曰駓，行曰騃。」後漢書馬融傳章懷太子注引韓詩又作「駓駓俟俟」，業玉篇馬部云：駓同駓，則駓駓即駓駓，至俟俟二字與毛同，或當爲騃騃之譌，同一韓詩，不應兩作也。段氏說文注合引文選與後漢書注，字有改訂，皆非章懷原文。謂「疑今毛傳非舊，或用韓改毛。駉傳曰『伾伾，有力也。』許從之。當是吉日傳有『俟俟，大也』之文，而許從之。」愚案俟以矣爲聲，矣從矢。矢所以䠶遠，則俟俟兼有遠義，引申之與行義亦通。疑許釋字用本義，偁詩說叚借也。

侗 （人部）　大皃。从人，同聲。詩曰：神罔時侗。（他紅切）

神罔時侗者，大雅思齊文。（文王之什）今詩作恫。毛傳云：「恫，痛也。」與爾雅釋言合。案說文心部恫亦訓痛。然許恫下不引詩，此引作侗，訓大皃。文義竝與毛異。當據三家。惟此詩上文云：「神罔時怨。」則下文作侗，訓大，意不相屬。疑毛詩用本字，三家詩則叚侗為恫。許偁之所以說叚借也。恫侗皆從同聲，故通用。或謂：「疑是讀若詩神罔時恫之恫，後轉寫脫落讀若字，遂改恫為侗。」非也。又案顏師古匡謬正俗曰：「爾雅云：恫，痛也。字或作侗。」郝懿行謂顏所引即郭璞爾雅音義之文。今案郭注引此詩亦作恫，疑顏云字或作侗者，蓋本之說文。徐鍇繫傳通釋云：「案字書，侗長大也。又未成器之名也。又痛也。」此痛之一義，亦謂侗通作恫耳。

佶 （人部）　正也。从人，吉聲。詩曰：既佶且閑。（巨乙切）

既佶且閑者，小雅六月文。（南有嘉魚之什）毛傳云：「佶，正也。」許說所本。佶從人，本言人之正。詩則言馬，引申之義也。王筠曰：「馬正而從人者，馬之正由于人之正也。安其教訓，馬之正也。不失其馳，人之正也。」

此似以馬正爲本義說。雖可通。恐非許恉。鄭箋云「佶。壯健之貌。」段玉裁謂「鄭以言壯健乃可見馬。但毛言正。自可含壯健也。」是知毛鄭義亦相成。正義申傳以正爲正大。而謂箋解佶與傳異。失之矣。

俁 人部 大也。从人。吳聲。詩曰碩人俁俁。魚禹切

碩人俁俁者。邶風簡兮文。毛傳云。「碩人。大德也。俁俁。容貌大也。」正義申傳曰。「碩既爲大德。故俁俁爲容貌大也。」則知容貌大非俁之本義。毛以文承碩人。因而爲之訓。許但訓大。蓋爲通義。引詩特其一證耳。俁從吳聲。吳訓大言。亦非容貌之義也。

僩 人部 武皃。从人。閒聲。詩曰。瑟兮僩兮。下簡切

瑟兮僩兮者。衛風淇奧文。毛傳云「瑟。矜莊貌。僩。寬大也。」正義申傳。謂「矜莊是外貌莊嚴也。寬大是內心寬裕。」愚案爾雅釋訓禮記大學皆云「瑟兮僩兮。恂慄也。」大學鄭注云「恂字或作峻。讀如嚴峻之峻。」正義亦引釋訓與大學而釋之曰「以瑟僩者自矜持之事。故云恂慄也。言其嚴峻戰慄也。」此嚴峻卽用鄭說。然則爾

雅恂慄之訓。與毛之矜莊義尚近，與寬大義不相應。蓋毛於此詩務與僴各自爲義，而爾雅則合訓同義。毛與爾雅本不相侔，故正義雖引以爲證，而語亦渾胡，不能分疏。許訓僴爲武皃者，武有嚴慄之意，實乃本雅以易毛，蓋字從毛而義從三家也。又案爾雅釋文云：「僴本或作撊。」方言二廣雅釋詁竝云：「撊，猛也。」武與猛義近，疑三家詩有作撊者。說文手部無撊字，撊即僴之異文也。

伾 人部 有力也。从人，丕聲。詩曰：以車伾伾。敷悲切

以車伾伾者，魯頌駉文。毛傳云：「伾伾，有力也。」許說所本。伾從人，本言人有力，詩則言馬，引申之義也。釋文云：「伾，字林作駓，走也。」愚案說文馬部云：「駓，黃馬白毛也。」則作駓非本字，且此詩上文云「有騅有駓」，本句又作駓，於詞爲複。上文駓字釋文又引「字林作䯄。」實則䯄即駓之別作。廣雅釋訓云：「駓駓，走也。」疑字林本之廣雅，乃小雅吉日三家詩之異文，而陸氏誤引於此也。

偲 人部 彊力也。从人，思聲。詩曰：其人美且偲。倉才切

其人美且偲者，齊風盧令文。毛傳云：「偲，才也。」許訓彊力也者，案

彊力，言其有武，與才義亦合。據詩序，此詩本陳田獵畢弋之事，益知才謂武也。陳奐謂「此篇詩辭與鄭風叔于田同，其人美且偲，猶言洵美且武也」，得之。詩釋文引說文云「偲，强力也」，此從盧刻本，今毛詩注疏本所附釋文作强也，無力字。馬瑞辰因謂今說文偲下當以作强也為正，非是。小徐本及韵會十灰引同，强即彊之借。孫星衍因謂「强力二字當作勥，轉寫誤分為二字，而大徐又譌强為彊耳」。愚案說文力部勥，古文作⿱彊力，即如孫說，彊力二字正勥字之分，亦不必改作勥。且說文勥訓迫，似非詩恉。集韵十六咍類篇人部偲下引說文竝與今同。韵會又引廣韵「偲，多才力也」，今本廣韵十六咍作多才能也。蓋兼毛許之義，亦足為說文彊下有力字之證，而非訓勥矣。

倬 人部 箸大也。从人，卓聲。詩曰：倬彼雲漢。竹角切

倬彼雲漢者，大雅棫樸文王之什、雲漢蕩之什文。棫樸毛傳云「倬，大也」，許訓箸大也者，桒小雅倬彼甫田傳云「倬，明貌」，箸猶明也。許蓋兼取二傳之義，言倬為箸，為大也。雲漢釋文引王肅云「倬，箸也」，即用許義。彼正義曰「見倬然而明大者，彼天之雲漢」，亦合二義

爲說也。段玉裁謂「箸大者箸明之大也」亦通。

傓 人部 熾盛也。从人，扇聲。詩曰：豔妻傓方處。式戰切

豔妻傓方處者，小雅十月之交文。節南山之什今詩作煽，毛傳云：「煽，熾也」。許引作傓，訓曰熾盛也者，案爾雅釋言云「煽，熾也。熾，盛也」。郭璞注曰「互相訓」。是知毛傳固與爾雅合。許說亦本於爾雅也。郝懿行謂「說文簡畧，故總曰熾盛」。愚謂許意蓋以盛字申熾耳。王筠說文釋例曰「傓之義爲熾，而詩人之意，則以喻褒姒之勢盛也。故熾盛二字，一表一裏，迭相訓釋，非如偲下云彊力也爲順遞之詞也」。此說得之。正義申傳云「豔妻有寵，熾盛方甚之時」，卽兼用許說。毛許義同而字異者，案說文火部無煽字，許以傓爲正字也。漢書谷永傳顏師古注引魯詩此文作扇，亦以內寵熾盛釋之。陳喬樅謂「小顏不見魯詩，當是漢魏諸家舊注引述魯詩之說，而師古襲用之也」。扇卽傓之省借字。魯作扇，毛作煽，然則許之所偁作傓者，蓋出齊韓詩矣。段玉裁曰「案詩本作傓，後人以訓熾之故，肊造煽字耳」。此則以許所引爲毛詩。

俶 人部 善也。从人，叔聲。詩曰：令終有俶。一曰始也。昌六切

令終有俶者。大雅既醉文。生民之什毛傳云。「俶。始也。」一本始作終。以正義證之。則當是始字。與爾雅釋詁合。許訓善也。一曰始也。引詩在一曰之上。主證善義。則與毛異。郝懿行曰。「說文俶既訓始。又訓善者。始未有不善。終之爲難。故詩言令終有俶。以俶爲善。是必三家詩舊說。故許君依以爲釋。毛傳訓俶爲始。鄭箋訓俶爲厚。竝與舊說異也。」愚案箋云。「俶猶厚也。既始有善。令終又厚之。」言猶則不以厚爲俶之本義。正義申箋。謂「鄭以令終已是善名。故以俶爲厚。」此雖不引許說。而實用許義。蓋謂俶本是善。由令已爲善。故於俶變言厚耳。然則鄭義固與許合。而主易傳也。惟正義又云。「釋詁云。『俶。作也。』作事所以厚生。故云俶猶厚也。」此則似迂。反失鄭意矣。至毛之訓始也者。馬瑞辰曰。「令終有俶。猶易言終則有始。僖子弟子職篇言周則有始。大戴記盛德篇終而後始也。」愚案俶以叔爲聲。叔從尗。尗者豆之初生。俶之訓始。蓋自尗來。疑俶當以始爲本義。善爲別義。說文全書中凡一字有數義者。弟一義不必定爲本義。當以聲形求之。分別而觀之。此其一也。

僾 人部 仿佛也。从人，愛聲。詩曰：僾而不見。烏代切

僾而不見者，邶風靜女文。今詩作愛，毛傳云：「言志往而行正。」愛字無訓，鄭箋申之曰：「志往謂踟躕，行正謂愛之而不往見。」是鄭以愛為悅愛之義也。未知毛意云何。許引作僾，訓為仿佛，字與毛異，義與鄭異，蓋本三家。案禮記祭義云：「僾然必有見乎其位。」彼孔疏云：「僾，髣髴見也。詩曰：僾而不見。」今禮記注疏本作愛者誤，此引證僾字，當作僾。正與許引合。爾雅釋言云：「薆，隱也。」郭璞注云：「謂隱蔽，見詩。」方言六云：「掩、翳，薆也。」郭注云：「謂蔽薆也。詩曰：薆而不見。」合觀二注，是薆又三家異文也。又案大雅烝民云：「愛莫助之。」彼傳云：「愛，隱也。」疑毛於此詩之愛，或與烝民同義，則作愛乃僾之叚借字。「愛而」猶「隱然」，仿佛與隱義亦相成，不必如箋所釋也。

偕 人部 彊也。从人，皆聲。詩曰：偕偕士子。一曰俱也。古諧切

偕偕士子者，小雅北山文。谷風之什 毛傳云：「偕偕，強壯貌。」許訓彊也，與傳義合。強即彊之借字，說文弓部云：「彊，弓有力也。」引申可為彊壯之偁。偕以彊為本義，俱為別義，今惟偕俱義行而彊義幾廢矣。

或以偕從皆聲。當以偕爲本義者。愚案皆猶眾也。眾則力彊。聲中自見彊義。朱駿聲以彊爲叚借之義。更非也。

佽 人部 便利也。从人。次聲。詩曰。決拾既佽。一曰遞也。七四切

決拾既佽者。小雅車攻文。南有嘉魚之什 毛傳云「佽。利也。」爲許所本。許以便字足之。傳義益顯。漢書宣帝紀「佽飛射士」臣瓚注云「許愼曰「佽。便利也。」便利熠繳以弋鳧雁。故曰佽飛。詩曰「決拾既佽」一者也。」此注足以申許。鄭箋云「佽謂手指相次比也。」則與許第二義訓遞相近。遞之引申可爲次。又可爲比。比而次之。義與毛異。案周禮夏官繕人注。鄭司農云「詩曰。抉拾既次。」愚疑三家詩有作次者。鄭君注禮時從之。故箋詩卽以三家義易毛而以次比釋之。許則字與義皆從毛。復兼存三家之義。故第二義與鄭合也。文選張衡東京賦云「決拾既次」卽用此詩而字亦作次。李善注引毛詩曰「決拾既次」。又引鄭箋次字之訓。疑張賦本從三家。李注則順文引證。改字相就。未必毛詩有作次之本也。正義申箋曰「鄭以佽爲利。其義不明。故申而成之。決著於右手大指。遂著於左臂。手指相

次比而後射得和利。故毛云佽利。謂相次然後射利。非訓佽爲利也。」斯欲兼通傳箋之訓。強毛以合鄭。實兩失之。胡承珙曰「手指相次比。祇可言決。於拾箸左臂者不合。不如傳訓便利爲賅括。」此說意在袒毛。兼可糾孔矣。

侐 人部 靜也。从人血聲。詩曰。閟宮有侐。況逼切

閟宮有侐者。魯頌閟宮文。毛傳云「侐清淨也。」釋文作「清靜也。」引說文侐靜也爲證。知許用毛義也。作清淨者爲正義本。然考說文水部云「淨魯北城門池也。」則非清靜之義。段玉裁謂「淨乃靜之字誤。」阮元毛詩校勘記亦謂「當依釋文更正。」是也。

佸 人部 會也。从人昏聲。詩曰。曷其有佸。一曰佸佸力皃。古活切

曷其有佸者。王風君子于役文。今詩作佸。五經文字同。卽佸之隸變也。毛傳云「佸會也。」爲許所本。釋文引韓詩訓佸爲至。案廣雅釋詁云「括會至也。」佸與括通。則韓與毛義亦合。王念孫廣雅疏證引此詩。兼引韓毛之說。而云「會亦至也。」是也。

俔 人部 譬諭也。一曰聞見。从人。从見。詩曰。俔天之妹。苦甸切

俔天之妹者。大雅大明文。文王之什毛傳云「俔，磬也。」釋文云「俔，韓詩作磬。磬，譬也。」許引作俔，訓譬諭也，字同毛而義同韓者，案說文為字書，訓字皆從本義，俔之本義為譬諭，不為磬，磬之本義為石樂，不為譬，是則就經文言，毛作俔為正字，韓作磬為叚借字，就詁訓言，毛作磬為叚借字，韓作譬為正字。許引詩從毛，訓義從韓，葢本韓以申毛，字皆用其正也。鄭箋云「尊之如天之有女弟。」釋俔為如，如猶譬也，亦用韓義，與許說合。正義申傳，亦引韓詩，明俔磬同義，又引說文此條以證箋說，而云「葢如今俗語譬喻物云磬作然也。」則知毛傳借磬釋俔，乃以今語釋古語，而義則仍為譬諭，其語流貤至唐猶存，故孔氏謂如今俗語。許君引詩以證本篆為主，不得以叚借字釋正字，故不依傳耳。許又云「一曰聞見。」者，段玉裁說文注據爾雅釋言「間，俔也。」乃改聞見為間見，謂「此正許所本，上訓用毛韓說，此訓用爾雅說，爾雅亦釋詩也，間音諫，若言不可多見而間見之」郝懿行曰：間者，釋詁云代也。間見猶言不常見也。凡譬況之詞，必取非常所見，故云罕譬而諭。方言謂之代語，說文謂之間見，其義一也。案如段說，則許偁詩兼證兩義矣，阮元釋磬曰「磬，籒文省爲殸、說文聲字所以從殸得音者、殸有耳聞之義、聞屬於耳、古人鼻之所得目之所得皆可借聲聞以概之、故詩大明曰「俔天之妹、」說文俔弟二訓曰、「一曰聞見」此訓最確、與毛傳合、毛傳直訓曰「俔磬也、」葢當時韓詩作磬、訓爲聞見、人人習知、不必多言、若鄭箋以如訓俔、卽說文「譬諭也」之弟一訓、此自是漢以來相沿之別解、鄭氏用之以別毛義、然不如毛義遠矣、詩人言俔天之妹者、稱后妃爲天妹以神之、文王實有聞見其爲天妹者、故定祥親迎也、禮娶妻先聘、說文「聘訪也、從耳甹聲」甹與殸同、（只部甹聲也從只粵聲讀如馨）然則俔天之妹、俔與聘義又相近矣、」案阮氏此說、就磬字展轉生意、合聞見爲一義、既與孔疏立異、亦與段說有殊、說雖新、以之釋字自精、以之解詩、似失之深、疑亦未必得毛指也、盧文弨鍾山札記曰、「說文「俔、譬喻、一曰聞見也」竊謂俔從人從見、則見字義長、猶所謂見若神人也、譬喻之意、亦在其中、未必卽以磬爲譬、韓非子外儲說上云、「犬馬人所知也、旦暮罄於前、鬼神無形者、不罄於前」古罄磬同一字、以韓非之說證之、則俔可訓爲見、磬亦未嘗不訓見、在毛公當日。磬之義人所共曉。故即以磬解俔耳。」案此隱栝說文兩義。而以見若神人釋之。又引韓非以證磬有見義。不沾滯於聞字。視阮說爲直捷。正可以備一解。胡承珙曰。「後漢書胡廣傳。俔天必有異表。若曰間見曰聞見。則必連之妹二字方成文義。必不得以俔天二字單言。惟訓如。則如天二字本可斷讀。君子偕老傳尊之如天是也。」此則又主從鄭說。考胡廣上疏在安帝時。其時許書已行。可知漢季諸儒解此詩。蓋多從說文第一義矣。

倌 人部 小臣也。从人。从官。詩曰。命彼倌人。古患切

命彼倌人者。鄘風定之方中文。毛傳云。「倌人。主駕者。」正義曰。「以命之使駕。故知主駕者。諸侯之禮亡。未聞倌人爲何官也。」許訓小臣也者。段玉裁曰。「案許說異毛。小臣蓋謂周禮小臣上士四人。大僕之佐也。」段意以小臣不主駕。故疑許與毛異。今案大僕屬夏官。掌「王出入則自左馭而前驅。」小臣爲大僕之佐。掌「王之燕出入則前驅。」鄭注云。「燕出入。若今游於諸觀苑。」胡承珙謂「此詩云說于桑田。亦是游觀而寓勸民之事。故命小臣。蓋小臣既爲

前驅，亦可兼主駕說之事，故毛傳以倌人爲主駕者，」據此，是毛言其職，許言其官，義互相足，非有異也。雖周官爲天子之制，然諸侯設官，但有命秩之差，掌守則同。孔氏疑諸侯之禮亡，其實蓋可推而知之也。

价 人部 善也。从人，介聲。詩曰：价人維藩。古拜切

价人維藩者，大雅板文。生民之什 毛傳云：「价，善也。」爲許所本。爾雅釋詁云：「介，善也。」郭璞注引此詩亦作介。郝懿行爾雅義疏謂「介者价之叚借。」愚案毛許與爾雅既同訓，則爾雅本字當同。詩正義引釋詁正作价。段氏疑今爾雅非善本，是也。鄭箋云：「价，甲也。被甲之人，謂卿士掌軍事者。」義與毛許異。正義申箋，謂「鄭以詩戒王使親其官人，不勸王擇人爲官，故不從以价爲善也。」愚案釋文云：「价，鄭作介。」是鄭君易价爲介字，既易，故別爲訓耳。荀子君道篇漢書諸侯王表序及王莽傳引此詩竝作介。然則作介者，蓋三家本而鄭從之也。

侜 人部 有廱蔽也。从人，舟聲。詩曰：誰侜予美。張流切

誰侜予美者。陳風防有鵲巢文。毛傳云「侜張，誑也。」與爾雅釋訓合。鄭箋亦同。詩但言侜，傳增張字者，蓋合二字之義爲誑也。段玉裁毛詩小箋，於傳文侜張之上補侜字，謂以侜張釋侜，此疊字釋單字之例是也。許訓侜爲有⿰鹿隹蔽也者，蓋以侜張正字當作譸張，譸誑亦有⿰鹿隹蔽之意，究非侜之本訓，故不依傳。愚疑⿰鹿隹蔽爲三家詩說。許以其與侜之本義相合，故引之以爲證。而毛傳則貶侜爲譸耳。蔽美之字兩見離騷，彼亦憂讒畏害之辭，與此詩正相似，言誰⿰鹿隹蔽我之美乎。於經指亦自順，不必如鄭箋以美爲所美之人，而以爲指宣公也。

⿰亻囟 人部 小皃。从人，囟聲。詩曰：⿰亻囟⿰亻囟彼有屋。斯氏切

⿰亻囟⿰亻囟彼有屋者，小雅正月文。節南山之什 今詩作佌。毛傳云「佌佌，小也。」與爾雅釋訓合。許引作⿰亻囟，訓曰小皃，義同毛而字異者，說文人部無佌字，許以⿰亻囟爲正字，蓋從三家也。玉篇人部、廣韻四紙⿰亻囟下並引詩同，卽本說文。並云「本亦作佌。」則兼存毛本。廣韻又收⿰彳差字，云小皃。集韻四紙⿰亻囟下從說文引詩作⿰亻囟，云「或作⿰彳差佌。」佌下引詩，從毛作佌，云「或作⿰亻囟⿰彳差。」未知⿰彳差字何據。詩及爾雅釋文佌下但

云音徙，亦不作倦也。

佻 人部 愉也。从人，兆聲。詩曰：視民不佻。土彫切

視民不佻者，小雅鹿鳴文。鹿鳴之什 今詩作恌。毛傳曰：「恌，愉也。」許引作佻，亦訓曰愉，義同字異。葢本三家。說文心部無恌字，許以佻為正字也。左氏昭公十年傳引此詩，與許引合。玉篇佻下引亦同。文選張衡東京賦云：「示民不偷。」彼注引「毛詩曰：「視民不佻。」毛萇曰：「佻，偷也。」」此則所引經傳皆與今毛詩異，疑張賦所據為三家詩，故彼注順文引證以就之。說文人部亦無偷字，偷卽愉之隸變。本詩正義旣引說文愉薄以釋傳箋之愉，而又云「定本作偷」。葢佻恌愉偷或從心或從人，相亂久矣。爾雅釋言云：「佻，偷也。」佻正而偷俗，亦其證也。要當以說文為準。

僻 人部 避也。从人，辟聲。詩曰：宛如左僻。一曰從旁牽也。普擊切

宛如左僻者，魏風葛屨文。今詩如作然，僻作辟。考文古本作「婉然左僻」。毛傳云：「宛然，辟貌。婦至門，夫揖而入，不敢當尊，宛然而左辟。」釋文云：「辟音避，注同。一音婢亦反。」愚案說文辟部云：「辟，法

也』則經文作辟爲叚借字，許引作僻，蓋從三家，而考文古本又從說文也，許訓僻爲避也者，小徐本作辟，鍇曰『辟，避也』一切經音義卷十一韵會十一陌僻下引說文竝與小徐本同，則許書原解作辟，故小徐以避釋之，今大徐本作避者，蓋以小徐之語亂正文也，惟釋文於經傳辟字皆音避，是陸氏以辟爲回避之義，正義申傳引士昏禮，明毛公本禮以釋詩，禮記昏義孔疏又轉引此詩以釋禮，而於詩之左辟，則曰『稍西避之』，是孔氏亦以辟爲回避也，然則許雖以辟訓僻，辟音當讀婢亦反，而義當與避同，蓋辟本訓法，引申則爲辟人之辟，辟人而人避之亦曰辟，故辟與避通，又考說文舟部云『般，辟也』此詩之辟，正取般辟爲容，爾雅釋言云『般，旋也』旋辟猶回避矣，僻之本義蓋如是，許君解字用本義，引詩證本字，故經字從三家作僻，而訓義從毛作辟也，

伎 人部 與也，从人支聲，詩曰，𥷚人伎忒，渠綺切

𥷚人伎忒者，大雅瞻卬文，蕩之什 今詩𥷚作鞫，伎作忮，說文無鞫字，即𥷚之隸變，𥷚在夲部，或作簐，宀部有𡨥，從宀，簐聲，故𡨥與𥷚通，自隸變爲鞫，鞫行而𥷚𡨥皆廢矣，毛傳云『忮，

害也』。許引作伎，而訓爲與，文義竝與毛異。段玉裁謂『許所據作伎，蓋毛詩段伎爲忮，毛說其段借，許說其本義，今詩則學者所竄易也』。愚案鄭箋與釋文正義皆作忮，正義且申傳曰『忮者，以心忮格前人，爲之患害，故以忮爲害也』。孔云以心忮格，正以忮字從心，則今詩未必出於竄易也。許心部忮下不引詩，則此所引蓋從三家。又案說文夲部云『𥷚，窮理罪人也』。心部云『忒，更也』。伎之訓與者，舁部云『與，黨與也』。廣韵四紙云『伎，侶也』。侶與黨與義合。此詩上文云『時維婦寺』。然則𥷚人伎忒者，猶言婦寺輩好窮究他人，而朋黨爲差忒之行也。此與毛各自成說，而於詩指無不合。廣韵五寘云『伎，傷害也。詩云鞫人伎忒。亦作忮』。是訓義同毛，而引詩同許，合伎忮爲一義，失之矣。桂馥曰。『與也者，與讀如臮眾詞與也之與』。趙宧光曰。伎同及。漢韓勑碑旁伎皇代，即旁及』。案此亦可備一解。

俄　人部　行頃也。从人，我聲。詩曰。『仄弁之俄』。五何切

仄弁之俄者，小雅賓之初筵文。甫田之什今詩仄作側。小徐本同。仄側古通用。史記平準書亦側，漢書食貨志作亦仄。爾雅釋水云『穴出。仄

出。』彼釋文云：『仄本作側。』皆其證。然此詩與俄共文，當以作仄爲正。毛傳俄字無訓。許訓行頃也者，段玉裁注本刪行字，以爲妄加。愚案行字大小徐本皆有，集韵七歌、類篇人部、韵會五歌引說文皆同。鈕樹玉謂『行字於義無礙，未必妄加。』王筠亦曰：『言行者，謂其爲通語也。下文引詩，但擧一端以證之。』則段氏之刪非也。又案說文匕部云：『頃，頭不正也。』引申爲凡不正之偁。是行頃蓋謂行之不正者耳。此詩之俄，亦所以形容弁之不正。鄭箋云：『側，傾也。俄，傾皃。』傾與頃義亦相合。正義曰：『傾側其弁，使之俄然。』知俄承側來而卽以申側也。

傞 人部　醉舞皃。从人，差聲。詩曰：屢舞傞傞。素何切

屢舞傞傞者，小雅賓之初筵文。甫田之什　毛傳云：『傞傞，不止也。』許訓醉舞皃者，醉則失儀，故舞不止。與毛義亦相貫。毛以舞字僛下已見，故不言舞。玉篇人部、廣韵七歌傞下並云：『舞不止皃。』卽兼毛許之義爲訓也。徐鍇以傞從差聲，云：『傞猶參差也。』案參差亦醉舞之形容，可申皃字。敦煌唐寫本切韵殘卷七歌云『傞舞不止』，無皃字。

僛 人部 醉舞皃。从人，欺聲。詩曰：屢舞僛僛。去其切

屢舞僛僛者，小雅賓之初筵文。甫田之什 毛傳云：『僛僛，舞不能自正也。』與傞傞義微別。正義謂『僛僛則不能自正，傞傞則非徒不正，又不能止，爲差降也。』許同訓醉舞皃者，蓋此詩僛傞並舉，毛就經爲訓，故別之。許就字爲訓，散言則通也。徐鍇曰：『僛，欹傾也。』此亦從不正生意。集韵七之僛下既引說文，亦兼採毛傳。

催 人部 相擣也。从人，崔聲。詩曰：室人交徧催我。倉回切

室人交徧催我者，邶風北門文。今詩作摧。毛傳云：『摧，沮也。』許引作催，訓曰相擣，文義並異。釋文云：『摧，或作催。』是陸氏所見或作本正與許引合。許蓋從三家也。摧催同從崔聲，故通用。說文手部摧有三義：『擠也。一曰挏也。一曰折也。』與催訓相擣亦略近，然此詩上文『室人交徧讁我』，讁爲以言相責，疑摧我之摧當與讁義同。毛訓爲沮者，沮本水名，蓋詛之借字，詛我猶讁我矣。鄭箋云：『摧者刺譏之言。』卽所以申傳也。許雖與毛異字，而引詩證相擣之義，擣者搗之隸變。搗從𠷎聲，言部譸從壽聲，壽亦從𠷎聲，則擣疑亦與譸

通說文譸訓也詛亦訓也譸詛同訓相譸猶相譸相譸猶相詛矣釋文又云「推韓詩作誰就也」說文無誰字然誰從言當亦爲以言相責之意韓訓就也者桂馥謂「就當爲訧」今案廣雅釋詁玉篇言部廣韵六脂皆云「誰就也」則就字不誤就與訧同從尤聲蓋與訧相通借耳訧者過也罪也謂以言過之罪之也集韵類篇誰下既引韓詩就也又云責也亦就通作訧之證然則就經義言韓毛蓋同就經文言誰爲正字或謂說文所無者皆非正字然經典中字說文亦未能盡錄推與催皆段借字也詩正義以毛傳之沮爲乖沮己志疑與鄭箋異後人牽於正義之言或以爲沮毀或以爲沮壞或又欲通毛許之義謂毛傳之沮卽摧折之說文相譸猶相迫蹙或謂譸卽譸撞俱失之矣

仳人部　別也从人比聲詩曰有女仳離芳比切

有女仳離者王風中谷有蓷文毛傳云「仳別也」爲許所本正義申傳曰「云仳別者以仳與離共文故知當爲別義也」愚案仳以比爲聲說文二人爲从反从爲比从以相聽爲義則反从有乖別義不惟仳別雙聲相轉爲可通也比本訓密然就字形會意別義自在其中猶治可訓亂故可訓今也

孔氏不引說文，所申未探其本。

僔人部 聚也，从人，尊聲。詩曰：僔沓背憎。慈損切

僔沓背憎者，小雅十月之交文。節南山之什 今詩作噂。已見口部噂下。彼引作噂同毛，則此作僔，從三家也。左傳僖公十五年引此詩與許引合。玉篇僔下引亦同。噂從口，訓曰聚語，僔從人，則所云聚，當以聚人爲義。廣雅釋訓云：「僔僔，眾也。」廣韵二十一混云：「僔，眾也。」眾聚皆從㐺，義亦相近。蓋三家詩說有以眾爲義者，故廣雅錄之。徐鍇曰：「僔與尊同義。」未知何據。

說文解字引詩考卷二終

說文解字引詩考卷三

衡陽馬宗霍

歧 匕部 頃也。从匕，支聲。匕，頭頃也。詩曰：歧彼織女。去智切

歧彼織女者，小雅大東文。谷風之什 今詩作跂，毛傳云「跂，隅貌」。許引作歧，訓頃也，文義竝異。蓋本三家。案說文足部云「跂，足多指也」。𨸏部云「隅，陬也」。即如毛訓，作跂亦爲叚借字。本字當作歧。許以頃訓歧者，頃者頭不正也，引申爲凡不正之偁。陬隅爲角，形亦不正。是許說與毛固互相明。玉篇匕部云「歧，顯皃，又頃也」。疑顯當作隅。蓋顧氏兼存毛許之訓也。詩正義申傳引說文此條，又曰「孫毓云。「織女三星，跂然如隅」。然則三星鼎足而成三角，望之跂然，故云隅貌」。是孔氏亦知跂無隅義，故以鼎足解之，而以許說通之。小徐本頃作傾，徐鍇曰「歧者頭不正，言織女常傾首以望也」，此則說近傅會。

卬 匕部 望欲有所庶及也。从匕，从卪。詩曰：高山卬止。伍岡切

高山卬止者，小雅車舝文。甫田之什 今詩作仰，毛傳無訓。許引作卬，訓曰

望欲有所庶及也。者。陳瑑謂「此注當連上篆字讀。卬望二字斷句。」王筠以望字斷句。謂「望乃心有所望。故以欲有所庶及申之。庶。庶幾也。庶及猶孟子書云幾及也。」愚案小徐本及韵會七陽引望下有也字。玉篇匕部卬下注同。當亦本之說文。廣韵三十六養云。「卬望也。欲有所度。」雖度與庶形近偶異。而作望也亦同。則今大徐本望下疑奪也字。小徐本是。許以爲兩義。後義所以申前義也。鄭箋以爲慕仰。正義曰。「仰是心慕之辭。」則與許說亦合。仰從卬聲。故二字通用。大雅雲漢云。「瞻卬昊天。」彼釋文云。「卬本亦作仰。」荀子議兵篇云。「上足卬。則下可用也。」楊倞注云。「卬古仰字。」是其證。然說文人部云。「仰舉也。」則作仰爲叚借字。許以卬爲正字。蓋從三家也。今則仰行卬廢。且多改卬爲仰矣。

襋 衣部

衣領也。从衣。棘聲。詩曰。要之襋之。己力切

要之襋之者。魏風葛屨文。毛傳云。「襋領也。」許云衣領者。爲其字之從衣也。釋文云。「襋。衣領也。」卽本說文。正義亦引說文以申傳。阮元毛詩校勘記據釋文正義謂「傳文領上亦當有衣字。各本脫

衣字。失傳旨矣。」又案廣雅釋器云：「襋衱謂之褗。」方言四云：「衱謂之褗。」郭璞注云：「卽衣領也。」說文衣部無衱字。衱蓋襋之或體。然許褗訓䘿領。（段玉裁說文注䘿字訂正作褗，引士昏禮注偃領爲證，謂「偃卽褗字，褗領古有此語」。）則與襋義微殊。蓋襋爲衣領通名，褗則交領也。

襮（衣部）　黼領也。从衣，暴聲。詩曰：素衣朱襮。（蒲沃切）

素衣朱襮者，唐風揚之水文。今詩作襮，卽襮之隸變。爾雅釋器云：「黼領謂之襮。」此許說所本。毛傳云：「襮，領也。諸侯繡黼丹朱中衣。」案毛就經爲解，故視爾雅爲詳。繡黼丹朱中衣，則據禮郊特牲文也。王念孫謂「易林否之師曰：『揚水潛鑿，使石絜白，衣素表朱，遊戲皋沃。』其文皆出唐風揚之水篇。衣素表朱，卽素衣朱襮。襮之爲言表也。易林訓襮爲表，與毛詩異，殆本於三家。」胡承珙則援鄭注禮記、郭注方言、服虔注漢書，謂「黼領之制，如小兒次衣。蓋別以綺繒爲之，加於領上，故謂之褗領，又謂之襮，亦取義於表襮也。」據此則知衣有表領，亦有表。胡氏之言，又足申補毛傳。且襮以暴爲聲，表義自在其中。許意或亦然也。玉篇襮下云：「領也，衣表也。」蓋兼存毛與三家之義。

褧（衣部） 檾也。詩曰。衣錦褧衣。示反古。从衣。耿聲。（去穎切）

衣錦褧衣者。衛風碩人鄭風丰文。已見林部檾下。彼引作檾從三家。此引作褧從毛也。碩人毛傳云。「錦。文衣也。夫人德盛而尊。嫁則錦衣加褧襜。」此以褧爲襜。丰詩褧不作訓。當與碩人同。案爾雅釋器云。「衣蔽前謂之襜。」是毛意褧爲蔽前之衣也。許訓褧爲檾。訓檾爲枲屬。是謂績枲屬之檾爲衣。謂之褧也。義雖不同。然毛擧衣名。許擧衣材。在衣曰褧。在物曰檾。兩義互足。許說即所以申毛也。許又云示反古者。（韵會二十四迥引作變古）案桓寬鹽鐵論散不足篇云。「古者男女之際。尚矣。嫁娶之服。未之以記。及虞夏之後。蓋表布內絲。」檾既爲枲屬。枲麻也。然則績檾爲褧。即是布衣。以褧衣加於錦衣之上。正桓氏所謂表布內絲也。古者風俗淳樸。其制如是。故許云示反古耳。中庸云。「衣錦尚絅。惡其文之著也。」絅亦褧之異字。尚與上通。毛云加褧。與中庸尚絅合。碩人鄭箋云。「褧。襌也。尚之以襌衣。爲其文之大著。」亦用中庸義。惟丰詩箋又云。「褧。襌也。蓋以襌縠爲之。」則與許異穀者細絹。其質爲絲而非檾矣。丰詩正義申箋曰：「玉藻云：『禪爲絅。』絅與褧音義同。是褧爲禪。衣裳所用。書傳無文。而婦人之服尚輕細。且欲露錦文。必不用厚繒矣。故云蓋以禪穀爲之。」胡承珙曰：「夫衣錦尚絅。方謂惡其文著。而乃云欲露錦文。是矛盾矣。鄭義似不如許。」愚案欲露錦文。乃孔氏之意。未必當鄭意也。不足以爲鄭難。鄭云蓋以禪穀。蓋者疑詞。固不以爲定論也。程瑤田曰：「國風兩言褧衣。鄭氏據玉藻以禪衣釋之。於丰之詩。又申之以禪穀。案釋名狀穀如粟如沙。謂其形蹴蹴然也。余意古人穀或織檾麻爲之。說文一作檾衣。一作褧衣。而以檾釋褧。云示反古。蓋中庸尚絅之義。然則褧衣者。禪衣而織麻爲之者也。」案程氏此說在通許鄭爲一。亦可以備一解。又案褧從耿聲。說文火部耿下引杜林說：「耿。光也。」廣雅釋詁云：「耿。明也。」則褧兼有光明之義。尋士昏禮云：「姆加景。」鄭玄彼注云：「景之制蓋如明衣。加之以爲行道禦塵。令衣鮮明也。景亦明也。」又知詩之褧即禮之景。尚褧惡其文之著。亦所以保其文之明矣。

褅（衣部）　緥也。从衣，啻聲。詩曰：載衣之褅。（他計切）

載衣之褅者，小雅斯干文。（鴻雁之什）今詩作裼，毛傳云：「裼，褓也。」說文衣部無褓字，褓卽緥之別體。許引作褅，訓緥也，義同毛而字異，蓋本三家。然許裼下云：「袒也。」（袒當作但，但與人部但下云裼也互注）則作裼爲叚借字，正字當作褅。褅從啻聲，裼從易聲，古音同在支部，故二字通用。釋文云：「韓詩作褅。」褅卽褅之省。集韵十二霽云：「褅或作褅。」是其證，知許所偁正與韓詩合。釋文又云：「齊人名小兒被爲緥。」案說文糸部緥訓「小兒衣」，古者衣被通名，則衣猶被矣。鄭箋云：「緥，夜衣也。」夜衣卽論語所謂「寢衣」，義亦爲被也。

襛（衣部）　衣厚皃。从衣，農聲。詩曰：何彼襛矣。（汝容切）

何彼襛矣者，召南何彼襛矣文。毛傳云：「襛猶戎戎也。」正義申傳曰：「以戎戎者華形貌，故重言之。」又曰：「言戎戎者，毛以華狀物色言之，不必有文。」愚案爾雅釋詁云：「戎，大也。」則戎戎蓋言華之盛大。襛戎音近，以聲訓也。釋文云：「襛，韓詩作茙，茙音戎。」說文艸部無茙字，茙卽戎之別，是則毛傳正與韓詩同。爾雅又有其義，而孔氏疑其不必有文，疏矣。許訓衣厚皃者，以其字從衣也，乃其本義。引申為凡厚之偁。厚與大義亦近，則許引詩所以說叚借也。玉篇衣部云：「襛，厚衣也。」廣韻三鍾云：「襛，襛華，又衣厚皃。」皆不引詩。玉篇禾部云：「穠，花木盛也。」廣韻亦別出穠字云：「花木厚。」蓋俗本詩襛或作穠，而篇韵收之。張參五經文字襛下云：「見詩風，從禾者訛。」戴震詩經補注亦云：「俗本襛旁作禾者，轉寫之譌。」然觀篇韵所錄，明俗本亦自六朝而已然矣。

褻（衣部）私服。从衣，埶聲。詩曰：是褻袢也。（私列切）

是褻袢也者，鄘風君子偕老文。今詩作紲，亦見衣部袢下。彼引作紲與毛同，則此作褻從三家也。毛傳云：「是當暑袢延之服也。」似以當暑二字釋紲，正義申之云：「紲袢者去熱之名，故言袢延之服。袢延是熱之氣也。」則以紲為紲去。然說文糸部云：「紲，系也。」無去義。如孔氏說，紲當為渫之借。水部云：「渫，除去也。」作渫義方相合。疑毛意未必然。今案紲之重文為緤。女部云：「媟，嬻也。」緤與媟同從枼聲。當暑之服易垢嬻，則紲者媟之叚借也。周易蒙卦辭云：「再三瀆』鄭玄彼注云『瀆褻也』瀆與嬻通紲借作媟亦猶瀆通作嬻故義皆爲褻矣又案此詩上文云『蒙彼縐絺』則紲袢之服本以縐絺爲之論語鄉黨篇云『當暑袗絺綌必表而出之』此毛傳當暑二字所本皇侃論語疏云『當暑雖熱絺綌可單若出不可單則必加上衣也』據此則絺綌可單指在家而言以論語證詩知詩之紲袢蓋夏日燕居之服許引作褻而以私服詁之於字爲正於義爲确足以申補傳意鄭箋云『展衣夏則裏衣縐絺』蓋釋紲袢爲裏衣裏者衣內也與許私服亦合正義申箋曰『衣展衣者夏則裏之以縐絺作者因擧時事而言之故云是紲袢也』然則鄭於此詩解上文展衣雖與毛殊其解紲袢亦主申傳孔氏各自爲釋未能貫通亦其疏也

袾 衣部 好佳也从衣朱聲詩曰靜女其袾 昌朱切

靜女其袾者邶風靜女文今詩作姝毛傳云『姝美色也』案說文女部云『姝好也』慧苑華嚴經音義卷二引說文曰『姝色美也』與毛美色義正合然許於女部姝下不引詩𡛷下引作𡛷此引作

袾。衣部裻下讀若引詩與此同，是袾與姝皆從三家也。訓袾曰好佳也者，段玉裁曰：「好者美也，佳者善也。廣韻曰：朱衣也。案廣韻蓋用說文古本，故其字從朱衣，所引詩則假袾為姝也。」愚案廣韻十虞袾字兩見，一在陟輸切下，引字統云：「朱衣曰袾。」一在昌朱切下，注云：「朱衣。」則朱衣之訓，出於字統，不出於說文，段氏古本之說未必確。集韻類篇袾下引說文，竝與今同。玉篇衣部云：「袾，佳好也。」廣雅釋詁云：「袾，好也。」亦其證。王筠從段說，謂許「好佳之說恐是後人所改」，非也。惟袾從衣，則好佳本義當指衣言，猶謂衣服都麗耳。集韻追輸切下亦出袾字，云：「衣好也。」引申則為凡好佳之偁，故與姝通作矣。

袢衣部　無色也。从衣半聲。一曰：詩曰是紲袢也。讀若普。博慢切

是紲袢也者，鄘風君子偕老文，已見上褻字下。彼引證褻字，此引證袢字也。毛傳云：「是當暑袢延之服。」增延字於袢下，不解其義。鄭箋亦無釋。正義申傳曰：「袢延是熱之氣也。」亦不言所據，則或以傳有當暑之文，故云然，恐未必得毛恉。許訓袢為無色也者，案字從

衣。則無色。當斥衣言。韵會十三元袢下引正作「衣無色」。玉篇類篇衣部集韵二十九换袢下注皆同。當亦本之說文。段玉裁說文注據補衣字。是也。惟許偁詩在一曰之下。當與本義有殊。然亦不出別義。疑即爲毛傳袢延作證。案詩釋文云「袢，符袁反」。是詩之袢字讀平聲。與說文讀若普異。廣韵於二十二元收袢。引此詩。二十九换不收。集韵雖元换兩韵兼收。而引詩則在元韵。皆與釋文合。類篇袢下引詩從釋文作符袁切。而衣無色一義則音普半切。亦有斟酌。五經文字云「袢又音煩。見詩」。（徐鍇繫傳以爲袢煩辱也。近身衣也。即本於此。）煩正符袁切之音也。然則袢之本義讀若普。袢普二字爲雙聲。詩傳袢延讀若煩。袢延二字爲疊韵。馬瑞辰謂「說文普，日無色也。日無色爲普。衣無色爲袢。音近而義亦同」。是知本義之袢。凡衣無色之通偁也。毛傳之袢延疑是成語。延蓋䘰之借字。說文「䘰，車溫也」。玉篇作「車韞䘰」。說文無韞字。論語「韞匵」。鄭玄注云「韞，裹也」。則韞䘰所以裹車。猶車之衣也。廣韵二仙云「䘰，帑䘰，牛領上衣」。韞䘰帑䘰。皆重疊字。義並爲衣。袢䘰亦其例矣。是知毛傳之袢延。當暑親身之衣之專名也。許於偁詩上加一曰。蓋以其音義皆別於本訓耳。段氏謂「袢延如方言之襎裷。漢時有此語。揩摩之意。外展衣。中用絺綌爲衣。可以揩摩汗澤。故曰褻袢。褻袢專謂絺綌也。」此說得之。然又謂「暑天近汗之衣必無色。故知一曰爲衍文。」恐未是。近汗之衣必無色者。乃推褻袢之意而廣之。毛傳袢延初不作無色解。則許引詩仍是廣一義。不得以一曰爲衍文也。陳奐云「延古涎字。」意謂汗出如涎。更非也。焦循毛詩補疏曰「蜀都賦。累轂疊迹。叛衍相傾。注引莊子曰。「何貴何賤。是謂叛衍。」李善引司馬彪莊子注云。「叛衍猶漫衍也。」毛言當暑袢延之服。袢延即叛衍。袢延之服。蓋謂服之寬闊者。」胡承珙曰「袢延當與大雅之畔援。伴奐。周頌之判渙。同以疊韵爲義。畔援猶跋扈也。伴奐自縱弛之意。訪落傳「判。分。渙散也。」當暑之服絺綌。近於縱弛分散。」案二說雖取證各別。意則畧同。竝可以備一解。且如其說。則與袢之本義無涉。益知一曰二字不可省。

𣯷 毛部 以毳爲繝。色如虋。故謂之𣯷。虋。禾之赤苗也。从毛。㒼聲。詩曰。毳

衣如璊。莫奔切

毳衣如璊者，王風大車文。今詩作璊。毛傳云「璊，赬也」。案說文玉部云「璊，玉𧹞色也，禾之赤苗謂之虋，言璊玉色如之」。詩釋文引說文此條作禾之赤苗謂之穈。陳壽祺曰「虋雖與璊璊音同，而字之形體與璊義類不相附。集韻二十三魂虋說文赤苗嘉穀也，或作穈。類篇亦云穈赤苗嘉穀，是璊與虋同。集韻類篇必有所本。說文於禾之赤苗必作穈，乃與上下璊璊二字形義相傳。禾部無穈字，蓋在艸部虋下重文，而今失之」。案段氏說文注亦從詩釋文改作穈。毛訓赬者，赬即𧹞之或體，是許解璊與毛合。正義申傳曰「說文云『璊，玉赤色』，故以璊為赬」。此所引因赬本訓赤色，欲避傳之赬字，故易作玉赤色，非孔見說文與今異也。然許璊下不引詩而引作璊，當從三家。蓋璊色如虋，璊色亦如虋，二字俱得音義於虋，故通用。段玉裁謂「詩作如璊為長，許偁詩證毳衣色赤，非證璊篆體也。淺人改從玉為從毛，失其恉矣」。王筠亦曰「璊字於經典它無所見，許說璊玉色如之，即据王風為言，豈得引之從毛？後人因上文以毳與毳衣同字，妄以本篆改之，是不識字人也」。愚案詩釋文於璊下明引說文作璊，又引許解璊字，則此不誤。許以璊從玉，為玉色赤。詩言毳衣，則作璊為叚借字。毳者獸細毛。璊從毛，訓曰以毳為𦇐。𦇐者西胡毳布，蓋𦇐為大名，其色赤者謂之璊，則衣色之赤，當以璊為正字也。毛傳以毳衣為毳冕，而不言何物。案周禮春官司服「

毳冕」注，鄭司農云：「毳，罽衣也。」罽即⿰糸罽之借字。然則許解此詩之毳衣，蓋與先鄭注禮同。後鄭箋詩云：「毳衣之屬，衣繢而裳繡。」意在申傳，其注周禮云：「毳畫虎蜼，謂宗彝也。」亦不從先鄭，是知許與後鄭各有所主，不得相難。孰合毛恉，亦未敢定。後人率以箋義爲傳義，於說文璊下引詩多存疑詞，不悟許君兼採三家，即使異毛，亦不足疑也。

歗（欠部） 吟也。从欠，肅聲。詩曰：其歗也謌。穌弔切

其歗也謌者，召南江有汜文。今詩歗作嘯，謌作歌。許所引蓋據三家。說文欠部謌爲歌之重文。口部以歗爲籀文嘯，云：「吹聲也。」欠部又以歗爲正篆，云：「吟也。」嘯歗本一字，分見兩部，並異其訓，未審其由。嚴可均曰：「文選嘯賦注引籀文爲歗，云在口部，則欠部舊無歗字。」愚案徐鉉等亦謂欠部歗爲重出，然不言其有誤，則其所據本已如此。段玉裁曰：「此重出者，蓋小篆亦從欠作也。」其說近之。然則歗之分見兩部者，蓋亦猶院字在宀部爲寏之或體，在𨸏部則爲正篆；𢀜字在丮部爲巩之或體；拳字在韋部爲韏之或體，在手部則

皆爲正篆耳。此詩毛傳嘯字無訓，許既引在欠部，自當主證吟義。吟者呻之急，謌者言之永。其歗也謌，蓋由短吟而發爲長謌，有所思而自悔也。慧琳音義卷十五引韓詩「歌無章曲曰嘯」，與吟呻之義畧近。鄭箋云「嘯，蹙口而出聲」，則與吹聲義同。

欥（欠部）

詮詞也。从欠，从曰，曰亦聲。詩曰：欥求厥寧。余律切

欥求厥寧者，大雅文王有聲文（文王之什）。今詩作遹，毛傳無訓，許引作欥，蓋據三家，訓爲詮詞也者。案說文言部云「詮，具也」，廾部云「具，共置也」。詮詞連文，當非具義。淮南有詮言篇，高誘注云「詮，就也，就萬物之指以言其徵，事之所謂，道之所依也，故曰詮言」。然則詮詞之詮，蓋與詮言之詮同義。凡承上文所發端，就其言而解之，謂之詮，亦即發語之詞也。廣雅釋詁云「欥，詞也」。此詞即謂語詞。毛詩全經凡語詞之字多作聿，作曰，惟此篇四言遹，無作欥者。毛意遹與聿同，故不作訓（戴震毛鄭詩考正曰：詩中聿曰遹三字互用，皆承明上文之辭耳，非空爲辭助）。爾雅釋言云「遹，述也」。毛傳於聿或訓曰遂，或訓曰述，因文分別。此詩之遹，鄭箋亦訓述，即本於爾雅。古述遂同字，曰述曰遂，皆詮詞也。然聿遹各

有本義。用作語詞。皆同聲叚借字。欥從欠曰會意。即張口气悟而出詞也。則正字當作欥。作曰者。又欥之省也。今經典鮮見欥。惟漢書敘傳上班固幽通賦云。「欥中龢爲庶幾兮。」猶用本字。顏師古注曰。「欥古聿字。聿。曰也。」文選錄此賦。已改作聿矣。

頒 頁部 大頭也。从頁分聲。一曰鬢也。詩曰。有頒其首。布還切

有頒其首者。小雅魚藻文。魚藻之什 毛傳云。「頒。大首貌。」許訓大頭也者。詩釋文引說文與傳同。類篇引亦作「大首皃」。疑說文此注有兩作本。頒從頁。頁頭也。似以作大頭爲是。字義本主人言。此詩言魚。則引申之義耳。廣韵二十文云。「頒。魚大首。」專系之魚。失之矣。正義申傳曰。「釋詁云。『墳。大也。』頒與墳字雖異音義同。」愚案。苕之華云。「牂羊墳首。」彼傳云。「墳。大也。」爾雅之墳大。恐釋彼詩之文。彼亦與首連。則亦頒之叚借字。又案尚書盤庚下正義引樊光爾雅注引詩云。「有賁其首。」則此詩有頒之異文。賁又墳之省也。蓋三家詩有作賁者。字與毛異。而義則同也。

顒 頁部 大頭也。从頁禺聲。詩曰。其大有顒。魚容切

其大有顒者。小雅六月文。（南有嘉魚之什）毛傳云「顒、大貌。」許訓大頭也者。以其字從頁也。（玉篇頁部、韵會二冬引說文竝作頭大也。）引申為凡大之偁。詩正義申傳云「其大之貌」則有顒然。蓋以形容所駕之四牡也。

頍（頁部）

舉頭也。从頁，支聲。詩曰：有頍者弁。（丘弭切）

有頍者弁者。小雅頍弁文。（甫田之什）毛傳云「頍、弁貌。」許訓舉頭也者。詩釋文、韵會四紙引竝作「舉頭貌。」玉篇頁部頍下注同。當亦本說文。嚴可均謂「貌字是。」廣韵四紙云「頍、弁皃。又舉頭皃。」兼採毛許二義也。然頍從頁，則弁皃非義之本。正義申傳曰「以頍文連弁。故為弁貌。」蓋弁著於頭，舉頭則弁見。釋文云「頍、著弁貌。」增一著字。而後傳意乃顯。段玉裁謂「惟舉頭曰頍。故戴弁亦曰頍。義之相因而引伸者也。」是也。正義又引王肅云「戴頍然之弁。」則王意似以頍字專為狀弁。恐非毛指。陳奐乃謂「王云戴頍然之弁。疑王所據傳作頍戴弁貌。」然細繹王語，頍然之弁四字相連成義，實以頍然言弁。非言戴弁也。陳失王意。又謂「舉頭與戴弁義同。」亦未諦。

頨 頁部 好皃。从頁爭聲。詩所謂頨首。疾正切

頨首者。衛風碩人文。今詩作螓。毛傳云。「螓首。顙廣而方。」許引作頨。訓爲好皃。蓋據三家。頨從頁。則好皃謂頭好也。字雖異毛。義亦相近。然說文虫部無螓字。即如毛訓。作螓亦叚借字。許以頨爲正字也。鄭箋云。「螓謂蜻蜻也。」段玉裁詩經小學曰。「毛傳但云顙廣而方。不言螓爲何物。鄭箋乃云螓蜻蜻。知毛作頨。鄭作螓。」陳奐因疑鄭或從三家改毛。但段注說文又謂「頨首當作螓首。許引古罕言所謂者。假令詩作頨首。則經偁詩句。不言所謂。」此與其詩經小學說適相反。愚案詩釋文蜻蜻下引王肅云。「如蟬而小。」王氏於詩主述毛者。是肅所據毛本亦必作螓首。故訓義與鄭同。使鄭以三家改毛。則肅夙與康成立異。必不承用其說。且將駁箋以申傳矣。陳說殊誤。段氏初謂知毛作頨。是強毛以合許。既又謂許引詩當作螓。復強許以合毛。此乃固於許專宗毛之見。亦固也。至傳箋之異。蓋毛以螓爲叚借字。而鄭則以爲本字。故字同而訓不同。正義申箋。既引爾雅及諸家爾雅注以釋蜻蜻。又曰。「此蟲額廣而且方。」是以箋意

爲傳意。其實爾雅但有蜻蜻之名。諸家注并無額廣而方之語。孔氏曲相傅會。更非矣。要之以許證毛。而後毛作螓之爲叚借乃定。

靦（面部） 面見也。从面見。見亦聲。詩曰。有靦面目。（他典切） ○䩄或从旦。

有靦面目者。小雅何人斯文。（節南山之什） 毛傳云。『靦。姡也。』與爾雅釋言合。正義申傳曰。『說文云。「靦。面見人。姡。面靦也。」然則靦與姡皆面見人之貌也。』今本說文『靦。面見也。姡。面醜也。』與孔氏所引異。愚案靦從面見。訓曰面見。以形爲義也。集韵二十七銑類篇面部靦下引說文竝無人字。則當從今本。姡者。爾雅旣釋靦爲姡。則姡靦義一也。玉篇姡下亦引爾雅。無面醜之訓。廣雅釋詁訓醜者十四名。又無姡字。廣韵姡字兩收。一在十三末。注云『姡。靦也。』一在十五鎋。注云『面姡』。（此從宋中箱本。明內府本今澤存堂本及元泰定本作面醜。） 亦不訓醜。靦與醜形近。則今本面醜蓋面靦之譌。此當從孔引。詩釋文云『姡。面醜也。』不言所出。或亦後人據誤本說文所改耳。又案爾雅釋文引舍人云。『靦。擅也。一曰面兒也。』桂馥郝懿行據此竝謂說文『面見當爲面兒。』王念孫又謂『當作人面兒。』愚謂有靦面目。有靦連文。則醜字自爲狀面目之皃。詩中「有鶯其羽」「有捄棘匕」等句。凡與有共文者。或以名字爲狀詞。或以動字爲狀詞。所謂實字虛用也。國語越語云。「余雖醜然而。人面哉。吾猶禽獸也」此醜字與然共文。其義亦同。故韋昭注曰。醜面目之貌也。若在單字。則其本義有實有虛。醜爲會意兼形聲字。其本義則實字也。是面見之訓當不誤。面見之見讀胡電切。不作視見解。猶言見其面。亦即露面之意。引申之。猶面皃矣。許之偁詩。蓋證引申之義。不必改見爲皃也。惟段玉裁說文注從詩正義所引。且謂「面見人謂但有面相對。自覺可憎也」。此殊誤解。宜爲王念孫所糾。徐鍇繫傳通釋曰。「凡人所視瞻。心實見之。故有別識。無恥之人。面見之而已。心實否也。」斯尤曲說。而邵晉涵取之以釋爾雅。更誤矣。

㐱 彡部　稠髮也。从彡。从人。詩曰。㐱髮如雲。之忍切　○鬒。㐱或从髟眞聲。

㐱髮如雲者。鄘風君子偕老文。今詩作鬒。即㐱之重文。許用本篆。蓋從三家。郭忠恕汗簡上云。「古毛詩作㐱。」疑即本之說文。非別見毛詩古本。不悟許之兼採也。毛傳云。「鬒。黑髮也。如雲。言美長也。」

許訓稠髮也者，詩釋文引作髮稠也。毛言其色，許言其多。髮多者必黑，義亦互足。段玉裁謂「今詩作鬒，蓋以或字改古字。左傳服杜注皆云美髮爲鬒。不言黑髮，髮黑字亦非毛公之舊。許多襲毛，不應有異。」愚案詩正義曰：「昭二十八年左傳云：『有仍氏生女鬒黑，而甚美，光可以鑒，名曰玄妻。』服虔云：『髮美爲鬒。』詩云：『鬒髮如雲。』其言美長而黑，以髮美故名玄妻。』是鬒爲黑髮也。」據此，孔氏固引左傳以申毛，然服氏實先引此詩以釋左，知服所據詩字已作鬒。且亦用毛黑髮之義矣。周易既濟六二「婦喪其髴」，虞翻注引此詩亦作鬒。又其旁證。段說未可從。又案左傳孔疏但言賈杜皆云美髮爲鬒，不言服。段舉服杜，服字蓋賈之誤。且賈杜云美髮，服云髮美，語亦微異。不得据而爲一。詩釋文引服注與正義引同，可證也。

鬈 髟部

髮好也。从髟，卷聲。詩曰：其人美且鬈。衢員切

其人美且鬈者，齊風盧令文。毛傳云：「鬈，好貌。」許訓髮好也者，詩釋文引作髮好貌，以其字從髟也。引申爲凡好之偁。引詩所以證引申之義也。鄭箋云：「鬈讀當爲權。權，勇壯也。」字義竝與毛異。正義曰：「箋以

諸言且者皆辭兼二事。若鬈是好貌，則與美是一也，故易之。」陳啟
源謂「美是美德，好指儀容，與美異義，何嘗一手。」胡承珙謂「鄭
風叔于田洵美且好，彼何不嫌美好是一乎。」二說雖從言各別，意
在駁孔以及鄭則一。愚案廣雅釋詁「婘、孉，好也。」玉篇女部云「
婘，好皃，孉同。」廣韵二仙云「婘，美皃，孉同。」說文女部無婘孉字。
婘即鬈之別，孉即權之別。愚疑三家詩有作權者，鄭蓋本之以易毛。
訓曰勇壯，與美好義亦近也。五經文字權字注云「從手者古拳握
字，今不行。」段玉裁詩經小學據此，謂鄭箋權字從手非從木，然說
文手部無㩲字，有捲字，訓捲曰气勢也。下引國語有捲勇為證，鄭箋
之權，正義引巧言無拳無勇以申之，則權蓋捲之叚借耳。又案齊風
還詩「揖我謂我儇兮」，彼釋文云「儇，韓詩作婘，音權，好貌。」以
彼例此，疑婘權皆三家異文，故廣雅篇韵竝錄之也。卷聲雚聲古音
同在寒部，故從卷從雚之字得相通借。

鬏 髟部 髮至眉也。从髟，敄聲。詩曰「紞彼兩鬏。」亡牢切 ○髳，鬏或省。漢
令有髳長。

紞彼兩髮者。鄘風柏舟文。今詩紞作髧。髮作髦。毛傳云。「髧。兩髦之貌。髦者髮至眉。子事父母之飾。」愚案說文無髧字。髦但訓髮。義亦不同。許引作紞髮。而訓髮為髮至眉。是以紞髮為正字。蓋義從毛而字從三家也。呂氏讀詩記引釋文云。「髦。韓詩作髳。」今本釋文則云「說文作髳。」髳即髮之重文。如呂引釋文為古本。則許正從韓詩耳。今詩禮皆作髦。蓋以音近叚借。詩正義申傳。引鄭玄既夕禮「脫髦」注云。「髦之形象未聞。」內則注。「髦者用髮為之。其制未聞。」因謂「傳之髮至眉亦無文。故鄭云其制未聞。」愚謂髮至眉即髦之形象也。鄭君注禮在箋詩之前。或其時尚未見毛傳。或雖見之。而以其語簡質。不足以盡其狀。故云爾。段玉裁曰。「毛云髮至眉。蓋以髮兩綹下垂至眉。像嬰兒夾囟之角髮下垂。父母在不失其嬰兒之素也。」此說可足成毛許之義。

魃 鬼部

旱鬼也。从鬼。犮聲。周禮有赤魃氏。除牆屋之物也。詩曰。旱魃為虐。蒲撥切

旱魃為虐者。大雅雲漢文。蕩之什 毛傳云。「魃。旱神也。」許訓旱鬼也

者以其字從鬼也。神鬼析言有分，渾言則一。正義申傳曰「魃字從鬼，連旱言之，故知旱神」。又曰「此言旱神，蓋是鬼魅之物」。孔郤本之說文也。藝文類聚引韋昭毛詩荅問曰「雲漢之詩，旱魃爲虐，傳：魃，天旱鬼也」。據此，似傳文本作旱鬼。然以鬼爲神，亦六朝舊本已然，故正義就神字爲解，釋文亦不言有異作也。

峱 山部　山在齊地。从山，狃聲。詩曰：遭我于峱之閒兮。奴刀切

遭我于峱之閒兮者，齊風還文。今詩于作乎。小徐本及集韵六豪引亦作乎，與今詩同。毛傳云「峱，山名」。許云山在齊地者，以此詩爲齊風也。釋文引說文作「峱山在齊」，無地字。嚴可均曰「案山水二部無加地字例」。然集韵類篇引皆有地字，則相承之本已舊。釋文又云「峱，崔集注本作嶩」。今案漢書地理志引此詩正作嶩。顏師古注云「嶩字或作峱，亦作巎，音皆乃高反」。陳喬樅以作嶩者爲齊詩，則巎蓋亦三家異文。玉篇山部「巎，嶩同峱」。廣韵六豪「峱同嶩」。然嶩巎二字皆說文所無，許以峱爲正字也。

岵 山部　山有艸木也。从山，古聲。詩曰：陟彼岵兮。侯古切

陟彼岵兮者，魏風陟岵文。爾雅釋山云：「多草木岵。」許云山有屮木也，與爾雅合。劉熙釋名云：「山有草木曰岵。岵，怙也，人所怙取以爲事用也。」亦同許說。毛傳云：「山無草木曰岵。」

屺 山部

山無屮木也。从山，己聲。詩曰：陟彼屺兮。墟里切

陟彼屺兮者，魏風陟岵文。爾雅釋山云：「無草木峐。」說文無峐字，爾雅釋文云：「峐，三蒼字林聲類並云猶屺字，音起。」則峐即屺之別體也。許云山無屮木也，與爾雅合。釋名云：「山無草木曰屺。屺，圯也，圯壞無所出生也。」亦同許說。毛傳云：「山有草木曰屺。」

案岵屺二字之義，說文與爾雅合，毛傳與爾雅反。鄭箋但云登岵山屺山，不別作訓。其所據毛傳與今本同否，未可知。正義引爾雅申傳而云：「當是轉寫誤也。」則孔氏之意，蓋以爾雅爲是。釋文陟岵下云：「此傳及解屺，並與爾雅不同。王肅依爾雅。」是陸氏於傳雖無疑詞，然知王肅申毛者也。既云肅依爾雅，則疑意亦在其中。戴震毛鄭詩考正亦本爾雅，兼採劉熙釋名之說，疑毛公屺岵二傳轉寫互譌。邵晉涵郝懿行說同。王引之曰：「釋文正義所據毛傳本在後，說文

釋名所據毛傳本在前，當以說文釋名正今毛傳之譌。』其言是已。又尋唐書儒學傳，大曆之間，以詩自名其學者有施士匄。唐語林載『劉禹錫與柳八韓七詣施氏聽毛詩，說毛傳之失及毛鄭不注數事，有云：山無草木曰岵，所以言陟彼岵兮，言無可怙也，以岵之無草木，故以譬之。』此有云以下，蓋施氏自為之說以糾毛傳之失者，非依毛為說也，則施氏所見毛傳或作山有草木曰岵，或即因正義轉寫有誤之言，以為毛傳無本作有，故糾之云爾，此亦一反證也。（陳奐亦援唐語林，謂此可為毛傳作無草木曰岵之確證，不悟語林乃述施氏說毛傳之失，自詡其得也。）段玉裁云：『傳與爾雅互異，竊謂毛詩所據為長。岵之言瓠落也，屺之言荄滋也，岵有陽道，故以言父，無父可怙也；屺有陰道，故以言母，無母何恃也。毛又曰父尚義，母尚恩，則屬辭之意可見矣。許宗毛者也，疑有無字本同毛，後人易之。』斯則又以今本毛傳為是，而疑今本爾雅說文有誤。臧鏞堂、陳奐、胡承珙皆從段說，愚謂許固宗毛，毛傳實多同爾雅，此處毛獨有異，釋文正義既已疑之，玉篇廣韻並云『岵，山多草木；屺，山無草木。』亦與今爾雅說文不殊，則段說似非確論。

岨 山部 石戴土也。从山，且聲。詩曰：陟彼岨矣。七余切

陟彼岨矣者，周南卷耳文。今詩作砠。毛傳云「石山戴土曰砠」。許引作岨，訓曰石戴土也，義同毛而字異，葢據三家。說文石部無砠字，許以岨為正字也。釋名曰「石載土曰岨。岨臚然也」。亦與許說合。爾雅釋山云「土戴石為砠」，與毛傳正相反。正義以為或傳寫誤也。王引之謂「此當以說文釋名正爾雅之譌」。陳啟源曰：劉許皆漢人，時毛學未盛，而二書之釋岨皆合於傳，則傳寫之誤當在爾雅。釋名證誤在爾雅是也，但許君詩宗毛氏，見於自敘，不得謂於時毛學未盛。愚案王說是也。觀正義於魏風之岵屺與此詩之砠，雖竝疑傳誤，但於魏風則曰「當是轉寫誤」，當是云者，必然之詞也；於此詩則曰「或傳寫誤」，或者未定之詞也。是孔氏立言有分。再得說文釋名證之，故知砠字之義當從毛傳，不從爾雅矣。惟詩正義又引孫炎爾雅注云「砠，土山上有石者」，郭璞注同，則爾雅之誤，葢亦魏晉以來舊本已然。廣韵九魚云「岨，石山戴土，砠同」。此專本毛許。玉篇山部云「岨，石山戴土也」，石部云「砠，土山有石，亦作岨」。則一用毛許義，一用爾雅義。段玉裁曰「戴者增益也。釋山謂用土

戴於石上。毛謂石而戴之以土。二文互異而義則一。」此乃欲通毛雅之訓。說殊回穴。戴震亦主爾雅。但云「砠字從石。以石上見也。」則又與段說異。故疑毛傳轉寫有誤。不悟從石之砠。說文所無。戴以別體爲本字。望文生義。亦未爲允也。（臧鏞堂拜經日記主毛傳駮戴說。但亦云「砠從且石在下。若且薦土然。故曰砠。砠目下石也。」案此文說雖與東原異。而就砠字生義則同。）

⿸广犮　广部

舍也。从广。犮聲。詩曰。召伯所⿸广犮。蒲撥切

召伯所⿸广犮者。召南甘棠文。今詩作茇。毛傳云。「茇。草舍也。」（宋本岳本以爲箋說。據正義所標傳箋起止。知此實傳文也。）許引作⿸广犮。訓曰舍也者。釋文引說文舍上有草字。正與傳合。玉篇广部云。「⿸广犮。草舍也。」當本說文。知陸氏所據不誤。是許義從毛而字從三家也。茇⿸广犮同從犮聲。故得通用。然說文艸部云。「茇。艸根也。」無舍義。則作茇爲段借字。正字當作⿸广犮。段玉裁謂「許書⿸广犮訓舍也。與毛鄭說異。以其字從艸從广別之耳。」此猶主今本說文也。正義申傳曰。「茇草舍者。周禮「仲夏教茇舍」注云「舍。草止也。（舍上當有茇字。）軍有草止之法。」然則茇者草也。草中止舍。故云茇舍。」愚謂詩文有茇無舍。與周禮茇舍連文不同。則毛訓

茇爲草舍。實謂茇兼舍義。非單以爲草也。且所重在舍不在草。故知借茇爲废也。王筠謂既云草舍無屋可知。废是後起之專字。此言得之。正義微失毛指。

厝 厂部 厲石也。从厂。昔聲。詩曰。他山之石。可以爲厝。蒼各切 又七互切

他山之石可以爲厝者。小雅鶴鳴文。鴻雁之什 今詩他作它。阮氏校勘記云。它唐石經小字本相臺本同。考文古本同。閩本明監本毛本它誤他。厝作錯。說文無他字。他即佗之隸變。它佗古今字。錯者毛傳云。「錯石也。可以琢玉。」許引作厝。訓爲厲石。段注說文改作厝石。鈕樹玉謂玉篇厝注厲石。廣韻注礪石。則厲石不誤。蓋據三家。錯厝同從昔聲。故通用。然說文金部云。「錯。金涂也。」則作錯爲段借字。許以厝爲正字也。厝本攻玉之石。因之攻玉亦曰厝。琢者琢摩。厲者厎厲。毛許義亦相近。淮南說林篇修務篇高誘注引此詩竝作厝。與許同。漢書地理志云。「五方雜厝。」顏師古注引晉灼曰。「厝古錯字。」其實厝錯各義。雜厝本字又當作措。經典雖通用。說文固有別也。

豝 豕部 牝豕也。从豕。巴聲。一曰。二歲能相把挐也。詩曰。一發五豝。伯加切

一發五豝者。召南騶虞文。今詩一作壹。賈子新書禮篇引此詩與許同。陳壽祺謂賈太傅時惟有魯詩。則是許作一發。從三家也。然案鄭箋亦作一發。正義釋經雖作壹。其釋傳與箋亦作一。疑毛詩經文有兩作本。而鄭之所據本是一字。一壹古今字。（儀禮士相見禮注古文壹作一）故通用也。毛傳云。「豕牝曰豝。」與爾雅釋獸合。許訓牝豕也。即本於毛。又云二歲能相把拏者。陳喬樅謂「蓋齊韓詩說」。愚案許以一曰別之。則陳說近是。豝把雙聲。豝拏疊韵。亦以音訓也。

豣（豕部）　三歲豕肩相及者。从豕。幵聲。詩曰。並驅從兩豣兮。（古賢切）

並驅從兩豣兮者。齊風還文。今詩作肩。毛傳云。「獸三歲曰肩。」案豳風七月云。「獻豣于公。」彼傳云。「豕三歲曰豣。」是毛於兩詩異字同訓。故此詩正義亦引七月以申傳。許引作豣。訓曰三歲豕。文義皆與七月合。以豳證齊。以許證毛。疑此詩肩字毛本作豣。（陳喬樅謂作豣亦三家今文。然於七月之豣。何以辨之。）今作肩者。案後漢書馬融傳章懷太子注引韓詩齊風同。薛君傳又與毛傳同。然則作肩蓋是韓詩。後人以韓改毛。周禮夏官大司馬注。鄭司農引七月詩豣亦作肩。又其旁證也。還詩釋文肩下先引說文，而云『本亦作豜』，愚謂陸氏所據經傳亦是豜字，故引說文申其義，下當云『本亦作肩』，於詞例方順，校者依改本經文互易之，遂若陸氏以許豜字之注作毛肩字之申矣。豜從豕，本義爲豕名，引申之，凡獸之大者通偁曰豜。詩既主獸言，自以作豜爲正，作肩是叚借字，然許又云肩相及者，則叚肩爲豜之義亦見。段玉裁謂『與二歲之豕肩相差次』是也。玉篇豕部有⿰豕肩字，云同豜，卽肩之俗增。呂氏春秋知化篇高誘注云『獸三歲曰猏』，猏又⿰豕肩之俗變也。廣韻一先以豜爲正，⿰豕肩注云上同，猏注云俗，分別甚明。

貔 豸部

猛獸。房脂切 ○豼，或从比。

豹屬，出貉國。从豸，毘聲。詩曰：獻其貔皮。周書曰：如虎如貔。貔，

獻其貔皮者，大雅韓奕文。蕩之什 毛傳云『貔，猛獸也。追貊之國來貢，而侯伯總領之』，許云猛獸出貉國者，貊卽貉之別體，與毛傳正合。又云豹屬者，案爾雅釋獸云『貔，白狐』，郭璞注云『一名執夷，虎豹之屬』，詩正義引陸機疏云『貔似虎，或曰似熊，一名執夷，一名白狐，遼東人謂之白羆』，郭陸所說略同，知許豹屬之訓，蓋爾雅舊

注有是說。故郭注亦與許同也。至爾雅白狐之云。乃貔之別名。非狐貍之狐。郭氏爾雅圖贊說貔曰。「白狐之云。似是而非。」即嫌其與狐貍名溷也。方言八云。「貔。陳楚江淮之間謂之貅。北燕朝鮮之間謂之貊。關西謂之貍。」郭璞注云。「貔未聞語所出。」此則以貍為貔。出於方言。郭知非爾雅之貔。故云未聞。戴震方言疏證云。「貔乃猛獸之名。古今皆無以貔名貍者。應即貍字轉寫譌誤耳。郭云未聞語所出。則亦疑之矣。」此說是也。段玉裁說文注。既以說文毛傳尚書某氏傳所說皆貔之本義。而謂方言所說貍也。非貔也。但又曰。「爾雅所說白狐。蓋亦貍類。非貔也。說文豹屬當作貍屬。許以貍屬爲貔之本義。以猛獸爲詩書之貔也。」斯則強爾雅說文以就方言。而於貔之本義前後自陷。無所適主。不悟許引詩書以爲證。明本毛傳爾雅。非本方言也。承培元又謂「許引詩引書有分。詩所云必狐貍類。故其皮可爲裘。書所偁蓋虎豹類。故言猛獸以別之。則豹屬疑貍屬之譌也。」此即承段說。而又以爲詩書異義。不悟猛獸正此詩毛傳之文。且詩正義引禹貢梁州貢熊羆狐貍以申傳。謂「貔皮之上言

獻其則豹羆亦獻之貔言皮則豹羆亦獻皮也」是猛獸之皮亦可爲裘也承氏乃謂許以是別書於詩更誤矣

豻（豸部）胡地野狗从豸干聲（五旰切）○犴豻或从犬詩曰宜犴宜獄

宜犴宜獄者小雅小宛文（節南山之什）今詩作岸毛傳云「岸訟也」釋文云「岸韓詩作犴云鄉亭之繫曰犴朝廷曰獄」許引作犴字與韓同周禮夏官射人「豻侯」鄭注引此詩作豻即犴之正篆蓋鄭君注禮時亦用韓詩也犴岸同從干聲故二字通用然說文屵部云「岸水厓洒而高者」去訟義遠則毛作岸爲叚借字許訓犴爲胡地野狗是犴亦非正字也太平御覽六百四十三引應劭風俗通曰「詩云宜犴宜獄犴司空也周禮凡萬民有罪過已離于法者桎梏以上坐諸嘉石役諸司空令平易道路也」案此之司空即說文犾部獄下復說所謂獄司空故與獄連文應氏之言疑亦三家詩說獄從犾二犬所以守也則犴從犬引申之義亦爲犬守犴本犬名因之以犬守者亦曰犴知犴亦借作獄名矣毛訓訟者因訟而繫犴即繫禁之地與韓義亦互足胡承珙謂「訟爲訟繫獄則讞成故韓詩以

鄉亭朝廷分屬之。」其說是也。荀子宥坐篇「獄犴不治」，楊注：「犴亦獄也。」淮南說林篇「亾犴不可再」，高注：「犴，獄。」皆犴為獄名之證。

駽 馬部 青驪馬。从馬肙聲。詩曰：駜彼乘駽。火玄切

駜彼乘駽者，魯頌有駜文。毛傳云：「青驪曰駽。」與爾雅釋畜合，許所本也。許訓驪為馬深黑色，則青驪者謂深黑色而戴青色也。詩正義申傳引孫炎曰：「色青黑之間。」又引郭璞曰：「今之鐵驄也。」邢昺爾雅疏亦引孫炎說而申之曰：「青毛黑毛相雜者名駽。」郝懿行爾雅義疏誤以邢氏申孫之語為引孫之語。皆以黑色釋驪，即用許義。

駰 馬部 馬陰白襍毛黑。从馬因聲。詩曰：有駰有騢。於眞切

有駰有騢者，魯頌駉文。毛傳云：「陰白襍毛曰駰。」與爾雅釋畜合，許所本也。惟許於襍毛之下著一黑字，不可讀。集韵十八諄、類篇馬部、韵會十一眞引說文並同。汲古閣本改黑作也，以合爾雅毛傳，疑亦非舊。案詩正義申傳引樊光曰：「駰者目下白也。」孫炎曰：「陰淺黑也。」郭璞曰：「陰，淺黑，今之泥驄。或云目下白，或云白陰，皆非也。」是郭從孫糾樊，而以陰為色名。段玉裁因謂「許蓋襍毛之下釋云陰淺黑也，如虦下虎竊毛謂之虦苗，竊淺也，正是一例。既說者

惑於白陰之說，謂馬私處白而襍黑毛。致漏奪不可讀。苟求其故。由不解陰之爲淺黑耳。」此又用郭說也。嚴可均說與段略同，以爲「轉寫脫落。僅存一黑字耳。」郝懿行亦謂「黑字衍，或上下有脫字也。」小徐本作「馬陰黑喙。」更誤。下又無詩曰句。則亦疑或敓之也。

驈 馬部

驪馬白胯也。从馬。矞聲。詩曰有驈有騜。倉聿切

有驈有騜者。魯頌駉文。今詩騜作皇。說文馬部無騜字。爾雅有之。蓋三家本作騜也。段玉裁疑許偁詩當與毛同，謂「此騜字後人所改。」愚案集韵六術類篇馬部引說文偁詩並作騜。則其來已舊。爾雅釋文引字林有騜字。字林多本說文。或今本說文有奪佚。亦未可知。毛傳云『驪馬白跨曰驈。』與爾雅釋畜合。爲許所本。跨許作胯者。案說文足部云。「跨渡也。」肉部云。「胯股也。」則作胯爲正字。詩正義申傳曰。『孫炎曰。「白跨。股脚白也。」郭璞曰。「跨髀間也。」然則跨者所跨據之處。謂髀間白也。』孫郭所釋。正是胯字之義。孔云跨據。則似兼就跨渡爲言。釋文又引蒼頡篇云『跨。兩股間也。』知胯跨

古益通用。說文分別部居，故必各自爲訓耳。今小徐本作跨，疑校者依毛傳改，未必許書之舊。

驖 馬部 馬赤黑色。从馬，戴聲。詩曰：四驖孔阜。他結切

四驖孔阜者，秦風駟驖文。今詩四作駟，漢書地理志引作四戴。戴者戴之隸變，卽驖之省借字。四亦與許引同。陳奐謂「駟當作四。四馬曰駟，若下一字爲馬名，則上一字作四不作駟。四驖孔阜，猶云四牡孔阜耳」。其說是也。驖不見於爾雅。（胡承珙曰：爾雅釋畜無驖，是驖本謂馬色，卽因以爲馬名。如驪與黃，亦皆馬色，而詩有四驪、四黃，卽用之爲馬名是已。）毛傳云：「驖，驪也。」許訓赤黑色者，謂黑色而帶赤色也。與驪訓深黑色微別，足補毛義。禮記月令孟冬「駕鐵驪」，鄭玄注云：「鐵驪色如鐵。」鐵亦驖之借字。禮記以鐵驪爲一名，故毛公詁驖爲驪耳。正義申傳曰：「驖者言其色黑如驖，故爲驪也。」案色黑如驖之驖當爲鐵字。孔蓋用鄭君禮記注，作驖不可通，疑孔氏所據經傳或皆作鐵。阮元毛詩校勘記謂「秦譜正義及騶虞車攻吉日等正義多引作鐵，知此詩正義本當是鐵字」，是也。

驕 馬部

馬高六尺爲驕。从馬喬聲。詩曰。我馬維驕。一曰野馬。舉喬切

我馬維驕者。小雅皇皇者華文。鹿鳴之什今詩作駒。釋文云。「駒本一作驕。」是陸氏所見亦作本正與許引同。又陳風株林篇。「乘我乘駒。」彼釋文本作乘驕。引沈云。「或作駒字。是後人改之。皇皇者華篇内同。」據此則此詩之駒。亦後人所改。非毛詩原文。蓋駒之本義爲二歲馬。尚未可駕車。就詩言。亦當以驕爲正字也。毛於此詩駒字無訓。株林傳云。「大夫乘駒。」鄭箋申之云。「馬六尺以下曰駒。」案鄭解駒字與許解驕同。株林正義亦引此詩以釋彼傳。亦駒當爲驕之確證。又周南廣漢篇。「言秣其駒。」釋文不爲音。彼傳云。「五尺以上曰駒。」正義曰。「五尺以上。即六尺以下。故株林箋云六尺以下曰駒是也。」案孔氏既引皇皇者華之經以釋株林之傳。又引株林之箋以釋廣漢之傳。則廣漢之駒亦當是驕字矣。段玉裁謂「三詩義皆當作驕。陸氏於三詩無定說。彼此互異。由不知古義也。」愚謂幸有陸氏存作驕之本。得與說文相印證。則其功亦不可沒。錢大昕曰。「驕駒聲相近。故株林以韵株。皇皇者華以韵濡諏。蓋讀驕如

駒。非竟以駒代驕也。』然則今詩作駒者。或後人以協韵之故。沾駒字於驕旁。轉寫者遂誤奪正文。久而不知其本矣。

騋 馬部 馬七尺爲騋。八尺爲龍。从馬。來聲。詩曰。騋牝驪牡。洛哀切

騋牝驪牡者。今詩無此文。王應麟詩考引在鄘風定之方中篇。彼云『騋牝三千。』毛傳云。『馬七尺以上曰騋。』許說正與傳合。但驪牡二字。則見於爾雅釋畜。段玉裁因謂『此與來部引詩曰不𤡔不來也合偁詩爾雅正同。』愚案許引經或檃栝偁之。或節偁之。合偁兩經而僅標一經之名。則無其例。𤡔下不出訓義。又與此不同。更爲可疑。邵晉涵則謂『此卽引爾雅文。許君以爾雅此文所以釋詩。故省文稱詩。猶書傳所以釋書卽稱爲書也。』亦似未然。竊疑此字許注蓋但作詩曰騋牝。校者以爾雅有騋牝驪牡之文。郭璞注引詩騋牝三千以爲證。許訓騋旣同毛傳。所偁當亦是此詩。因沾四字於其下。轉寫者又因騋牝二字重出。遂從刪削。於是名存詩曰而文同爾雅矣。其實爾雅此條。原作『騋牝驪牡玄駒褭驂。』舊有兩讀。禮記檀弓『戎事乘驪。』鄭玄注引爾雅曰。『騋牝驪牡玄。』連下玄字爲句。

周禮夏官廋人釋文本鄭注引爾雅又作「騋牡驪牝玄」先牡後牝。與檀弓注所引適相反。臧琳經義雜記謂「爾雅釋獸皆牡在牝上。陰陽先後之義也。當以廋人注爲正。」陳壽祺馬瑞辰說略同。愚案釋畜釋文云。「孫注改上騋牝爲牡。」則先牡後牝。乃孫炎所改。後人或據孫改本以改周官注。亦未可知。郭璞爾雅注讀從驪牡絕句。句讀既異。解釋亦別。如鄭讀。則檀弓孔疏所謂「七尺曰騋。牝者色驪。牡者色玄也。」如郭讀。則以玄駒爲小馬。而上文四字但引詩以證騋牝。於驪牡二字則無說。余謂鄘風言騋牝三千。三千之數。自然牝牡俱有。經文簡。以騋爲大名。舉騋可以代牡。毛恐人誤合騋牝爲一名。故傳分別之曰「騋馬與牝馬也。」所謂騋馬。當主牡言。所謂牝馬。亦即騋馬之牝也。爾雅此條既爲釋詩。則當如鄭讀。乃可與毛義相貫。郭讀既異鄭。是其引此詩。正誤以騋牝爲一名。先毛指矣。且騋馬牝牡色雖異。其爲高七尺則同。故許君引詩以爲證。許本不偁爾雅。校者妄沾。致有此混。邵氏因謂郭璞讀爾雅依說文。非也。段氏又以今爾雅驪牡之牡當作牝。謂此以驪牝釋詩之騋牝。其注說文且依此改之。亦非也。段氏以爾雅釋文「騋牝頻忍反。下同」「下同者。即謂驪牝也。」此亦臧琳先有是說。而郝氏爾雅義疏復襲之。鈕樹玉段注訂曰「釋文云下同者。謂下文牝曰騇。非驪牝也。故下有驪牡字。騋者馬之高。非馬之色。不應以驪爲訓。」案鈕說是。

駜（馬部）　馬飽也。从馬，必聲。詩云：有駜有駜。（毗必切）

有駜有駜者，魯頌有駜文。毛傳云：「駜，馬肥彊貌。」許訓馬飽也者，桂馥謂「飽當爲肥，徐鍇韵譜、玉篇、廣韵、五經文字竝作肥。」馬瑞辰以爲許本三家義。愚案諸書訓肥皆不系說文，則或自本毛傳，不得以此疑許書。且集韵五質駜字兩見，一在簿必切下，引「說文馬飽也」，一在簿密切下，注云「馬肥皃」，亦馬肥非許訓之證。且馬飽則自肥彊，許與毛義正相成。鄭箋申傳云：「此喻僖公之用臣，必先致其祿食，祿食足而臣莫不盡其忠。」案馬飽正祿食足之喻也。正義釋傳曰：「以駜與乘黃連文，故知駜者馬肥彊之貌。」是孔氏不以肥彊爲駜之本義，其釋箋曰：「馬由人所養飼乃得肥彊，人得祿食充足乃能盡忠。」養飼養即許馬飽之說之引申矣。（小徐本無詩云句，而有鍇曰：駜必乘黃。鈕樹玉疑大徐本引詩爲後人增。愚案集韵、類篇引說文倂詩與大徐同，則鈕說未确。）

駫（馬部）　馬盛肥也。从馬，光聲。詩曰：四牡駫駫。（古熒切）

四牡駫駫者，今詩無此文。徐鍇曰：「今詩作彭彭。」王應麟詩考引在大雅烝民篇。養即本小徐說，以爲「四牡彭彭」之異文。今案魯頌駉篇釋文云「駉說文作驍又作駫同」陸氏既以駫爲駉之又作本則詩考不足據駉之詩曰「駉駉牡馬」毛傳云「駉駉良馬腹幹肥張也」許訓駫爲馬盛肥也與毛字異而義亦相合諸家因謂許此所偁「四牡駫駫」當作「駫駫牡馬」四牡二字涉下驕篆引詩「四牡驕驕」而誤耳然則作駫之本蓋出三家玉篇馬部云「駫馬肥壯盛皃駉同」可與釋文互照說文駉訓牧馬苑則作駉爲叚借字許以駫爲正字也驍者許訓良馬也亦合毛傳錢大昕謂「說文驍毛傳駉二義相同驍駉聲又相近則許所見毛本亦是驍驍也駫驍二字說文異訓恐非重文陸德明所云又作駫者謂毛詩別本非必謂說文也」是錢氏又主說文引詩當作驍不作駫段玉裁說文注於駫下引詩既改作駫駫牡馬驍下又補詩曰驍驍牡馬六字謂陸氏所見說文如此然又曰「堯聲同聲之類相去甚遠無由相涉大雅崧高「四牡蹻蹻」傳云「蹻蹻壯貌」魯頌泮水傳云「蹻蹻言彊盛也」蓋古本說文有詩曰四牡驍驍六字乃崧高之異文或轉寫譌作驍驍牡馬而陸氏乃有駉說文作驍之語矣」

此則依違駫驍之閒，無所定主。且復以陸氏所見作驍者爲譌本，而謂釋文「作驍又」三字當刪，愚案今說文驍下本不引詩，大小徐本並同，段氏既以作驍爲譌，則驍下補詩非是。玉篇以駉爲駫之重文，不言駉與驍同，知錢說亦未可從也。鈕樹玉曰：「釋文當是『說文作駫，又作驍』，其又作驍者，以驍訓良馬，義與駫同，未必驍下引詩也。」胡承珙曰：「釋文當是『駉又作驍』，蓋陸所見毛詩有作驍一本耳，下乃云『說文作駫同』，則陸所見說文自作駫駫牡馬，與今本異矣。」二說亦可相參。

騯 馬部 馬盛也。从馬旁聲。詩曰：四牡騯騯。薄庚切

四牡騯騯者，今詩無此文，王應麟詩考引在大雅烝民篇，以爲「四牡彭彭」之異文。案小雅北山亦有此語，彭旁雙聲，古音同在陽部，彭可通騯，亦猶說文示部⿱彭示或作祊矣。北山毛傳云：「彭彭然不得息。」烝民鄭箋云：「彭彭行貌。」許訓騯爲馬盛也者，以其字從馬也，行不得息與盛義似異而相成，然說文壴部云：「彭，鼓聲也。」詩以狀馬，則作彭爲段借字，正字當作騯，許之所偁，蓋從三家也。桂馥謂

『此是小雅車攻文，彼作龐龐，傳云，龐龐充實也。』愚謂龐從龍聲，與旁聲不同部，彼詩釋文龐下亦不出別作，則桂說非，段玉裁則謂『鄭風清人「駟介旁旁」，許蓋偁此，而駟介轉寫譌四牡耳，許所據旁作騯，毛傳本有騯騯盛皃之語，後逸之，二章曰「麃麃武皃」，三章曰「陶陶驅馳皃」，則知首章當有騯騯盛皃矣。』愚謂此說亦未确，考清人首章正義曰，『北山傳云，「旁旁然不得已」，則此言旁旁亦爲不得已之義，與下麃麃爲武貌陶陶爲驅馳之貌互相見也，』是孔氏所據毛傳清人旁旁無訓，故引北山傳以釋之，孔氏猶可說時在初唐，所據非古本，詩釋文旁旁下引王云『彊也，』王卽王肅，使毛有盛皃之訓，許既本之以說字，則子雍與許君相去不遠，亦必述毛義而不別訓彊矣，又案玉篇馬部云，『騯騯馬行皃，今作彭，』此亦騯騯卽北山烝民彭彭之證，非清人旁旁之異文也。

騤 馬部

馬行威儀也，从馬癸聲，詩曰，四牡騤騤，渠追切

四牡騤騤者，小雅采薇（鹿鳴之什）大雅桑柔烝民（蕩之什）文，采薇毛傳云，『騤騤彊也，』桑柔傳云，『騤騤不息也，』烝民傳云，『騤騤猶彭彭

也』愚案北山傳彭彭亦訓不得息是毛傳於三詩雖隨文爲訓義實一貫許訓騯爲馬行威儀也者以其字從馬也威儀當言馬行之皃不息卽是行彊卽是有威儀知許說與毛意正相成桂馥謂『儀當爲義』失之鄭箋於烝民之彭彭孔疏於桑柔之騯騯亦以馬行之貌爲釋皆與許合玉篇馬部云『騯馬彊行』廣韵六脂云『騯彊也盛也馬行皃』竝兼採毛許之義

駸 馬部 馬行疾也从馬侵省聲詩曰載驟駸駸 子林切

載驟駸駸者小雅四牡文鹿鳴之什 毛傳云『駸駸驟貌』葢以經文駸駸承驟言故以爲狀驟之詞許訓驟爲馬疾步訓駸爲馬行疾是驟與駸義同也此詩釋文引字林說與許合玉篇馬部云『駸駸驟皃行疾皃』卽兼毛許二義

駾 馬部 馬行疾來皃从馬兌聲詩曰昆夷駾矣 他外切

昆夷駾矣者大雅緜文文王之什 今詩昆作混許引作昆葢據三家詩正義引說文亦作混葢改就經文非所見說文有異 孟子梁惠王篇『文王事昆夷』趙岐注引詩『昆夷兌矣』作昆與許同作兌者駾之省借亦三家異文也毛傳

云。「駾突也。」案文選王文考魯靈光殿賦云、「盜賊奔突。」張載注引詩曰。「昆夷突矣。」蓋三家又有作突者。故毛公即以突詁駾。突駾雙聲字。故通用。然說文穴部突下云。「犬從穴中暫出。」犬曰突。馬曰駾。義本各別。是毛訓突爲駾之叚借義。許訓馬行疾來皃者其本義也。詩正義亦引說文此條以釋傳。而申之曰。「然則馬之疾行。即有奔突之義。故云突也。」得之。

駉 馬部 牧馬苑也。从馬。冋聲。詩曰。在駉之野。古熒切

在駉之野者。魯頌駉文。今詩作坰。毛傳云。「坰。遠野也。邑外曰郊。郊外曰野。野外曰林。林外曰坰。」案說文坰者冂之重文。古文作冋。許冂下云。「邑外謂之郊。郊外謂之野。野外謂之林。林外謂之冂。象遠界也。」正與毛傳合。然許冂部不引詩而引作駉。訓曰牧馬苑也。文義竝與毛異。蓋據三家也。錢大昕曰。「冋坰駉皆冂之孳乳字。詩既以駉名篇。故許君兼收二文。許君稱詩皆主毛氏。則毛公本作在駉之野矣。駉在馬部。故以牧馬苑爲義。若指其地。則自在郊野之外。非相背也。」又曰。「若論六書之本。只當作冋。從土從馬。皆經師增益。

以其在遠野而加土旁，以其牧馬於此而加馬旁，非有異義也。』愚案錢氏通毛許之訓，以爲坰駉不異，而探其本字當作冋，精确之至。然必謂毛本作駉，則似太泥。許偁詩與毛異字甚多，不必同也。楊雄太僕箴云：『牧於坰野，而詩人興魯。』子雲在許君之前，所見此詩字亦作坰，則毛詩古本未必作駉矣。段玉裁詩經小學引說文此條云：『許意言在駉之野，即在野之駉，倒句以就韵。』如段此說，則許偁詩仍證本義，在野之駉，猶言在野之牧馬苑耳。但段注說文則又改在駉爲在冋，以爲詩言牧馬在冋，故許偁之以證駉從馬冋會意。是乃强許合毛，不憚易字以就之，與前說自相違矣。

尨　犬部　犬之多毛者。从犬，从彡。詩曰：無使尨也吠。莫江切

無使尨也吠，召南野有死麕文。毛傳云：『尨，狗也。』與爾雅釋畜合。許訓犬之多毛者，爲其字之从彡也。狗爲通名，尨爲別名。詩正義引李巡曰：尨一名狗，則知尨與狗渾言不殊，析言有分。穆天子傳云：『天子之尨狗。』郭璞彼注云：『尨，尨茸，謂猛狗。』案茸者艸多之皃，借以狀毛之多。蓋冠尨字於狗之上，則但取多毛之義矣。玉篇犬

部云。「狵犬多毛也。尨同。」廣韻四江云。「狵亦作尨。」狵即尨之俗。篇韻皆以俗爲正。非是。

猲 犬部 短喙犬也。从犬。曷聲。詩曰。載獫猲獢。爾雅曰。短喙犬謂之猲獢。許謁切

載獫猲獢者。秦風駟驖文。今詩作歇驕。釋文云「歇本又作猲。驕本又作獢。」是陸氏所據又作本正與許合。毛傳云。「歇驕田犬也。短喙曰歇驕。」案短喙之訓。與爾雅釋畜合。亦許說所本。詩言田狩之事。故毛又以田犬釋之。既爲犬名。自以從犬作者爲正字。作歇驕者段借字也。爾雅郭璞注。漢書地理志顏師古注。文選張衡西京賦李善注。引此詩並與許同。許蓋從三家也。惟李注明偁毛詩毛傳。而字同於三家者。此則因張賦云「載獫⿰犭歇獢」本用三家詩語。故李注雖引毛詩。即改字以就之。非毛詩原本如是。至張賦之⿰犭歇。則又猲之別體。蓋亦三家異文。玉篇亦作⿰犭歇獢。廣韻十月。「⿰犭歇同猲。」集韻十月云。「猲或作⿰犭歇。」是其證也。

獜 犬部 健也。从犬。粦聲。詩曰。盧獜獜。力珍切

盧獜獜者，齊風盧令文，今詩作令，毛傳云「令令，纓環聲」，許引作獜，訓曰健也，文義並與毛異，蓋從三家也，然就聲音之義言，作令亦非本字，正義申傳曰「此言鈴鈴，下言環鋂，鈴鈴即是環鋂聲之狀，環在犬之頷下，如人之冠纓然，故云纓環聲也」，是孔氏所據本作鈴，廣雅釋訓云「鈴鈴，聲也」，蓋即本之此詩，今作令者，案釋文云「令音零」，是作令爲陸氏本，令則鈴之省借字也，又案玉篇犬部云「獜，力丁力仁二切，獜獜，聲也，亦作鏻」，金部云「鏻，力丁力仁二切，健兒」，陳喬樅謂「鏻與鈴同，健兒之訓，當是獜字注，與說文義同，玉篇於詩採三家，必於鏻下注云，鏻鏻聲也，引詩盧鏻鏻，亦作獜，健也，獜下注云，健也，引詩盧獜獜，亦作鏻，聲也，今本轉寫譌脫，非顧氏之舊矣」，愚案陳氏之言甚辨，然考玉篇獜鏻二字同音而各分兩切，廣韵十七真云「獜獜，犬健也，出說文，鏻，健兒」，十五青「鏻下云，健也，獜下引「玉篇云，獜獜，犬聲」，集韵十七真云「獜，說文健也，或從金作鏻」，十五青云「獜，犬聲」，據此則犬健爲獜之本義，而別義則爲犬聲，獜爲本字，而鏻則爲獜之別體，廣韵所引玉篇爲古本。今玉篇獜獜聲也。聲上奪犬字。陳氏遂疑健當屬獜聲當屬鏻。而謂鏻與鈴同。其實說文金部無鏻字。鏻既獜之别體。故韻書鏻皆訓健。無訓聲者。然則字同許引而訓犬聲者。三家詩之異說也。義同許訓而字作鏻者。三家詩之異文也。陳氏但據玉篇。未檢韻書。故疑玉篇獜鏻二注互譌耳。又呂氏讀詩記載董氏引「韓詩作盧泠泠。」案泠蓋鈴之借。當亦以狀聲爲義。

𤈦 火部 火也。从火。尾聲。詩曰。王室如𤈦。許偉切

王室如𤈦者。周南汝墳文。今詩作燬。毛傳云。「燬。火也。」與爾雅釋言合。許引作𤈦。義與燬同。蓋字從三家也。方言十云。「齊言𤈦。火也。」爾雅郭璞注云。「燬。齊人語。」詩釋文亦云。「齊人謂火曰燬。」同一齊語。或作𤈦。或作燬。知𤈦燬不徒義同。音亦同矣。九經字樣云。「𤈦音毀。火也。詩曰。王室如𤈦。今經典相承作燬。」此蓋以作𤈦爲正字。王應麟詩考載後漢書周磐傳注引韓詩亦作如𤈦。百衲本景宋本同。清乾隆殿本𤈦作燬。蓋校者依毛詩改。 可與說文相證。段玉裁說文注謂「燬𤈦實一字。燬篆當刪。」則又未可。經文互異。許書兼存。引詩證𤈦。引春秋傳證

燬各有所主也。陳瑑謂「娓下即次燬字，疑燬爲娓之重文」，此言近之。列女傳周南之妻篇引此詩作毀，阮元三家詩補遺以彼引爲魯詩，毀是燬之省文，則又與齊韓毛並異。

烰 火部 烝也。从火，孚聲。詩曰：「烝之烰烰。」縛牟切

烝之烰烰者，大雅生民文。生民之什 今詩作浮，毛傳云：「浮浮，氣也。」許引作烰，訓曰烝也，與爾雅釋訓同，蓋本三家。然烝字經文已見，烰烰與烝連文，則當爲烝之皃，烝者許訓「火气上行也」，與毛義亦相成。詩正義亦引釋訓申傳曰：「傳以烝飯則有氣，故言浮浮氣，取爾雅之義爲說也。」又引孫炎曰：「烰烰炊之氣。」是孫氏又取毛義以釋爾雅。惟說文水部云：「浮，氾也。」則作浮爲叚借字，正字當作烰。釋文浮浮下云：「爾雅說文並作烰。」即明浮爲烰之借也。浮烰同從孚聲，故通用。正義謂「烰與浮不同，古今字耳」，尚非撢本之論。

熯 火部 乾皃。从火，漢省聲。詩曰：「我孔熯矣。」人善切

我孔熯矣者，小雅楚茨文。谷風之什 毛傳云：「熯，敬也。」與爾雅釋詁合。許訓乾皃者，蓋其本義。段玉裁曰：「此偁詩說叚借也。熯本不訓敬，

而傳云爾者，謂熯卽戁之叚借字也。心部戁，敬也，長發傳曰：戁，恐也。是其義也。」嚴可均曰：傳云敬也，於許書爲戁字，今此引詩若非校者輒加，卽詩曰上脫一曰，否則當言讀若詩曰我孔戁矣。疑莫能定。愚案說文繫傳戁下徐鍇曰：「今詩作熯，我孔熯矣。」是以熯爲戁之叚借，小徐已先發之。馬瑞辰曰：「戁從難聲，熯從漢省，漢從難省，故聲同字通。」此益足明相借之理。然再就義言之，熯訓乾皃，乾讀如干，亦讀渠焉切。周易乾九三爻辭云：「君子終日乾乾。」乾之爲言健也，卽自彊不息之意。引申之亦有敬義。文選東京賦云：「懋乾乾」，薛綜注云：「乾乾，敬也。」是其證。熯既訓乾，故亦可與敬通矣。

熇 火部　火熱也。从火，高聲。詩曰：多將熇熇。火屋切

多將熇熇者，大雅板文。生民之什 毛傳云：「熇熇然熾盛也。」許訓火熱也者，爲其字之從火也。桂馥謂火熱當作大熱。愚案本詩釋文集韵一屋類篇火部引說文皆與今本同，則桂說非是。火熱者，猶言如火之熱，與熾盛之義亦相合。正義申傳曰：「熇熇是氣熱之盛，故爲熾盛也。」卽兼用許說。

𤆍火部 小熱也。从火，干聲。詩曰：憂心𤆍𤆍。直廉切

憂心𤆍𤆍者，今詩無此文。王應麟詩考錄此條於補遺，不系何篇。今案小雅節南山云：「憂心如惔。」釋文云：「惔，說文作𤆍，字小熱也。」正義云：「如惔之字，說文作𤆍，訓爲小熱也。」據陸孔所引，知許所偁即此詩，而𤆍𤆍乃如𤆍轉寫之譌也。廣韵集韵二十三談並收𤆍字，音徒甘切，注云：「小熱。」義從說文，音與惔同，亦其證。或謂此所引爲正月之憂心慘慘，或又謂即憂心京京之異文，皆非。孔引許訓作小熱者，熱當爲爇之誤。毛傳云：「惔，燔也。」說文燔訓爇，爇訓燒，熱訓溫。雖本義各別，然爇從蓺聲，熱從埶聲，艸部無蓺字，蓺與埶同，則爇猶熱矣。釋名云：「熱，爇也。如火所燒爇也。」然則毛訓惔爲燔，許訓𤆍爲小熱，字雖異，義實無別。惟說文心部云：「惔，憂也。」是毛作惔爲叚借字，正字當作𤆍。釋文又引「韓詩作炎。」知許之所偁，蓋出齊魯詩耳。

又案𤆍從干聲，各本皆同。徐鉉疑干非聲，段玉裁說文注因改𤆍篆作⿱𢆉火，謂「入一爲干，入二爲𢆉，𢆉讀若飪。⿱𢆉火從𢆉聲，古音在侵部。郭璞曹憲音淫，入鹽韵，則直廉切。今各書皆譌作𤆍矣。」諸家多從段

說，惟鈕樹玉謂「古讀恐非後人音韵所能限」，嚴可均則謂「舌亩天從干聲，皆聲之轉」，今亦未能定之，姑存其說於此。

烘 火部 尞也。从火，共聲。詩曰：卬烘于煁。呼東切

卬烘于煁者，小雅白華文。魚藻之什 毛傳云「烘，燎也」，與爾雅釋言合。許訓尞也者，案燎從尞聲，義本相通。然說文尞下云：「柴祭天也」，燎下云：「放火也」，則以尞爲尞望之專字，與燎微別。正義申傳引舍人爾雅注曰：「烘，以火燎也」，即用放火之義。愚謂此詩上文云「樵彼桑薪」，則下文烘字當以訓尞爲正。蓋燔柴而祭謂之尞，引申之，然薪而炊亦謂之尞。今經典多叚燎爲尞，而尞之本義遂荒。類篇尞下燎下竝引柴祭天與放火兩義，混而不辨，殊誤。桂馥謂烘下之訓「尞當爲爒」，亦非也。

煒 火部 盛赤也。从火，韋聲。詩曰：彤管有煒。于鬼切

彤管有煒者，邶風靜女文。毛傳云「煒，赤貌」，蓋就彤字爲訓，以有煒爲狀彤管之詞。崔豹古今注載「牛亨問：彤管何也？答曰：彤者赤漆耳。史官載事，故以彤管，用赤心記事也」。古今注雖出於掇拾，然彤之

爲赤飾，要亦相承古義，說文訓彤爲丹飾，丹猶赤也，煒字從火，故許云盛赤，一切經音義卷一卷十三引說文作「盛明皃也」，卷十八又引作「盛明皃也，亦赤也」，蓋傳寫之異，或玄應所見說文作盛明皃，其赤也一義，卽採之毛傳，亦未可知，玉篇火部云，「煒，明也，亦盛皃」，玉篇多本說文，知玄應所引爲有據，然玉篇分盛與明爲二，不出赤義，則與毛傳不相應，嚴可均謂「當作盛明皃也，一曰赤也」，其說近之。

熠 火部

盛光也，从火習聲，詩曰，熠熠宵行，羊入切

熠熠宵行者，豳風東山文，今詩作熠燿，小徐本與今詩同，然無宵行二字，或傳寫奪之也，毛傳云「熠燿，燐也，燐，螢火也」，正義引爾雅釋蟲舍人爾雅注及本草諸文，皆不言螢火爲燐，又引淮南子「久血爲燐」，及許愼謂「兵死之血爲鬼火」，以明燐乃鬼火之名，而非螢火，又引陳思王螢火論駮韓詩章句以「熠燿爲鬼火」之未爲得，而結之曰，「然則毛以螢火爲燐，非也」，蓋孔氏專主爾雅爲說也，段玉裁則謂「毛傳本作燐熒火也，熒火謂其火熒熒閃睗，猶

言鬼火也。或乃以釋蟲之熒火即炤當之，且或改熒爲螢（爾雅釋文本作熒，詩正義引爾雅作螢。）改粦爲⿰虫粦（詩釋文云：燐字又作⿰虫粦。）大非詩義。古者鬼火與即炤皆謂之熒火，絕無螢字也。」陳奐即從段說，以爲「說文於熠下引詩熠燿宵行，於粦下言鬼火。許宗毛，知毛傳之熒火斷非爾雅之熒火，故即以鬼火釋之。」此適與孔疏相反。愚案螢字說文雖無，經典自有。禮記月令云：「季夏腐草爲螢。」（釋文云：熒本又作螢。則陸氏所據本作熒。）爾雅之螢即月令之螢。久血爲燐，腐草爲螢，皆由气化而有光。螢能飛，（詩正義引舍人云：螢火即夜飛有火蟲也。）抽簪招燐，應聲而至。（見淮南說林篇及高誘注。）則燐亦能飛也。張華博物志載粦著地入草木，皆如霜露不可見。有觸者，著人體便有光，拂拭便散無數，則燐亦與腐草同化也。博物志或出依託，要其說亦必有自。然則毛通燐螢爲一，本無不合。孔疏訂毛，段、陳原許申毛，雖所主不同，皆視燐螢爲畫然之不可混，其亦未達物化之理矣。至熠燿二字，初非物名。許君訓熠爲盛光，訓燿爲照。蓋其本義，因燐螢亦有光能照，狀其飛行有光之皃，故叚熠燿以名之。知許此之所偁，亦說叚借之義也。

爗 火部 盛也。从火，曅聲。詩曰：爗爗震電。筠輒切

爗爗震電者，小雅十月之交文。節南山之什 隷變作爗，見玉篇。或作燁，見類篇。又隷增也。毛傳云：「燁燁震電貌。」蓋依經為說。許訓盛也者，依字為說也。字從火，當為光之盛。傳雖訓貌，宜亦兼主光言。正義釋之曰：「燁燁然有震雷之電，其聲駭馳過常。」是乃專以為狀聲之詞矣。

威 火部 滅也。从火戌。火死於戌，陽氣至戌而盡。詩曰：赫赫宗周，褒似威之。許劣切

赫赫宗周，褒似威之者，小雅正月文。節南山之什 今詩似作姒。說文女部無姒字，小徐本與今詩同，疑校者所改，未必許書之舊也。毛傳云：「威，滅也。」許說本之。釋文云：「威本或作滅。」愚案傳既訓滅，則作滅必非毛本。且上文云：「寧或滅之。」連韵重出，例亦未見。阮元曰：「說文滅，盡也。盡，為器中空。從皿，𦘔聲。𦘔，火餘也。威與滅義相同。詩人必變滅書威者，一字分二韵，則別二字書之，義同字變之例也。」此說近之。釋文又云：「威，呼說反，齊人語也。字林武劣反。」案武劣

爲脣音，呼說爲喉音，讀武劣則與滅字音同，陸氏以呼說爲齊人語，是烕滅異讀，蓋由方音矣，然雖音義無別，說文二字水火異部，究不能視同一字。左氏昭公元年傳、呂氏春秋疑似篇高誘注、劉向列女傳、漢書外戚傳引此詩皆作滅，與陸氏所云或作本同，蓋由後人尠見烕，多見滅，轉寫致混，未必當時即有作滅之本。漢書五行志引仍作烕，可證也。

䞓 赤部

赤色也。从赤，巠聲。詩曰：魴魚䞓尾。敕貞切 ○赬，䞓或从貞。

魴魚䞓尾者，周南汝墳文。今詩作赬，即䞓之重文。許用本篆，或據三家也。毛傳云：「赬，赤也。」許訓赤色也者，案爾雅釋器云：「再染謂之赬。」許以染色爲本義也。偁詩則證引申之義。又糸部縓下本爾雅爲訓義，字亦作䞓不作赬，知此詩與爾雅皆當以䞓爲正字矣。

喬 夭部

高而曲也。从夭，从高省。詩曰：南有喬木。巨嬌切

南有喬木者，周南漢廣文。毛傳云：「喬，上竦也。」許訓高而曲也者，案爾雅釋詁云：「喬，高也。」釋木云：「上句曰喬。小支上繚爲喬。」句繚與曲同意，是喬之一字，實兼高曲二義，許說蓋本之爾雅也。喬

義本不專謂木。許偁詩特證其一端。毛訓上竦。則單就詩言。似偏取高義矣。或謂上猶高也。竦從立束。束之使促。亦見曲義。亦通。

小徐繫傳本從高省之下作「臣鍇曰。按爾雅木上句曰喬。上曲也。故詩曰南有喬木。不可休息。」後人據此疑引詩為小徐語。而大徐誤以為正文。愚案鍇先引爾雅。詩曰上又有故字。則許書必原有詩曰云云。鍇引爾雅。所以申釋詩義。著故字於詩曰上。正取許引詩來重述之以見詩義與爾雅合。且多引不可休息一句以足其意。校繫傳者不達小徐之恉。以為詩語重出而妄刪之。猶幸大徐本存。可以互證。不得據繫傳而反疑大徐之誤也。

奕 介部

大也。从介。亦聲。詩曰。奕奕梁山。羊益切

奕奕梁山者。大雅韓奕文。蕩之什 毛傳云「奕奕。大也。」許說所本。其字從介。介象人形。本義為人之大。引申為凡大之偁。故詩以之狀山矣。鄭箋云。「梁山於韓國之山最高大。故美大其貌奕奕然。」正義曰。「以其言山之形而云奕奕。故知大也。」皆申成傳義。陳奐乃謂「奕奕者篇端美大之詞。非謂形容梁山。」殊誤。

奰 亣部 壯大也。从三大三目。二目爲䀠，三目爲奰。益大也。一曰迫也。讀若易處羲氏。詩曰：不醉而怒謂之奰。平祕切

不醉而怒謂之奰者，今詩無此文。大雅蕩篇云：「內奰于中國。」毛傳云：「奰，怒也。不醉而怒曰奰。」是此之所偁，乃詩傳之文也。引傳而還偁詩曰者，亦猶引易說偁易曰，引書傳偁書曰矣。今經傳皆作奰，卽奰之隸省。淮南墬形篇云：「食木者多力而奰。」高誘注引此詩，尚是本字。文選魏都賦劉淵林注引作贔，又奰之俗也。毛傳訓怒，許訓壯大，又訓迫者，壯大乃其本義，怒與迫皆引申之義也。正義申傳曰：「西京賦云：『巨靈奰屭，以流河曲。』則奰者怒而自作氣之貌，故爲怒也。」愚案：今文選西京賦亦從俗體作贔屭，薛綜注云：「贔屭，作力之貌也。」作氣作力，皆與許義合。玉篇亣部云：「奰，不醉而怒也，壯也，迫也。」兼採毛許之訓。

愃 心部 寬嫺心腹皃。从心，宣聲。詩曰：赫兮愃兮。況晚切

赫兮愃兮者，衛風淇奧文。今詩作咺。爾雅釋訓作烜。據陸氏釋文本。禮記大學引作喧。詩釋文引韓詩作宣。宣，顯也。案烜喧宣皆三家異文。說文

無喧字。火部烜爲爟之重文。宀部宣訓天子宣室。皆非此詩正字。許引作愃。亦本三家。蓋以愃爲正字也。毛作咺者。說文口部云「朝鮮謂兒泣不止曰咺。」則咺亦叚借字。禮記釋文云「喧。本作咺。」爾雅釋文云「烜。今作咺字。」疑禮記之一作本。爾雅之今作。皆後人依毛詩改。宣從亘聲。愃從宣聲。咺從宣省聲。故互相通叚耳。毛傳云「赫。有明德赫赫然。咺。威儀容止宣著也。」赫咺二字。分別作訓。爾雅云『赫兮烜兮威儀也』大學同。則渾言之。而毛以宣著詁咺。又與韓詩宣顯之義合。惟許訓愃爲寬嫺心腹皃。既不從爾雅。亦不依毛傳。疑許意君子有諸內而後形諸外。愃從心。主內。有其德言。赫從二赤。主外。有其色言。詩正義申傳。以「明德赫然是內有其德。威儀宣著言外有其儀」。正與許意相反。說文爲字書。字各有本義。許引經證字。即就字解經。故凡三家爲正字者。則訓義不必同毛。此詩之咺。韓毛字異義合。許之所偁。或爲齊魯詩說耳。又案列子力命篇注。嘽咺下引鄭玄注禮記云「咺。寬綽貌。」又引說文云「咺。寬閑心腹皃」。此所引鄭注。即大學喧兮之注。所引說文。即心部愃字之訓也。而字皆作咺者。蓋因列子本文咺字改以就之。然則鄭於此詩之愃兮。字容與許異。解則實同。鄭注禮時蓋亦用三家詩也。惜今禮記鄭注於上文之恂慄有解。而本文之注則佚之矣。幸列子注存此殘義。得與許說相證。足使許義不孤。列子注出晉張湛。而作音釋者則爲唐殷敬順。今刻本注與音釋往往相掍。余案張注多玄言。不重訓詁。此所引許鄭之說。或出音釋。

忱 心部 誠也。从心。冘聲。詩曰。天命匪忱。氏任切

天命匪忱者。今詩無此文。王應麟詩考引在大雅蕩篇。彼詩云。「天生烝民。其命匪諶」。諸家謂許蓋隱栝此二語也。毛傳云。「諶。誠也」。與爾雅釋詁合。許引作忱。亦訓誠也。知二字義同。諶从甚聲。忱从冘聲。古音甚在侵部。冘在談部。侵談旁轉。故諶通作忱。大明篇「天難忱斯」。彼傳云。「忱。信也」。說文言部引作諶。與此互易。是其證。今爾雅釋詁信誠二條皆有諶無忱。廣雅信誠二條亦無忱字。可據說文補。

慉 心部 起也。从心。畜聲。詩曰。能不我慉。許六切

能不我慉者。邶風谷風文。今詩作不我能慉。呂氏讀詩記引董氏說。

「孫毓王肅詩並作能不我慉」正與許引合，是今詩轉寫誤易也。段玉裁謂「能不我慉，與能不我知能不我甲句法同，能讀爲而。」陳奐謂「能不我慉，與「寧不我顧」「既不我嘉」「則不我遺」同，能寧既則皆語詞之轉。」二說皆以經證經，益知許引之爲可據矣。毛傳云「慉，養也。」鄭箋云「慉，驕也。君子不能以恩驕樂我」釋文云「慉，毛興也，王肅養也。」則陸氏所據傳文本作興，作養者爲王肅本。正義曰「徧檢諸本，皆云慉養，孫毓引傳云慉興，非也。」又知陸氏所見作興之本，蓋出孫毓。許訓慉爲起也者，案說文舁部興亦訓起，以許證毛，則孫本作興爲不誤，且孫朋於王者，孫既引傳作興，可知古本必不作養，而孔氏以興爲非者，蓋以鄭訓慉爲驕，欲強通毛鄭之義，謂由養之以至於驕，故主慉養之說，不悟驕之本訓爲馬高六尺，引申爲凡高之偁，則與興起之義亦自相受，不必說爲驕養也。小雅蓼莪篇「拊我畜我」，鄭彼箋云「畜，起也。」畜即慉之叚借字，以彼例此，則此箋之驕，鄭意亦未必申傳之養矣。又案禮記學記鄭注云「興之言喜也，歆也。」文選潘安仁關中詩顏延年和謝監詩李善兩注竝引「說文興悅也。」興喜興悅皆嬹之借字。古叠相通。（說文女部云：嬹說也。廣雅釋詁云：嬹喜也。）興既可訓悅，起亦可訓喜。馬瑞辰謂「書股肱喜哉。元首起哉。百工熙哉。喜起熙三字義竝相近。」然則毛傳能不我興，猶言而不我悅。許訓能不我起，猶言而不我喜。皆用興起引申之義。鄭箋以驕樂連文。卽以樂字足驕。驕樂猶高興矣。郝懿行曰。「今人謂時所喜好為時興。謂人所歡喜為高興。斯言竝有合於古。」是知許固同於毛。鄭亦未嘗與毛立異也。

怞（心部） 朗也。从心。由聲。詩曰。憂心且怞。（直又切）

憂心且怞者。小雅鼓鍾文。（谷風之什）今詩作妯。毛傳云「妯。動也。」與爾雅釋詁合。說文女部妯亦訓動。然許妯下不偁詩。此引作怞。訓曰朗也。文義竝異。蓋本三家也。段玉裁謂「朗未聞。疑是恨也之誤。」馬瑞辰說同。嚴可均謂「朗當作動。形近而誤。」桂馥謂「朗義未詳。」愚案作朗。大小徐本及集韵四十九宥引篆韵譜四十九宥注竝同。未必是誤字。考說文月部云「朗。明也。」則怞之訓朗。疑取明箸之義。謂憂之見於外者耳。正義申傳曰。「賢者為之憂結於心。且為之變動容貌也」變動容貌即憂見於外之意則知許與毛字雖異義正相成玉篇心部云「怞朗也憂恐也」廣韻十八尤云「怞朗也憂也」皆兼有憂義類篇心部云「怞憂皃」下引此詩疑俱本之說文或古本說文朗也之下有一曰憂皃四字而今佚之也又案一切經音義卷十二引「詩云憂心且陶陶暢也暢達也」段氏以爲即憂心且怞之異文余尋文選枚乘七發李善注後漢書杜篤傳章懷注竝引薛君韓詩章句曰「陶暢也」是玄應所引者即韓詩陶與怞音相近暢與朗義略同訓陶爲暢既出於薛以達申暢玄應當亦有所據憂心暢達亦憂外見之意也是許說與韓尤近毛作妯韓作陶然則作怞者蓋齊魯詩矣陳喬樅云「廣雅釋言「陶憂也」說文「暢不生也」則暢之本義與鬱近古人以鬱陶連文訓爲憂思陶猶鬱也則知韓詩以陶訓暢暢亦有憂鬱之義矣」此說亦通

懕 心部 安也从心猒聲詩曰懕懕夜飲 於鹽切

懕懕夜飲者小雅湛露文南有嘉魚之什今詩作猒毛傳云「猒猒安也」許引作懕亦訓爲安義同字異者案爾雅釋訓云「懕懕安也」是許字從爾雅蓋本三家也釋訓釋文引說文云安靜也玉篇云懕安也靜也分兩義竊疑今說文脫靜字

懕從厭聲。故二字通用。然說文厂部云。「厭，笮也。一曰合也。」無安義。或謂合與安近。禮記禮運云。「所以持情而合危也。」鄭玄彼注云。「合安其危。」是合安同義之證。但就本義言。則作厭爲叚借字。正字當作懕。又案釋文云。「厭厭，韓詩作愔愔。和悅之貌。」說文心部無愔字。釋文不別出音。當與厭同。蓋亦以同音通借。和悅又安義之引申也。段玉裁謂「愔卽懕之或體」。然則此詩毛作厭。韓作愔。許之所偁作懕者。當爲齊魯詩耳。

惄 心部 飢餓也。一曰憂也。从心。叔聲。詩曰。惄如朝飢。 奴歷切

惄如朝飢者。周南汝墳文。今詩朝作調。毛傳云。「惄，飢意也。調，朝也。」釋文云。「調，又作輖。」案毛訓調爲朝。則調輖皆朝之叚借字。調輖俱從周聲。朝從舟聲。周舟聲義近。故通用。許用本字。蓋從三家也。五音韻譜作輖飢。集韻二十三錫引作調飢。類篇心部引作調饑。疑皆依今詩改。未必許書如此。惄者。毛訓飢意。許訓飢餓。又訓憂者。案爾雅釋言云。「惄，飢也。」此許前義所本。釋詁云。「惄，思也。」因思而憂。又許後義所本也。然在此詩。飢字句中已見。許引詩又在一曰之下。是許意當主證後義。謂憂思如朝之飢耳。

正義申傳引舍人釋詁注曰「惄，志而不得之思也」又引李巡釋言注曰「惄，宿不食之飢也」因謂「惄之爲訓，本爲思耳，但飢之思食，意又惄然，故又以爲飢，惄是飢之意，非飢之狀，故傳以爲飢意」據孔說，則是傳兼兩義，然合全句言之，飢意如朝飢，殊爲不詞。馬瑞辰謂「然如字同義，傳讀惄如爲惄然，故以爲飢意」此卽襲孔氏意，又惄然之語，但孔初不以如爲然，如馬說，飢意已兼如字，則飢意朝飢，更不詞矣。愚謂意猶思也，凡人心有所欲，亦曰意，毛以爲惄與飢共文，飢者之意在於得食，故曰飢意，飢意之飢，探下文朝飢而言也。鄭箋云「惄，思也，未見君子之時，如朝飢之思食」此則專從釋詁之訓，與許意略同，而實得毛恉，正義之釋，徒覺詞費耳。釋文又云「惄，韓詩作愵」案說文「愵，憂皃，讀與惄同」則愵惄亦音同義近，許解惄爲憂思，正與韓合，然愵下不引詩者，蓋以惄爲古文本字，故從毛也。蔡邕青衣賦云，惄焉旦飢，蓋亦用本詩語，阮元陳喬樅竝入此條於魯詩，是惄字魯毛所同，其如作焉，調作旦，未審是魯原文，抑或蔡以意改耳。

㤁 心部

疾利口也。从心从冊。詩曰「相時㤁民」。息廉切

相時㤁民者，今詩無此文，集韻二十四鹽㤁下引說文作「商書相時

惡民』敦煌唐寫本切韵殘卷廿一鹽惡下逕引尚書類篇心部惡下逕引商書語竝同但俱不系說文韵會十四鹽憸下云『古作惡說文引書相時惡民』合觀諸書所偁則今說文詩字葢書字之誤也書文見盤庚篇今書作相時憸民故韵會謂憸古作惡矣

怓心部　亂也从心奴聲詩曰以謹惛怓女交切

以謹惛怓者大雅民勞文生民之什毛傳云『惛怓大亂也』鄭箋云『惛怓猶讙譁也謂好爭訟者也』是詩文之惛怓葢以二字成義所以形容大亂之皃正義曰『好爭訟者是其言語為大聒亂人故云大亂非是為大禍亂也』此即依箋以申傳而箋文之讙譁釋文本作讙譊周禮大司馬賈疏引毛詩曰『以謹讙嘵』嘵與譊通彼葢用鄭箋改經字讙惛譊怓皆雙聲知鄭又以聲訓也說文怋怓二篆相次許訓怋怓也訓怓亂也以義求之則怋下之訓當與本篆連讀為怋怓亂義則二字所共而引詩亦當作怋怓詩釋文云『惛說文作怋』此從盧校本今注疏本所附釋文譌是陸氏所見說文舊本正如是今說文引詩作惛怓葢校者依毛詩改段玉裁訂之是也毛作惛許作怋者惛從昏聲今說文惛篆作惛从昏聲案日部昏下云一曰民聲篇韵引說文昏為昏之重文昏怋同從民聲故通用然許訓惛為

不懷則作惛爲叚借字。許以恨爲正字。蓋從三家也。

怽心部　恨怒也。从心。朮聲。詩曰。視我怽怽。蒲昧切

視我怽怽者。小雅白華文。魚藻之什隸變作怖。今詩作邁。毛傳云。「邁邁。不說也。」釋文云。「邁邁。韓詩及說文並作怖怖。孚吠反。又孚葛反。又匹代反。韓詩云。意不說好也。許云很怒也。」據此。是韓毛異字同義。韓許異義同字。今本說文注作恨怒。恨又很之譌也。很怒之意。引申之與不說亦合。邁從蠆省聲。怖從朮聲。古音同在脂部。故二字通用。然說文辵部邁訓遠行。則作邁爲叚借字。正字當作怖。

愾心部　太息也。从心。从氣。氣亦聲。詩曰。愾我寤歎。許既切

愾我寤歎者。曹風下泉文。今詩歎作嘆。小徐本與今詩同。毛傳愾字無訓。鄭箋云。「愾。嘆息之意。」正義申傳曰。「祭義說祭之事云。周旋出戶。愾然而聞乎嘆息之聲。是愾爲嘆息之意也。」許訓太息也者。說文無太字。水部泰之重文作夳。又非此義。後世凡言大而以爲形容未盡者則作太。是太乃大之俗耳。集韵八未類篇心部愾下引說文並作大息也。廣韵八未愾下注同。可據訂。口部嘆亦訓大息。與

慨同義，詩以慨慨嘆連文，則慨自爲形容大息之皃。本詩小序以爲思明王賢伯而作，居今思古，思而不見，寤覺而嘆，如聞其聲，思之至也。鄭得經恉，許意當同。

懆 心部 愁不安也。从心，喿聲。詩曰：念子懆懆。七早切

念子懆懆者，小雅白華文。魚藻之什 釋文云：「懆懆，七感反。說文七倒反，云：「愁不申也。」亦作慘慘。」毛傳此詩懆懆無訓，鄭箋云：「念之懆懆然欲諫正之。」則以懆懆爲狀念之詞，亦不解懆懆之義。正義釋經云：「申后念子幽王之惡，慘慘然欲諫正之。」又申箋云：「慘慘非悅順之辭，故知欲諫正王惡。」據此，是孔本作慘慘，與釋文所云亦作本合，而作懆者爲陸本。然陸讀懆七感反，亦是慘字之音，其引說文七倒反，方是懆字本音。慘本訓毒，與懆音義俱異，此詩以義求之，當以作懆爲正，陸讀如慘，非也。陸引許訓懆爲愁不申，今說文作愁不安，則似申字爲長。不申謂愁積在中也。又案小雅正月云：「憂心慘慘。」傳曰：「慘慘猶戚戚也。」大雅抑云：「我心慘慘。」傳曰：「慘慘，憂不樂也。」彼兩詩以韵求之，慘皆當作懆，二傳之義，亦

與慘遠而與許訓懆相近。顧炎武詩本音謂『漢人多以喿字作參。』然則懆慘之亂舊矣。因字亂而音亦亂。陸氏釋文往往未能正定。類篇心部云。『懆。采早切。說文愁不安也。引詩念子懆懆。又七感切。說文愁不申也。』此即兼採釋文。因陸氏誤讀此詩懆字。而有此兩義互收兩音分切之謬也。

怛 心部 憯也。从心。旦聲。得案切 又當割切 ○㥁或从心在旦下。詩曰。信誓㥁㥁。

信誓㥁㥁者。衛風氓文。今詩作旦。毛傳云。『信誓旦旦然。』不解旦旦之義。鄭箋云。『我其以信相誓旦旦耳。言其懇惻款誠。』正義釋傳引定本云。『旦旦猶怛怛。』又以為箋意。即是傳意。許引作㥁。訓曰憯也。字與毛異。訓與鄭異。段玉裁乃謂『許偁詩傳。非偁詩。㥁㥁下當有然字。』蓋段以定本於傳有旦旦猶怛怛之語。㥁即怛之重文。許之所引在㥁下。故以為許偁傳耳。愚案詩釋文云。『旦旦。說文作㥁㥁。』明謂許引經文。若是引傳。則陸氏當於旦旦然下出說文。知段說非也。考爾雅釋訓云。『晏晏旦旦。悔爽忒也。』彼釋文云。『

旦本或作悬。」然則許引作悬，正與爾雅或作本合。其字蓋從三家也。毛作旦者，旦之義爲朝日之明。愚竊毛意蓋謂信誓明明然如朝日耳，未必爲怛之叚借字。惟鄭箋以懇惻款誠釋旦旦，似是以旦爲怛，定本云「猶怛怛」，蓋亦以箋說爲傳說，與正義同。故孔氏取之。其實箋不同傳者非一，此處箋亦自爲義，未必是申毛也。胡承珙曰：「說文：怛，憯也。憯，痛也。方言：怛，痛也。傷痛者至誠迫切之意，故可通爲形容誠懇之貌。」此則欲溝會許鄭之義，明許與鄭訓異而實同，是知鄭字從毛，說亦或本於三家矣。

惴 心部 憂懼也。从心，耑聲。詩曰：惴惴其慄。之瑞切

惴惴其慄者，秦風黃鳥文。新出漢熹平石經殘字魯詩此文亦作惴，見羅氏熹平石經殘字集錄續編 與毛同。毛傳云：「惴惴，懼也。」與爾雅釋訓合。許訓憂懼者，謂因憂而懼，憂與懼兼也。案此詩小序偁「國人刺穆公以人從死，而作是詩。」則是殺三良者爲穆公。左傳文公六年言「秦收其良以死。」序說正與相應。然則三良初無殉死之意，穆公命之從死，故聞命而憂，臨穴而慄。惴惴則形容憂懼之狀。許以憂字足懼

字。甚得詩指。足以補傳。鄭箋謂「三良自殺以從死」。故以惴惴爲「秦人臨視其壙者皆爲之悼慄」。夫臨視之人。哀斯可矣。何必懼耗毛意未必然也。

怲（心部）　憂也。从心。丙聲。詩曰憂心怲怲。兵永切

憂心怲怲者。小雅頍弁文。（甫田之什）爾雅釋訓云。「怲怲。憂也」。許說所本。毛傳云。「怲怲。憂盛滿也」。正義申傳曰。「言憂之多」。段玉裁謂「怲怲與彭彭音義同。故云憂盛滿」。馬瑞辰亦曰。「怲怲古音讀同旁旁。故與上臧爲韵。廣雅釋訓。彭彭旁旁。並云盛也。怲怲與彭彭旁旁聲義並同。故傳以爲憂盛滿之貌」。愚案怲從丙聲。說文丙部云。「丙位南方。萬物成炳然」。廣雅釋言云。「丙。炳也」。丙與炳通。炳之言明。故從丙之怲有盛滿之義。從心故主憂言耳。

惔（心部）　憂也。从心。炎聲。詩曰憂心如惔。徒甘切

憂心如惔者。小雅節南山文。（節南山之什）毛傳云。「惔。燔也」。釋文云。「惔。徒藍反。又音炎。韓詩作炎。字書作焱。說文作𤆍。才廉反。小熱也」。案作𤆍爲三家文。已詳火部。𤆍下。此所偁既從毛作惔。訓曰憂也。

憂字句中已見。憂心如憂，於義爲累。尋大雅雲漢云「如惔如焚」。彼傳云「惔，燎之也」。釋文云「惔音談。說文云：炎，燎也」。今說文炎訓「火光上也」，無燎也一義。陸氏旣引說文證惔，則炎當作惔，轉寫譌耳。桂馥亦謂「炎乃惔之誤。陸氏所見本訓燎不訓憂」。愚則疑古本說文惔下當作「憂也。一曰燎也」。從心，故以憂爲本義；從炎聲，故別義爲燎。引詩蓋在一曰之下，所以證別義也。段玉裁謂「毛詩古本作如美，或同韓詩作如炎，故許引之以明會意」。因改惔下引詩之惔爲炎。胡承珙、馬瑞辰、陳奐、陳喬樅並從之，未見其可。（雲漢詩赫赫炎炎，釋文云「炎本或作惔」。又如惔如焚，今後漢書章帝紀注引韓詩作「如炎如焚」。是炎與惔古本通用，但不可擅改許書。）

惙（心部） 憂也。从心，叕聲。詩曰：憂心惙惙。一曰意不定也。（陟劣切）

憂心惙惙者，召南草蟲文。毛傳云「惙惙，憂也」。與爾雅釋訓合，爲許所本。一切經音義卷四引聲類云「惙，短氣皃也」。玉篇心部云「惙，疲也。又憂也」。愚案：惙從叕聲，說文叕部訓叕曰綴聯，則惙惙者，憂不絕也。

忡 心部 憂也。从心，中聲。詩曰：憂心忡忡。敕中切。

憂心忡忡者，召南草蟲、小雅出車鹿鳴之什文。爾雅釋訓云：「忡忡，憂也。」為許所本。草蟲毛傳云：「忡忡猶衝衝也。」此以今語釋古語，故曰猶。忡衝又雙聲字也。鄭箋申傳曰：「未見君子者，謂在塗時也。在塗而憂，憂不當君子，無以寧父母，故心衝衝然。」愚案忡與沖同從中聲，說文沖讀若動，訓為涌搖，則沖有動義。忡之音義當略同。是忡忡者憂未定也。徐鍇繫傳通釋曰：「憂而心動也。」亦得其義。毛訓衝衝者，說文行部云：「衝，通道也。從行，童聲。」由通道之義引申之，亦往來不定之意。童聲之字有憧，易咸之九四云：「憧憧往來。」說文憧亦訓意不定，是其證也。今注疏本傳箋作衝衝，卽衝之隸變。

悄 心部 憂也。从心，肖聲。詩曰：憂心悄悄。親小切

憂心悄悄者，邶風柏舟文。毛傳云：「悄悄，憂貌。」為許所本。爾雅釋訓云：「悄悄，慍也。」郝懿行謂：「憂慍義相成。」愚案說文：「慍，怒也。」此詩下文云：「慍于羣小。」傳亦訓慍為怒，則爾雅或探下文釋之耳。孟子盡心篇引此詩，趙岐注云：「憂心悄悄，憂在心也。」是

悄悄爲憂而不外見之意。羣小可畏。但有隱憂。理亦或然。徐鍇繫傳通釋曰。「憂思低下也。」低下二字不詞。

憬 心部 覺寤也。从心。景聲。詩曰。憬彼淮夷。俱永切

憬彼淮夷者。魯頌泮水文。毛傳云。「憬。遠行貌。」釋文云。「憬。說文作應。音獷。云「闊也。一曰廣大也。」」據此則陸氏所見說文應篆下必引此詩。今本無者。脫佚耳。廣闊引申之義與遠行近。疑三家本作應爲正字。毛作憬者。叚借字也。文選沈休文齊安陸王碑云。「強民獷俗。」李善注引「韓詩曰。獷彼淮夷。薛君曰。獷。覺寤之貌。」案覺寤正憬字之義。疑韓詩本作懭。嚴可均亦曰據薛云覺寤是韓亦作懭 李注因碑文獷字改以就之。懭者應之隸變。應寫作立心則爲懭。玉篇注云。懭同應。即其證。是韓作懭者。又憬之叚借也。毛叚憬爲應。韓叚應爲憬。許互引之。所以存異文。各訓以本義。所以明叚借也。段玉裁謂「毛詩作應。故訓遠行皃。憬葢出三家詩。淺人取以改毛。許書葢本無憬篆。」嚴可均亦謂「憬篆似校者所加。凡部末字往往可疑也。」愚案陸氏釋文。孔氏正義本皆作憬。玉篇心部云。「憬。遠行皃。」敦煌唐

寫本切韵殘卷卅七梗云「憬遠」廣韵三十八梗云「憬遠也」集韵三十八梗云「憬遠行皃詩憬彼淮夷」類篇心部云「憬一曰遠行皃」此皆本之毛詩則今詩作憬未必淺人改毛也許於憬下引詩字同毛而義同韓正欲互見以明經文叚借之例則謂許書無憬篆校者所加亦非篤論也至懭之通作獷蓋三家本又有作獷者楊雄揚州牧箴云「獷矣淮夷蠢爾荆蠻」當是用此詩語說文犬部獷訓「犬獷獷不可附也」就此義詁詩卽謂彊獷如犬之唯夷雖不可附今亦懷德而來獻其琛正與上文「翩彼飛鴞」鴞爲惡鳥之喻相應子雲以蠢與獷對亦正取彊獷之義也陳喬樅謂楊雄本魯詩又謂「孟康漢書音義訓獷爲彊孟用齊詩音義所釋卽本齊故也」是作獷蓋齊魯詩所同耳又案說文瞿部云「矍讀若詩云穬彼淮夷之穬」檢禾部穬訓芒粟於詩恉無當疑穬卽獷轉寫致誤（桂馥嚴可均皆謂穬爲懭之誤）然許君獷下不引詩或解詩不取此義故但於讀若引之以證音耳一語三引各異其文今古兼存功爲獨至今本說文或奪或譌於是許君微意遂不可見矣

說文解字引詩考卷三終

說文解字引詩考卷四

衡陽馬宗霍

潧 水部　水出鄭國。从水。曾聲。詩曰。潧與洧。方渙渙兮。側詵切

潧與洧方渙渙兮者。鄭風溱洧文。今詩作溱。毛傳云。「溱洧。鄭兩水名。」許引作潧。云水出鄭國。義與毛同而字異者。案說文溱下云。「水出桂陽臨武入匯。」或謂匯當作洭。則許意溱乃粵水非鄭水。漢書地理志鄭水作溱。與今詩同。粵水作秦。與說文異。錢大昕十駕齋養新錄曰。「溱洧之溱。本當作潧。說文引詩是也。今毛詩作溱者。讀潧如溱以諧韵耳。溱即潧之轉音。不可謂詩失韵。亦不可據詩以疑說文也。」愚案以聲相近而叚其音。因叚其音而幷叚其字。詩固多有之。然水名地各有系。叚則易混。疑溱字非毛詩原文。水經云。「潧水出鄭縣西北平地。」酈道元注云。「潧水出鄶城西北雞絡塢下。又南注于洧。詩所謂溱與洧者也。」是酈氏以潧水即鄭詩之溱。正與許合。全祖望曰。「潧水其音如溱。其字不作溱也。不知何時盡毛詩外傳國語孟子史漢諸書之潧。胥改爲溱。猶幸水經存其舊。稍留說文之

學。」愚謂更幸說文存其舊，得見毛詩之眞。玉篇水部云：「湝水出鄭國，亦作溱。」廣韵十九臻云：「湝，水名，在鄭國。此水南入洧，詩作溱洧，誤。」皆本說文也。詩釋文溱下引說文云：「湝水出鄭。溱水出桂陽。」是陸氏亦知溱非鄭水本字，故引許說正之。或謂作湝爲三家詩者，使果出三家，要亦是許以湝爲正字而從之，以證毛作溱爲湝之叚借耳。又案渙渙二字，釋文引「說文作汎汎，音父弓反。」與今本說文異。許訓汎爲浮皃，以之狀水，於義尚近。桂馥因謂「陸氏所見本汎下當有引詩之文。」然音父弓反，則與下文蕳韵不協。汎從凡聲，讀本音亦未合。釋文又引「韓詩作洹洹，音丸。」玉篇以汍爲洹之重文。段玉裁說文注以爲汎葢汍之誤，乃改渙渙作汍汍。胡承珙、馬瑞辰、陳喬樅並從段說。然說文水部無汍字，大徐本新坿有之，云「泣淚皃。」又非其義也，似當存疑。

洍（水部） 水也。从水，𦣞聲。詩曰：江有洍。詳里切

江有洍者，召南江有汜文。今詩作汜，毛傳云：「決復入爲汜。」許汜下引詩與毛同，則此作洍，從三家也。呂氏讀詩記引董氏曰：「汜，石

經作洍說文引詩作洍葢古爲洍後世譌也』段玉裁謂『洍水名而證以江有洍此言叚借也』愚案小徐本作『一曰詩江有洍』廣韵六止引作『一曰詩曰江有洍』竝有一曰二字又敦煌唐寫本切韵殘卷七之洍下注亦云『水名一曰詩江有洍』當亦本之說文是許君欲廣一義以明此洍在召南之詩則與汜同義耳玉篇水部云『洍水名又汜字』亦其證也今說文詩上無一曰二字疑大徐誤刪或轉寫奪之

湝 水部　水流湝湝也从水皆聲一曰湝湝寒也詩曰風雨湝湝 古諧切

風雨湝湝者鄭風風雨文今詩作淒毛傳云『風且雨淒淒然』以淒淒爲形容風雨之詞不解其義許引作湝湝有兩訓一曰寒也偁詩在一曰之下當是主證寒義正義申傳曰『言雨氣寒也』正本許說湝從皆聲淒從妻聲古音同在脂部故淒通作湝然說文淒訓『雨雲起也』則作淒爲叚借字許以湝爲正字葢從三家也玉篇水部湝下引詩同即本說文冫部有凄字云『寒也』此乃淒之俗體非說文所有嚴粲詩緝謂凄從仌故寒以俗爲正近望文矣廣韵十四皆湝字兩見一在古諧切下注云『水流皃』用說文弟一義

一在户皆切下注云「風雨不止」或亦三家詩之別說也

淲（水部）水流皃从水彪省聲詩曰淲沱北流（皮彪切）

淲沱北流者小雅白華文（魚藻之什）今詩淲作滮沱作池玉篇水部以滮為淲之重文案淲從彪省滮則隸之不省者也池字說文所無當以作沱為正（段注說文作池謂宋本作沱非是愚案集韻二十幽引亦作滮沱段補池篆於沼篆之次故不以池為沱之俗）許蓋從三家也毛傳云「滮流皃」許訓水流皃與傳合水經注云「滮池水出鄗池西而北流入于鄗毛詩曰「滮流浪也」而世傳以為水名矣」酈引流浪二字當是用毛傳文與今傳作流貌異或謂當作流浪皃或謂浪字誤未能定之

瀏（水部）流清皃从水劉聲詩曰瀏其清矣（力久切）

瀏其清矣者鄭風溱洧文毛傳云「瀏深貌」許訓流清皃似與毛異玉篇水部云「瀏深皃也」同毛廣韻十八尤云「瀏水清」類篇水部云「瀏水清皃」並同許王筠曰「毛意謂瀏其清者深而清也許意謂瀏其清者瀏然清也二家各自為義非一說蓋冰初解時水雖清而有沫祓禊時則其清可鑑矣於此見許說體物之工」

愚案文選張衡南都賦云「漻淚淢汨」李善注引韓詩內傳「漻清貌也」莊子天地篇云「漻乎其清也」李軌音「漻良由反」讀漻爲劉則漻與瀏通說文漻訓「清深皃」是深與清義本相因知瀏字亦兼清深兩義梁處素謂韓詩漻字卽鄭風此章文然則許與韓字異訓同許與毛字同義亦非異毛以清字句中已見故但以深皃詁之耳王氏之說近傳會矣

⿰氵薉 水部　礙流也从水薉聲詩曰施罟⿰氵薉⿰氵薉 呼括切

施罛⿰氵薉⿰氵薉者衛風碩人文今詩作施罛濊濊已見网部罛下彼引證罛字此引證⿰氵薉字也彼作濊濊與毛同則此作⿰氵薉⿰氵薉從三家也段玉裁說文注改⿰氵薉爲濊據詩釋文玉篇廣韵類篇凡得四證謂「妄人改礙流之字爲⿰氵薉而別補濊篆於部末」胡承珙馬瑞辰皆以爲當作濊愚案⿰氵薉從薉聲說文艸部云「薉蕪也」⿰氵薉訓礙流蓋自蕪薉之義引申而來此字形聲兼意未必妄人所改又案類篇水部濊下引說文水多皃爲本義而以礙流爲又一義引此詩作濊濊⿰氵薉下引說文礙流也爲本義引此詩作⿰氵薉⿰氵薉是類篇兼存兩說集韵十三末⿰氵薉

下引說文，而云『或作濊』，則以⿰氵奯爲正文，亦其旁證也。濊本訓水多皃，與礙流義正相反。毛傳云：『罛，魚罟。濊濊，施之水中。』王筠曰：『毛傳施之水中，謂施罟水中，其聲濊濊然也。試聽魚網入水之聲，即知之矣。』愚謂施罟水中，必礙於流，水流有礙，則作濊濊之聲，非魚網入水之聲也。是許說正申成毛義。釋文云：『濊濊，馬融云：大魚罔目大豁豁也。』馬以豁豁釋濊濊，則狀魚罟之形。然則毛作濊爲叚借字，許以⿰氵奯爲正字也。釋文又引韓詩云：『濊濊，流貌。』韓毛既同字，則許之所偁，蓋齊魯詩耳。至說文大部奯下云：『讀若詩施罟泧泧。』泧亦三家異文。廣雅釋訓云：『泧泧，流也。』與韓詩義同。

又案奯下所引，一本泧泧作⿰氵奯⿰氵奯，說文無⿰氵奯字，陳喬樅謂『或涉上文奯字而誤，當以作泧者爲正。』錢坫謂『濊應爲⿰氵奯⿰氵奯，又同奯也。』一切經音義云：『豁，古文奯。』桂馥謂『奯下讀若當作詩曰施罟奯奯，後人加讀若二字。釋文引馬融說與說文奯空大也義合，是詩作奯奯不作⿰氵奯⿰氵奯明矣。』愚謂桂錢皆就馬義爲言，似亦可備一解。然考大徐宋刻本、小徐本及類篇大部奯下引皆作泧泧，則一本作⿰氵奯⿰氵奯者，其爲誤字無疑，桂錢之說，似失據矣。

洸 水部 水涌光也。从水，从光，光亦聲。詩曰：有洸有潰。古黄切

有洸有潰者，邶風谷風文。毛傳云：「洸洸，武也。」重言以為狀詞，與爾雅釋訓合。正義申傳以洸洸為「威武之容。」蓋就經為釋也。許訓水涌光也者，則就字形為釋。引詩所以說叚借也。韵會七陽引說文作「水涌貌也。」玉篇水部云：「洸，水兒。」嚴可均因謂「光乃兒之誤。」愚案洸從光，則光字不誤。王筠謂「水涌生光。」頗得其義。集韵十一唐類篇水部引並作光，亦其證也。徐鍇繫傳通釋謂「詩意言勇如水之涌也。」蓋欲兼會毛許之說。

淪 水部 小波為淪。从水，侖聲。詩曰：河水清且淪漪。一曰：没也。力迍切

河水清且淪漪者，魏風伐檀文。今詩漪作猗。釋文云：「猗本亦作漪。同。」案說文水部無漪字，後人妄加水旁也。爾雅釋水云：「小波為淪。」許說所本。毛傳云：「小風水成文轉如輪也。」案毛以輪釋淪，又以聲訓也。風小則波小，與爾雅義亦相成。釋文又曰：「韓詩云：順流而風曰淪。淪，文貌。」順從川聲，淪從侖聲，古音同在諄部，亦聲訓也。文貌之義與毛同。

濫（水部）　氾也。从水，監聲。一曰：濡上及下也。詩曰：觱沸濫泉。一曰清也。

盧瞰切

觱沸濫泉者，小雅采菽（魚藻之什）、大雅瞻卬（蕩之什）文。今詩觱作觱，濫作檻。觱者，觱之隸變（小徐本作滭，說文無滭篆，然水部沸下云：滭沸濫泉，雖不偁詩，實用詩語，其字作滭，疑滭亦三家文，而俗又加水旁。玉篇角部觱下云：觱沸濫泉，或作滭，是其證也）。檻者，說文木部訓櫳，去水義遠，則濫之叚借字也（王筠曰：案借檻字者，謂如有闌檻偪束之，故濆薄而上涌也。不知借聲亦兼借義，案此說頗近牽強）。爾雅釋水云：「濫泉正出。正出，涌出也。」采菽毛傳云：「觱沸，泉出貌。檻泉，正出也。」與爾雅合。釋文、正義竝引爾雅申傳，字亦同。詩蓋順詩所改，非爾雅別有作檻之本也。釋名云：「水正出曰濫泉。濫，銜也。如人口有所銜，口闓則見也。」義依爾雅，而字亦作濫，是其證。許所偁既從爾雅，蓋本之三家耳。濫有三義，段玉裁謂「濫泉由小以成大，故偁以證氾義」，愚謂許引詩在第二義下，當為濡上及下作證。正義引李巡曰：「水泉從下上出曰涌泉。」案上出則濡上，既出通川則及下，李說可與許訓相參。

湜（水部）　水清底見也。从水，是聲。詩曰：湜湜其止。（常職切）

湜湜其止者。邶風谷風文。今詩止作沚。沚從止聲。故通用。玉篇水部湜下引此詩亦作止。與許同。許蓋從三家也。毛傳湜湜無訓。但云「涇渭相入而清濁異。」許訓水清底見。詩釋文引作見底。足以申成毛義。段玉裁曰「毛意涇以入渭而形己濁。且以己形渭之湜湜然清澂。止者水之澂定也。」焦循曰「傳言清濁異。以湜湜爲清也。」二說可通毛許之訓。鄭箋云「小渚曰沚。湜湜。持正貌。喻己之持正守初如沚然不動搖。」此則就沚文取喻而言。爲湜本義之引申。或謂湜從是。是義爲直。故鄭訓爲持正貌。亦通。然如鄭說則本句承上文轉一意。與毛許異趣矣。段氏謂毛詩舊文作止。鄭箋易止爲沚。阮元則謂考鄭箋但義從沚耳。其經字不作沚也。馬瑞辰曰說文止。下基也。湜湜即狀水止之皃。故以爲水清見底。水流則易濁。止則常清。沚作止爲是。

潅 水部 深也。从水崔聲。詩曰有潅者淵。七罪切

有潅者淵者。小雅小弁文。節南山之什 毛傳云「潅。深貌。」許訓深也。不言皃者。槩說文淵回水也。荀子致仕篇云「水深則回。」是淵亦有深義。詩文以潅狀淵。毛就經爲釋。故云深貌。貌謂淵之貌也。許就字爲釋。則潅但爲水之深耳。潅從崔聲。說文山部云「崔。大高也。」山

以高爲崔，水以深爲淮，水之深猶山之高，故取聲義於崔矣。玉篇水部廣韵十四賄並云「漼，深皃」，則皆從毛義。小徐本原無漼篆，大徐本在部末，或疑許本無之，待攷。

濆 水部 水厓也，从水賁聲。詩曰：敦彼淮濆。符分切

敦彼淮濆者，大雅常武文。湯之什 今詩敦彼作鋪敦，釋文引韓詩作敷敦，段玉裁王筠皆以說文爲誤，陳喬樅則謂「蓋亦三家之異文」。愚案此詩上文云「率彼淮浦」，下文云「截彼淮浦」，敦彼與率彼截彼句例正同，許引既與毛韓殊，則或本諸齊魯詩耳。濆者，毛傳云「濆，涯也」。許訓水厓也者，以其字從水也。厓與涯通。鄭箋訓爲「大防」，則用爾雅釋丘義。釋丘字本作墳，經典濆墳多互用。周南汝墳毛傳云「墳，大防也」。彼正義引常武傳墳厓釋之，其實此詩本是濆字，鄭訓此詩濆爲大防，其周禮大司徒注則云「水厓曰墳」，此即濆墳不分之證。此詩正義申傳，既引釋丘之文，又云「李巡曰『墳謂厓岸狀如墳墓』，是墳爲厓也」。孔意蓋在通毛鄭之訓也。說文則從土從水義各有別。

漘 水部 水厓也，从水脣聲。詩曰：寘河之漘。常倫切

寘河之漘者，魏風伐檀文。今詩作寘之河之漘兮。邵晉涵謂說文節取詩句以證漘為水厓，不備引其全文，是也。集韵十八諄類篇水部引說文並河上有諸字。陳喬樅謂作諸者是齊詩。韵會十一眞引說文又與今詩同。愚疑皆依今詩增改，非許書之舊。漘者，毛傳云：『漘，厓也。』許訓水厓也者，以其字從水也。王風葛藟云：『在河之漘。』彼傳云：『漘，水隒也。』說文隒亦訓厓。然隒從阜，是山岸，漘是水岸，故毛於隒上加水字。此傳厓上不加水字者，詳畧互照也。爾雅釋丘云：『夷上洒下不漘。』郭璞注云：『厓上平坦而下水深者為漘。不，發聲。』葛藟正義引李巡曰：『夷上，平上；洒下，陗下，故名漘。』又引孫炎曰：『平上陗下，故名曰漘。不者蓋衍字。』據三家爾雅注，則知厓為大名，漘乃別名。毛許皆渾言之，爾雅析言之也。又案本詩釋文云：『漘本亦作脣。』尋鄭玄乾鑿度注引此詩正作脣。脣脣蓋漘之省，當為三家詩之異文。脣為口耑，漘為水厓，漘從脣聲，義亦相因矣。

沚 水部 小渚曰沚。从水，止聲。詩曰：于沼于沚。諸市切

于沼于沚者，召南釆蘩文。爾雅釋水云：『小渚曰沚。』為許所本。毛

傳云「沚，渚也。」蓋渾言之。郝懿行曰「毛不言小者，文省也。」然考秦風蒹葭篇「宛在水中沚」，彼傳云「小渚曰沚」，則與爾雅同，知亦詳畧互見之例。旁釋名云「沚，止也，小可以止息其上也。」是沚小於渚，不可居處，但容止息而已。

潀 水部 小水入大水曰潀。从水，从眾。詩曰鳧鷖在潀。徂紅切

鳧鷖在潀者，大雅鳧鷖文。生民之什 毛傳云「潀，水會也。」許訓小水入大水者，案正義申傳曰「潀音如叢，則叢是聚義，且字從水眾，知是水之會聚之處。說文云，潀，小水入於大水也。」據此，則許說正以足毛，故孔氏引以爲釋。玉篇潀下注亦兼採毛許。鄭箋云「潀，水外之高者也，有瘞埋之象。」則與傳異。段玉裁謂「鄭說潀與崇同，恐非詩意。」馬瑞辰曰「廣雅，潀，厓也。厓，方也。厓與涯同，方與旁同，以潀爲厓，蓋本三家詩。箋所謂水外之高者，即厓也。」愚謂水相會爲潀之本義，相會必有處，則以潀爲厓，引申之義耳。鄭云有瘞埋之象，蓋讀潀如匑，與下章「鳧鷖在亹」，箋讀亹爲門同，皆別有所取喻。或亦三家詩說也。

汜水部　水別復入水也。一曰：汜，窮瀆也。从水，巳聲。詩曰：江有汜。詳里切

江有汜者，召南江有汜文，已見上篆洍下。彼引作洍，從三家，此引作汜，從毛也。毛傳云：「決復入爲汜。」與爾雅釋水合。郭璞爾雅注云：「水出去復還。」此解簡當。釋名云：「水決復入爲汜，汜，已也，如出有所爲，畢已而還入也。」此亦本爾雅而就已聲生義以申之。然畢已之言，近於望文，殆非字義。許訓水別復入水也者，別猶決也。小徐本及韵會四紙引作「水別復入也。」無下水字。段玉裁以爲「上水字衍，謂既決而復入之水也。」嚴可均議刪下水字，愚案廣韵六止類篇水部引說文竝與今大徐本同，則上水字非衍，下水字亦不必刪。水別者，謂首於其水出，復入水者，謂尾復入其水也。兩水字皆指汜所出入之水言，非謂汜也。段解下水字似亦欠諦。又許引詩證弟一義，當在一曰之上，小徐本不誤，當從之。

𤅩水部　水濡而乾也。从水，鷬聲。詩曰：𤅩其乾矣。呼旰切又他干切　○

灘，俗𤅩从隹。

𤅩其乾矣者。王風中谷有蓷文。今詩作暵。毛傳云「暵。菸貌」許引作𤅩。訓曰水濡而乾。文義並與毛異。蓋從三家也。𤅩從鷬聲。鷬與暵同從堇聲。故二字通用。說文日部暵亦訓乾。與𤅩義近。許不從毛者。蓋此詩以陸草傷水爲喻。水之浸草。先溼後乾。暵從日。但有乾義。𤅩從水。訓濡而乾。則與詩恉正合。故以𤅩爲本字也。正義申傳曰「說文云「暵。燥也。易曰。燥萬物者莫熯乎火」說文云「菸。緌也」然則由菸死而至於乾燥。以暵爲菸也」蓋孔氏知菸貌非暵之本義。故引許說以曲通之。然說文暵本訓乾。不訓燥。孔引作燥。或涉下引易之燥而譌。艸部云「菸。鬱也。一曰殘也」孔引作緌。亦殘之譌也。其實菸死即由傷水。王筠謂「草傷於水。鬱幽之而氣不揚。雖未遽萎。而已失其性。漸即於乾也」此說得之。詩釋文亦引說文作𤅩之訓。不徒存異字。兼與傳說相參證。知毛字作暵而義亦猶𤅩矣。胡承珙謂「毛傳亦必作𤅩」似又昧於叚借之理。

汕 水部 魚游水皃。从水。山聲。詩曰。蒸然汕汕。 所晏切

蒸然汕汕者。小雅南有嘉魚文。（南有嘉魚之什）今詩蒸作烝。小徐本與今詩

同嚴可均謂「蒸當作烝。詩考不出蒸爲異文。魚部引烝然鮮鮮。明此亦烝。」其說是也。毛傳云「汕汕，樔也。」鄭箋云「樔者，今之撩罟也。」正義申傳引釋器云「樔謂之汕。」又引李巡曰「汕，以薄汕魚。」據此，則爾雅樔與汕本捕魚之器，一物而異名，因之用以捕魚亦可曰樔或曰汕。鄭釋樔曰撩罟，以樔爲名詞，主器而言也。李釋汕曰以薄汕魚，以汕爲動詞，主用而言也。毛傳雖與爾雅合，然此詩汕汕連文，當爲形容罩罩魚之狀，不得如鄭李所釋。疑毛意亦然。許訓汕爲魚游水皃，乃汕之本義，抑或三家詩說如此，不必執毛以相衡也。又案詩釋文云「樔字或作罩。」今爾雅正同。然說文网部無罩字，木部樔訓「澤中守艸樓」，則毛以樔詁汕，亦叚借字也。

砅 水部 履石渡水也。从水，从石。詩曰：深則砅。力制切 ○濿，砅或从厲。

深則砅者，邶風匏有苦葉文。今詩作厲，爾雅釋水同。爾雅釋文云「厲，本或作濿。」案新出漢熹平石經殘字魯詩此文正作濿。見羅氏熹平石經殘字集錄三編補遺 濿即砅之重文，許引作砅，亦從三家也。毛傳云「以衣涉水爲厲，謂由帶以上也。」義與爾雅合。案釋水云「以衣涉水爲厲，繇帶以上爲厲。」上句言涉水之狀。下句言水之深度。謂水深至帶以上。當以衣而涉也。以之言與。與衣。即不解衣之意。水淺則揭衣可涉。水深則衣褌亦濡矣。曰「以衣涉水濡褌也」。是其證。易林泰之坤「濟深難渡。濡我衣袴」。亦即以衣涉水之謂也。以衣揭衣。文正對舉。毛與爾雅文雖略異。而意實同。爾雅下句即申上句之義。非有二義也。段玉裁乃謂許爾雅並存二說。毛傳依之。而譏定本改毛合為一說之謬。恐未然。訓砅為履石渡水也者。為其字之從石也。水之深者、須擇水中有石處履而渡之。與毛義互明而相備。段氏曰「履石渡水乃水之至淺。尚無待於揭衣者。其與深則厲絕然二事。厲砅二字同音。故詩家有作砅者。許偁以明段借」。愚案爾雅既有作濿之本。魯詩亦同。厲即濿之省。明厲砅文別而義同。淺水隨處可涉。亦無待於履石。段說亦似未塙。惟說文厂部厲訓旱石。厲蓋濿之省借。本字當作砅。戴震毛鄭詩考正曰「詩意以淺水可褰裳而過。若水深則必依橋梁乃可過。衛詩淇梁淇厲並稱。厲固梁之厲也」。愚謂此雖持之有故。然深則厲一語。承上文濟有深涉而來。說文涉下云「徒行厲水也」。王引之曰。厲之言陵厲也。陵水而渡。故謂之厲。厲字即承上句涉字言之。故說文以涉為徒行厲水。義與爾雅同也。是厲涉對文有辨。散則可通。爾雅厲涉雖分言。其為徒行則一。釋水云「繇膝以上為涉」。鄭注論語。服注左傳皆云「由膝以上為厲」。此亦厲涉通名之證。既為徒行。則知其深有限。詩正義所謂「厲言深者對揭之淺耳」。不得因許君有履石之云而以砅為石橋也。至陳喬樅謂「履石渡水之訓。說文別為一義。與下文引詩無涉』郝懿行謂『說文砅字引詩別解義與爾雅異』斯又未悟毛許二訓各別互備之理且此詩與爾雅釋文並引說文此條以相參證何得以別解無涉目之故陳郝二說亦所不取也詩釋文又引韓詩云『至心曰厲』至心亦是由帶以上知韓毛義亦不殊韓毛既同作厲魯詩又作濿則許之所偁當出齊詩矣

淒 水部　雲雨起也从水妻聲詩曰有渰淒淒 七稽切

有渰淒淒者小雅大田文 甫田之什 今詩作萋毛傳云『萋萋雲行貌』案說文艸部萋訓艸盛則作萋爲叚借字許引作淒者呂氏春秋務本篇韓詩外傳八漢書食貨志皆引此詩雖有渰之渰各異而作淒淒並與許同許以淒爲正字葢從三家也訓淒曰雲雨起也者初學記卷一太平御覽卷八引作『雨雲起也』卷子玉篇水部引作『雨寒起』愚案淒從水作雨雲爲是雨雲者謂欲雨之雲疑卷子玉篇寒字爲雲之譌而今本說文雲雨二字爲誤倒孟子梁惠王篇上『油然作雲沛然下雨』可爲雨雲之證詩正義曰『有渰然既起萋萋然行者雨之雲也』此解正與毛許之訓相匯

又案小徐本淒下不引詩，引在渰下。玉篇廣韵亦引在渰下。愚疑古本說文淒下渰下皆偁此詩，一證淒字，一證渰字，猶其積之秩秩一語，禾部亦分引於積下秩下也。淒渰兩篆相蒙，校者以爲複出而刪之，於是大小徐本各存其一耳。

瀑 水部 疾雨也。一曰，沫也。一曰，瀑賈也。从水㬥聲。詩曰，終風且瀑。平到切

終風且瀑者，邶風終風文。今詩作暴，毛傳云：「暴，疾也。」愚案暴卽㬥之隸省。說文日部云：「㬥，晞也。」是作暴非其義。廣韵三十七号暴下云：「說文作㬥，疾有所趣也。又作㬥，晞也。今通作暴。」據此則毛詩本字當作㬥。㬥承風言，是毛傳之疾，當謂疾風。爾雅釋天云：「日出而風爲暴。」毛意或同。許引作瀑，蓋從三家，訓爲疾雨，其字亦當從水從㬥作瀑。從水，故以疾雨爲本義，引申爲凡疾之偁，故疾風亦得言瀑，猶爾雅風雨並謂之暴矣。釋天云：暴雨謂之涷。此詩三章皆言風，許偁詩蓋證引申之義。馬瑞辰謂「玉篇瀑，疾風也。顧野王所見說文自作疾風，今本乃後人妄改。」今案卷子玉篇水部瀑下引「說文

疾雨也』正與今本說文同是今本玉篇非顧書之舊馬氏未見卷子本故其言云然不足據也又此偁詩證弟一義小徐本及韵會二十號引一曰九字在終風且瀑下當從之

吳玉搢曰『說文引詩作瀑謂既終日風而且加之疾雨也如此且字方有着落況下章終風且霾謂既風而且雨土也終風且曀謂既風而且不見日也皆作兩層疊下首章何獨不然』案此就瀑字本義爲說不以爲引申之義可備一解又案王引之經義述聞曰『終猶既也』若終字從王說瀑字從本義則終風且瀑者謂既風且雨也終不作終日解於詞更順矣

涵（水部） 水澤多也从水圅聲詩曰僭始既涵（胡男切）

僭始既涵者小雅巧言文（節南山之什）毛傳云『涵容也』愚案涵從圅聲說文马部云『圅舌也』舌在口如口有所含也周頌載芟云『實圅斯活』鄭彼箋云『圅含也』此傳訓涵爲容正義以容受釋之容受與含義相近是則涵之爲容從聲得義義之引申也許訓水澤多也者涵從水以形爲義義之本也偁詩發證引申之義鄭箋云『涵

同也。羣臣之言，信與不信，盡同之不別也』則同猶容矣，亦是申傳，而正義以為箋與傳異，非也。

瀀 水部 澤多也。从水，憂聲。詩曰：既瀀既渥。 於求切

既瀀既渥者，小雅信南山文。谷風之什 今詩作優。毛傳此詩優字無訓，案大雅瞻卬云『維其優矣』彼傳云『優，渥也』正義引此詩以申彼傳，是優渥散言則通也。說文人部云『優，饒也』饒渥義亦近，然許人部不偁詩，而引作瀀，蓋本三家，字從水，故訓澤多，此詩瀀渥承霢霂而言，知作瀀為正字，作優叚借字也。鄭箋以潤澤饒洽釋優渥，亦與許說合。

卷子玉篇水部瀀下注云『毛詩惟其瀀矣，傳曰：瀀，渥也。箋云：瀀，寬也。又曰：敷政瀀瀀，傳曰：瀀瀀，和也。今並為優字，在人部』愚案顧野王蓋以瀀渥本字當從說文作瀀，故引毛詩及傳箋改字以就之，非別見毛詩古本也。

濃 水部 露多也。从水，農聲。詩曰：零露濃濃。 女容切

零露濃濃者，小雅蓼蕭文。南有嘉魚之什 毛傳云『濃濃，厚貌』謂露厚也。

許訓露多也，義亦相合。卷子玉篇水部濃下兼採毛許之訓，又曰：「廣蒼或為靄字，在雨部也。」今案說文雨部無靄字，廣雅釋訓云：「靄靄露也。」蓋三家詩有作靄者，然廣韻二冬云：「靄露多。」三鍾云：「濃厚也。」濃靄分隸兩韵，則不以為一字之異矣。

汽水部　水涸也。或曰泣下。从水，气聲。詩曰：汽可小康。許訖切

汽可小康者，大雅民勞文。生民之什　今詩作汔，隸省也。毛傳云：「汔，危也。」鄭箋云：「汔，幾也。」正義申傳曰：「以汔之下即云小康，明是由危須安，故以汔為危也。」是孔氏讀危如安危之危，故疑毛非正訓。又疑鄭以汔為幾與毛異。愚案爾雅釋詁云：「幾，危也。譏，汔也。」譏從幾，與幾相通，則傳訓固合於雅，而箋說正以申毛，孔疑鄭與毛異，非也。釋詁又云：「幾，近也。」詩正義引孫炎爾雅注云：「汔，近也。」危近同訓幾，汔又訓近，則毛傳之危，當是近義，孔氏讀如安危，亦非也。近猶殆庶，幾猶庶幾，汔可小康者，猶言其殆庶幾可以小安乎。許訓汔為水涸也者，以其字從水也。水涸則盡，故廣雅釋詁又訓汔為盡。段玉裁曰：「水涸為將盡之時，故引申之義曰危曰幾也。」然則

此偁詩蓋亦說叚借矣。

浼 水部 污也。从水。免聲。詩曰。河水浼浼。孟子曰。汝安能浼我。武皐切

河水浼浼者。邶風新臺文。毛傳云。『浼浼。平地也。』平地非浼之本訓。正義謂『此經上傳與下傳互。上傳河瀰言盛貌。下言平地。見河在平地而波流盛也。』此蓋孔氏曲通傳意。許訓浼為污也。亦與詩義不貫。愚案玉篇水部云。『浼。亾旦切。污也。又亾罪切。水流皃。』敦煌唐寫本切韵殘卷十四賄云。『浼。水流皃。武罪反。』廣韵十四賄云。『浼。水流平皃。』集韵二十八獮云。『浼浼。水皃。』類篇同。諸書多本說文。疑古本說文浼下有一曰水流皃五字。李文仲字鑑浼下引說文云。又水流平皃。正與廣韵注合。未知所据何本也。故許引孟子證污之義。引詩證水流皃之義。潤下云。『水流浼浼皃。』則以浼浼狀水流。又許書之本證也。詩釋文云。『浼浼。韓詩作浘浘。音尾。云盛貌。』說文水部無浘字。浘蓋浼之別體。文選左思吳都賦云。『清流亹亹。』李善注引韓詩曰。『亹。水流進貌。』此雖不言出何詩。疑即浘浘之異文。蓋進貌與盛貌義相成。亹與浘亦一聲之轉也。然則許於此詩字同毛而義則同三家。孔疏以波流盛貌申傳。蓋亦用韓義矣。陳奐曰。『傳云平

地。義不可通。疑地字乃池字之誤。平池猶淌池。謂河水平滿蓄納為池。則浼浼然也。說文云。「浼。污也。」污下云。「一曰小池為污。」是許以污釋浼。與此傳平池釋浼浼義正同。」愚案類篇浼下又有洿池一義。陳氏此論。正與之合。欲改毛傳之地字為池以通許說。亦可以備一解。然蓄納為池。恐非詩指。案方言三云。「氾浼潤洼洿也」郭璞注「皆洿池也」蓋即類篇所本。

湑水部　茜酒也。一曰浚也。一曰露皃。从水。胥聲。詩曰。有酒湑我。又曰。零露湑兮。私呂切

有酒湑我者。小雅伐木文。鹿鳴之什零露湑兮者。小雅蓼蕭文。南有嘉魚之什此引詩分證二義也。伐木毛傳云。「湑。茜之也。」即許第一義所本。蓼蕭傳云。「湑湑然蕭上露貌。」又許第三義所本也。伐木上章云。「釃酒有藇。」傳曰。「以筐曰釃。以藪曰湑。」此與下傳訓湑為茜之也互相照。說文酉部茜下云。「禮祭束茅加於祼圭而灌鬯酒是為茜。」詩正義申傳曰。「筐。竹器也。藪。草也。漉酒者或用筐。或用草。於今猶然。用草者。用茅也。」案毛謂以藪茜酒。許謂以茅茜酒。孔云藪即是草。草即是茅。足貫毛許之義。然詩本言湑不言茜。禮之茜酒謂

沃酒於茅上、酒滲下去、若神歆之、祭之事也、詩之滑酒、謂以茅泲之而去其糟、若周禮春官所謂醴齊縮酌、燕之事也、特以所用者皆爲茅草、故毛許竝訓滑爲莤耳、或謂毛傳以藪曰滑、藪是籔之誤、以籔漉酒、較筐爲籭、說亦可通、但與下傳莤之義不相應、未可從、又滑既爲漉酒、說文漉浚也、滑之弟二義亦爲浚、知許引伐木詩葢兼證前兩義、

潸 水部 涕流皃、从水、散省聲、詩曰、潸焉出涕、所姦切

潸焉出涕者、小雅大東文、谷風之什 毛傳云、「潸、涕下貌」、許訓涕流皃者、流猶下也、一切經音義卷十九引字林、「潸、涕淚下貌也」、兼引此詩證之、案廣雅釋言云、「涕、淚也」、是涕淚同義、言涕則不必言淚、且說文無淚字、疑字林郎本毛傳、而轉寫者誤沾淚字也、玉篇水部廣韵二十七刪竝云、「潸、出涕皃」、葢郎用此詩爲訓、韵會十五山引說文潸焉作「潸然」、或謂三家本焉作然者、但考集韵類篇引說文皆與今本同、則韵會所據亦未必是、

州 川部 水中可居曰州、周遶其旁、从重川、昔堯遭洪水、民居水中高

土。故曰九州。詩曰在河之州。一曰州疇也。各疇其土而生之。職流切

○𡿧古文州

在河之州者。周南關雎文。今詩作洲。毛傳云「水中可居者曰洲」與爾雅釋水合。爲許所本。詩正義引李巡曰「四方皆有水。中央獨可居」即許水周遶其旁之說也。一切經音義卷十七引孫炎曰「水有平地可居者」即許民居水中高土之說也。知許說蓋爾雅舊義。故李孫二注竝與之會。然州從重川。其義形中已見。則加水作洲。蓋爲俗字。必非毛詩原文。正字當從許。引釋文云「洲音州」是六朝相承之本已然。而陸氏不能引說文正之。亦其疏也。今爾雅方言釋名皆作洲。

永 部首

長也。象水巠理之長。詩曰江之永矣。于憬切

江之永矣者。周南漢廣文。毛傳云「永長也」與爾雅釋詁合。爲許所本。小徐本及韻會二十三梗引皆作「水長也」多一水字。嚴章福謂「永訓水長。凡爲長者當作羕。今大徐本永下與羕下互誤」愚案集韻三十八梗永下引。廣韻三十八梗永下注竝作「長也」

則大徐本不誤。且方言一云：「施於眾長謂之永。」知永雖取象於水，其義不限於水也。嚴說非是。段注說文亦從小徐，未免過信。

羕　永部　水長也。从永，羊聲。詩曰：江之羕矣。余亮切

江之羕矣者，周南漢廣文，今詩作永，已見上篆永下。彼引作永，從毛，則此作羕，從三家也。惠棟九經古義曰：「齊侯鎛鐘云『士女考壽萬年，羕保其身。』又『子子孫孫羕保用亯。』是羕乃古永字。」愚謂毛為古文，三家今文，羕從永，不得謂羕古於永也。許訓羕為水長也者，以其字從永也。永象水巠理之長，不言水而人自知，故但訓長，羕則以水字系之，亦詳略互見之例也。爾雅釋詁永羕同訓長，知羕引申之亦可施於眾長矣。郭璞爾雅注云：「羕所未詳。」爾雅釋文引說文證之，可補郭注之疏。又案文選王粲登樓賦：「川既漾而濟深。」李善注引：「韓詩曰：江之漾矣。薛君曰：漾，長也。」陳喬樅謂「韓詩作漾，則作羕為魯詩。」段玉裁謂「漾乃羕之譌字。」桂馥曰：「案韓詩本作羕，因賦漾字亦寫作漾，李注多如此。」愚案說文漾為水名，雖與羕可相通段，但李注引毛詩，毛傳亦多改字就文，則此引韓詩

或亦同桂說是也。

滕 仌部 仌出也。从仌。朕聲。詩曰。納于滕陰。力膺切 ○凌。滕或从夌。

納于滕陰者。豳風七月文。今詩作凌。卽滕之重文。許用本篆。蓋從三家也。毛傳云「凌陰。冰室也」正義申傳曰「納于凌陰。是藏冰之處。故知為冰室也。單言凌者。止得為冰體。不得為冰室也」據此是毛公以冰釋凌。以室釋陰。漢書成帝紀凌室火。惠帝紀凌室災。顏師古注並云凌室藏冰之室也。是漢有凌室之名。嚴可均曰。以室訓滕陰之陰。猶諒陰為凶廬。許訓滕為仌出也者。段玉裁曰「仌出者謂仌之出水文棱棱然」嚴可均曰「出卽宋書五出六出之出」二解並通。與孔疏冰體之言合。周禮天官凌人云「正歲十有二月令斬冰。三其凌」鄭玄彼注云「凌。冰室也」本與毛傳異。孔氏引禮釋詩。乃復曲通毛鄭之說。以鄭合毛。陳奐遂據鄭禮注。疑說文仌出之出為室字之譌。且以孔疏謂凌冰體為誤。非也。玉篇仌部云「凌。冰室也」蓋本鄭非本許。廣韵十六蒸云「凌。冰凌」意謂冰之凌者。則猶許義也。又案說文「仌。凍也。冰。水堅也。凝。俗冰字」經典相承以冰代仌。廢仌不用。而冰之本義亦荒。

霝 雨部

雨零也。从雨，㗊象⿱雨各形。詩曰：霝雨其濛。郎丁切

霝雨其濛者，豳風東山文。今詩作零，毛傳此詩零字無訓。案鄘風定之方中云：「靈雨既零。」彼傳云：「零，落也。」則東山當同，故正義述毛亦曰：「零落之雨，其濛濛然。」許引作霝，蓋本三家。霝零同音，故通用。然說文零訓「餘雨也」，玉篇注、廣韻及太平御覽卷十引皆作徐雨也。與落義微異，是作零爲叚借字，正字當作霝。玉篇雨部云：「零同霝。」廣韻十五青云：「霝或作零。」集韻十五青云：「霝通作零。」三書於零皆別出本義，知非霝之重文，則所謂同、所謂或作、通作者，疑即指此詩零又作霝言之，而並以霝爲正者，蓋本於說文也。惟許訓霝爲雨零，又云㗊象⿱雨各形，則雨零之零，當爲⿱雨各字之譌。廣韻、集韻、類篇引說文皆作雨⿱雨各，可證也。⿱雨各與落同義，雨曰⿱雨各，木曰落。爾雅釋詁云：「蘦，落也。」郭璞注：「蘦見詩。」邢昺疏引鄘風爲證，云蘦零音義同。說文艸部蘦訓大苦，則亦霝之叚借字，又三家異文也。

霾 雨部

風雨土也。从雨，貍聲。詩曰：終風且霾。莫皆切

終風且霾者，邶風終風文。毛傳云：「霾，雨土也。」爾雅釋天云：「風

而雨土爲霾。』許訓風雨土也，與毛傳爾雅合。土而曰雨者，案詩正義引孫炎曰：「大風揚塵，土從上下也。」從上而下，即釋雨字之義。土之雨由於風，毛以經文已見風字，故但云雨土耳。

闉 門部 城內重門也。从門垔聲。詩曰：出其闉闍。於真切

出其闉闍者，鄭風出其東門文。毛傳云：「闉，曲城也。闍，城臺也。」是闉闍分訓之。許訓闉爲城內重門也者，案闍下云：「闉闍也。」則闉下之義，即闉闍之義，兩字合訓之也。正義申傳曰：「釋宮云，闍謂之臺。闍是城上之臺，謂當門臺也。闍既是城之門臺，則知闉是門外之城，即今之門外曲城是也。故云闉，曲城；闍，城臺。說文云：『闉闍，城曲重門。』一謂闉爲曲城。」據此則孔氏所見說文城內作城曲，正與毛闉字義合，故孔氏引之以爲釋。文選謝宣遠集別詩注，顏延年始安郡還都登巴陵城樓詩注，謝希逸宣貴妃誄注，引說文並與孔疏同，疑今本說文內字爲曲字之譌。九經字樣云：「闉，音因，城曲重門也。」」當亦本之說文也。胡承珙曰：「毛雖以曲城城臺分釋闉闍，然臺在城門之上，亦即統於城門，故許氏但以城曲重門釋之。」馬瑞辰

曰「上有臺，則下必有門，有重門則必有曲城，二者相因，出其闉闍，謂出此曲城重門，故闉闍二字皆從門也。」案此二說足通毛許之訓，惟考玉篇門部云「闉，城內重門也。」下引此詩，似作內亦六朝舊本，故顧野王因之，又廣韵十七眞闉下，十一模闍下，俱云「闉闍城上重門。」以曲爲上，未知何據。（敦煌唐寫本切韵殘卷十七眞闉下注與廣韵同，蓋陸法言原注也。）

耽（耳部） 耳大垂也，从耳冘聲。詩曰：士之耽兮。（丁含切）

士之耽兮者，衛風氓文，毛傳此文無訓，上文「無與士耽」傳云「耽，樂也。」鄭箋申傳，以爲「耽非禮之樂，」正義以爲「耽者過禮之樂。」許訓耳大垂也者，（一切經音義卷十三卷十五引作耳大也，無垂字。）以其字從耳也，耳垂過大謂之耽，引申之則過樂亦謂之耽矣，此亦偁經說叚借之例。又案爾雅釋詁云「妉，樂也。」郭璞注云「見詩。」邢昺疏曰「詩書之作，作非一人，故有音義雖同而字形踳駁者，詩文作耽湛而此作妉，直以異人之作，故不同爾，無義例也。」然則郭氏所據詩又有作妉之本，說文女部無妉，有媅，云「媅，樂也。」酉部有酖，云「樂酒也。」知耽樂本字當作媅，或作酖，蓋耽妉酖皆從冘聲，媅湛皆從甚聲，古音宂在談部，甚在侵部，二部音近，故旁轉相通，而邢氏謂無義例，昧於聲訓之理矣。

攕 手部 好手皃。詩曰：攕攕女手。从手，韱聲。所咸切

攕攕女手者，魏風葛屨文，今詩作摻。毛傳云：「摻摻猶纖纖也。」正義申傳曰：「摻摻為女手之狀，則為纖細之貌，故云猶纖纖。說文云：『纖，好手。』古詩云：『纖纖出素手。』是也。」愚案文選古詩李善注引「韓詩曰：纖纖女手。薛君曰：纖纖，女手之貌。」是毛傳正用韓詩作訓，毛為古文，韓為今文，毛以今釋古，故曰猶。許引作攕，訓曰好手皃，字與韓異，而義與薛君章句合，當亦本之三家。玉篇手部引此詩亦作攕，蓋又本之說文。孔疏引說文纖字乃攕之誤，或因毛傳作纖改以就毛，非許書之舊也。又案今說文手部無摻字，鄭風遵大路篇「摻執子之袪兮」，彼傳云：「摻，擥也。」正義引「說文摻字參聲，訓為斂也。」（本作說文摻字山音反聲訓為斂也。文有挩亂，阮元校勘記曰：「閩本明監本毛本字下有參字，山音反三字當雙行細書，即為參字作音也。參聲二字連文。」今從之。）則孔氏所見說文雖有摻字，又自有本訓，糸部云：「纖，細也。」本義亦為絲之細，然則毛作摻，韓作纖，皆

叚借字，許以攕為正字也。（戈部𢧵下亦云：讀若詩「攕攕女手」。）呂氏讀詩記引董氏曰：「石經作攕。」胡承珙謂此指漢石經，案漢石經止有魯詩，是許之所偁，正與魯同。（易林曰：「摻摻女手，紡績善織。」陳喬樅謂「易林用齊詩」，則齊與毛同字。）

搯（手部）

捾也。从手，舀聲。周書曰：師乃搯。搯者，拔兵刃以習擊刺。詩曰：左旋右搯。（土刀切）

左旋右搯者，鄭風清人文。今詩作抽，毛傳云：「右抽，抽矢以射。」許引作搯，葢本三家。先引周書師乃搯，而云搯者拔兵刃以習擊刺者，明周書搯字之義與本訓之捾不同。引詩又在此下，又明詩之搯義同於周書也。周書與詩之搯，皆叚借字，故許引經而又釋其義，以一義兼兩經，故釋義在中，上下偁經以綰之。此又許君引經之一例也。詩釋文云：「抽，說文作搯，他牢反，云抽刃以習擊刺也。」疑陸氏因經文抽字，改說文拔兵刃作抽刃以就之，非許書之舊。鄭箋云：「車右抽刃。」不從毛作抽矢，與許說合。許言拔兵刃，則所晐者廣，不止於矢也。段玉裁說文注據釋文所引，改拔作㩅，（抽為㩅之重文。）又改詩曰左旋右搯亦作右㩅，謂「此引詩為抽兵刃之證，若作右搯，則詩曰六字當在周書師乃搯之下。而今本爲不辭。」此偶昧於引經之變例矣。丁晏曰。『古搯抽聲相近。搯從舀聲。抽從由聲。說文引詩或簸或舀。舀或作抌。音由。是其例也。』汪中曰。『抽好韵雖通。不若搯義爲長。』然則就音義言。作搯皆不可易。段之改字。未可從也。

捫 手部 撫持也。从手。門聲。詩曰。莫捫朕舌。 莫奔切

莫捫朕舌者。大雅抑文。蕩之什 毛傳云。『捫。持也。』許訓撫持也者。與毛微殊。毛渾言之。許以持爲通名。撫者安也。一曰循也。循與揗通。揗摩也。撫持謂摩而持之。義有專系也。正義申傳曰。『字書以捫爲摸。摸索其舌。是手持之也。』今案說文無摸字。摸即摩之俗。孔氏以索字足摸。說文索持之訓在搏下。非捫之謂。一切經音義卷三卷九卷十皆引聲類『捫。摸也。』又引字林『捫。撫持也。』字林與說文同。是孔氏所偁字書。卽聲類也。廣韵二十三魂云。『捫。以手撫持。』亦本之說文。而增以手二字耳。

控 手部 引也。从手。空聲。詩曰。控于大邦。匈奴名引弓控弦。 苦貢切

控于大邦者。鄘風載馳文。毛傳云。『控。引也。』爲許所本。鄭箋云。『

欲求援引之力助於大國之諸侯。」案鄭以援字釋傳之引字。蓋就本詩小序「閔衛之亡傷許之小力不能救」為說也。一切經音義卷九引韓詩說「控，赴也。」胡承珙云「赴謂赴告。襄八年左傳無所控告是也。莊子消搖游「時則不至而控于地」釋文引司馬彪注「控，投也。」控告猶言投告也。投與赴義相近。韓訓控為赴，似較引義為勝。」馬瑞辰亦謂「傳箋訓控為引，未免迂曲。」愚案爾雅釋詁云「引，陳也。」邢昺疏曰「引者伸陳也。」說文引本訓開弓。由開義廣之，故引有陳述之義。疑毛許之訓，蓋同爾雅。陳述控告，義亦不殊。不得以箋說為傳說，而謂韓義勝毛也。

捊 手部 引取也。从手。孚聲。詩曰原隰捊矣。步侯切 ○抱，捊或从包。

原隰捊矣者，小雅常棣文。鹿鳴之什 大徐本無，小徐本有。案玉篇引亦有。當據說文舊本，則小徐本是而大徐本為誤奪。今詩作裒。毛傳云「裒，聚也。」與爾雅釋詁合。爾雅釋文云「裒古字作褒。本或作捊。」案說文無裒字。裒即褒之俗。衣部褒訓衭，則作褒亦叚借字。許以捊為正字，蓋從三家也。訓為引取也者，聚從取聲，與聚義亦近。玉篇引說文正作引聚經典多叚取爲聚引取猶言引而聚之是毛許字異而義合慧琳大藏音義九十九引『韓詩捊取也』陶方琦謂說文此條所偁爲韓詩義其說近之又大雅緜篇『捄之陾陾』鄭箋云『捄捊也』彼釋文曰『捊說文云引取土』葢陸氏以鄭謂捊聚壤土故增土字以就箋非許書原文彼正義引說文但作引取無土字與今本同廣韵集韵十九侯捊下引五經文字類篇手部捊下注皆作引取可證也阮元毛詩校勘記遂謂字當作堅取土二字爲堅之誤分桂馥說同段玉裁且據釋文以改說文之引取爲引堅似皆未允易謙卦象辭君子以裒多益寡彼釋文云『裒鄭荀董蜀才作捊云取也』周易集解引虞翻注亦云『捊取也』又捊訓取不訓堅之旁證也

揫 手部 束也从手秋聲詩曰百祿是揫 即由切

百祿是揫者商頌長發文今詩作遒毛傳云『遒聚也』案說文辵部遒爲迺之重文迺本訓迫則作遒爲叚借字 說文手部揂聚也許疑遒即揂之借 許引作揫訓曰束也葢從三家爾雅釋詁云『揫聚也』揫即揫之隸變字與許同訓與毛同當即釋此詩者然則以說文證爾雅以爾雅證毛傳知此詩正字當作揫葢揫之本義爲束束謂收束引申之與

聚義正合。玉篇揫下引「爾雅聚也。說文束也」廣韻十八尤云「揫。束也聚也」集韻十八尤云「揫。說文束也。一曰聚也」皆兼存兩義。亦其證也。揫通作遒者。揫從秌聲。遒從酋聲。古音同在幽部。揚雄太玄玄文云「酋。秋也」釋名釋天云「秋。緧也」鄭玄周禮目錄注云「秋者遒也」是秋與酋緧遒音義竝同。故從秋之揫與遒通矣。又案說文韋部𩏶下云「收束也。或從秋手作揫」段玉裁嚴可均皆謂手部本篆爲重出。愍謂揫在手部爲正篆。揫在韋部爲或體。一字正篆或體兩見者。院劇掔摯等字皆然。其入正篆則以所從分部。其又見或體。則必古字可通。相承有自。錄之以存異文。或以重出之字當刪。誤矣。

𢫬 手部

積也。詩曰。助我舉𢫬。搣頰旁也」从手。此聲。前智切

助我舉𢫬者。小雅車攻文。南有嘉魚之什 今詩作柴。毛傳云「柴。積也」案說文木部柴訓「小木散材」則作柴爲叚借字。許引作𢫬。亦訓積也。義同字異。蓋本三家。玉篇引此詩亦作𢫬。蓋又本說文。石鼓文云「射夫寫矢。具奪舉𢫬」與此詩義合。而字亦作𢫬。鄭箋申傳云「

雖不中，必助中者舉積禽也。』蓋此詩本言田事，故鄭以積爲積禽義。既爲積禽，則𢪱從手，亦非本字。文選張衡西京賦云：『收禽舉胔。』即檃栝此詩語。字又作胔，李善注云：『胔，取肉名。』取之言聚，聚與積義近，則胔又柴𢪱之異文，亦三家詩字也。說文骨部胔爲骴之或體，云：『鳥獸殘骨曰骴。』然則此詩正字當作骴，作𢪱亦叚借字也。柴𢪱胔骴皆從此聲，故通用。至㩛頰旁也一義，與引詩無涉。小徐本及廣韵五寘、集韵五寘、類篇手部引說文，此義之上皆有一曰二字是也。

攪 手部 亂也。从手，覺聲。詩曰：祇攪我心。古巧切

祇攪我心者，小雅何人斯文。節南山之什 毛傳云：『攪，亂也。』爲許所本。祇攪之祇，鄭箋訓『適也』，以爲語辭。五經文字訓適之字作衹，從衣不從示，云：『作祇訛。』唐石經作衹，依張參說也。段玉裁因謂『唐人凡此訓必從衣氏』，而以說文各本作祇爲誤。然考易坎卦九五爻辭云：『祇既平。』王弼注云：『祇，辭也。』其字亦從示，則唐以前經典中凡語辭之字，祇衹多不分。段謂說文作祇爲誤，恐未必塙。惟

集韵三十一巧引說文此條作秖。則爲轉寫之譌耳。

捄手部 盛土於梩中也。一曰擾也。詩曰捄之陾陾。从手，求聲。舉朱切

捄之陾陾者，大雅緜文。文王之什毛傳云「捄，捊也。」鄭箋云「捄，捊也。築牆者捊聚壞土，盛之以虆，而投諸版中。」正義申傳曰「說文云「捄，盛土於器也。」捄字從手，謂以手取土。虆者盛土之器。言捄虆者，謂捄土於虆也。」據此知取土曰捄，盛土之器曰虆。捄爲動字，虆爲名字。許鄭解捄相同。傳文簡略，但以虆訓捄。故鄭君足之。孔氏引說文申之。許本云「盛土於梩中。」孔引梩中二字作器者，蓋以梩虆同物，故易字以就傳耳。虆字說文所無。詩釋文云「虆字或作樏。」案樏即說文木部欙之隸省。許訓欙爲山行所乘者，引虞書四載山行乘欙爲證。史記河渠書述其文作橋。史記集解云「徐廣曰，橋一作檋。此從宋刊本。清乾隆殿本作檋。檋，直轅車也。」梩者，說文以爲相之重文，訓云「臿也。一曰從土輂。」此言盛土於梩中，義當爲輂，不爲臿。樏既一作檋，梩又一曰輂，檋即輂之隸增。故樏與梩通矣。蓋樏可以乘人，兼可以盛土也。段玉裁毛詩小箋曰「傳訓捄虆也，此謂捄即輂字

之叚借。虆梩從土輂也』案段以虆梩爲輂，則是以捄爲輂之借字。

恐非傳指。

拮 手部

手口共有所作也。从手，吉聲。詩曰：予手拮据。古屑切

予手拮据者，豳風鴟鴞文。毛傳云『拮据，撠挶也。』正義申傳曰『說文云：「撠，持」。「撠挶」謂以手爪挶持草也』愚案說文無撠字，許訓挶爲『戟持』，訓据爲『戟挶』，字皆作戟，不作撠。詩釋文云『撠本亦作戟』，作戟者正字也。（今釋文戟作戟者隸省也）戟者說文訓有枝兵，亦不訓持。孔氏引說文云撠持，殊無所據。若依許說，則毛以戟挶釋拮据。所釋者止据字之義，而未及拮字。疑毛詁經但渾言之，戟聲近拮，挶聲近据，故取雙聲爲釋。拮据與手共文，二字皆從手，故毛又云手病。不必如許解字之各自爲義也。釋文又引韓詩云『口足爲事曰拮据』。許訓拮爲手口共有所作也，正與韓合。惟以字從手，故易韓之足字爲手。陳奐謂『韓蓋以鳥之手即鳥之足』，說近穿鑿。但韓亦拮据渾言，而許則專以屬拮，然則此詩之拮据，韓毛字同而訓異，許雖分別爲訓，而拮字義從韓，据字義從毛，實兼採之。然引詩不在

据下在拮下，則或於詩主韓說耳。

摡 手部 滌也。从手，既聲。詩曰：摡之釜鬵。古代切

摡之釜鬵者，檜風匪風文。今詩作溉，釋文云：「溉本又作摡。」是陸氏所見六朝又作本，正與許引合。毛傳曰：「溉，滌也。」許云摡滌也，義同字異者。案說文水部云：「溉，水。一曰灌注也。」則作溉為叚借字。許以摡為正字，葢從三家也。正義申傳曰：「大宗伯云：『祀大神則視滌濯。』少牢禮：『祭之日，雍人溉鼎，廩人溉甑。』是溉滌皆洗器之名。故云溉滌也。」今案五經文字云：「摡，滌也。見周禮。」是禮本亦作摡。段玉裁謂「凡周禮禮經摡字本皆從手，釋文不誤，而俗本多譌。」然則孔氏引禮以釋詩，亦從俗改字以就詩耳。

挃 手部 穫禾聲也。从手，至聲。詩曰：穫之挃挃。陟栗切

穫之挃挃者，周頌良耜文。閔予小子之什 毛傳云：「挃挃，穫聲也。」爾雅釋訓但云：「穫也。」無聲字。詩正義引孫炎曰：「穫聲也。」是孫氏即用毛義釋雅。許訓穫禾聲也者，以此詩所陳皆稼穡之事也。郭璞爾雅注云：「刈禾聲。」正與許合。釋名釋用器云：「銍，銍，斷禾穗聲也。」

』疑三家詩有作銍銍者。挃與銍同從至聲。說文金部云『銍穫禾
短鎌也。』則二字聲同而義亦相因。

掤手部 所以覆矢也。从手。朋聲。詩曰。抑釋掤忌。筆陵切

抑釋掤忌者。鄭風大叔于田文。毛傳云『掤所以覆矢。』此許說所
本。正義申傳曰『昭二十五年左傳云。「公徒執冰而踞。」字雖異。
音義同。服虔云。「冰。櫝丸蓋。」杜預云。「或說櫝丸是箭筩。其蓋可
以取飲。」先儒相傳掤爲覆矢之物。』案孔氏此處引左傳以證詩。
其左氏正義又引此詩以證傳。明詩之掤即左傳之冰。同是一器也。
惟櫝丸蓋之訓。此以爲服虔說。彼以爲賈逵說。詩釋文掤下又引馬
融云『櫝丸蓋也。』蓋賈馬服同訓耳。然左傳作冰爲叚借字。毛詩
作掤爲本字。故許君釋掤從毛不從賈也。孔疏乃又云先儒相傳掤
爲覆矢之物。是猶疑掤非本字。而不知引說文證之。疏矣。

摉手部 眾意也。一曰求也。从手。叜聲。詩曰。束矢其摉。所鳩切

束矢其摉者。魯頌泮水文。今詩作搜。隸變也。釋文云『搜。依字作摉。
』蓋本說文。毛傳云『五十矢爲束。摉眾意也。』爲許說所出。正義

申傳曰「毛以爲搜與束矢共文、當言其束之多、故搜爲聚意」。愚謂詩中凡與其共文者、多爲狀詞、此言其搜、故知搜是聚意也。鄭箋云「束矢搜然、言勁疾也」、雖訓義與毛殊、而釋其搜爲搜然、亦以搜爲狀詞也。玉篇手部云「搜、聚也、勁疾也」、聚與眾義亦近、蓋兼採毛許鄭之訓。許又訓求也、則與引詩不涉。詩曰以下六字、當在一曰之上。

娀 女部　帝高辛之妃、偰母號也。从女、戎聲。詩曰：有娀方將。息弓切

有娀方將者、商頌長發文。毛傳云「有娀契母」。又玄鳥傳云「有娀氏女簡狄、配高辛氏帝而生契」。彼傳視此爲詳。許云帝高辛之妃偰母號也者、蓋檃栝兩傳爲訓也。正義申傳曰「有娀契母之姓、婦人以姓爲字、故云有娀契母也」。愚案依玄鳥傳、則名簡狄而氏有娀。古者因生以賜姓、胙之土而命之氏。姓與氏有別、孔以有娀爲姓、蓋渾言之。鄭箋則云「有娀氏之國」。楚離騷云「見有娀之佚女」。王逸注亦云「有娀國名」。玄鳥釋文云「有娀契母之本國名」。愚疑國名之字初本但作戎、其後以國爲氏、又以氏爲號、因而

加以女旁矣。

㚴（女部） 好也。从女，殳聲。詩曰：靜女其㚴。昌朱切

靜女其㚴者，邶風靜女文。已見衣部袾下。彼引證袾字，此引證㚴字也。今詩作姝。毛傳云：「姝，美色也。」韓詩外傳一引此詩亦作姝。慧琳音義卷三十一引韓詩「姝姝然美也」。卷三十二又引作「姝好然美也」。則韓與毛文義並同。許姝下不引詩，疑袾與㚴或出齊魯詩矣。㚴訓好，好訓美，與韓毛義亦合。然詩以形容靜女，正字似當作姝。袾㚴皆叚借字。許引經以證字爲主，故兼存異文耳。玉篇女部㚴爲姝之重文，集韵十虞類篇女部並云袾或作㚴姝。

嬵（女部） 順也。从女，𤔔聲。詩曰：婉兮嬵兮。力沇切 ○孌，籒文嬵。

婉兮嬵兮者，齊風甫田曹風候人文。今詩作孌，即嬵之重文。嬵下又有孌篆，云慕也。段玉裁曰：小篆之孌爲今戀字，訓慕。籒文之孌爲小篆之嬵，訓順。形同義異，不嫌複見也。馬瑞辰曰：猶小篆以㝵爲取，古文則以㝵爲得。許用本篆，蓋從三家也。甫田毛傳云：「婉孌，少好貌。」候人傳云：「婉，少貌。孌，好貌。」二合訓，一分訓，義不異也。許婉嬵兩篆皆訓順也。引申之與好義亦互足。王筠曰：「詩有別裁，不得以它經繩之。」

婉𡡾疊韵。例無兩義。加兩兮字。長言詠歎也」。嚴可均則疑「順兮順兮為不詞。因謂「𡡾下當作好也。與候人泉水傳合。上文嬮姣至娙㜺十字皆訓好。明此亦好。又見部覶。好視也。偏旁從𤔔亦一證。引詩婉兮𡡾兮。而列篆先𡡾後婉。為𡡾在好類也」。此亦可備一說。廣韵二十八獮云「𡡾。從也」。從與順義近。當別有據。

妟 女部

安也。从女日。詩曰。以妟父母。烏諫切

以妟父母者。今詩無此文。段玉裁曰「葢周南歸寧父母之異文也」。毛傳曰「寧。安也」。尋詩上文「言告言歸」。歸謂嫁也。方嫁不當遽圖歸寧。則此歸字作以字為善。謂可用以安父母之心。」嚴可均則以為小雅吉日三章「以燕天子」之異文。謂「二章天子之所。三章以妟父母。四章以御賓客。語有倫次。今詩作以燕天子。涉上天子。而改耳。」愚案吉日三章毛傳云「以安待天子。」則毛本作天子。非後人所改。謂毛改經。又別無不改之本可證。嚴說非是。葛覃毛傳訓寧為安。下又云「父母在。則有時歸寧耳。」有時本是設詞。非謂方嫁遽歸也。歸寧謂歸而告安於父母。即所以安父母之心。若作以妟，意雖可通，不若歸安之更當於禮。故段說亦未可從也。陳奐乃謂「毛傳父母在以下九字，是鄭箋語竄入，非傳語。毛釋此句歸字與上句言歸同，寧字連下讀。歸寧父母者，既嫁而寧父母。所謂無父母詒罹也。」因此又謂「說文所引以妟父母是三家詩，與毛詩文異而義實同。」此則又略易段說，而不憚改毛爲鄭，逼毛合許，更非矣。愚謂說文此條，大小徐本及集韻三十諫引並同，當無可疑。然王應麟詩考錄入補遺類，不系何篇，則或出逸詩，亦未可知，存以待考可也。不必臆定。嚴章福謂此乃葛覃小序「則可以歸安父母」之省文，亦近傅會。

娑　女部　舞也。从女，沙聲。詩曰：市也媻娑。素何切

市也媻娑者，陳風東門之枌文。今詩媻作婆。說文女部無婆字。許以媻爲正字。徐鉉等曰：今俗作婆，非是。蓋據三家也。毛傳此文無訓。上文「婆娑其下」傳云：「婆娑，舞也。」與爾雅釋訓同。詩正義引李巡曰：「婆娑，盤辟舞也。」又引孫炎曰：「舞者之容婆娑然。」愚案李訓盤辟，盤與般通，亦婆應作媻之一證。惟爾雅毛傳皆二字連文共訓，說文媻下

云「奢也」，不云媻娑也，是專以舞訓娑字。段玉裁曰：「爾雅音義但云『娑素何反』，不為婆字作音，蓋陸所據爾雅固作婆娑」。如段說，則娑字自可單訓舞，不必連媻也。蓋毛詁經，婆娑疊韻為狀詞，故渾言之，許釋字，故析言之耳。

㛐 女部 婦人小物也。从女，此聲。詩曰：屢舞㛐㛐。即移切

屢舞㛐㛐者，小雅賓之初筵文。甫田之什 已見人部傞下。彼引作傞傞，從毛，此引作㛐㛐，從三家也。訓㛐為婦人小物也者，洪頤煊曰：「小物當是小弱之譌。姑字注，小弱也。一曰女輕薄善走也。一曰多技藝也。皆與㛐義近。」愚案玉篇女部、集韻五支、類篇女部㛐下引說文皆與今本同，則小物非譌字，疊字用作狀詞，亦不必與本義合。段玉裁謂「古此聲差聲最近，鄘風玼兮玼兮，或作瑳兮瑳兮。」然則傞通作㛐，正玼或作瑳之例也。桂馥謂「㛐㛐為傲傲之異」，非是。又案廣韵五支㛐字兩見，一在即移切下，一在此移切下，皆注云「婦人見」，皃則所晐者廣，引申之與毛訓傞傞舞皃尚近。此當別有所據，非本說文，抑或三家詩有此說耳。

媛 女部 美女也。人所援也。从女从爰。爰引也。詩曰：邦之媛兮。王眷切

邦之媛兮者，鄘風君子偕老文。今詩兮作也。上文「玉之瑱也」說文引亦作兮。蓋許所據本如是。見玉部瑱下 毛傳云「美女爲媛」與爾雅釋訓同。爲許所本。許又云人所援也從爰爰引也者，小徐本作人所欲援也从女爰聲 則就字形爲釋。謂人所引以爲援也。詩釋文云「媛，韓詩作援。援，取也。」取與引義亦近。是許又兼採韓說矣。鄭箋云「媛者，邦人所依倚以爲援助也。」正義引孫炎曰「君子之援助然。」案鄭言邦人，孫言君子，說雖各殊，而以援申媛，並與許合。亦是用韓義耳。

𡝗 女部 巧也。一曰女子笑皃。詩曰：桃之𡝗𡝗。从女芺聲。於喬切

桃之𡝗𡝗者，周南桃夭文。已見木部枖下。今詩作夭。枖爲三家文。則𡝗又三家之異也。許訓巧也，一曰女子笑皃。二義互相足。廣雅釋訓云「𡝗𡝗，茂也。」即本義之引申，蓋亦三家詩說。然詩文以之狀桃，則以從木作枖爲正字。夭𡝗皆叚借字也。又案玉篇女部云「妖，媚也。𡝗同上。」類篇以妖爲𡝗之重文，云「𡝗或省。」媚與巧笑義亦合。然說文無妖字。蓋又𡝗之俗。廣雅釋詁云「妖，巧也。」文選司馬

相如上林賦「妖冶嫺都」李善注引「字書曰妖巧也」亦媄妖同文之證今則夭妖行而枖媄皆晦矣

嬒 女部 含怒也一曰難知也从女會聲詩曰碩大且嬒 五感切

碩大且嬒者陳風澤陂文今詩作儼毛傳云「儼矜莊貌」許引作嬒訓曰含怒也文義並與毛異者案太平御覽三百六十八人事部九引「韓詩曰有美一人碩大且嬒薛君曰嬒重頤也」是許之所偁正與韓詩合惟薛君重頤之訓則非嬒之本義馬瑞辰謂「重頤亦美貌也淮南說林篇靨輔在頰則好是已」陳喬樅亦曰「案廣雅釋詁嬒美也正釋韓詩嬒字淮南修務訓云靨輔摇高誘注曰靨輔頰邊文婦人之媚也與韓詩嬒字義近是重頤亦為貌美好」據此則是韓詩以嬒為叚借字也許於引詩之下不別作釋含怒之訓適與韓說相反段玉裁因謂「許偁以證字形而已不謂詩義同含怒難知二解也」愚案難知一解誠與詩無涉含怒者顏色必嚴引申之與毛矜莊貌似異而相成疑許字從三家而義仍宗毛耳此詩三章皆敘男悅女而不可得首章「傷如之何」毛傳云「傷無禮

也。』謂女自傷男以非禮相要也。二章之『碩大且卷。』三章之『碩大且儼。』卷與儼蓋皆以狀女之正顏厲色。雖美而不可近。鄭箋說與傳異。正義申毛亦未允。得許說而後毛意乃可尋。

嬒 女部 女黑色也。从女會聲。詩曰。嬒兮蔚兮。古外切

嬒兮蔚兮者。曹風候人文。已見艸部薈下。彼引作薈。與毛同。則此作嬒從三家也。段玉裁疑『或本作讀若詩曰會兮蔚兮。今有竄奪。』胡承珙襲其說。而曰『要之於詩義無當。』愚案集韵十四太類篇女部嬒下引說文偁詩皆與今本同。則非有竄奪。毛傳訓薈蔚爲『雲興貌。』許訓嬒爲『女黑色也。』引申可爲凡黑色之偁。雲氣滃浡。望之鬱然。與黑色之義亦近。薈嬒又同從會聲。故三家詩叚嬒爲薈矣。

戩 戈部 滅也。从戈晉聲。詩曰。實始戩商。即淺切

實始戩商者。魯頌閟宮文。今詩作翦。毛傳云『翦。齊也。』與爾雅釋言合。許引作戩。訓爲滅也。蓋本三家。鄭箋云『翦。斷也。大王自豳徙居岐陽。四方之民咸歸往之。於時而有王迹。故云是始斷商。』愚案

周禮秋官翦氏鄭注云『翦，斷滅之言也。』亦引此詩為證，則鄭君字雖從毛，義實同許。正義通傳箋而申之曰：『齊即斬斷之義。故箋以為斷，其意同也。是始斷商，言有滅商之萌兆也。』是孔氏亦以滅釋斷，與許說合。惟說文羽部云：『翦，羽生也。一曰矢羽也。』無齊斷之義。刀部云：『前，齊斷也。』則翦乃前之借字。翦通作戩者，翦從歬聲，戩從晉聲，古音同在眞部。翦既為前之借，前從刀，戩從戈，其義又相因矣。案說文歬在止部，從止在舟上，訓曰『不行而進謂之歬』。此前後之本字也。前即前之隸變，翦本從歬，隸書亦從前。於是前之一字，於古通作翦，於今段作歬，以前為歬，歬晦而前之本義荒。段翦為前，翦雖行，而翦之本義亦荒矣。惠棟據爾雅釋詁解翦為勤，馬瑞辰讀翦為踐，各成其義，未必得經指。陳奐據小宛傳以齊為齊正，段玉裁釋齊為齊等，互執一說，亦未必當傳意也。要皆囿於尊王之見，以有滅商之志為大王盛德之累，不悟得時則駕，聖人之權，正不足為大王諱耳。爾雅釋詁又云：『戩，福也。』楊慎誤混雅義為許義，以為戩商者，謂大王始受福於商而大其國，益為曲解矣。

皮錫瑞漢碑引經考曰：『郃陽令曹全碑云：翦伐殷商，加一伐字，明是伐滅之義。漢碑所引多三家詩，亦與毛鄭許不異也。詩意重在鋪張祖烈，大王雖無翦商之志，而周從此盛，卽商從此削，詩推本言之，歸功大王，猶史記周本紀云蓋王瑞自大王興耳。其下文云「至于文武，纘大王之緒，致天之屆，于牧之野」，明明以牧野之事爲纘大王之緒，則翦商爲翦滅明矣。」案此可備一解。

戢 戈部 藏兵也。从戈，咠聲。詩曰：載戢干戈。阻立切

載戢干戈者，周頌時邁文。清廟之什 毛傳云：「戢，聚也。」與爾雅釋詁合。許訓藏兵也者，爲其字之從戈也。一切經音義卷四、卷十七、卷二十引作藏兵器也。卷八、卷十一、卷十八引作藏也。或增或刪，並非原文。 左傳宣公十二年楚子引此詩而釋之，亦曰戢兵。杜預注云：「戢，藏也。」卽本說文。彼孔疏申杜曰：「戢訓爲斂，聚斂藏之義，故爲藏也。」則兼採毛許。段玉裁曰：「聚與藏義相成，聚而藏之也。故許易毛曰藏。」得之。

甓 瓦部 瓴甓也。从瓦，辟聲。詩曰：中唐有甓。扶歷切

中唐有甓者，陳風防有鵲巢文。毛傳云：「甓，令適也。」案爾雅釋宮云：「瓴甋謂之甓。」令適卽瓴甋之省借字，是毛與爾雅合。許訓瓴

甓也者。小徐本及韵會十二錫引作「瓴甋也」，字亦同於爾雅。或謂正篆爲甓，說解似不應重出甓字，當從小徐。愚案詩正義引郭璞爾雅注曰：「甋，甎也。今江東呼爲瓴甓。」則許以瓴甓釋甓，本當時方俗之語。禮運鄭注亦云：「瓦瓴甓。」知瓴甓之名，蓋漢末習偁，至晋其語猶行。故郭注用之。大徐本未必誤。廣韵二十三錫甓下注，集韵二十三錫類篇瓦部甓下引，皆與大徐本同，亦其證也。且說文瓦部無甋字，土部墼下云：「瓴適也。」以彼例此，小徐本甋字亦當作適。今爾雅作甋者，從通行之別體也。

弨 弓部

弓反也。从弓，召聲。詩曰：「彤弓弨兮。」尺招切

彤弓弨兮者，小雅彤弓文。（南有嘉魚之什）毛傳云：「弨，弛貌。」許訓弓反也者，詩正義引說文此條而申之曰：「謂弛之而體反也。」是許說與毛義正相成。玉篇弓部弨下注從毛，廣韵四宵弨下引此詩及傳。三十小云：「弨，弓反曲。又昌招切。」集韵弨字三收，四宵兩見，一在蚩招切下，注引說文。一在之遥切下，注云：「弛弓。」三十小一見，在齒紹切下，注云：「弓反曲也。」類篇取集韵之舊，三義兼存。其實弓反

曲一義，與說文無別。集韻四宵既引說文，而以此義入小韵，葢卽本之廣韵。不悟廣韵此義卽本說文，音分兩讀，義不重出也。

絿 糸部 急也。从糸，求聲。詩曰：不競不絿。巨鳩切

不競不絿者，商頌長發文。毛傳云：『絿，急也。』許說所本。廣雅釋詁云：『絿，求也。』以聲爲義。馬瑞辰謂『廣雅葢本三家詩。絿對競言，則訓求爲是。』愚謂求人者多急躁，廣雅與毛許義亦互備。又案周頌絲衣云：『載弁俅俅。』彼釋文云：『俅，說文作絿。』嚴可均因謂『六朝舊本此引詩葢作載弁絿絿，今本疑校者所改。』然考集韵十八尤類篇糸部偁說文引詩並與今本同，則未必出於校改，且人部俅下已引絲衣文，此亦不得重出，嚴說似未塙。

絢 糸部 詩云：素以爲絢兮。从糸，旬聲。許掾切

素以爲絢兮者，今詩無此文，見論語八佾篇，葢逸詩也。許引經主證字義，此字無義而但偁詩，諸家疑詩云上當有奪文。段玉裁曰：『馬融曰：「絢，文貌也。」鄭康成禮注曰：「采成文曰絢。」注論語曰：「文成章曰絢。」許次此篆於繡繪閒者，亦謂五采成文章，與鄭義略

同也」。嚴可均謂「一切經音義卷二十二引字林文成曰絢。疑說文當云文成也」。愚案卷子玉篇絢下亦兼引馬鄭之說。廣韵三十二霰云「絢。文釆皃」。集韵三十二霰云「絢。文皃。一曰成也」。類篇糸部云「絢。釆成文也。又文皃。一曰成也」。諸書所抹互有詳略。而文皃一義。與馬注論語同。許所偁詩旣見論語。疑詩云上脫文皃二字。九經字樣繢絢同字。注云「上說文從肖聲。下經典相承隸省」。段玉裁曰。案繢不見於他書。疑唐氏所據未確。

縷 糸部

白文皃。詩曰。縷兮斐兮。成是貝錦。从糸婁聲。七稽切

縷兮斐兮成是貝錦者。小雅巷伯文。節南山之什今詩作萋。毛傳云「萋斐。文章相錯也」。案說文艸部萋訓艸盛。非錦文之義。則作萋爲叚借字。許引作縷。訓白文皃。類篇糸部韵會八齊引並作「帛文皃」。則白者帛之譌。縷從糸。故以帛文爲本義。引申之。錦文亦得謂之縷。是作縷正字也。廣韵十二齊縷下云「縷斐。文章相錯皃」。訓從毛而字從許。亦以毛傳萋爲縷之借也。又案卷子玉篇縷下引毛詩「縷兮斐兮」。又引韓詩「文皃也」。文皃之訓。正與許合。則許之所偁。實本於韓詩。顧氏兼采之毛者。蓋又本之說文。以爲許詩宗毛。不

悟許亦兼採三家也。

綼(糸部) 帛蒼艾色。从糸，畀聲。詩曰：縞衣綼巾。未嫁女所服。一曰不借綼。(渠之切) ○綦綼或从其。

縞衣綼巾者，鄭風出其東門文。今詩作綦，大徐所補或體之一也。(嚴可均曰：玉部璂、艸部綦皆從綦聲，綦即綼字，特糸旁在畀下耳。古畀與其通，箕部古文作𠀠，即畀，故杜林以畀為麒麟字。)許用本篆，益從三家。毛傳云：『綦巾蒼艾色，女服也。』許說所本。詩正義亦引說文以申傳。女本未嫁者之偁，故許於女服上又以未嫁二字足之。(卷子玉篇糸部綼下引說文作『女所帮也。』無未嫁二字，帮疑即服之譌。)胡承珙曰：『夏小正「八月玄校。」傳云：「校也者，若綠色然。(傳本綠作綠)婦人未嫁者服之。」綠色即蒼艾色也。說文義與小正傳同，足徵其來甚古。』愚案詩正義又曰：『顧命云：四人綦弁。注云：青黑曰綦。然則綦者青色之小別。顧命為弁色，故以為青黑。此為衣巾，故為蒼艾色。蒼即青也。艾謂青而微白，為艾草之色也。』據此，綦為青兼微白之色，與若綠色正合。若綠者，亦似綠而非綠也。又案禮記玉藻：『紋衣以裼之。』鄭注云：『紋，蒼黃色。』或謂小正之校，即紋之借字。但知鄭注蒼與黃雜，乃正緣色與若綠之色稍殊耳。

王應麟詩考引說文作『縞衣緦巾』今說文無緦字。尋周禮春官巾車鄭注云『故書朱總爲緦』彼釋文云『緦戚云檢字林蒼雅及說文皆無此字。衆家亦不見有音者。惟昌宗音廢。以形聲會意求之實所未了。當是廢而不用乎。非其音也。』案陸氏所偁戚云。卽梁太學博士戚袞。據戚言。是古本說文亦無緦字也。且卽以周禮故書言。緦亦總之或體。與綥無涉。緦與綥形近。疑王氏所見。葢綥字傳寫之譌。然王氏又云一作綥。則未知其何所據矣。

緂 糸部 帛騅色也。从糸剡聲。詩曰。毳衣如緂。土敢切

毳衣如緂者。王風大車文。今詩作菼。毛傳云『菼。鵻也。蘆之初生者也。』案爾雅釋言云『菼。騅也。』毛訓多合於爾雅。則傳文鵻字似當作騅。今作鵻者。詩正義引鄭志荅張逸云『鵻鳥青。非草名。』是從鳥作鵻。鄭所據之本也。正義又云『菼鵻釋言文。郭璞曰。菼草色如鵻。在青白之間。』此則孔引爾雅與郭注。順鄭本改字。非爾雅原文。爾雅釋文云『如騅。馬色也。』邢昺疏云『郭云菼草色如騅

在青白之間者。以釋畜云蒼。白雜毛騅故也。」是即爾雅原本作騅不作鵻之證。惟說文艸部菼爲⿱艹剡之重文。⿱艹剡下云。「一曰騅。」亦與鄭本毛傳合。許訓⿰糸剡爲帛騅色。卷子玉篇⿰糸剡下引說文則作「帛騅色。」又與今本說文異。然則借以命色者。從馬從鳥。二字古蓋可通。以馬色方之故作騅。以鳥色方之故作鵻耳。許艸部菼下不引詩而引作⿰糸剡。當據三家。蓋草色如騅曰菼。帛色如騅曰⿰糸剡。其色同。其物異。故許以從艸從糸別之。此詩本以形容毳衣。自以作⿰糸剡爲正字。作菼叚借字也。卷子玉篇又云。「韓詩爲毯字。在帛部。今並爲菼字。在草部。」案慧琳音義卷六十五引韓詩正作「毳衣如毯。」（陳喬樅韓詩遺說考無此條。蓋卷子玉篇慧琳音義二書皆陳氏所未見也。）毯字說文所無。廣韵四十九敢云。「毯同緂。」集韵四十九敢云。「⿰糸剡或作緂毯。」類篇帛部云。「緂或作毯。」是毯又緂之或體。說文緂訓「白鮮衣皃。充三切。」與⿰糸剡音義俱別。集韵以⿰糸剡爲正文。而以緂毯爲重文者。蓋以韓詩之毯。當爲⿰糸剡之異文。必不取緂之本義也。此丁度等有識別處。毛作菼。韓作毯。知許偁作⿰糸剡者。當出齊魯詩矣。

白鮮衣皃。从糸，不聲。詩曰：素衣其絉。匹丘切

素衣其絉者，周頌絲衣文。閔予小子之什 今詩素作絲。毛傳云：『絲衣，祭服也。絉，絜鮮貌。』下文『載弁俅俅』，毛不言弁為何種。鄭箋云：『弁，爵弁也。』正義曰：『傳雖不解弁，亦當以為爵弁。爵弁之服，玄衣纁裳，皆以絲為之，故云絲衣也。絲衣與絉共文，故為絜鮮貌也。』愚案如孔氏說，則絉之義由衣而定，衣之為絲，又由弁而定。許引作素衣，素之色白，故訓絉為白鮮衣皃。白衣與玄衣纁裳異，非士爵弁之服矣。段玉裁謂『絲衣乃篇名，素恐譌字。』陳喬樅亦謂『三家今文皆作絲字，無作素字者。素是絲之譌，白字當為絜之誤。』然考廣韵十八尤絉字兩見，一在甫鳩切下，引詩傳云『潔鮮皃。』一在匹尤切下，引說文云『白鮮衣皃。』毛許兩義分別甚明，則白字非絜之誤也。集韵十八尤類篇糸部絉下偁說文引詩皆與今本同，則素字亦非絲之譌也。愚謂絲衣命篇，三家雖同，詩文或素或絲，則不必隨篇名而限。素者白致繒，其質亦絲也。詩言素衣，篇名絲衣，自無不可。且禮有冠弁、韋弁、皮弁，皆不以絲為衣。然則三家詩容有解載弁之

弁爲皮弁者，則素衣不足疑矣。又棻卷子玉篇紑下引韓詩云：「盛皃也」。說文艸部「芣一曰華盛」。紑與芣同從不聲，故紑引申之義亦爲盛。華盛曰芣，衣盛曰紑。盛皃與絜鮮訓異而義亦相通。

綅 糸部　綫也。从糸，侵省聲。詩曰：貝冑朱綅。子林切

貝冑朱綅者，魯頌閟宮文。毛傳云：「貝冑，貝飾也。朱綅，以朱綫綴之」。正義申傳曰：「說文云：綅，綫也。然則朱綅直謂赤綫耳。」釋文引說文同。今說文云：綫也。視陸孔所引多一綫字。段玉裁曰：「以綫訓綅，不言色也。綅既爲綫，則經不必言朱矣。」嚴可均亦曰：「朱綅綫也。綅非即綫也。」蓋皆以今本綫字爲衍文。愚棻卷子玉篇糸部綅下引「韓詩：綅，綫也。說文：縫線也」。是以綫訓綅乃韓詩。而顧氏所見說文作縫線。線即綫之古文。縫與綫形近，疑今本說文綫字爲縫之譌。小徐篆韻譜二十二侵云：「綅，縫綫」。又其證也。許云縫線，毛云以朱綫綴之，縫與綴義正合。廣韻二十一侵綅字兩見，一在七林切下，引說文綫線也；一在子葉切下，云縫線。此綫字或校者依誤本說文改。

縐 糸部　絺之細也。詩曰：蒙彼縐絺。一曰蹴也。从糸，芻聲。側救切

衣彼緆綈者，鄘風君子偕老文。毛傳云「綈之靡者爲緆」。案靡與𦆶通。說文糸部云「𦆶，碎也」。許訓緆爲綈之細也者，細與碎義合。正義申傳曰「綈者以葛爲之，精曰綈，麤曰綌。其精尤細靡者緆也」。孔氏以細字釋靡，即用許說。許又云一曰蹴也者，案說文足部云「蹴，躡也」，非其義。蹴古通作蹙。召南江有汜箋「蹙口而出聲」。釋文云「蹙本亦作蹴」。禮記曲禮「以足蹙路馬芻有誅」。釋文云「本又作足蹴」，是其證。蹴蓋謂緆文之縮蹙。鄭箋云「緆綈，綈之蹙蹙者」，正用許之弟二義也。說文無蹙字，古本借戚爲之。文選司馬相如子虛賦云「襞積褰緆」。張揖注云「緆，戚也」，即本許鄭爲訓也。靡言其質，蹙言其文，毛鄭兩義互備，許則兼之。

轡 絲部 馬轡也。从絲从叀。與連同意。詩曰：六轡如絲。兵媚切

六轡如絲者，小雅皇皇者華文。鹿鳴之什 毛傳云「言調忍也」。但釋如絲之義，不解轡字。段玉裁據廣韻六至轡下云「說文作轡」，謂「此蓋陸法言孫愐所見說文如此，而僅存焉。許引詩乃以釋從絲之意，非以證轡字。如絲則是以絲運車，故其字從絲車。」愚案玉篇絲

部有轡無轡張參五經文字糸部轡轡連文注云『上說文下經典相承隸變』宋刊巾箱本廣韵六至轡下引說文亦作轡正與張同澤存堂本明內府本廣韵作轡蓋卽段氏之所據乃轉寫缺筆耳類篇作轡注云『从絲从軎』則其正文本作轡今作轡不成字卽因隸變作轡校者妄增口於下猶幸注文未改可考亦五經文字之一證也又案五經文字車部有軎無軎則張氏所謂隸變者當指轡中所從之軎而言然軎下從山亦非其本余疑軎之篆文本作軎故說文云『从車象形』謂○象轂端有孔不成字也以隸法書之成軎轉寫遂譌作軎下從山又譌作軎下從口今說文各本下皆從口得張氏之言可以訂正尋龍龕手鑑車部軎軎並錄其作軎者下從厶非山非口獨得其形尤足為余說之徵軎既為軎之譌則轡亦當作轡矣軎訓車軸耑轡從軎故云與連同意說文辵部云『連員連也』員讀為運員與圓通淮南原道篇『員者常轉』管子君臣篇『圓者運』周易繫辭上『圓而神』王弼注云『圓者運而不窮』彼釋文云『圓本又作員』是員有運轉之義廣韵二十三問員音運連通作輦周禮地官鄉師職『輂輦』鄭注云『故書輦作連』春官巾車職『輦車』釋文云『輦本作連』是其證員連者猶言運物之車故從辵車會意軎所以行車轡所以調馬義之相因者也釋名釋車云『轡拂也牽引拂戾以制

馬也。」連由員連之義引申之，則為聯緜不絕。說文耳部云：「聯，連也。」與牽引之義亦合，是又與連同意之一說也。段氏說文注改聯篆為𢇍，改連下員連之訓為負車，未知其可。

虺 虫部

虺以注鳴。詩曰：胡為虺蜥。从虫，兀聲。許偉切

胡為虺蜥者，小雅正月文。節南山之什 今詩蜥作蜴，釋文云：「蜴字又作蜥」，是陸氏所見又作本正與許引合。說文無蜴字，蜴蓋易字之俗增。爾雅釋魚云：「蠑螈，蜥蜴。蜥蜴，蝘蜓。蝘蜓，守宮也。」說文易下云：「蜥易，蝘蜓，守宮也。」蜥下云：「蜥易也。」則爾雅之蜥蜴，即說文之蜥易。蜥易為蠑螈之別名，長言之曰蜥易，短言之曰蜥，或曰易。毛傳云：「蜴，螈也。」螈亦蠑螈之省偁也。後人以易字已為「周易」「簡易」「交易」之義所專，乃於易旁加虫以別之，於是詩與爾雅之易皆改作蜴，猶幸說文易蜥兩篆之注互照，可以推見毛詩爾雅本字。段玉裁詩經小學乃謂蜴即蜥之或體，似偶失之矣。毛作虺易，許作虺蜥者，桓寬鹽鐵論周秦篇引此詩與許同，知許蓋從三家也。虺字毛傳無訓，許言虺以注鳴者，則用周禮考工記梓人文。鄭玄梓人

注云「注鳴精列屬」與許異。虺與蜥易本二物。詩正義引陸機云「虺蜴一名蠑螈」誤合為一物。孔氏引而不能辨，仍為申之，非也。爾雅又云「蝮虺博三寸，首大如擘」。郭璞注云「此自是一種蛇名」。案小雅斯干篇云「維虺維蛇」，彼詩之虺與蛇共文，當屬此種，與虺蜥之虺同名異物。說文蝮虺之字作虫，知爾雅蝮虺之虺，又虫之借字也。

蟘虫部 蟲食苗葉者。吏乞貸則生蟘。从虫，从貸，貸亦聲。詩曰：去其螟蟘。徒得切

去其螟蟘者，小雅大田文。甫田之什今詩作螣。毛傳云「食葉曰螣」。釋文云「螣字亦作蟘，說文作蟘」。是陸氏所見說文從貣不從貸。與今本異。案爾雅釋蟲云「食苗心螟，食葉蟘」。今爾雅注疏本作蟘，唐石經單疏本並作蟘，見阮氏校勘記。許訓蟲食苗葉者，正本於爾雅，而爾雅字亦作蟘，則二徐本作蟘者誤。五經文字虫部云「蟘音特，詩及釋文並作螣」。又其旁證也。許又云吏乞貸則生蟘者，詩正義引李巡曰「食禾葉者，言假貸無厭，故曰蟘也」。則乞貸之說，蓋爾雅古義，故李注與許說合。惠棟曰「吏乞貸者，周書所謂奸吏濟貸也」。或是其義。毛傳訓同

爾雅而字作螣者。正義以蟥與螣爲古今字。愚案蟥從貣聲，古音在之部。螣從朕聲，古音在蒸部。蒸之二部對轉，故得通用耳。然說文螣訓「神蛇」，則作螣爲叚借字，本字當作蟥。許蓋從三家也。洪适隸釋載漢仙人唐公房碑「去其螟蟥」，卽用此詩，而字與說文同。

蜀 虫部 葵中蠶也。从虫，上目象蜀頭形，中象其身蜎蜎。詩曰：「蜎蜎者蜀。」市玉切

蜎蜎者蜀者，豳風東山文。今詩作蠋，毛傳云：「蜎蜎，蠋貌。蠋，桑蟲也。」許引作蜀者，蜀已從虫，蠋字左旁又加虫，當爲俗體。許以蜀爲正字也。玉篇虫部云：「蜎，蜀皃。蜀，桑蟲也。亦作蠋。」字從說文，訓同毛傳，而附蠋於蜀下，以爲亦作，疑毛詩古本蓋亦作蜀矣。許訓蜀爲葵中蠶也者，案爾雅釋蟲云：「烏蠋。」彼釋文云：「蠋音蜀。說文云，桑中蟲也。」廣韵三燭引說文又作「葵中蟲也」，並與今本異。考此詩下文云：「烝在桑野。」則似作桑爲長。葵蓋字譌。韓非內儲說上云：「蠶似蠋。」淮南說林云：「蠶之與蠋，狀相類而愛憎異。」是蜀爲似蠶之蟲，而實非蠶，則作蟲字亦長。嚴可均說文校議議依爾雅

釋文所引是也。羅願爾雅翼謂「蔡中蟲亦食於藿，似蠶，不食桑」。詩云桑野者，蔡藿之下，亦桑野之地也。」馬瑞辰從其說，以毛傳訓桑蟲為非，而謂爾雅釋文引說文作桑中蟲，誤。蓋又主今本說文作蔡中蠶。愚謂桑中蟲猶言桑野中之蟲，非謂桑下之蟲，更非謂食桑之蟲。毛語簡略，故但曰桑蟲。許增一中字而義乃明。馬說未允。

𧊅 虫部

𧊅蠃，蒲盧，細要土蠭也。天地之性，細要純雄無子。詩曰：螟蠕有子，𧊅蠃負之。从虫，冎聲。古火切 ○蜾，𧊅或从果。

螟蠕有子，𧊅蠃負之者，小雅小宛文。節南山之什 今詩蠕作蛉，𧊅作蜾。說文訓蛉為蜻蛉，與螟蠕異物，則作蛉為叚借字。蜾者𧊅之重文，許皆用本字。蓋從三家也。毛傳云「蜾蠃，蒲盧也」，與爾雅釋蟲合，為許所本。爾雅作果蠃。果即蜾之省借字。許又云細要土蠭也者，案詩正義曰「中庸云「政也者蒲盧。」鄭中庸注以蒲盧為土蜂。郭璞曰「蒲盧即細腰蜂也。」陸機云「蜾蠃，土蜂也，似蜂而小腰。」」孔引鄭陸郭三說並同於許，知許說亦本之舊義矣。此偁詩主證𧊅字，兼引上文螟蠕有子者，蓋又所以釋細腰純雄無子之義也。單引𧊅蠃

負之則所負者何物不可見故連引兩句以足之此又引經之一例也

蜩 虫部 蟬也从虫周聲詩曰五月鳴蜩 徒聊切 〇𧋍蜩或从舟

五月鳴蜩者豳風七月文毛傳云「蜩螗也」案爾雅釋蟲云「蜩蜋蜩螗蜩」是蜩爲諸蜩之共名方言十一云「蟬楚謂之蜩宋衛之間謂之螗蜩陳鄭之間謂之蜋蜩秦晉之間謂之蟬」是蜩卽蟬而蟬又爲通名也夏小正云「五月螗蜩鳴」此詩鳴蜩承五月而言故毛訓蜩爲螗許訓蟬也者以通名統別名也大雅蕩云「如蜩如螗」小雅小弁云「鳴蜩嘒嘒」彼兩傳又並曰「蜩蟬也」則與許同螗字說文所無郭璞爾雅注云「螗蜩俗呼爲胡蟬」案胡有大義螗從唐唐亦大也惟郭注方言又謂胡蟬似蟬而小蓋蟬之類非一亦遞相爲大小耳

鼀 黽部 𪓰鼀詹諸也詩曰得此𪓰鼀言其行鼀鼀从黽爾聲 式支切

得此𪓰鼀者邶風新臺文今詩作戚施毛傳云「戚施不能仰者」案戚施本人疾之名國語晉語云「戚施不可使仰」此毛訓所出

爾雅釋訓云「戚施面柔也」亦解此詩之義者正義引而釋之曰「面柔者必低首下人媚以容色似戚施之人因名面柔者爲戚施」則孔意詩之戚施不取人疾之義矣鄭箋云「戚施面柔下人以色故不能仰也」亦用爾雅之義以申傳也許引作䵶鼀訓爲詹諸也者文義並與毛異蓋本三家棻爾雅釋魚云「鼁䵶蟾諸」是許之訓義亦出於爾雅惟說文無鼁字䵶之正篆作鼁鼀鼁形近則爾雅鼁字蓋鼁之譌鼁䵶既爲同文則爾雅鼁䵶之䵶又鼀之譌也李賡芸曰䵶乃⿰爾黽字之譌鼀本爾下着黽然亦可移爾於左如玉篇鼁字亦作⿰爾黽因此致譌耳阮元爾雅校勘記亦謂䵶當爲⿰爾黽戴震詩考正雖以爾雅鼁爲鼁誤但又謂說文誤併鼁䵶爲一字疏矣許引詩而又釋之曰言其行鼀鼀者蓋詩意亦不取詹諸本義因人之行有似於詹諸故假以況之耳然則毛作戚施者以人爲喻也許作䵶鼀者以物爲喻也取喻既異故字亦不同顧詹諸爲物蹣跚匍匐其狀卑俛亦與戚施相類則䵶鼀猶戚施矣

又案太平御覽九百四十九引韓詩曰「得此戚施」又引薛君曰「戚施蟾蜍喻醜惡」蟾蜍即詹諸廣韵五支鼀下云「䵶鼀蟾蜍

別名。」是韓詩字與毛同。義與許同。如韓說。正以戚施為䵷𪓰之叚借。愚因疑此詩作戚施為古本。作䵷𪓰為正字。爾雅釋訓與毛鄭所釋者皆叚借之義。爾雅釋魚與韓許所釋者為本義。䵷𪓰後起。古則詹諸之名但以戚施為之。然推其所以得相通叚之由。許謂鼀者其皮鼀鼀。𪓰𪓰者其行𪓰𪓰。段玉裁曰。「鼀鼀猶蹙蹙也。𪓰𪓰猶施施也。」李賡芸炳燭篇曰。「䵷從酋聲。酋與戚雙聲。故䵷可轉作倉歷切。𪓰從爾聲。從爾之字如⿰糸璽。亦音式支切。故亦得與施同音。」斯則由音近而義亦隨之矣。戴震謂「戚施本物名。因以為疾名。又因疾名而為面柔之名。」此說可貫爾雅毛鄭韓許之義。惟須知戚施非物名本字。其本字當作䵷𪓰耳。

恆
部二

常也。从心。从舟在二之閒。上下心以舟施。恆也。胡登切 ○ 亙。古文恆从月。詩曰。如月之恆。—

如月之恆者。小雅天保文。鹿鳴之什 毛傳云。「恆。弦也。」案恆無弦義。許引詩在古文亙之下。則詩字當與古文同。今亦作恆。疑校者所改。非許書之舊。許云古文恆從月者。謂亙中所從之外也。段玉裁曰。「此篆轉寫譌外。既云从月。則左當作𡖄。不當作夕。許偁詩說从月之意。非謂毛詩作亙也。」愚謂段說未塙。尋說文門部閒古文作閒中從外。與亙中之外略同。當由轉寫筆勢小異。是外乃月之古文奇字。左從夕。象月半見。右從卜。象弦矢之形。月。弦卽亙之本義。釋名釋天云「弦。月半之名也。其形一旁曲。一旁直。若張弓施弦也。」此釋弦字。可與亙篆互證。小篆作亙。蓋就亙而增變之。移卜於左而變爲𠃌。移夕於右而變爲𠂤。卜與𠃌、夕與𠂤形皆相近。既變從心舟。遂會心舟之意而訓曰常。與古文從外之意迥異矣。或以說文夕部外之古文作外與此無別爲疑者。章先生謂外月同韵同紐。古音不分去入。卽是一字。毛傳訓恆爲弦。正足證毛詩本作亙。故鄭箋申傳亦云。「月上弦而就盈。」陳啟源曰。「古文恆從月。則恆字原從月取義。上弦未必非本訓也。」此說得之。說文小篆與古文所從不同。義亦隨之而異者。其例非一。許君或引經以明之。如斷之古文𢇍下引周書。與此正同。

詩釋文云。「恆本亦作緪。同古鄧反。」正義云。「集本定本緪字作恆。」案緪卽緪之省。非從亘之絙。是孔本作緪。與釋文所云亦作本合。陸本作恆。與集本定本合。今注疏本作恆者。依陸本。非孔本也。考兩本互出之故。蓋由毛詩寫官以小篆易古文，改亙為恆，而恆之義與毛訓弦不相應，後人乃改作緪。說文糸部云：『緪，大索也。一曰急也。』由大索之義引申之，則與弦義近。由急義引申之，則與張弓之義近。正義釋箋曰：『月體似弓之張而弦直，謂上弦也。』此即從緪字生意也。陸本雖作恆，然云古鄧反，則猶讀從緪音。是亦以恆為緪之借也。微許君存此古文，毛之真本遂不可見。微毛公弦字之訓，而亙之本義亦不可得矣。

坺 土部 治也。一曰臿土謂之坺。詩曰：武王載坺。一曰塵皃。从土犮聲。 蒲撥切

武王載坺者，商頌長發文。今詩作旆。毛傳云：『旆，旗也。』許引作坺，蓋據三家。荀子議兵篇、韓詩外傳三引此詩又並作發。王應麟詩考引韓詩外傳如此，今本亦作旆，蓋後人從毛校改。亦三家異文也。王引之經義述聞謂『漢書律曆志述周武王伐紂之事曰：「癸巳，武王始發。」與此發字同義。發正字也，旆坺皆借字也。發謂起師伐桀也。』愚案許引詩在臿土謂之坺下。臿土猶言以臿起土，與發義正合。玉篇土部坺下引此詩與許

同。又重文墢與坺同，墢字說文所無，卽發之隸增。陳喬樅謂玉篇所載墢字卽韓詩之異文。發坺以起土爲本義，引申爲凡起發之偁。許引詩所以證引申之義也。至毛詩作旆，與坺發古音亦通。然毛訓旆爲旗，則仍是旆之本義，並非借旆爲發。段玉裁謂「毛詩當本作坺，訓坺爲旗者，謂坺卽旆之同音叚借也。淺學者乃改坺爲旆，以合旗訓。發亦久矣。」此則發因許詩宗毛，以許所偁爲毛之古文，故云然。其實說文於詩兼採三家者甚多，此詩作坺，又與韓詩發義相應，不必强以合毛也。

陳奐於此詩經文旆字傳文旗字皆疑有誤，其言曰：「旆當作伐，如詩六月帛茷，左傳綪茷，爾雅繼旐曰茷，今字皆改作旆，則此詩旆字本作伐，伐誤爲茷，又改爲旆耳。發坺皆伐之叚借字，今本經誤作旆，因又於傳文增旆旗也三字。釋文旆下不云旗也，或唐初毛傳尚不誤。箋云：於是有武功有王德及興師出伐，鄭所據毛詩作伐，今箋興師出伐上亦誤衍建旆二字矣。」愚案說文繫傳坺篆下徐鍇曰：「案今詩作伐字。」陳氏之說，蓋襲小徐。陳喬樅詩經四家異文考亦錄小徐此條，又引臧庸云：「伐卽茷字，與今旆同。」然考漢書刑法志。劉向新序雜事三。引此詩皆作旆。釋文亦爲旆字作音。云「旆蒲貝反。」則經文之旆。非誤字也。正義申傳。謂「有有武功有王德之成湯。載其旌旗以出征伐。」是孔氏所據毛傳有旆旗也三字之證。孔本亦初唐之本也。陳說殊未可從。（陳喬樅齊詩遺說考。以漢志所引作旆者爲班氏據齊詩之文。但其魯詩遺說考又從陳奐之說。謂今漢志新序作旆皆後人依誤本毛詩改之。兩說自違。亦不足據。）

圪（土部） 牆高皃。詩曰。崇墉圪圪。从土。气聲。（魚迄切）

崇墉圪圪者。大雅皇矣文。（文王之什）隸省作圪。今詩作仡。毛傳云「仡仡猶言言也。」案本詩上文云「崇墉言言。」彼傳云「言言。高大也。」下傳與上傳相應。則猶言言者猶高大也。釋文云「仡仡。韓詩云搖也。」是韓與毛字同義異。（鄭箋云。言言猶孽孽。將壞貌。」則其釋仡仡義當同。陳啟源謂文王之於崇。乃降服之。非破滅之也。固無事壞其城。陳喬樅謂鄭蓋用韓說以改毛義。）許引作圪。訓曰牆高皃。一切經音義卷十三引作「高大貌也。」則與毛字異義同。蓋據齊魯詩也。圪仡同從气聲。故通用。然說文人部仡訓勇壯。則作仡爲叚借字。正字當作圪。廣雅釋訓。「圪圪。高也。」即本說文。文選王文考魯靈光殿賦「屹山峙以紆鬱。」張載注引此詩作「崇墉屹屹。」說文山部無屹字，屹又圪之異文也。

堀（土部）突也。詩曰，蜉蝣堀閱。从土，屈省聲。（告骨切）

蜉蝣堀閱者，曹風蜉蝣文。今詩作掘，毛傳云「掘閱，容閱也」，釋掘爲容。許引作堀，訓曰突也，蓋本三家。容從谷，其義爲盛，謂谷中能容也。突從穴，其義爲犬從穴中暫出。引申之，穴中可居亦謂之突也。（文選鄒陽獄中上書云「伏死堀穴」，是堀可伏居之證。）從穴與從谷同意，是毛許義亦相近。詩正義引陸機疏云「蜉蝣夏月陰雨時地中出」。又引郭璞曰「蜉蝣蔜生糞土中，朝生暮死」。然則堀閱者，閱通作穴。（文選宋玉風賦「空穴來風」，李善注引莊子「空閱來風」，是閱與穴通之證。）穴在土中，如毛訓猶言容於土中，如許訓猶言突於土中耳。惟說文手部掘訓搰，既以容突爲義，則作掘爲叚借字。正字當從土作堀。毛於閱字無訓，鄭箋云「掘閱，掘地解閱，謂其始生時也」，以解字申閱，蓋讀閱爲蛻，言蛻化而生也。（戴震謂閱與脫通，蛻亦脫也。）以地字足掘，則以搰掘爲義，不以爲叚借。正義申傳曰「閱者，悦懌之意。掘閱者，言其掘地而出，形容鮮閱也」，則孔氏之意，蓋謂傳以容字釋閱，而非以釋掘。故取箋掘地之說以補傳。其所據箋解閱又作鮮閱。（正義又曰『定本云掘地解閱，謂開解而容閱，義亦通也。』是作解閱非孔所主。釋文本亦作解，與定本同。）故讀閱為悅，而取傳之容字以合箋。其實鮮亦與解通。禮記月令『季夏行春令，則穀實鮮落』，呂氏春秋作『解落』，是其證也。愚謂蜉蝣糞土中化生之蟲，朝生暮死，非能掘地也。鄭言掘地，似非毛恉。傳本不以容釋閱，箋亦不以閱為悅。孔氏釋容為形容，讀閱為悅懌，是乃强毛以同鄭，改鄭以坿毛，於傳箋之意，蓋兩失之。諸家於毛傳之容閱，因孔疏以為容卽釋閱，而又知其於義難安，於是各執一說。段玉裁謂『堀閱容閱皆聯緜字』，似不以毛之容為釋閱，然亦不以容為釋堀。陳奐雖從孔疏，但不取形容之說，謂『與谷風「我躬不閱」傳訓容相同。連言曰容閱。容閱猶容躬，言蜉蝣居土堀中能自容躬。是之謂堀閱』。胡承珙知傳之容字本以釋掘，又謂『容疑作空，掘空以聲為訓』，似皆未允。馬瑞辰謂『廣雅掘，穿也。說文堀訓突，與穿義近。閱讀為穴，掘閱當訓穿穴』，此則不從毛鄭，有取於許，而謂突義近穿，則亦未悟穿穴非蜉蝣之力所能勝也。

坻 土部 小渚也。詩曰。宛在水中坻。从土。氐聲。直尼切 ○汦。坻或从水从及。○渚，坻或从水从耆。

宛在水中坻者，秦風蒹葭文。毛傳云：「坻，小渚也。」案爾雅釋水云：「小洲曰渚，小渚曰沚，小沚曰坻。」然則沚是小渚，坻是小沚。坻沚義別。此詩下文「宛在水中沚」，傳亦云「小渚曰沚」。一篇之內坻沚同訓者，蓋以爾雅小渚以下，皆可被以渚名。坻又小渚之小者耳。正義申傳，謂「渚沚皆水中之地，小大異也。以渚易知，故繫渚言之」，易知之解，近强詞矣。惟毛主詁經，雖可通釋。說文為字書，宜當有別。且水部渚下引爾雅小洲曰渚，沚下云小渚也，亦與爾雅合。則坻亦當訓小沚，不得獨異。此訓坻為小渚者，疑仍毛傳而偶未之察。或校者依毛傳改之也。

垝 土部 毀垣也。从土，危聲。詩曰：乘彼垝垣。過委切 ○陒，垝或从𨸏。

乘彼垝垣者，衛風氓文。毛傳云：「垝，毀也。」與爾雅釋詁合。許訓毀垣也者，蓋毀為通名，垝則垣之毀者。毀本訓缺，毀垣猶缺垣，是垝為名詞。毛以此詩垝與垣共文，故但訓曰毀。散則垝亦為垣，但非完繕之垣耳。管子霸形篇云：「水深滅垝。」是以垝為垣之證也。廣韵四紙。垝下云『垝垣、毀垣也。』段玉裁謂許注『當曰垝垣毀垣也。』卽本於廣韵、愚案玉篇土部垝下注、集韵四紙類篇土部垝下引皆與今本說文同、則段說未可從。段意蓋以垝爲動詞、義單爲毀、疑必連垣字乃爲毀垣、似偶失許注之恉矣。

㙕 土部 裂也。詩曰、不㙕不疈。从土、㡿聲。丑格切

不㙕不疈者、大雅生民文、生民之什 今詩作不坼不副、坼卽㙕之隸變、俗亦作拆。疈者副之籒文。許一用本篆、一用籒文、蓋從三家也。毛傳連下文無菑無害通釋之曰『不坼不副、言易也。凡人在母母則病、生則坼副菑害其母、橫逆人道。』不解坼副二字之義。許訓㙕裂也、釋文副下引說文云分也。又引字林云判也。今說文副判也、蓋後人以字林亂之 不裂不分、與毛易生之說正合、可補毛訓所未備。正義申傳曰『坼副皆裂也。禮記曰、「爲天子削瓜者副之。」是副爲裂也。』孔氏泛引禮記、不如陸氏釋文引說文之爲切當矣。

㙪 土部 天陰塵也。詩曰、㙪㙪其陰。从土、壹聲。於計切

㙪㙪其陰者、邶風終風文。今詩作曀、毛傳云『如常陰曀曀然。』案

此詩上文云「終風且曀」說文日部曀下引之與毛同則此作𡒄蓋從三家毛上傳云「陰而風曰曀」義見於彼故本傳但以然字足之以曀曀爲狀常陰之皃許訓𡒄曰天陰塵也者以其字從土也（玉篇引作天陰塵起）又案呂氏讀詩記引董氏云「韓詩作𡒄𡒄其陰章句曰天陰塵也」是許文義並與韓合馬瑞辰因謂「𡒄與曀異義曀則陰而有風𡒄則不必有風而常陰有塵韓詩作𡒄𡒄爲正字毛詩作曀曀叚借字也」愚謂塵由風起毛韓字雖異義實相通說文爲字書故許以從日從土別之耳

垤（土部）　螘封也詩曰鸛鳴于垤从土至聲（徒結切）

鸛鳴于垤者豳風東山文已見雚部雚下彼引證雚字此引證垤字也毛傳云「垤螘冢也」許訓螘封也者案方言十云「垤封場也楚郢以南蟻土謂之封」此許之所本正義申傳曰「此蟲穴處輦土爲冢以避溼」周禮地官封人鄭注云「聚土曰封」輦土聚土其義則一冢封聲又相近是封猶冢矣孟子公孫丑篇趙岐注呂氏春秋愼小篇高誘注竝云垤蟻封也與許合玉篇土部云「垤螘冢

也』則從毛傳。廣韵十六哿云『𡋯，蟻封。又曰冢前闕也。』則於許說外又廣一義。

𤰪（田部） 殘田也。詩曰：天方薦𤰪。从田，差聲。（昨何切）

天方薦𤰪者，小雅節南山文。（節南山之什）今詩作瘥，毛傳云『瘥，病也。』與爾雅釋詁合。許引作𤰪，蓋本三家。訓曰殘田也者，案集韵八戈類篇田部韵會五歌𤰪下引，敦煌唐寫本切韵殘卷及廣韵七歌𤰪下注，皆作『殘薉田也。』惟玉篇田部引與今本同。當以有薉字為是。殘薉田者，謂殘而且薉之田也。田薉不治，亦田之病，與毛文異而義亦相明。瘥𤰪又同從差聲，故二字通用。然說文疒部瘥訓㾓，謂病瘳也。則作瘥，取相反之義，為叚借字。𤰪取引申之義，亦叚借字也。漢書董仲舒對策引此詩，以為周室之衰，其卿大夫有爭田之訟，故詩人疾而刺之。何楷詩古義謂『觀篇中絕無一語及爭田事，惟天方薦瘥，說文作薦𤰪，云殘薉田也，豈即爭田說邪。』愚案𤰪從田，故以殘薉田為本義，義由形起，與爭田無涉。謂董說本三家可也；以許君字說傅會董子詩說，不可也。陳奐乃謂許說與董合，陳喬樅亦謂許說足與董說互相證明，近牽強矣。

畽（田部） 禽獸所踐處也。詩曰：「町畽鹿場。」从田，童聲。（土短切）

町畽鹿場者，豳風東山文。今詩作畽，釋文云：「畽本又作疃。」是陸氏所見又作本正與許引合。說文田部無畽字，當以疃為正字也。毛傳云：「町疃，鹿迹也。」許訓町為田踐處，訓疃為禽獸所踐處，則二字本義為處不為迹。且禽獸所迹者廣，更不專謂鹿迹。毛以詩言鹿場，場是蹂踐之處，踐必有迹。又町疃連文，當為形容鹿踐之狀，故訓為鹿迹耳。然則詩之町疃，蓋借實字為狀詞，與下文借熠燿以形容螢火之光相同。許偁之，亦所以證引申之義也。或者昧於叚借之理，以為此詩町疃泛言畦隴，失之矣。

勩（力部） 勞也。詩云：「莫知我勩。」从力，貰聲。（余制切）

莫知我勩者，小雅雨無正文。（節南山之什）毛傳云：「勩，勞也。」與爾雅釋詁合，為許所本。左氏昭公十六年傳引此詩作肄，蓋三家字。勩肄古通用。邶風谷風云：「既詒我肄。」彼傳云：「肄，勞也。」彼釋文云：「肄，爾雅作勩。」是其證。勩從貰聲，肄從矣聲，古音同在脂部。說文聿部云：「肄，習也。」由習而勞，又義之相因者也。

錢 金部

銚也、古田器、从金戔聲、詩曰、庤乃錢鎛、即淺切又昨先切

庤乃錢鎛者、周頌臣工文、（臣工之什）毛傳云、「錢、銚也、」許說所本、詩正義亦引說文以申傳、又曰、「世本云、『垂作銚』、宋仲子注云、『銚、刈也、』然則銚刈物之器也、」愚案許訓銚云、「溫器也、一曰田器、」則以銚釋錢、當用田器之義、孔氏兼引世本證之、是也、銚既爲田器、而又申之曰古田器者、蓋古者貨貝而寶龜、周而有泉、初不以錢爲貨名、至秦廢貝行錢、秦漢而後、乃以錢爲貨泉之專名、錢之借義行而本義荒、許君不欲以後起之名奪最初之義、故云古田器以別之、偁詩所以證本義、亦即所以存古義也、

小徐本及韵會一先錢下引說文末有「一曰貨也」四字、大徐本無、嚴可均曰、「古布如鏟、象田器之形、是貨也、」章先生曰、「錢圜函方、其函如銚之庛、凡有函者皆得錢名、」愚案嚴章之說皆是也、從錢布取象於田器一事、兼可考古代社會進化之蹟、古者以龜貝爲寶、以儷皮爲幣、龜貝水產、鹿皮山產、是漁獵時代交易所用之物也、由漁獵進於耕種、則田器尚焉、田器爲生產工具、勞動人民身手所

不離者。其時有無相貿。大抵以耕種所得爲主。重其事因重其器。重
其器。因取以爲通貨之象。既取其象。遂以錢爲通貨之名矣。

鎛金部 錢鎛也。鐘上橫木上金華也。一曰田器。从金尃聲。詩曰。庤乃
錢鎛。補各切

庤乃錢鎛者。周頌臣工文。臣工之什 已見上篆錢下。彼引證錢字。此引證
鎛字也。毛傳云。「鎛。鎒也。」釋文云。「鎒或作耨。字詁云。鎒古字也。
今作耨。同。」案說文無耨字。木部云。「槈。薅器也。」鎒爲槈之重文。
耨蓋槈之隸變。許訓鎛一曰田器。鎒即田器之一也。與毛義合。詩正
義亦引說文以申傳。又引世本云。「垂作耨。」又引釋名爾雅廣雅
呂氏春秋及李巡高誘郭璞諸家之說而總括之曰。「諸文或以爲
耨即鋤。或云鋤類。古器變易。未能審之。」愚案鋤者鉏之俗字。說文
訓鉏爲「立薅所用。」訓槈爲「薅器。」薅者「拔去田艸也。」是
槈鉏同器而別名。但許以立薅者爲鉏。而釋名以槈爲「傴薅禾也。
」則鉏槈有立用傴用之分。立用者其柄長。傴用者其柄短。此其所
異耳。至鎛之一名。蓋是古偁。槈鎛既爲一物。當亦短柄。釋名所謂「

鎛，迫也，迫地去草也』是也。許以鎛鱗為鎛之第一義，愚以錢字例之，當以田器為本義。周禮考工記云『粤無鎛』，鄭注云『鎛田器，詩云庤乃錢鎛』，又曰其鎛斯捆』，案庤乃錢鎛，即臣工『庤乃錢鎛』之異文，其鎛斯捆，即良耜『其鎛斯趙』之異文，彼經賈疏申注曰『知鎛田器者，越地多泥，用此鎛者多，故下云夫人而能為鎛，故知鎛田器，引詩者，證鎛為田器非鐘鎛者也』，鐘鎛之字，說文作鑮，云『大鐘湻于之屬，所以應鐘磬也，堵以二，金樂則鼓鑮應之』，儀禮大射儀亦作鑮，惟周禮春官鎛師字作鎛，愚謂鑮蓋後起之字，古但作鎛，實即田器之鎛，鐘鎛本樂器，而假用田器之字者，蓋吾國古代重農，於時質略，未有樂器，田家作苦，勞者思宣，我稼既同之餘，朋酒斯饗之會，述田事而為歌，即擊田器以為樂，理勢之適然者也，因之初製樂器者，亦或取象於田器，鎛蓋其中之一，其後樂器之製，雖遞變，名猶不改其朔，故鐘鎛與鎒鎛同字，亦猶錢布之與錢銚同字矣，既而別造鑮字以為鐘鎛之專字，乃又以鎛為鎛鱗字，鎛鱗者，縣鐘橫木之飾，亦樂器之屬也。

許君於錢下云古田器，於鎛下云一曰田器者，蓋以錢字古義之廢已久，故特箸之，鎛字至漢兩義猶並行，故但以一曰別之，讀者可互照而自得之也。

鍠 金部 鐘聲也，从金皇聲，詩曰，鐘鼓鍠鍠。乎光切

鐘鼓鍠鍠者，周頌執競文，清廟之什 今詩作喤，毛傳云，「喤喤和也」，案爾雅釋訓云，「鍠鍠樂也」，許引作鍠，訓曰鐘聲也，正與爾雅合，蓋從三家，詩正義引釋訓作喤喤，又引舍人曰，「喤喤鐘鼓之樂也」，此孔氏順詩改字，非爾雅有作喤之本也，鍠喤同從皇聲，故二字通用，然以爾雅證毛，則毛所云和，當謂樂之和，既以和樂爲義，說文口部云，「喤小兒聲」，是作喤爲叚借字，正字當作鍠，漢書禮樂志應劭風俗通義六引此詩並作鍠，與許同，荀悅漢紀五引作煌煌，爾雅釋文本作韹韹，又三家異文也。

鏜 金部 鐘鼓之聲，从金堂聲，詩曰，擊鼓其鏜。土郎切

擊鼓其鏜者，邶風擊鼓文，已見鼓部鼞下，彼引作鼞，從三家，此引作鏜，從毛也，毛傳云，「鏜然擊鼓聲」，許訓鐘鼓之聲者，廣韵十一唐

引作「鼓鐘聲也」段玉裁曰「鼓鐘謂擊鐘也字從金故曰鐘聲於鼓言鐘爲叚借今鐘下作鐘鼓之聲蓋誤倒」案段說是也嚴可均校議以鼓部引作鼞疑此引爲校者所加考集韵十一唐引說文引詩兮見鼞鐘兩字下類篇鼓金兩部兮引同則嚴說未允惠棟且謂鐘篆亦後人所增更非也

鐓 金部 矛戟柲下銅鐏也从金𦎫聲詩曰厹矛沃鐓 徒對切

厹矛沃鐓者秦風小戎文今詩作厹矛鋈錞厹爲厹之譌 說文口部云「厹高气也」段氏注云「詩厹矛是此厹字」但錞下引詩本作厹段又改作厹前後自異陳奐從前說是也 錞者鐓之隸變 段氏曰「錞玄應書卷廿一引說文作鐓而謂梵經作錞乃樂器錞于字然則東晉唐初說文作鐓可知玉篇廣韵皆鐓爲正字錞注同上」案段說是也詩正義所據毛傳本亦作鐓作錞爲陸氏釋文本 沃字說文所無此詩上文「鋈以觼軜」說文車部引作𣲩疑此亦當作𣲩也毛傳云「錞鐏也」許訓矛戟柲下銅鐏也者即本於毛而加詳正義申傳曰「曲禮曰「進戈者前其鐏後其刃進矛戟者前其鐓」是矛之下端當有鐓也彼注云「銳底曰鐏取其鐏地平底曰鐓取其鐓地」則鐓鐏異物傳言鐓鐏者取類相明非訓爲鐏也」愚案周禮考工記廬人云「

凡爲酋矛。參分其長。二在前。一在後。而圍之。五分其圍。去一以爲晉圍。」鄭司農注云。「晉謂矛戟下銅鐏也。」據此。則矛之下端亦可偁鐏。而許說正與先鄭合。又案釋名釋兵器云。「矛下頭曰鐏。鐏入地也。」既曰入地。則古者矛柲之底容有鋭者。不必皆平。故錞鐏二名可以互施。孔氏所申。未爲通論矣。段玉裁又謂「鄭析言之。許渾言不析者。蓋鋭鈍皆可爲。非必戈鋭而矛戟鈍也。曲禮或互文耳。」此得其故。而猶未知許說之有合於考工也。

鉞 金部 車鑾聲也。从金戉聲。詩曰。鑾聲鉞鉞。呼會切

鑾聲鉞鉞者。今詩無此文。王應麟詩考引在小雅庭燎篇。陳喬樅從之。桂馥以爲魯頌泮水文。馬瑞辰從之。愚案彼兩詩竝作「鸞聲噦噦」。許引不同。蓋本三家。鑾從鸞省。故二字通用。然鸞爲鳥名。則正字當作鑾。庭燎毛傳云。「噦噦。徐行有節也。」泮水傳云。「噦噦。言其聲也。」二傳義互相足。許引作鉞。訓曰車鑾聲。與泮水傳正合。鄭箋亦云。「鸞和之聲噦噦然。」鉞從戉聲。噦從歲聲。古音同在脂部。說文目部之眓。讀若詩曰施罛濊濊。大部之奯。讀若詩曰施罟泧泧。

戉音同𢦏。𢦏又作𢧀。是則鉞𡂑得相通用之證。集韻十四夬鉞鐬𡂑三字同呼外切。云「說文車鑾聲也。引詩鑾聲鉞鉞」段玉裁據此謂丁度所據說文有鐬於徐鉉者。鉞與鉞迥非一字也。以戉聲之字狀鸞聲。尤殊不類。鐬從歲聲。歲從戌聲。戌聲歲聲則與鑾聲相似」案此雖持之有故。然戌歲二聲。古音自得相通。惟說文口部𡂑訓气牾。則形容鑾聲。又當以從金作鉞為正字矣。董逌除正字謝啟云。隸體散亡。共守鸞聲之鉞。徐鉉等曰「今俗作鐬。以鉞作斧戉之戉。非是。」愚案作鐬之本雖不見於釋文。然玉篇廣韻皆有鐬字。玉篇火外切。廣韻呼會切。竝云「鈴聲也。」鑾和以金為鈴。鈴聲卽鑾聲也。廣雅釋訓云「鐬鐬盛也。」當亦謂聲之盛。然則作鐬蓋亦三家異文耳。

鍚 全部

馬頭飾也。从金。陽聲。詩曰。鉤膺鏤鍚。一曰。鍱車輪鐵。與章切

鉤膺鏤鍚者。大雅韓奕文。蕩之什 今詩作錫。經典相承隸省也。毛傳云。「鏤鍚有金鏤其鍚也。」不言鍚為何物。許訓馬頭飾也者。案周禮春官巾車職云「重翟鍚面朱總」鄭司農注云「鍚馬面鍚」面亦屬頭部。是許說與先鄭合。鄭箋云「眉上曰鍚。刻金飾之。今當盧也。」盧卽顱之借字。眉上當顱。正是頭額。是後鄭又與許說合。正義申箋曰「風有子之清揚。抑若揚兮。是揚者人面眉上之名。故云眉

上曰錫、人既如此、則馬之鏤錫、施鏤於揚之上矣。』案如孔說、知錫又與揚通、錫本字、揚借字也、

鋂 金部　大瑣也、一環貫二者、从金、每聲、詩曰、盧重鋂、莫桮切

盧重鋂者、齊風盧令文、毛傳云、『鋂、一環貫二也。』許說所本、正義申傳曰、『上言重環、謂大環貫一小環也、重鋂與重環別、故知謂一大環貫二小環也、說文亦云、鋂、環也、一環貫二、』案孔氏引說文與今本異、今本作大瑣也、瑣當爲環之誤、此詩三章、毛傳皆言環、無言瑣者、玉篇金部廣韵十五灰並云『鋂、大鐶、』鐶卽環之別體、亦其旁證也、嚴可均謂『此云大瑣、蓋涉上鋃鐺瑣而改、』其說近是、

斨 斤部　方銎斧也、从斤、爿聲、詩曰、又缺我斨、七羊切

又缺我斨者、豳風破斧文、毛傳云『隋銎曰斧、斧斨、民之用也、』釋斧字、不釋斨字、七月『取彼斧斨、』彼傳云、『斨、方銎也、』釋斨字不釋斧字、兩傳前後互照、許此所偁者破斧詩、訓義則從七月傳也、毛但云方銎、許云方銎斧也者、案說文金部云、『銎、斤斧穿也、』是銎者受柄之孔、斧斨之名、但以銎孔隋方而異、其用則同、而斧爲大

名。故許訓斨爲方銎斧矣。破斧釋文斨下亦引說文。蓋以毛於斨字無訓。取許說以補之耳。(七月詩正義引破斧傳有方銎曰斨四字。考文毛詩古本未以補入。阮氏毛詩校勘記已辨其誤。)

所(斤部) 伐木聲也。从斤。戶聲。詩曰。伐木所所。(疏擧切)

伐木所所者。小雅伐木文。(鹿鳴之什)今詩作許。毛傳云。「許許。柿貌。」案五經文字云。「柹芳吠反。見詩注。」據此則柿當作柹。釋文云。「柹孚廢反。」孚廢正是柹字之音。可與張參說互照。柹篆作𣏟。說文木部云。「𣏟削木札樸也。」是其義也。許引作所所。訓曰伐木聲也。文義竝異。蓋據三家。顏師古急就篇注云。「所所。斫木聲也。」卽用許說。玉篇所下注亦與說文同。許所二字聲近。古本通用。文選謝玄暉在郡臥病詩。「良辰竟何許。」李善注云。「許猶所也。」卽其證。然說文言部云。「許聽也。」則作許爲叚借字。伐木之事。斧斤相尋。所從斤。故許君以所爲正字也。毛訓柿貌。本謂形容削木之柿。而削必有聲。知許與毛義亦互備。正義申傳曰。「以許許非聲之狀。故爲柿貌。」上言丁丁之聲。下言於阪之處。互以相通。明在阪伐之爲有聲而有柿也。」此雖欲强合聲貌之義，乃又以許爲處，失之矣。單言許或單言所，自可訓處，如文選小謝之詩是也。許許或所所疊用，皆狀詞非實字也。顏氏家訓書證篇云：「詩曰伐木滸滸，滸滸柹貌。」初學記卷二十六及後漢書朱穆傳注引詩並與家訓同，蓋亦三家異文耳。

斯 斤部 析也。从斤，其聲。詩曰：斧以斯之。息移切

斧以斯之者，陳風墓門文。毛傳云：「斯，析也。」許說所本。釋文及正義並引爾雅釋言云：「斯，離也。」又引孫炎云：「斯，析之離。」是離者通名，斯爲析木之離，則義有專系。孫蓋又本毛傳以釋爾雅。斯離疊韻，斯析雙聲，廣雅釋詁云：「斯，分也。」分析義亦近。今經典多以斯爲語詞，而斯之本義遂晦，別從手作撕，後起之俗字也。

輶 車部 輕車也。从車，酋聲。詩曰：輶車鑾鑣。以周切

輶車鑾鑣者，秦風駟驖文。今詩鑾作鸞，用叚借字，許用本字，從三家也。毛傳云：「輶，輕也。」與爾雅釋言合。許訓輕車也者，以其字從車也。鄭箋亦云輕車，其實輕亦車名。毛訓簡當，且以車字經文已見，故

但訓輕耳。輶以輕車爲本義。引申爲凡輕之偁。郭璞爾雅注引詩「德輶如毛」爲證。葢德輕亦曰輶矣。

軝車部 長轂之軝也。以朱約之。从車。氏聲。詩曰。約軝錯衡。渠支切 ○

䡹軝或从革。

約軝錯衡者。小雅采芑南有嘉魚之什商頌烈祖文。采芑毛傳云「軝長轂之軝也。朱而約之。」此許說所本。正義申傳曰「說文云「軝長轂也。」則轂謂之軝。」上句述許語。下句孔氏自爲之釋也。是孔所據說文與今本異。今本訓義全與毛傳同。不必引以爲證矣。烈祖鄭箋云。「約軝轂飾也。」正義申箋曰「軝者長轂之名。約謂以絲色纏約之。故云約軝轂飾也。」是孔謂鄭以飾釋約。以轂釋軝。亦以爲轂卽軝也。戴震詩考正曰「軝說文亦作䡹。從革。孔沖遠以軝爲長轂名。非也。軝卽考工記之幬革。朱而約之者。朱其革以幬於轂也。惟長轂盡飾。大車短轂則無飾。故曰長轂之軝。」程瑤田通藝錄曰「考工記五分其轂之長。去一以爲賢。去三以爲軹。軹本當爲軝。詩云「約軝錯衡」毛傳云「長轂之軝。」軝在轂置輻之外明矣。」段玉裁與程說畧同，皆以申毛爲主。愚案：傳云「長轂之軝」，本謂軝屬於轂，在轂之上，舉轂可以晐軝，而軝不得謂之轂。箋云約軝轂飾，亦以軝是轂之一部，約而飾之以朱者在軝，約軝卽所以飾轂也。是鄭說與毛亦不異。以軝爲轂名，實出孔氏。如孔說，則朱約乃全轂皆飾之以朱，於車制未必合。而孔引以爲證者，說文也。但今本說文又與毛傳同，許宗毛者也。豈孔氏御删之以就己意，而非許書之舊歟？未可知也。（孫詒讓謂孔疏據許而違許意。）諸家申毛，卽在糾孔。糾孔則於說文自從今本。惟考工記輪人注，鄭司農云：「賢，大穿也。軹，小穿也。」如程段之說，以此軹爲軝之同音叚借字，則先鄭小穿之解非矣。許訓軹爲車輪小穿也，正與先鄭義合。且次軹篆於軝之下，則亦不以軝軹爲一。此所當辨者也。玉篇車部云：「軝，轂飾，亦作軧。軑，同上。」廣韵五支軝下引說文與今本同。軑下云：「軑，軝長轂。」集韵五支軝下引說文，又云：「軝或作軧軑。」軑下云：「轂飾。」篇韵皆以軝軑爲一字之異。軹字音義皆別出，亦軝軹不同之證。

軜（車部）驂馬內轡繫軾前者。从車，內聲。詩曰：「沃以觼軜。」奴荅切沃以觼軜者，秦風小戎文。今詩沃作鋈。小徐本及韵會十五合引說文與今詩同，集韵二十七合類篇車部引則並同大徐，疑小徐本校者依今詩改。說文金部無鋈字，許用本字，從三家也。毛傳云『軜，驂內轡也。』許訓驂馬內轡繫軾前者，蓋本傳義而又申之。鄭箋云『軜，繫於軾前。』即用許說也。正義引王肅云『言鋈以觼軜，謂白金飾皮為觼，以納物也。』又曰『馬之有轡者，所以制馬之左右，令之隨逐人意。驂馬欲入，則偪於脅驅，內轡不須牽挽，故知納者納驂內轡，繫於軾前，其繫之處以白金為觼也。』愚案王氏讀軜為納，非納之本義。叚納為內也。內本訓入，奴荅切，引申為內外之內，奴對切，自引申義行，遂叚納為內入之內。軜從內聲，故亦兼有內入內外兩義。然此詩之軜，實為名字，雖讀奴荅切，毛訓驂內轡，則義與內外之內同。許鄭並從毛，王肅喜與康成立異，故以名字為動字而讀為納，而孔疏因之，意雖可通，反迂曲矣。荀子正論篇云『三公奉軶持納。』楊倞注云『納與軜同，軜謂驂馬內轡繫軾前者。』是又叚納為軜，故楊氏用許說釋之也。

軷（車部） 出將有事於道，必先告其神，立壇四通，樹茅以依神為軷。既

祭軷。轢於牲而行爲範軷。詩曰。取羝以軷。从車犮聲。蒲撥切
取羝以軷者。大雅生民文。生民之什毛傳云。『軷。道祭也。』釋文引說文云。『出必告道神。爲壇而祭爲軷。』此蓋隱栝許說。非與今本說文有異也。軷從車。就形求義。本山行之名。以祭道路之神。求無險難。故道神取名焉。引申之則爲道祭。許云既祭軷轢於牲而行爲範軷。卽是道祭之說。偁詩所以證此說也。小徐本祭下有犯字。轢下無於字。諸家以周禮夏官大馭有犯軷之文。多從小徐。愚案軷既爲神主。則大徐本犯字非奪。於字非衍。既祭軷者。謂道神已祭也。段玉裁亦從小徐謂『大徐作軷轢於牲而行非也。』案段以軷字下屬爲句似誤讀大徐本。轢於牲而行爲範軷者。祭必取牲體伏於軷上。既祭之後。以車轢之而過爲範軷。範卽犯也。故知上文必無犯字。而於字不可省。集韵十三末類篇車部引並與大徐本同。韵會引說文多據小徐。而此條獨從大徐。亦其證也。說文犬部云。『犯。侵也。』周禮作犯軷。義固相通。然許君則以範爲範軷之本字。故範下云『範軷也。』又云『讀與犯同。』明範犯可通。而犯爲借字矣。

陝 皀部　築牆聲也。从皀，㚆聲。詩云：「捄之陝陝。」如乘切

捄之陝陝者，大雅緜文。文王之什已見手部捄下。彼引證捄字，此引證陝字也。毛傳云：『陝陝，眾也。』許訓築牆聲也者，以其字從皀也。義與毛異。然考本詩此章陝陝、薨薨、登登、馮馮，皆以疊字形容，或言聲，或言皃。登登形容築之，陝陝形容捄之。捄爲捊土，則陝陝非築牆聲也。就詩論，毛義爲長。又案玉篇手部捄下引此詩作陑陑。段玉裁因謂『陝篆從㚆聲，與如乘切相去甚遠。依玉篇，則之韵而聲可轉入蒸韵。』馬瑞辰從之，且謂『陑亦作陾。今詩作陝者，蓋陾字之譌。』愚謂玉篇手部雖引詩，不言本說文，是作陑蓋出三家。其皀部云：『陑，汝之切，地名。陝，耳升切，築牆聲。』則兩字音義分別甚明。類篇皀部『陝，如蒸切』下引說文此條。『陑，人之切，地名。湯伐桀所升，在河曲南。或作陾。』則雖以陾爲陑之或體，而與陝之音義亦異。集韵十六蒸陝下引說文與今本同，亦不云別作陾。且陑字雖見於尚書湯誓，說文所無。陾又陑之俗增。即如段說陝從㚆聲，㚆亦從而聲，雙聲相轉，自可讀仍。段必執韵以求，已失之固。馬氏謂陝爲陾誤，是以俗爲正。

更謬矣。敦煌唐寫本切韵殘卷七之云，陑，地名，文峻坂，說文作陾，篆籒聲音仍，此雖錄陑而云說文作陾，明陑是俗字，亦知陾非陑之譌矣。

醹 酉部

厚酒也。从酉，需聲。詩曰：酒醴惟醹。而主切

酒醴惟醹者，大雅行葦文。生民之什今詩惟作維。小徐本與今詩同。毛傳云：『醹，厚也。』以醹與酒共文，但言厚而爲酒可知。許訓厚酒者，爲其字之從酉也。從酉者，從酒省也。詩釋文正義並引說文以申傳。正義又云：『醹厚謂酒之醕者。』案說文『醕，不澆酒也。澆，渎也。』凡酒渎之以水則薄，不以水襍則厚，可與傳義相足。

醺 酉部

醉也。从酉，熏聲。詩曰：公尸來燕醺醺。許云切

公尸來燕醺醺者，大雅鳧鷖文。生民之什今詩燕作止，醺作熏。毛傳云：『熏熏，和說也。』不解止字。許引作來燕醺醺，訓醺爲醉，文義並異。蓋本三家。段玉裁謂『上四章皆云來燕，則作燕宜也。』胡承珙說略同。愚案鄭箋云『不敢當王之燕禮，故變言來止。熏熏坐不安之意，』是鄭所據本固作止。其訓熏熏爲坐不安，亦與傳殊。正義述傳云『公尸之來止燕坐，熏熏然其又和悅而得其宜。』此解止字仍用鄭義。愚疑毛意止爲容止，熏熏所以狀容止和說之皃，不必如孔說

也。又案說文屮部熏訓火煙上出。如傳義。則作熏亦段借字。許偁来燕。燕者燕飲。故醺醺主醉為義。則作醺正字也。因醉得樂。然後和說見於外。知毛許字異而義亦相成。段氏又謂「醺醺恐淺人所改。許以來燕熏熏釋此篆之從酉熏。亦引經釋會意之例。」愚案本詩釋文云「熏說文作醺。云醉也。」則陸氏所見說文已如是。似非淺人所改。再尋玉篇屮部熏下但出「煙上出也」一義。酉部醺下云「醉也。醺醺和悅皃也。坐不安也。」則毛許鄭三義兼收。愚疑顧氏所見毛詩或亦作醺醺矣。

㊂坿引三家詩說考

鼐 鼎部 鼎之絕大者。从鼎乃聲。魯詩說。鼐小鼎。奴代切

魯詩說者。謂傳魯申公之學者之所說也。漢書藝文志有魯說二十八卷。許之所偁。當在其中。鼐小鼎者。蓋釋鼐字之義。周頌絲衣云「自堂徂基。自羊徂牛。鼐鼎及鼒。」諸家謂魯說所釋即此詩。今案絲衣毛傳云「大鼎謂之鼐。小鼎謂之鼒。」爾雅釋器云「鼎絕大謂之鼐。」毛與爾雅合。許詩宗毛。故亦以鼎之絕大者為本義。魯說鼐

小鼎。正與毛相反。許引之者。蓋所以廣異義耳。惠棟據說苑尊賢篇「詩曰。自堂徂基。自羊徂牛。言自內及外。以小及大也。」因謂「魯詩者。劉向家學。故說鼐小鼐大。」胡承珙辨之曰「考韓詩外傳三引詩曰。自堂徂基。自羊徂牛。言先小後大也。此小大指羊牛言。正與毛傳合。說苑即用外傳。不得援為魯說鼐小鼎之證也。」陳喬樅又謂「爾雅魯詩之學也。與說文所引不同者。蓋說文所引亦魯詩之一說。如紼纚維之。毛詩釋文引韓詩纚作筰也。文選顏延之宋元皇后哀策文注。引韓詩纚繫也。訓義各異。無妨兼載。未可執此非彼。失之拘泥。」愚案胡氏謂說苑用韓詩外傳。是也。然考外傳之文本作「以小成大。」胡引作「先小後大。」謂與毛合。實誤。又爾雅一書。據鄭志荅張逸問曰「爾雅之文雜。非一家之注。」（見大雅鳧鷖正義引）則陳氏必以爾雅為魯詩之學。亦非也。

魁（鬼部） 鬼服也。一曰小兒鬼。从鬼支聲。韓詩傳曰。鄭交甫逢二女魁服。（奇寄切）

韓詩傳者。燕韓太傅嬰之所作也。漢書藝文志有韓內傳四卷。外傳六卷。許此所偁鄭交甫逢二女魁服者。案文選郭景純江賦李善注引韓詩內傳曰。「鄭交甫遵彼漢皐臺下遇二女。與言曰。願請子之珮。二女與交甫。交甫受而懷之。超然而去。十步循探之。即亡矣。迴顧二女。亦即亡矣。」張平子南都賦李注又引韓詩外傳曰。「鄭交甫將南適楚。遵彼漢皐臺下。乃遇二女。佩兩珠。大如荊雞之卵。」許君所偁。蓋即此事。但魁服二字。則兩注引內外傳所無。惟初學記卷七太平御覽卷六十二。引韓詩與江賦注引略同。而有妖服二字。妖服即魁服也。此或轉寫之異。許君引以證魁。要當以作魁爲本字。後人尠見魁。習見妖。故以妖字易之耳。又案文選曹子建七啟李注引韓詩序曰。「漢廣。悅人也。詩曰。漢有游女。不可求思。」薛君曰。「游女謂漢神也。」嵇叔夜琴賦李注又引薛君曰。「游女。漢神也。言漢神時見。不可求而得之。」據此。又知內外傳所言。即周南漢廣詩說。

說文解字引詩考卷四終